이탈리안 홀리데이

An Italian Holiday
by Maeve Haran

이탈리안 홀리데이

메이브 하란 장편소설
송섬별 옮김

한길사

30년 동안 즐거움과 우정을 나누며
이탈리아의 관습, 언어, 연애의 기술에 대해 조언해준
비키 배러스에게

일러두기

• 이 책은 Maeve Haran이 쓴 *An Italian Holiday*(Pan Books, 2017)를 번역한 것이다.
• 각주는 독자의 이해를 돕기 위해 옮긴이가 넣었다.

1

"아이고, 이게 뭐야, 클레어!"

마틴이 한쪽 발로 복도에서 쿵쿵 뛰는 모습이 클레어가 보기엔 꼭 정수리가 벗겨지기 시작한 왜가리 같았다.

"사람 걸려 넘어지라고 이렇게 상자를 온통 널브러뜨려 놨어? 다리 부러질 뻔했잖아!"

"5분 뒤에 오찬 행사 준비하러 메이페어로 출발해야 한단 말야."

클레어는 전채요리로 마련한 참치 세비체*가 들어 있는 상자로 마틴의 머리를 내리치고 싶은 걸 꾹 참았다. 오늘 아침 참치가 신선한지 물어보았다가 생선장수 해리가 노발대발하는 바람에 이미 화난 남성의 자아를 달래준 뒤였다. 일을 하려면 해리의 존재는 꼭 필요했으므로 그의 분노를 살살 구슬려 달래며 사과해야 했다.

그러나 남편은 다른 문제다. 지난 수년간 클레어가 생계를 책임지는 동안 남편이 도움의 손길이라도 내민 적 있나? 출장요리를 담은 음식 상자를 차에 실어주겠다고 나선 적 있나? 아니, 없다. 클레어는 자기가 인간 혐오자, 어쩌면 케케묵은 페미니스트가 되고 있는 것만 같다는 생각이 들었다. 오래된 판다** 트렁크에 음식이 담긴 플라스틱 상자들을 집어넣다가 그런 생각이 드는 바람에 클

---

* 생선회에 레몬즙이나 라임즙을 뿌려 만든 전채요리.
** 피아트사에서 제조한 소형차.

레어는 멈칫했다. 과거의 클레어는 자신이 페미니스트와는 거리가 멀다고 생각했다. 솔직히 말하면, 30년 전이었다면 그녀는 자신이 현모양처 성향이라고, 과격한 여성운동 따위에는 관심이 없고 벽난로가 있는 가정에 안주하는 쪽이 더 좋다고 말했을 것이다. 어쩌면 그녀를 페미니스트로 만든 것은 인생이었는지 모른다. 아니면 결혼이거나.

주어진 상황을 이렇게 또 저렇게 잘게 잘라 생각해보면─출장요리사다 보니 클레어는 자르는 일에 대해선 모르는 게 없었다─때때로 남자란 인생에서 여분의 선택지 중 하나에 불과하단 생각이 들곤 했다. 좋아하는 만화에서 아내가 남편에게 말한 대사가 생각났다. "만약 우리 둘 중 하나가 먼저 죽는다면 난 남프랑스에 가서 살 거야." 말 되네.

클레어가 이런 전복적인 생각을 드러낼 때마다 친구 잰은 항상 "웃기지 마, 클레어. 남자 없이 어떻게 살아?"라고 말했다.

아마 마틴도 그렇게 생각하겠지.

어쨌든 지금은 마틴 생각은 하고 싶지 않다. 살 집을 못 구했다며 6개월 전부터 '임시로' 얹혀살면서 그녀의 인생을 두 배로 힘들게 만드는 아들 에반과 며느리 벨린더에 대해서도 생각하고 싶지 않다. 출장요리 음식을 마련하는 동안 주변을 맴돌며 귀찮게 하는 사람이 둘이나 늘었다. 냉장고에 가득한 듣도 보도 못한 채소며 역겨운 케일 주스는 미뤄두고서라도 말이다. 에반과 벨린더는 생식주의자였다. 그 바람에 클레어가 아끼는 착즙기에는 항상 초록색 찌꺼기가 끼어 있었다.

'내가 어느새 우리 엄마 같은 소리를 하고 있잖아.' 그런 생각이 들자 섬뜩해진 클레어는 오늘 오전에 처리할 일로 얼른 생각을 돌렸다. 새 고객인데, 애초에 일을 맡았던 출장요리사가 중복 예약을 받았다며 클레어에게로 넘겨준 고객이었다. 이번 고객은 벤처 금융회사로, 메이페어의 브룩 스트리트에 있는 커다란 저택을 사옥으로 쓰고 있는 잘나가는 회사였다. 벤처 금융회사라는 것이 무슨 일을 하는지 정확히 알 수 없었지만 예전에 맡았던 '시티 보이'* 임원 오찬 모임 준비와 크게 다를까 싶었다. 임원들은 대체로 젠체하길 좋아하는 멍청이들이라서 힘들지 않았지만 요리사가 크렘 브륄레와 나란히 메뉴에 올라 있기라도 한 것처럼 취급하는, 손버릇이 나빠 정말 위험한 사람들도 있었다. 이런 남자들이 대가 끊기지도 않고 계속 생겨나는 게 놀랍다. 엄마 세대에는 그런 사람들을 NSIT라고 불렀다. 택시에 함께 타면 위험한 남자Not Safe In Taxis라는 뜻이었다.

클레어는 차 앞 유리창에 달아놓은 오래된 톰톰 내비게이션에 회사 주소를 입력한 뒤 짜증스러운 가정생활을 머릿속에서 지워버렸다. 이 순간이 제일 좋았다. 그녀는 자동차 고장, 교통체증, 주차 문제 등 예상 가능한 재난에 대비해 늘 일찍 출발하는 습관이 있었다. 한 번은 예상치 못한 사고가 일어났다. 큰 행사를 위해 빌린 낡아빠진 수송차를 누가 뒤에서 받아버리는 바람에 결혼식 피로연에 쓰려고 잘 장만해 넣어놓은 통째 연어 네 마리가 바닥에 쏟아져버린 일이었다. 클레어는 간신히 수습한 연어 두 마리에 얇게 썬 오이를 잘 배치해 흠이 난 것을 숨겼다. 꼭 벌거벗고 중요 부위만 비치볼로 가린 사람들처럼. 나머지 두 마리는 간이 냉동고에

---

* 런던의 금융회사들이 밀집한 시티 지역에서 유래한 말로 금융계 종사자를 가리킨다.

넣어두었다가 연어 무스로 만들었다──항상 연어 모양의 틀을 가지고 다닌 덕분이었다. 다행히 손님들은 클레어가 일부러 복고풍 분위기를 냈다고 생각했다. 더 다행스러운 것은 연어 무스를 내오는 시점에 신랑 신부가 샴페인에 흠뻑 취해 있어서 메뉴가 바뀐 걸 알아차리지 못했다는 점이었다.

한 시간 반 뒤 브룩 스트리트에 있는 조지아 양식 저택에 도착하니 바로 앞에 주차할 자리가 있었다. 영화 「슬리퍼」에서 우디 앨런이 병원 바깥에 주차하며 "무언가 나쁜 일이 일어날 예감이 드는걸"이라고 말한 대사가 떠올라 다행스러우면서도 찜찜한 기분이 들었다.

휴대폰으로 주차료를 결제한 뒤 저택 안으로 음식 상자를 조심스레 옮겼다. 원래 이 고객을 담당하던 출장요리사 마지가 이 고객들은 평범하고 보수적인 식사에 질려서 매콤한 음식을 기대한다고 조언해주었기에 참치 세비체 다음으로 피리피리 치킨*을 내놓기로 했다. 그다음은 항상 인기가 좋은 브레드 앤 버터 푸딩을 내놓는데 '마더스 프라이드'표 빵이 아니라 이탈리아식 파네토네를 써서 나이젤라 로슨** 흉내를 살짝 내보기로 했다.

자그마한 주방 안에서 헤드폰으로 라디오 4 채널을 들으며 세비체를 접시에 모양내어 담고 있는데 매니저가 문 안으로 고개를 쑥 들이밀었다.

"다행히 일찍 왔군요."

칭찬이었다.

---

* 고추로 만든 매운 소스를 뿌려 구운 포르투갈식 닭 요리.
** 젊고 감각적인 이미지로 선풍적 인기를 끈 영국의 유명 요리사.

"지난번 요리사는 게을러서 자를 수밖에 없었거든요."

"그렇군요."

클레어는 신중을 기울여 마지막 라임을 꾹 짰다. 마지는 자기가 해고당한 거라고 하지 않았다. 왜 그랬을까. 부끄러워서 그랬겠지. 출장요리 업계는 소문이 빨랐다. 돈을 제대로 주지 않는다든지, 자기가 헨리 8세라도 되는 듯 요리사를 농노처럼 부리는 지독한 고객 이야기가 퍼졌다.

클레어는 다시 라디오 속 '당신과 당신의 것'*에서 알려주는 현명한 연금투자법에 귀를 기울였다. 사실 클레어는 충분한 돈을 받는 일자리를 가져본 적이 없어서 아예 해당사항이 없었다. 연금에 대해 생각할 여유도 없을 것이다. 백 살이 되어서도 일을 해야 할 것이다.

사람들이 도착하는 소리가 들리기에 마지막으로 확인을 했다. 얼음에 담가놓은 탄산수와 생수. 많이 마시지는 않겠지만 화이트 와인도 준비했다. 참치 세비체를 접시에 모두 담은 다음 톡 쏘는 드레싱을 손끝에 찍어 맛을 보았다. 소스에는 칠리와 라임이 적정 비율로 섞였고, 피리피리 치킨은 워머에 집어넣었고, 조그맣게 만든 브레드 앤 버터 푸딩도 조금 있으면 폭신하게 부풀어올라 도저히 거부할 수 없는 냄새를 풍기기 시작할 것이다.

마지막 순서는 손글씨로 메뉴를 적어 내려가는 것이었다. 사립학교에서 보낸 14년이 머리에 남긴 건 별로 없었지만 적어도 이텔릭체로 근사한 손글씨를 쓰는 법만은 잘 배워두었다.

클레어는 오랫동안 함께한 만년필을 꺼내 글씨를 쓰기 시작했다.

---

* BBC Radio 4에서 1970년부터 방송한 소비자 문제 프로그램.

앤절라는 만족스레 매장 안을 둘러보았다. 옷 가게를 하겠다는 생각을 처음 했을 때 꿈꿨던 분위기 그대로였다.

매장은 전체적으로 마치 어느 집 거실에 들어서는 것처럼 사람을 설레게 만들도록 꾸며져 있었다. 여기저기 깔린 페르시아 러그, 장식품을 놓은 책장, 그녀가 가장 좋아하는 새빨간 호접란 화분들. 그중에서도 무엇보다 생기 넘치는 것을 꼽자면 진심 어린 반가움의 미소로 무장한 직원들이었다.

앤절라가 가장 싫어하는 것은 발을 들이면 안 될 것처럼 새하얗기만 한 인테리어에 손님이 문턱을 넘어올 자격이 있는지 평가하기라도 하듯 눈을 내리깔고 있는 위압적인 직원들이었다. 가게의 위치도 좋았다. 가게가 위치한 세인트 크리스토퍼 플레이스는 옥스퍼드 스트리트의 인파가 들르기도 좋고, 사무실을 벗어난 해방감을 만끽하는 회사원들이 노천 카페를 차지하고 앉아 있는 근사하면서 매력적인 동네였다. 사실 거의 파리라고 해도 좋을 것 같은 분위기였다.

앤절라는 미소를 지었다. 홍콩 뒷골목의 작은 가게에서 드레스를 입어본 뒤 자기도 모르게 자꾸만 옷감을 어루만지던 기억이 생생했다. 주인이 쳐다보고 있어서 좀 부끄러웠다. "소재가 아주 좋아요." 체구가 작은 남자 주인도 옷감을 손으로 쓸어내리며 그렇게 말했다. "대나무로 만든 섬유죠. 아주 부드러워요. 실크보다 더 부드럽습니다."

목선이 둥글게 파이고 딱 달라붙는 긴소매 스웨터 같은 그 드레스는 한번 입자마자 다시는 벗고 싶지 않았다.

12

이상하게도 마치 애무를 받는 것처럼 부드러운 감촉에 폭 파묻힌 느낌이었다. '드레스가 선사하는 포옹'이라는 괴상하고 실없는 문구가 머리에 떠올랐는데, 당시 앤절라는 그 문구 하나로 자기가 이렇게 유명해질 줄은 상상도 못 했었다.

그 시절 앤절라는 은행원이었고 애무와는 거리가 먼 맞춤 정장만 입었다. 홍콩에서의 그 드라마틱한 순간 이후로 앤절라는 의류 시장을 면밀하게 분석한 뒤 편안하고 착용감이 좋은 의류에 대한 수요가 꽤 있으니 도박을 해볼 가치가 있다고 확신하게 되었다.

물론 '포옹 드레스'는 컬렉션의 시작에 불과했다. 그다음으로는 엉덩이를 덮을 정도로 길고 펑퍼짐한 상의, 짜임이 정교한 카디건, 고급스러운 편안함과 스타일 모두를 신경 쓴 기본 아이템을 출시했고 전부 40대 이상의 여성들 마음에 쏙 들었다. 운 좋게도 헬스클럽 열풍이 불었고 더 캐주얼한 생활방식을 바라는 여성이 앤절라가 만든 옷들을 찾았다. 이제 아흔이 된 앤절라의 어머니는 이런 옷을 입어본 적이 한 번도 없었는데, 중요한 건 바로 그 점이었다. 여성의 생활방식이 변화한 것이다. 앤절라는 패셔니스타들이라면 도도새처럼 멸종한 지 오래라고 평가했을 랩 드레스 라인을 출시했고 이 옷들은 『해리 포터』만큼이나 날개 돋친 듯 팔려나갔다. 마찬가지로 패션 리더들은 혐오하지만 대중은 사랑하는 색색의 파시미나, 그리고 사랑스러운 인도산 실크 스카프도 인기를 끌어서 앤절라는 인도와 모로코 출장이 잦았다.

앤절라는 기다란 거울에 비친 자신의 모습을 보았다. 거울을 찾으려고 빙빙 돌아다녀야 하는 매장을 싫어했기에 온 사방에 거울을 배치했다.

거울에 비친 얼굴은 충격적이었다. 단발로 잘 손질한 금발, 말쑥한 옷차림, 목주름을 감추기 위해 일부러 고른 청동색 비즈 장식 목걸이를 했지만 그녀는 늙어 보였다. 심지어 냉혹해 보이기까지 했다. 노라 에프런이 나이 듦에 대해 쓴 구절이 절로 생각났다. 자기 자신처럼 보이는 데만 해도 점점 더 많은 시간을 써야 한다는 말이었다.

그래, 어쩌면 냉혹해 보이는 편이 좋을는지도 모른다. 냉혹해져야 할 것이다. 앤절라는 3년 전 매장을 추가로 열고 온라인 사업을 확장할 비용을 융통하기 위해 '패브릭'의 지분 일부를 벤처 금융 회사에 넘겼다. 목 좋은 곳에 여섯 개의 매장을 더 열기로 한 결정은 성공적이었고 인터넷 매출도 아주 좋았다. 패브릭이 성공하자 미디어에 그녀의 이름이 오르내렸고 유명한 TV쇼 '던 딜'에 성공한 사업가로 출연하게 되었다.

앤절라는 사업이 성공한 덕분에 구입할 수 있었던 고급 손목시계를 쳐다보았다. 12시 30분이었다. 1시에 부사장 드루와 함께 브룩 스트리트에 있는 우들리 캐피털 사옥에서 오찬 일정이 있었다.

메이페어는 벤처 금융기업들이 케케묵은 '시티 보이'들과 차별점을 두고자 선택하는 지역이었다.

"준비되셨습니까?"

2층 오피스에서 드루가 나와 물었다.

"그 사람들이 원하는 게 뭘까?"

투자자들이 두 사람을 오찬에 초대하면서 아무 사전 정보도 주지 않았던 것이다.

"에이, 괜찮아요, 앤지."

드루는 우거지상으로 대답했다.

"어차피 좋을 일 없는 건 아시잖아요. 악마와 잠자리에 들기로 했으니 당연히 발톱에 할퀼 것 정도는 예상하셔야죠."

"할퀴는 거 정도면 괜찮지. 그래도 통째로 삼켜지는 건 좀 그래."

앤절라는 여전히 미소를 띠고 있는 매장 직원에게 인사한 뒤 드루를 데리고 택시를 잡으러 나왔다. 셀프리지스 백화점 근처에는 항상 줄지어 대기하는 택시가 많았다. 사실 '우버'가 도입된 뒤로 어디에나 택시가 넘쳐났다. 앤절라는 다시 매장에 흘낏 눈길을 주었다.

"점심시간에 쇼핑하러 나오는 사람들이 들르기 딱 좋겠네."

앤절라가 행복한 목소리로 말하자 드루는 약간 비난 섞인 목소리로 말했다.

"제발 좀 그만해요, 앤지."

"아니, 그만할 순 없지. 이게 내 사업이잖아."

앤절라는 방어적인 태도를 취해야 할지 고민하면서 드루를 돌아보았다가 그러지 않기로 했다. 오늘이야말로 드루의 도움이 필요한 날이니까.

"'패브릭'에 모든 걸 투자했어. 이 사업은 내 전부야. 지금까지 단 한 번도 날 실망시킨 적이 없었지."

갑자기 앤절라는 대기하고 있던 검은 택시들을 모두 무시하고 싼 티가 줄줄 흐르는 인조 벨벳 시트에 금방이라도 무너질 것 같은 비닐지붕이 달린 릭샤를 향해 충동적으로 손짓했다.

"이게 무슨…"

드루가 못마땅해했다.

"이런 건 바가지 쓰는 관광객들이나 타는 거잖아요. 거물 사업가답게 구시라고요. '던 딜'의 슈퍼스타는 어디로 갔어요?"

"그딴 건 필요 없어."

애초에 TV쇼 출연 제의를 받아들이지 말 걸 그랬다는 생각이 들 때도 있었다. 특히 남자들을 꼼짝 못 하게 하는 금발의 미녀 사업가 역할을 맡게 된 점 때문에.

그녀는 릭샤를 타겠다는 미친 생각에 혼자 신이 나서 뒷좌석에 올라탔다.

"혹시 TV에 나오는 분 아니세요?"

릭샤를 운전하는 젊은이가 그녀를 꼼꼼히 훑어보았다.

"사람들한테 못되게 굴면서 돈은 절대 안 빌려주는 무서운 아줌마?"

"맞아."

앤절라가 웃으면서 물었다.

"왜? 사업이라도 확장하게?"

"아뇨, 전 학생인데요."

"전공이 뭔데?"

"경영이요."

앤절라는 웃음을 터뜨렸다.

"잘해봐. 나도 항상 무서운 건 아냐. 사실 본능에 따라 모든 걸 하지."

"그럼 본능 자체가 상당히 강경 노선이신가 보네요."

젊은 릭샤 운전사가 함박웃음을 지으며 말하는 바람에 면전에 대고 화를 낼 수는 없었다.

"릭샤 운전사조차 당신을 겁내는군요."

드루가 소곤거렸다.

"아무튼 본능을 따르신단 말이죠?"

두 사람은 자전거가 모는 릭샤를 타고 무서운 속도로 옥스퍼드 스트리트를 달리고 있었다. 드루가 용감하게도 그녀의 손을 잡았다.

"비서랑 잠자리에 드는 것처럼요?"

간단히 설명하자면 앤절라와 드루는 몇 번 같이 잠자리를 한 적 있었고 앤절라의 생각엔 군이 떠벌리고 다닐 일은 아니었다. 솔직히 말하면 그녀는 이 나이에 자신과 잠자리를 하고 싶어 하는 사람이 있다는 사실 자체가 놀라웠다.

"왜 그래, 드루. 어차피 끝난 일이잖아. 잠시 둘 다 정신이 나갔던 거지. 비즈니스와 감정은 분리하자고. 게다가 자기는 나에 비해 너무 어리잖아. 라이더 해거드의 『그녀』안 읽어봤어?"

"저한테는 너무 옛날 책인데요."

"나한테도 마찬가지야. 빅토리아 시대 소설이거든."

그녀가 비꼬는 투로 지적했다.

"남자들을 전부 굴복시키는 여성상을 처음 창조한 작가가 바로 라이더 해거드야. 영화에서는 어슐러 앤드레스가 연기했지. 아이샤는 불멸의 존재였어. 그러다 잘생긴 젊은 남자와 사랑에 빠졌고 그에게도 불멸을 선사하려 했지. 하지만 일이 잘못되는 바람에 아이샤는 2,000살이 되어버렸어. 그 불쌍한 애송이 눈앞에서 말이야."

"전 애송이가 아니잖아요. 마흔다섯 살입니다."

"예순 살이 보면 마흔다섯은 애송이야."

"그래서, 그만한 가치가 있던가요?"

릭샤가 좌회전을 해 본드 스트리트로 들어가는 순간이었다. 드루의 목소리에는 상처가 묻어 있었다.

"뭐가?"

"당신 인생 말이에요, 앤절라. 남편도 없고, 아이도 없고, 심지어 개 한 마리도 없잖아요."

앤절라는 그의 뺨을 후려치고 싶은 걸 참았다. 감히 이런 말을 하다니?

너무 화가 나서 좋아하는 조 말론 스토어도, 지미 헨드릭스 앤드 헨델*의 푸른 표지판도 지나치는 걸 몰랐다.

"적어도 오늘이 지나면 제 위로가 필요해질걸요."

드루가 밉살스러운 투로 말했다.

두 사람은 클래리지스 호텔에서 얼마 떨어지지 않은 완벽한 조지아식 저택에 점점 가까워지고 있었다. 퀸스에서 가장 유명한 이 호텔 앞에는 언제나처럼 파파라치들이 모여 셀레브리티들의 오찬을 마친 알렉사, 데이지, 아니면 칼리 클로스**가 나오기를 마치 영국 여왕이라도 알현하려는 기세로 기다리고 있었다.

드루는 그녀를 에스코트해 릭샤에서 내리는 것을 도운 다음 저택 외부의 완벽한 균형을 훑어보았다.

"벤처 금융회사들은 사기꾼이 아닌 척하느라 예스러운 것들을 즐겨 찾죠."

"큰 돈으로 지분만 사놓고 아무 간섭도 안 하는 투자자들에게 너무 심하게 말하는 것 아니야?"

"지금까지야 그랬겠죠."

드루가 거들먹거리듯 대답했다.

"괜히 벤처 금융이라고 불리는 게 아니잖아요. 놈들은 자기가

* 지미 헨드릭스와 헨델 두 음악가를 기념하는 박물관.
** 모두 영국의 유명 모델.

투자하는 대상이 뭔지는 상관 안 합니다. 수익이 중요하죠. 그 슈즈 디자이너한테 거액을 빌려준 것만 봐도 그래요. 그 디자이너 말이 놈들은 코르네토*와 스틸레토도 구별 못 한다는군요. 정신 차리세요. 그 사람들은 당신을 갈기갈기 찢어버릴 거라고요."

우들리 캐피털 본사 안은 밖에서 보는 것보다 더 웅장했다. 제복 입은 고용인이 나와 앤절라의 코트를 받아들고는 번쩍이는 검은색과 흰색 타일이 깔린 복도로 안내했다. 복도 끝에는 커다란 계단이 있었다. 금방이라도 스칼렛 오하라가 걸어 내려올 것만 같은, 짙은 붉은색 카펫이 깔리고 화려한 장식이 있는 검은 철제 난간이 달린 계단이었다. 홀에 놓인 테이블에는 남자 둘은 있어야 옮길 수 있을 것 같은 거대한 꽃장식이 놓여 있었다. 크리스털 샹들리에가 이 모든 것을 비추고 있었다.

"이야, 태양왕 루이 14세도 이렇게 살진 않았을 것 같은데요."

드루가 소곤거렸다.

목조 패널 장식 사이에서 하늘하늘한 몸매에 새까만 검은 드레스를 걸친, 윤기가 흐르는 검은 머리의 젊은 여자가 불쑥 나타나 인사를 건넸다.

"좋은 아침이에요, 윌리엄스 씨. 노스콧 씨와 피셔 씨도 금방 오실 거예요. 절 따라오세요."

갑자기 릭샤를 타고 오느라 산발이 된 머리가 신경 쓰였다.

"화장실에 들렀다 가야겠네요."

"가장 가까운 화장실은 지하에 있어요."

앤절라는 휘황찬란한 카펫이 깔린 계단을 내려갔다. 18세기 상

---

* 굽은 피리처럼 생긴 옛 악기.

19

류층 사교클럽에서나 볼 법한, 거대하면서 현대적인 느낌이라고는 없는 그런 화장실이었다. 신분을 과시하기 위해 이탈리아제 수도꼭지나 우스꽝스럽게 생긴 세면대 같은 걸 갖출 필요가 없는 그런 예스러운 상류 계층 말이다.

앤절라는 립스틱을 다시 바르고 머리를 빗었다. 10분간 바람을 맞고 나니 볼이 발그레해져 있었다. 그녀는 거울에 비친 자신의 모습을 향해 몸을 바짝 기댄 채 TV쇼에 등장하는 유명한 문구를 읊어주었다.

"정신 차려, 앤절라. 이건 '던 딜'이라고."

저쪽에서 아마 화장실 칸 안에 있었던 것 같은, 체구가 아주 작은 필리핀 출신 고용인이 나타나 펄쩍 뛰었다.

"아까 코트 맡기실 때부터 알아봤어요!"

고용인이 신이 나서 외쳤다.

"정말 멋지세요! 아무에게도 지지 않는 분이잖아요!"

그러더니 눈치를 보듯 주변을 살폈다.

"사인 하나만 해주실 수 있나요?"

고용인은 거치대에서 종이 타월을 한 장 꺼내 내밀었다.

"이름이 뭐예요?"

"니나예요."

조그만 몸집의 고용인이 황홀하다는 듯 함박웃음을 지었다.

'멋진 사람 니나에게, 앤절라.'

니나는 깡마른 가슴에 사인이 된 종이 타월을 끌어안았다.

"누구에게도 지지 마세요!"

앤절라는 170센티미터가 넘는 몸을 꼿꼿이 곧추세우고 식당을 향해 걸어갔다. 그녀를 주눅 들게 한 건 거대한 회의 테이블, 고상한 커튼이 늘어뜨려진 창문과 어마어마한 꽃으로 장식된 말도 안 되는 웅장한 인테리어가 아니었다. 문제는 테이블에 둘러앉은 사람이 다섯 명이라는 것이었다. 벌써 이름을 잊어버린, 거들먹거리는 사립학교 출신 젊은이 두 사람이 전부가 아니었다. 에디였던가? 아니, 제이미였다. 그리고 아마 이쪽이 애덤인가? 하지만 나머지 남자 둘과 여자 하나는 그녀가 모르는 사람이었는데, 변호사라는 걸 본능적으로 알 수 있었다.

드루가 그녀와 눈을 마주쳤다. 같은 생각인 게 분명했다.

"윌리엄스 씨, 안녕하세요."

애덤인지 제이미인지 모를 남자가 손을 내밀었다.

"이렇게 뵙게 되어 정말 영광입니다. 저는 '던 딜' 애청자거든요."

그는 환심을 사려는 듯 웃어 보였다.

"우들리가 '던 딜' 출연자들에게 대출해줄 일이 없는 게 다행이죠."

"출연자가 아니에요."

앤절라는 경멸을 섞어 대답했다.

"투자받길 원하는 사업가들이죠."

그녀는 테이블에 앉은 사람들을 둘러보았다.

"당신들과 저의 관계나 다를 바 없죠."

"강아지 옷 만드는 회사보다는 패브릭이 더 실질적인 사업 아닙니까."

제이미가 우쭐거리는 미소를 지어 보였다.

"사실 저희는 '푸치 프로텍터스'에도 상당히 현명한 투자를 했습니다. 아주 좋은 결과를 가져왔죠."

"그렇습니다."

제이미가 재빨리 말을 이었다.

"이쪽은 애덤 노스콧입니다. 여기 메리, 팀, 그리고 셉은 우리 법무팀에서 일하는 분들이고요."

"변호사가 동석할 거라고 미리 알려주셨으면 좋았을 텐데요."

그녀의 목소리에 담긴 서늘함을 느끼고는 다들 갑자기 냅킨을 툭툭 털어대기 시작했다.

"앉으십시오."

문간에 서 있다가 전채를 들고 오는 출장요리사가 보였다. 요리사는 모두의 앞에 접시를 하나씩 놓더니 맛있어 보이는 빵을 꺼냈고, 그다음에는 잔을 채우기 시작했다.

"생수를 드릴까요, 아니면 탄산수를 드릴까요?"

"저는 탄산수로 주세요."

앤절라가 잔을 들어올렸다.

"잠깐,"

제이미가 갑자기 끼어들더니 클레어가 손으로 쓴 메뉴를 흔들어댔다.

"이게 뭡니까?"

그가 불쾌하다는 듯 전채요리를 가리켰다.

"참치 세비체입니다."

클레어가 공손한 태도를 유지하려 애쓰며 대답했다.

"페루 요리입니다. 칠리와 라임에 재운 참치 요리랍니다."

"칠리가 먹고 싶었다면 멕시코 음식점에 갔겠죠. 분명 토마토와 바질 수프를 주문했는데 어떻게 된 일이죠?"

그 순간 클레어는 다음 메뉴가 살사를 넣은 치킨 피리피리라는 생각에 공황에 빠질 것만 같았다. 눈앞의 남자는 아직 그것까지는 눈치채지 못한 것 같았다. 마지가 일부러 나한테 메뉴를 잘못 알려준 걸까? 해고를 당한 복수로 이런 짓을 한 거라면 다음에 마지를 만날 때 죽여버릴 것이다. 모욕을 당한 것도 화가 났지만 하필 TV에 나오는 냉혹하게 생긴 여자 앞이라서 더 싫었다. 더구나 이 돈 많은 어린 녀석들의 잔소리를 내내 참아야 한다는 생각을 하면…

"음, 참치 세비체가 맛있는걸요."

드루가 끼어들었다.

"신선하고, 세련되고, 게다가 트렌디한 음식 아닙니까."

제이미는 마치 드루가 돌 밑에서 기어 나온 벌레라도 되는 듯한 눈길로 쳐다보았다.

클레어가 접시를 챙긴 뒤—다른 사람들은 모두 참치 세비체를 먹었지만 제이미는 손도 대지 않았다—최대한 빠른 걸음으로 주방으로 들어가서 닭가슴살에서 피리피리 소스를 걷어냈다. 그다음에는 곁들임용으로 준비해놓은 버섯을 미친 듯이 썰어서 볶았다. 푸딩에 넣으려고 했던 크림도 써야 할 것 같았다.

버섯이 익어서 거뭇거뭇한 즙이 나기 시작하자 나중에 우유로 희석시켜 푸딩에 쓸 몫만 덜어놓고 크림을 더했다.

그렇게 만든 음식을 원래 피리피리 치킨과 그린 샐러드에 더해 내려던 쌀요리와 함께 접시에 담아놓고 나니 다행히 겉보기에는 괜찮아 보였다.

칠리를 걷어낸 치킨을 앤절라 앞에 놓을 때 두 사람의 눈이 마주쳤다. 앤절라는 이 재수 없는 멍청이들을 향한 경멸의 표정을 그대로 유지한 채로 클레어를 향해 아주 희미한 미소를 지어 보였다.

지난번에 만났을 때를 생각하면 이자들은 커피가 나올 때까지 사업 얘기는 꺼내지도 않을 것 같았다. 그러니까 그때까지 그녀는 자식들 얘기나 주식시장의 동향, 앤디 머레이가 윔블던에 입성할

수 있을 것인가 따위 의미 없는 잡담이나 들으며 최선을 다해 버
텨야 하는 것이다.

푸딩이 나오자 맛있는 냄새가 났다.

"누구 레시피로 만들었나요?"

앤절라는 제이미나 애덤이 잔소리를 덧붙이기 전 먼저 입을 열
었다.

"나이젤라의 레시피예요."

클레어가 미소를 지었다. 통통한 편인 몸매가 문득 눈에 확 띌
정도로, 아주 밝고 환한 미소였다. 앤절라는 자신도 모르게 그녀를
전문가의 시선으로 훑어보았다. 저 옷을 어쩌면 좋아.

"이러다가 내 스푼까지 핥겠는데요."

애덤인 것 같은 밉살맞은 남자가 말했다.

여자 변호사가 눈썹을 있는 대로 들어올렸다.

출장요리사는 대답할 가치도 없다는 듯 접시를 치워갔다.

그녀는 접시를 부엌에 들여놓고는 프렌치 프레스를 가지고 나
와 박하사탕과 함께 식탁 위에 올려놓았다.

"최소한 박하사탕은 괜찮군요."

제이미가 재치 있는 척 한마디 하더니 앤절라 쪽으로 몸을 기울
이고 낮은 목소리로 덧붙였다.

"저 사람이 '던 딜'에 출연자로 나오면 당신은 돈을 안 빌려주겠
죠? 험상궂은 얼굴을 한 출장요리사에게 줄 돈은 없다고 하시겠
네요."

"제 눈에는 굉장히 상냥한 표정으로 보이는데요."

앤절라가 대답했다.

"그리고 벤처 금융회사와는 다르게 출장요리 업체는 마진을 적

게 남기니까 애초에 '던 딜'에 지원할 일도 없을 것 같고요."

클레어는 부엌으로 돌아가서 혼자 웃었다. 앤절라는 겉보기엔 무섭지만 확실히 자기가 잘난 줄 아는 젊은이들을 다룰 줄 알았다.

클레어는 뒤로 돌아섰다가, 앤절라가 자기 접시를 직접 간이주방에 반납하러 온 것을 보고 깜짝 놀랐다.

"이렇게 안 하셔도 되는데."

클레어는 앤절라에게 고마움을 표했다.

"별말씀을요. 미안해요. 음식은 정말 맛있었어요. 특히 푸딩이요. 저는 이탈리아 파네토네를 정말 좋아한답니다."

"저도 이탈리아 요리를 너무 좋아해요."

친근하게 말을 붙여왔을 뿐인데, 클레어는 자신도 모르게 대답하고 말았다.

"언젠가 이탈리아에 가서 진짜 손님을 맞이할 수 있는 식당을 차리는 게 제 꿈이에요."

그녀는 미소를 지었다.

"이루어질 것 같지는 않지만요, 아휴. 그건 그렇고 전 클레어라고 해요."

"저기요, 여성분들?"

역겨운 멍청이 가운데 하나가 외쳤다.

"어머니 모임 시간이 아니잖아요. 사업 이야기를 하는 자리라고요."

그 말에 돌아서는 앤절라의 눈이 위험하게 번득였다. 그녀는 원래 위에서 내려다보는 태도를 극도로 혐오했다. 게다가 앤절라는 어머니도 아니었다.

"자, 그럼."

애덤은 이제부터 자신들의 권위를 펼쳐보겠다는 듯 선언했다.

"일 이야기를 해봅시다."

그는 테이블 위로 상체를 숙이더니 세계평화를 선언하려는 헨리 키신저라도 되는 양 삼각형을 그리도록 두 손끝을 마주댔다.

"최근 상당히 괜찮은 곳에서 제의가 들어왔어요. 매력적인 제안이고, 아마 회사가 기대할 수 있는 최고의 조건이라고 생각합니다. 2주 내로 계약을 완료하고자 합니다."

앤절라는 박하사탕을 먹다 사레들릴 뻔했다.

"패브릭을 팔 생각은 없어요."

벤처 금융회사의 투자란 언제나 빠져나갈 길을 찾는 수순으로 이루어지고, 3년 전부터 패브릭의 지분을 가지고 있었던 것은 사실이지만, 회사를 매각하라고 강요할 수는 없는 것 아닌가? 뿐만 아니라, 거래를 이렇게 갑작스럽게 하는 경우는 없다. 아마 이들은 몇 주, 아니면 몇 달간 몰래 계약을 위해 수를 쓰고 있었을 것이다. 앤절라에게는 한마디 말도 없이 말이다! 지금 이들은 그를 압박하고 있는 것이다! 그녀의 회사를 팔아버릴 작정인 것이다!

"그 괜찮은 곳이 어딘지 들어나 보죠."

"싱가포르의 투안 코퍼레이션입니다. 벌써 의류 체인 몇 곳을 인수했고 패브릭이 그 포트폴리오에 딱 맞아떨어질 거라고 하더군요."

"'머티리얼 걸'을 산 그 사람들 아닌가요?"

"네, 맞을 겁니다."

"인수해서는 그 좋은 옷들을 다 망쳐버렸는데! 단순하고 세련된 옷에 보석이며 스팽글 장식을 잔뜩 달아서 완전히 망가뜨려놨잖아요!"

"제가 알기로는 인수 이후로 아시아에서 상당히 큰 성공을 거두고 있습니다."

"베이징에서 성공하고 싶으면 자기들이 회사를 만들어서 하라고 해요. 제 회사는 안 돼요."

"윌리엄스 씨, 이 계약으로 상당한 이익을 얻으실 겁니다."

"당신들처럼요?"

"그게 저희 투자 목적이지요."

"제 브랜드가 망가지는 걸 보고만 있으라고요? 제가 부엌 식탁에 앉아서 구상했고, 제 인생을 투자해서 여기까지 키워낸 브랜드예요. 거절하겠습니다."

"윌리엄스 씨."

여자 변호사가 처음으로 입을 열었다.

"주주 계약서에 있는 동반매도청구권 항목에 대해 설명드려도 되겠습니까?"

앤절라는 그제야 자신이 이 항목을 제대로 이해하지 못했다는 데 생각이 미쳤다. 단 한 번도 상상한 적 없는 일이었기 때문이다.

"언제부터 저 몰래 이 계약을 진행해온 겁니까?"

"옵션을 검토하면서 어느 정도 시간을 들이긴 했습니다만, 그건 통상적인 사업상의 관례입니다."

"그럼 제 회사에서 저는 무슨 역할을 하지요?"

"투안 씨가 아마 윌리엄스 씨에게 일정 지분을 주고 패브릭의 간판 역할을 맡기고 싶어 할 겁니다. 다만 제가 듣기로는, 경영은 직접 하는 편입니다."

"패브릭의 간판이라…"

그녀는 비통한 말투로 되뇌었다.

"제 변호사와 상담하기 전에는 어떤 대답도 하지 않을 겁니다. 상대편이 아무리 괜찮은 기업이라 한들 변호사 조언 없이는 어떤 계약서에도 사인하지 않을 것이고요."

그녀는 벌떡 일어서서 방을 가로질러 나갔다. 드루가 곧바로 따라 나왔다.

"나 몰래 이런 짓을 하다니 믿기지가 않아!"

"큰돈이 된다잖아요."

드루가 콕 집어 말했다.

앤절라는 경비원의 제지를 무시하고 여자 화장실 안으로 드루를 끌고 들어갔다. 몇 번의 시도 끝에 고문 변호사와 연락이 닿은 그녀는 상황을 다시 한번 설명했다.

"좋아요. 상황을 정리하자면."

앤절라가 설명을 마치자 변호사가 들은 이야기를 요약했다.

"그쪽에서 회사를 팔기로 결정하면 당신은 거절할 권리가 없다고 했다는 이야기지요?"

"맞아요. 그럴 리가 없잖아요, 제 말이 맞죠?"

전화 저편에서 잠시 불길한 침묵이 감돌았다.

"안타깝지만 그쪽 말이 맞습니다. 패브릭 지분을 넘기고 상당한 현금을 융통하는 대가로 윌리엄스 씨께서 합의한 사항이 바로 그거였어요."

사업 감각이 뛰어난 앤절라였지만 이 변호사의 이야기를 듣고 있자니 미쳐버릴 것 같았다.

"3년 전 일이잖아요."

그녀가 길길이 뛰었다.

"그 뒤로 제가 열심히 일하고 창의력을 더한 덕분에 브랜드의 가치가 어마어마하게 뛰었다고요! 싱가포르의 투안은 패브릭을 빼앗아서 망쳐버릴 거예요!"

"다른 사업을 시작하실 수도 있지요. 자금이 충분하잖아요, 앤절라."

"그만 닥쳐요!"

앤절라가 누구에게도 지지 않는 사람이라고 오해하고 있는 작달막한 체구의 외투 보관원이 응원의 미소를 짓고 있었다.

앤절라와 드루가 다시 식당으로 돌아가자 소리를 죽이고 한참 뭔가 이야기를 나누던 사람들이 말을 뚝 멈췄다.

"좋아요, 신사 숙녀 여러분."

앤절라가 냉정하기 그지없는 목소리로 선언했다.

"당신들 말이 맞는 것 같네요."

주방에서 엿듣고 있던 클레어는 앤절라처럼 똑똑한 사람이 이런 푸대접을 당한다는 사실에 오싹한 심정이 들었다. 그러나 그녀에게 해줄 수 있는 일은 커피와 집에서 만든 브라우니라도 좀더 내놓는 게 고작이었다.

"무슨 일이 있어도,"

앤절라는 고개를 저었는데, 드루는 그게 그녀가 스트레스를 받고 있다는 신호라는 걸 알아차렸다.

"오늘은 아무 결정도 내릴 수 없어요."

"당연하지요."

제이미가 이해한다는 듯 고개를 끄덕였다. 자신들이 원하는 대로 일이 되어가고 있다는 걸 직감해서였다.

"하지만 결국 다른 방법은 없다는 것 알고 계시죠?"

앤절라는 일어서서 거대한 장식용 천이 달린 창문 쪽으로 걸어갔다. 클레어는 그녀의 고통을 고스란히 느낄 수 있었지만 방 안에 있는 다른 사람들은 아무도 눈치채지 못하는 것 같았다. 제이미가 식탁 아래로 천박하게 승리의 손동작을 하는 모습을 보자 이젠 참을 만큼 참았다는 생각이 들었다. 마틴, 생선장수 해리에 이어서 이런 머저리 같은 자식까지…

제이미의 잔을 채우던 클레어의 팔이 갑자기 삐끗하더니 뜨거운 커피가 마치 무인 조종 드론처럼 정확하게 그의 사타구니를 향해 쏟아졌다.

"이 멍청한 여자가!"

제이미가 길길이 뛰었다.

"메뉴도 제대로 못 맞추더니 이제는 화상까지 입혀! 다시는 여기서 일 못 할 줄 알아!"

그가 변호사들을 쳐다보며 말했다.

"이 여자 고소할 수 없습니까?"

회의는 아수라장으로 변해버렸다.

드루는 남몰래 앤절라를 위로하러 갈 생각이었지만 하필 그때 주머니 속의 휴대폰이 울렸다.

오랜 친구이자 멘토, 스티븐 찰스워스의 전화였다. 전설적이라 회자될 만한 사업 감각 덕분에 일명 서더크의 천리안이라고 불리는 인물이었다. 스티븐은 성공한 사업가로 유명하기도 했지만 은둔생활을 하는 것으로도 유명했기에, 드루는 그 어떤 상황에서건 그의 전화는 절대 무시해서는 안 된다는 걸 알았다.

"스티븐."

드루가 낮은 목소리로 전화를 받으면서 말했다.

"지금은 통화할 수가 없어요. 지금 상당히 까다로운 미팅 중이거든요."

"알아."

놀라운 대답이었다.

"어떻게?"

아무리 스티븐이라도 정말 천리안을 가진 것은 아닐 텐데.

"누가 트위터에 썼어. '던 딜의 앤절라가 이번에는 호되게 당하는 중'이라고. '유명 사업가의 회사가 매각 위기에 처하다.'"

스티븐은 트위터에 올라온 내용을 읊었다.

"드루, 앤절라에게 경고해. 곧 썩어가는 고기에 구더기가 끓듯 기자들이 달라붙을 거야."

"생각만 해도 역겹네요."

"앤절라는 괜찮아? 드루, 혹시 앤절라가 잠시 탈출할 곳이 필요하면 이탈리아에 내 소유의 별장이 하나 있어. 만약 이유를 묻거든 내가 빌라를 호텔 체인에 팔까 하는데 앤절라의 조언이 필요하다고 핑계를 대."

"알겠어요. 당신도 앤절라를 잘 아니까요."

"다 옛날 일이지. 그리고 절대로 다른 얘기는 하지 마, 그랬다간 안 간다고 우길걸."

"스티븐, 대체 무슨 꿍꿍입니까?"

"마음에서 우러나는 친절이지, 친구."

"당신한테 마음이라는 게 있다니 금시초문인걸요."

"이런, 드루. 성공한 사람이라고 해서 설마 심장이 없겠어?"

"경험상 그런 경우가 많더군요."

클레어는 식기세척기를 돌리기 위해 모두가 자리를 떠날 때까지 주방에 숨어 있는 내내 방금 엿들은 말에 대해 생각했다. 앤절라에게 정말 탈출할 곳이 필요하려나? 앤절라는 회복탄력성이 강해 보였으나 TV 유명 인사인 터프한 사업가가 현실에서 자기 사업체를 빼앗겨버릴 때 언론이 얼마나 떠들썩하게 달라붙을지를 상상할 수 있었다.

그녀는 접시를 깔끔하게 정돈하고, 포크와 나이프를 바구니에 채우고, 맨 위쪽에 컵을 쌓아놓은 뒤, 코끼리가 그려진 커다란 오렌지색 세인즈베리 쇼핑백에 자기 물건을 챙겼다.

조리대를 닦고 난 스펀지는 싱크대에 도로 갖다놓았다. 누가 문간에서 기다리고 있었다. 아까 마지가 해고당한 걸 알려준 매니저였다.

클레어는 한숨을 쉬며 단두대의 칼날이 떨어지기를 기다렸다.

"방금 피셔 씨와 이야기했는데 당신이 일부러 뜨거운 커피를 쏟았다고 하더군요."

"말도 안 돼요. 그냥 실수였어요."

클레어가 반박했다.

"메뉴는 왜 바뀐 거죠?"

마지가 일부러 방해했다고 말하면 미친 소리처럼 들릴 거라고 클레어는 마음속으로 결론지었다.

"정말 죄송해요. 메뉴가 미리 정해져 있는 건지 몰랐어요."

"알겠어요."

매니저가 냉정하게 대답했다.

"어쨌든 저희가 원하는 것보다 실력이 많이 부족하신 것 같다는 생각이 듭니다. 계좌를 보내면 정산해드리죠."

클레어는 무거운 가방을 어깨에 짊어지고 두꺼운 카펫이 깔린 계단을 내려가기 시작했다.

"클레어!"

문득 누군가의 숨죽인 목소리가 들려왔다.

초조한 표정의 드루를 등 뒤에 달고 다가온 앤절라였다.

"혹시 정문 바깥에 기자 두 명이 아직도 서 있는지 봐줄래요? 그 자식들이 벌써 나한테 들러붙었나 봐요."

클레어는 바깥을 슬쩍 내다보았다. 정말로 길 건너편에 기자로 보이는 사람들이 금방이라도 달려들 태세로 서 있었다.

"있어요. 저 사람들, 클래리지스 백화점에서 점심 식사 중인 누군가를 기다리는 것 아닐까요?"

"위험요소를 만들고 싶지 않아요. 혹시 이 건물에 뒷문이 있을까요?"

"제 차를 정문 바로 앞에 대놨어요. 파란색 판다고, 키는 여기 있어요. 안에 타 계시면 제가 남은 파네토네로 적의 주의를 분산시켜볼게요. 남편한테 갖다주느니 그쪽이 낫죠."

두 사람이 말리기도 전에 클레어는 차 키를 건네준 뒤 성큼성큼 길을 건너 기자들에게 다가갔다.

"안녕하세요, 여러분. 배고프시죠? 이 맛있는 브레드 앤 버터 푸딩을 낭비하느니 나눠드리고 싶은데요."

그러면서 그녀는 기자들에게 푸딩을 건넸다.

세 명의 기자는 영양에게 달려드는 사자처럼 푸딩을 향해 몰려들었다. 클레어는 빙글 돌아서는 다가오는 차들을 단호한 손짓으로 막으며 날렵하게 브룩 스트리트를 건넜다. 판다 운전석에 올라타다 다행히도 뒷좌석에는 앤절라가, 조수석에는 드루가 타고 있는 걸 확인한 뒤, 기자들이 눈치채기 전에 얼른 출발했다.

"세상에,"

앤절라는 창밖을 살피면서 말했다.

"이런 방법이 있을 줄이야! 정말 고마워요."

"별말씀을요."

클레어가 씩 웃었다.

"재미있었어요. 어디로 가면 될까요?"

"집은 메릴본이긴 한데, 아무 지하철역 근처에나 내려주면 될 것 같아요."

"무슨 소리예요? 집까지 태워다드리고 고가도로를 지나 A40 도로를 타고 돌아가면 되죠. 그렇게 멀리 돌아가는 것도 아니에요."

"정말 괜찮다면 그렇게 해요."

"아침부터 정말 고단하셨겠어요."

"맞아요. 그래도 클레어가 기자들을 따돌려준 덕에 최악은 면했죠."

"기분전환이 됐어요. 굳이 따지자면 웬만해서는 제가 하는 일은 좀 따분하거든요."

"그래서 손님을 맞이할 수 있는 식당을 꿈꾸는 건가 봐요."

"저는 이탈리아를 동경하거든요. 제 할머니의 할머니가 나폴리 출신 뱃사람이랑 놀아나기라도 했나 봐요."

클레어는 백미러를 보며 앤절라에게 미소를 보냈다.

"뭐, 그분 사진을 보면 뱃사람보다는 아이스크림 장수 쪽이 더 맞겠다 싶지만요. 어쨌든 예전부터 이탈리아가 참 좋았어요."

"드루, 혹시 그 수수께끼의 친구 말이 진심이면 클레어도 데려가야겠어."

앤절라는 드루에게 그렇게 말한 뒤 클레어를 향해 설명했다.

"조금 전에, 드루의 친구가 이탈리아에 잠깐 숨어 있다 가라는 후한 제안을 했거든요."

"저라면 총알같이 튀어가죠."

클레어는 그렇게 말하자마자 자기가 지나치게 밀어붙이는 것 같다는 생각이 들어 운전에 집중했다.

벌써 마블 아치까지 왔다.

"셀프리지스 백화점 지나서 좌회전해줄 수 있을까요?"

앤절라가 듀크 스트리트로 진입하는 길을 가리키며 말했다. 800미터를 더 가자 18세기에 지어진 아름다운 월레스 컬렉션을 지나쳤고, 세인트 제임스 스패니시 플레이스가 나올 무렵 앤절라는 좁은 주택가 입구를 가리켰다.

"여기 세워주면 돼요. 이 은혜를 어떻게 갚죠? 덕분에 곤경을 면했네요."

앤절라와 드루는 차에서 내린 뒤 손을 흔들어 작별 인사를 했다.

클레어는 두 사람이 부산한 거리를 헤치고 가는 뒷모습을 바라보았다. 유명인의 삶은 참 괴상하다. 정말 근사하게 사는 것 같은 앤절라도 기자에게 쫓기고, 사업체를 잃을 위기에 처했으니 말이다.

와이퍼 밑에 끼워져 있는 주차위반 딱지가 눈에 들어온 건 그 순간이었다. 앤절라와 수다를 떠느라 여태 미처 못 보았던 것이다. 대단하군.

오늘 하루의 손해는 도합 40파운드였다. 눈물이 쏟아지려는 걸 참으면서, 클레어는 드루의 친구가 했다는 수상한 제안, 그리고 이탈리아에 함께 가자는 앤절라의 말이 혹시 진심일까 하는 생각을 했다.

2

실비 서튼은 킹스 로드의 어느 막다른 골목에 있던 펍을 개조해 만든, 온통 혼잡하게 어질러진 사무실 속으로 간신히 비집고 들어가 책상 뒤에 앉았다.

한때 이곳이 찰스 2세의 사유지였다는 사실이 실비는 마음에 들었다. 찰스 2세는 실비가 특별히 존경하는 왕이었기 때문이다. 찰스 2세의 치세 시기에 청교도주의는 퇴폐적인 욕망으로 변화했고, 근사한 오프숄더 드레스는 더 말할 것도 없다. 사실 지금이 아닌 다른 시대에 살 수 있었다면 그녀는 분명 찰스 2세 시절을 택했을 것이다.

재미있게도 실비가 개조한 이 펍의 이름은 '킹스 암스'였지만, 맥주 냄새가 풍기고 습기로 가득하던 이 버려진 가게가 영국의 가장 융성하던 왕조와 가진 공통점은 그 이름이 전부였다.

킹스 로드 역시 1960년대 런던 히피들의 중심지이던 시절과는 많이 달라졌다. 롤링스톤즈의 「유 캔트 올웨이즈 겟 왓 유 원트」의 노랫말 속에 살아 숨 쉬는 첼시 드럭스토어에서부터, 6미터짜리 여인상과 함께 거칠고 이국적인 손님들로 가득했던 더 페전트리 나이트클럽에 이르기까지. 무엇보다도 더 페전트리가 지금은 피자 익스프레스가 되어버렸다는 걸 생각하면서 실비는 소름이 돋으려는 걸 애써 참았다.

실비가 더 좋아하는 건 아름다운 정원이 숨겨져 있는 첼시 아트 클럽*이 품은 다정다감한 보헤미안주의였다. 또 이제는 없지만 『사이더 위드 로지』라는 책으로 명성을 떨쳤던 로리 리 같은 문인들이 문득 모습을 드러내 현대문학에 대한 무료 세미나를 하곤 했던 퀸스 엘름 펍도 무척 사랑했었다.

실비는 좀더 효율적으로 일할 마음의 준비를 하며 심호흡을 했다. 이 방, 정확히는 건물 전체가 일부분은 사무실이고 일부분은 앤티크 소품 가게, 일부분은 인테리어 디자인 사업을 위한 창고로 쓰이고 있었다. 그녀의 인테리어 디자인에 개성을 부여하는 다채롭고 이국적인 천들을 보관하는 장소이기도 했다. 실비는 이국적이고 과장된 장식이 자신의 트레이드마크라고 생각했다. 외교관이었던 아버지를 따라 시리아와 이집트, 이란을 돌아다니며 보낸 어린 시절의 영향이기도 했지만 사업상으로도 좋은 선택이었다. 여전히 '영국 시골집 스타일'에 죽고 못 사는 사람들—주로 외국인—이 있었지만 그 시장은 이미 레드오션이었고, 자기 집이 당장이라도 신나는 일이 펼쳐질 것 같은 극장 같기를 바라는 고객에게는 실비만의 극적이고 호사스러우며 과장된 스타일이 잘 먹혔다.

실비는 런던의 온갖 벽을 점령한 수천 가지 색조의 오프화이트를 혐오했을뿐더러 '섀비 시크'**가 유행이라면 질색했다. 실비의 눈에 섀비 시크는 부서진 가구들과 우스꽝스러운 레이스, 바보 같은 분홍색 튀튀***를 집 안에 온통 둘러놓은 것처럼 보였다. 집주인이 「백조의 호수」 출연진이라도 되는 것 같았다.

* 19세기에 만들어진 런던 예술가들의 프라이빗 클럽.
** 낡은 듯하면서도 은근히 세련된 느낌을 주는 인테리어 방식.
*** 발레할 때 입는 주름이 많이 잡힌 스커트.

실비의 사무실 벽은 그녀의 시그니처 색상인 밝은 코발트블루였지만, 애용하는 휴대폰으로 눈길을 사로잡은 온갖 것을 찍어놓은 사진들이 벽을 뒤덮고 있는 터라 벽의 색상은 거의 보이지 않았다. 실비의 사진 소재는 모로코산 은제 찻주전자에서부터 해변에 널려 있는 색칠한 밧줄 토막들, 펍 앞 정원에 앉아 있는 황금 방울새, 근처 자선 가게에 있던 오렌지색 펭귄북스 문고판 소설들, 새빨간 중국 병풍에서부터 완벽한 푸른색의 오리알까지 다양했다.

실비는 자신의 드라마틱한 제스처가 엄청나게 큰 걱정이 있을 때 불안감을 숨겨주는 역할을 한다는 사실을 잘 알았다. 바로 지금처럼 말이다. 길고 구불거리는 빨간 머리를 뒤로 넘긴 다음 발레 학교의 깐깐한 선생처럼 손뼉을 짝 치면 사람들은 그녀의 초록색 눈꺼풀 뒤에 숨겨진 불안감을 알아차리지 못한다. 실비가 지금 진행하고 있는 200만 파운드짜리 프로젝트는 벨그라비아에 있는 침실 다섯 개짜리 아파트 실내를 장식하는 일이었다. 집주인은 모스크바 출신으로 사흘 후면 돌아오는데 그때까지 모든 것이 완벽하게 완성되어 있기를 바랐다.

알고 보니 이 러시아 고객은 아주 세부적인 것 하나하나까지 완성도를 갖추기를 바랐다. 침대 정리는 집이 아니라 진짜 호텔처럼 되어 있어야 했다. 차라리 사보이 호텔이나 리츠 호텔에 들어가 사는 게 더 낫지 않은가 하는 생각이 들 정도였다. 고객은 꽃병마다 꽃이 가득 꽂혀 있고 세심하게 고른 소품은 물론 벽난로 위에 은색 액자까지 장식된 호텔이나 모델하우스 같은 분위기를 원했다. 사실 일전에 실비는 입주한 지 6개월 된 고객의 집을 방문했다가 멋진 가족사진을 칭찬한 적이 있었다. 알고 보니 그 사진은 액자를 살 때 딸려온, 모델들을 놓고 찍은 사진이었다. 그 이후로 실비는 고객에게 아무 질문도 하지 않으려고 조심했다.

"아멜리아!"

그녀는 1층에서 다른 디자이너들과 가구를 나르는 중인 프랭크와 함께 있을 아멜리아를 소리쳐 불렀다.

"대체 토니는 어디 간 거야?"

토니는 실비의 남편으로 아주 가끔 동업자 노릇을 했다.

"최종 실측을 하러 킴벌리를 데리고 벨그라비아에 간 것 같은데요."

1층에서 아멜리아가 외쳤다.

"민트차 한 잔 드릴까요?"

신선한 민트차는 실비가 즐겨 마시는 음료였지만 샴페인에 대한 집착에 비할 바는 아니었다. 그녀는 거의 매일 대낮에 샴페인을 한 잔 마시면서, 창의력을 불러일으키는 데는 로랑 페리에만 한 게 없다고 자랑스레 말하곤 했다.

"이제 와서 실측할 게 뭐가 있어?"

실비는 신경질적으로 대꾸한 뒤 가방을 집어 들고 소용돌이 모양 계단을 걸어 1층으로 내려갔다.

"킴벌리가 부부용 욕실에 욕조 매트가 필요하다고 얘기했던 것 같은데요."

"안 돼, 킴벌리라면 분명 프라이마크* 따위에서 사다 놓을 거야!"

실비가 불안하게 곱슬머리를 쓸어내렸다.

"게다가 쓸모없는 토니가 그 빨간색 벨벳 커튼을 식당에다 걸

---

* 저렴한 가격이 특징인 패스트패션 브랜드의 이름.

어놓을지 누가 알아. 프랭크, 지금 나랑 같이 가자. 내가 직접 해야겠어."

실비는 바즐던에 있는 공급업체 사장의 버릇없는 딸 킴벌리를 싫어했다. 그애는 세련된 첼시보다는 바즐던에서 '디 온리 웨이 이즈 에섹스'나 보는 것이 어울리는 아이였다. 도대체 토니가 무슨 생각으로 그애를 인턴으로 받아준 건지 알 수 없었다. 킴벌리는 실내장식이라는 게 쿠션에 반짝이가 붙은 쿠션 커버 씌우고 손 닿는 데마다 온통 프릴 달린 천을 걸쳐두면 되는 일인 줄 아는 것 같았다. 분명 자기 방 침대에 동물 인형을 잔뜩 올려뒀겠지. 방문에다가 '킴벌리'라는 이름까지 붙여놓았다 해도 놀랍지 않았다.

프랭크가 아멜리아와 급히 눈빛을 교환하는 모습이 보였다.

"실비, 굳이 안 가보셔도 돼요. 제가 가서 할게요. 빨간 벨벳으로 된 쉐즈롱*을 픽업하러 가야 한다고 하지 않으셨어요?"

"맞아."

실비는 미심쩍은 눈으로 프랭크를 쳐다보았다.

"하지만 내일 아침이나 되어야 들어온다던데. 게다가 배달도 해준다고 했어. 가격을 생각하면 그럴 만하지."

문제의 쉐즈롱은 배터시 파크에서 열린 앤티크 장식 박람회에서 구한 전리품으로, 업계 종사자 할인까지 받아도 이케아 가구로 방 하나를 도배하는 것에 맞먹는 가격이었다. 그러나 새집에 딸린 기묘한 모양의 드레스룸에 이 쉐즈롱을 갖다 놓으면 집주인이 원하는 드라마틱한 효과를 불러일으킬 게 분명했다. 에드워드 왕조 시대의 배우였던 패트릭 캠벨 부인이 '쉐즈롱 위에서 난리법석을 벌

---

* 누울 수 있는 긴 소파.

이는 시기가 지나면 부부 침대에서의 깊은 안식을 갈구하게 된다'
는 명언을 남긴 게 문득 떠올랐다. 에드워드 시대 사람들은 정말 쉐
즈롱 위에서 문란한 성행위를 즐겼을까? 불편했을 것 같은데.

결혼생활의 안식을 추구하려면 애초부터 이불이 자신만의 독점
적인 소유물이라고 믿는 토니 같은 남편을 만나서는 안 되었다.

프랭크가 픽업트럭을 몰고 와서 지금은 콘셉트 음식점이 된 월
즈 엔드 펍 맞은편에 세운 다음 커튼 다는 도구들을 싣기 시작했다.

"지쳐 보이는데요."

실비가 조수석 문을 열자 갑자기 프랭크가 그렇게 말했다.

"그냥 들어가서 샴페인 한 잔 마시면서 쉬시는 게 어때요?"

그러면서 프랭크는 맞은편 펍을 가리켰다.

실비가 그를 빤히 쳐다보았다. 샴페인이 마시고 싶었다면 알아
서 마셨겠지. 게다가 피로를 풀기에는 너무 긴장한 상태였다. 아마
프랭크도 내가 긴장한 걸 알고 이런 이상한 행동을 하는 거겠지?

"갔다 와서 마실게. 이번 고객한테는 완벽한 걸로는 충분하지 않
아. 유리에 얼룩 하나라도 있으면 도로 나와서 환불해달라고 할걸."

프랭크는 어깨를 으쓱했다.

"알았어요. 벨그라비아로 가죠."

오래 걸리지는 않았다. 점심시간을 틈타 가볍게 술 한 잔을 즐긴
사람들이 회사로 돌아간 후, 젊은 엄마들이 레인지로버나 최고급
렉서스에 올라타고 아이들을 데리러 가기 전, 아니면 고급 헬스장
에서 운동하면서 보모에게 애들을 데리러 가라고 시키기 전의 한
산한 오후 시간대였다.

리스코프 부부의 아파트는 한때 '피아노 노빌레'*라고 불리던
2층에 있었고 웅장한 전면 유리창을 통해 오후의 햇살이 쏟아져

들어왔다.

실비가 열쇠를 찾는 동안 프랭크는 장비들을 풀어놓았다. 1층에서 제복 차림의 안내원이 그들에게 고개를 까딱해 보이더니 다시 『경마 신문』으로 눈을 돌렸다.

엘리베이터는 금세 도착했다. 아파트 문에는 정교하고 복제가 불가능한 밴험 키가 달려 있었고 도난 경보기에 갖다 대면 경보가 꺼지는 스마트키도 달려 있었다. 이 동네 경찰들은 부자들이 여섯 자리 비밀번호를 기억하지 못해서 자꾸만 실수로 경보기를 울린다며 이런 장치를 사용하길 요구했다. 웬일인지 경보기가 꺼져 있었다. 나중에 직원들을 닦달해야겠다고 마음먹었다.

다행히 집 안이 아주 근사해 보여서 안심이었다. 이제 빨간 벨벳 커튼을 달고, 드레스 룸에 쉐즈롱을 갖다 놓고, 블루버드에 있는 꽃집에서 사다 놓은 싱싱한 꽃만 꽂으면 완성이었다. 시간이 있으면 직접 할 수도 있는 일이었다. 꽃병을 갖다 놓아야 할 자리며 배경 색상을 정확히 기억할 수 있도록 사진을 찍으려고―실비는 모든 것을 사진으로 기록하며 일을 진행했다―휴대폰을 꺼내는데 부부 침실에서 이상한 소리가 새어나왔다.

프랭크는 거대한 응접실에 사다리를 놓고 이미 그 위에 올라가 있었다. 실비는 북슬북슬해서 거의 발목까지 파묻히는 카펫 위를 뒤뚱뒤뚱 걸어가 침실 문을 열었다.

그 순간 눈앞에 펼쳐진 장면을 실비는 죽을 때까지 잊을 수 없을 것이다.

금박을 입힌 거대한 캐노피 아래, 킴벌리가 '부후'에서 파는 어

---

* 저택 2층의 응접실.

린애들이나 입는 원피스 차림으로 그녀의 남편 아래에 팔다리를 쩍 벌리고 드러누워 있었다.

킴벌리가 헤드라이트 불빛에 포착된 토끼처럼 그녀를 바라보았다.

그 순간 실비는 아멜리아와 프랭크가 왜 그렇게 이상한 행동을 했는지 알 것 같았다. 남편과 킴벌리의 관계를 알았기에 실비를 보호하려 한 것이다.

감정과 분노는 나중에 몰려올 것이다. 지금 눈앞에 펼쳐진 각도, 조명, 극적인 효과를 응시하고 있는 것은 실내장식가의 눈이었다.

실비가 휴대폰으로 사진을 찰칵 찍는 순간, 킴벌리는 찢어지는 소리로 비명을 질렀고, 토니는 공포에 질린 얼굴로 돌아보았다.

"토니."

그녀는 존엄성을 잃지 않으려 애썼다.

"나만 빼고 당신의 여자 취향은 늘 최악이었어."

＊

그웬 찰스워스는 평소처럼 베이컨과 달걀, 버터를 두껍게 바른 토스트가 담긴 접시 앞에 앉아 아끼는 아이패드를 켰다. 그웬은 여든이 훌쩍 넘었지만 뮤즐리를 먹어야 건강에 좋다는 이야기 따위에는 귀를 기울이지 않았다. 몇 년 전부터 뮤즐리를 먹어왔던 남편 네빌만 봐도 알 수 있다. 온종일 정원을 가꿔도 지치지 않는 그웬과는 달리 네빌은 늘 어딘가가 쑤시고 결린다고 신음하곤 했다. 또 사람들은 늙은이들이 신기술에 어둡다는 편견을 갖지만, 그웬은 구글 없는 세상을 상상할 수도 없었다.

그웬은 화면을 스크롤하며 노년기 연금 투자를 부추기는 광고, 노인의 발에 편하다는 괴상한 신발 광고, 아마존 결제 내역을 확인했다. 그웬은 아마존 쇼핑 중독자였다. 매일같이 우편배달부나 택배기사가 새로운 물건을 가져다주었다. 마음에 드는 펜, 새로운 정원 손질용 장갑, 블랙 레이스*에서 나온 부적절한 소설 등 그웬에게는 그런 것들 하나하나가 선물 같았다.

"오늘은 또 뭘 시키셨어요, 찰스워스 부인?"

우편배달부는 늘 그렇게 농담을 건네곤 했다.

"『그레이의 50가지 그림자』?"

그럴 때마다 그 말을 받아쳐서 우편배달부에게 충격을 주는 것도 그웬의 즐거움이었다.

"무슨 소리야. 난 밧줄에 매달리기에는 너무 늙었어. 아마 크리스천인지 뭔지가 오기도 전에 죽을걸."

사실 그웬은 아들 스티븐의 연락을 기다리는 중이었다. 스티븐은 의무적으로 매주 전화를 하지만 때로는 신문에서 우스운 만화나 기사를 스캔해서 보내주기 때문이었다.

그웬은 잠시 아들 생각을 했다. 크리스천 그레이라는 그 친구처럼 스티븐 역시 성공한 사업가였지만 그래도 아들이 크리스천 같은 이상한 취미는 갖지 않았으면 했다. 어린 시절 스티븐은 행복한 아이였으니까. 그런데 20대 때 잠깐 결혼생활을 한 것을 끝으로 아직 싱글이라니. 이해가 안 됐다. 매력적이고 재미있는 데다가 심지어 성공한 사업가인데 어째서 내 아들한테 여자들이 줄을 서지 않는 거야?

---

* 에로틱 로맨스 소설을 출간하는 레이블.

"그웬 디어, 커피 좀 더 주겠어?"

네빌이 물었다.

'디어'라는 애칭이 짜증나서 그웬은 그 말을 무시했다. '올드 디어'*라는 말이 연상됐는데 그웬은 그 집단에 속하고 싶지 않았기 때문이다. 네빌이 눈치 빠르게 '디어'라는 정겨운 호칭을 빼고 다시 한번 부탁하는 바람에 그웬은 커피를 한 잔 따라주었다.

아하, 실비 서튼에게서 이메일이 왔군. 그웬은 실비가 열두 살일 때 학교에 가지 않는 날에는 찰스워스 저택에서 800미터 떨어진 곳에 사는 이모와 이모부를 만나러 오던 그 시절부터 실비를 좋아했다. 그 애는 잠깐 방심한 탓에 실수로 아이를 낳았다고 여기는 이기적인 부모를 따라 중동으로 끌려다니며 남들과는 다른 어린 시절을 보냈다. 실비가 기숙학교에서 자꾸만 도망치는 것도, 도발적인 옷을 입는 것도 전부 부모의 관심을 끌기 위해서인 게 분명했는데도 부모는 그애한테 무관심했다.

얼마 전에 그웬은 실비에게 거실 장식을 맡겼다. 드라마틱한 벨벳과 호화로운 소파로 꾸며진—아들의 말에 따르면 베이루트의 매음굴을 연상시키는—그 거실은 집에서 그웬이 가장 좋아하는 공간이 되었지만 축 늘어지는 꽃무늬 소파 커버가 취향인 그웬의 보수적인 친구들에게는 경악의 대상이 되었다.

"치읓 자로 시작하는 말은 꺼내지도 마세요!"

함께 견본 천을 살펴볼 때 실비는 그렇게 말했었다. 그웬이 깜짝 놀라 그녀를 바라보자 실비는 목소리를 낮추더니 "친츠** 말이에

* 할머니라는 뜻.
** 꽃무늬 나염이 된 면직물.

46

요” 하고 속삭였다.

사랑하는 실비가 무슨 일로 이메일을 보냈으려나? 혹시 잠시 와서 머물 생각이라면 실비에게 앞마당 화단을 어떻게 꾸밀지 조언을 받고 싶었다. 실비는 색채 감각이 뛰어났다. 그웬은 매년 마당에 새파란 구름 무더기처럼 피어나는 물망초를 배경으로 루비처럼 빨간 로코코 장미와 이국적인 보랏빛을 뽐내는 아라비안 미스터리 장미를 감상했다. 그웬의 인생에서 섹스는 오래전에 사라지고 없었지만 적어도 아직 정원을 가꿀 정력은 남아 있었고 네빌의 무릎이 제구실을 못하는 걸 감안하면 모두에게 잘된 일이었다.

실비의 연락처에 있는 모든 사람에게 발송된 것 같은 이메일에는 “여러분, 이 사진을 보고 한바탕 웃어보세요”라는 내용이 전부였다.

그웬은 기대감에 벌써 미소를 지으면서 첨부 파일을 클릭했다. 사진이 눈앞에 펼쳐진 순간, 평소에 충격을 별로 받지 않는 성격인데도 실비의 남편이 젊은 여자 위에 올라탄 장면을 보며 입을 딱 벌리고 말았다.

잠시 후 전화벨이 울렸다. 아들 스티븐의 전화번호였다. 그웬이 중독되어 있는 스카이프 채팅창에 스티븐이 나타났다.

“첨부 파일 열어보셨어요?”

아들은 아무 설명 없이 그렇게 물었다.

“지금 보고 있단다… 세상에.”

그웬이 겨우 입을 열었다.

“이게 무슨 일일까?”

그웬은 실비의 남편인 토니 서튼을 늘 마음에 들어 했다. 남자다워서 안심되는 면이 있었다. 실제로 토니가 콧수염을 기른 적이 없는데도 늘 그를 생각하면 콧수염 있는 모습이 연상되곤 했다. 게다가 그는 동물과 아이들에게도 친절했다. 그웬의 경험상 동물과 아이들에게 친절한 남자는 망나니일 확률이 거의 없었다.

하지만 지금 눈앞에 보이는 증거는 그웬의 생각을 완전히 뒤엎는 것이었다.

"실비가 남편의 불륜 장면을 포착한 모양이에요."

스티븐이 말했다.

"맙소사!"

그웬은 다시 한번 사진을 보았다.

"꼭 1950년대에 이혼 증거를 만들어내려고 찍은 사진 같은걸. 하지만 왜 실비가 이 사진을 이메일로 돌린 거지?"

"자기편을 만들려는 게 아닐까요. 실비는 원래 충동적인 기질이 있잖아요. 하지만 이 일로 오히려 불이익을 당하는 일이 없어야 할 텐데요. 러시아나 중동 출신 고객들은 이 사진을 우습다고 생각하지 않을지도 모르고요."

"아, 불쌍한 우리 실비!"

그웬의 눈앞에 이모와 이모부와 그들의 깜짝 놀란 손님들 앞 만찬 식탁에 앉아 있는 외로운 어린 소녀의 모습이 생생하게 그려졌다.

그러나 '불쌍한 우리 실비'는 사실 스티븐이 실비 서튼에 대해 가진 이미지와는 상당히 동떨어져 있었다. 일단 키가 170센티미터나 됐으니까. 어린 시절 그녀는 타이츠와 튀튀를 입으려 들지 않는다고 스티븐을 시시한 놀이 상대 취급했었다. 어른이 된 이후에 실비는 자기 자신을 충분히 잘 보살피며 사는 것 같았다.

지금까지는 말이다.

"스티븐, 실비한테 전화 좀 해보려무나. 지금 마음고생이 심할 텐데 네가 말한 대로 사업에도 난리가 날지 모르니까. 그 뭐냐…
해킹을 당했다고 해버리면 안 되려나?"

"그럴 수야 있겠지만 웬만한 사람들은 딱 실비가 할 법한 복수
라고 생각할걸요."

그웬은 잠시 말을 멈추고 어떻게 해야 할지 생각했다. 그웬은 사
랑하는 사람들이 괴로워하는 모습을 가만히 지켜보기만 할 수 있
는 사람이 아니었다.

"그 멋진 '빌라 레 시레누세'는 어떨까? 지중해에서 휴가를 보
내라고 꼬여내기에 딱 좋은 곳 아닐까? 이 야단법석이 잦아들 때
까지 고객들한테는 휴가 간다고 하면 되잖아. 그러니까 너한테는
달리 보살필 가족이 있는 것도 아니니까."

스티븐이 거절하기도 전에 그웬은 그가 싱글이라는 사실을 콕
집어 말해 반론의 여지를 차단해버렸다.

"어차피 비수기잖아. 이탈리아 사람들은 5월 초까진 밖에 나오
지도 않으면서 봄이라며 옷을 홀렁홀렁 벗어대는 우리를 미친 사
람 보듯 보잖니. 아, 옛날에 카프리에서 지내던 시절이 떠오르는
구나…"

스티븐은 어머니가 카프리 이야기를 꺼내는 순간 항상 그랬듯
그 회상은 E.F. 벤슨과 서머싯 몸으로 이어지고 서머싯 몸이 우울
한 사람들에게는 리비에라처럼 해가 쨍쨍한 곳이 제격이라고 말
했던 것을 끄집어내며 카프리도 그런 면에서는 리비에라와 마찬
가지라는 이야기로 흘러갈 걸 알았다.

"어머니, 사실 얼마 전에 앤절라 윌리엄스라는 여자에게 빌라를
빌려줬어요. 기억하실지 모르겠지만 옥스퍼드에 다니던 시절 사
귀던 친구요."

"설마 '던 딜'에 나오는 그 무서운 여자? 네 아버지가 '던 딜' 애청자 아니니. 그런데 대체 어쩌다가 그 사람한테 빌라를 빌려주게 됐니?"

"그 사람은 빌라가 제 건지 몰라요."

"그건 또 무슨 소리냐?"

"이야기가 길어요. 앤절라가 회사를 빼앗겼거든요. 아마 신문에서 보셨을 거예요."

"세상에, 너 가난한 여자들을 위한 요양원이라도 열려는 거냐?"

"사실 앤절라에게 사업 조언을 좀 얻으려는 생각이에요. 최근에 빌라를 매입하겠다는, 꽤 괜찮은 제안을 받았거든요."

"스티븐, 레 시레누세는 팔면 안 돼!"

그웬은 노발대발했다.

"그렇게 멋진 빌라를 무슨 쇼어디치에 있는 다 쓰러져가는 원룸 건물마냥 함부로 팔아버려선 안 되지! 그곳은 특별한 곳이잖니! 게다가 도대체 누가 무슨 이유로 레 시레누세를 사겠니? 러시아 재벌이나 카타르 왕족이라도 불러다 살게 하려고?"

스티븐은 수상쩍은 이들은 머지않아 정체를 드러내고야 마는 법이라는 말을 익히 들어왔다.

"사실은 호화 호텔을 열 계획이라고 합니다."

"란짜렐라에다가? 그 동네에 호화 호텔은 이미 넘쳐나잖아? 네 아버지랑 내가 카프리에 처음 갔을 때만 해도 그 동네는 바닷가에서 멀찍이 떨어져 있어서 지긋지긋한 관광객들로 붐빌 일도 없는, 그저 레몬밭이나 있는 시골이었는데. 스티븐, 절대 안 돼!"

스티븐은 아랫도리 단속을 제대로 못 한 실비의 남편이 원망스러워질 지경이었다. 그럼 이런 고난도 없었을 텐데.

"생각해볼게요, 어머니."

"게다가 카를라도 그곳을 좋아했잖니."

세상을 떠난 지 오래된 스티븐의 전처를 말싸움에 끌어들이는 건 비겁하다는 걸 알면서도 그웬은 그 말을 입 밖에 냈다. 그러자 스티븐은 카메라에서 고개를 돌려버렸다. 사실 스티븐도 자신이 그 빌라에 대해 품고 있는 애착이 말도 안 된다는 걸 알았다. 카를라와 함께 그곳에서 보낸 행복한 나날을 떠올리면 도저히 팔 수 없다는 생각이 들었다. 하지만 이번만큼은 다르리라.

"실비가 그 빌라를 근사하게 꾸며주지 않겠니? 너무너무 아름답게 만들어서 도저히 팔아버릴 수가 없게 만들 거다."

스티븐은 어머니의 베이루트 매음굴을 떠올리며 부르르 떨었다.

"실비와 저는 인테리어 취향이 달라서요."

"너는 칙칙한 부동산 개발 업계에서 너무 오랜 시간을 보냈어."

어머니가 우겼다.

"사실 너야말로 이탈리아에 다녀와야겠다. 런던의 지평선을 더 이상 망치지 마라. 너 같은 녀석들이 요즘 무슨 짓을 하고 다니는지 나도 신문에서 다 읽었다! 징글징글한 고층 빌딩들이 서는 바람에 이제 햄프스테드 히스*에서 세인트폴 대성당도 안 보인다며!"

스티븐이 혼자 미소를 지었다. 칙칙한 부동산 개발 업계에서 그가 큰돈을 벌었다는 사실은 어머니에겐 그리 대단치 않은 일인가 싶었다. 아마 서로에게 잘된 일이겠지.

"그래, 네가 실비한테 전화하는 동안 나는 다년초 화단에서 잡초나 뽑아야겠다."

* 런던 북서부 고지대 햄프스테드에 있는 유원지.

"무리하지 마세요, 어머니."

스티븐이 재빨리 화제를 바꿨다.

"제가 사드린 무릎받침은 쓰고 계시죠?"

"나를 늙은이 취급하는구나."

그웬이 톡 쏘아붙였다.

"어머니는 영영 늙을 일이 없죠. 백 살이 되셔도 말이에요. 그건 어머니 스타일이 아니잖아요."

그웬은 함박웃음이 나오려는 걸 참았다.

"이젠 끊자꾸나. 그리고 여자를 발가벗겨서 밧줄에 묶어 매달아 놓고 그러면 안 된다."

스티븐은 휴대폰을 멍하니 쳐다보았다. 『그레이의 50가지 그림자』를 읽지 않은 그로서는 무슨 소린지 알아들을 리가 없었다. 다른 사람의 입에서 나왔더라면 엄청나게 신경 쓰였을 만한 말이지만 어머니라면 분명 기분이 내킬 때 그 비유의 출처를 설명해줄 테니 신경 쓸 필요는 없었다. 지금은 실비를 별장에 초대하라는 제안을 생각해봐야 했다. 평소 늘 그렇듯 어머니의 제안은 일리가 있었다.

또 앤절라가 내 제안을 받아들인다면? 그때야말로 빌라를 매입하겠다는 제안을 심각하게 고려할 이유가 생기는 것이 아닐까?

그는 잠시 앤절라가 '던 딜'에 출연한 모습을 떠올려보았다. 어머니에게는 절대 털어놓지 못할 말이지만, 사실 그는 남몰래 '던 딜'을 매회 챙겨보았다. 참여자들을 겁에 질리게 하고 다른 심사위원들과 가차 없이 싸우는 터프한 금발 여성은 오래전 그가 알던 평범한 집안 출신의 예쁘고 수줍음 많던 아가씨와는 완전히 다른 사람 같았다. 그 시절 앤절라는 스스로에 대한 확신이 없었고 자신

52

의 가정환경을 의식하고 있었으며 그 시절부터 화를 잘 내는 뾰족한 성격을 키워오기 시작해 이제는 그것을 자신의 개성으로 재정립한 것 같았다.

아마 그래서 그녀에게 끌렸던 것 같다. 스티븐은 언제나 강한 여성에게 매력을 느꼈다. 앤절라의 아버지가 돌아가신 뒤 어머니를 돌보기 위해 앤절라가 대학을 그만두는 일이 없었더라면 두 사람 사이는 지금과는 달랐을 것이다.

대학에서 첫 시험을 보던 날이 기억났다. 흰색과 검은색의 서퍼스크*를 입었던 것도, 그래서 앤절라가 불만스러워했던 것도 떠올랐다. 사실 앤절라는 그날 엄청나게 기분이 나빠서 그가 단춧구멍에 꽂고 있던 하얀 카네이션을 뜯어서 꽃잎을 그에게 흩뿌리기까지 했다.

스티븐은 자신도 모르게 웃고 있었다. 가끔 신문에서 앤절라의 사업이 흥한다는 기사를 접하곤 했다. 심지어 한두 번은 붐비는 행사장에서 그녀를 보고 인사를 하러 갈 뻔한 적도 있었다.

하지만 어쩐지 발길이 떨어지지 않았다. 아마 죄책감 때문이었으리라. 그 시절 두 사람은 너무나 젊고 어리석었다고, 자신이 앤절라에게 큰 잘못을 했다고 생각했다. 그래서 드루에게 별장이 자기 소유라는 사실을 밝히지 말아달라고 한 것이었다.

스티븐은 창밖을 내다보면서 앤절라가 제안을 받아들여줄지 생각해보았다.

하지만 실비라는 소용돌이를 다시금 인생에 받아들여 감당할 수 있을지 확신이 없었다.

* 옥스퍼드 대학생들이 공식 행사나 시험 등에 입는 예복.

＊

"엄마, 괜찮아요? 앉아 있어요, 차 한 잔 갖다 드릴게요."

클레어는 아들 에반을 향해 웃어 보였다. 에반의 표정은 친절했고 회색 눈에는 진심 어린 걱정이 담겨 있었다. 아빠를 꼭 닮은 게 신기하기도 하지. 덩치도 비슷하고, 검은 머리 색깔도 비슷했다. 물론 마틴의 머리는 하얗게 세고 있지만. 게다가 오래전엔 마틴도 그녀에게 차를 한 잔 내주며 무리하지 말라고 하곤 했었지.

"차를 마시고 싶긴 하지만, 내일 있을 장례식에 낼 요리 준비하느라 손이 바쁘네. 왜 웃니?"

에반이 작은 주방 안에 서 있는 클레어의 옆을 비집고 지나갔다.

"장례식에도 출장요리가 나가는 줄 몰라서 웃은 것뿐이에요."

"그게 다일 줄 아니? 이번 고객은 메뉴를 꼼꼼하게 짠 데다가 읽을 책, 음악, 시 목록까지 적어놓고 갔다. 훈제 연어 블린* 다음에는 코로네이션 치킨**이랑 샐러드를 내라는데, 샐러드에는 후추와 토마토는 넣지 말란다. 먹는 모습이 흉해 보일지도 모른다나? 그다음에는 치즈, 비스킷, 커피."

"장례식에는 뭘 내놓건 다들 정신이 없어서 모를 것 같은데요."

"글쎄다. 그 여자도 진상 고객 중 하나라서 말이야."

에반이 찻잔을 건네주었다.

"고객들이 다양해요?"

"당연히 그렇지. 어떤 고객들은 아예 나한테 다 맡겨놓고 신경

* 팬케이크의 일종.
** 닭고기에 살구, 양념, 크림으로 만든 소스를 얹어 차게 내놓는 요리.

54

안 쓰는가 하면 법석을 떨어서 돌아버리게 하는 고객들도 있거든. 그런데 그 여자는 후자야."

클레어가 차를 홀짝 마셨다. 때로는 진심으로 출장요리 일을 그만두고 편하게 살고 싶을 때가 있었지만 생계가 팍팍했다. 또 요즈음엔 집에 있으면 답답했다. 벨린더는 다루기 힘든 며느리였다. 거의 룸서비스 수준으로 시중들어주길 바랐을 뿐 아니라 한 번도 요리나 장보기를 해주겠다고 먼저 나선 적이 없었다. 게다가 클레어의 착즙기를 아무렇게나 내버려둔 꼴을 보라지. 그걸 보니 한마디하려고 마음먹었던 게 기억났다.

"에반, 벨린더한테 케일 셰이크를 만들고 나면 설거지 좀 해놓으라고 전해주지 않겠니? 착즙기는 일하는 데 꼭 필요한 물건이니까."

"직접 말씀하시는 게 나을 것 같은데요."

에반이 초조하다는 듯 대꾸했다.

클레어는 한숨을 쉬었다. 어쩌다 에반처럼 착한 애가 벨린더같이 거드름이나 피우는 여자한테 걸렸을까? 그리고 어쩌다가 나처럼 착한 여자가 마틴이 아무것도 안 하고 빈둥거리는 동안 혼자돈을 버는 신세가 됐담?

그 생각을 확인시켜주기라도 하듯 마틴이 주방으로 들어왔다.

"내일 저녁 메뉴는 뭐야? 장례식 치르고 남은 음식? 아니면 슬픔에 잠긴 조문객들이 기운을 되찾고 코로네이션 치킨을 다 먹어 치워버리려나?"

"말 나온 김에 내일 저녁은 당신이 요리하는 건 어때? 너무 무리한 부탁이야?"

마틴은 아무 말도 못 들은 척했다.

클레어는 다시 양파를 썰기 시작했다. 그녀는 출장요리 전문가답게 양파 써는 법을 잘 알았다. 먼저 양파를 반으로 자른 다음 옆으로 돌려서 극도로 능숙한 기교를 통해 똑같은 크기로 썰면 눈물이 날 틈도 없었다. 오늘, 그녀는 이유 있는 울음이 쏟아질 것 같았다. 평소의 클레어가 아니었다.

클레어의 볼에 눈물 한 줄기가 흐르는 걸 눈치챈 에반이 걱정스런 표정을 지었다.

"양파가 매워서 그래."

클레어는 거짓말을 했다.

"집 구하는 덴 좋은 소식이 없니?"

"아직은요. 저 쫓아내고 싶으세요?"

에반이 물었다.

"그럴 리가."

쫓아내고 싶은 상대는 벨린더였다. 그리고 어쩌면 마틴도.

✳

"도대체 무슨 빌어먹을 생각으로 그걸 우리 고객 전부한테 보내버린 거야? 양로원에 들어간 아흔 잡수신 우리 어머니한테까지 보내다니."

토니 서튼의 얼굴은 심장마비를 일으킬 것 같은 토마토색으로 물들어 있었다. 만약 진짜 심장마비를 일으킨다면 실비는 남편의 장례식에 빨간 드레스를 입고 갈 생각이었다.

"당신 어머니가 멍청한 아들을 자랑스러워하길 바라."

실비는 속으로 충동적인 행동이 약간 후회됐지만 토니에게는 그런 내색을 하지 않았다.

"당신이야말로 무슨 빌어먹을 짓이야?"

그녀가 따져 물었다.

"배신은 그렇다 쳐, 머리가 텅 빈 어린 년 위에서 허리를 흔들고 있는 남편을 봤을 때 느낀 모욕감도, 생각 없이 인턴과 놀아난 것도 그렇다 치더라도—모니카 르윈스키* 생각 안 나? 리스코프 부부의 500수짜리 침대 시트는? 그 사람들이 일찍 도착해서 당신 궁둥이를 봤으면 어쩔 뻔했어? 당신은 사업 감각이라는 게 없어?"

"당신이 감히 사업 감각을 논한다고? 당신이 사진을 뿌리는 바람에 우리 사업이 망하기 직전이야. 지금쯤이면 소문이 쫙 퍼졌을 거야. 온 런던 사람이 우릴 비웃을 거라고."

"소문은 얼마 안 가 사라져."

실비는 어깨를 으쓱했다. 그녀는 지금 자신의 상황이 위험하다는 걸 알았다. 사진을 뿌린 게 불법인지도 모른다는 한 줄기 의심도 있었다. 리벤지 포르노에 대한 이야기를 들은 적이 있었는데, 팬티를 벗어던진 토니의 사진을 뿌린 것도 리벤지 포르노 유포에 해당될까?

아멜리아가 커튼을 달던 프랭크와 눈빛을 주고받던 모습이 다시 떠올랐다. 두 사람 모두 토니와 킴벌리의 관계를 알고 실비를 보호해주려던 거였다. 그러니 둘의 관계는 한참 된 게 틀림없었다.

"이건 '내' 사업이라는 점 잊었어?"

실비가 따져 물었다.

"당신은 아주 가끔 남편 구실을 하는 게 전부고."

* 빌 클린턴의 불륜상대.

"고맙군."

토니가 발끈 화를 냈다.

"우리 딸이 어떻게 생각할는지는 생각해봤어?"

실비는 갈기 같은 빨간 머리를 휙 넘겼다. 아직까지 살로메에게서 아무런 연락이 없다는 생각을 하자 죄책감이 쓰나미처럼 몰려왔다. 솔직히 말하면 사진을 뿌릴 때 딸 생각은 전혀 나지 않았다. 머리끝까지 화가 나 있었기 때문이다. 하지만 딸 생각도 했어야 했다.

놀랍게도 지금까지 고객들이 보낸 답장은 재미있다, 심지어 존경스럽다는 내용이었다. 특히 여성 고객들이 그랬다. 그녀는 곧바로 이건 어떤 악독한 해커의 짓이라는 말로 사태를 수습했다. 러시아 고객들, 그리고 돈 많은 중동 출신 고객들은 실내장식 계획을 엎으니 그냥 그 말을 믿기로 했고, 다행히도 킴벌리의 아버지는 이메일 주소록에 없었다. 그렇지 않았다면 당장 들이닥치고도 남았을 것이다.

"어쨌든,"

실비는 최대한으로 귀족적인 태도를 취하기로 했다.

"지금 당장 짐 싸서 나가 킴벌리랑 살아."

"웃기지 마. 킴벌리는 부모님 집에 산다고."

"'행동하기 전에 생각하라'는 말은 섹스 생각으로만 꽉 찬 당신 뇌에는 아예 떠오르지도 않았나 보지?"

토니는 씩씩거리며 사무실을 나가다가 둘둘 말아놓은 천 무더기에 발이 걸려 넘어졌다. 다리라도 부러졌으면 참 재미있었을 텐데. 어쩐지 바즐던 출신의 킴벌리 아가씨라면 앤 서머스*에서 나온 간호사 복장을 즐겨 입을지도 모른다는 생각이 들었지만, 그래도 일시적으로 불구가 된 토니의 시중을 들어주지는 않을 것 같았다.

실비는 킴벌리를 바즐턴 출신 쌍년이라고 결론짓고 잊어버리고 싶었지만, 킴벌리의 윤기 나는 머리카락이며 긴 다리, 젊고 촉촉한 피부가 아무래도 머릿속을 떠나지 않았다. 그녀는 자신의 팔을 내려다보았다. 한때는 실크처럼 부드럽고 매혹적이던 그 팔은 이제는 로션이 바다가 되도록 발라대도 건조하기만 한 데다가 움직일 때면 엄마의 팔처럼 무수한 작은 주름이 지곤 했다.

그 순간 실비는 울어버리고 싶었다.

킴벌리는 왜 토니와 잤을까? 아버지에 대한 콤플렉스가 있나? 일자리를 얻으려고? 다음 순간 그녀는 남편이 노력만 하면 실제로 굉장히 멋지고 매력적일 수 있다는 데 생각이 미쳐 짜증이 났다. 그런데 남편은 아주 오래전부터 더는 그녀를 위해 노력하지 않았다.

*

앤절라는 평소에는 자신에게 너무나 큰 의미가 있었던 이 공간을 까맣게 잊어버릴 정도로 노트북 화면만 뚫어지게 바라보며 앉아 있었다. 센트럴 런던에서 저만의 향취를 간직한 몇 안 되는 곳인 메릴본에 완벽한 작은 집 한 채를 찾는 데 5년이 걸렸다. 그녀는 오로지 자신만을 위해 이 집을 꾸몄다. 자신 외에 다른 누구도 기쁘게 하지 않아도 된다는 게 혼자 사는 사람의 특권이었으니까. 앤절라는 취향에 있어 타협하는 게 싫었다. 솔직히 말하면 어떤 종류의 타협도 싫었다. 어쩌면 그 점 때문에 앤절라가 결혼을 한 번

* 성인용품 제조업체명.

도 하지 않고, 누구와 같이 산 적도 없었으며, 이제는 드루의 잔인한 말대로 남편도 가족도 개 한 마리도 없는 신세가 되었는지도 모른다. 사실은 앤절라도 개를 키울까 생각한 적이 있었지만 일하는 시간이 길고 매입을 위해 출장을 가거나 그녀의 엄격한 규칙을 준수하고 있는지 확인하러 해외의 생산 공장을 방문하기 위해 집을 떠나야 하는 때가 잦다는 점을 생각하면 개한테 너무하다는 생각이 들었다.

뿐만 아니라 드루는 앤절라에게 여자 친구들도 별로 없다는 점까지 지적했다.

"여자 친구들이라니, 시간 낭비야!"

그때 앤절라는 딱 잘라 말했었다.

"말로는 자매의 연대를 나눈다고 하지만 사실은 서로에게 자기 문제를 떠넘기며 지내잖아. 불평을 실컷 토해내고 나면 기분이 좋아져서 결국 예전의 상황으로 되돌아가지. 난 남한테 징징거리느니 어떻게든 내 문제를 알아서 해결해보는 쪽이 좋아."

안타깝게도 오늘 그녀에게 생긴 문제는 극복하기 어려울 것 같았다. 조금 전 그녀는 외부 투자자를 선택했던 회사의 창립자들이 자기 회사에서 쫓겨나는 일이 비일비재하다는 기사를 읽었다. 외부 투자자들은 창립자가—얼마나 성공했건 간에—사업을 확장시켜 실제로 수익을 늘리는 데 적합한 사람이라고 믿지 않는 것 같았다. 하지만 변호사들은 그녀에겐 돈을 받아 회사를 떠나는 것 외에는 선택지가 없다고 입을 모았다.

앤절라는 노트북 뚜껑을 쾅 닫고 냉장고 쪽으로 성큼성큼 걸어갔다. 평소의 규칙을 깨고 푸이 퓌메 한 병을 열어 커다란 잔에 따라 욕실로 가지고 들어갔다. 몸매에 신경 쓰는 그녀답지 않게 캐슈

너트를 한 움큼 집어 그릇에 담은 뒤 그것도 가져갔다.

침실에 딸린 이 욕실은 앤절라가 이 집에서 가장 좋아하는 공간이었다. 커다란 독립형 욕조가 있고, 푹 파묻힐 것 같은 두툼하고 고급스러운 카펫과 예쁜 앤티크 세면대로 꾸며놓은 공간이었다. 그중에서도 가장 사치스러운 것을 꼽자면 리모컨으로 작동하는 서라운드 오디오 시스템이었다.

앤절라는 옷을 벗어 커다란 침대 위에 놓고 벗은 몸을 드레스룸 거울에 비춰 보았다. 예순이 되어도 그녀는 키가 크고 우아했다. 작은 가슴은 처지지 않았고 가슴골—깊진 않았지만—위로 주름살도 없었다. 잠깐이었지만 여전한 매력을 간직한 몸매, 스타일리시한 집, 돈, 전부 아무짝에도 쓸모가 없다는 생각이 들었다.

앤절라는 짜증을 내며 거울 앞에서 휙 돌아섰다. 제기랄, 점점 기분이 언짢아지고 있었다.

얼른 욕조에 물을 채운 다음, 성공의 결실 중 하나인 엄청나게 비싼 거품 입욕제를 풀고 음악을 크게 틀었다. 곧 더운 김으로 가득한 욕실에 모타운 음악이 울려 퍼졌고, 잠깐이었지만 슬픔을 씻어 내렸다.

그녀는 뒤로 몸을 기대고 향기로운 물에 몸을 담근 채 드루의 알 수 없는 친구에게서 온 수상한 제안을 생각했다.

인정하고 싶지는 않았지만 호시탐탐 자신을 노리는 기자 때문에 생각보다 스트레스가 컸다. 명성이란 양날의 검이었기에, 명성 그 자체를 얻고자 전전긍긍하는 사람이 많다는 게 신기했다. 글쎄, 앤절라는 명성을 추구하는 부류는 아니었다. 사람들은 마치 명성을 가진 자는 일반적인 사람들보다 높은 위치인 이상 그만한 대가를 치러 마땅하다는 듯 그들의 몰락을 보고 싶어 안달을 낸다.

물론, 앤절라의 재력으로는 어디든 갈 수 있었다. 몰디브에서 요가를 하며 휴식을 취하거나 크레타섬에서 스파를 즐길 수도 있다. 하지만 앤절라는 휴가를 잘 보낼 줄 모르는 사람이었다. 에너지가 넘치기 때문이기도 했지만 사실 인정하고 싶지 않은 이유가 하나 더 있었다. 앤절라는 남들이 자기를 불쌍해할지도 모른다는 게 두려웠다. 최고급 호텔에 묵으면서 어마어마한 가격의 식당에서 식사를 해도 웨이터들은 다가와서 큰 소리로 혼자 저녁 식사를 하시는 거냐고 묻곤 했다.

언론으로부터, 자신에 대한 기사를 읽어야 하는 모욕적인 생활로부터 벗어나 남부 이탈리아의 개인 별장에서 몇 주를 보낸다니 구미가 당기는 제안이었다. 게다가 10대 시절 로마로 여름학교를 다녀온 적이 있었기에 이탈리아어도 몇 마디 할 줄 알았다. 그걸 좀 써먹어보면 재미있을 것 같았다. 그러나 무엇보다도 끌리는 것은 빌라를 호텔로 개조한다는 비즈니스 제안이었다. 즐거울 것이다. 외로운 휴가객이 아니라 목적의식을 가진 여성으로서 시간을 보내게 될 테니까.

앤절라는 욕조에서 나오면서 란짜렐라가 어떤 곳인지 구글에 검색해보기로 마음먹었다. 어차피 그곳에 오래 머물 필요는 없을 것이다. 언론은 금방 잊는다. 어차피 조금만 지나면 정치인의 불륜 사건이나 축구계의 비리를 파고들기 시작할 것이다. 아무튼 앤절라는 제안을 받아들일 생각이었다.

*

실비는 벨그라비아의 아파트를 마지막으로 확인했다. 응접실은 흡족할 정도로 웅장했다. 현대적인 세련미를 더한 모스크바 오페라하우스라는 표현이 딱 들어맞을 것 같았다. 꽃장식도 완벽했다. 직접 꽃꽂이할 시간은 없었지만 실비가 요청한 짙은 붉은색 작약은 아직 철이 이른데도 플로리스트가 뉴 코벤트 가든 마켓에서 어렵게 구해온 참이었다. '센세이셔널'해 보일 고급 실크 조화를 장식할까 하는 생각도 잠시 했지만 어쩐지 리스코프 부부는 조화를 싸구려로 생각할 거라는, 또 친구들이 놀러 왔다가 슬쩍 만져보고 비웃기라도 할지 모른다는 생각이 본능적으로 들었다. 작약은 커다란 중국식 도자기 꽃병에 꽂혀 있었다.

실비는 꽃병 위로 몸을 구부리고 작약의 섬세한 향기를 들이마셨다. 완벽해. 붉은 커튼도 화사했다. 프랭크가 커튼을 걸고 있는 사이에 토니의 불륜 현장이 발각됐지. 하지만 그 생각은 지금 하지 말자.

침실 확인은 아멜리아에게 맡겼다. 울음이 터질지도 모르니까. 리스코프 부부에게는 정오쯤 오라고 했는데, 커다란 창문으로 들어오는 채광이 가장 좋은 시간이어서였다. 하지만 오늘 날씨는 침울했다. 진눈깨비 때문에 봄기운이라고는 없었다. 최소한 리스코프 부부의 고향 러시아보다는 낫다고 생각해주길 바랄 뿐이었다.

초인종이 울리자 실비는 완전히 활짝 피었으나 아직 꽃봉오리가 아래로 처지지는 않은 근사한 흰 장미 다발을 들고 호텔 지배인이라도 되듯 거실에 섰다. 이제까지 실비가 상대한 것은 리스코프 씨 혼자였다. 리스코프 부인을 위한 장미 꽃다발을 준비하자는 것은 아멜리아의 아이디어였는데, 실비가 꽃다발을 내밀었을 때 부인의 얼굴에 떠오른 표정을 보니 아주 좋은 아이디어였던 것이 분명했다.

"새집에 오신 것을 환영합니다. 행복하시기 바랍니다."

뒤에 서 있던 아멜리아는 거의 절을 하듯 꾸벅거렸다.

리스코프 부인이 꽃다발을 받아들더니 웃었다. 눈부신 금발을 한 아름다운 여자였다. 마리아 샤라포바처럼 키가 크고 나긋나긋한 몸매에, 머리부터 발끝까지 부드러운 까만 가죽옷 차림이었다. 어깨 부분에 무시무시하게 생긴 스터드 장식이 박혀 있었지만 그 또한 충격적일 정도로 비싼 디자이너 제품일 게 분명했고, 어깨에는 조그만 샤넬 백을 달랑달랑 걸고 있었다. 180센티미터는 될 것 같은 키에 루부탱 스틸레토 힐을 신고 있으니 더 커 보였다. 게다가 말도 안 되게 어렸다.

리스코프 씨가 지금까지 몇 명의 부인을 갈아치웠는지 궁금했다. 아마 첫 부인은 고향에서 만난 촌스러운 여자였을 테고, 그 다음에는 승무원 아니면 홍보 모델이었겠지. 러시아 재벌들은 늘 상 그런 패턴인 듯싶었다.

외모가 눈부신 리스코프 부인의 미소에는 의외다 싶을 정도로 묘한 매력이 있었고 새집을 둘러보는 모습은 크리스마스를 맞은 어린아이 같았다.

"아내 분이 너무 사랑스러우세요."

아멜리아가 욕실이 딸린 거대한 침실로 들어가는 문을 잡고 있는 동안 실비가 리스코프 씨에게 속삭였다.

"맞습니다."

리스코프 씨가 애정이 담뿍 담긴 목소리로 그 말에 동의했다.

"이름은 나탈리아입니다. 딸 친구죠."

그 말을 들자 실비는 속이 메슥거리기 시작했다. '따님은 이 사태에 대해 어떻게 생각하시죠?'라는 말이 나오려는 것을 애써 눌러 참았다.

그들은 기뻐하는 리스코프 부인, 그리고 아내가 기뻐하는 모습을 보고 즐거워하는 리스코프 씨를 데리고 다섯 개의 침실을 쭉 둘러보았다.

침실 창밖을 내다보니 창문이 전부 까맣게 선팅된 검은 레인지로버 차량이 입구 바깥에 줄지어 주차되어 있었다. 리스코프 씨의 직업은 정확히 무엇이려나?

"모두 만족스러우신가요?"

다섯 번째 침실까지 둘러본 뒤 실비가 물었다.

"네, 좋습니다. 서튼 부인, 한마디 해도 되겠습니까?"

리스코프 씨에게는 어쩐지 폭력배들에게서 느껴지는 매력이 있었다. 실비는 본능적으로 나탈리아를 아멜리아에게 맡겨두고 고전적으로 꾸며놓은 서재로 들어갔다.

"서튼 부인, 당신 남편 말입니다."

예상치도 못한 말이었지만 실비는 곧 마음을 다잡았다.

"리스코프 씨, 저희 시스템이 해킹당하는 바람에 볼썽사나운 사진을 보시게 되어 정말 죄송합니다. 저희도 이 사태를 해결하려고 최선의 노력을, 어—"

실비는 '온몸을 다해'라고 말하려다가 그 말이 또다시 토니의 알몸 사진을 연상시킬까 봐 간신히 입을 다물었지만, 이를 대신할 단어는 도무지 생각나지 않았다.

"무척 우습더군요. 러시아인의 유머 감각을 제대로 건드렸습니다. 그런데 중요한 건 그게 아닙니다. 당신은 좋은 사람입니다. 저희 부부를 위해 아름다운 집도 꾸며주었고요. 남편에게 그런 대접을 받을 분이 아닙니다. 제안 하나 하겠습니다."

실비는 그 자리에 굳어서 꼼짝도 할 수 없었다. 대체 무슨 제안을 하려는 거지?

"가장 단순한 해법이 있는데도 영국 정부에서는 그런 것을 불법이라고 규정하지요. 제게 대안이 있습니다. 남편분을 옛 소비에트 연방으로 보내주실 생각은 없으십니까? 소비에트 연방은 아주 큽니다. 사람 하나쯤이야 사라져도 모를 정도로 말입니다."

바깥에 줄지어 서 있는 레인지로버를 생각하면 충분히 상상이 가는 제안이었다. 잠깐이었지만 실비는 킴벌리도 함께 데려가면 안 되냐고 물을 뻔했다.

"아닙니다, 아니에요, 리스코프 씨."

실비가 다급하게 말했다.

"정말 친절하신 제안이지만, 남편 일은 제가 알아서 하겠습니다."

리스코프 씨가 까딱 고개를 숙였다.

"마음이 바뀌면 말씀해주십시오. 간단히 조정할 수 있는 문제니까요."

"감사합니다."

실비는 아멜리아를 소리쳐 불렀다.

"자, 이제 리스코프 씨 부부가 새집을 구경하실 수 있도록 우리는 물러나드리자."

"잘 된 것 같죠?"

사무실로 돌아오는 길에 아멜리아가 말을 꺼냈다.

아멜리아의 사려 깊은 행동에 실비도 마주 웃어주었다. 리스코프 씨가 토니를 시베리아 벌판에 내다버리자고 했다는 이야기는 하지 않는 게 좋겠다는 생각이 들었다.

"와, 리스코프 부인은 정말 아름답더라고요. 물론 두 분이 부부라기에는 좀 어색했지만 말이에요."

아멜리아가 덧붙였다. 그러니까 그 아름다운 금발 여성이 아멜리아 자신과 별로 나이 차이가 나지 않는다는 점을 지적하는 거였다.

실비 역시 그렇게 어리고 예쁜 여자가 트로피 와이프로 살아간다는 점이 좀 특이하다고 생각했다. 그러다 보니 결국은 킴벌리와 토니 생각이 났다. 아멜리아는 실비의 머릿속을 읽기라도 한 듯 갑자기 몸을 바짝 붙여왔다.

"드리고 싶은 말씀이 있는데요, 킴벌리가 먼저 토니한테 들이댄 거예요. 킴벌리가 덤비기 전까지 토니는 그애한테 관심도 없었을 걸요. 우리 전부 되게 토 나오는 일이라고 생각해요."

그 말에 감동해야 할지, 아니면 다들 뒷말을 주고받고 있었다는 점에 대해 화를 내야 할지 알 수 없었다.

사무실로 다시 돌아오자 실비는 데스크에 앉는 대신 머리가 아프다며 잠시 실례하겠다고 말한 뒤 건물 맨 위층에 있는 집으로 갔다. 슬론 스퀘어만큼 고상한 곳도, 풀럼만큼 슬론 느낌이 나는 곳도 아니었지만, 자식들이 집을 떠난 뒤 실비 부부는 이곳 매력적인 킹스 로드로 이사 왔다. "사무실에 빈방이 이렇게 많은데 굳이 큰 집에서 살 필요 있어?" 토니가 그렇게 제안했던 것이다. "주택을 사려면 돈이 많이 드니까."

실비는 일단 불을 모두 켰다. 미친 일, 특히 지구에 해로운 일이지만, 그렇게 하니 어쩐지 기분이 나아졌다. 실비는 밝은 것을 좋아했다. 민트차를 한 잔 만든 다음 부엌에 자리를 잡고 앉았다. 집안이 조용한 탓에 한층 더 울적하게 느껴졌다. 그러고 보니 토니가 있을 때는 집에 항상 소리가 있었다. 라디오에서 나오는 재즈 음악, 휘파람, 부엌에서 쿵쾅거리며 돌아다니는 소리, 음정을 무시하고 프랭크 시나트라의 노래를 부르는 소리.

아, 맙소사. 그 나쁜 자식을 그리워하면 어쩌잔 거야? 그 자식이 한 짓을 생각해보라고!

그때 자동 응답기에 메시지가 왔다는 불빛이 깜박이는 것이 보였다. 지금까지 자신을 수없이 다잡았는데도 실비의 심장이 뛰었다. 자동 응답기에 메시지를 남기는 것은 휴대폰을 불신하고 일반 전화가 더 믿을 만하다고 생각하는 토니밖에 없었으니까.

자동 응답기에서 다른 남자의 목소리가 나오는 순간 실비는 실망했다.

"실비."

귀에 익지 않은 남자의 목소리였다.

"나 스티븐 찰스워스야. 그웬의 아들."

이상한 일이었다. 어린 시절 친하게 지냈던 스티븐과는 연락하지 않은 지 오래였다. 아마 그웬이 스티븐에게 전화하라고 시킨 것 같았는데, 동정을 하려는 게 아니기만을 바랄 뿐이었다. 그웬이 동정심 때문에 스티븐이 가진 수많은 아파트 중 한 곳의 인테리어를 실비에게 시키라고 부추겼을지도 모른다고 생각하니 견딜 수가 없었다.

"용건은,"

스티븐의 목소리가 이어졌다.

"이탈리아 레리니 위쪽에 별장이 하나 있거든. 인테리어 조언을 좀 얻고 싶어서 말이야. 놀고 있는 곳이라 부티크 호텔로 개조할까 하는 생각 중인데."

그리고 진짜 용건.

"어머니와 내 생각엔 네가 거기 잠시 머물며 이탈리아의 봄 날씨를 즐기는 게 어떨까 싶어서."

결국 실비의 생각대로였다. 터프한 비즈니스맨으로 유명한 스티븐이 어머니의 제안을 거절하지 못하고 쩔쩔맸을 장면을 생각하니 웃음이 났다.

"정말 아름다운 곳이야. 햇살이 쨍쨍하고 레몬밭도 있거든. 한번 생각해봐."

그러면서 스티븐은 전화번호를 남겼다.

실비는 수화기를 내려다보았다. 불을 다 켰는데도, 이국적인 인테리어에 둘러싸여 있는데도, 집 안은 울적하기 그지없게 느껴졌다.

햇살, 그리고 레몬밭이라.

어린 시절 베이루트나 보스포러스 같은 해외에서 보냈던 봄철들이 떠올랐다. 차분하게 가라앉은 영국과는 사뭇 다른 그 분위기를 생각하니 심장이 두근거렸다.

이제 리스코프 부부 일도 끝났겠다, 회사는 아멜리아와 다른 디자이너들에게 잠시 맡겨놓아도 되겠지. 구미가 당기는, 솔직히 말하면 정말 매력적인 제안이었다.

실비의 친구들이 좋아하고, 다른 사람들은 싫어하는 실비 성격의 특징은 한번 결심하면 후회 없이 밀어붙인다는 점이다. 다시는 돌아보지 않는다는 것이었다.

스티븐에게 전화를 걸면서 반쯤은 그가 전화를 받지 않아서 메시지를 남길 수 있기를 바랐다. 스티븐의 목소리를 들으면 그의 제안이 본심에서 우러난 게 아니라는 걸 느껴버릴 텐데, 그럼 견딜 수 없을 테니까.

다행히 실비의 바람대로 이루어졌다. 전화번호를 남기면 확인하는 대로 연락하겠다는 음성 메시지가 나왔다.

"안녕, 스티븐. 오랜만이야. 너의—"

'친절한'이라고 말하려다가 얼른 바꾸었다.

"근사한 제안 고마워. 햇살이 쨍쨍한 데다가 레몬밭까지 있다니, 도저히 거부할 수가 없네. 자세한 사항, 그리고 원하는 디자인 계획을 이메일로 알려줄래? 실비가."

벌써 기분이 사뭇 나아진 실비는 민트차가 든 잔을 내려놓았다.

이제 사무실로 돌아가 탈출을 계획할 시간이었다.

3

"우리 이탈리아 케이퍼* 작전은 어떻게 되어가고 있니?"

어머니의 눈에 심술궂은 장난기가 감도는 것을 보면서 스티븐은 어쩌다가 이 일이 '우리의' 케이퍼 작전이 되었나, 아니, 어쩌다가 '케이퍼'가 되었나 하는 생각을 했다.

스티븐은 매주 의무적으로 찾아오는 그레이트 미센든의 부모님 댁에 와 있었다. 물론 어머니와 보내는 시간은 의무가 아니라 즐거운 시간이었을 때가 많았다. 의무를 수행하는 건 아버지를 만날 때였다.

그웬 역시도 자기 입으로 인정하지는 않았지만 키 크고 잘생긴 아들과 돌아다니면서, 손주 자랑을 하며 아직까지 싱글인 아들을 깎아내리려는 친구들의 시도를 물리치는 걸 즐겼다.

오늘 그웬이 점심 식사를 즐기려고 택한 장소는 골프 클럽이었다. 그녀는 골프에 홀딱 빠져 있었는데, 일찍 도착한 덕에 식당에 들어오는 사람이 전부 보이는 동시에 골프장도 훤히 보이는 전망 좋은 테이블에 앉을 수 있었다.

그웬이 자리를 차지하고 앉자마자 일생일대의 라이벌인 마리엘라 매티슨이 머리부터 발끝까지 신상 트위드로 차려입고 나타

---

* 범죄영화의 하위장르를 가리키는 말로 다양한 인물이 각자의 특기를 발휘해 함께 강탈, 절도 행위를 하는 내용이 주를 이룬다.

났다.

"있잖니,"

그웬이 낮은 목소리로 아들에게 말했다.

"지난주에 킴블워 경마장에 갔다가 마리엘라와 마주쳤단다. 나이가 아흔인데 끌고 온 복서 두 마리까지 전부 신상 트위드로 쫙 빼입고 왔더란 말야! 졸부 티를 내도 정도가 있지. 대체 자기가 뭐라고 생각한담? 이 구역의 여왕이라도 돼?"

그 여왕 역할을 어머니가 맡고 싶어서 하시는 말씀이겠죠. 그러나 스티븐은 잠자코 침묵을 지키기로 했다.

"어머나, 오늘은 그 청승맞은 딸까지 데려왔네. 이름이 뭐더라, 모린? 마거릿?"

"모니카일걸요."

스티븐이 알려주었다.

"맞아, 모니카였어. 어쩜 저렇게 구정물처럼 칙칙할까. 어쩌면 제 엄마 속 터지라고 일부러 저러고 다니는 건지도 몰라. 넌 사악한 개발업자이긴 하지만 최소한 유쾌하기라도 하지."

"고맙네요, 어머니."

스티븐이 대답했다.

"아이고, 이쪽으로 오네."

두 사람은 마리엘라가 상속녀처럼 위풍당당하게 다가오며 오는 길에 있는 모든 사람과 한 마디씩 주고받는 모습을 지켜보았다.

"그웬!"

라이벌을 발견한 마리엘라가 과장된 목소리로 인사했다.

"공 치러 안 나갔네? 하긴, 자기도 나이가 있는데 무리하면 안 되지."

"솔직히 말하면 마리엘라,"

그웬이 서릿발처럼 싸늘한 목소리로 대답했다.

"아들 녀석이랑 조용하게 식사 중이라서 말이야. 딸아이가 집에 돌아온 모양이지?"

그 말에 마리엘라는 깊은 한숨을 내쉬었다.

"그래. 이 나이에 딸까지 데리고 살다니, 이렇게 너그러운 부모가 어디 있겠니? 내가 때로 도를 지나칠 정도로 너그러운 거 자기도 알잖아? 딸이 어서 집을 구해야 할 텐데, 아무튼 집이 넓은 것도 문제야."

그러더니 마리엘라는 모니카에게로 시선을 던졌다.

"우리 사위가 죽은 건 알지? 남편을 골라도 하필이면 심장에 문제가 있는 남자를 고르다니 정말 딱 모니카다운 일이랄 수밖에."

"아마 심장 문제가 있는 건 본인도 모르지 않았을까요?"

스티븐이 진지한 표정으로 덧붙였다.

"심장마비는 쇼크처럼 갑자기 온다더군요."

"어쨌든 쉰아홉에 죽었단 말야. 로드니는 여든넷인데 아직도 매일 테니스를 치는걸. 그래서 우리 딸은 교회에 사는 시궁쥐 신세가 됐단 말이지. 부부가 둘 다 도서관 사서였어. 세상에, 사서라니까? 정말 말도 안 되는 직업 아니야? 모니카 말로는 대학 도서관 사서는 보통 사서랑 다르다고는 하던데, 나야 모를 일이지. 어쨌든 하루 종일 책에 도장 찍는 건 똑같은 거 아닌가? 로드니가 그러는데 인터넷이 생긴 뒤로는 사서가 필요 없어졌대. 학생들이 궁금한 게 있으면 사서한테 물었는데, 요즘은 구글에 검색하면 다 나오잖아. 대학에서 그걸 알고 정리해고를 시켰다지 뭐야."

세 사람은 아무것도 모른 채 바에 앉아 어깨를 축 늘어뜨리고 오렌지 주스를 마시고 있는 불쌍한 모니카를 바라보았다.

"그러니까, 저 애를 보라고. 그 럭비 응원가에 나오는 것처럼 아무한테도 아무짝에도 쓸모없는 신세란 말이지! 내가 조금만 덜 착했어도 당장 집에서 내보냈을 텐데, 그래도 저 아이가 쓸모가 있기는 해. 나랑 로드니가 사파리 여행을 가 있는 동안 개를 돌봐주기로 했거든."

그웬은 마리엘라가 키우는 복서 세 마리를 떠올렸다. 훈련이 제대로 되지 않은 그 녀석들이 끊임없이 날뛰고 사람 음식을 훔쳐 먹어도 마리엘라와 로드니는 '너무 재미있지 않아?' 하고 웃어대곤 했다. 그웬은 문득 이대로는 안 되겠다는 생각이 들었다.

"마침 우리 스티븐한테 딱 좋은 해결책이 있어."

그웬은 아들의 눈길을 피하며 입을 열었다.

"모니카를 이탈리아에 있는 스티븐의 별장에 보내서 마음을 달래다 오라고 하면 좋겠다. 거기 참 좋아."

"아이 참, 모니카는 안 가려 들걸. 그런 집순이가 없거든."

"물어는 봐야지, 모니카!"

그웬이 바를 향해 소리쳐 부르자 가엾은 모니카는 마시던 주스에 사레가 들려 콜록거렸다.

"모니카, 이쪽으로 잠깐 와보렴."

모니카는 오렌지 주스 잔을 부적이라도 되는 것처럼 꼭 움켜쥔 채 내키지 않는 걸음으로 다가왔다.

"자, 둘 중 하나 골라봐."

그웬은 마리엘라의 무시무시한 표정은 무시하고 발랄하게 물었다.

"네 엄마 개 뒤치다꺼리를 하는 거랑 이탈리아 빌라에서 3주 쉬다 오는 것 중 뭐가 낫겠니?"

모니카는 대놓고 불쾌한 기색으로 그웬을 쳐다보고 있는 제 엄마의 눈치를 살폈다.

"제 별장입니다."

모니카의 불안한 표정을 알아차린 스티븐이 부드럽게 덧붙였다.

"서재가 아주 근사하죠. 장서 중에 옛 수도사들의 필사본도 있는데, 가서 한번 봐주시면 좋겠습니다."

그러자 모니카가 구부정한 어깨를 펴더니 엄마를 똑바로 바라보았다.

"이탈리아에 갈게요."

그 목소리에 담긴 단호함에 모두가 깜짝 놀랐다.

✳

클레어는 판다를 세워놓고 평소보다 한층 더 기진맥진한 상태로 트렁크에 있는 것들을 비웠다. 조금 전에 치르고 온 점심 행사가 예정보다 훨씬 오래 이어지는 바람에 손님들이 술이란 술은 다 마셔 없애는 동안, 그녀도 포르투갈 출신 접객원들도 그릇 정리조차 못 한 채로 서서 기다려야 했다. 손님들이 마신 술 중에는 집주인이 5년 전 휴가 갔다가 사온 메슥거리는 초콜릿맛 술도 있었다. 전부 배탈이나 났으면 좋겠다. 더러운 그릇이 담긴 첫 번째 상자를 들고 부엌에 들어가 보니 눈으로 보고도 믿기지 않는 난장판이 벌어져 있었다. 빵을 만들 때 쓰는 유리 볼 중 반 정도는 굳어가는 반죽이 담긴 채로 널브러져 있을 뿐 아니라, 아끼던 착즙기에는 끈끈한 것이 묻어 있었고, 심지어 세척이 힘들어서 꼭꼭 숨겨놓았던 감자 으깨는 도구에는 쌀인지 무엇인지 알 수 없는 허연 것이 묻어 있었다.

평화주의자인 클레어는 평소 같았으면 일단 전부 다용도실 개수대에 집어넣거나 최소한 조금이라도 깔끔해 보이도록 한곳에 모아두기라도 했을 것이다. 그런데 오늘 클레어는 이 물건들을 그냥 식탁 한가운데에 쌓아놓은 다음에 검은 매직펜으로 커다랗게 '설거지 좀 해'라고 적어서 식탁에 올려놓기만 했다.

그다음에는 마음을 가라앉히고 출장요리에서 썼던 그릇들을 쌓아놓고 큰 컵에 진토닉을 한 잔 만들어서 TV 앞으로 갔다. TV를 켜고 '앤티크 로드쇼'를 튼 다음에 편안한 자세를 취했다. 지금 그녀에게 필요한 건 피오나 브루스가 가진 외유내강의 태도였다.

30분이 지나자 마틴이 집에 돌아오더니 식탁 위를 보고 대체 어떻게 된 거냐고 물었다.

"마틴, 설거지 몰라?"

그러자 마틴은 특유의 거만한 표정을 지었다.

"난 이메일에 답장이나 해야겠어. 저녁 식사는 언제쯤이야?"

클레어는 진토닉을 크게 한 모금 들이킨 뒤 그녀의 내면에 숨어 있던 피오나 브루스를 불러냈다.

"당신이 저녁 지을 마음이 들 때. 오늘 난 더 이상 요리는 못 하겠어. 냉장고에 양갈비가 있어."

마틴은 마치 클레어가 초기 치매 증상이라도 보인다는 듯이 걱정스러운 표정으로 그녀를 훑어보았다.

마틴이 떠나자 클레어는 앤절라 윌리엄스에게 연락할 방법을 고민했다. 앤절라 같은 사람에겐 아마 트위터 계정이 있겠지. 클레어도 아들 에반이 만들어준 트위터 계정이 있었지만 딱 두 번밖에

써본 적 없었다. 그래, 이럴 때 쓰라고 만든 거지. 트위터에 로그인을 하고 앤절라를 팔로우한 뒤 연락처를 묻는 질문을 보냈다. 클레어가 최신 기술에는 까막눈이라는 점을 감안하면 앤절라에게 이 메시지가 과연 가닿을지도 의문이긴 했다.

그래서 앤절라가 곧바로 자신의 이메일 주소와 전화번호가 담긴 답장을 보내오자 클레어는 깜짝 놀랐다. 더 놀라운 것은 단 5분 뒤 두 사람이 통화를 시작했다는 것이었다.

"안녕하세요, 저는 클레어예요. 지난번에 만났던 출장요리사 말이에요. 주제넘은 질문인 건 알지만, 혹시 그때 이탈리아로 오라던 제안을 받아들일 건가 궁금해서요."

"어머나,"

앤절라가 웃음을 터뜨렸다.

"그럴까 하는 중이에요."

"저기… "

클레어는 긴장되어 어쩔 줄 몰랐다.

"혹시 출장요리사가 필요한 일은 없을까요? 제가 요리도 하고, 또 그 빌라를 호텔로 만들려면 어떤 설비를 갖춰야 하는지도 가늠할 수 있을 것 같아서요."

클레어는 잠시 머뭇거렸다.

"그러니까… 지난번에 저도 같이 가는 게 어떠냐고 이야기하셨으니까…"

목소리가 떨렸다.

"그래요, 클레어."

앤절라가 대답했다.

"사실, 출장요리사가 필요할지는 잘 모르겠네요."

클레어의 기분이 곤두박질치기 직전이었다.

"하지만 그 망할 녀석의 가랑이에 뜨거운 커피를 부은 사람이 올 자리는 얼마든지 있겠네요. 같이 가면 정말 좋겠어요."

정체를 알 수 없는 별장 주인이 반대한다면 클레어를 근처 호텔로 보내면 될 거라고 앤절라는 생각했다. 또, 클레어가 함께 간다면 식사를 혼자 하지 않아도 될 것이다.

"정말 다행이에요."

"자세한 사항을 알게 되면 바로 알려줄게요."

마틴이 문 안으로 고개를 들이밀었다. 앞치마까지 입고 있었다. 잘 어울린다고 하려다가, 너무 오버하지는 않기로 했다.

"갑자기 왜 그렇게 기분이 좋아진 거야?"

마틴이 수상쩍다는 듯 물었다.

"3주 동안 이탈리아에 갈 거거든, 어쩌면 한 달이 될 수도 있고."

"이탈리아에 아는 사람도 없으면서?"

마틴이 반박했다.

"없긴. '던 딜'에 나오는 내 친구 앤절라 윌리엄스랑 같이 갈 거야."

"앤절라 윌리엄스를 당신이 어떻게 알아?"

마틴은 클레어가 제정신인지 궁금한 표정이었다.

"알아. 일하다가 만났거든."

"그럼 우리는 어떡하라고?"

마틴이 믿기지 않는다는 듯 물었다.

"벨린더가 케일 주스 만들어주겠지. 어쩌면 달걀 흰자로 오믈렛도 해줄지 모르고."

클레어는 진토닉을 한 잔 더 따르고 양갈비가 나오기를 기다렸다. 오래 걸릴 게 뻔했다.

"그럼, 가시는 겁니까?"

드루는 감정을 담지 않은 신중한 말투로 물었다. 앤절라는 비행편을 예약하기 위해 '패브릭' 본사에 와 있었다.

"당연하지. 그 자식들이 필요하면 연락하겠지. 그리고 네가 있으니까 '패브릭'도 안심이고."

"앤절라가 달아나면 화를 낼 거 같은데요."

"안됐네. 그런데 그 자식들이 나한테 한 짓을 생각해보라고, 내가 신경 쓸 필요 있겠어?"

"그러니까, 햇살, 프로세코 와인에다가 수영이란 말이죠. 거기에 수영장도 있는 것 같아요."

"좋네. 그리고 참고로 난 프로세코 와인은 질색이야."

"정말 멋진 별장입니다. 한때 온갖 스타며 유명 인사들이 그곳으로의 도피를 즐겼죠."

"딱 좋네. 그런데 베일에 싸인 그 별장 주인은 누구야?"

"아."

드루가 알쏭달쏭한 미소를 지었다.

"수수께끼로 남아 있고 싶다 하십니다."

"하워드 휴즈*가 따로 없네. 어차피 곧 알아낼걸."

"글쎄요, 굳이 알아보지 마세요. 좋은 사람입니다, 제 말 믿으세요."

스티븐이 어떤 사람인지를 감안하면, 아마 그 별장은 스티븐 자

---

* 가명을 사용했던 억만장자.

신이 아니라 그가 운영하는 여러 회사 중 하나가 소유한 것임이 분명했다.

"그럼 네 판단을 믿을게. 하긴, 모르는 게 더 재밌지. 중동의 무기상만 아니라면 말야."

"그건 아닙니다. 그건 그렇고, '레 시레누세'가 무슨 뜻인지 아십니까?"

"글쎄?"

"세이렌이라는 뜻이랍니다. 신화에 나오는, 남자들을 유혹해서 죽이는 여성들 말이에요."

앤절라가 그 말에 즐거운 웃음을 터뜨리자 터프하던 모습이 간데없이 사라지는 바람에, 만약 이곳이 회사가 아니었다면 드루도 퇴짜 맞을 각오로 그녀에게 다가갔을 것 같았다.

그러나 드루는 이렇게 말하는 게 고작이었다.

"저도 같이 갈 수 있으면 좋을 텐데."

"드루…"

"알아요, 압니다."

신상품 튜닉 드레스 납품에 대해 생각해야 했기 때문에 그 대화는 거기서 끝이었다. 이 튜닉 드레스는 어마어마한 인기를 끌었기에 나오자마자 매진된 제품이었다. 몸매를 과시하려 안달인 젊고 섹시한 여자들에게는 조롱의 대상인 튜닉 드레스가, 그 여자들이 나이를 먹어서 더 이상 맵시가 나지 않는 몸매의 굴곡을 숨기고자 할 때는 인기를 끌다니! 참 우스운 일이었다.

드루가 떠나자마자 앤절라는 우아하게 꾸며진 널찍한 사무실 안을 돌아다니며 그녀에게 특별한 의미를 지닌 수집품들을 바라보았다. 투박하고 절제된 아름다움을 품고 있는, 디자이너라면 자신의 공간에 장식하고 싶어 할 세 개의 조약돌은 사실 어린 시절 휴가를 보내던 해변에서 주워온 것이었다. 코펜하겐의 디자인 소품 가게에서 발견한 늘씬한 꽃병도 있었다. 마지막으로 그녀에게 가장 큰 의미가 있는 것은 나무 액자에 담은 천 한 조각이었다. 이 천이 바로 그녀가 홍콩에서 만난 뒷골목 가게의 주인이 그녀에게 소개한, 그리고 그녀의 비즈니스 기반이 되어준 그 '실크보다 부드러운' 소재였다.

자신의 성소를 둘러보던 앤절라는 문득 이 공간에 사진이 하나도 없고, 집 역시 마찬가지라는 사실을 깨달았다. 이런 점이 내 성격의 어떤 면을 드러내고 있는 게 아닐까?

그때 전화벨이 울리는 바람에 그녀는 머릿속의 불편한 질문을 재빨리 외면할 수 있었다.

*

실비는 짐 싸기를 항상 어려워했다. 조운 콜린스*처럼 여행가방 열 개에다가 가발을 넣을 가방 하나가 더 필요한 사람은 아니었지만, 실비에게 옷은 정체성의 중요한 부분이었다. 실비는 깡마른 열다섯 살 애들한테나 맞을 법한 요란한 의상을 만드는 허세투성이 남성 디자이너(다행히도 요즘엔 여성 디자이너도 많아졌다)들의 우스꽝스러운 규칙인 '패션'에는 관심이 없었다. 실비가 중요시하는 것은 '스타일'이었다. 나이를 먹지 않는 오드리 헵번의 우아함, 엘리자베스 테일러가 가진 고급스러우면서도 고혹적인 멋, 그리고

* 영국의 배우이자 칼럼니스트.

그레이스 켈리의 손끝 하나 댈 수 없을 것 같은 귀족적인 아름다움. 그러나 실비가 가장 사랑하는 것, 그녀의 옷 입는 방식과 집안을 장식하는 스타일에 가장 큰 영감을 주는 요소는 바로 색채였다.

실비는 그녀가 가진 가장 큰 가방인, 아버지에게서 물려받은 금속제 여행가방에 손을 뻗었다. 텅 비어 있을 때도 무거워서 비실용적이었지만 실비에게는 너무나 소중한 물건이었다. 여행가방의 표면은 이스탄불, 카이로, 베이루트, 테헤란, 그리고 부모님이 가장 사랑하셨던 다마스쿠스의 라벨로 뒤덮여 있었다. 어머니의 말에 따르면 언제나 다마스크 장미가 만개한다던 이 아름다운 도시에 내전이 일어나다니 정말 비극적인 일이었다. 실비의 가족이 다시 영국으로 돌아온 뒤 어머니가 할 수 있는 일은 고작 집에서 다마스크 장미를 키우는 것이 전부였다. 비콘스필드 근처에 있는 추운 빌라에서 어머니는 늘 좋아하는 방들의 침대 머리맡을 다마스크 장미로 장식했다. 열한 살이던 실비는 자기 방에는 장미가 없어서 울었다.

실비의 삶에서 지울 수 없는 흔적을 남긴 건 열한 살이 되기 전까지의 나날이었다. 심지어 실비의 외모조차도 중동 사람에 가까웠다. 실비의 피부와 머리색이 특이하다는 것은 그녀 자신도 잘 알았다. 두드러지는 코, 짙은 갈색 눈과 지금은 헤나로 빨갛게 염색한, 거의 검은색에 가까운 머리. 때로 부모님이 두런두런 이야기를 주고받다가 실비가 방으로 들어가면 갑자기 조용해지는 바람에 불안할 때도 있었다. 한번은 영국인 보모가 차를 마시러 온 자기 친구에게 무례하기 그지없게도 '타르를 묻힌 붓이 한 번 지나갔다'고 속삭이기도 했다. 다행히 실비는 그 말뜻을 이해하기에는 너무 어렸다.

영국은 실비가 살던 중동과는 달리 춥고도 음울했다. 눈을 감으면 아직도 시장과 카펫을 팔던 상인, 그리고 길들인 뱀을 부려 묘기를 펼치던 사람들이 선명히 보였다. 하지만 그 무엇보다도 중동의 특별한 점은 냄새였다. 말린 울금(이 노란색은 아직도 그녀가 실내장식을 할 때 가장 즐겨 쓰는 색상 중 하나였다)을 쌓아놓고 파는 곳에서 나던 톡 쏘는 냄새, 신선한 생강과 갓 딴 딸기의 선명한 빨강, 카페의 물담배가 피워내는 달짝지근하면서 감상적인 향내, 그리고 무엇보다도 거대한 숯 화로에서 지글지글 익어가는 고기가 풍기는 거부할 수 없는 냄새.

사방이 색채로 뒤덮여 있었다. 영국으로 온 뒤 실비는 마치 패로 앤 볼*의 컬러차트를 손에 쥔 쿠빌라이 칸처럼, 칙칙한 베이지색으로 된 광활한 왕국에서 색채를 지배하는 단 한 사람이 된 것만 같았다.

영국에서의 생활은 상상할 수 없을 만큼 외로웠다. 친절한 이웃 찰스워스 가족, 특히 쾌활한 그웬이 없었더라면 그녀는 우울한 어른으로 자라났을 것이다.

실비는 가장 좋아하는, 오렌지색에 가지색과 코발트색이 조화를 이루고 소매에는 실크처럼 부드러운 끈이 장식된 실크 카프탄 상의를 갰다. 이 옷은 청바지를 입고 발톱에는 옷과 어울리는 색으로 페디큐어를 했을 때 잘 어울렸다. 그녀는 맨발로 다니는 것을 좋아했으니까. 그다음은 더없이 부드러운 실크로 된 발목까지 오는 흑백의 얼룩말 무늬 원피스였고, 암청색 벨벳 원피스, 열대지방의 새가 온통 그려진 스팽글 장식의 칵테일 드레스, 다양한 샌들과

---

* 영국의 유명 페인트 회사.

스카프가 뒤를 이었다. 실비는 카디건은 잘 입지 않았다. 미셸 오바마가 아무리 카디건을 유행시키려고 용을 쓴들 그런 것은 휴가철에 블랙풀에 가는 부류에게나 어울리는 옷이라고 생각했기 때문이다.

잠시 토니를 생각했다.

토니가 그녀만큼 사업에 열심이던 시절에는 둘이 함께 온 세상의 이국적인 곳들을 돌아다니기도 했다. 함께 있으면 그렇게 즐거울 수가 없었다. 그래도 이런 생각은 하지 않기로 했다.

실비는 기내 반입용 캐리어에도 옷을 조금 챙겨 넣었다. 예전에 케이프타운에 갔을 때 짐만 케이맨 제도로 가버렸던 사건 이후에 생긴 유용한 습관이었다. 노트북 컴퓨터를 넣고, 세상에 존재하는 모든 종류의 변압기가 든 지퍼 파우치를 넣었다. 전자기기나 헤어드라이어 같은 것을 쓸 때 꼭 필요한 물건이었다.

여권, 확인.

티켓, 확인.

유로화, 확인.

화장품 가방, 확인.

그녀는 기분 좋게 가방을 전부 닫았다. 이제 출발 준비는 끝났다.

＊

모니카 매티슨은 어린 시절 쓰던 싱글 침대 위에 앉아 어쩌다가 집으로 돌아오게 됐는지를 생각했다. 엄마와 함께 있으면 실패한 인생으로 느껴졌다. 수년에 걸쳐 쌓아온 자존감은 가시 돋친 말 한마디로 무너졌다. 엄마는 친구들의 자식들이나 심지어 손자들이 얼마나 성공한 인생을 사는지 한참 이야기를 늘어놓다가 마지막으로 "물론, 넌 그렇게 공부를 시켰는데도 결국 도서관 사서가 되고 말았지만 말이다" 하고 덧붙이곤 했다.

모니카가 공부를 아주 잘했던 것은 사실이었다. 한때는 엄마가 모니카의 시험 점수를 자랑하고 다니기도 했다.

그러다가 모니카는 명문 대학교의 입학 허가를 다 뿌리치고 지방 대학교에 진학했다. 평범하게 살고 싶어서였다.

딸이 케임브리지 대학에 다닌다고 자랑하고 싶어 안달이 난 엄마에게는 도저히 이해할 수 없는 일이었다.

심지어 대학 입학 전의 갭 이어gap year* 동안에도 여러 좋은 일자리 제안을 받았지만, 전부 거절하고 오페어**로 일했다. "도대체 공부를 그렇게 하고도 고작 남의 아이나 보면서 인생을 낭비하는 이유가 뭐냐?"고 엄마는 말했지만, 모니카에게는 그때가 처음 맛본 자유였다. 아마 그 때문에 이탈리아 별장으로 갈 기회를 선뜻 받아들인 건지도 모른다.

모니카는 자리에서 일어나 창문을 열었다. 창밖, 죽은 아이비 덤불 속에 조그만 쥐가 황동색으로 물든 잎사귀 속에 교묘하게 몸을 숨긴 채 살고 있었다.

그 모습을 보자 모니카는 자신의 신세 같다는 생각을 했다. 조그만 쥐처럼 내성적인 모니카.

왜 나는 남의 눈에 띄는 게 이토록 두려울까?

하지만 엄마가 아무리 반대한들 모니카는 이탈리아에 갈 생각

---

* 대학 입학이 결정된 학생들이 입학을 유예하고 1년간 주로 해외 경험을 쌓으며 보내는 기간.
** 어학연수를 겸하는 입주 가정부.

이었다.

이탈리아에 가서 무슨 옷을 입어야 할까 하는 생각이 들자 초조해진 모니카는 옷장에 있는 옷을 몽땅 침대 위에 꺼내 놓은 다음 살펴보기 시작했다.

모니카와 남편 브라이언은 조용한 삶을 살았다. 엄마는 결코 이해하지 못할, 작지만 행복한 삶이었다.

학생들은 개성과 생기가 넘쳤다. 대학 도서관의 데스크에 앉아 펑크, 뉴 로맨틱, 고스, 래퍼 스타일로 차려입은 학생들을 보는 것이 그렇게 즐거울 수가 없었다. 그렇다고 그 아이들을 흉내낼 생각은 추호도 없었지만 말이다. 체구가 작고, 혈색이 창백하고, 엄마의 표현에 따르면 '수수하던' 어린 시절부터 그랬다.

모니카는 얼핏 보면 땅딸막해 보였지만 사실은 몸매가 상당히 좋았다. 옷을 벗은 뒤에는 브라이언과 깜짝 놀랄 정도로 모험적인 성생활을 즐겼다. 브라이언이 죽고 나서 가장 그리운 것이 바로 그 성생활이었다. 엄마 마리엘라가 자기 딸에 대해 알지 못하는 수많은 것들의 목록 중 하나였다.

사실 이탈리아로 가고 싶은 이유 중 하나는 엄마의 개를 돌보기로 한 2주보다 더 오랫동안 엄마에게서 벗어나 있을 수 있다는 점 때문이었다. 모니카가 집으로 돌아온 것은 오로지 부모님의 집이 굉장히 크고 자신은 경제적으로 심각한 곤란을 겪고 있기 때문이었다. 브라이언은 참 좋은 사람이었지만 금전적으로는 순진해빠진 사람이었다. 오래된 친구가 대학 프로그램에 넣어 놓았던 연금을 빼서 민간사업에 투자하라고 권유했을 때 브라이언은 그 말을 믿고 모니카까지 설득했다.

안타깝게도 그 친구는 알고 보니 해당 사업체에서 수수료를 주고 고용한 설계사였고, 그 사업체가 결국 파산하는 바람에 브라이언과 모니카는 무일푼 신세가 되고 말았다. 브라이언이 심장마비를 겪은 건 아마 그 일에 대한 죄책감 때문인 게 틀림없었다. (정부에서는 60대 후반까지 일을 하라고 몰아붙였지만) 다른 직업을 가지기에는 나이가 많았고, 그들이 세 들어 살던 아파트의 주인은 건물을 개발회사에 팔 예정이었다. 이 때문에 모니카는 부모님 집으로 돌아오게 된 것이었다. 아버지는 기뻐했지만 엄마는 모니카를 공짜로 부리는 하녀 취급했다.

어쨌든 스스로를 가엾게 여겨도 아무 소용 없었다. 모니카는 자기연민은 질색이었다.

그러고 보니 옷장에 있는 옷을 전부 챙겨가도 상관없겠다는 생각이 들었다. 어차피 여행가방 하나에 다 들어가는 양이었다. 가진 옷 중 그나마 패셔너블하다고 할 만한 것은 토스트에서 세일할 때 산 수영복이었다. 대학에서 일하는 것의 장점 중 하나는 교내 수영장을 무료로 이용할 수 있다는 점이었다. 관리하기 쉬운 짧은 머리를 하고 있는 모니카가 수영복을 입으면 소년처럼 멋스러워서 스스로도 탈의실 거울에 비친 모습을 볼 때마다 놀라곤 했다.

여행 짐을 챙길 때 더 중요한 것은 무슨 책을 고를까 하는 것이었다. 친구들은 모니카에게 킨들을 사라며 설득했지만 모니카는 실체가 있는 책, 특히 책등이 부드럽게 닳았고 수십 년간 읽으며 밴 향기가 감도는 데다가 때때로 재단되지 않은 페이지를 발견하는 스릴까지 있는 오래된 책을 너무나 좋아했다.

또, 브라이언의 유골함도 챙겨야 했다. 아직 브라이언의 유해를 뿌릴 만한 곳을 찾지 못했기 때문이었다. 브라이언은 햇볕을 좋아했는데, 랭커셔 출신으로서는 드문 일인지도 모른다. 란짜렐라의 햇살 속에서 브라이언이 안식을 얻을 곳을 찾아낼 수 있을지도 모른다.

✱

클레어는 나폴리로 가는 이지젯 항공편을 찾아보는 순간까지도 정말 이탈리아에 간다는 사실이 믿기지 않았다.

이탈리아로 간다는 계획을 알리고 난 뒤로 마틴은 쭉 심기가 불편한 티를 냈고 에반은 응원한다는 뜻으로 작게 웃어 보였으나 벨린더는 자기가 요리와 설거지라는 임무를 도맡게 된 정도가 아니라 마치 비밀경찰에게 넘겨지기라도 한 듯이 배신당한 눈빛으로 클레어를 쳐다보았다.

앤절라는 언제 출발하려나? 아마 앤절라는 브리티시 에어라인, 그것도 비즈니스석을 탈 것 같았지만, 그런 건 클레어의 세상에선 있을 수 없는 일이었다. 그래도 도착 시간을 맞춰 공항에서 같이 움직일 수도 있지 않을까? 앤절라가 휴대폰 번호도 줬겠다, 항공편을 고르고 있는 바로 지금 전화를 걸어서 물어보면 되겠다는 생각이 들었다.

앤절라는 깜짝 놀랄 정도로 곧바로 전화를 받았다.

"여보세요, 앤절라 윌리엄스입니다."

전화를 할 때면 상대방에게 자기 목소리가 길거리 자선 모금인과 자기 어머니의 중간 정도로 들릴 거라고 생각하는 클레어에게 앤절라의 목소리는 위압적일 정도로 인상적이었다.

"앤절라, 나 클레어 램버트예요. 출장요리사."

상대가 대답이 없자 클레어가 조그만 목소리로 덧붙였다.

"혹시 언제 출발하나요? 지금 항공편을 찾는 중이거든요. 공항에서 란짜렐라까지 가는 길이 좀 복잡한 것 같아요. 버스도 갈아타야 하네요."

이번에도 상대는 대답이 없었다. 어디론가 가기 위해 버스를 갈아타기까지 하는 사람이 있다는 데 놀란 것 같았다.

"난 화요일 오후에 출발해요."

앤절라의 대답이었다.

"공항으로 데리러 올 차를 예약해뒀어요."

클레어는 앤절라가 그 차에 같이 타고 가자고 제안하지 않는다는 사실을 알아차렸다.

"그럼, 자세한 정보는 이메일로 보낼 테니 별장에서 만나도록 해요. 별장에 입주 가정부가 있다니 아무 때나 도착해도 상관없을 거예요. 미안한데, 지금 좀 바빠서 끊을게요."

앤절라는 전화를 끊으면서 얼굴을 찌푸렸다. 이 클레어라는 여자와 절친이라도 되려는 생각은 애초에 없었다. 그저 요리나 맡길 생각이었다. 혹시 클레어와 함께 란짜렐라에 가기로 한 선택이 실수는 아니겠지?

클레어는 휴대폰을 쳐다보았다. 거만한 년. 지난번 만났을 땐 멍청한 벤처 금융맨들 사이에 있었기에 상대적으로 괜찮아 보였을 뿐 그 여자도 똑같은 부류인 게 분명했다. 그리고 확실히 클레어는 그런 부류가 아니었다.

그래도 클레어는 이탈리아에 가겠다는 결정을 철회할 생각은 전혀 없었다. 만약 이제 와서 취소라도 한다면 마틴이 얼마나 신이 나서 깔보겠어?

다시금 항공편을 살펴보았다. 가장 저렴한 항공편은 오전 6시 30분 출발이었다. 그렇게 이른 시각에 공항까지 가는 기차가 있을까? 어쩌면 공항에서 밤을 새워야 할지도 모르겠다. 돈을 아껴야 하니 수화물은 따로 부치지 않을 생각이었다. 적어도 이탈리아에 도착하면 버스가 다니는 시간이겠지.

이런 모든 고생들에도 불구하고 클레어는 마음속에서 작은 기쁨의 불꽃이 이는 것을 느꼈다.

내가 이탈리아에 가다니!

"홍보팀에서 내일 『타임스』에 당신 기사가 실린다더군요."

드루는 앤절라가 뭐라고 반응할지 알면서도 그렇게 알려주는 수밖에 없었다.

"뭐라고 실리는지도 알아?"

사실 드루는 신문사에서 일하는 지인을 통해 교정쇄를 미리 확인했지만 앤절라에게는 이 사실을 말하지 않을 작정이었다.

"뻔한 얘기입니다. 당신의 성공 그래프, 은행원에서 기업가로의 변신, '패브릭'의 성공, 곧 다가올 매각에 대한 루머, TV에서 등장한 당신 모습 정도요."

앤절라는 드루를 꼼꼼히 뜯어보았다. 드루가 뭔가 숨기고 있다는 사실 정도는 알아챌 수 있을 만큼 두 사람은 오래된 사이였으니까.

"그리고…?"

"사생활이 없는 워커홀릭이라고 적어놨더군요."

"탈출구라고는 일밖에 없는 우울한 여자라는 말이겠지."

앤절라가 쓸쓸하게 내뱉었다.

"항공편을 오늘 출발하는 걸로 바꿔야겠어."

앤절라는 창밖, 세인트 크리스토퍼 플레이스를 가득 메운 활기찬 군중들을 바라보았다. 그들은 전부 평범한 삶이 있고, 평범한 집이 있고, 평범한 아내와 남편이 있을 테지. 왜 나는 평범한 것에 안주하지 못했을까?

"별일 아니에요."

드루가 끼어들어 생각을 방해했다.

"그냥 당신을 주목하게 하려는 기자들의 술수라는 걸 아시잖아요."

앤절라는 한 손을 들어 그를 저지했다.

"알아. 어차피 내일이면 피시 앤 칩스나 싸는 신문지로 전락하겠지. '나는 그딴 거 한마디도 안 믿는다.' 우리 아버지는 『뉴스 오브 더 월드』에 등장하는 사제와 어린 성가대원들이며 공작부인의 불륜 사건 같은 걸 볼 때마다 그렇게 말씀하셨어. 신문은 빠짐없이 사 보면서 말이지."

"아버지 이야기를 하시는 건 처음이네요."

드루가 부드럽게 말을 붙였다.

"그래? 우리 아버지는 정말 사랑스러운 분이었어."

갑자기 앤절라의 목소리가 뚜렷한 요크셔 사투리 억양으로 바뀌었다.

"질 낮은 농담을 일삼고, 경마에선 늘 잃었어, 물론 늘 푼돈만 걸었지만. 그래도 정말 많은 사랑을 주셨지. 그러다가 어느 날 돌아가셨어. 마흔아홉이었는데, 바보 같은 사람."

잠깐이었지만 드루는 앤절라가 울음을 터뜨리지 않을까 하고 생각했다.

"그 뒤로 어머니는 너무나 상심하셔서 신경쇠약에 걸리고 말았어. 그래서 나는 옥스퍼드를 그만두고 어머니를 돌보러 돌아갔어."

"말도 안 돼, 옥스퍼드를요?"

앤절라가 희미하게 웃어 보였다.

"그래. 사귀는 사람이 있어서 더 힘들었어. 어떻게 보면 나한텐 오히려 좋았던 점도 있어. 덕분에 현실적인 성격으로 바뀌었지. 달콤한 꿈에서 깨어난 거지. 은행에 취직했는데, 사람이 상상할 수 있는 가장 지루한 일이야. 폭발하는 60년대의 한가운데서 나는 파일리에 있는 냇웨스트 은행에서 숫자나 조합하며 살고 있었다니까?"

드루가 웃음을 터뜨렸다.

"압니다. 당신은 화가 나면 북부 사투리를 쓰거든요."

"설마! 그 사투리 고치려고 발음 수업까지 들었다고. 우리 아버지가 잘하던 일이 하나 더 있었다면 바로 복잡한 일들은 카펫 밑에 밀어넣고 잊어버리는 거였어. '영혼을 발가벗겨 드러내라' 같은 가르침은 끔찍하게 싫어했을걸. 내가 하려는 일이 바로 그거야. 오늘 오후에 비행기를 타고 샴페인 한 잔을 들이켠 다음 절대로 신문 가판대 쪽으론 발길도 돌리지 않겠어."

"멍청한 기자들이 뭐라고 지껄이건 당신은 멋진 사람이에요."

"고마워, 드루. 진심으로 하는 말이야. 하지만 나는 그냥 이탈리아에 가서 멋지게 즐기다 올래."

결국 마틴이 클레어를 공항까지 태워다주었다. 애초에는 마음에서 우러나는 따뜻한 친절에서 시작했다가 신비롭게도 결국은 비난을 퍼붓는 것까지 정말 마틴다웠다. 클레어는 전날 밤에 미리 공항에 도착해서 책을 읽으며 기다리겠다고 했지만, 마틴은 그렇게 비효율적인 일이 어디 있냐며 더 늦은 시간 항공편을 예약하라고 했다.

"돈을 아껴야 하잖아."

그렇게 말씨름을 하고 있자니 짜증이 치밀어 올랐다.

"진짜 돈을 아끼려면 어떻게 해야 하는지 알아? 아무 의미도 없는 이 여행을 안 가는 거야."

전날 밤 가족 모두 모여 클레어의 여행에 대해 이야기할 때 마틴이 신랄하게 말했었다.

"솔직히 당신이 이탈리아 출장요리에 조언을 줄 깜냥이 돼?"

"어머니는 뛰어난 요리사잖아요."

에반이 거들려고 애썼지만 소용없었다.

"살면서 호텔에서 요리를 해본 적도 없으면서."

마틴이 툴툴거렸다.

"그리고 이번에 이탈리아에 가면 우리가 가기로 했던 프라하 여행을 할 여유가 없어진다고."

정확히 말하면 무슨 국제적인 영화 포스터 전시를 보러 프라하에 가자고 한 것은 마틴이었다. 마틴의 취미가 영화 포스터 수집이었기 때문이다.

집이 트위크넘에 있었기에 개트윅 공항까지는 그렇게 멀지 않았지만 마틴은 늘 그렇듯 세 시간 일찍 출발해야 한다고 우겼다. 결국 그들은 자리만 있다면 더 일찍 출발하는 항공편을 탈 수 있을 정도로 이른 시각에 공항에 도착했다.

게다가 한술 더 떠서, 기다리다가 클레어가 비행기에 타는 걸 보고 떠나겠다며 고집을 피우기까지 했다. 일찍 일어나서 공항까지 데려다준 사람한테 불만을 토로할 수는 없지만 솔직히 클레어는 마틴을 집으로 돌려보내고 자유를 만끽하고 싶었다. 좋은 향수라도 하나 사고 싶은데 마틴은 또 돈을 흥청망청 낭비한다고 생각할 게 분명했다. 클레어는 차라리 곧바로 보안 검색대를 통과할 테니 기다려봤자 아무 의미 없다고 말해야겠다고 생각하며 커다란 핸드백을 들쑤셔 여권을 찾기 시작했다. 가방 속 소지품이 하나하나 손에 집혔다. 젤리 한 봉지(귀마개로 쓰기 좋다), 물티슈(이코노미석에서는 따뜻한 물수건을 주지 않으므로), 사전, 버스 정류장을 찾기 위한 나폴리 지도(아직 클레어는 휴대폰으로 지도를 검색할 정도로까지는 기술에 밝지 못했다), 영국 돈, 유로화, 가장 좋아하는 요리책인 엘리자베스 데이비드의 『이탈리아 요리』(사진도 그림도 없기 때문에 진지하게 요리에 임하려는 사람만이 읽는 책), 티켓, 그리고…

세상에, 여권이 없잖아!

마틴이 1)그녀의 어리석음 2)여성들이 전반적으로 가진 어리석음 3)그가 말했던 대로 이 여행이 전부 미친 짓이라는 근거가 될 돈 낭비를 구실로 얼마나 자신만만하게 그녀를 야단칠지가 눈에 선했다.

그녀는 가장 가까운 화장실로 급히 달려가서 문을 잠갔다. 이제 어쩌면 좋지?

마틴에게 적당히 둘러댄 다음 어마어마한 요금을 감수하고 택시를 타고 다시 공항에 돌아온다? 아니, 이건 실패할 게 뻔하다. 그럼, 진실을 털어놓고 대가를 치른 뒤 늦은 시간 항공편이 있는지 알아본 다음 어서 집으로 가서 여권을 가져와?

하지만 둘 중 어느 쪽이든 똑같이 재앙이었다. 벨린더도, 에반도 출근했을 시간이라서 여권을 가져다주지는 못할 것이었다.

바깥에서 누가 화장실 문을 두들겨댔다. 이제 나가야 했다.

그 순간 별안간 좋은 생각이 떠올랐다. 집에 달린 방범용 경보기가 고장나서 자꾸만 울리는 바람에 이웃들의 불평이 속출했던 때 결국 클레어의 가족은 전문 경비회사에 열쇠를 맡겼었다. 경보기가 울리면 경비회사에서 사람이 나와 진짜 도둑이 들었는지 확인했다. 물론 진짜 도둑이 든 적은 한 번도 없었다.

경비회사의 잘생긴 젊은 남자들은 대부분 대학생인 데다가 클럽에 드나드는 게 습관이 되어 그런지 밤늦은 시간까지 잠들지 않고 일하는 것도 개의치 않는 듯했다. 그 잘생긴 젊은 남자 중 한 명이 클레어에게 이 회사에서는 또 다른 서비스도 한다고 말해주었다. 사람들이 집에 놓고 온 물건을 찾아다가 가져다주는 서비스였다. 수많은 CEO며 최고위 인사들이 여권을 깜박하는 일이 많고, 그럴 때면 그들의 집 열쇠를 가지고 있는 이 잘생긴 젊은 남자들이 오토바이를 타고 집에서 여권을 찾아온 다음에 비행기 시간에 늦지 않게 공항으로 달려가 가져다준다는 것이었다.

가방을 뒤적여 지갑을 찾는 클레어의 심장이 쿵쿵 뛰었다. 회사 명함은 지갑 안에 잘 들어 있었다. 그녀는 경비회사에 전화를 걸어서 여권이 놓인 자리를 마음의 눈으로 보는 것처럼 정확하게 설명하고(안타깝게도 그 자리가 그녀의 핸드백 안은 아니었다), 남편의 눈을 피해 접선할 장소를 정했다.

"맡겨주셔서 감사합니다."

경비회사의 남자는 꾸지람의 기색이라고는 조금도 묻지 않은 목소리로 그렇게 말했다. 요금은 30파운드였다.

"왜 이렇게 오래 걸렸어?"

클레어가 화장실에서 돌아오자 마틴이 수상하다는 듯 물었다.

"살짝 설사 기운이 있네."

클레어가 적당히 꾸며서 말했다.

"이탈리아에 가서나 배앓이를 할 줄 알았지 공항에서부터 그럴 줄은 몰랐네."

"아마 여행을 앞두고 있어서 조금 긴장했나 봐."

"알지도 못하는 사람이랑 여행을 가는데 뭐가 그렇게 신이 난다는 건지."

그러더니 마틴이 사람 좋은 말투를 꾸며내어 말을 이었다.

"보안 검색대로 바로 들어간다고 했지?"

"그랬지. 그런데 당신이 기사도 정신을 발휘해서 여기까지 데려다줬으니 당신과 잠깐 시간을 보낼까 싶어."

그러자 마틴은 마치 클레어가 공동체의 보살핌을 받아야 하는 대상이라도 된다는 듯한 눈길로 쳐다보았다.

한시라도 빨리 마틴을 눈앞에서 치워버리고 싶었지만 아직 오토바이가 도착하기에는 이른 시간이었다. 클레어는 자리에 앉아 남편의 어깨에 머리를 기대면서 분명 마틴은 이렇게 개인 공간을 침범하는 걸 2분 이상 못 참으리라고 예상했다.

그런데 클레어의 생각이 빗맞았다.

마틴은 단 8초 만에 어깨를 들썩여 그녀를 떼어냈다.

"저리 좀 가, 클레어. 신문 좀 읽자고."

클레어는 다시 책을 보는 척했다. 그다음엔 충분한 시간이 지났다 싶을 때 탁 하고 덮었다.

"여보, 친절하게 대해줘서 고마워. 이제 집에 가서 한숨 자는 건 어때? 침대에서 혼자 편하게 자는 것도 정말 오랜만이지 않아?"

거부할 수 없는 제안이었던 게 분명했다.

"그게 좋겠군."

클레어는 안도의 한숨을 내쉬며 손을 흔들어 마틴을 배웅했다.

"잘 가, 여보. 에반이랑 벨린더가 잘 돌봐줄 거야."

"그런 일은 없을 것 같은데."

그 점에 대해서는 클레어도 의견이 같았지만, 그렇다고 곧이곧대로 말할 생각은 없었다. 마틴은 클레어에게 입을 맞춘 다음 주차장을 떠나기 전에 주차 요금을 선결제해야 한다는 사실을 떠올리더니 중얼거렸다.

"10파운드라니! 날강도가 따로 없다니까!"

마틴의 차가 하차 지점을 지나쳐가는 바로 그 순간 오토바이 한 대가 차 앞을 가로지르는 바람에 마틴은 급정거를 했다. 오토바이를 타고 있던 젊은 남자가 쾌활하게 마틴에게 손을 흔들어 보이며 오토바이를 세우고 헬멧을 벗었다.

만약 마틴의 성격이 조금만 더 불같았더라면 분명 대답 삼아 완전히 다른 손짓을 날렸겠지.

'도착' 표지판 아래 서 있던 클레어의 반응은 마틴과는 사뭇 달랐다. 오토바이에서 내린 남자에게 키스라도 하고 싶을 지경이었던 것이다. 어머니뻘 되는 여성이 품에 와락 덤벼든다면 젊고 잘생긴 남자는 무척 당황할 것이 틀림없었기에 클레어는 꾹 참고 미소를 띤 채 손을 흔드는 것으로 기쁜 마음을 대신하고 여권을 건네받았다.

"얼마나 감사한지 상상도 못 할 거예요."

클레어가 말했다.

"최고의 고객들에게도 이런 일은 일어난다니까요."

가죽으로 된 오토바이용 복장을 입은 기사騎士가 대답하더니,

손을 흔들고 떠났다. 클레어는 생각했다. 이건 내가 살면서 가장 가치 있게 쓴 30파운드야.

*

창밖을 바라본 모니카는 눈앞의 광경을 믿을 수가 없었다. 버킹 엄셔의 시골 풍경이 갓 내린 폭설에 파묻혀 있었던 것이다. 고작 하루 이틀 전만 해도 해가 쨍쨍 내리쬐었는데 말이다. 다들 소매 도 없는 옷을 입고 다녔는데! 심지어 지역의 자선가들은 이미 고급 울로 된 겨울옷들을 옥스팸*에 기부해버렸을 것이다. 그런데 이 것 좀 보라지! 버킹엄셔의 골짜기가 국소지역의 신기한 미기후**로 유명하다는 게 틀린 말이 아니었다. 골짜기 아래는 추운 날에는 더 웠고 더운 날에는 추웠다. 그래도 오늘만큼은 이 같은 날씨 변화가 꼭 토머스 하디***를 연상시키는 의도적인 악의로 느껴졌다. 그녀가 개트윅 공항으로 가지 못하도록 자연이 음모를 꾸민 것 같았다. 물론 테스가 에인절의 문 아래에 밀어 넣은 쪽지가 운명의 장난으로 매트 밑에 들어간 것과는 달랐지만 모니카의 관점에서는 그리 다 를 것도 없었다.

'왜 내게만 항상 이런 일이 일어나는 걸까?' 때때로 모니카는 브라이언에게 하소연하곤 했다. 언제나 쾌활하고 낙관적이던 브라이언은 모니카가 이렇게 염세주의에 빠질 때마다 웃고 장난을 치며 기분이 나아지게 해주었다.

---

* 영국의 자선 단체.
** 아주 작은 범위 내의 기후.
*** 영국 빅토리아 시대 소설가, 『테스』를 썼다.

하지만 이제는 브라이언이 없는걸.

나쁜 징조일까? 이 눈은 용감한 사람에게는 그저 장해물일 뿐이지만 모니카에게는 탈출을 가로막는 장막이었다. 엄마가 얼마나 신나 할까?

엄마는 항상 모니카를 겨냥해 모진 말을 해댔고 모니카는 수입이 없는 채로 혼자 살아갈 용기가 없었다.

모니카는 깔끔하게 챙겨놓은 여행가방과 개어놓은 방수 재킷을 바라보며 이를 악물고 울음을 참았다. 또 한 번 인생의 실패가 찾아오다니.

그때, 멀리서부터 진입로에 가득 쌓인 눈을 뚫고 다가오는 차 한 대가 보였다. 집배원이려나? 집배원은 원래 걸어서 우편물을 배달하지만 어쩌면 이 지역엔 비상시를 대비한 차량이 있는지도 몰라.

차가 더 가까이 다가오자 모니카는 오래된 랜드로버 디펜더를 몰고 온 사람이 집배원이 아닌 그웬 찰스워스라는 사실을 알 수 있었다. 그웬은 진입로를 마주보도록 차를 능숙하게 크게 한 바퀴 돌려세웠다.

모니카는 아래층으로 달려 내려갔다.

"그웬! 눈이 이렇게 왔는데 웬일이세요?"

"바깥이 정말 근사하구나."

그웬이 활짝 웃었다.

"인간이 큼직한 발을 들여놓기 전의 에덴동산 같아. 자, 가방은 어디 있니? 오늘 아침 비행기라고 했지?"

출발하는 시간을 그웬에게 미리 이야기했다는 사실조차 까맣게 잊고 있었던 모니카가 격하게 고개를 끄덕였다.

"전화를 걸었는데 아무도 안 받더구나. 네 엄마가 야단법석 떨기 전에 어서 나가자."

그웬이 그렇게 덧붙이더니 장난스럽게 눈을 찡긋해 보였다.

모니카는 서둘러 여행가방을 챙겨 아래층으로 내려왔다. 그러나 마리엘라가 한발 빨랐다. 그녀의 엄마 마리엘라는 이미 꽃무늬 홈드레스에 웰링턴 부츠를 갖춰 입은, 마치 캐스키드슨으로 차려입은 맥베스 부인 같은 모습으로 테라스에 나와 청승맞은 몰골로 머리를 감싸고 있었다.

"내 걱정은 말렴."

드라마틱한 선언이었다.

"그저 인생 최악의 편두통을 겪고 있을 뿐이란다."

모니카가 엄마를 바라보더니, 용기가 한풀 꺾여 다시 그웬에게로 시선을 돌렸다.

그웬이 모니카의 여행가방을 집어 들더니 그대로 랜드로버 디펜더 안에 집어던지고는 큼직한 주머니 안에서 뭔가 꺼냈다. 아주 보송보송한 병아리 한 마리가 나오더니 눈이 부신 듯 삐악거렸다. 그웬이 병아리를 쓰다듬은 뒤 조심스레 다시 집어넣었다.

"아이구, 이 주머니가 아니구나."

그웬은 긴 설명은 덧붙이지 않았다.

"아, 못된 페럿한테서 멀리 떼어놔야 해서 데리고 나왔지."

"물지 않아요?"

생각지도 못한 야생동물의 등장에 넋을 잃은 모니카가 물었다.

"이런 걸 끼면 어림도 없지."

그웬이 모니카를 향해 팔꿈치까지 오는 가죽 장갑을 흔들어 보였다.

"아마존에서 샀단다. 정말 근사하지 않니?"

그렇게 말하며 그웬은 마침내 찾고 있던 것, 니스에 있는 '프롬나드 데장글레'의 모습이 그려진 라벨이 붙은 로제 와인을 한 병 꺼냈다.

　"편두통에는 이만한 명약이 없어. 마리엘라. 이게 최고지. 냉장고에 넣어놨다가, 내가 모니카를 기차역까지 데려다주고 돌아온 다음에 같이 한 잔씩 하자고. 물론 기차가 다녀야 말인데, 미스터 구글한테 물어보니까 다닌다고 하더라고. 그 친구는 웬만해선 틀리는 법이 없거든. 자, 올라타!"

　모니카는 자기 자신의 의지보다 더 거센 본능의 힘에 이끌려 차에 올라탔다.

　그웬이 모는 차가 조심스레 진입로를 빠져나왔다.

　"네빌은 이 차로 사하라 사막까지 횡단하고 왔으니 요 정도 눈이야 거뜬하지."

　모니카는 뒤를 돌아보았다. 엄마는 아직도 테라스에 서서 와인에 붙은 라벨을 꼼꼼히 뜯어보고 있었다.

　"리들 슈퍼마켓에서 3파운드 99펜스 주고 산 건 비밀로 하자고."

　20분 뒤 그레이트 미센든역에 도착한 모니카는 차에서 내렸다. 정말 런던까지 가는 기차가 운행 중이었다.

　모니카는 감사의 마음을 담아 그웬에게 미소를 지었다.

　"세상에 정말로 요정 대모가 존재하는 줄은 몰랐어요…"

　"요정 할머니가 더 말이 되겠다."

　그웬이 낄낄 웃었다.

　"이탈리아에서 좋은 시간 보내고 오려무나. 올해 부활절이 벌써 지나가서 아쉽구나. 이탈리아의 부활절은 정말 근사하거든. 어쨌든 거기서 좀 쉬면서 앞으로 어떻게 살아갈지 찬찬히 생각해보려무나. 넌 은퇴하기에는 아직 너무 젊어. 날 보렴. 나는 은퇴는 꿈도 못 꾼단다, 할 일이 워낙 많아서 말이지."

모니카의 어깨가 축 처지기 시작했다.

"저는 할 줄 아는 게 별로 없어서…"

"아니야. 그건 다 네 마음의 문제란다. 란짜렐라에서는 놀라운 일들이 일어난다고. 아주 특별한 곳이야, 근사한 일이 일어나기를 기다려보렴."

✳

클레어는 신발을 벗어 휴대폰과 배낭과 함께 트레이에 올려둔 뒤 세관원에게 밀수꾼으로 의심받을 만큼 여권을 꽉 쥐었다.

보안 검색대를 통과한 다음 여성 세관원에게 촉수검사를 받았다. 다행히도 기내용 캐리어 안에 반입 금지 품목이 하나도 없다는 사실에 안도의 한숨을 쉰 뒤 다시 운동화를 신고 가장 가까운 '코스타'를 향했다. 카푸치노가 말도 안 되게 비싸다는 사실은 잠시 잊어버리고 한 잔 음미할 생각이었다.

소비자물가지수는 식료품 바구니당 가격으로 현대인의 삶의 비용을 측정하지만 클레어는 더 좋은 아이디어가 있었다. 클레어의 물가 기준은 '코스타'에서 파는 카푸치노 한 잔의 가격이었다. 이건 몇 카푸치노일까? 클레어는 그렇게 생활비가 분에 넘치는지 알뜰한지를 가늠하곤 했다. 새 블라우스는 10카푸치노, 코트 한 벌은 22카푸치노였다. 전체적으로 쓸 만한 기준이었다.

우유 거품을 홀짝이고 무료로 추가한 초콜릿 스프링클을 즐기던 그녀는 배낭 앞쪽에 달린 주머니가 평소와는 달리 불룩하다는 것을 깨달았다. 아이고 맙소사, 테러리스트가 몰래 폭탄이라도 밀어 넣었나? 아니면 마약상이 나를 아무것도 모르는 운반책으로 만든 걸까?

클레어는 이 손길이 죽기 전 마지막 움직임이 아니기만을 빌며 조심조심 지퍼를 열었다. 두꺼운 플라스틱 파일이 나왔다. 나폴리 공항에서 란짜렐라로 가는 기차와 버스 시간표까지 포함된 상세한 여행 가이드북이었다.

너무나도 마틴다운 일이어서 고마워해야 할지 울음을 터뜨려야 할지 알 수 없었다. 잘 다녀오라는 인사도 제대로 하지 않았으면서 이런 걸 챙기다니. 마틴의 이런 우격다짐은 공항에서 택시를 타겠다는 클레어의 미약한 의지마저도 꺾어버렸다. 그러나 한편으로는 이 같은 행동이 순전한 배려와 애정에서 나온 것일지도 몰랐다. 사랑이 때로 지나칠 수도 있으니까.

클레어는 가이드북을 다시 주머니에 넣고 지퍼를 여몄다.

게이트의 탑승 안내가 시작되자 클레어는 자신이 여권을 찾을 수 있을 정도로 공항에 일찍 도착한 것 자체가 마틴의 조급증과 걱정 덕분이라는 걸 인정할 수밖에 없었다.

아무튼 고맙네, 마틴.

클레어는 비행기에 타자마자 앤 타일러의 소설책을 꺼내 펼쳤지만 어쩐지 몰입이 되지 않아 창밖을 보기로 했다. 개트윅에는 진눈깨비 섞인 비가 내리고 있었다. 마틴이 말하길 오늘 남동쪽 지역에는 눈까지 내린다고 했다.

이탈리아엔 제발 햇살이 찬란하길.

＊

실비는 늘 남들이 가지 않는 길을 좋아했기에 집이 개트윅 공항을 향하는 고속도로에 훨씬 가까웠지만 시티 공항에서 출발하기로 했다. 실비는 시티 공항을 사랑했다. 누가 물어보면 꼭 장난감 공항 같아서 좋다고 했지만 솔직히 말하면 큰 공항에 가면 초조하고 불안해서였다.

또 한 가지 특이한 습관은 비행기를 탈 때 꼭 검은 옷을 입는다는 것이었다. 실비는 항상 검은 옷이 더 단정해 보인다고 생각했고, 그래서 잠을 설치고 머리카락이 산발이 되더라도 검은 옷을 입으면 대강 무마된다고 생각했다. 또, 검은 옷을 입으면 비행기 납치범이 인질을 고를 때도 별로 눈에 띄지 않을 것이라고 생각했다.

실비는 항상 보안 검색대를 통과할 수 있는 선에서 화장품을 잔뜩 챙겨갔는데, 덕분에 아무리 초췌하고 수분이 부족한 날에도 화장실에 들렀다 나오면 피부에서 반질반질 윤이 났다.

밖에서 초조하게 기다리고 있을 다른 손님들에 대해서는 그다지 배려하지 않았다. 화장실에서 나오는 모습이 어마어마하게 매력적일 테니 그걸로 어느 정도 보상이 된다는 생각이었다.

외모를 완벽하게 다듬은 실비는 그녀가 가장 좋아하는, 공항을 드나드는 사람들이 한눈에 보이는 해산물 식당 겸 샴페인 바로 들어가 긴급 사태에 대비해 가져온 노트북을 확인했다. 실비가 사람을 기가 막히게 잘 뽑은 덕택에 그녀가 고른 직원들은 시키는 일을 정확히 수행했다. 단 하나 문제가 있다면, 고객들은 언제나 실비 본인을 선호했고, 실비와 개인적으로 연락할 수 없는 경우 어마어마한 돈을 내고도 부당한 대우를 받았다고 여긴다는 점이었다.

또, 인정하고 싶지 않았지만 속으로 토니에게서 연락이 와 있기를 빌었다.

없었다. 나다^{Nada}, 닉스^{Nix}.

실비는 샴페인을 한 잔 더 주문했다.

"싱글 만세!"

그렇게 외치며 실비는 주변의 다른 승객들을 둘러보았다.

식당 안의 여자들이 자기 남편에게 슬쩍 매달리는 것이 눈에 띄었다.

실비는 웃음을 터뜨릴 뻔했다. 여자들이 꼭 끌어안은 남편 중 잘생긴 사람은 그 누구도 없었다. 그래도 현실을 직시하자고. 적어도 저 여자들한테는 남편이 있잖아.

탑승 안내 방송이 들렸지만 실비는 그 자리에 가만히 앉아 있었다. 마지막으로 탑승하는 데도 이골이 난지라 루이스 해밀턴*도 울고 갈 완벽한 타이밍을 젤 줄 알았기 때문이다.

* 영국의 카레이싱 선수.

4

앤절라의 비행은 언제나처럼 아무 문제 없이 원활했다. 앤절라가 타는 비행기는 연착되거나 불편을 겪는 일이 거의 없었다. 승무원들은 하나같이 공손하고 친절했으며 조금이라도 그 기준에서 빗나가는가 싶어도 앤절라가 회색빛 눈을 한번 번득이기만 하면 모든 것이 다시 제자리로 돌아갔다.

앤절라는 비행기에 오르자마자 왼쪽으로 돌아서서 가방을 머리 위 짐칸에 넣고 그녀가 언제나 예약하는 조종석과 주방 중간쯤의 창가 좌석에 앉은 뒤 승무원이 권하는 샴페인을 받았다.

그녀는 샴페인을 한 모금 마시기 전 기포가 풍부한지 확인했다. 때로 훈련이 덜 된 승무원이 이미 열어놓았던 병의 샴페인을 따라 온 적도 있었다. 그런 실수는 결코 두 번은 반복되지 않았다.

그녀는 옆자리에 아무도 앉지 않기를, 특히 '던 딜'을 통해 자기 얼굴을 아는 사람이 앉지 않기를 바라며 다른 승객들을 둘러보았다.

그런 일은 다행히도 일어나지 않았다. 나폴리는 출장지로 흔치 않으며 아직 여행철도 아니었다. 비즈니스석에 탄 다른 승객들은 고향으로 돌아가는 이탈리아인들, 그리고 버릇없는 십대 여자아이 한 명뿐이었는데 앤절라의 패션 안테나는 그녀가 골반에 느슨하게 걸쳐 입은 크레이닝 바지와 상의에 달린 가느다란 끈 스트랩은 아무 남자라도 가까이 다가오는 순간 훌렁 내려갈 거라는 걸

감지해냈다. 자리 잘못 골랐어, 꼬마야. 여기 승무원들은 다 게이거든, 하고 앤절라는 심술궂게 생각했다.

나이든—뭐, 솔직히 말하자면 앤절라와 동년배로 보이는—영국인 부부가 통로 반대편에 앉아서 십자말풀이를 하고 있었다. 두 사람은 거의 입을 열지 않고 문제가 잘 풀리지 않을 때마다 서로에게 신문을 건네주었다가 되돌려받고 있었다. 두 사람에게서 느껴지는 침묵으로 다져진 편안한 친밀감을 보니 어쩐지 기분이 나빠져 앤절라는 시선을 돌렸다. 그래도 자기 삶이 저들의 삶보다는 분명 훨씬 더 재미있을 거라고 그녀는 확신했다.

샴페인을 한 잔 더 마신 뒤 창밖을 보았다. 회색빛 런던이여 안녕, 벤처 금융업자들도 안녕, 그리고 굶주린 신문기자들이여 안녕. 앞으로 몇 주 동안 그들을 까맣게 잊고 살고 싶었다.

비행은 금세 끝났고 카포디치노 공항에 도착하자 오후였다. 뒷자리 이코노미석에서 이탈리아인 몇 명이 안전하게 착륙한 걸 기뻐하며 손뼉 치는 소리가 들려서 절로 미소가 나왔다. 하지만 눈앞이 안 보일 만큼 비가 쏟아져 온 세상이 회색 물안개에 뒤덮여 있다는 사실을 깨닫자마자 그녀의 미소는 금세 사그라졌다. 이런 말은 없었잖아.

짐을 찾은 뒤 앤절라는 혹시라도 클레어가 같은 비행기를 타고 온 것이 아닐까 하며 가방 찾는 곳을 한번 둘러보았다. 두 시간 반 동안 비행기 안에 있으면서 그녀는 어쩐지 클레어에게 별장까지 태워주겠다는 제안을 했어야 하는 게 아니었나 생각했다. 어쨌거나 클레어는 그녀가 벤처 금융업자들에게 맞설 때 약간의 도움이 됐다. 그 짜증나는 애송이들은 분명 그날의 점심 식사를 쉽게 잊어주지는 않을 것이다. 그래도 클레어는 보이지 않았다. 솔직히 말하면 안심이 됐다. 레 시레누세에 도착하기 전 한두 시간 정도의 조용한 시간을 고대하고 있었기 때문이다. 그녀는 비행기 안에서 유튜브로 언어학의 권위자 마이클 토머스의 이탈리아어 강의를 들었다. 여름학교에 다녀온 것이 아주 오래전이었기 때문에 이탈리아어 실력을 점검할 필요가 있어서였다.

앤절라처럼 유능하고 또 여행에 이골이 난 사람조차도 공항의 바리케이드 뒤에서 '앤절라 윌리엄스 여사'라고 적힌 표지판을 들고 기다리는 제복 차림의 운전기사를 만나면 언제나 안심이 되었다.

운전기사가 얼른 다가와 짐을 받아들었고, 곧 앤절라는 은색 벤츠 뒷자리에 편안하게 앉았다. 처음에는 고속도로를 달렸는데, 눈앞에 갑작스레 베수비오산이 나타났다. 시골길을 달리다가 스톤헨지를 마주쳤던 순간처럼 충격적이었다. 그녀는 햇살에 빛나는 분홍색의 눈 덮인 베수비오 산봉우리를 상상했지만 실제로는 푸릇푸릇했고 어차피 비에 가려져 거의 보이지도 않았다.

베수비오산을 지나자마자 폼페이와 헤르쿨라네움을 가리키는 표지판이 나타났다. 유명한 유적지들이 이렇게 가까이 있는지조차 몰랐던 앤절라는 잠시 죄책감을 느꼈다. 하지만 이곳들에 가볼 시간은 아주 넉넉했다.

"란짜렐라까지는 얼마나 걸리지요?"

그녀가 운전기사에게 물었다.

"45분 거리입니다, *시뇨라.*"

눈을 감았다 뜨니 벤츠는 란짜렐라에 도착해 빌라로 진입하는

---

* 결혼한 여성을 부르는 존칭. 결혼하지 않은 여성은 시뇨리나라고 부른다.

게이트에 들어서고 있었다. 차가 좌회전하더니 잘 가꿔 놓은 자갈길을 따라갔다. 비가 오는데도 운향과 식물이며 라일락, 서향나무며 목향화 같은 관목들이 길 양쪽에서 향기를 뿜어내며 그들을 맞았다. 진입로는 앤절라가 예상한 것보다 훨씬 길었다. 아마 빌라는 시내에서 꽤나 떨어진 곳에 있나 보다. 망할 비!

차가 멈추더니 운전기사가 큰 소리로 소개했다.

"빌라 레 시레누세입니다, *시뇨라*."

그러더니 운전기사가 커다란 우산을 꺼냈다.

앤절라는 경이로운 감정으로 주변을 둘러보았다. 레 시레누세 자체는 탄탄해 보이는 사각형 건물이었지만 여기저기 조각상이 세워진 드넓은 정원 위로 여러 개의 별관이 이어져 있었고 아치며 탑, 회랑, 그리고 동으로 된 초록색 돔까지 있었다. 이곳은 별장이라기보다는 중세의 작은 마을 같았다!

돌체 앤 가바나 캠페인 광고에 등장하는 할머니처럼 생긴, 하얀 머리를 둥글게 말아올린 노부인이 빌라 뒤편 계단에 서서 웃으며 손을 흔들고 있었다.

"*부오나세라*안녕하세요, *시뇨리나 퀼리엄스!*"

'윌리엄스'를 '퀼리엄스'로 발음하는 게 재미있었다.

"저는 비어트리스, 이 집의 관리인이랍니다. 가장 먼저 도착하셨군요!"

가장 먼저라니, 이상하다는 생각이 들었다. 이 빌라에 찾아올 사람은 자신과 클레어뿐일 텐데. 아마 이탈리아어와 영어의 언어 습관 차이가 아닐까 하는 선에서 생각을 접었다.

"좋군요."

앤절라가 대답했다.

"그럼 방을 먼저 보여주시겠어요?"

비어트리스가 앤절라를 초라한 모양의 뒷문 안으로 안내했다. 만약 이 빌라를 정말로 호텔로 개조할 작정이라면 일단 이 현관부터 좀더 눈길을 끌 수 있도록 고쳐야겠다는 생각이 들었다. 문 안으로 작은 방들을 끼고 난 어두운 복도들이 미로처럼 이어지다가 커다란 홀이 나왔다.

거대한 「수태고지」 프레스코화를 보는 순간 앤절라는 넋을 잃고 걸음을 멈추었다. 너무나 웅장하고 아름다운 그림이었다. 이토록 겸허하고 아름답게 그려진 성모 마리아는 처음이었다.

비어트리스가 앤절라의 시선을 읽은 듯했다.

"이곳의 가장 귀한 보물이지요."

자랑스러움이 배어나는 목소리였다.

"한때 이 빌라는 수녀원이었답니다. 그러니까 레리니공의 '겁탈' 이전까지 말입니다."

수녀들이 너무 심하게 당하지 않았기를 바라는 한편으로 불경스러운 기분이 드는 걸 앤절라는 애써 억눌렀다. 솔직히 말하면 그 시절 수녀들은 그런 일을 조금 당해도 괜찮았으리란 생각이었다.

"정말 화려한 수녀원이었군요."

앤절라가 중얼거렸다.

"'화려'가 무슨 뜻이지요?"

"손투오소?"

앤절라가 이탈리아어를 시도해보았다.

"*시, 시. 몰토 손투오조!*"

비어트리스가 열심히 고개를 주억거렸다.

"그런데 레리니공은 수녀원장의 아버지이기도 했답니다. 그는 이곳에 와서 조용히 시간을 즐기며 플로렌틴의 적군을 쳐부술 수 있기를 하느님께 기도했지요."

"정말 세속적이로군요."

앤절라가 혼자 중얼거렸다.

"하느님이 저의 적군인 벤처 금융업자들을 쳐부술 수 있게 도와주시면 좋으련만."

"하느님은 *오네스타멘토*, 즉 진심으로 기도하는 모든 이들을 도와주신답니다."

비어트리스가 그렇게 말하며 고개를 숙였다.

"그럼 저도 도와주시겠네요."

앤절라도 그렇게 대답했다.

"그럼, 빌라의 나머지도 보여주시겠어요?"

"그럼요, 따라오시지요."

비어트리스는 앤절라를 이끌고 천장에는 벗겨져 가는 프레스코화가 그려져 있고 천사가 새겨진 아치가 달린 웅장한 버팀벽이 있는 커다란 홀로 들어갔다. 타고난 사업가인 앤절라는 이 홀의 한쪽 구석에 커다란 리셉션 데스크가 있는 모습을 상상하지 않을 수 없었다. 그렇게 된다면 공간 활용이 완벽하리라.

두 사람은 널따란 돌계단을 올라갔다. 이 계단은 재미있게도 각 층마다 다른 카펫이 깔려 있었다. 마음에 들었다. 다양한 색의 카펫이 돌계단이 주는 금욕적이며 웅장한 분위기를 상쇄시켜주었다. 비어트리스가 첫 번째 침실을 보여주는 순간 앤절라는 그 방을 쓰기로 마음먹었다. 안에는 아치가 여러 개 있고, 2층 높이의 창문, 캐노피가 달린 근사한 침대는 말도 안 되게 비싸 보이는 데보레 벨벳 소재의 침구로 장식되어 있었다. 심지어 한쪽 벽에는 돌을 조각해 만든 벽난로까지 있었다.

"진짜 사용할 수 있는 건가요?"

앤절라가 비어트리스에게 묻자 그녀가 고개를 끄덕였다.

"사람을 불러 불을 지펴주시겠어요?"

"4월인데요?"

비어트리스가 화들짝 놀랐다.

"우리 영국인들은 추위를 타거든요."

"*바 베네*좋아요."

비어트리스가 어깨를 으쓱했다.

"손님이시니까요."

"정말 멋진 방이에요!"

앤절라는 비어트리스의 기분을 띄워주려고 열광하는 시늉을
했다.

"레리니공이 쓰시던 방이랍니다."

그러면서 비어트리스는 방 한쪽에 놓여 있던, 나무로 된 성모상
을 올려둔 아주 오래된 기도대를 가리켰다.

"이 위에서 여자들과 즐겼나 보지요?"

앤절라가 농담을 던졌다.

"정말 이탈리아다운 일이에요."

그 순간 비어트리스의 표정이 차가워지자 앤절라는 자신이 방
금 한 말이 그녀의 종교는 물론 혈통까지도 모욕하는 말이었음을
깨달았다. 아이고. 여기는 런던이 아니라는 사실을 생각했어야 하
는데.

"죄송합니다. 제가 선을 넘었네요."

앤절라가 뉘우치는 마음으로 사과했다.

"저도 영국이 어떤 곳인지 잘 압니다. 아무도 교회에 안 나가고, 남자가 남자와 결혼을 한다면서요."

"아, 여쭤볼 게 있어요."

대화가 슬슬 위험한 방향으로 나아가려는 것 같아 앤절라는 얼른 화제를 바꾸었다.

"식사는 어떻게 하지요? 나가서 식당을 찾으면 될까요?"

비어트리스는 그 말에 마치 자신의 어머니는 물론 할머니까지도 모욕당했다는 표정을 지었다.

"저녁 식사는 이곳에서 마련될 겁니다."

앤절라는 온 힘을 다해 눈부시게 미소를 지어 보였다.

"그거 정말 기쁘네요."

비어트리스가 무척이나 사무적인 태도로 고개를 숙였다.

"제 짐은 이 방으로 갖다주시는 겁니까?"

"조반니가 가져올 겁니다. 루이지는 나이가 너무 많거든요. 조반니는 정원사 보조입니다."

"벽난로는요?"

그 말을 하고 보니 어쩐지 앤절라는 자신이 이곳을 호텔 취급한다는 기분이 들었다. 하지만 이 집 주인이 어차피 이 빌라를 호텔로 만들고 싶어 하지 않나?

"조반니가 벽난로의 불도 지펴줄 겁니다."

"고맙습니다, 비어트리스. 도움 주시고 따뜻하게 맞아주셔서요."

이 와중에 팁이라도 찔러 넣어준다면 비어트리스가 종탑에서 뛰어내려 버릴지도 모른다는 생각이 들었다.

앤절라는 여러 개의 팔걸이의자 중 하나를 골라 앉은 다음 창밖을 내다보았다. 창밖이 온통 회색이라 아무것도 보이지 않았다. 젠장. 내일이면 달라지겠지. 휴대폰을 꺼내 이 빌라가 호텔로서 가지는 여러 가지 가능성을 메모하면서 자신에게 할 일이 있어 다행이라는 생각이 들었다. 할 일이 있다는 게 단순히 휴가를 보내는 것보다 편했다. 적어도 그녀에게는 말이다.

기다림이 10분이 넘어가자 앤절라의 편안한 기분이 사라졌다. 그녀는 여행할 때 반드시 호텔에서 묵었다. 거래처나 동료, 심지어 친구들이 자기 집에서 묵으라고 초대하더라도 거절했다. 앤절라는 모든 것을 통제하길 좋아하는 성향이었고, 지금은 그럴 수가 없었다. 솔직히 말하면 전화를 걸어 룸서비스로 벨리니나 차게 식힌 소아베 한 잔을 부탁하고 싶었다. 게다가 도대체 짐은 어디에 있지?

10분이 더 지난 뒤, 벽을 타고 내려가고 싶은 기분이 들기 시작할 때에야 누가 문을 쿵쿵 두드리는 소리가 났다.

"*엔트라!*들어오세요!"

그녀는 여름학교에서 배운 이탈리아어를 떠올리며 외쳤다.

문이 열리자 앤절라는 자신이 자리에 앉아 있다는 사실에 감사했다. 만약 일어서 있었다면 분명 털썩 주저앉았을 테니까. 태어나서 본 사람 중 가장 잘생긴 남자가 한 손에 그녀의 여행가방을. 다른 손에 풍성한 붉은 장미 다발을 들고 방 안으로 들어왔다.

살갗은 올리브색에 근육이 잘 잡힌 몸매였지만 그렇다고 무턱대고 근육질은 아닌, 매력적인 미소와 숱 많은 검은 머리를 가진 남자였다. 짐을 가지고 올라오며 힘을 쓰느라 흐트러진 머리채가 한쪽 눈을 덮고 있었다. 그 머리카락을 귀 뒤로 살며시 넘겨주고 싶었다.

"*부오나세라, 시뇨리나 귈리엄스.* 여기 가방입니다. 늦게 갖다드려서 비어트리스가 죄송하다는 말씀을 전해달라고 하세요."

그러면서 남자는 장미 다발을 가리켰다.

"운전기사가 나폴리의 꽃 시장에서 구해왔어요. 정말 싱싱해요. 꽃아드릴까요?"

"고마워요."

말이 입 밖으로 간신히 나와주어서 다행이었다.

"내일은 정원을 돌아보세요."

또 그 매력적인 미소.

"수녀님들이 심은 꽃과 나무랍니다. 그래서 이렇게 잘 자라나 봐요. 하느님의 가호를 받아 자라나는 식물들이죠."

그가 청바지 주머니에 손을 넣었다. 바지가 너무 꽉 끼어서 도대체 주머니에 뭐가 들어간다는 사실 자체가 놀라웠다. 앤절라는 그 남자를 섹스에 굶주린 60대처럼 ─ 사실 그게 맞는지도 모르지만 ─ 넋을 놓고 바라보지 않으려고 애썼다.

"피암미페리!"

남자가 주머니에서 찾던 물건을 꺼낸 뒤 외쳤다.

"영어로는 뭐라고 하나요?"

"성냥이요."

앤절라는 다 꺼져가는 목소리로 대답했다.

남자가 장작에 불을 지피려고 자세를 낮추었다. 청바지의 짧은 밑위로 드러난 것은 막노동을 하는 사람에게 달린 우스꽝스럽게 생긴 엉덩이가 아니라 몸의 다른 부위보다는 조금 엷은, 은밀하고도 섬세한 올리브색 피부였다. 세상에, 정신 바짝 차리지 않으면 기절하겠어!

"즐거운 시간 보내십시오!"

남자가 말했다. 문득 예전의 앤절라가 돌아와 벨리니 한 잔을 가져오라고 지시할 뻔했으나. 그녀는 애써 참고 미소를 지었다.

"비어트리스가 아래층으로 내려오실 건지 여쭤보라던데요?"

"그래요. 시. 짐을 풀고 바로 내려갈게요."

그 말에 남자는 고개를 끄덕이더니 드디어 그 무지막지한 미소를 거두었다. 하느님 감사합니다.

앤절라는 캐노피 달린 침대 위에 여행가방을 올려놓았다. 그녀는 가운데를 열면 양쪽이 샌드위치처럼 나뉘는 그녀의 여행가방을 감당하기에는 한참 작고 부실한 여행가방 거치대를 싫어했다. 앤절라의 여행가방은 안에서 가로등이 나오는 메리 포핀스의 가방처럼 다른 가방보다 짐이 두 배나 들어갔지만 지퍼를 여며놓고 보면 그다지 거대해 보이지 않았다. 이런 가방이 훨씬 좋은데 루이비통 여행가방에 목을 매는 사람들이 불쌍했다. 물론 앤절라는 애초에 브랜드 같은 것은 별로 중요하게 생각지 않았다.

앤절라는 짐을 풀기 시작했다. 짐을 하도 꼼꼼하게 싸둔 덕분에 짐을 푸는 작업은 마음의 위로가 되었다. 앤절라에게 짐 싸기란 과학이자 미학이었다. 옷가지는 한 점 한 점 얇은 티슈페이퍼에 싸서 흠결 없는 순서대로 착착 정렬해두었다. 짐을 쌀 때 옷을 둥글게 말아야 한다고 하는 사람들도 있었지만, 앤절라는 그런 생각을 비웃으면서 티슈페이퍼를 활용했다. 두 쪽으로 나뉘는 여행가방의 장점은 신발, 헤어드라이어, 로션이나 약병같이 큼직한 것들을 한쪽에 넣고 다른 한쪽에는 옷을 챙길 수 있다는 점이었다.

앤절라는 사업상의 미팅 전에는 반드시 짐부터 풀었다. 만약 호텔 방에 꽃이 없으면 가능한 한 꽃도 사다 놓았다. 그러고 나서야 마음이 편안하고 안심되었던 것이다.

그러나 여기서는 그럴 필요가 없겠지. 앤절라는 고개를 숙이고 완벽한 붉은 장미의 향기를 한껏 들이마셨다. 아무런 향기가 나지 않았다. 그래도 아름다웠다. 마지막 한 벌의 드레스를 탈탈 턴 다음, 나니아로 통할 것만 같이 커다란 옷장 안에 걸린 푹신한 실크 옷걸이에 걸어놓고 나서야 그녀는 안정감을 찾았다.

솔직히 말하면 그녀는 새롭고도 낯선 떨림을 느끼고 있었다. 놀랍게도 그것은 기대감이었다.

✻

생각대로 마틴이 짜준 일정은 시계처럼 꼭 맞아떨어졌다.

'나폴리 중앙역까지 셔틀을 탈 것. 살레르노까지 기차를 탈 것. 비아 빈치프로바에서 밝은 파란색 버스를 타고 살레르노에서 레리니까지 갈 것(매표소가 문을 닫았을 경우 담배 가게에서 표를 살 것, 그쪽이 더 도움이 됨).'

마틴은 버스 사진까지 다운로드받아 첨부해두었다. 분명 이렇게 상세하게 교통편을 작성하기 위해 온갖 여행 블로그를 돌아다녔을 것이다.

'레리니의 항구 옆 중앙 광장으로 가면 란짜렐라로 가는 버스 막차가 있음. 운이 좋다면 지붕 없는 버스를 탈 수도 있음.'

물론 이토록 비가 쏟아질 줄은 마틴도 몰랐을 것이다.

'란짜렐라까지 20분 소요.'

당연히 놀라웠다. 이 같은 노동은 오로지 사랑 하나로 가능했을 것이다. 어쩌면 그녀가 1,600킬로미터나 떨어져 있음에도 통제력을 발휘하려는 시도였는지도 모르지만 말이다.

이게 정말 사랑이라면 나는 왜 이렇게 미친 듯이 화가 나는 걸까?

*

모니카는 컨베이어 벨트를 타고 나타난 배낭을 집어서 어깨에 멨다. 배낭을 준비한 건 대학에서 수많은 학생들이 배낭을 메고 돌아다니는 모습을 보고, 그 모습이 정말 자유로워 보인다고 생각했기 때문이다. 모니카와 브라이언은 은퇴하면 남미로 배낭여행을 가자는 꿈을 오래도록 간직했었다. 심지어 브라이언에게 심장마비가 오기 전 두 사람은 남미 지도까지 샀다.

모니카는 그새 배어나온 눈물을 훔친 뒤 브라이언이라면 그녀의 이런 모험을 반겼으리라는 생각으로 마음을 다잡았다. 가끔 '이 망할 비콘스필드를 벗어나 세상을 보고 와!'라고 응원하는 브라이언의 목소리가 들리는 것 같을 때도 있었다.

세관을 쉽게 통과한 모니카는 곧 공항 바깥으로 나와 섰다.

"택시, *시뇨리나?*"

호객꾼이 다가와 웃으며 말을 건넸다.

모니카는 하마터면 "시도는 좋았어요"라고 답할 뻔했다. 특히 자신을 '*시뇨리나*'라고 부른 것에 대해. 그러나 그녀는 되받아치는 대신 이 상황을 즐기기로 했다. 모니카는 택시 탈 생각이 없었다. 예전에 학생들을 인솔해 폼페이와 헤르쿨라네움에 다녀온 적이 있었기에 목적지를 잘 알고 있었던 것이다.

그녀는 버스를 타고 나폴리 중심부의 가리발디 광장으로 가서 주변을 둘러보았다. 중앙역이 있었고, 이제 치르쿰베수비아나 열차를 탈 수 있는 포르토 놀라노를 찾아야 했다. 베수비오산 둘레를 따라가는 치르쿰베수비아나 열차는 이름만으로도 짜릿했다. 막상 가보니 포르토 놀라노는 나폴리 안에서도 가장 꾀죄죄한 구역이었지만, 이곳을 찾은 관광객들이 많은 걸 보니 어쩐지 안심되었다. 차들이 경적을 빵빵 울리며 차선을 가로질러 아무렇게나 끼어드는 어마어마하게 북적이는 나폴리의 교통 상황, 그리고 이탈리아의 가장 대중적인 교통수단인 저출력 스쿠터 '모토리니'가 당장이라도 스쿠터 따위는 깔아뭉갤 수 있을 것 같은 덩치 큰 트럭들 사이를 아슬아슬하게 빠져나가는 광경을 지켜보았다.

치르쿰베수비아나 열차표를 파는 매표소는 오래된 객차 칸으로 만든 것이었고, 기차는 베수비오산보다는 뉴욕을 닮은, 그래피티로 온통 뒤덮인 새빨간 색이었다. 모니카는 목적지 표지판을 훑어보았다. 직통열차는 열다섯 개의 역에 정차했다. 직통이 아닌 열차는 도대체 얼마나 자주 정차할까.

모니카는 표를 사서 기차에 올라탔다. 열차 안은 지하철과 똑같이 생겼지만 차창으로 보이는 풍경만큼은 근사했다. 얼마 뒤 열차는 폼페이에 도착했고, 모니카의 가슴은 기대감으로 부풀어올랐다. 나중에 이곳에 와서 시간을 보낼 수 있겠지, 란짜렐라에서 멀지 않으니까. 그다음 역은 헤르쿨라네움이었다! 그러나 모니카를 가장 들뜨게 한 건 역시 베수비오산이었다. 그녀는 1954년부터 쭉 휴화산인 그 화산을 황홀하게 바라보았다.

그때 비가 쏟아지기 시작했다. 영국과 똑같은 음울한 비가 주룩주룩 쏟아지며 화산은 물론 아무것도 보이지 않게 되었다.

"조심하세요, *시뇨라!*"

귓가에서 누군가 속삭이는 소리가 들렸다. 고개를 돌려 보니 과부처럼 머리에서 발끝까지 검은색으로 빼입은 이탈리아인이 그녀의 귀에 대고 속삭이고 있었다.

"이 기차는 이탈리아에서 *보르세쟈토리*소매치기가 가장 많은 곳이랍니다."

그녀는 『올리버 트위스트』에 등장할 법한 과장된 몸짓으로 주머니를 터는 동작을 해 보였다.

모니카는 본능적으로 플리스 속에 차고 있던 전대를 더듬어 확인했다. 제자리에 잘 있었다.

"그라치에, 시뇨라."

모니카는 그녀에게 감사를 표시한 뒤, 혹시 이것이 소매치기하기 전에 세심하게 밑밥을 까는 행동일 경우를 대비해 자리를 옮겼다. 영국에 사는 동안 모니카가 도둑질당한 건 길에서 자선모금을 하는 척하는 사람에게 당한 것이 전부였다.

열차가 소렌토에 닿았을 땐 모니카도 상당히 안심한 뒤였다. 아직도 비가 쏟아지고 있어서 그녀는 기분을 북돋우려고 예전에 파바로티가―기묘하게도 미트 로프*와 함께 무대에 올라―애끓는 발라드인 「돌아오라 소렌토로」를 부르던 모습을 떠올렸다. 정말 멋진 공연이었다.

모니카는 딜레마에 빠졌다. 논리적으로 생각하면 소렌토에서 버스를 타고 레니니까지 가는 것이 맞았다. 심지어 오렌지색 SITA 버스가 열을 지어 서 있는 모습도 보였다. 그러나 그녀는 용감하게도 버스를 지나쳐 항구를 향해 걸었다.

"레니니로 가는 하이드로포일**을 탈 수 있나요?"

길가에서 꽃 파는 사람에게 묻자 그가 반대쪽 길가를 가리켰다.

하이드로포일을 타는 선착장은 걸어서 5분 거리에 있었다. 배

---

* 큰 체격으로 유명한 미국의 록 가수.
** 선체가 수면 위로 떠 있어서 고속으로 달릴 수 있는 배.

낭이 무거워서 건널판자 위를 걸을 때 균형을 잃지 않으려면 몸에 힘을 바짝 주어야 했다. 책을 이렇게 많이 가져오지 말 걸 그랬나? 그러다가 잘생긴 젊은 남자와 부딪쳐서 하마터면 넘어질 뻔한 그녀는 괜찮다는 표시로 마구 손짓발짓을 해댔다.

"바 베네, 바 베네."

모니카는 그 말을 끊임없이 반복했다.

하이드로포일을 타고 레리니로 가는 여정은 고작 한 시간이었지만 상당히 실망스러운 경험이었다. 배 안에 머물러 있어야 했고 창문은 꽉 닫혀 있어서 답답했다. 너무나 아름다워 보는 순간 사랑에 빠져 떠나고 싶지 않아진다던 수평선은 비가 내려 아예 보이지도 않았다.

엎친 데 덮친 격으로 레리니에 도착했을 때는 간발의 차로 란짜렐라행 버스를 놓쳤고 다음 버스는 두 시간 뒤라고 했다.

"란짜렐라로 가는 다른 방법은 없을까요?"

마지막 희망을 품고 매표원에게 물었다.

"미 디스삐아체유감입니다."

매표원이 고개를 저으며 대답했다. 없는 게 분명했다.

동네 토박이보다 더 길을 잘 아는 것처럼 구는, 지나가던 미국인 관광객이 택시를 타거나 걸어가라고 알려주었다. 그래도 고마워해야 했다.

"택시비는 얼마인가요?"

택시비는 아주 비쌌지만, 출발이 일렀던 터라 그녀는 피곤했다. 플리스 안에 손을 넣어 전대를 찾던 모니카는 그 자리에서 기절할 뻔했다. 전대가 없어졌다! 아까 하이드로포일 표도 샀는데! 알고 보니 기차에서 만난 과부는 착한 사람이 맞았고, 길에서 부딪친 잘

생긴 젊은 남자가 소매치기였나 보다.

모니카는 그 자리에서 쓰러질 것만 같았다.

심지어 버스표 살 돈도 없었다.

"대체 란짜렐라까지 가려면 어떻게 해야 하죠?"

그녀는 쏟아지려는 눈물을 참고 물어보았다. 그래도 정신을 꼭 붙들었다. 울지 않았다.

"지름길을 찾아가세요."

미국인이 실실 웃었다.

"계단 천 개만 올라가면 됩니다."

그녀는 현실을 받아들이기 전 우선 노란 벽토로 치장한 성당 입구 근처의 조용한 자리를 찾았다. 길을 빙 돌아가는 어리석은 선택을 한 게 잘못이라고 꾸짖는 엄마의 목소리가 들리는 것만 같았다. 정신이 멀쩡한 사람이라면 버스나 기차를 탔을 것이다. 집에 있었다면 분명 낙심했을 테지만, 엄마 마리엘라의 잔소리가 들리지 않는 곳에 있는 지금은 그저 화가 날 뿐이었다. 성당 오른쪽에 분수가 있기에 모니카는 물을 듬뿍 마셨다. 이탈리아의 물은 수질이 좋겠지? 10분 뒤, 그녀는 산비탈에 있는 천 개의 계단을 올라 란짜렐라로 갈 준비를 마쳤다.

*

실비는 컨베이어 벨트를 타고 나오는 가방 세 개를 챙겨 카트에 싣고 출구로 향했다. 빌라까지 혼자 타고 갈 차를 예약하고 싶었지만, 예전에 조수로 일하던 나폴리 출신 알레산드로는 자신이 직접 실비를 맞이하러 나오지 않으면 남자로서의 매너에 상처라도 받을 것처럼 굴었다. 물론 알레산드로는 남성성으로 따지자면 스틸레토 힐을 신은 줄리언 클레리*보다 나을 것이 없었기 실비는 웃음을 참지 못했다.

신이 난 가족들, 손간판을 들고 서 있는 택시기사들 사이를 둘러보며 알레산드로를 찾았다. 기다림은 오래지 않았다.

"실비! 이게 얼마만이에요, 사랑스러운 실비!"

온통 가죽으로 된 모터사이클 복장을 갖춰 입은 젊은 남자가 길고 곱슬거리는 머리채를 흔들며 달려오더니 실비를 번쩍 들어 올리는 모습을 다른 승객들이 얼이 빠진 듯 지켜보았다. 실비의 몸무게를 생각하면 상당한 공적이었다.

"이메일 보고 토니를 죽이고 싶었지 뭐예요. 역시 이성애자 남자들은 바보라니까."

"사랑 앞에선 동성애자 남자들도 마찬가지로 바보가 되지 않겠어?"

알레산드로가 실비의 입술에 손가락 하나를 가져다 댔다.

"아니, 그런 것까지 감안하면 안 된다고요. 그럼, 제가 토니를 죽여도 될까요?"

그러고 보니 남편을 죽여도 되냐고 물어본 사람이 벌써 두 번째였다.

"무슨 오페라도 아니고. 차는 어디 있어?"

"차는 시시하잖아요. 오토바이 가져왔어요. 짐은 제 조수가 가져다드릴 테지만 우리, *미아 까라* 실비와 저는 스타일리시하게 가보죠."

* 동성애자로 커밍아웃한 영국의 코미디언이자 작가.

알레산드로는 그녀에게 가죽으로 된 검은 점프수트를 건넸다.

"자, 갈아입고 오세요! 파비오가 올 때까지 짐은 제가 지키고 있을 테니까요."

실비는 억지로 미소를 지어 보였다. 솔직히 말해 오토바이라니 너무 무서웠다. 게다가 지금도 헝클어져 있는 머리가 오토바이를 타고 란짜렐라에 도착했을 땐 어떤 꼬락서니일지 신만이 아실 것이었다. 그래도 알레산드로는 쉽게 포기하지 않는 성격인데다가, 따지자면 여기서 란짜렐라까지 러시아워의 교통체증에 시달리지 않을 수는 있겠지. 실비는 화장실로 향했다.

악취 나는 작은 화장실 칸 안에서 가죽 점프수트를 입는 건 '크립톤 팩터'*에 나와도 이상하지 않을 만한 힘겨운 도전이었지만, 15분 뒤 실비는 『그대 품에 다시 한번』에 나온 마리안느 페이스풀의 빅 사이즈 버전이 되어 화장실에서 나왔다. 알레산드로에게 가는 동안 남자들의 시선이 쏟아지는 바람에 상처받은 자존감이 충족되고도 남았다.

"실비, *까라 미아*, 아직도 이렇게 근사한데 토니는 정말 바보네요!"

실비도 웃어주었다. 오늘 하루는 점점 근사해지고 있었다.

클레어가 버스에서 내리자 마틴이 말한 대로 란짜렐라의 대성당 앞 중앙 광장이었다. 그녀는 흑백의 타일로 된 아치 덕분에 비잔틴 양식이 살짝 가미된 무어식 분위기를 풍기는 복잡한 패턴의 정면 외벽을 올려다보았다. 지금은 대성당을 구경할 시간이 없었

* 참가자들이 여러 능력을 선보이며 대결하는 영국의 게임 쇼.

다. 얼른 빌라에 가서 드러눕고 싶은 마음뿐이었다. 저녁은 어떻게 해결하려나? 내가 직접 요리해서 먹어야 할까? 만약 그렇다면 누가 미리 장을 봐두었으면 좋겠다고 생각했다. 보통 손님맞이를 위해 준비해놓는 재료라고 해봤자 간신히 아침 식사 정도나 만들 것들이 전부였으니까.

비가 오는데도 나무 밑에 좌판을 차려놓고 파나마 모자를 팔고 있는 낙관적인 남자가 친절하게 생겼기에 클레어는 그 사람에게 다가가 길을 물었다.

남자는 잠시 당황하더니 언덕 위를 가리켰다. 클레어는 남자가 가리킨 쪽으로 향하면서 이 평화로운 광장의 돌바닥에 요란하게 울려 퍼지는 여행가방의 바퀴 소리를 자꾸만 의식했다. 베니스의 지자체에서 여행가방 사용을 금지하려 한 것도 이상할 게 없었다. 꼬마들 몇이 따라오다가 클레어가 시시해졌는지 그만두었다.

＊

비어트리스는 앞 테라스로 보이는 공간에 면한 길고 좁은 방 안에서 앤절라를 기다리고 있었다. 날씨가 좋은 날에는 활짝 열어둘 법한 문은 모두 굳게 닫혀 있었지만 문의 위쪽 절반은 전부 유리여서 방 안에 빛이 어느 정도 들었다. 형광등은 외국이 항상 그렇듯이 어둠침침했다. 기회가 있으면 손을 보아야겠다고 앤절라는 생각했다. 뭔가를 읽고 쓸 때 불이 반만 들어오는 형광등만큼 짜증나는 것이 없었다. 그래도 비어트리스는 커다란 은제 촛대에 촛불을 밝혀놓고 있었다.

"*브루토 템포!*ⁿ날씨가 나쁘네요"

비어트리스는 마치 이 날씨가 레리히공의 기도로도 해결하지 못한 큰 문제라도 된다는 듯 고개를 절레절레 저었다.

"죄송합니다, *시뇨리나*. 아마 내일은 햇볕이 쨍쨍할 거예요."

비어트리스는 유리잔을 꺼내 스파클링 와인을 따랐다.

"프로세코입니까?"

안젤라는 중세의 교회에나 있었을 법한 모양의 의자에 앉으며 물었다.

비어트리스는 고개를 저었다. 안젤라가 저지른 무례 목록에 또 하나가 추가된 모양이다.

"프로세코가 아닙니다. 프로세코는 너무 달아요! 프란치아코르타입니다."

앤절라가 잔을 받아 한 모금 맛보았다.

"정말 맛있네요!"

그녀는 깜짝 놀라 말했다.

분명 비어트리스가 원한 반응이었으리라.

"이 지역 와인인가요?"

비어트리스는 약간 당황스러워했다.

"아닙니다. 북부 롬바르디산이에요. 호수 근처죠. 이 지역 와인이 아닙니다."

"이런 게 있을 줄이야. 이제 프로세코는 안 마셔야겠어요. 앞으로는 오로지 프란치아코르타만 마실 거예요!"

한 모금 더 들이키려는데 갑자기 엄청나게 크게 쨍그랑 소리가 울렸다.

"초인종이 울리는군요, *시뇨리나 퀼리엄스*. 가서 맞이하고 오겠습니다."

비어트리스는 와인을 마시는 앤절라를 그 자리에 남겨두고 수녀원 안쪽으로 사라졌다.

잠시 후 비어트리스가 클레어를 뒤에 달고 돌아왔다.

"시뇨라 램버트군요!"

그렇게 말하는 비어트리스의 목소리는 마치 클레어가 올 줄은 조금도 예상치 못한 듯 쾌활했다.

"안녕하세요, 앤절라."

클레어가 수줍게 한 손을 내밀었다.

"악수는 이미 했잖아요? 왜, 예전에 그 멍청이한테 끓는 커피 부었을 때 말이에요. 한잔하시겠어요?"

앤절라는 클레어에게 프란치아코르타를 한 잔 따라주었다.

"참고로 이 와인은 프로세코가 아니랍니다. 여기 정말 근사하지 않아요?"

클레어는 경이롭다는 듯 이리저리 둘러보았다.

"이렇게 멋진 곳일 줄은 생각지도 못했네요."

"말 그대로 '빌라' 같죠? 조반니는 만나보았나요?"

클레어는 당황스러운 표정으로 고개를 저었다.

"아닌 것 같은데요."

"만났다면 절대 못 잊을걸요. 방을 골라야 할 테니, 같이 둘러볼까요?"

"사실 전 별로 상관없어요. 그냥, 편한 방으로 하죠."

클레어가 대답했다.

"에이, 브룩 스트리트에서 보여줬던, 보아디케아*처럼 용감하던

* 로마에 맞서 반란을 일으킨 고대 브리튼 여왕.

모습은 어디로 갔죠? 그런데 뭐 하나 솔직하게 말해도 될까요?"

앤절라는 사업가로서는 무척 효율적이지만 친구로서는 바람직하지 않은 말투로 말을 이었다.

"'상관없다'는 말을 들으니까 짜증이 나요. 그냥 선택을 하는 게 불필요한 트러블을 줄이는 거예요."

"아, 그렇군요."

클레어는 앤절라의 직설적인 말에 주눅이 든 듯했다. 그러더니 갑자기 그 말랑한 얼굴로 슬며시 미소를 지었다. 앤절라는 이런 미소가 얼마나 사람의 마음을 누그러뜨리는지 잊고 있었다.

"직설적으로 말하는 시간인가요? 그럼, 공항에서 여기까지 태워주지 않은 게 정말 무례했다고 말하고 싶네요. 덕분에 짜증나는 남편에게서 이런 여행 가이드북까지 받았잖아요."

그녀가 마틴이 챙겨준 가이드북을 꺼내 앤절라에게 건네주었다.

앤절라는 와인을 한 모금 마신 뒤 가이드북을 살폈다.

"세상에."

앤절라는 미소를 띠며 책을 다시 클레어에게 돌려주었다.

"이런 사람이 있는데 난 내가 통제광인 줄 알았네."

"제발 여기서만큼이라도 통제욕은 내려놓으면 안 될까요? 저는 그 통제에서 벗어나기 위해 여기 왔다고요. 햇살, 자유, 새로운 풍경이 보고 싶어요."

"최선을 다해보죠."

앤절라도 그 말에 동의하며 덧붙였다.

"그래도 약속은 못 해요. 특히, 햇살은."

"시뇨라 램버트, 방을 보여드릴까요?"

비어트리스가 제안했다.

"감사합니다."

클레어는 일어서서 비어트리스 뒤를 따랐다. 뜻밖에 앤절라도 따라왔다.

"미안하게도 제가 제일 좋은 방을 차지한 것 같네요."

하나도 미안하지 않은 목소리였다.

"이 방도 괜찮군요."

그녀가 복도 다음 방을 가리켰다. 크기는 앤절라의 방만큼 컸다. 이번에는 캐노피가 달린 침대에 씌워진 침구가 벨벳이 아닌 보라색 실크였다.

"세상에, 저것 좀 봐요."

클레어가 한 손으로 입을 막으며 소리쳤다.

"쥐라도 나왔나요?"

남자들도 두려워한다는 유명한 앤절라가 고작 그런 걸 겁내는 모습이 시골에서 자란 클레어에게는 우습기 짝이 없었다.

"침대 반대편 벽을 보세요. 저 그림 좀 봐요."

클레어가 가리킨 벽에는 숯이 이글이글 타는 거대한 바비큐 그릴같이 생긴 것 위로 벌거벗은 여자 세 명이 몸을 누이고 있는 그림이 그려져 있었다. 옆에서 무시무시하게 생긴 악마가 못마땅한 기색과 욕망이 뒤섞인 표정으로 불길에 부채질을 하고 있었다.

"오."

앤절라가 그림을 유심히 살펴보았다.

"'둠 페인팅'이네요. 신앙심을 가진 자들에게 겁을 줘서 꼼짝 못 하게 하려는 그림이죠. 보통은 교회에 걸려 있는데, 이런 곳에 있다니 재미있네요. 여기선 일탈적인 섹스는 금물이겠어요."

두 사람이 여학생처럼 낄낄 웃는데 문이 열리더니 남신처럼 아름다운 조반니가 클레어의 가방을 들고 나타났다. 조반니가 두 사람을 쳐다본 뒤 다시 그림을 보고 나서 성호를 그었다.

클레어가 고맙다고 인사하자 조반니는 그녀의 가방을 여행가방 거치대 위에 놓고 최대한 서둘러 그 방을 빠져나갔다.

"저 친구가 조반니예요. 장난 아니죠? 정원사라는데, 이 방에선 감히 유혹할 수도 없겠군요. 이 그림 앞에서 그런 짓을 하면 무시무시한 일이 일어날 것 같아요. 물론 저 그림의 용도가 바로 그거겠죠? 중세에 쓰던 혐오 요법이라고나 할까요."

방의 다른 부분들도 호화롭기 짝이 없었다. 캐노피와 색을 맞춘 쿠션을 놓은 진녹색 벨벳 소파, 책상, 안락의자 두 개, 거의 퇴폐적일 정도로 화려한 보라색 커튼. 그리고 이번에는 잊지 않고 꽃 장식도 되어 있었다. 짙은 푸른색 아네모네, 붓꽃, 앵초가 풍성하게 꽂힌 꽃병이 있었다.

"비어트리스가 집주인이 유별나다더라고요."

앤절라가 어깨를 으쓱했다.

"방마다 꽃을 갖다 둔다나 봐요."

"대단하네요. 한쪽에는 꽃다발, 다른 쪽에는 거대한 바베큐 그릴 위의 벌거벗은 여자라니. 집주인 취향도 참."

"집주인 탓은 아닐 거예요. 이 빌라가 원래는 수녀원이었다고 하니 저 그림은 수녀원에서 전해져 내려오는 걸 거예요. 그래도 무슨 뜻인진 알겠어요. 어쩐지 사람을 좀 불안하게 하네요."

클레어는 짐을 푸는 유형의 사람이 아니었다.

"같이 좀 돌아다닐까요? 부엌에 가보고 싶어요. 그럼 단서를 좀 찾아낼 수 있을 테니까요."

"부엌에요?"

"부엌 설비를 좀 보고 싶어요. 저 그림만 보면 이 집 부엌에선 화롯불을 피워놓고 개가 꼬챙이를 돌려서 고기를 구울 것 같잖아요. 불쌍하게도 그 시절엔 개가 빨리 달리도록 발에 고추기름을 발랐다는 사실 알고 있었어요?"

앤절라는 그 말을 듣고 몸서리를 쳤다.

"현대에 태어나서 다행이네요."

두 사람은 크게 웃은 뒤 아래층으로 내려갔다. 클레어가 자기주장을 어느 정도 하는 이상, 앤절라의 생각에도 클레어와 같이 있는 게 나쁘진 않겠다는 생각이 들었다.

아름다운 거실에서 비어트리스가 두 사람의 잔에 와인을 채워주려고 기다리고 있었다. 바깥은 여전히 비가 내려 회색빛으로 우울했다.

"저녁 식사는 언제 하시겠습니까? 이마쿨라타는 여덟 시 반이 편하시냐고 물었습니다만."

"아니, 요리사가 있다고요?"

클레어는 너무 놀라서 화를 내다시피 했다.

"전 제가 요리를 하는 건 줄 알았는데."

"클레어는 걱정 말고 쉬어요. 그래도 돌아다니면서 호텔로 개조할 때 필요한 부엌 설비를 점검할 수는 있잖아요."

그때 뒤에 서 있던 비어트리스가 갑자기 와인을 따르던 잔을 놓치는 바람에 오래된 카펫에 와인이 쏟아지고 말았다.

앤절라와 클레어는 깜짝 놀라 비어트리스를 쳐다보았지만 그녀는 아무 일도 없었던 것처럼 재빨리 와인을 치우기 시작했다.

"아직 다른 분들이 도착하지 않았다니 아쉽습니다."

비어트리스가 자루걸레로 바닥을 훔치며 말했다.

"그래도 식사는 먼저 하시겠습니까?"

클레어도, 앤절라도 그 말에 충격을 받았다.

"다른 분들이라뇨?"

앤절라가 물었다.

"영국에서 숙녀분들이 두 분 더 오실 겁니다."

비어트리스가 대답했다.

"*시뇨라* 서튼, *시뇨라* 매티슨이십니다."

"말도 안 돼."

앤절라가 짜증을 내며 와인잔을 내려놓았다.

"이런 말은 없었잖아. 무슨 탁아소도 아니고! 도대체 그 사람들은 누구며, 왜 오는 거죠? 드루한테 전화해서 대체 집주인이 무슨 생각인지 물어봐야겠어요."

앤절라는 전화가 터질지도 모른다고 생각하며 테라스로 통하는 문을 열었다. 불통이었다. 결국 그녀는 화만 잔뜩 난 채 다시 돌아왔다.

"당연히 신호가 잡히지 않네요. 아직도 비가 이렇게 쏟아지니."

"조반니의 말로는,"

비어트리스가 입을 열었다.

"아스파라거스밭bed 쪽에서 전화가 가장 잘 된다더군요."

앤절라가 고개를 설레설레 저으며 볼멘소리를 했다.

"당연히 아스파라거스밭이 조반니가 아는 유일한 침대bed는 아닐 테지만요. 아무튼 그 망할 아스파라거스밭은 어디죠?"

비어트리스가 문을 열더니 계단 모양의 비탈 아래를 가리키고는 앤절라에게 우산을 건네주었다.

앤절라는 자갈길을 걷는 내내 분통을 터뜨리느라 주변은 거의 둘러보지도 않았다. 다른 여자들과 함께 지내야 한다니, 생각만 해도 싫다! 클레어를 참아주기로 한 건 그녀가 자신에게 해준 일이 있기 때문이었다. 하지만 다른 여자들이 나타나서 알 수 없는 잔소리를 떠들며 평화를 방해할 줄은 미처 몰랐다. 게다가 아스파라거스밭에서도 신호는 여전히 잡히지 않았다!

돌아오는 길에 제일 좋아하는 오렌지색 스웨이드 구두가 망가졌다는 사실을 깨닫는 순간 갑자기 우렁찬 오토바이 소음이 울려 퍼졌다. 오토바이 한 대가 진입로를 향해 달려오고 있었다.

앤절라는 얼른 빌라 안으로 들어가 사람들에게 알렸다.

"오토바이가 진입로로 들어오는데요, 조반니인가요?"

비어트리스는 고개를 저었다.

"조반니는 *모토리노*를 타고 다닙니다. 여기 사람들은 다들 *모토리니*를 탑니다."

앤절라는 와인 잔을 들었고, 그들이 다 같이 뒷문으로 나간 순간 마침 오토바이가 요란하게 도착했다. 조반니만큼은 아니지만 잘생긴 젊은 남자가 뒷문에서 10미터 정도 떨어진 곳에 오토바이를 세우자 뒤에 타고 있던 검은 가죽옷 차림의 여자가 헬멧을 벗고 곱슬거리는 짙은 붉은색 머리를 털어냈다. 여자가 유연한 손놀림으로 지퍼를 내리고 가죽 점프수트를 벗자 안에 입고 있던 색이 고운 실크 상의와 청바지가 드러났다.

그녀는 마치 세 사람이 자기를 기다리고 있는 게 당연하다는 듯 다가오더니 한 손을 내밀었다.

"안녕하세요. 저는 실비 서튼, 이쪽은 제 친구 알레산드로랍니다."

앤절라가 뭐라고 말하기도 전에 철쭉 덤불 사이로 난 길에서 비에 쫄딱 젖은 채 거대한 배낭을 짊어진 조그만 체구 하나가 모습

134

을 드러냈다. 클레어의 눈에는 꼭 자기 무게의 두 배는 되는 먹이를 지고 개미굴로 돌아가는 개미같이 보였다.

모두 그 광경에 놀라 그쪽으로 돌아섰다.

"안녕하세요."

마지막으로 나타난 사람이 목소리를 겨우겨우 짜냈다.

"전 모니카 매티슨이에요. 여기가 빌라 레 시레누세가 맞나요?"

이탈리아어 발음이 완벽했다.

"사실 돈이 든 전대를 도둑맞아서, 레리니에서 여기까지 걸어오는 수밖에 없었어요."

"*시뇨라* 매티슨이십니까?"

비에 흠뻑 젖고 지친 모니카를 보고 마음이 아파진 비어트리스가 얼른 달려 나왔다.

"*께 꼬사 테리빌레!*^{이런 끔찍한 일이} 이 나라엔 정직한 사람이라고는 없다니까! 와서 불을 좀 쬐어요. 조반니! 조반니! 와서 *시뇨라*를 도와드리렴."

조반니가 덤불 속에서 나타나 모니카의 배낭을 받아들었다.

클레어는 알레산드로가 조반니에게 갑자기 관심을 가지는 장면, 그리고 드라마틱하게 등장한 실비가 쫄딱 젖은 작은 여자한테 관심을 빼앗기고 짜증이 난 모습을 흥미롭게 지켜보았다. 그리고 자신이 모니카를 좋아하게 되리라는 것, 실비와 앤절라는 마치 발정기의 수사슴들처럼 라이벌이 될 거라는 사실을 직감했다. 문제는 두 사람의 갈등이 언제 터지느냐였다.

오래 기다릴 필요도 없었다.

"가서 젖은 옷을 갈아입고 계시면 저녁을 준비하겠습니다."

비어트리스가 혀를 쯧쯧 찼다.

"조반니, *시뇨라*의 여행가방을 2층으로 들고 올라가거라. 조반니와 함께 올라가세요, *시뇨라*. 조반니가 방을 안내해드릴 겁니다."

"그건 그렇고 저는 어디서 묵죠?"

실비가 물었다. 작은 빗방울들이 머리카락 위에서 크리스마스트리에 매달린 은방울처럼 반짝이고 있었다.

"*시뇨라* 서튼, 물론 안내해드려야죠."

귀가 밝은 클레어는 비어트리스의 목소리에 섞인 짜증의 기색을 알아차릴 수 있었다.

"*시뇨라*는 제가 안내해드리겠습니다. 친구분도 저녁을 함께하실 건가요?"

조반니가 안으로 들어가버린 뒤라 알레산드로는 김이 샌 듯했다.

"아닙니다. 저는 나폴리로 돌아갈 거예요. 해가 지기 전에 어서 가야지요."

"떠나기 전에 와인을 한잔하시겠습니까?"

그러자 잘생긴 알레산드로가 고개를 저었다. 클레어가 보기에 조반니가 섹시한 핀업 보이라면 알레산드로는 정원에 놓인 고전적 조각상의 모델 같은 외모였다.

"어쨌든 *까라 미아* ^{내 사랑}, 근처에 유명인이 살아요. 물론 만날 일은 없겠지만요."

"무슨 소리야?"

"세계적으로 유명한 콘스탄틴이라는 화가가 사는데, 은둔자거든요."

은둔자라니 친해져야 할 사람이 하나 더 늘어나진 않을 거라는 생각에 앤절라는 내심 안도했다.

알레산드로는 모두에게 인사한 뒤 다시 오토바이에 올라 진입로를 따라 사라졌다.

"그런데 *시뇨라* 서튼, 짐은 어디 있습니까?"

"알레산드로의 조수가 차에 실어 가지고 올 거예요. 우선 들어가서 방부터 살펴보죠."

비어트리스가 널따란 돌계단을 올라갔다. 실비는 비어트리스를 따라가며 집 안을 구석구석 눈여겨보았다. 그녀에게 배정된 방이 하도 꼴사나웠던지라 실비는 자기도 모르게 한마디했다.

"방은 무슨 기준으로 고르는 거죠?"

"*키 프리마 아리바, 멜리오 알로자*, 영어로 하면 선착순입니다."

"*시뇨리나* 윌리엄스가 가장 먼저 왔나요?"

"*시, 시뇨리나* 윌리엄스께서 가장 먼저 도착했습니다."

"정말 똑똑하군요. 저기, 다른 방은 없나요? 뒤편에서 보니 별채도 여럿 있던데."

"*시*, 다른 방도 있습니다만, 사용하지 않는 방이랍니다."

"좋아요. 오늘 밤엔 여기서 묵고, 내일 별채의 다른 방들을 살펴보겠어요."

"*베네, 시뇨라.*"

비어트리스는 미친 사람을 보는 눈으로 실비를 쳐다보았다. 별채의 방은 몇 년 동안 아무도 쓰지 않았다. 하긴, 영국인들은 워낙 제정신이 아닌 걸로 유명하니까.

한편, 모니카는 젖은 옷을 갈아입고 층계참에 멍하니 서 있었다. 실비는 모니카가 입은 옷을 자세히 보지 않으려 애썼다. 정말 볼썽사납기 짝이 없어서였다.

"당신 방은 어때요?"

실비가 슬쩍 물어보았다.

"정말 멋지던데요."

모니카가 들떠서 열심히 말했다.

"혼자만 쓰는 욕실도 딸려 있고, 호텔처럼 조그만 병에 든 욕실 용품도 마련되어 있더라고요!"

"그렇군요."

실비가 억지웃음을 지었다. 평행우주 어딘가에는 혼자만의 욕실이 없는 사람도 있다니 상상할 수도 없었다.

"그건 그렇고, 앤절라가 가장 먼저 도착했다고 해서 제일 좋은 방을 쓰는 건 불공평하다고 생각하지 않아요? 그러니까 어지간한 사람이라면 다른 사람들이 모두 도착할 때까지 기다렸다가 제비뽑기라도 하지 않았겠느냐고요."

"당신도 제일 먼저 도착했다면 그 방을 고르지 않았을까요?"

모니카가 순진무구한 목소리로 물었다.

실비는 이 말이 비아냥인가 하고 모니카를 빤히 바라보았지만, 그 질문에는 다른 뜻은 없는 것 같았다.

"아뇨, 전 안 그랬을 거예요."

거짓말이었다.

"저라면 다들 도착할 때까지 기다렸을 거예요."

"클레어 말로는 두 사람은 우리가 오는지 몰랐다던데요."

실비는 그 말에 모니카를 더 빤히 바라보았다.

"뭐, 그 사람들 말로는 그렇죠."

"설마 제일 좋은 방을 차지하려고 앤절라가 거짓말까지 했겠어요? 세상에 그런 사람이 어디 있어요?"

그 말에 실비는 상의에 달린 술만 열심히 매만졌다.

"어쨌든 그건 그렇다 치고, 저는 내일 별채를 둘러보려고 해요.

일단 가서 저녁 식사를 해요. 안 그러면 그 사람들이 저녁까지 먼저 다 먹어버리겠어요."

모니카를 따라 널따란 돌계단을 내려오면서 실비는 지금 바로 탈출해서 런던으로 돌아가고 싶은 심정이었다. 이곳에서 보내는 시간은 재난이나 마찬가지일 게 분명했다.

한편 모니카는 점점 더 기분이 좋아지는 것 같았다.

"음, 여기 오니까 정말 신나요. 엄마에게서 멀리 떨어져 있다는 점이요."

그러면서 모니카가 실비를 슬쩍 바라보았다.

"혹시 제 말 끔찍하게 들리나요?"

실비는 굉장히 값비싼 양로원에서 지내며 냉소적으로 불평만 해대는 어머니를 떠올렸다.

"아뇨. 전혀 아니죠. 정말 이성적인 말이에요."

"게다가 폼페이와 헤르쿨라네움도 코앞이고요."

"카프리섬의 파도 소리가 더 좋죠."

"부자들만 살고, 비싼 가게들이 있는 동네 아니에요?"

"맞아요."

오로지 카프리섬에 가겠다는 기대 때문에 실비는 당장이라도 알레산드로를 불러 오늘 밤 당장 여기서 탈출하고 싶은 마음을 참아냈다.

5

　스티븐 찰스워스는 뱅크사이드의 글로브 극장 코앞에 자리한 자기 집에서 템스강을 내다보고 있었다. 그의 성격에서 모순되는 점은 한두 가지가 아니지만, 고급 고층 주택을 개발하면서 정작 자신은 템스강변에 있는 지은 지 400년 된 집에서 산다는 것 역시 또 하나의 모순이었다. 낮은 집이 늘어서 있는 이곳에서 느껴지는 옛 런던의 풍취가 좋았고, 집 세 채 떨어진 곳은 한때 '스튜 하우스'라고 불렸던 유명한 매음굴 '카디널스 캡'이 있었던 자리로, 벤 존슨을 위시한 유명 문인들이 드나들던 곳이었다.

　평온한 강물을 바라보고 있는 지금 스티븐은 비어트리스에게 전화해 새로운 손님들을 잘 보살피고 있는지 물어볼까 생각했다. 하지만 빌라의 고용인들이 손님 대접을 훌륭히 해낼 것이 분명한 데다가 손님들이 감시당하는 기분을 느끼지 않고 편하게 즐길 수 있도록 자신은 가능한 한 끼어들지 않는 게 좋겠다는 생각도 들었다. 란짜렐라 지역의 호텔 체인은 아주 좋은 조건으로 빌라 매입을 제안했고, 스티븐이 빌라에서 보내는 시간이 거의 없다는 점을 감안하면 논리적으로도 그게 맞았다. 하지만 당장 그 제안을 받아들이기에는 복잡한 기분이 들었다. 어머니가 말했듯 그곳은 특별한 공간이었다. 누군가가 자신만의 이성적인 조언을 해주면 그 공간을 훌륭하게 활용할 수 있을 것이다. 사실 스티븐 자신이 너무 바빠서 빌라를 호텔로 직접 개조한다는 생각은 말이 되나 싶었지만,

실비와 앤절라가 어떤 제안을 할지가 궁금하기는 했다.

스티븐은 자신도 모르게 미소 짓고 있었다는 사실을 깨달았다. 어머니의 말씀대로, 란짜렐라가 그들에게 어떤 영향을 미칠지 두고 봐야 할 것이다. 분명 사랑에 빠질 만한 곳이니까.

창밖으로 오래된 런던의 바지선이 검붉은 깃발을 나풀거리며 미끄러지듯 지나간 자리에 기다랗게 잔물결이 일었다. 그 모습을 보고 있자니 아주 오랜만에 외로움이 가슴을 파고들었다. 평소에 스티븐은 허전한 마음을 일로 채웠고, 때로는 콘서트나 사교 활동을 즐겼지만, 란짜렐라를 생각하니 카를라와의 추억이 문득 생생해지면서 그녀가 죽지 않았다면 둘이 함께했을 많은 일들이 떠오르지 않을 수가 없었다.

아무래도 그 빌라는 파는 게 낫겠다.

스티븐은 산책이라도 좀 하면서 글로브 극장을 찾아온 관객들이 밀레니엄 브리지를 건너가는 모습을, 템스강의 조수가 낮아지면 쇠로 된 탐지기를 들고 개펄을 뒤지는 사람들을, 그리고 가장 좋아하는 런던의 풍경, 어머니가 스티븐 같은 사람들이 꼴사나운 현대식 건물을 지어 가려버린다고 툴툴대는 세인트폴 대성당을 보고 와야겠다고 생각했다. 런던 풍경은 보기만 해도 절로 미소가 나왔다.

"기분이 좋아 보이는군요, 스티브."

스완 펍 앞에서 『빅 이슈』 판매원인 샘이 그에게 인사를 건넸다. 세상에서 스티븐을 '스티브'라고 부르는 유일한 사람이었다.

스티븐은 이미 다른 판매원에게 『빅 이슈』를 샀는데도 샘에게서 한 권 더 샀다. 어머니의 말대로 이상한 습관이었다. 『빅 이슈』를 차고 넘치게 사느니 차라리 노숙인들을 위해 집을 지어주는 게

낮겠지만, 아마 그에게 자금을 대주는 은행에서 탐탁지 않게 여길 것이다. 출자자들로서는 성가신 일이었지만, 적어도 공공임대주택이 소란스러운 큰길이 아니라 정원을 바라볼 수 있는 곳에 자리잡게 하려고 애썼다. 하지만 그렇다고 그가 빌 게이츠가 되는 건 아니었다.

"너도 다시 사랑을 해야지."

어머니 그웬은 스티븐에게 늘 일깨워주곤 했다.

스티븐이 보기에는 아내와 사별한 다른 남자들은 마치 아내가 고작 집을 깔끔하게 정돈하고 그를 맞이해주는 사람에 불과하기라도 했던 것처럼 금방 슬픔을 극복하는 모양이었지만, 스티븐은 카를라를 진심으로 사랑했다.

그리고 카를라는 빌라 레 시레누세를 사랑했다. 강을 따라 다시 집을 향해 걷는데 한 여자가 글로브 극장에 들어가려고 기다리고 있었다. 그녀는 강을 면한 벽에 기대 『타임스』를 읽고 있었다.

'저의 휴식법은 일입니다'라는 헤드라인 밑에 앤절라의 사진이 실려 있는 걸 보자 스티븐은 앤절라가 지금 아름다운 란짜렐라에 있어서 다행이라는 생각이 들었다.

사람들은 란짜렐라 덕분에 세상을 보는 눈이 달라졌다고들 했다. 스티븐만 빼고 모두.

잠깐이었지만 스티븐도 사람들과 함께 란짜렐라에 있고 싶었다. 그러면 어쩌면 스티븐도 변할 수 있을지 모르니까.

*

빌라의 식당에는 무려 마흔 명이 앉을 만한 식탁이 있었다. 하지만 비어트리스는 아늑한 분위기를 위해 식탁의 한쪽 끝에만 자리를 마련해두었다. 안타깝게도 한 사람이 식탁 끝 상석에 앉고 나머지가 그를 둘러싸고 앉게 만들어야 했다. 특별한 자리이니만큼 흰색 리넨 냅킨과 꽃 장식에 촛불까지 준비되어 있었다.

앤절라는 아주 자연스럽게 상석을 차지하고 앉았다. 모니카가 불안한 표정으로 실비를 바라보는 가운데 실비는 치맛자락을 들어 올리더니 앤절라의 오른편에 앉았다. 클레어와 모니카는 각각 양쪽 끄트머리에 앉아 눈빛으로 어디에 앉든 상관없는 사람들의 연대감을 나누었다.

와인을 들고 나타난 비어트리스가 앤절라에게 라벨을 보여줌으로써 무의식적으로 그녀의 위치를 공고하게 해주는 바람에 식탁을 둘러싼 긴장감이 한층 더 팽팽해지고 말았다.

"비어트리스는 앤절라가 대장이라고 생각하나 봐."

클레어가 농담을 던졌다.

"아니면 남자라고 생각하는 모양이지."

실비가 중얼거렸다.

식탁 위로 등장한 첫 번째 코스는 신선한 토마토소스를 가미한 향긋한 호박 라비올리였다.

"정말 맛있는데."

어색한 침묵을 깨고 싶었던 클레어가 입을 열었다.

"이마쿨라타 요리 실력이 대단한걸."

앤절라가 와인을 한 모금 마시더니 식탁 위의 사람들을 둘러보았다.

"솔직히 얘기할게."

그녀가 선언하듯 말했다.

"난 여자들과는 친구가 되지 않아."

클레어는 앤절라가 그만 입을 다물면 좋겠다고 생각했다. 사실 클레어는 앤절라에 대해 조금 더 알게 된 뒤로 그녀가 마음에 들었는데, 이대로라면 앤절라가 모두를 적으로 돌리고 말 것 같아서였다.

실비가 "정말 하나도 놀랍지가 않다"고 말하는 바람에 클레어는 어떻게든 수습해 보려고 "와인 한 잔 더 하겠어, 앤절라?" 하고 애를 썼다.

"어쨌든, 당황스럽기는 해도 이렇게 모였으니 각자 자기소개는 해야 할 것 같네. 난 앤절라 윌리엄스, '패브릭'이라는 패션 회사의 CEO를 맡고 있어."

"어머, 거기서 옷 한 벌 샀는데."

모니카가 끼어들자 앤절라는 '그럴 줄은 꿈에도 몰랐네'라는 듯 눈썹을 치켜들었다.

"'던 딜'이라는 TV쇼에도 출연하고 있어."

"남자들의 기를 다 죽여놓는다는 그 여자가 바로 당신이구나, 참 놀랍기도 하지."

실비가 낮은 목소리로 가세했다.

"최근 회사가 내 의지와는 상관없이 인수되었고."

"안타까워라."

모니카가 안타까움을 표했다.

"그런 일이 일어날 수 있다는 것도 처음 알았네."

"생각보다 흔한 일이야. 그래서 잠시 언론의 관심을 떠나 있으려고 여기 온 거야."

"그렇구나, 안타깝다. 정말 속상하겠어."

실비가 냉소적인 말투로 끼어들었다.

"회사를 넘기는 대가로 큰돈도 받았을 텐데 말이야."

그러나 앤절라는 그 말에 담긴 조롱은 알아듣진 못한 듯했다.

"맞아, 정말 패씸하지. 그 와중에 이 빌라를 호텔로 개조할 가능성이 있는지 알아봐달라는 제안을 받게 된 거야."

마침 메인 코스를 가지고 들어오던 비어트리스가 그 말을 듣고 우뚝 멈춰서는 바람에 들고 있던 쟁반에서 접시 하나가 바닥에 떨어지고 말았다.

"스쿠시! *죄송합니다 미 스쿠시, 시뇨라!*"

클레어가 얼른 달려가서 바닥에 쏟아진 음식을 갈무리했고 비어트리스는 허둥지둥 새 음식을 내오러 부엌으로 들어갔다.

"무슨 일이라도 있는 걸까?"

클레어가 골똘히 생각하며 혼잣말을 했다.

"아까는 카펫에 와인을 엎지르더니. 어쩐지 이상한걸."

"그러면,"

앤절라는 마치 아무 일도 없다는 듯 말을 이었다.

"이번에는 클레어가 소개를 해주겠어?"

"난 아주 평범한 사람이야. 적대적 인수합병을 당했다거나 TV 쇼에 출연한 적은 없지. 나는 출장요리 회사를 운영하고 있어. 아주 작은 회사인데, 생일이나 기념일, 장례식 요리를 만들어. 근근이 유지되는 형편이긴 하지만 일은 마음에 들어. 게다가 일하는 동안은 남편한테서 벗어날 수 있으니까."

실비가 무슨 뜻인지 이해한다는 듯 웃었다.

"난 이 빌라가 호텔이 되었을 때 요리를 조달할 가능성이 있는지 살펴보러 온 거야."

"실비는?"

앤절라가 물었다.

실비는 앤절라를 차가운 시선으로 바라보았다. 이 멍청한 자기 소개 놀이에 끼어들어야 하는 모양이었다.

"나는 실비 서튼. 남편과 함께 인테리어 디자인 회사를 성공적으로 운영하고 있어."

그렇게 말한 뒤 실비는 어디까지 털어놓아야 하는지 잠시 망설였다.

"최근 너무 바쁘게 일하다 보니 좀 쉬어야 할 것 같더라고."

그 말에 앤절라는 잠깐 무슨 말을 덧붙이고 싶은 얼굴로 실비를 쳐다보았다. 앤절라 역시 이미 거래처 사람에게 토니와 킴벌리의 정사 장면이 담긴 이메일을 받아 보고 웃었던 것이다. 하지만 실비가 그 일에 대해 언급하고 싶어 하지 않는다면 가만히 두는 게 옳았다. 분명 너무나도 수치스러운 일이었을 테니까.

어색한 침묵이 흐르려던 찰나 마침 이마쿨라타가 나타나 살팀보카*와 바삭바삭한 감자 요리를 식탁에 내놓았다.

"냄새가 너무 좋은걸요!"

모니카가 기뻐했다.

"비어트리스는 괜찮으세요? 스타 베네 베아트리체?"

모니카의 완벽한 이탈리아어 발음에 모두가 깜짝 놀랐다. 모니카는 다른 사람들처럼 영국식으로 '비어트리스'라고 발음하지 않고 이탈리아식으로 '베아트리체'라고 했다.

"정말 인상적인데."

* 송아지 고기를 햄으로 싸서 세이지와 곁들여 내놓는 요리.

여러 나라에서 살아본 경험이 있어 모니카의 뛰어난 어학적 재능을 금세 알아차린 실비가 칭찬을 건넸다.

"플로렌스에서 오페어로 일한 적 있거든."

모니카가 어깨를 으쓱했다.

"추천하진 않아. 헐값에 부리는 노예가 따로 없었으니까. 그러다가 대학 때 로마로 교환학생을 잠깐 다녀왔어. 참 재미있었지."

"모니카가 보기보다 깊이가 있네."

앤절라가 한마디 덧붙였다.

"겉보기엔 그리 특별하지 않은데 말이야."

모니카가 얼굴을 붉혔다.

"앞으로 자기비하는 그만두는 법을 배웠으면 해, 모니카. 자기가 보여주고자 하는 모습대로 남들도 그 사람을 바라보는 법이거든."

"앤절라 당신은 그렇지 않겠지만."

실비가 부드러운 목소리로 끼어들었다.

"사람들이 당신 회사에 새로운 이미지가 입혀지길 바라는 것 같아서."

모두가 앤절라가 무슨 반응을 보일지 숨을 죽였지만 앤절라는 실비에게 가차 없는 시선을 던지는 것으로 그 상황을 마무리했다.

"어쨌든, 모니카, 자기소개는?"

"난 모니카라고 해."

솔직한 마음으로는 회피하고 싶었지만, 그렇다고 자신에게 관심이 쏠리는 것을 원하지도 않았다.

"이 말을 들으면 사람들이 웃곤 하던데, 난 도서관 사서였어."

그런데 아무도 웃지 않고 그녀를 바라보고 있었다. 앤절라는 자신의 빈 잔에 와인을 다시 따랐다. 실비는 그녀가 다른 사람들의 잔은 채워주지 않고 자기 잔에만 신경 쓴다는 사실을 알아차렸다.

"버킹엄 대학교에서 40년간 일했지. 버킹엄에 대학이 있다는 걸 사람들이 잘 몰라서 이 말을 들으면 당황하더라고. 그래도 정말 멋진 대학교야. 대학 도서관 사서로 일하다가 거기서 남편 브라이언을 만나 25년 동안 행복한 결혼생활을 했어. 그런 얘길 들으면 다들 놀라더라."

"모니카!"

앤절라는 이젠 도저히 들어줄 수가 없었다.

"제발 자기를 낮추는 말은 그만하라니까!"

"딱히 그런 의도는 아니었는데."

"남편은 어떻게 되었어?"

클레어는 모니카가 남편에게 버림받은 것만은 아니기를 바랐다.

"작년에 심장마비로 세상을 떠났어. 이상하게도 엄마가 사람들에게 이 이야기를 떠벌리길 좋아하더라."

"어머니가 되어서는."

실비는 고개를 절레절레 저었다.

"도대체 그런 얘기를 뭣 하러 떠벌리고 다닌담?"

"내가 건강이 나쁜 남자를 고른 게 잘못이라서."

"어머니라면 자식을 믿어줘야지!"

그렇게 외치는 클레어는 자신도 아들이 선택한 여자에게 잘해줘야 하지만 도무지 며느리가 마음에 들지 않는 것을 떠올렸다.

"그웬이 한 말이랑 똑같네."

모니카의 얼굴에서 장난스러운 미소가 슬며시 퍼지자 평범하던 얼굴이 소년처럼 매력적으로 바뀌었다.

"그웬은 우리 엄마가 망할 년이라서 자기 아들이 나를 이 빌라로 초대한 거라고 하시더라고."

"그거 참 재미있네!"

그렇게 말하는 실비의 미소는 이번만큼은 진심이었다.

"초대를 받아들이고 나니까 그웬이 전화로, 내 남편이 망할 놈이라서 당신이 자기 아들을 설득해 나를 이탈리아로 불렀다고 하시던걸."

두 사람은 이 같은 우연에 웃음을 터뜨리며 정말 그웬다운 일이라고 입을 모았다. 그웬이 누구인지 모르는 클레어는 미소를 지었지만 앤절라는 짜증이 난 것 같았다.

그때 다시 침착해진 비어트리스가 디저트로 정말 맛있어 보이는 티라미수를 가지고 돌아왔다.

"커피는 거실에서 드시겠어요?"

비어트리스가 물었다.

"신선한 민트차가 있다면 저는 그걸로 주시겠어요, 비어트리스?"

실비는 이탈리아식 발음을 따라할 마음이 추호도 없었다.

"그런데 다들 그토록 숭배하는 그 수수께끼의 그웬이라는 사람은 대체 누구야?"

앤절라가 물었다.

"그웬 찰스워스라는 분이야."

실비가 대답했다.

"내 이웃이자 구세주였지. 어린 시절 우리 부모님은 항상 멀리 계신 데다가 집에 계실 때도 딱히 나에겐 관심이 없으셨거든. 그때 그웬이 날 구해주었던 셈이야."

"나한테도 마찬가지야."

모니카가 미소를 지었다.

"그만큼이나 오랫동안 알고 지낸 사이는 아니었지만 항상 친절하게 대해주셨던 분이야."

앤절라는 처음으로 말을 멈추고 텅 빈 와인 잔만 들여다보았다. 그러다가 갑자기 고개를 들었다.

"설마 그웬 찰스워스가 스티븐 찰스워스의 어머니는 아니겠지? 그리고 이 집이 스티븐 찰스워스 소유는 아니겠지?"

"맞을걸."

실비가 앤절라의 표정을 살피며 대답했다. 갑자기 왜 이러지? 거만하던 앤절라가 자신감을 잃고 바람 빠진 풍선 같네.

"사실 나는 스티븐과 아는 사이거든. 그러니까… 옥스퍼드 신입생 시절 사귀다가, 우리 어머니가 심각한 신경쇠약에 빠지는 바람에 헤어졌어."

"아이고 세상에."

모니카가 진심 어린 안타까움을 담아 내뱉었다. 갓 대학 생활을 시작하다가 그런 큰일이 닥친 학생들을 수없이 보았기 때문이다.

"나도 그래!"

클레어도 깜짝 놀라 웃음을 터뜨렸다.

"나도 스티븐을 알아. 같이 무도회에 갔어. 나도 옥스퍼드 출신이거든. 당연히 옥스퍼드 대학교는 아니고, '옥스 앤 카우' 출신이었지."

"그게 뭐야? 펍 이름인가?"

클레어의 말을 못 알아들은 실비가 물었다.

"옥스퍼드 카운티 비서 학교."

클레어가 의기양양한 손짓과 함께 알려주었다.

"다들 그곳을 '옥스 앤 카우'라는 별명으로 불렀어. 욕심 많은 엄마들이 부잣집 대학생이나 낚아 오라며 공부 못하는 딸들을 보내던 학교였지."

"세상에."

열일곱 살에 학교를 그만두고 곧장 직업을 구한 실비로서는 알지 못하는 세계였다.

"무슨 제인 오스틴 소설에나 나올 것 같은 얘기네."

"리지는 환각버섯을 먹고 다아시는 마리화나를 피우는 60년대 버전의 『오만과 편견』이라면야 말 되지."

클레어가 낄낄 웃었다.

"모니카, 설마 너도 스티븐이랑 사귀었어?"

실비가 물었다.

"설마 그럴 일이 있었겠어? 우린 소꿉친구였어."

"우리도 소꿉친구였어."

실비가 회상했다.

"그애는 튀튀를 입으라면 치를 떨며 싫어했는데."

"그럼, 우리 모두 스티븐 찰스워스와 아는 사이라는 소리네!"

그 점을 지적하는 앤절라는 상당히 동요한 것 같았다.

"그게 뭐 그리 이상한 일이야?"

실비가 어깨를 으쓱했다.

"여기가 스티븐의 집이잖아!"

"맞아. 하지만 난 스티븐과 그 시절 헤어진 뒤로 단 한 번도 만난 적이 없는 데다가, 여기가 그 사람 집인 줄도 몰랐다고. 정말 이상한 일이네."

"나 원 참."

실비가 고개를 절레절레 저었다.

"지나치게 의미 부여 하지 마. 난 커피는 생략하고 자러 갈게. 내일이면 비가 그치겠지."

이어진 고백이 적어도 한 가지 목적은 달성했다고 실비는 생각했다. 성미 고약한 앤절라 윌리엄스가 드디어 자기가 이 집 주인이 아니라 손님에 불과하다는 사실을 받아들인 것 말이다. 심지어 여자들과는 친구가 되고 싶지 않다니, 누가 친구가 되어준대?

*

다음 날 가장 먼저 눈을 뜬 건 클레어였다. 아침형 인간인 클레어는 마틴이 자고 있을 때 먼저 일어날 때가 많았다. 창가로 다가가 덧문을 열어젖히자 햇살이 쏟아져 들어오는 바람에 클레어는 한 걸음 물러서서 손으로 햇살을 가려야 했다. 잠시 기다리며 빛에 눈이 적응되자 그녀는 창밖으로 몸을 뻗었다. 눈앞에 펼쳐진 풍경이 너무나 아름다워서 숨이 막힐 지경이었다.

창밖 테라스는 연분홍 제라늄이 무성하게 자란 화분으로 장식되어 있었으나, 아름다움으로는 봄을 맞아 파릇파릇한 나무, 그리고 저 멀리 펼쳐진 눈부시게 빛나는 코발트블루의 바다가 한 수 위였다. 밤새 잡은 고기를 싣고 뭍으로 향해가는 고기잡이배 한 척이 하얀 포말을 남기며 클레어의 시야를 가로질러 갔다.

클레어는 시계를 보았다. 아직 일곱 시였다. 다른 사람들은 아직 꿈속일 테지. 당장 밖으로 나가고 싶었다. 그녀는 얼른 청바지에 티셔츠로 갈아입은 다음 운동화를 찾아 신고 조용히 집 안을 빠져나갔다.

비탈을 따라 조성된 정원은 눈부신 햇살로 빛날 뿐 아니라 어제는 알아차리지 못한 향긋한 향기가 풍겼다. 건물 모퉁이를 돌아가자 무성한 보랏빛 등꽃으로 절반이나 뒤덮인 퍼걸러* 아래에 의자가 두 개 놓여 있었다. 그녀는 의자를 하나 차지하고 앉아 꽃향기를 흠뻑 들이마셨지만, 정원이 너무 아름다워 오래 앉아 있기만 할 수는 없었다. 집 뒤로는 아몬드나무, 벚나무와 사과나무가 이른 아침 불어오는 바람에 분홍색과 흰색 꽃망울을 살랑거렸고, 꽃에서 꽃으로 벌들이 붕붕대며 옮겨다니는 소리도 들렸다.

계단식 비탈을 한 층 더 내려가자 반쯤 숨겨진 작은 굴 옆에 바위가 하나 있었고, 바위를 파내 만든 샘 위로 자그마한 분수대가 맑은 물을 뿜어내고 있었다. 분수를 본 클레어는 기뻐서 손뼉을 짝하고 칠 뻔했다. 분수 옆에는 대리석으로 만든 사람 크기의 님프 석상이 무릎을 꿇고 앉아 갈망에 찬 표정으로 물속을 들여다보고 있었다. 조각 솜씨가 대단했다. 동네 석공이 만든 물건이 아니었다. 분명 장인의 손길로 만들어낸 작품이 분명했다.

거부할 수 없는 유혹을 느낀 클레어는 슬며시 주변을 둘러본 다음 아무도 없다는 사실을 확인하고 팬티와 브라까지 모두 벗었다. 뭐 어때, 님프도 발가벗고 있는데 나라고 못 벗을 게 뭐야?

물은 얼음처럼 차갑고 진처럼 투명했지만, 시골 출신인 클레어는 차가운 물에 익숙해질 때까지 숨을 참았다. 바위가 작게 튀어나온 부분이 있어 클레어는 그 부분을 꼭 붙잡고 다시 한번 조각상을 바라보았다.

"잃어버린 연인을 찾고 있는 거니?"

* 덩굴성 식물을 지붕에 올린 서양식 정자.

154

클레어는 돌로 된 님프에게 말을 걸어보았다.

"어느 질투 많은 여신이 물속으로 데려갔니?"

그 대답으로 웃음소리가 들려왔다.

깜짝 놀라 돌아보니 손수레를 밀고 있는 조반니가 보였다. 조반니는 셔츠를 사이먼 코웰보다도 더 훌러덩 열어젖힌 채였지만 그 안으로 들여다보이는 가슴팍은 딴판이었다.

"두에 닌페."

조반니가 이탈리아 남자 특유의 미소인 것 같은, 섹시하고 은밀한 미소를 지어 보였다. 님프가 둘이라는 뜻이었다. 사실 님프 하나, 할망구 하나라고 해야 맞겠지만 말이다. 클레어는 아무렇지 않다는 듯 한 팔로 가슴을 가린 뒤 튀어나온 바위를 꽉 붙잡고 벌거벗은 몸이 물속에 얌전히 잠겨 있도록 힘을 주었다. 영국 여자들은 아침마다 옷을 벗고 물에 뛰어들기라도 한다는 듯 자신감을 가지고 아무렇지 않게 굴어야겠다. 그 순간 어쩌면 투명하게 맑은 물 때문에 조반니에게 자기 몸이 훤히 드러나 보일지도 모른다는 무서운 생각이 들었다.

"페브레 디 프리마베라. 봄의 열병."

조반니는 마치 그 말이 분수 속에 발가벗고 들어가 있는 여자를 전적으로 설명해주기라도 하는 양 아무렇지도 않게 말했다.

"거부할 수 없죠."

그 말만 남기고 조반니는 휘파람을 불며 가던 길로 가버렸다.

클레어는 조반니가 시야에서 완전히 사라진 것을 확인하고서야 물 밖으로 나왔다. 심지어 수건도 없었다. 티셔츠에 젖은 몸을 밀어 넣으니 얼어서 터질 것 같은 젖꼭지가 툭 튀어나왔고, 그 와중에 청바지까지 입자니 넘어질 것 같은 것을 억지로 꿰입었다.

그녀는 다시 샘 안을 들여다보았다.

햇빛이 물속까지 환히 비추고 있는 이상, 조반니가 서 있던 자리에서 클레어는 머리카락으로 나신을 가리지 않은 고다이바 부인처럼 보였을 것이다.

만약 마틴이 발가벗고 물속에 들어간 그녀를 보았다면 어떻게 반응했을까? 아마 알아차리지도 못했겠지. 아니면 이렇게 말할 것이다. '아이고, 맙소사, 클레어, 도대체 지금 뭐 하는 거야? 감기 걸리고 싶어 작정했어.' 확실한 건 그녀를 님프라고 불러주지는 않으리라는 것이다. 그가 첼트넘 출신이라는 점은 감안해줘야 공정하겠지만 말이다.

앤절라는 호화로운 데보레 커튼 한쪽을 걷고 넓다란 발코니로 나갔다. 너무 넓어서 발코니라기보다는 테라스에 가까웠다. 잠깐 동안 그녀는 이 집이 스티븐 찰스워스 소유라는 사실에 사로잡혀 있느라 아름다운 바깥 날씨도 눈에 들어오지 않았다.

두 사람이 이별을 고한 순간이 바로 지금 이 순간만큼 생생하게 기억났다. 사랑하는 아버지가 돌아가셨을 때 스티븐은 그녀에게 너무나 잘해주었고, 심지어 낡아빠진 검은색 힐리에 그녀를 태우고 어머니를 돌보러 집까지 데려다주었다. 집까지 가는 길에 한 번도 차가 고장나지 않은 것이 천만다행이었다. 스티븐이 그 차 정말 좋아했었는데.

두 사람은 작별의 키스를 했고 서로 연락을 주고받기로 약속했지만, 그녀는 그 약속이 거짓임을 알았다. 스티븐은 이제 스물한 살이었고 갓 옥스퍼드에 적응한 참이었다. 매력적인 데다가 이제 처음의 수줍은 태도는 간데없고 매력을 뿜어내고 있었다. 노팅엄의 임대주택이 아니라 스티븐과 엇비슷한 배경에서 자란 어느 똑똑하고 예쁜 여학생이 순식간에 산 채로 잡아먹고도 남았다.

그 시절 앤절라는 엄마가 원래 유약한 사람임을 받아들이고 어머니를 원망하지 않으려고 노력했지만, 그래도 마음 한편으로는 자신이 만약 어머니의 입장이었다면 딸의 명문대학 시절이 채 시작되기도 전에 끝나지 않도록 무슨 짓이라도 했을 것이라는 생각을 했다.

물론 그 뒤로 그녀는 스티븐의 성공한 인생 이야기를 여기저기서 전해 들었다. 앤절라가 게걸스럽게 읽어치우던 금융 잡지에도 그의 이름이 종종 오르내렸다. 지금까지 마음 깊숙한 곳에 숨겨져 희미하던 아픔이 갑자기 아우성을 치기 시작했다. 회사는 싱가포르의 투안 코퍼레이션에 빼앗겼고, 스티븐을 잃었을 때는 고작 스물한 살이었다.

그제야 앤절라는 날씨가 얼마나 근사한지 깨닫고 웃음을 터뜨릴 뻔했다. 누가 비로 흠뻑 젖은 회색 배경 막을 돌돌 말아 걷어내기라도 한 것처럼 하늘과 똑같은 색의 새파란 바다, 몽글몽글한 작은 구름, 어린아이가 그린 그림 같은 노란 해가 눈앞에 펼쳐졌다.

그녀는 다시 몸을 돌려 방으로 돌아가며 무엇을 입어야 할지 고민했다. 낮에 보니 이 방은 최고급 호텔의 스위트룸과 다름이 없었다. 갑자기 평소답지 않게 제일 좋은 방을 고른 것이 좀 이기적이지 않았나 하는 생각이 떠올랐다. 지금까지 원하는 것을 얻으려 싸우는 데 익숙해 다른 사람을 배려할 여유가 없었던 것이다.

실비와 모니카의 몫으로 남겨진 두 방을 떠올리며 그녀는 몸서리쳤다. 실비의 방에는 심지어 욕실도 딸려 있지 않았다! 며칠 있다가 방을 바꿔줄까 하는 생각이 들었다. 운이 좋다면 그즈음에는 적응해서 친절한 제안은 감사하지만 그냥 이대로 방을 쓰겠다고 할지도 모르니까.

실비는 침대에서 내려와 스트레칭을 했다. 방이 고양이 한 마리 휘두를 틈도 없이 좁았다. 그러고 보면 어처구니없는 표현이었다. 만화 잡지 『더 비노』에 나오는 사람들 빼고 고양이를 휘둘러본 사람이 세상에 있을까. 마구간이라도 좋으니 오늘은 꼭 다른 방을 찾아야겠다고 실비는 마음먹었다.

그녀는 매일 하는 5분짜리 필라테스를 했다. 지겹기 짝이 없지만 60대가 된 뒤로는 도움이 됐다. 물론 실비는 자신이 그만큼 나이를 먹었다고 도저히 인정하고 싶지 않았지만 말이다.

아무렇게나 뻗친 곱슬머리를 빗질한 다음 실크 상의 중 하나를 골라 입었다. 여러 색상이 들어간 이 상의는 청바지와 샌들에 멋스럽게 어울렸다. 차려입고 싶으면 역시 다양한 색이 섞여 있는 발목까지 오는 실크 드레스를 입으면 되었다. 그것이 바로 인테리어 업계 사람이라면 누구나 알고 있는, 그녀의 컬러풀한 인테리어만큼이나 유명한 실비의 스타일이었다.

그녀는 덧문을 열자마자 다시 닫았다. 너무 밝아. 타고난 올리브색 피부와 중동풍 외모를 가진 그녀는 선탠할 필요가 없었기에 햇볕에 그다지 큰 의미를 두지 않았다. 비가 그쳐서 좋은 점은 딱 하나였다. 비가 오면 곱슬머리가 부풀어오르기 때문이었다. 로스앤젤레스에서는 심지어 일기예보에 머리카락이 곱슬거리는 수치까지 알려준다고 했다. 실비도 그 점에 대해서는 찬성이었다.

발톱에 칠한 보라색 샤넬 매니큐어가 벗겨지지 않았는지 확인하다가, 어느 순간부터 사람들이 다들 이 색상을 '벤데타'라고 부르기 시작했다는 데 생각이 이르더니 자연스레 앤절라가 떠올랐다.

그래, 아무리 거만해빠진 앤절라 윌리엄스라도 당분간 같은 집에서 지내려면 적어도 친하게 지내려는 최소한의 노력은 해야 할 것 같았다. 기회를 한 번 주고, 거기서부터 시작하는 게 좋겠다.

세 번째 발가락에 매니큐어가 살짝 벗겨진 부분이 눈에 들어오는 순간 갑자기 마음이 무너질 것 같았다.

발톱에 매니큐어를 칠해준 것은 토니였다. 매니큐어 바르기는 두 사람만의 놀이였다. 실비가 오만한 공작부인, 토니가 미천하지만 섹시한 하인 역할이었다. 그러다 보면 침대로 뛰어드는 바람에 발톱에 칠한 매니큐어가 아무렇게나 번져버렸지만 상관없었다.

지금쯤 토니는 뭐 하고 있을까? 킴벌리의 가족은 킴벌리의 아버지보다도 나이가 많을 토니에게 예비 사위 취급을 해주려나?

그런 생각을 하자 울고 싶은 마음만 더 커져서 실비는 어서 마음을 추스르고 아침 식사를 하러 나가자고 단단히 마음먹었다.

침대에서 일어난 모니카는 덧문 사이로 새어들어오는 햇살을 보고 어서 활짝 창문을 열어젖히고 싶었지만 꾹 참고 그전에 마음 챙김 명상을 했다. 안타깝게도 명상을 하는 내내 무엇을 입어야 하나 하는 생각이 자꾸만 끼어드는 바람에 명상에 집중하려고 애써 그 생각을 물리쳐야 했다. '패브릭'에서 나온 옷을 입을까 하는 생각이 들었지만 앤절라가 눈썹을 치켜올리던 표정이 자꾸 눈앞에 어른거렸다. 드디어 5분의 명상 시간이 끝나자 (너무 들떠서 평소처럼 30분을 채울 수가 없었다) 그녀는 창문을 향해 달려 나갔다.

모니카의 작은 방에 달려 있는 건 들어갈 수 있는 테라스가 아니라 로미오와 줄리엣풍의 작은 발코니가 고작이었지만 그래도 그녀는 덧문을 열고 상체를 발코니 밖으로 쭉 내밀어 맑고 눈부신 공기를 마음껏 들이마셨다. 햇살이 밝게 빛났다. 큰비가 지나간 뒤의 신선하고 깨끗한 공기가 느껴졌다. 모니카는 그 공기가 샴페인이라도 되는 것처럼 기분 좋게 음미했다.

시시한 옷가지들을 살펴본 끝에 회갈색 리넨 상의를 골랐다. 엄마는 이 옷을 정신과 의사들이나 걸칠 법한 옷이라고 했었다. 그래도 무난한 리넨 바지와 함께 입으면 나름대로 봐줄 만하지 않은가 싶었다. 나중에 동네 시장에 가서 좀더 화사한 옷을 사 입을 수도 있을 것이다. 위팔에 살이 좀 붙은 것 같았지만 흉해 보일 정도는 아니었다. 이제는 신발을 고른다는 난제가 남았다. 운동화, 아니면 샌들? 바깥에서 그녀를 부르는 산뜻한 날씨를 다시 한번 내다보았다. 그녀는 충동적으로 휴대폰을 꺼내―엄마에게서 온 메시지는 전부 무시하고―그레이트 미센든에서 가장 가까운 큰 도시 비콘스필드의 날씨를 확인했다. 거센 비!

모니카는 의기양양한 미소를 지은 뒤 샌들을 꿰어 신고, 한 번 더 생각한 끝에 자개 목걸이를 걸고는 아침 식사를 하러 내려갔다. 다른 사람들은 예기치 못한 이들과 마주쳐서 불편할는지도 모른다. 하지만 모니카는 이곳에 와 있다는 사실 자체가 신이 나서 어쩔 줄 몰랐다.

실비는 눈앞의 광경이 도저히 믿기지 않았다. 클레어와 동시에 식당에 들어가자 앤절라가 또 식탁 끝 상석을 차지하고 앉아 있었던 것이다.

"좋은 아침이네."

앤절라는 명랑한 목소리로 모두에게 인사를 건넸다.

"커피, 핫초콜릿, 그리고 코르네토라는 이름의 크루아상과 신선한 과일 샐러드가 준비되어 있어. 마음껏 들어."

심지어 클레어의 귀에도 이 말은 손님을 초대한 집주인이나 할 법한 말로 들렸다. 최소한 요령껏 "마음껏 들자" 했더라면 나았을 텐데.

"입맛이 없네."

실비는 커피만 마신 뒤 좀 전에 좋게 마음먹기로 한 것은 전부 취소하고 곧장 테라스로 나가버렸다. 그늘에 앉을 자리가 있었기에, 그녀는 대화는 들릴 만큼 가까우면서도 화가 났다는 티를 낼 수 있을 만큼은 멀찍이 떨어진 적당한 거리에 앉았다.

"왜 저래?"

앤절라가 어깨를 으쓱했다.

클레어는 일단 심호흡을 했다.

"앤절라, 난 당신을 참 좋아하고, 또 존경하지만…"

그 말에 앤절라가 클레어를 빤히 쳐다보았다. 도대체 무슨 말을 하려고?

"하지만?"

"아마 어제 이야기한 대로, 앤절라가 '여자들과는 친구가 되지 않는다'는 신조가 있어서인지는 모르겠지만, 앤절라는 항상 책임자가 되어 회의를 꾸리기라도 하는 것 같은 분위기를 만드는 것 같아."

막 식당에 들어가려던 모니카가 그 말에 숨을 참았다. 앤절라와 이렇게 똑바로 맞서는 클레어가 대단해 보였지만, 대학에서 근무하는 동안 지켜본 바에 따르면 이렇게 상대에게 직설적으로 터놓고 이야기하라고 말하는 사람일수록 자신이 비판받는 걸 못 견뎌

했다.

클레어는 어차피 방금 한 말이 엎질러진 물이라고 생각했다.

"늘 식탁 상석을 차지하지만 않아도 좀더 민주적으로 느껴지지 않겠어?"

앤절라가 제일 먼저 도착했다는 사실만으로 집주인처럼 군다는 것까지는 건드리지 않기로 했다.

테라스에 나와 있던 실비가 그 말을 듣고 미소를 지었다. 클레어가 겉보기보다는 배짱이 있군.

"무슨 그런 말도 안 되는 소리!"

그때 앤절라의 눈이 문간을 서성거리는 모니카를 포착했다.

"모니카! 방금 클레어가 한 말 들었지? 말도 안 되지 않아? 내가 주인이라도 된 것처럼 군다니!"

모니카는 앤절라가 가면을 쓴 자기 엄마 같다는 기분을 떨치려 애썼다.

"어…"

클레어가 의미심장한 눈빛을 보냈다.

"우린 모두 넷이잖아. 그러니까 굳이 한 사람이 상석에 앉을 필요는 없지 않아?"

"정말 좋은 생각이야, 모니카."

클레어도 거들었다. 기왕 여기까지 온 이상 끝까지 가지 뭐. 어차피 앤절라에게 미움을 받으리라는 사실은 변치 않을 테니까.

"또, 방마다 차이가 크니 제비뽑기를 해서 방을 새로 정하는 것도 좋을 것 같아. 아니면 며칠에 한 번씩 바꾸거나."

테라스에 있던 실비가 얼른 다시 안으로 들어왔다. 작은 쥐 두 마리가 앤절라에게 맞서는 걸 본 이상 자신도 나서는 게 좋을 것 같았다.

"더 좋은 생각이 있어."

실비가 제안했다.

"이 빌라를 호텔 체인에 팔 수 있을지 가능성을 살펴보라고 초대받았으니, 우리가 협동조합을 결성하는 것이 어떨까?"

"협동조합이 제대로 굴러가는 꼴을 못 봤는데."

앤절라가 날카롭게 받아쳤다.

"와인 생산자 조합도 있잖아! 와인 얘기가 나왔으니 말인데, 비어트리스한테 프란치아코르타를 가져오라고 부탁해야겠다."

"아침부터?"

앤절라가 언짢은 표정을 지었다.

"란짜렐라 여성 협동조합의 결성을 축하해야지!"

실비가 웃음을 터뜨렸다.

"하지만 협동조합이라면 공동의 목표가 있어야 하는 것 아니야?"

"그건 지금부터 찾아보면 되잖아. 다 같이. 우리가 도대체 여기서 뭘 하고 있는 건지 생각해보자고."

앤절라는 그 말에 두 손으로 머리를 감싸 쥐었다. 하지만 결국은 앤절라도 고개를 들고 웃음을 터뜨렸고, 와인을 가지고 들어오던 비어트리스가 왜인지 행복해 보이는 네 사람을 보고 미소를 짓는 분위기에서 모두 건배하기 위해 잔을 들었다.

"그럼 가장 먼저… "

앤절라가 말을 시작했다.

그러자 나머지 세 사람 모두 앤절라를 빤히 쳐다보았다.

"앤절라, 이러지 말라니까."

실비가 지적했다.

"하지만 한 사람이 주도권을 잡지 않으면 아무것도 결정할 수가 없잖아."

"결정이 꼭 필요한 건 아니잖아."

실비가 우겼다.

"그냥 이곳에서의 생활을 즐기다 보면 분명해지지 않을까? 일단, 난 종탑 근처의 방으로 옮겨갈 생각이니까. 그 방을 꾸밀 만한 물건들을 사러 레리니에 다녀와야겠어."

"귓가에서 종이 울리면 신경이 곤두설 텐데."

앤절라는 약간 미안한 듯 그렇게 물었다.

"15분마다 종이 울리잖아."

"가는귀가 먹어서 괜찮아. 이 얘기를 한다는 것 자체가 너희들을 믿는다는 표시 아니겠어. 피를 나눈 자매만큼이나 말이야. 난 이런 얘긴 절대 아무에게도 안 한다고."

그러면서 실비가 잔을 들었다.

"자, 피를 나눈 자매 여러분, 누가 나와 함께하시겠습니까?"

나머지 세 사람도 잔을 들었다.

"나."

모니카가 말했다.

"나도."

클레어가 덧붙였다.

"협동조합이 결성된 이상 나도 이 정신 나간 모험을 함께하는 게 좋겠군."

앤절라가 고개를 설레설레 흔들며 수긍했다.

외출을 준비하러 각자의 방으로 들어간 뒤에야 모니카는 자신에게 돈이 하나도 없을 뿐 아니라 은행 카드도 전부 도둑맞은 전대에 들어 있었다는 사실을 떠올렸다. 평소대로 세면도구 파우치에 넣어둘걸! 이번에도 그렇게 하려다가, 어쩐지 일어나지 않을 최악의 사태만 상상하는 미친 노파가 된 것 같은 기분이 들어 그만두었다. 그런데 그 최악의 사태가 실제로 일어나고 만 것이다.

끔찍한 건 전대 안에 들어 있던 돈이 이번 휴가에 쓰려던 전체 예산의 절반인 300유로나 되었다는 사실이었다. 물론 엄마는 현금을 가져가지 말라고 잔소리했지만 모니카는 그 말을 무시하기로 했었다. 나이도 먹을 대로 먹은 데다가, 브라이언과 여행할 때는 인간의 선의를 믿는 부부답게 현금을 가지고 다녔는데도 여태 아무런 문제가 없었던 것이다.

자신의 별 볼 일 없는 외모 아래 숨겨진 가치를 알아본 유일한 사람인 브라이언에 대한 추억이 갑자기 물밀듯 밀려오는 바람에 모니카는 주저앉고 말았다. 엄마는 브라이언의 죽음까지도 비웃음거리로 만들었지만 모니카에게 그 일은 인생에서 겪은 가장 괴로운 일이었다. 심지어 그녀는 브라이언에게 작별 인사조차 건네지 못했다. 브라이언이 죽은 날 모니카는 오전 근무여서 아침에 제대로 인사도 하지 못하고 헤어져야 했다. 도서관은 야행성 학생들을 위해 24시간 개방되었는데, 놀랍게도 그렇게 도서관에서 밤을 새우는 학생이 상당히 많았다. 다른 사서들을 대상으로 강의하기로 한 날이어서 브라이언은 그날따라 들떠 있었다. 평소처럼 조용했지만 기운이 넘쳤다. 브라이언은 그녀에게 잘 가라며, 저녁 식사로는 무엇을 먹고 싶은지 물었다.

"능성어 어때?"

모니카는 그렇게 대답했었다. 일생을 바쳐 사랑한 사람에게 남긴 마지막 말이 그것이라니, 빌어먹을.

학과장에게서 전화를 받은 게 그다음 기억이었다. 브라이언이 죽었다고 했다. 급성 심장마비를 일으켰다고 했다. 손쓸 방법이 없었다고, 그게 마치 조금의 위안이라도 된다는 듯 말했다. 아무도 그런 일을 예측할 수 없었으리라고 했다.

증상을 미리 발견하지 못한 그녀의 책임이 아니라며 마음의 짐을 덜어주기 위한 말임을 알았으나, 그렇다고 해도 브라이언이 죽었다는 사실이 바뀌는 건 아니었다. 대학 교직원들은 다들 뭐라고 말해야 할지 몰라 어색하게 굴었다. 어떤 사람은 그녀가 복도를 지나갈 때까지 기다리기까지 했다. 비슷한 식으로 사망한 친구나 친척 이야기를 해주는 사람도 있었다.

하지만 그 사람들은 브라이언이 아니잖아! 모니카는 고함을 지르고 싶었다. 그럼에도 잠자코 고맙다고 말하고, 특별 휴가를 주겠다는 제안은 거절했다. 절대로 혼자 있고 싶지 않았다. 이 고통을 잊을 방법은 일에 몰두하는 것뿐이었다.

그 결정은 도움이 되었다. 도서관의 질서와 침묵은 거의 종교적이라 할 만했다. 모니카도, 브라이언도 배움을 숭배하는 사람이었다. 브라이언이 너무 보고 싶었다.

시간이 갈수록 고통이 서서히 사그라졌다. 매일같이, 온종일 브라이언을 생각하는 대신 차차 다른 것들이 마음에 들어왔다. 그녀를 구해준 것은 아주 사소한 것들. 건조용 장롱에 옷을 개어 넣는 것, 아침마다 좋아하는 머그컵으로 마시는 차 한 잔, 대학 캠퍼스를 산책하는 것, 자연 같은 것들이었다.

이상하게도 자연의 끈질긴 무심함이 오히려 안심이 되었다. 그녀에게, 브라이언에게 무슨 일이 일어나건 풀은 자라고 꽃망울이

터지고 해는 뜨고 졌다. 그렇게 괜찮아지려던 어느 날 아침, 개발
회사의 제안을 수락한 집주인이 찾아와 이사를 가라고 했다.

생각은 문을 두드리는 소리에 멎었다. 다행일는지도 몰랐다.

"저기, 나 클레어야."

"들어와."

"전대를 잃어버렸다기에, 혹시 카드도 그 안에 들어 있었나 해서
말이야. 문제가 해결될 때까지 돈을 좀 빌려줄까 하는데. 란짜렐라
에 현금인출기가 없을지도 몰라서 현금을 넉넉히 챙겨왔거든."

클레어가 웃었다. 클레어가 미소를 짓자 완전히 딴사람 같았다.

"남편이 또 소매치기가 어쩌고 하며 잔소리할까 봐 남편한테는
비밀로 챙겨왔지."

"우리 엄마와 당신 남편이 한번 만나면 좋겠네. 단번에 절친한
친구가 될걸."

모니카의 말이었다.

"솔직히 말하면, 돈을 좀 빌려주면 진짜 큰 도움이 될 것 같아.
은행에서 새 카드를 발급하기 전에 돈을 빼 쓸 수 있게 레리니 지
점에 말해놓았다고는 하는데, 그 계단을 다시 오르락내리락할 엄
두가 도저히 안 나서."

"그런 일은 없어야지. 그건 그렇고 계단이 대체 몇 개나 됐어?
아니, 세다가 잊어버렸으려나?"

"지나가던 미국인이 알려주길 천 개라던데."

"차라리 버스비나 좀 빌려주지. 몇 유로 하지도 않는데."

"그러게, 내가 기가 질린 표정을 짓는 걸 미처 못 알아봤나 봐.
30유로 빌려주면 고맙게 받을게."

"그걸로 되겠어?"

"진짜 솔직히 말하면,"

어쩐지 클레어를 믿어도 된다는 생각이 들었다.

"난 거의 파산한 지경이야. 은퇴하고 나서 경제 사정이 좋지 않거든. 여기 있는 동안에 앞으로 어떻게 돈을 마련해서 살아갈지 생각 좀 해보려고 해. 연금을 투자했다가 날려버렸거든."

"나도 그래, 난 연금이 없는 거나 마찬가지야."

클레어는 자신에게 돈이 좀더 많아서 모니카에게 조금 줄 수 있으면 좋았겠다고 생각했지만 사실 그녀도 란짜렐라에 오기 위해 저축에 손을 대야 했다. 마틴이 꿈꾸던 프라하 포스터 기행은 점점 멀어지고 있었다.

"이제 내려가서 조합원들과 합류하자고."

"그래, 그러자. 난 실비가 마음에 들더라. 넌 어때?"

모니카가 대답했다.

"실비도 호락호락한 사람은 아니지만 거만한 앤절라의 기세는 꺾어줬으니 말이야."

"그 두 사람 사이에 불꽃이 튀지 않기만을 바랄 뿐이야. 난 평화와 햇살을 얻으려고 이곳에 온 거니까."

모니카는 창밖을 내다보았다.

"그러게, 일단 햇살은 차고 넘치게 얻었네."

언덕 아래 6킬로미터 떨어진 레리니로 갈 준비를 마친 네 사람은 빌라 뒤에 모이자마자 충격적인 광경을 맞닥뜨렸다. 조반니가 새빨간 미니 모크를 타고 기다리고 있었던 것이다.

"어머나, 세상에."

풍성한 실크 스카프를 둘둘 감고 있던 실비가 높은 소리로 외쳤다.

"이런 건 60년대에 미코노스에서 본 게 마지막이었는데! 토니와 함께 이런 차를 타고 해변에 가서 알몸 수영을 했지 뭐야!"

실비는 말하고 나서야 문득 방금 한 말이 노티 나기 짝이 없는 소리라는 사실을 깨닫고 얼른 덧붙였다.

"그때는 어린아이나 다름없었으니까."

그러더니 그녀는 조수석에 올라탔다.

조금이라도 안전해지고 싶었던 앤절라는 뒷좌석에 탔지만 옆도 뒤도 뻥 뚫린 차에 타며 낙관하는 데도 한계가 있었다. 게다가 조반니가 클레어를 바라보는 능글거리는 시선이 신경 쓰였다.

"그런데 *키아라*, 당신도 알몸 수영을 하지 않았습니까?"

조반니가 그렇게 묻자 클레어의 얼굴이 농익은 토마토처럼 빨개졌다.

"언제부터 *키아라*라고 부르기로 한 거야?"

앤절라가 물었다.

"아니, 어쩌다가?"

"진짜 잘 어울리는 이름이네."

모니카가 거들었다.

실비가 이런저런 섬에서 알몸 수영을 했던 추억을 신이 나서 한참이나 풀어낸 이상, 클레어는 이들의 과도한 상상을 막기 위해서라도 자기 이야기를 해주는 게 낫겠다는 생각이 들었다.

"그래, 조반니가 하는 얘기가 뭐냐면,"

클레어는 사티로스처럼 음흉한 조반니의 미소를 무시하고 열심히 설명했다.

"오늘 아침 일찍 나가보니 근사하게 생긴 조그만 샘이 있고 그

옆에 님프상이 하나 있는 거야. 그래서 살짝 몸 한번 담가야겠다고 생각했지."

"옷은 안 벗었고?"

모니카가 깜짝 놀란 듯이 물었다.

"어, 벗었지."

클레어가 인정했다.

"세상에."

"주변에 아무도 없는 줄 알았다니까."

"그런데 있었네."

앤절라는 아직도 싱글싱글 웃고 있는 조반니를 가리켰다.

"두에 닌페."

조반니가 고개를 열심히 주억거리며 덧붙였다.

"클레어."

앤절라가 단호한 말투로 충고했다.

"조반니한테 자기가 몇 살인지 말해줘야 하지 않겠어?"

"무슨 바보 같은 소리야."

실비였다.

"절대로 말하면 안 되지. 이 나이에 남자의 관심을 받는 게 얼마나 고마운 일인데."

"하지만 조반니한테는 어머니뻘이잖아."

앤절라가 지적했다.

"여기는 마그나 그라에키아*라고."

그렇게 말하는 실비의 박식함에 모두가 놀랐다.

* 현재 이탈리아 남부에 해당하는 고대 그리스의 도시군.

"이 동네에선 그런 건 아무것도 아냐. 오이디푸스는 자기 어머니랑 결혼까지 했잖아?"

"정말 부적절한 예시 같은데."

모니카의 말이었다.

"결국 진실을 알게 된 오이디푸스가 자기 눈을 찔렀잖아."

"조반니는 자기 눈을 찌를 사람으론 안 보여."

실비가 명랑하게 지적했다.

"외모를 중시하는 타입이니 말이지."

"우리 그냥 조용히 레리니로 가면 안 될까?"

앤절라의 주장이었다.

"조반니, 이제 출발하자고요."

감히 평화와 고요를 원했다니. 그들은 란짜렐라가 푸르디푸른 지중해 위 해발고도 360미터 지점에 독수리 둥지처럼 위치해 있고, 정신이 아찔할 정도로 구불구불한 길이 바닥이 보이지 않는 골짜기 위의 깎아지른 절벽 위로 아슬아슬하게 이어져 있다는 사실을 잊고 있었다.

미니 모크에는 손잡이랄 것도 없다는 사실을 너무 늦게 발견한, 공포에 질린 네 여자를 싣고 간다는 사실이 조반니의 테스토스테론에 불을 당긴 듯했다. 조반니는 네 여자의 비명은 무시하고 내리막길에서 속도를 내고, 중간중간 휴대폰까지 사용했으며, 급커브길에서도 속 좋게 경적만 울렸고, 절벽 끝에서 몇 밀리미터 차이로 아슬아슬하게 관광버스를 스쳐 지나가면서 잘생긴 얼굴에 그 늑대 같은 미소를 지우지 않았다.

충격에 사로잡혀 말을 잃은 네 여자는 드디어 레리니 중심부의 광장에 도착했다.

"*시뇨리네.**"

조반니가 과장된 손동작과 함께 선언했다.

"*에코 레리니*여기가 레리니입니다."

"하느님, 감사합니다."

실비가 숨 가쁘게 외쳤다.

"광장이 아니라 묘지로 직행하는 줄 알았네. 카푸치노 한 잔 마시면서 진정해야겠어. 그리고 난 돌아갈 때는 택시를 타야겠어."

"2유로면 버스를 탈 수 있는데."

클레어는 자신과 모니카의 주머니 사정을 떠올리며 그렇게 말했다.

"그렇지, 근데 버스 운전기사도 조반니 사촌일 거 같아서 말야."

"도대체 저런 차가 왜 필요하지? 스티븐은 여기 오지도 않을 텐데."

앤절라가 어깨를 으쓱했다.

그러자 조반니가 대답했다.

"아닙니다. *스테파노* 씨는 여름에 종종 오십니다. 뜨거운 열기를 좋아하시거든요. 그래서 이 차를 마련해둔 거죠. 물론 주로 직접 운전하십니다만."

"스티븐의 운전 솜씨가 그쪽보다는 나아야 할 텐데."

앤절라가 웅얼웅얼 대답하더니 나머지 세 사람을 따라 걸음을 옮겼다.

막상 와서 보니 레리니는 예쁘장하게 생긴 작은 마을로, 관광객이 많지만 그렇다고 관광에만 전적으로 의존하는 동네는 아닌 듯

* '시뇨리나'의 복수형.

했다. 이 동네의 매력은 여기가 10월부터 다음 해 5월까지는 가게란 가게가 다 문을 닫아버리는 오로지 관광객만을 위한 지역이 아니라는 것이었다. 레리니는 정육점, 빵집, 그리고 아마도 양초 공방까지 있을 것 같은, 그 자체로 생기가 넘치는 마을이었다.

실비는 두오모 맞은편에 있는, 누가 봐도 제일 비싸 보이는 카페를 골랐다.

"『투어 셀렉터』에서 보니까 저쪽 카페가 낫다던데."

클레어가 반대편에 있는 카페를 가리켰다.

"『투어 셀렉터』 같은 걸 누가 봐?"

실비가 받아쳤다.

"그런 건 취향이라고는 없는 뚱뚱한 미국인들이나 보는 거야."

"아주 편견 덩어리구먼."

클레어가 입속으로 중얼거렸다.

"어쨌든 커피는 내가 쏠게. 커피 마시고 나서 나랑 같이 방 꾸밀 소품 보러 갈 사람 있어?"

"나."

모니카가 자원했다.

실비는 애써 기분 좋은 표정을 지으려 했다.

"그다음에는 성당도 한번 돌아볼 생각이야. 유명한 '둠 페인팅'이 있다고 해서."

"그냥 내 방에 한번 들러, 내가 보여줄게."

클레어가 낄낄 웃었다.

커피가 나왔다. 클레어와 실비는 카푸치노, 앤절라와 모니카의 몫으로는 에스프레소였다.

"영국인들은 대체로 우유거품이 있는 걸 좋아하던데."

앤절라가 모니카에게 한마디했다.

"이탈리아에서 지내는 동안 에스프레소 마시는 습관이 생겼거든."

모니카의 대답이었다.

"이탈리아 사람들한테 '카페'란 곧 에스프레소를 뜻해."

그러면서 모니카는 미소를 지었지만 앤절라는 이미 듣고 있지 않았다.

"좋아."

앤절라가 갑자기 자리에서 벌떡 일어났다. 어느새 또 그 대장 행세가 돌아온 모양이었다.

"다들 쭉 들이키라고. 난 한 시간만 있다가 돌아갈 생각이야. 란짜렐라에 가면 호텔 입구부터 손봐야 하거든. 애초에 우리가 여기온 목적이 그거잖아?"

실비의 눈빛에 반감이 깃들었다. 망할 앤절라, 그 버릇을 도저히못 버리는구나.

"알겠어, 나는 커피나 즐길게."

그런데 그때 앤절라가 모니카를 마구 끌어당겨 일으켜 세웠다. 모니카가 깜짝 놀라 앤절라를 쳐다보았다. 벌써 수사슴 대결이 펼쳐진 걸까? 그건 둘이 알아서 하라지. 모니카는 마음의 평화와 안정을 주는 성당의 노란색 정면부만 올려다보았다.

그런데 예상치도 못 하게 앤절라가 모니카의 팔에 자기 팔을 단단히 엮어 팔짱을 끼더니 이번에는 마치 다 같이 코러스 라인에서서 캉캉 춤이라도 출 것처럼 실비를 힘으로 일으켰다.

"클레어, 계산 좀 해주겠어?"

앤절라는 고집스러운 목소리로 그렇게 말하더니 두 사람을 성당 아래 카타콤* 맞은편의 광장 쪽으로 끌고 나갔다.

"저쪽에 진짜 괜찮은 앤티크 소품 가게가 있던데 금방 문을 닫을 것 같아서 말이야."

"아니, 아직 오전 열한 시잖아!"

실비는 짜증이 잔뜩 난 목소리였다. 지긋지긋한 앤절라 윌리엄스! 도대체 자기가 뭐라고 생각하는 거야? TV에 나오면 다야?

"영업 시간이 들쭉날쭉하잖아. 자, 자기가 딱 좋아할 만한 것 아냐?"

가게 진열장에 놓인 기이한 물건들, 동으로 만든 독수리 모양의 독서대, 박제된 새, 술 장식이 달리고 자수가 놓인 실크 숄, 1.5미터 높이의 누비아 노예 형상을 한 촛대는 실제로 실비의 취향에 쏙 들어맞았다.

실비는 불평을 딱 멈추더니 자석에 이끌리듯 가게 안으로 들어가버렸다.

"도대체 왜 그랬어?"

계산을 마치고 뒤따라온 클레어가 씩씩거렸다. 모니카에게 돈을 빌려준 터라 간신히 커피 값만 가지고 있었던 것이다.

앤절라가 은밀하게 이리 오라는 듯 손동작을 해 두 사람을 광장 구석으로 불러 모았다.

"바로 옆 카페에 실비의 남편 토니가 이 모든 사태의 원인인 그 멍청한 금발 여자애랑 같이 앉아 있더라고. 실비가 돌린 그 악명 높은 사진에 나온 두 사람이었다니까? 누가 재밌다고 나한테도 보내줬거든."

* 초기 기독교 시대의 비밀 지하 묘지.

"세상에, 실비, 불쌍하기도 하지!"

앤절라가 그토록 결연한 태도로 실비가 그 장면을 보지 않을 수 있게 보호하려 했다는 점이 클레어로서는 놀랍기 짝이 없었다.

어쩌면 앤절라는 그렇게 싫다던 여자들 간의 우정을 쌓기 시작한 건지도 모르겠다.

6

"아이구, 세상에. 실비도 봤으려나?"

클레어는 나이 많은 남자 그리고 머리카락과 하이힐로만 이루어진 것 같은 젊은 여자의 조합에서 눈을 뗄 수가 없었다.

앤절라는 고개를 저었다.

"아니, 봤다면 그 자리에서 폭발했겠지. 하지만 우리가 조심하지 않으면 결국 실비도 발견하고 말 거야. 저 둘도 레리니에서 지내는 걸까? 클레어, 가서 실비와 모니카를 좀 붙들고 있어 봐. 광장으로 못 돌아오게 붙들고 있으면 그사이에 내가 저 두 사람이 어떤 일로 여기까지 왔는지 한번 알아볼게. 어쩌면 당일치기 여행을 온 걸지도 모르니까. 혹시 실비 몰래 모니카에게 이야기할 기회가 있으면, 모니카한테도 언질을 줘. 이런 말을 하게 될 줄은 몰랐지만, 조반니한테 최대한 빨리 우리를 도로 빌라로 실어가 달라고 해야 할 것 같아."

"잘됐네. 조반니는 아까부터 차 안에 앉아 점심시간이라 나온 여학생들한테 눈독을 들이고 있더라고."

"조반니는 나이에 대한 편견이 없는 것만은 확실하네."

앤절라도 인정하는 수밖에 없었다.

클레어는 그 말에 참지 못하고 낄낄 웃음을 터뜨렸다.

"그 말이 정말 맞네. 그럼, 언제 돌아갈 생각이야?"

"실비를 15분간 잡고 있을 수 있겠어?"

앤절라가 물었다.

"해볼게."

"그동안 난 저 두 사람의 밀회를 한번 살펴볼 테니까."

클레어가 조반니에게 다가갔을 때는 그는 어린 학생들을 구경하길 멈추고 누군가와 열띤 대화를 나누고 있었는데, 듣자 하니 기묘하게도 주키니 호박이 대화의 주제인 것 같았다. 셰프 복장을 한 남자가 칼로 주키니를 길게 가르더니 한 토막을 바닥에 집어던지면서 *"에코! 에 마르초!*^{상했어} 하고 외쳤다.

조반니도 팔을 마구 휘저으며 되받아 고함을 지르고 있었다. 그러다가 클레어가 다가오는 걸 보자마자 그는 소나기가 걷히고 무지개가 드러나는 것처럼 순식간에 얼굴에 미소를 띠었다.

"키아라! 챠오! 이제 돌아갈 준비가 됐습니까?"

"10분 뒤에요. 그런데 여기 말고 다른 곳에서 출발해도 되겠어요?"

조반니는 그보다 더 기쁜 제안은 없다는 듯 환한 미소를 지었다. 그가 주키니 토막을 다시 셰프에게 돌려주더니 또 팔을 내저었다.

"이 끝에 있는 길에서 출발하지요."

셰프가 자신의 팔에 떠안기려던 야채들을 도로 물리치면서 조반니가 마을 저쪽을 가리켰다.

클레어는 실비와 모니카가 들어가 있는 앤티크 소품점으로 향했다. 뜨거운 햇살을 피해 숨어 있는, 하얗게 칠해진 터널 속 상점가에는 미용실, 내부가 어두컴컴한 와인 바 여러 개가 있었는데 그중 한 군데에서 나이든 남자가 앉아 신문을 읽으며 레드 와인을 홀짝였고 젊은 남자들은 차가운 맥주를 마시며 축구며 자동차 이야기에 열을 올리고 있었다. 지하에는 식당들도 숨어 있었다.

앤티크 소품 가게에 들어가자 실비와 모니카가 가게 주인인 나이가 지긋한 여자에게 환하게 웃고 있었다.

"클레어,"

클레어를 발견한 실비가 아는 척을 했다.

"모니카가 정말 똑똑하지 뭐야."

그러면서 그녀는 한쪽에 골라둔 물건들을 가리켰다.

"저기 있는 물건들만 고른 게 아니라 주인분이 저기 있는 것까지 파시겠대."

그러면서 실비는 둘둘 말린 타프타 천과 실크 중 한 뭉치를 들어올렸다. 솔직히 말하면 클레어의 눈에는 낡아빠진 천일 뿐이었으나, 그럼에도 이 천들이 실비의 개성인 보석처럼 반짝이는 빛깔을 지니고 있다는 건 분명히 알아볼 수 있었다. 하지만 잠시 머무르는 집에 왜 이렇게 공을 들인담? 스티븐이 빌라를 호텔로 개조할 때 자신을 디자이너로 써달라고 설득할 셈이 아니라면 설명할 수 없었다.

"이 주인분이 나중에 로마의 저택으로 이사 갈 때 쓰려고 아껴두었던 천들인데, 모니카가 말해주길 남편이 뇌졸중에 걸리는 바람에 이사를 가지 못하게 됐다지 뭐야. 진짜 운이 좋았지."

클레어가 느끼기엔 아무리 생각해도 그 남편 입장에선 절대 운이 좋다고 말하기 어려울 것 같았다.

"그래서 우리한테 이 천을 팔겠대. 이보다 더 완벽할 순 없는 물건들이야. 이걸로 내 침대에 걸 캐노피를 만들고 나서도 다른 방에 쓸 만큼 많이 남을 거야. 오늘 아침 너무 재미있다!"

"스티븐이 괜찮다고 할까?"

클레어는 며느리 벨린더가 자기가 이탈리아에 와 있는 동안 허락도 없이 온 집을 진홍색과 오렌지색으로 꾸며 놓는다면 어떤 기분일지 생각해보았다.

"그냥 보여주기 식이지 뭐. 스티븐이 싫다고 하면 곧바로 걷어버리면 되니까. 게다가 별관에는 몇 년씩이나 아무도 발을 들이지 않은 것 같은데."

클레어는 어떻게 하면 실비가 광장으로 돌아가는 사태를 피할 수 있을지 머리를 굴렸다.

"멋진걸! 그건 그렇고, 광장에서 길 하나 떨어진 곳에 네 취향일 것 같은 디자인 소품 가게가 있더라. 어서 보여주고 싶어 안달이 나네."

"이 물건들은 어쩌지? *시뇨라*, 배달도 해주시나요?"

그러자 주인 여자가 고개를 끄덕였다.

"네, 네. 조카가 가져다 드릴 수 있어요. 그걸 뭐라고 하더라? 아, 픽업 트럭을 가지고 있더군요."

"이탈리아인에게는 꼭 필요한 탈것 같네."

모니카가 중얼거렸다.

"여기 사람들은 짐을 나르느라 상당히 많은 시간을 보내는 것 같으니 말이야."

"머무르시는 곳이 어디인가요?"

"빌라 레 시레누세예요."

모니카가 대답했다.

"어딘지 아시나요?"

"아, 알지요. 그 결혼식장 말이지요?"

그 말에 모니카는 클레어를 쳐다보며 어깨를 으쓱했다. 결혼식장이라니 이상한 설명이긴 했지만, 오래전에 스티븐이 친구의 결혼식 장소로 빌려주기라도 했던 모양이지. 그랬다면야 많은 사람들이 다녀갔을 테니 널리 알려져 있을 만도 했다.

"아주 아름다운 곳이지요. 조카가 오늘 밤에 배달을 갈 거예요. 아니면 우리 육촌 아이가 갈지도 모르고요."

"난 이탈리아가 진짜 좋아."

모니카가 속삭였다.

"여기선 조카나 육촌 없는 사람이 없다니까."

사업 감각이 뛰어난 실비는 카드 대신 현금 뭉치를 꺼내 할인해 달라고 협상하기 시작했다.

"좋아요."

가게 주인이 환하게 웃자 실비가 한 손을 들어 흔들었다. 양쪽 모두 이 협상에 크게 만족해 마치 세기의 대단한 성취라도 되는 듯 기뻐했다.

성공적인 쇼핑으로 너무 기뻤던 실비는 미니 모크의 문을 열어 붙든 채로 웃고 있는 조반니를 보고서야 클레어가 이야기했던 디자인 소품 가게를 기억해냈다.

"아까 내가 좋아할 것 같다던 소품 가게는 어디 있어?"

실비가 조반니를 미심쩍다는 듯 쳐다보다가 클레어에게 물었다.

"지나쳤나 봐. 그건 그렇고, 나 갑자기 몸이 좀 안 좋네. 조반니 차를 타고 그냥 돌아가면 안 될까? 택시보다 훨씬 빠를 것 같아서."

"몸이 안 좋은데 조반니가 운전하는 차를 타는 게 과연 좋은 선택일지 모르겠다. 하지만 네 맘대로 해야지, 뭐."

한편, 앤절라는 토니와 킴벌리 옆의 빈 테이블을 찾아 앉았다.

신문의 패션 소식을 열심히 읽는 킴벌리는 TV에서 종종 보았던 앤절라를 금세 알아보았다.

"저기 봐."

그녀가 목소리를 낮추지도 않고 토니에게 말했다.

"'던 딜'에 나오는 여자 아니야? 앤절라 뭐라는 사람 말이야. 왜, 바로 얼마 전에 회사 뺏긴 여자 있잖아."

적어도 토니는 킴벌리의 반응에 조금 민망해할 만큼의 양식은 갖춘 사람이었다.

앤절라는 킴벌리의 말은 못 들은 척하며 미소를 띠면서, "에스 프레소로 부탁해요" 하며 웨이터에게 미소를 지었다. 그다음에는 토니와 킴벌리를 향해 고개를 돌렸다.

"정말 아름다운 마을이죠?"

토니는 단숨에 살을 아주 많이 뺀 것 같은 인상을 주는 사람이 었는데, 그렇다고 해서 매력적인 외모인 건 아니었다. 꼭 나이젤라 로슨처럼 깡마른 사람 하나가 다른 사람의 피부 안에 들어간 것만 같았다. 불쌍한 토니, 저 킴벌리라는 여자가 혹독한 다이어트를 시 킨 게 분명하다는 생각이 들었다.

"혹시 앤절라…"

킴벌리가 입을 열었다.

"윌리엄스예요. 레리니에서 지내시나요?"

킴벌리가 고개를 끄덕였다.

"네, 며칠간 여기 있을 예정이에요."

"대성당이 참 멋지다고들 하더군요. 세계적으로 유명한 「요나 와 고래」 벽화도 있고요."

킴벌리는 멍한 얼굴이었다. 반면 토니는 지칠 대로 지친 표정이 었다.

지칠 때까지 섹스를 했나 보지.

"여기 있는 가게 중엔 제대로 된 게 하나도 없어요."

킴벌리가 볼멘소리를 했다.

"생전 한 번도 들어보지 못한 가게들뿐이에요."

상관없는 잡담은 이쯤 하기로 하고 앤절라는 재빨리 머리를 굴렸다.

"어디서 묵으세요?"

"벨베데레 그랜드 호텔에서 지냅니다."

토니가 해변 쪽을 가리켰다.

"거긴 괜찮은가요?"

"지루해 죽겠어요."

킴벌리가 대답했다.

"거기 묵는 사람은 다 50대가 넘은 노인들뿐이더라고요."

"네가 예약했잖아."

토니가 말을 잘랐다.

"파격 할인이었다며."

"포지타노로 옮겨갈까 해요."

킴벌리의 선언이었다.

"벌써 사흘 치 숙박비를 선불로 냈는데."

토니가 울적한 목소리로 토를 달았다.

"그래도 마음에 안 드는 곳에서 시간을 보내는 게 더 낭비 아닌가요?"

앤절라는 이 사람들을 부추겨 떠나게 만들기로 했다.

"포지타노가 그렇게 근사하다더라고요. 멋진 사람들도 많고요."

포지타노는 구불구불한 절벽 길을 따라 적어도 한 시간은 더 가야 하는 곳이었다.

"자기야, 들었지?"

그러면서 킴벌리가 토니의 어깨에 매달리며 그를 올려다보았다.

"내일 포지타노로 가자."

미션을 완수한 앤절라는 에스프레소를 홀짝 들이킨 다음 두 사람에게 인사하고 일행들과 만나기로 한 마을 안쪽으로 걸어갔다.

"어, 앤절라가 오네."

실비가 아는 척을 했다.

"모든 게 앤절라의 손아귀 안에 있어야 마땅한데 실비가 혼자 다니느라 아침 기분을 망쳐버린 건 아니지?"

클레어는 그저 웃으며 앤절라가 차에 탈 수 있도록 문을 열어주었다. 이번에는 앤절라도 뒷좌석을 택했다.

산을 올라 빌라로 돌아가는 길에 앤절라는 실비의 부정한 남편에 대해서는 싹 잊어버렸다. 오르막길은 좀 덜 무섭길 바랐지만, 이 또한 오산이었다. 이번에는 조반니가 아침 시간을 즐겁게 보냈는지 물으면서 300미터는 될 것 같은 골짜기가 이어진 급커브길을 돌자마자 관광버스를 들이받을 뻔했다. 클레어와 앤절라는 비명을 질렀다.

조반니는 즐겁게 웃으면서—조반니의 관점에서 볼 때는 여자들이 겁은 먹었을지 몰라도 다들 자기의 보호 속에서 안전할 테니까—고작 몇 밀리미터 차이로 버스를 피하면서 40명은 타 있을 관광버스를 절벽 가장자리로 밀어 보냈다.

"외지 사람들이 다 저렇지!"

한심하다는 듯 어깨까지 으쓱했다.

앤절라는 뒤를 돌아 버스 꽁무니를 보았다. 고작 64킬로미터 떨

어진 살레르노에서 온 버스였다. 뭐, 여기서는 외국처럼 느껴질 수
도 있겠다.

다행히 실비는 눈앞에 닥친 위험은 까맣게 잊은 채 머릿속으로
방을 꾸미고 있었고, 모니카는 바깥을 보지 않으려고 가이드북을
읽는 데 몰두하고 있었다. 앤절라는 더 이상 조반니와 말도 섞고
싶지 않았기에 창밖만 쳐다보았다.

풍경은 아름답기 짝이 없었다. 알프스를 제외하면 이렇게 드라
마틱한 장관을 본 적이 드물었다. 아코디언처럼 울퉁불퉁한 산맥
에 아찔한 골짜기를 낀 뾰족한 봉우리가 여럿 솟아 있고, 그 골짜
기가 또 깎아지른 듯 바다로 이어지는 모습을 보니 비치곶 정도는
상대적으로 순해 보일 정도였다. 언덕에서 해변으로 이어지는 비
탈에 레리니와 같은 작은 마을들이 군데군데 자리 잡고 있었다. 위
험천만하게도 비탈길에 서 있는 집들을 보니 바위 위에 다닥다닥
붙어 있는 분홍색과 흰색의 삿갓조개가 생각났다.

"*에 벨라, 노?*정말 아름답죠"

조반니가 란짜렐라 바로 아래의 급격하고 구불구불한 길로 접
어들었다. 앤절라는 마치 조반니가 극한의 공포를 자아내기 위해
따로 연습이라도 하는 게 아닌가 싶었다.

"*시, 에 벨라.*그래요, 아름답네요"

앤절라는 조반니 쪽을 보지 않으려 일부러 저 멀리 떨어진 풍경
에만 시선을 고정시킨 채 단조로운 목소리로 대답했다.

"그래요."

조반니가 불퉁하게 대꾸했다.

"다들 빌라로 돌아가고 싶으십니까?"

"그럼요."

앤절라가 단정적으로 내뱉었다. 실비가 토니와 마주치지 못 하게 할 계획을 세워야 할 것 같았다.

빌라에 도착하자 비어트리스와 이마쿨라타가 계단에서 두 사람을 안절부절못하고 기다리고 있는 모습이 보였다.

"*시뇨라* 램버트에게 전화가 왔답니다."

비어트리스가 열심히 설명했다.

"남편분이 전화를 거셨어요. 최대한 빨리 전화 달라고 하셨습니다."

클레어의 심장이 쿵 내려앉았다. 집에 무슨 일이라도 생긴 걸까? 왜 휴대폰으로 전화하지 않고? 물론 마틴이 휴대폰을 싫어한다는 건 알았다. 하지만 아무리 그래도 그렇지. 어쩌면 에반에게 무슨 일이 생긴 건 아닐까? 아냐, 바보 같은 생각은 하지 말자. 에반도 다 컸으니, 무슨 일이 있었다면 자기가 직접 전화를 걸었겠지. 어쩌면 마틴은 TV 리모컨을 못 찾겠다고 전화한 건지도 모르겠다. 점심을 먹고 나서 전화해봐야겠다.

그사이에 조반니는 이마쿨라타와 잡담을 나누며 이탈리아어를 따발총처럼 쏟아내고 있었다.

"뭐라고 하는 거야, 모니카?"

조반니가 갑자기 열변을 토하자 넋을 잃은 클레어가 물었다.

"사투리라서 하나도 못 알아듣겠어. 주키니 호박 얘기를 하는 것 같긴 한데. 아까 레리니에 있을 때도 누구랑 조용히 이탈리아어로 주키니 이야기를 하더라고. 내가 듣기엔 그런 것 같았어."

그러자 실비가 외쳤다.

"음식 이야기는 하지 마. 배고파 죽겠어!"

식당에 들어가자 벌써 점심이 차려져 있었다. 토마토와 신선한 바질로 만든 샐러드에 화이트 와인이었다. 토마토 위에는 무언가 작고 동그랗고 하얀 것이 올려져 있었다.

"우리 할머니가 목욕할 때 쓰던 비누처럼 생겼네."

클레어가 낄낄 웃었다.

"이건 부라타라고 해."

모니카가 냄새를 맡아 보더니 말했다.

"버터를 발랐다는 뜻이야. 겉은 모차렐라 치즈인데, 안은 크림처럼 줄줄 흘러나오는 굉장히 맛있는 치즈야."

다들 자리에 앉아 저마다의 접시를 내려다보았다.

"동그란 부라타 치즈는 레몬잎에 싸서 나오는데, 이틀에서 사흘 안에 먹지 않으면 고무처럼 질겨져서 맛이 없어."

"고작 이틀 가는 치즈라니."

실비가 조심스럽게 자기 몫의 부라타를 잘랐다.

"우리 집에서 먹는 치즈는 유통기한이 두 달인데 말이야. 2년 짜리도 있고. 나는 유통기한 지키는 덴 자신이 없더라. 이탈리아는 참 이상한 나라야. 아니, 이거 굉장히 맛있네!"

샐러드를 다 먹기도 전에 이마쿨라타가 이탈리아의 유명한 멧돼지 고기인 칭기알레를 채운 직접 만든 라비올리 접시를 들고 나타났다.

"이마쿨라타, 요리 실력이 너무 좋네요."

그 말에 체구 작은 흰머리 요리사가 멋진 미소를 지어 보였다.

"별거 아닌걸요. 밖에서 힘들게 일하는 남자들을 위해 이 정도는 해줘야죠."

"우리 남편은 꿈도 못 꿀 일이네. 편의점에서 샌드위치나 사 먹지."

실비가 웃었다.

"참, 집안일은 해결되었나요?"

이마쿨라타가 클레어 앞에 접시를 놓으며 물었다.

그 말에 모두가 클레어를 쳐다보았다.

"아직 전화 안 해봤어요."

"미루는 거야?"

실비가 찡긋 윙크를 날렸다.

"사랑스런 남편에게 전화가 왔는데 들뜨지도 흥분하지 않는 거야?"

그러다가 갑자기 실비는 자기 남편이 떠올랐는지 의기소침해졌다. 그 순간에는 화려한 색상의 옷차림과 근사하게 다듬은 헤어스타일에도 불구하고 실비가 갑자기 폭삭 늙기라도 한 것처럼 보였다.

"더 늦기 전에 어서 전화해."

클레어와 앤절라가 남몰래 서로 시선을 교환했다.

"이런 나이엔 남편이 나무에서 자라는 것도 아니라고."

실비가 한숨을 쉬었지만 와인을 한 모금 마시고 나니 기분이 다시 나아진 것 같았다.

"내가 「잇츠 레이닝 맨」이라는 노래를 정말 좋아하거든. 뭐, 우리 나이에 하늘에서 남자가 비처럼 내려올 일이야 없겠지만 그래도 들으면 기분이 좋아."

실비가 갑자기 일어나서 의외일 정도로 낮은 음역대로 크게 노래하는 바람에 푸딩을 내오던 이마쿨라타가 화들짝 놀랐다.

"사람들은 남편이라는 존재를 지나치게 과대평가한단 말이야."

앤절라가 초콜릿과 마스카포네 치즈케이크를 떠먹으며 선언했다.

"옳은 말씀이야."

실비가 와인을 또 한 번 꿀꺽 들이켰다.

"아, 여기 있는 동안 살이 어마어마하게 찔 것 같아."

"난 내 남편 좋아했는데."

모니카가 나직하게 중얼거렸다.

그 말에 다들 모니카가 교회 안에서 욕설이라도 내뱉었다는 듯 당혹스러운 표정으로 그녀를 쳐다보았다.

"그런데 남편이 죽어버렸네."

고개를 절레절레 젓는 실비는 마치 인생의 불공평함 앞에서 울음이라도 터뜨릴 기세였다.

"세상에서 제일 좋은 남편이 있었는데, 그렇게 되다니."

그러면서 실비가 허공을 쳐다보았다.

"나도 토니와 참 잘 지냈거든. 그 짐 버니*가 나타나기 전까지는 말이야."

실비는 이 사실을 기억에서 지워버리고 싶다는 듯 고개를 세차게 저었다.

"그건 그렇고, 우리는 여기 얼마나 있을 거야?"

실비가 질문을 던지자 다들 그런 건 생각하기 싫다는 듯 분위기가 묘해졌다.

"일단 한번 지켜보자고."

앤절라는 그렇게 말을 내뱉자마자 자신이 또 주도권을 잡으려는 듯 굴고 있음을 자각했다.

"란짜렐라 여성 협동조합, 내 말에 동의하는 사람?"

---

* 몸매 관리를 위해 헬스장에서 오랜 시간을 쏟는 사람.

그 말에 모두가 손을 들었다.

이마쿨라타가 커피를 가지고 나타났다. 와인 병을 치우기 전 실비는 마지막으로 자기 잔을 한 번 더 채웠다.

"이 빌라에 딱 하나 아쉬운 게 있다면 미니바가 없다는 사실이야."

"새 방에 하나 갖다 놓지 그래."

모니카가 농담했다.

"좋은 생각이야, 모니카. 그건 그렇고 계속 궁금했는데, 우리 같은 손님들이 없을 때 이 집에서 일하는 사람들은 대체 뭘 하는 걸까? 설마 스티븐이 언젠가 손님이 올 때를 대비해서 고용인을 상주시켜 놓는 그런 어마어마한 부자일까? 지금까지 본 바로는 스티븐은 여기 거의 오지도 않는 것 같던데."

"조반니 말로는 스티븐이 여름을 여기서 보낸대. 어쩌면 너무 오래 근무한 직원들이라 차마 해고하지 못하는 게 아닐까?"

"조반니는 젊잖아."

클레어가 씩 웃으며 그 말의 허점을 지적했다.

"그건 그렇고, 클레어. 아니, *키아라*. 아니면 조반니의 님프라고 불러야 하나? 조반니가 너한테 굉장히 관심이 많은 것 같던데."

클레어는 와인 잔을 들어올렸다.

"솔직히 말하면 조반니가 관심을 가지는 상대는 조반니 자기 자신밖에 없을걸?"

그 순간 그들의 농담 소재가 된 조반니가 나타났다. 이유는 모르겠지만 딱 붙는 하얀 데님 바지에 운동복 소재로 만들어져 이두근과 가슴 근육은 물론 볼록 솟아오른 젖꼭지까지 가감 없이 드러나는 착 붙는 셔츠를 입고 있었다. 검은 머리카락이 어깨까지 내려왔고, 그 패션을 완성하는 건 끝부분이 휘어진 선글라스였는데, 그

선글라스를 벗자 상처 입은 듯한 표정이 여과 없이 드러났다.

"혹시 오늘 오후에 *아우토*를 쓰실 건지 여쭤보려고요. 비어트리스의 부탁으로 마지오레에 일을 보러 다녀와야 하거든요."

마지오레는 해안선을 따라 바로 옆에 위치한 마을이었다.

앤절라가 나머지 세 사람을 둘러보았다. 다들 고개를 저었다.

"괜찮아요, 조반니. 차를 쓰세요."

"저런 옷을 입은 걸 보니 볼일이라는 게 뭔지 뻔하네."

조반니가 사라지자마자 실비가 지적했다.

"바람둥이 미남 선발 대회라도 나가나 보지. 우승은 따놓은 당상이겠고. 그건 그렇고, 영어를 못하는 척하고 있지만 분명 완벽하게 영어를 할 줄 알걸? 그러니까 다들 조반니를 조심해. 나는 이제 올라가서 방을 꾸며볼게. 물건이 도착한 것 같아서 말이야. 혹시 도와줄 사람 있어?"

"나는 집에 전화 좀 걸게."

클레어가 말했다.

"나는 정원 산책을 좀 하고 싶어. 나중에 도울게."

모니카의 말이었다.

"나는 그런 건 할 줄 몰라서."

앤절라는 어깨를 으쓱했다.

"나는 정신사납지 않은 환경이 좋거든."

그러면서 그녀는 이상하리만큼 아무런 개성이 없는 자기 집을 생각했다.

"무슨 말도 안 되는 소리야! 가게는 그렇게 멋지게 꾸며놓고서!"

실비가 그 말에 반대했다.

"아, 물론 나는 히피 스타일을 좋아해서 '패브릭'에 가본 적은 없지만, 그래도 정말 들어가보고 싶게 만들었더라. 자기는 본능적으로 멋을 아나 봐."

앤절라는 그 말에 순수하게 깜짝 놀라 그녀를 쳐다보았다.

＊

점심 식사가 끝난 뒤 앤절라는 자기 방으로 올라가 테라스로 통하는 문을 열었다. 란짜렐라는 정말 특별한 곳, 하늘 위에 둥실 뜬 채 반짝이는 푸른 바다를 향해 아찔하게 허공으로 뻗어 있는 곳 같았다. 란짜렐라에서도 꼭대기에 자리 잡은 빌라 레 시레누세야말로 숨겨진 보석 같았다. 앤절라는 자연에는 별로 관심이 없었다. 어린 시절 아버지와 요크셔의 계곡을 걸었던 것 빼면 자연 속에서 시간을 보낸 기억도 없었다. 앤절라는 도시가 더 좋았다. 도회지의 삶이 가진 현대적인 직선과 그 익명성이 좋았다. 정원에서 나누는 대화 같은 것에는 관심 없었다. 그런 것과 가까이 지내는 것 자체가 고역으로 느껴졌다. 아마 어머니가 신경쇠약에 걸려 있던 시절을 보내느라, 아니, 이미 그 전 병간호와 집안일, 정신과 의사며 낮 시간의 TV 고해 프로그램에 시달리던 시절부터 시작된 게 아닐까 싶었다. 그 시절 정신병은 남부끄러운 일이었다. 그래서 어머니와 앤절라는 남들의 도움 없이 그 시절을 보내는 수밖에 없었다. 어머니가 점점 퇴행을 거듭하다 마침내는 손쓸 수 없는 지경에 빠져버린 그 모든 과정이 끔찍했다.

그렇게 앤절라는 스물한 살의 나이로 자신에게 한 번도 사랑과 애정을 받으려고 노력한 적 없는 어머니의 부모 노릇을 하게 되었다. 그래도 징징거리지 말자고 그녀는 혼자 다짐했다. 자기보다 어린 아이들 중에도 아픈 부모를 돌보느라 어린 시절을 포기하는 사람이 많았으니까. 하지만 그 사람들은 옥스퍼드 대학교의 학적을 포기하지는 않았지. 어쩌면 어머니는 애초에 앤절라가 그 대학에 들어가는 것이 싫었던 게 아닐까 하는 의심을 그녀는 다시 한번 머릿속에서 쫓아냈다. 너무 무서운 생각이어서 하고 싶지 않았다. 게다가 어머니 때문에 스티븐까지 잃었다. 그러나 그 시절의 그녀는 언제가 되었든 자신은 결국 스티븐과 헤어지게 되었을 거라고 스스로를 다그쳤다.

앤절라는 란짜렐라의 자생식물인, 우듬지가 우산처럼 펼쳐진 왜금송이며 집 둘레에 심어둔 화사한 제라늄과 페튜니아를 바라보며 사과꽃 향기가 듬뿍 묻은 공기를 한껏 들이마셨다. 아니, 어쩌면 이 향기는 수선화려나?

내려가서 진짜 수선화가 있는지 찾아본 다음에 있다면 한 아름 꺾어 방에 갖다놓아야겠다고 생각했다.

곧장 정원으로 향한 앤절라는 수선화가 아니라 퍼걸러 위에 드리워진 등꽃이며 밧줄처럼 모양을 잡은 장미 아치의 향기에 압도당했다. 테라스 근처 집 주변을 돌아다녀봐도 수선화는 보이지 않았다. 포기하려는 순간 눈앞에 수선화가 가득 핀 화단이 나타났다. 앤절라는 서랍에서 꺼내온 가위로 수선화를 한 아름 잘라다가 빨간 뱅크셔 장미와 함께 집 안으로 가지고 들어갔다.

꽃병을 달라고 부엌으로 들어갔더니 이마쿨라타가 꺅 소리를 질렀다.

"노! 노! 포르타 스포르투나^{불행이 와요}, 빨간 꽃을 흰 꽃이랑 섞으면요!"

앤절라는 혼자 웃었다. 어머니가 늘 하던 말이었다. 빨간 꽃과 흰 꽃은 피와 붕대를 상징하기 때문에 집 안으로 들이면 안 된다고 했다. 앤절라의 어머니와 이마쿨라타의 어머니는 마음이 잘 통했을 것 같다. 앤절라는 큼직한 우유 주전자를 찾아 향기로운 꽃을 가득 꽂았다.

이마쿨라타는 마음에 안 든다는 듯 고개를 저으며 앤절라의 뒷모습을 지켜보았다. 그녀는 이제 이 집의 누구에게 불행이 닥칠지 모르는 노릇이니 교회에 가서 기도를 더 열심히 해야겠다고 생각했다.

그러나 그 불행이 언제 닥칠 것이냐가 문제였다.

모니카는 정원을 사랑했다. 브라이언과 함께 보볼리부터 그레이트 딕스터에 이르기까지 이름난 정원들을 찾아다니기도 했다. 엄마 집으로 들어간 다음부터는 자원해서 교회의 꽃 당번을 도맡았다. 교회 일에 몸 바칠 만큼 신앙심이 깊어서가 아니라 단지 꽃꽂이를 좋아해서였다. 심지어 모니카의 꽃꽂이 솜씨가 동네에서 유명해지는 바람에 가끔 최신 유행을 따르는 특이한 결혼식에 꽃 장식을 해달라는 청을 받아 엄마를 놀라게 할 때도 있었다.

대부분의 플로리스트는 무난한 장미나 제비고깔꽃에서 크게 벗어나지 않는 작품을 만들었지만 모니카는 스스로 '옛 장인 스타일'이라는 이름을 붙인 새로운 꽃꽂이 스타일을 개발했다. 많은 사람들은 꽃 그림이 빅토리아 시대 여인들의 사사로운 취미였다며 무시했지만, 모니카는 네덜란드의 옛 거장들이 꽃 그림을 즐겨 그렸다는 사실을 알았다. 은밀하면서도 전복적인 위트가 담긴 그림이었다.

옛 거장들은 번들거리는 유화물감을 사용해 작약에서부터 방만

해 보일 정도로 활짝 핀 장미, 이슬이 맺힌 무지갯빛 붓꽃이며 줄무늬 튤립에 이르기까지 갖가지 꽃으로 커다란 캔버스를 가득 채웠다. 하지만 거장들은 캔버스에 유머도 담아냈다. 같은 시기에 꽃이 피거나 열매를 맺지 않는 식물들을 함께 그렸던 것이다. 블랙베리 가지를 일찍 핀 튤립이나 갈란투스 옆에 유쾌하게 배치하고, 무겁게 늘어진 실잔대를 늦게 피는 루비색 달리아 옆에 그려넣는 식이었다. 케냐에서 꽃을 수입하기 전에는 일어날 수 없는 일이었다.

때때로 거장들은 꽃 사이에 붉은 멋쟁이나비나 알이 가득 든 새 둥지를 슬쩍 그려 넣어 유쾌함을 가미했고, 심지어 작은 양배추를 그려 넣기도 했다. 한번은 농익은 무화과를 반으로 쪼개놓은 그림까지 보았는데, 모니카가 생각하기도 싫은 성적인 은유를 담은 그림이었다.

빌라에서 훤히 내려다보이는 계단식 정원의 맨 아래층으로 내려가자 놀랍게도 널따란 포장길 양쪽으로는 사람이 뚫고 지나갈 수 없을 만큼 울창한 생울타리로 막아놓은 별도의 공간이 있었다. 들어가는 입구는 없는 것 같았다. 이 공간이 네 층, 다섯 층이나 더 이어졌다. 해가 가장 잘 드는 곳이었기에 이상하다는 생각이 들었다. 날씨는 이미 영국의 가장 화창한 여름만큼이나 뜨거웠다. 누구라도 미치도록 갖고 싶을 만한 정원이었다.

몇 번 시도한 끝에 팔다리를 잔뜩 긁혀가며 생울타리를 뚫고 들어간 모니카는 울타리 속에 꽃이 빽빽하게 피어 있는 화단을 보고 놀랐다. 그녀의 꽃 장식이 옛 거장의 스타일이라면, 이 화단은 인상주의자들의 판타지에 가까웠다.

페튜니아, 꽃무, 붓꽃, 그리고 런던에서도 가장 히피스러운 플로리스트의 작품에서나 언뜻 본 적 있는 예쁜 옅은 색 아네모네가 한가득 피어 있었다. 그리고 맨 위 양지바른 구석에 장미가 있었다! 아직 이른 계절인데도 일찍 핀 라벤더로 테를 두른 화단에 향기가 어마어마한 월계화, 뱅크셔 장미, 벵갈 장미, 다마스크 장미가 가득했다.

근사했다. 그제야 모니카는 화단의 꽃과 집 안에 장식한 꽃이 너무나 다르다는 데 생각이 미쳤다. 집 안에는 나폴리 꽃시장에서 사온 향기 없는 장미를 꽂아두었잖아? 너무 이상했다. 정원에서 이렇게 예쁜 꽃을 키우는데 집 안을 장식할 때는 쓰지 않는다니?

흥미가 동한 모니카는 반대쪽 생울타리도 넘어가보았다. 이번에도 생울타리는 금고처럼 단단히 막혀 있었다. 이렇게 막아놓으면 꽃을 꺾으러 들어갈 도리가 없잖아? 겨우 몸을 밀어 넣을 만한 작은 틈을 발견한 모니카는 이번에도 팔을 온통 긁히며 안으로 들어갔다.

눈앞에 펼쳐진 광경에 모니카는 헉 소리를 냈다. 꽃으로 뒤덮인 퍼걸러 아래 조그마한 비닐하우스가 숨겨져 있었다. 그 아래에는 다양한 색깔의 상추가 터널 끝까지 길게 여러 줄로 심어져 있고, 커다란 토마토 옆 격자 상자 속에서는 오이가 자라고 있었다. 옆에 있는 좀더 작은 비닐하우스 속에는 아직도 꽃이 붙은 주키니 사이사이로 로즈메리와 바질이 자랐다.

모니카는 채소와 허브가 뒤섞인 풍경을 보며 아까보다 더 놀랐다. 거의 쓰지도 않는 집을 위해 이렇게 많은 채소를 키우는 이유가 무얼까? 그 순간 그녀는 문득 기억이 떠올랐다. 주키니! 분명 무슨 암거래를 하는 게 분명했다. 이 사태를 어떻게 받아들여야 할지 알 수 없었다. 설마 이마쿨라타와 비어트리스 같은 착한 할머니와는 상관없는 일이겠지?

아직 오후가 절반밖에 지나지 않았기에 모니카는 실비를 도와 주러 가기로 마음먹었다.

"전쟁에라도 다녀온 것 같은 몰골이네."

사다리 위에 올라가 있던 실비가 모니카를 보고 한마디했다.

"맞아, 이따가 설명해줄게."

모니카는 실비의 방을 둘러보았다. 자신의 스타일과는 백만 광년 동떨어져 있었지만 사람들이 실비의 스타일을 찬양하는 것도 이해가 갔다. 이 방은 앞뒤에 덧문이 달린 커다란 창문들이 붙어 있었다. 덧문이 있는데도 실비는 황토색 실크 커튼을 걸고 같은 소재의 리본으로 묶어놓았다. 가장 큰 창문 양쪽에는 어우러지는 소재의 천을 씌운 의자가 각각 놓여 있었다. 그날 아침에 산 나무 샹들리에에 톱질을 해 반으로 자른 다음 작은 화환처럼 벽에 건 뒤 나뭇잎 같은 녹색 실크 천을 달아 침대 위로 늘어뜨려진 화려한 캐노피를 만들었다.

"색상을 딱딱 맞출 필요는 없지."

단 두 시간 만에 실비가 해놓은 일을 보고 입이 딱 벌어져 말을 잃은 모니카를 내려다보며 사다리 위에서 씩 웃더니 내려왔다.

"전부 이 녀석이 해낸 거야."

실비는 철제 헤어드라이어처럼 생긴 물건을 모니카에게 보여주었다.

"스테이플 건이야. 남자 따위는 잊어. 이게 세계 최고의 연장이라고. 이 스테이플 건과 믿음직한 강력 테이프만 있으면 기적을 이룰 수 있거든."

실비는 방 안을 둘러보며 미소를 지었다.

"사실 세트장처럼 만든 거야. TV 메이크오버 프로그램처럼. 한

달이면 다 떨어져버릴걸. 당연히 제대로 작업한 건 아니지만 이 정도면 스티븐에게 내 인테리어 아이디어는 보여줄 수 있지 않겠어? 별관을 좀더 둘러봐야겠어. 방이 열다섯 개나 더 있거든. 이 빌라 정말 커!"

모니카는 방 전체를 둘러보려고 상체를 뒤로 젖히다가 화장대 위에 놓여 있는 카드를 바닥에 떨어뜨렸다. 카드에는 이렇게 적혀 있었다.

'남편은 있다가도 없어지는 것, 친구는 영원한 것!'

"그웬이 보낸 카드야. 내 기분을 좀 띄워주고 싶었나 봐. 그런데 솔직히 여기서 너랑 같이 있으니 이 말이 믿겨질 지경이야."

모니카가 그 말에 실비를 쳐다보았다. 놀리는 게 아니었다. 그 대단한 실비 서튼에게 친구라는 말을 듣다니.

"사실은 말야."

실비가 얼굴을 찌푸렸다.

"오늘이 내 예순두 번째 생일이야. 친구니까 솔직히 말하는 거야. 일급비밀이지. 물론 그 나이로 보이지는 않지만 엄연한 사실인 걸!"

그녀가 변색된 거울에 자기 얼굴을 비추어 보았다.

"토니가 날 떠난 것도 당연해. 난 이제 늙어빠졌잖아. 꼭 이 방처럼, 멀리서 보면 괜찮지만 자세히 보면 스테이플러로 얼기설기 박아놓은 거나 다름없어."

그러더니 그토록 무심해 보이던 실비가 울기 시작하는 바람에 모니카는 너무나 놀랐다.

"제기랄."

실비는 마스카라를 잔뜩 칠한 눈을 문지르기 시작했다.

"할머니라니, 최악이야. 그것도 눈 화장이 판다처럼 줄줄 흘러 내리는 할머니라니."

실비는 눈물이 맺혀 부연 눈으로 모니카를 바라보며 다시 미소를 지었다.

"그래. 와인이나 한잔하자. 미니바는 못 만들었지만 레드 와인은 한 병 가져왔지."

모니카는 자신은 오후 다섯 시 이후에는 술을 안 마신다고 말할까 하다가, 그 말이 고지식하고 못마땅하게 들릴 뿐만 아니라 실비의 친구라면 하지 않을 말이라는 데 생각이 미쳤다. 그래서 그 대신 "코르크 따개는 어디 있어?" 하고 물었다.

코르크 따개는 짙은 자주색 타프타 천 아래에 깔려 있었다.

"잔이 없어. 뭔가 대신할 게 있어야 할 텐데."

모니카는 방 안에서 폼페이에서 발굴한 이래 한 번도 쓰지 않은 것만 같이 생긴 채색 화병 두 개를 찾아냈다.

두 사람은 화병으로 건배했다.

"쭉 들이키라고! 그거 알아? 난 처음 네가 왔을 때 재미없고 고리타분한 사람이라고 생각했어. 목사 딸처럼."

모니카는 브라이언과 같이 『섹스의 기쁨』이라는 책을 사서 그 책에 나오는 모든 체위를 시도해보았다는 이야기를 할까 말까 망설이다가 이 말을 하면 실비가 충격을 받는 한편 다시 토니 생각을 할 것 같아 입을 다물었다. 대신 용기를 내 이렇게 말했다.

"사람들은 겉모습보다는 내면에 더 많은 걸 담고 있으니까. 범퍼 스티커에나 적혀 있을 법한 문구라면 미안해."

실비는 창밖을 내다보았다.

"때로 나는 겉모습이 아닌 내면이 부족한 사람처럼 느껴질 때가 있어."

"멋진 우정이 시작될 것 같은 말인데?"

모니카는 웃으면서 이렇게 말한 자신의 대담함에 스스로 놀랐다.

두 사람은 다시 한번 화병으로 건배했다.

클레어는 그 소문이 자자한 아스파라거스밭을 찾아 정원으로 나갔다. 생울타리로 막혀 있는 너머는 잘 보이지 않았지만 아무튼 아스파라거스밭은 빌라 옆쪽 구석에 위치하고 있었다. 그녀 안에 있는 요리사의 본능이 이제 아스파라거스를 따기에 적절한 때라고 말하고 있었다. 영국의 아스파라거스는 아무리 일찍 피더라도 몇 주는 더 지나야 먹을 만해질 텐데. 이탈리아의 날씨는 환상적이었다.

누군가가 사려 깊게도 아스파라거스밭 옆에 벤치를 갖다 놓은 모양이었다. 여기가 전화기 신호가 잡히는 벤치일까? 근처에 있는 헤르메스상을 보니, 헤르메스가 신들의 전령이라서 여러 통신사들의 이름으로 쓰이기도 한다는 사실이 떠올랐다. 클레어는 전화가 터지는 곳에 헤르메스상을 갖다 둔 것도 작은 장난인 건지 궁금했다. 루이지나 조반니에게는 너무 어려운 농담인 것 같았다. 게다가 클레어가 보기에는 조반니는 농담을 아무리 설명해도 알아듣지 못할 사람 같았다. 하지만 베일에 싸인 스티븐이라면?

'회피하지 말자.' 클레어는 생각했다. '진짜 위급 상황일 수도 있잖아.' 하지만 그녀는 오랜 경험상 분명 이번에도 마틴이 마틴 같은 짓을 한 것뿐이리라는 직감이 들었다. 애초 클레어가 휴대폰을 꺼놓은 것도 마틴이 자기 양말을 못 찾겠다고 5분에 한 번씩 전화해대리라는 생각 때문이었다는 것을 그녀는 죄책감을 느끼면서도 인정할 수밖에 없었다.

그녀는 집 전화번호를 누른 뒤 기다렸다. 마틴이 외출했을지도 몰라. 하지만 그럴 리가 없었다.

"여보세요, 클레어? 아름다운 이탈리아에서 잘 지내고 있어?"

필요한 것이 있을 때마다 꾸며내던 짐짓 명랑한 말투였다.

"잘 지내. 일은 힘들고."

지금까지 아무런 일도 안 했으면서 클레어는 거짓말을 했다.

"날씨는 어때?"

"그냥 그래. 도착할 땐 비가 쏟아졌어."

거짓말은 아니었다. 하지만 마틴한테 왜 곧이곧대로 말하지 않는 건지 스스로도 이해할 수 없었다. 이 여행 자체가 그저 휴가일 뿐이었다는 걸 마틴에게 숨기고 싶어서?

마틴의 다음 말은 그녀의 질문에 대한 대답이나 마찬가지였다.

"당신이 없으니 너무 외로워. 갑자기 에반도 벨린더도 집에 잘 안 들어오더라고."

아이고, 불쌍한 사람. 클레어는 그 이유를 충분히 짐작할 수 있었다.

"연락했던 이유는, 나폴리로 가는 항공편을 찾아봤더니 정말 싸더라고? 다들 애들 데리고 스키 타러 가거나 테네리페 같은 데로 휴가를 가는 모양이지. 요즘 같은 때 나폴리로 휴가 가는 사람은 별로 없나 봐. 그래서 당신을 만나러 갈까 하고 생각했어."

벌써부터 남편이 란짜렐라로 오는 버스 시간표를 찾아보는 모습이 상상이 되어 클레어는 몸을 부르르 떨었다.

"여보, 사실 안 그러는 게 좋겠어. 여자 넷인데 남편은 아무도 안

왔거든.”

“고작 며칠인데 뭐.”

마틴이 슬슬 꾀는 말투로 말했다.

“나도 쓸모가 있을 거야. 수영장에 드러누워 있진 않을 거라고. 또 거기가 폼페이에서 멀지 않더라고. 『폼페이와 헤르쿨라네움의 삶과 죽음』이라는 책도 도서관에서 빌려놨어.”

세상에, 진심인가 보다. 마틴은 무슨 생각을 시작하고 나면 테니스공을 쫓아가는 테리어처럼 끈질겼다.

“아직 수영장에 물도 안 채웠어.”

또 거짓말이었다.

“게다가 우린 너무 바쁜걸.”

“그럼 내가 근사한 요리라도 해주지 뭐. 제이미 올리버가 이탈리아 요리책을 쓴 게 있더라고. 당신도 좀 쉬어야지.”

“어, 사실 여기 요리사가 따로 있어.”

“그럼 당신은 거기서 뭘 하는데?”

수상하다는 말투였다.

“말했잖아, 빌라를 호텔로 개조할 때 필요한 부엌 설비를 살펴본다고.”

클레어가 매몰차게 말을 잘랐다.

“뭐, 당신이 날 보고 싶지 않다면야…”

“당연히 보고 싶지, 그래도 이건 일이야, 마틴.”

“일인데 왜 돈도 안 받아?”

마틴은 끈질겼다.

지금 전화를 끊지 않으면 폭발할 것 같았다.

그때 그녀 옆에 있던 나무에서 비둘기 우는 소리가 났다.

"무슨 소리가 나는데?"

"아, 그냥 새 소리야. 비가 와서 나무에 숨었나 봐."

어서 전화를 끊지 않으면 마틴이 이곳의 일기예보까지 찾아볼 것 같았다.

"아무튼 당신이 보고 싶긴 해도 지금은 곤란해. 에반과 벨린더는 잘 있어?"

그러면서 그녀는 얼른 화제를 바꿨다.

"왠지 젊은 연인들처럼 바깥으로만 쏘다니네. 심지어 요리를 해준다는데도 안 들어와."

"불쌍한 마틴. 어쩌면 아파트 구하는 데 좋은 소식이 있는 건지도 모르지."

"정말 그랬으면 좋겠다."

"자, 여보, 나 이제 끊어야겠다. 배터리가 거의 없어."

"계속 꺼놨으면서 왜 배터리가 없어?"

토라진 말투였다.

"그럼 여보, 안녕."

그녀는 휴대폰을 끈 다음 눈앞에 펼쳐진 근사한 풍경을 바라보았다. 층을 이룬 비탈이 바다 쪽으로 난 깊은 골짜기로 이어지고 있었는데, 비탈에는 빈틈없이 작물들이 자라나는 중이었다. 레몬, 무화과, 올리브, 포도.

해가 막 지기 시작하며 부드러운 분홍빛을 냈다. 여름이 되면 해안가의 교통이 마비되고 바와 식당은 사람들로 붐비겠지. 하지만 아직은 아니었다. 바다, 그리고 그 앞의 땅에는 평화만이 감돌았다. 비둘기는 일부러 거기 데려다둔 것처럼 꾸꾸 울었다.

확실한 건 클레어가 남편이 이곳에 오기를 바라지 않는다는 사실이었다.

＊

앤절라는 왠지 모르게 저녁 식사 전에 옷을 갈아입고 싶은 생각
이 들었다. 그녀는 당연히 '패브릭' 제품인 단순한 시프트 드레스
로 갈아입은 다음 흐릿한 분홍색과 보라색이 뒤섞인 페이즐리 무
늬 실크 스카프로 부드러움을 더했다. 어두워지는 바깥 풍경과 썩
어울리는 듯했다.

이것 보라지. 이탈리아에 왔다고 해서 로맨틱한 생각은 하지 마.
네 스타일이 아니잖아. 그녀는 스스로에게 그렇게 말했다.

테라스에 서서 내다보니 클레어가 빌라 옆 벤치에 앉아 바다를
바라보고 있었다. 그래도 이제 이곳에 온 진짜 목적을 실행하기 시
작해야 할 것이다. 다음 날 일단 란짜렐라의 다른 호텔들을 보고
오기로 마음먹었다. 무엇이든 경쟁부터 시작하라는 것이 그녀의
비즈니스 목표였고 그 목표는 항상 빛을 봤다.

클레어가 벤치에서 일어나서 집 안으로 들어오는 모습이 보였다.

앤절라는 저녁의 향기를 들이마셨다. 이상하게 해가 지고 나자
향기가 더 강해졌다. 꽃무, 라벤더, 그리고 무엇인지 알 수 없는 향
기가 낮에 꺾어온 수선화 향기와 뒤섞였다. 커다란 테라스를 둘
러보다가 지금쯤 방을 바꾸자고 제안하는 게 좋겠다는 생각이 들
었다.

제일 먼저 아래층에 내려온 것은 앤절라였다. 식당에 식탁이 차
려져 있었다. 비어트리스가 나타나더니 언제나처럼 기포 가득한

204

프란치아코르타를 따라주었다.

"바깥에서 식사해도 될까요?"

앤절라가 물었다.

그러자 비어트리스는 마치 앤절라가 질펀한 섹스 파티를 벌일 테니 음식을 차려달라고 하기라도 한 것처럼 깜짝 놀라는 표정을 지었다.

"너무 춥습니다!"

"그럼 점심이나 저녁때는 어때요?"

비어트리스는 어깨만 으쓱할 뿐이었다.

앤절라는 와인 잔을 들고 옆방으로 들어가보았다. 아치형 지붕에 천사가 새겨진 멋진 방이었다. 수녀들은 이 방을 무슨 용도로 사용했을까? 아니면, 이 방은 레니니공이 쓰던 방일까?

그녀는 비어트리스가 붉은 장미를 더 많이 장식해둔 벽난로 쪽으로 가보았다. 버릇처럼 고개를 숙여 향기를 맡으려는데, 중세 시대처럼 꾸며놓은 집에 비해서는 너무나 현대적인 단순한 은색 액자에 들어 있는 사진이 보였다.

고개를 들고 사진을 자세히 살펴보았다. 가슴이 덜컹 내려앉았다. 사진 속에 있는 것은 젊은 시절의 잘생긴 스티븐, 그리고 그에게 안겨 있는 이탈리아인으로 보이는 아름다운 여자였다. 그녀는 정원에서 보았던 퍼걸러 아래에서 웨딩드레스 차림으로 스티븐을 올려다보며 미소를 짓고 있었다. 앤절라는 1분 가까이 그 사진을 가만히 바라보면서 머릿속으로 40년을 거슬러 올라갔다. 분명 그녀와 스티븐이 헤어진 지 오래지 않은 시점인 것 같았다. 스물두 살, 아니면 스물세 살이었겠지.

스티븐이 오픈카에 그녀를 태워 집으로 데려다주었던 날이 머릿속에서 아직 생생했다. 그러니까 결국 스티븐은 그렇게 인습에 사로잡힌 사람이 아니었던 것이다. 그가 좋아할 것 같았던, '진주 귀걸이를 한 소녀' 타입의 여자와 결혼하지 않았다. 하지만 노팅엄에서 이탈리아는 아주 먼 곳이니까. 아내가 돈이 많았을지도 모르지.

'아이 참, 이런 생각은 그만두라고.' 앤절라는 스스로에게 화가 났다. '이미 아주 오래전에 다 끝난 일이잖아. 왜 자꾸만 오래된 상처의 딱지를 떼려고 하는 거야? 말년의 미스 해비셤*처럼 굴지 말자고.' 그런데 스티븐이 결혼한 게 그만큼 옛날 일이라면, 지금은?

뒤에서 인기척이 들리자 앤절라는 마치 지금이라도 테라스의 열린 창으로 젊은 스티븐 부부가 걸어 들어올 것 같다고 생각하며 고개를 돌렸다.

비어트리스가 와인 병을 들고 뒤에 다가와 서 있었다.

"*에 벨라, 라 시뇨라 카를라.*"

그러면서 그녀가 고개를 저었다.

"*몰토 트리스테.*"

앤절라가 여름학교에서 배운 이탈리아어 수준으로도 '트리스테'가 '슬픔'이라는 뜻인 걸 알아들을 수 있었다.

"왜요, 무슨 일이 있었는데요?"

앤절라가 나직하게 물었다.

"정말 아름다운 신부였답니다. 이 집을 사랑한 것도 *라 시뇨라 카를라*였지요. 이탈리아인이었어요."

* 찰스 디킨스의 『위대한 유산』에 나오는 인물로 결혼식 날 아침 약혼자에게 버림받은 뒤 수십 년간 결혼식 드레스를 입은 채 고립된 삶을 살아간다.

비어트리스가 자랑스럽다는 듯 덧붙였다.

"하지만 시칠리아 출신이었답니다."

그게 아름다운 카를라의 단 하나의 약점이었다는 투였다. 프랑스와 영국처럼 시칠리아와 나폴리도 옛날부터 적대적인 관계였다.

"하지만 왜 시칠리아가 아니라 여기서 살았나요?"

"가족 때문이었답니다. 삼촌, 고모, 부모, 조부모가 많아서, 시칠리아에 살면 아이를 많이 낳아야 한다는 압박을 받았죠. 아주 많이요. 하지만 카를라는 인생을 즐기고 싶어 했어요. 이곳에서 *스테파노*와 함께 젊고 행복하게 살고 싶어 했지요."

비어트리스가 사랑스럽다는 듯 사진을 바라보더니 한숨지었다.

"그때 이 집은 *아반도나타*, 빈집이었어요. 아주 헐값이었죠. 그래서 두 분이 이 집을 살 수 있었답니다."

"그랬는데요?"

"정말 행복했답니다. 이마쿨라타와 제 귀에 웃음소리가 끊일 날이 없었지요. 그러다가 카를라는 죽어버리고 말았어요. 뇌출혈이었대요. 가족력이 있었다는군요. 바로 저 자리에서였지요."

비어트리스가 테라스를 가리켰다.

"스테파노는 말을 잃고 말았습니다. 장례식이 끝난 뒤 영국으로 돌아가버렸답니다."

앤절라는 다시금 사진을 바라보았다. 가엾은 스티븐. 이곳에 거의 오지 않는 게 이해가 되었다. 그렇다면 왜 이 집에 아직도 매달리는 걸까? 아마 행복한 추억 때문이겠지. 아니면 그가 소유한 수많은 부동산 중 하나여서일 수도 있지만. 그런데 이제는 이 빌라를 호텔로 개조하거나 팔아버리기로 결정한 모양이었다. 정말 아름다운 집이었지만 그 결정을 비난할 수는 없을 것 같았다.

비어트리스가 말해준 것 중 한 가지 사실이 강하게 그녀의 머리를 때렸다. 그러니까 비어트리스와 이마쿨라타는 아주 오래전부터 이곳에 있었다는 것이다. 아마 루이지도 그랬겠지. 호텔 이야기를 하자 비어트리스가 접시를 바닥에 떨어뜨린 것도 이해가 갔다. 아마 스티븐이 이들에게는 빌라를 팔겠다는 계획을 미처 이야기하지 않았나 보다.

"안녕, 앤절라. 오늘도 근사하다."

모니카가 식당으로 들어왔다.

안타깝게도 앤절라는 모니카에게 같은 칭찬을 돌려줄 수가 없었다. 앤절라의 눈에 모니카는 허리를 동여매놓은 페럿처럼 보였다. 날을 하루 잡아서 모니카의 패션을 손봐줘야겠다.

"정원에서 흥미로운 걸 발견해서 보여주고 싶은데, 그럼 그 멋진 옷이 찢어질 것 같아. 그럼 내일 보여줄게."

"프란치아코르타 드시겠습니까, *시뇨리나* 모니카?"

비어트리스가 물었다.

"감사해요, 그런데 *시뇨리나*라고 부르지 않으셔도 돼요."

"이탈리아에서 *시뇨리나*는… 그걸 뭐라고 하죠?"

"*라 코르테시아.*"

모니카가 얼른 도와주었다.

"경칭이죠. *카피스코 페르페타멘테.*^{잘 알고 있어요}"

비어트리스는 마치 모니카가 이렇게 이탈리아어를 완벽하게 말하고 이해하는 줄은 미처 몰랐다는 듯, 어쩌면 모니카에게 아주 은밀한 비밀을 들킨 것이 아닌가 걱정하는 것 같은 표정으로 모니카를 한참이나 딱딱하게 쳐다보았다.

7

거실에 내려와 모니카와 앤절라를 만난 클레어는 마틴의 전화에 대해서는 아예 입을 다물자고 생각했다. 두 사람이, 특히 앤절라가 어떤 반응을 보일지 불 보듯 뻔했기 때문이다. 남편은 불청객일 뿐이다.

별 이유가 없는데 클레어도 차려입었다. 아들이 생일 선물로 준 목걸이를 했던 것이다. 아들 생각을 하자 기분이 좋아졌는데, 클레어가 나타나자 앤절라가 너무 예쁘다고 칭찬하는 바람에 또 한 번 놀랐다.

앤절라는 다들 모이자마자 스티븐의 결혼에 얽힌 사연을 이야기해줄 생각이었다. 하지만 생각이 바뀌었다. 어쩐지 한동안은 혼자만 아는 일로 남겨두고 싶었다. 비밀을 가지고 무슨 이익을 보겠다는 유치한 생각이 들어서가 아니라, 자신도 그 일을 받아들일 시간이 필요해서였다. 내일 이야기해야겠다. 오늘은 나만 아는 일로 남겨두자.

"실비가 오기 전에 알려주고 싶어서 하는 얘긴데, 오늘이 실비 생일이래."

모니카가 소곤거렸다.

"그런데 생일 축하 카드라고는 딱 한 장 온 거 있지. 그것도 그웬이 보낸 거야."

모니카와 앤절라는 알 만하다는 눈빛을 주고받았다.

"대체 그웬이 어떤 사람이기에?"

클레어의 말이었다.

"듣기로는 정말 대단한 할머니 같은데."

그러자 모니카와 앤절라가 키득키득 웃었다.

"할머니라니, 그런 말은 그웬 앞에선 입 밖에 낼 생각도 마. 그 분은 여든다섯은 아직 중년조차 안 된 나이라고 생각하셔."

"실비의 생일 축하 파티를 해야겠어. 내가 특제 레몬 타르트를 만들게."

클레어가 제안했다.

"토니가 멍청한 금발 미녀와 여기 와 있단 사실을 몰라야 할 텐데."

앤절라가 목소리를 낮췄다.

"그 사람들이 여기 란짜렐라가 아니라 레리니에 있는 벨베데레 그랜드 호텔에서 지낸다는 게 정말 다행이야. 내 생각엔, 실비 남편이 나쁜 마음을 먹고 온 게 아니라 운이 나빴던 것 같아. 그 호텔을 예약한 게 킴벌리인 모양이더라. 자기가 골랐으면서 50대 넘은 사람들이 많아서 싫다니!"

"지금부터는 익숙해지는 게 좋을 텐데."

클레어가 흡족한 기분을 담아서 말했다.

"일단 난 내일부터 일에 착수하기로 했어."

앤절라가 단호하게 선언했다.

"근처 호텔들을 돌아볼 생각이야. 혹시 모르니 자기가 실비를 데리고 어디 좀 다녀오면 안 될까?"

"폼페이는 어떨까?"

모니카가 기대에 차 물었다. 얼른 폼페이를 찾아가고 싶었던 것이다.

"실비를 너무 모르네. 폼페이라니, 실비 취향은 아닐걸."

클레어였다.

"카프리! 실비가 카프리섬에 가고 싶다고 했었어!"

"그럼 당일치기 여행을 가자고 해봐. 아마 레리니에서 금방일 거야."

토니와 킴벌리가 3일짜리 패키지를 포기하고 이미 포지타노로 옮겨간 뒤이기를 바랄 뿐이었다.

"그건 그렇고,"

앤절라가 씩 웃었다.

"그 한 쌍의 잉꼬, 생각보다 잘 풀리지 않는 모양이던데."

그러나 이 이야기를 자세히 풀기도 전에 실비가 식당에 나타났다.

"안녕!"

실비는 평소에 즐겨 입던 주홍색이나 짙은 보라색 의상이 아닌, 청바지에 페인트가 튄 상의 차림이었다.

"다들 차려입고 온 줄 몰랐네. 그런데 좋은 소식이 있어. 방 꾸미기가 끝났지 뭐야! 페인트가 마르면 내일 아침부터 다들 구경 와."

"사실,"

클레어가 잔에 샴페인을 채우면서 말했다.

"모니카랑 나는 내일 카프리섬에 가볼까 하는데, 같이 가지 않겠어?"

실비는 그 제안을 곰곰이 생각했다. 며칠 전이었다면 루저 모임에 가입하라는 초대를 받았다고 느꼈겠지만, 지금은 협동조합이니까 함께 갈 법도 하지. 그런데 앤절라는?

"앤절라는 안 가?"

앤절라는 함정에 빠진 기분이 들었다. 호텔들을 살펴보러 간다고 말하면 분명 같이 가자고 할 테지. 클레어와 모니카와 함께 카프리에 보내는 편이 안전할 텐데 말이다.

앤절라는 거짓말을 하기로 했다.

"사실 비어트리스한테 집안일 하는 법을 배우기로 했어."

실비는 믿기지 않는다는 표정을 지었다.

"그래? 그럼 난 빼줘. 내가 요리에 대해 알고 싶은 건 저녁 식사가 몇 시에 준비될까 하는 게 전부니까. 난 카프리섬에 가는 게 낫겠다. 하지만 너무 일찍 출발하면 힘들 것 같은데."

모니카는 입을 다물었다. 사실 관광객이 몰리기 전에 티베리우스 황제의 저택에 들어가볼 수 있게 오전 여덟 시에 출발하자고 할 생각이었던 것이다.

"열 시 어때?"

클레어가 제안했다.

실비는 알겠다고 했지만 여전히 너무 이른 시간이라 부담스러워하는 표정이었다.

"페리 시간을 알아보자. 레리니까지 내려갈 때 버스 탈 생각은 없는 거지?"

실비의 표정이 풍부한 눈썹만으로도 대답은 충분했다.

"그럼 조반니한테 미니 모크를 태워달라고 해야겠네."

클레어가 해맑게 끼어들었다.

"목숨과 신체를 위협하지 않는 교통수단도 있지 않을까? 택시라든지."

"택시가 제일 위험할걸. 택시기사들은 다들 자기가 에머슨 피터팔디*인 줄 안다니까."

"루이지한테 당나귀가 있을 텐데."

모니카가 씩 웃으며 말했다.

"제발 농담이라고 해줘."

"농담 맞아."

비어트리스가 저녁 식사를 내오겠다고 하자 실비가 "아이고, 다행이다" 하고 말했다.

"너무 배가 고파서 멧돼지라도 통째로 먹을 수 있을 것 같아."

모니카는 앤절라가 비어트리스에게 집안일 하는 법을 물을 생각은 추호도 없다는 것을 알고 있었다. 다행이었다. 모니카 생각이 맞다면, 아마 비어트리스는 대답하기 어려운 질문들에 답해야 했을 것이었다.

*

다음 날, 클레어는 평소대로 다른 사람들보다 한참 일찍 일어났다. 이 이른 아침 시간은 그녀가 무엇보다도 소중하게 생각하는 시간이었다. 그래도 숨겨진 샘에서 나체로 수영을 즐길 생각은 이제 없었다. 다시 그 님프상을 보자 조반니가 부리던 이탈리아 사람 특유의 그 뻔뻔한 넉살이 떠올라 웃음이 났다.

그녀는 이탈리아에 도착한 이래 이탈리아 남자들을 조용히 관찰했고, 그 결과 나름대로의 결론을 도출했다. 이탈리아 남자들은 개인주의적이고, 매력적이고, 적극적이며, 다정하고, 성급하며, 성차별을 일삼고, 운전할 때 죽음을 두려워하지 않을 정도로 낙천적

* 이탈리아의 카레이싱 챔피언.

이었지만 그 무엇보다 중요한 특징은 다들 축구에 미쳐 있다는 것이었다. 이탈리아 남자와 사랑에 빠지는 여자는 행운일 것이다. 모순적인 얘길까? 하지만 이탈리아 남자들이야말로 모순투성이 존재였다.

어쨌든 트위크넘의 남자들과는 확실히 다르긴 했다. 클레어는 이마쿨라타가 일어났는지 보고 오기로 했다. 가는 길에 투덜거리며 테라스에 아침 식사를 차리는 비어트리스가 구름 한 점 없는 파란 하늘을 보면서 비가 올지 모른다고 걱정하는 모습을 보았다.

이마쿨라타는 옆에 우습게 생긴 조그만 남자가 그려진 신기한 작은 주전자로 커피를 끓이고 있었다. 네 사람 몫을 만들 텐데 주전자도 더 크게 만들 생각은 아무도 안 했나 보다.

"*부온조르노, 이마쿨라타.*"

"*부온조르노, 시뇨라 키아라.*"

클레어가 어린 시절 남자친구를 집에 데려올 때마다 빨랫줄에 걸린 시트 개수를 세던 이웃처럼, 이마쿨라타는 금세 *시뇨리나*라는 호칭을 버리고 꿋꿋이 *시뇨라*라고 부르기로 했나 보다.

"부엌에서 레몬 타르트를 만들어도 될까요?"

그러자 이마쿨라타의 눈이 날카로워졌다.

"제가 만드는 토르타 알 리모네는 어떠세요? 아주 맛이 좋은데, 오늘 저녁에 만들어 드리지요."

"이마쿨라타, 저도 요리사랍니다. 실비를 위한 선물로 만들려고요."

"*시, 라 시뇨라 서튼.*"

이마쿨라타가 열심히 고개를 끄덕였다. 실비 역시 *시뇨라*라고 불린다니 그나마 다행한 일이었다.

"알겠습니다. 하지만 레몬이 필요하시면 비어트리스의 조카 루카를 찾아가세요. 루카가 키우는 레몬이 레리니에서 최고랍니다."

클레어는 사실 정원에 있는 레몬이나 몇 개 따올 생각이었지만, 이건 이마쿨라타의 영역인 부엌을 침범한 대가라는 사실을 알 수 있었다.

"내일 가보면 될까요?"

"제가 조카한테 부탁해보지요. 제 조카나 육촌 아이가 루카한테 언제가 편하냐고 물어보고 올 겁니다."

그냥 전화를 걸어서 물어보면 될 텐데, 어쨌든 이런 예의 바른 절차가 꼭 필요한가 보다. 이탈리아에서 본 여든 살 이하인 사람들은 다들 귀에서 휴대폰을 떼지 않았다는 사실을 떠올리면 조금 이상한 일이긴 했다. 하긴, 그 많은 조카들과 육촌들도 뭐라도 할 일이 있어야 하겠지.

"고마워요. 오늘은 카프리에 다녀올 예정이니, 돌아오면 알려주세요. 내일 루카에게 가서 레몬을 얻어오면 되겠지요?"

"시, 시. 바 베네."

클레어는 테라스로 가서 작은 주전자에 담긴 커피를 한 잔 따른 뒤 사파이어 빛깔 바다를 내려다보았다. 평온하기 이를 데 없었다.

그렇게 자연을 둘러보다 보니 어쩐지 가족에게 둘러싸여 있는 것처럼 안온한 기분이 들었다. 자꾸 무언가를 요구하는 가족 말고, 자신을 돌봐주는 가족 말이다. 그 생각에 방점을 찍기라도 하듯 이마쿨라타가 리코타 치즈를 채운 먹음직스러운 조개 모양 페이스트리를 가지고 나타나더니 이 고장의 별미이니 꼭 먹어보라고 전했다.

클레어의 마음을 불편하게 하는 것은 마틴에게서 온 전화, 그리고 토니와 킴벌리가 코앞에 얼쩡대고 있다는 사실을 실비가 알아 버릴지도 모른다는 걱정뿐이었다.

"벨베데레 호텔은 근처에도 가지 말고 곧바로 하이드로포일을 타."

앤절라는 모니카에게 속삭였다.

"조반니가 해변가에 내려줄 테니까 거기서 쭉 가면 돼."

"알았어, 그럴게."

"킴벌리가 토니를 포지타노로 끌고 갔길 바랄 뿐이야. 딱 그럴 아이로 보이긴 했어."

"실비를 괴롭히려고 일부러 이 근처 호텔을 예약한 건 아니겠지?"

"그럴 셈이었다면 란짜렐라에 차고 넘치는 더 세련된 호텔을 골랐겠지. 그냥 불행한 우연인 것 같아."

클레어가 카프리섬 가이드북을 가지고 나타났다.

"실비는?"

모니카는 불안하다는 듯 손목시계를 보았다.

"조반니가 하이드로포일 시간에 맞추려고 미친 듯이 밟는 일은 정말 없었으면 좋겠는데."

그때 실비가 파파라치를 피하려는 셀러브리티라도 되는 것처럼 밀짚모자에 선글라스 차림으로 나타나는 바람에 다들 몸을 부르르 떨었다.

"어서 가자, 실비."

실비 덕분에 모니카는 화려한 수탉 옆에 서 있는 작은 갈색 암탉처럼 보였다.

216

"조반니가 기다려."

"오, 그래."

실비는 뒷좌석이 더 안전하리라는 부질없는 기대를 품고 차에 올라탔다.

"스티븐이 이런 죽음의 덫 말고 제대로 된 차를 갖다 두었으면 좋았으련만."

"미코노스에서의 추억이 떠올라 좋아하는 줄 알았는데."

클레어가 짓궂게 한마디 했다.

"이제 와 생각하니 미코노스는 최악이었어. 샌프란시스코만큼 게이가 많은 동넨 줄 아예 몰랐지 뭐야."

클레어와 모니카는 낄낄 웃은 뒤 창밖으로 펼쳐지는 장관에 집중하려고 애썼다. 며칠 전 큰비가 내리는 동안에 자연이 온 힘을 다했는지 식물들이 쑥쑥 자라나는 소리가 들리는 것만 같았다. 클레어는 눈앞을 슬로모션처럼 지나가는 꽃 무더기 속에서 혹시 샛노란 레몬이 가득 열린 레몬나무가 나타나지는 않을지 기대했다. 모든 것이 지나칠 만큼 선명했다. 하늘은 어제보다 더 푸르렀고, 해는 더 밝았으며, 심지어 바다조차 한층 더 반짝이는 것만 같았다.

카프리에서 무엇을 할지 신이 나서 떠드는 동안은 모든 것이 수월하게 흘러갔는데, 세 번의 꼬부라진 길을 지나 레리니로 진입하는 마지막 절벽 도로에서 미니 모크 앞에 채소를 가득 실은 고물 픽업트럭이 나타났다. 운전대 위로 간신히 머리꼭지만 보이는 조그마한 할아버지가 모는 그 트럭은 어마어마하게 느린 속도로 움직이고 있었다.

조반니가 추월하려는 순간마다 이상하게도 그 트럭은 길 한가운데를 차지하고 비키지 않았다.

이탈리아의 다채로운 욕설을 감안하면 조반니의 인내심이 참 대단하다고 모니카가 생각하는 순간 그가 외쳤다.

"*미 파 카가레!*"

"뭐라는 거야?"

"똥을 싸질러주겠다는 뜻이야."

"차 안에서는 안 돼!"

실비가 큰 소리로 말하는 순간 앞서가던 트럭이 급정거를 했고 그 바람에 오이가 담긴 상자 두 개가 공중제비를 돌며 그들 앞에 굴러떨어졌다.

조반니는 내려서 도와주는 대신 그 틈을 타서 앞차를 추월하며 또다시 나직하게 욕설을 쏟아냈다.

마지막 굽은 길을 돌면서 모니카가 뒤를 돌아보니 할아버지가 픽업트럭에서 내린 뒤 "*보르사네리스따!*" 하고 외치며 바닥에 침을 탁 뱉는 게 보였다.

모니카는 그를 찬찬히 쳐다보았다. 분명 보르사네리스따는 밀매상이라는 뜻인데…

이 요란한 사건 덕분에 그들이 항구에 도착했을 때는 카프리섬으로 향하는 배가 막 출발한 뒤였다.

"빌어먹을!"

클레어는 화가 나서 평소답지 않게 격한 말을 쏟아냈다.

조반니가 또 한 번 그녀의 매력을 느꼈다는 듯 클레어를 바라보았다.

"진정해, 곧 다음 배가 있겠지."

실비가 클레어를 달랬다.

그런데 그렇지가 않았다. 영국에서는 봄이 오기도 전에 봄맞이를 하지만, 이탈리아에서는, 적어도 해운 회사들은 그러지 않는 듯했다. 그들에게 지금은 아직 겨울이었고 그 말인즉슨 다음 배를 타려면 두 시간은 기다려야 한다는 뜻이었다.

"저기 있는 호텔 근사하게 생겼다."

실비가 하필이면 벨베데레 그랜드 호텔을 가리키며 말하는 바람에 나머지 두 사람은 경악을 금치 못했다.

"어차피 호텔을 살펴봐야 하잖아."

그러더니 실비가 과감하게 호텔을 향해 성큼성큼 걷기 시작했다.

"안 돼!"

모니카가 고함을 내지르는 바람에 모두가, 심지어 조반니까지도 그녀를 쳐다보았다.

"왜?"

"시장 서는 날이야."

모니카는 대꾸할 이유가 없어 머릿속에 떠오르는 대로 필사적으로 핑계를 댔다.

"*시, 시.*"

조반니가 거들었다.

"오늘이 장날이에요."

다들 기대에 차서 귀를 기울였다.

"날 보라고!"

그러더니 모니카는 평소처럼 자루에 든 페럿 같은 자기 모습을 손으로 가리켰다.

"뭣 하러?"

그러더니 실비가 무례한 말을 미소로 얼버무렸다.

"이 꼬락서니 좀 봐. 새 옷을 사야겠어."

"레리니 시장에서? 차라리 카프리섬에 가서 사."

"거긴 물가가 비싸서 감당이 안 될 거야. 어차피 두 시간이나 기다려야 하잖아? 자, 실비. 새로운 도전에 착수해보라고. 방을 꾸몄듯이 날 한번 꾸며주면 안 돼?"

실비는 이제 말씨름은 질렸다는 듯 괴로운 표정으로 모니카를 바라보았다.

"내가 도와줄게."

클레어가 나섰다.

클레어 같은 사람이 누군가에게 옷맵시에 대해 조언을 준다니 실비는 생각만으로도 괴로워졌다.

"알았어, 내가 도와줄게. 조반니, 시장이 어디예요?"

갑자기 조반니는 이상하리만치 유순하게 굴었다. 아까 픽업트럭 운전사에게 했던 것 같은 모습은 이제는 보이기 싫은가 보다 하고 모니카는 생각했다.

조반니가 작은 해변 쪽을 가리켰다.

세 사람은 신발에서 주방용품, 생선에서 천에 이르기까지 온갖 것을 파는 발랄한 초록색과 흰색 줄무늬 우산 아래의 가판대 행렬을 지나다녔다. 실비는 신발 파는 좌판에서 솜털처럼 보송보송한 뒤축 없는 슬리퍼를 보고 걸음을 멈췄다.

"이거 마음에 드는데? 남편이 일하러 나간 동안 잘생긴 기둥서방과 재미 보는 이탈리아 주부 분위기가 나지 않아?"

"실비, 모니카에게 집중해줘."

클레어가 단호하게 상기시켰다.

실비는 한숨을 쉬더니 에스프레소 잔을 든 남자들이며 매주 열리는 장날의 활기를 즐기는 동안 아기가 얌전히 잠들어 있길 바라며 유모차를 미는 여자들로 가득한 떠들썩한 군중 속으로 다시 발걸음을 옮겼다. 실비는 나머지 둘을 이끌고 과일과 채소를 파는 좌판을 지나다가 남성 정장까지 파는 좌판을 보고 놀란 눈으로 걸음을 멈췄다. 다음으로는 구두 좌판 옆집 차양에 걸려 있는 시프트 드레스 한 벌이 그녀의 시선을 사로잡았다. 검은색, 흰색, 황갈색에 흐린 분홍색이 가미된 색상 조합이 대담한 멋진 아르데코풍 드레스였다.

"저건 어때?"

실비가 대뜸 그 드레스를 가리켰다.

"*시, 시뇨라.*"

좌판 주인이 걸어두었던 드레스를 빛의 속도로 꺼냈다.

"입어보시겠습니까?"

이번에는 영어였다.

실비는 레리니 남자들의 음흉한 눈빛으로부터 가려줄 식탁보가 걸린 간이 탈의실 안에 모니카를 밀어넣었다.

모니카는 드레스를 입었지만 탈의실에서 나가고 싶지 않았다. 평소 그녀의 스타일과는 너무 동떨어진 옷이었기 때문이다.

"모니카, 용기를 가지고 나와 봐."

실비의 명령이었다.

"시간낭비 하지 말자고. 어차피 사람들 앞에서 입고 다녀야 할 거, 거기 숨어 있는다고 뭐가 달라지냐고."

아르데코 드레스를 입은 모니카가 나타나자 다들 감탄했다.

"세상에, 자기 몸매 너무 좋다."

실비가 외쳤다.

"드레스가 예쁜 거지."

모니카가 항변했다.

"무슨 소리야, 드레스가 아니라 네가 근사한 거야."

실비가 모니카의 팔을 만져보았다.

"아니, 팔뚝 살도 안 처졌잖아!"

부러워하는 기색이었다.

"수영을 많이 했거든."

모니카는 변명이라도 하는 듯한 목소리였다.

"대학교에서 잘리기 전에."

"수영하길 잘했네. 나는 팔을 가리고 다니거든. 자, 이제 다른 옷도 좀 살펴보자."

이제 신이 나기 시작한 실비는 원형 진열대를 들쑤셔 드레스 두 벌과 각이 잡힌 면바지를 꺼냈다.

"전부 다 주세요."

좌판 주인도 싱글싱글 웃고 있었다.

"입어보지 않아도 될까?"

"모니카, 나는 방 전체를 보자마자 한눈에 머릿속으로 인테리어를 끝내는 사람이야. 당연히 너에게 딱 맞을 거야. *시뇨라*, 얼마예요?"

대답을 듣고 실비는 거의 주저앉을 뻔했다.

"말도 안 돼!"

"너무 비싸? 다시 벗을까?"

모니카가 드레스의 지퍼에 손을 뻗으려는 찰나였다.

"너무 싸서 놀란 것 같은데."

클레어가 그렇게 말하는 바람에 두 사람은 낄낄 웃었다.

"이제 샌들, 스카프, 장신구 차례야."

실비가 단호하게 말했다.

클레어와 모니카는 물 만난 물고기처럼 시장을 헤집고 다니는 실비를 따라갔다.

그들은 샌들 두 켤레를 골랐다. 한 켤레는 갈색, 한 켤레는 금색이었고 둘 다 굽이 납작하고 토 포스트*가 달린 디자인이었다. 모니카가 토 포스트는 싫다고 하는데도 실비는 가차 없이 무시했다.

"아름다워지려면 고통을 감수해야 한다는 프랑스 격언 몰라?"

"이런 걸 신기엔 나이가 나인데."

모니카가 가볍게 항변했다.

"그럼 운동화나 좀 사 신든지."

실비는 또다시 걸음을 옮기다가 이번에는 커다란 플라스틱 목걸이를 발견했다. 걸려 있을 때는 싸구려처럼 보였지만 드레스와 매치하니 고급스러워 보였다.

"코디 실력이 장난이 아니구나."

클레어가 존경스럽다는 듯 입을 열었다.

"토 포스트가 달린 샌들을 신어야 하는 게 네가 아니라서 하는 말이야."

모니카가 속삭였다.

"지금 내가 이 고통을 감수하는 건 아름다움이 아니라 실비의 결혼 생활이 무사하기를 바라서야."

그런데 실비가 몇 발자국 앞에서 갑자기 돌이 된 것처럼 우뚝 멈춰섰다.

---

* 엄지와 검지 발가락 사이로 샌들 바닥과 윗부분을 잇는 끈.

"이건 기적이야!"

한껏 낮추었지만 흥분한 목소리였다.

모니카와 클레어는 불안하게 그 모습을 지켜보았다. 루르드의 베르나데타처럼 종교적인 현신이라도 목도한 것인가? 그럼 레리니의 성녀 실비가 되려나?

실비의 시선을 따라가 보았지만 보이는 거라고는 조그만 탁자 위에 신발을 놓고 팔고 있는 중년 여자뿐이었다.

"저 사람 몇 살로 보여?"

실비가 속삭였다.

모니카와 클레어는 실비를 자리에 앉혀야 하는 것이 아닐까 생각하며 고개를 저었다.

"모르겠는데."

클레어가 짐작으로 말했다.

"쉰 살? 예순 살일까?"

"자세히 봐. 손을 보라고, 분명 일흔은 됐을 거야."

"그런데 뭐가 기적이야?"

실비는 돌아서더니 눈앞에서 물이 포도주로 바뀌었는데 그것도 못 알아보느냐는 표정을 지었다.

"당연히 저 머리카락이지! 완전히 작품이야!"

두 사람은 어깨까지 오는 좌판 주인의 머리카락을 쳐다보았다. 멋지긴 하지만 기적이라는 생각까지는 들지 않는 머리카락이었다.

"자세히 보라고. 흰머리를 갈색으로 염색했는데 태어나서 본 것 중 가장 자연스러워. 그리고 군데군데 금발로 탈색한 저 머리카락은 어떻고! 어지간한 금박 세공사는 흉내도 못 내겠어! 꼭 타고난 진짜 금발 같잖아! 굉장해!"

그즈음엔 기적적인 머리카락의 주인도 자신이 이 경이에 가득한 관심의 대상임을 알아차린 뒤였다.

"시뇨라!"

실비가 한 발 앞으로 나섰다.

"한 말씀 드려도 될까요? 제가 이제껏 본 것 중 가장 아름다운 머리를 하고 계세요!"

좌판 주인은 이런 호들갑이 낯설지 않다는 듯 고개를 꾸벅 숙여 절했다.

"이 숨 막히게 아름다운 작품을 만든 분이 누구인지 알 수 있을까요?"

좌판 주인이 몸을 돌리더니 약간 허름해 보이는 미용실을 가리켰다. 화요일마다 노인들에게 할인된 가격으로 파마를 해주는 그런 미용실이었다.

"모니카,"

실비는 여전히 상기된 얼굴이었다. 소박한 소작농들이 그 얼굴을 보았다면 성모 마리아가 정말로 베르나데타 앞에 모습을 드러냈으리라 믿을 지경이었다.

"따라와, 머리하자."

"하지만…."

모니카가 초조하게 항변했다.

"카프리는 어쩌고?"

"카프리는 다음에도 갈 수 있잖아."

"어차피 나는 돈도 없어. 평소에 머리는 직접 자르거든."

"그렇겠지."

실비가 말했다.

"돈은 내가 내."

모니카는 가만히 생각해보았다. 실비가 지금 하려는 일이, 엄마가 늘 그랬던 것처럼 모니카가 바라는 바를 무시하는 처사는 아닐까? 그 순간, 여태 엄마가 강요하던 것 중 모니카를 위한 것은 하나도 없었다는 사실을 깨달았다. 모니카는 좌판 주인의 기적 같은 헤어스타일을 다시 한번 바라본 뒤 실비를 따라 초라한 미용실 안으로 들어갔다.

모니카의 이탈리아어 실력이 유창했는데도 실비는 온갖 손짓 발짓으로 15분이나 원하는 머리 스타일을 설명한 끝에 결국은 아까 그 좌판 주인을 데려와서까지 정확히 어떤 머리 모양을 원하는지를 보여주었다.

"여러분, 지금 당장 나가주세요! 이렇게 많은 사람이 제 살롱 안에 있는 상태로는 머리를 만질 수가 없다고요!"

미용사의 손에 함께 쫓겨난 실비는 화가 머리끝까지 났다.

"저 안에 근사한 식당이 하나 있답니다."

미용사는 카타콤 안쪽 깊숙한 곳을 가리켰다.

"로즈마리나가 보냈다고 하세요."

"옛날에 기독교 신자들을 포동포동 살찌워놓고 잡아먹으려고 가둬놓은 곳 같은데."

클레어가 중얼거렸다.

"뭐, 이번에도 조카 아니면 육촌이 하는 곳이겠지."

로즈마리나라는 이름을 말하자 모든 것이 일사천리였다. 요리사가 미소가 만발한 얼굴로 물었다.

"시간이 얼마나 있습니까? 머리를 감고 드라이를 할 건가요, 아니면 머리를 자르고 콜로레를 하나요?"

"정확히 이름은 모르겠는데요."

모니카가 통역했다.

"시장에서 신발 좌판을 하시는 분 같은 머리로 부탁해요."

"아, 실비아 얘기군요."

요리사는 고개를 끄덕였다.

"*리플레시 도라티*. 금색 하이라이트를 하나 보군요. 그럼 두에 오레, 두 시간은 걸릴 겁니다."

"하이라이트가 이탈리아어로 뭔지도 배웠네."

클레어가 낄낄 웃었다.

"어머나, 마실 것도 가져다주네."

"직접 만든 리몬첼로*인데, 탄산수를 섞어 희석시킨 거라 그리 독하지 않답니다. 맛이 아주 좋아요."

두 사람은 반신반의하며 리몬첼로를 맛보았다. 생각과 달리 상큼하고 맛있었다.

"여기 메뉴입니다."

전채요리로 튀김옷을 입힌 작은 문어가 조금 나왔다. 너무나 맛이 좋았다.

"와, 이 식당 물건인걸."

클레어는 이 식당에서 두 시간 내내 머무르느라 실비가 벨베데레 그랜드 호텔에 가보고 싶은 충동을 잊길 바랐다. 최소한 이 식당은 토니와 킴벌리 같은 사람들이 점심을 먹으러 올 만한 곳이 아닌 것 같았으니까.

두 사람의 넋을 더 빼놓은 것은 벽에 뚫린 구멍으로 보이는 주

---

* 레몬 껍질로 만든 이탈리아 전통 담금술.

227

방에서 코스별로 차례차례 나오는 요리였다. 이제 서서히 익숙해지고 있는 부라타 치즈에 이어 사프란 향이 밴 홍합 수프, 그리고 두 사람이 이제껏 맛본 것 중 최고인 해산물 리소토가 나왔다. 클레어가 이탈리아 사람들은 전 세계 어디서나 먹는 티라미수나 자발리오네* 말고는 디저트로 뽐낼 만한 음식이 없다고 말하려는 순간 패션프루트로 만든 소르베 위를 크리스마스에 나오는 동전 모양 초콜릿을 담는 망 주머니처럼 가느다란 초콜릿 가닥으로 장식한 디저트가 나왔다.

두 사람은 조그만 잔에 담긴, 눈에 눈물이 고일 정도로 진한 에스프레소와 아몬드 비스킷으로 입가심하며 시계를 보았다.

실비가 손목시계를 확인했다.

"이제 가서 기적이 잘 진행되고 있는지 지켜볼까?"

식당 주인이 터무니없이 적은 금액이 찍힌 계산서를 내밀자 두 사람은 후한 팁을 얹어주었다.

"고마워요, 굉장한 식사였어요!"

하지만 그보다 더 굉장한 것은 미용실에서 두 사람을 기다리고 있는 장면이었다. 미용사가 모니카의 머리 손질을 끝낸 뒤에 10분쯤 들여 메이크업까지 해주었던 것이다.

미용사가 미용 가운을 획 걷어내자 새로 산 시프트 드레스에 목걸이를 하고 얼굴에 살짝 화장을 한 모니카가 멋진 머리를 하고 나타났다. 두 시간 사이에 모니카는 우아하고 멋스러워졌을 뿐 아니라 조금 이탈리아풍으로 바뀌어 있었다. 새로운 헤어스타일이 모니카에게 미친 영향은 놀라울 정도였다.

* 커스터드 비슷한 디저트.

"세상에, 우리가 알던 모니카가 아니라 완전히 모니카 벨루치네! 당장이라도 본드걸로 캐스팅되겠어."

"안 되겠는데."

모니카가 씩 웃었다.

"일주일에 한 번씩 도서관 봉사활동을 하니까 그 제안은 거절해야 될 것 같아."

"역시 우리가 알던 모니카가 맞네!"

클레어가 모니카를 끌어안았다.

"변해버린다면 정말 실망할 거야."

한편 클레어는 조반니가 모니카를 맞이할 때 놀라 까무러칠 것 같은 표정에 재미있어 죽을 것 같았다. 마치 미용실에 성령이 내려와 모니카의 몸에 깃들기라도 한 것처럼 숭배에 가까운 표정이었다.

"조심해, 갑자기 치맛단에 입이라도 맞출라."

클레어가 속삭였다.

모니카의 아름다움에 보답이라도 하듯 조반니는 빌라 레 시레누세를 향하는 내내 시속 50킬로미터로 조심스럽게 운전했다. 심지어 관광버스를 안쪽 차선으로 추월하지도 않았다.

"이야, 안전운전을 수호하는 성녀 모니카 납셨네."

실비가 기뻐했다.

"이 동네에는 내 추종자가 별로 없나 본데."

모니카가 아래에 펼쳐진 300미터는 되는 골짜기는 아무렇지도 않다는 듯 번개처럼 옆을 스쳐가는 오토바이를 가리키며 말했다.

빌라로 돌아가자 그보다 더한 격찬이 기다리고 있었다. 비어트리스와 이마쿨라타가 두 손을 마주 잡았고, 테라스에 앉아 있던 앤절라는 일어나며 휘파람을 불었다. 그런데 앤절라는 이제까지 테라스에 25도의 기온에도 불구하고 러시아제 모피 코트를 걸친 남자와 함께 있었던 모양이었다.

남자가 일어나서 그들에게 인사를 건네자 그가 입고 있던 바닥까지 질질 끌리는 길이의 이국적이고 값비싸 보이는 트렌치코트가 한눈에 들어왔다. 그 코트에 달린 커다란 주머니에서 눈이 반짝거리는 털북숭이 짐승의 하얀 머리통이 쏙 나왔다.

"모니카, 클레어, 실비. 콘스탄틴 오플래허티 씨를 소개할게."

실비는 예전에 조수로 일했던 알레산드로에게서 근처에 사는 유명인사이자 은둔자인 콘스탄틴 이야기를 이미 들어 알고 있었다. 하지만 클레어와 모니카에게는 현존하는 가장 유명하면서도 괴짜로 소문난 화가가 바로 옆집에 산다는 건 금시초문이었다.

"그럼 이 친구는…"

모니카가 콘스탄틴과 악수하며 주머니 속의 개에 대해 물었다.

"헤티라고 해. 진짜 이름은 스파게티인데 줄여서 헤티라고 부르지. 볼로냐 출신이거든."

왠지 개를 주머니에 어째서 넣고 다니느냐고 물은들 소용없을 것 같았다.

"요 깜찍한 녀석이 도망갔는데 이 집 정원사가 찾아주었지 뭐야?"

그가 루이지를 가리켰다. 루이지는 콘스탄틴의 손가락질을 받았다는 것을 깨닫자마자 성호를 그었다.

"*시뇨르** 루이지는 동성애자를 받아들이지 못해서 저래. 아마 동성애가 전염병 같은 것이라고 생각하지 않을까 싶어."

---

* 남성을 부르는 존칭.

"조반니는 걱정할 필요 없겠네."

클레어가 킥킥 웃었다.

"조반니라니?"

콘스탄틴이 기대를 품은 눈으로 주변을 둘러보았다.

"정원사 보조랍니다. 왕성하기 짝이 없는 이성애자죠."

"정원사 보조라면 아직 희망이 있네. 루이지를 보니까 최악의 사태도 상상되긴 하지만 말이야."

"여기 살고 계시나요?"

실비는 신문의 컬러 부록에 실렸던 콘스탄틴에 대한 기사에서 무엇을 읽었는지 열심히 떠올리며 물었다.

"맞아. 내가 깃들 독수리 둥지를 찾았지."

그러면서 콘스탄틴이 나무 사이로 보이는, 해수면에서 수백 미터 고도의 절벽 위에 지은 것만 같은 특이하게 생긴 집을 가리켰다.

"문명에서 가까우면서도 멀리 떨어진 이 집을 보자마자 당장 사지 않았겠나? 오지인 동시에 불편한 것 하나 없는 곳이거든."

"그럼 작업실도 거기에 있나요?"

"물론이지. 나는 르노 자동차를 조립하는 로봇만큼이나 현대식이라고. 생산 라인을 만들어놨으니까 앞으로 평생 윤곽선 안에 색칠만 하면서 살면 돼."

진심인지 아니면 실비의 말도 안 되게 시시한 질문에 종지부를 찍으려는 대답인지 알 수 없었다.

콘스탄틴은 익살스럽기 그지없는 표정으로 실비에게 웃어보였다.

"내가 원래 사람들 당황시키는 걸로 악명이 높아."

"축하드려요."

모니카가 회초리처럼 재빨리 받아쳤다.

"그 명성에 걸맞게 행동하고 계시네요."

"헤티가 길을 잃는 바람에 콘스탄틴 씨가 찾으러 오셨어."

앤절라가 설명해주었다.

"다행히도 비어트리스가 머리를 써서 닭 간을 밖에 내놨더니 금방 나타났지 뭐야."

"개 전용 요리사가 없다니 놀랍네요."

모니카가 한마디 했다.

"없긴, 당연히 있지. 그래도 덕분에 잠시 산책도 즐겼어. 게다가 네 분의 영국인 숙녀 이야기가 동네에 자자해서 궁금하기도 했어. 자기들 덕분에 란짜렐라가 아주 떠들썩하다고."

"란짜렐라에 나가본 적도 거의 없는데요."

클레어가 의문을 표했다.

"바로 그래서 다들 자기들이 이 산꼭대기 요새에 꽁꽁 숨어 무엇을 하는지가 궁금한 거지. 그리고 그 수수께끼의 스티븐도 말이야."

"스티븐은 여기 없어요."

콘스탄틴이 프란치아코르타를 한 모금 마셨다.

"맞아. 거의 모습을 드러내지 않는 스티븐을 이 동네 주민들은 항상 궁금해하고 있거든."

그 말에 네 사람은 서로를 바라보았다. 어쩐지 이 흥미로운 이웃에게는 스티븐이 레 시레누세를 호텔로 만들 가능성을 재어본다는 사실을 이야기해선 안 될 것 같다는 생각이 본능적으로 들었던 것이다.

"당연히 이곳 주민 중 스티븐이 받았다는 매력적인 제안을 모르는 사람은 아무도 없어."

"무슨 제안 말씀이시죠?"

앤절라가 스핑크스 같은 미소를 띠고 말했다. 분명 비어트리스는 몰랐던 것 같은데.

"호화 호텔을 또 하나 만들어보자는 제안 말이야."

콘스탄틴이 헤티의 머리통을 쓰다듬었다.

"란짜렐라에 이미 하나 있는 걸로는 성에 안 차나 보지."

"그게 사실이라면 콘스탄틴 씨로서는 상당히 거슬리시겠어요."

모니카가 떠보았다.

"당연히 그렇지. 또, 듣기론 자기들은 각기 다른 이유로 이곳에 왔다지? 실연의 상처와 다친 자존심을 돌보고, 치유의 햇살을 가득 쐬려고 말이야."

"도대체 우리에 대해 어떻게 이렇게 많이 알고 있으세요?"

클레어가 도전적으로 물었다.

"당황하진 마. 딱히 특별히 관심이 있어서는 아니야. 난 뭘 모르고 지내면 성에 안 차서 늘 열심히 알아보거든. 가십을 지껄이거나 가십을 이용하는 것과는 다르지. 그 차이를 알겠어?"

"아는 것이 힘이다?"

클레어가 물었다.

"아니, 그런 건 아냐."

"아는 것이 방어다?"

모니카가 물었다.

"자기는 똑똑하네."

"그럼 저도 반가운 마음으로 댁을 방문해도 될까요?"

모니카는 과욕이라는 것을 알면서 밀어붙여보았다.

"전 예전부터 예술이란 과대평가되었다는 생각을 가지고 있었답니다."

말도 안 되는 거짓말이었기에 세 사람은 동시에 모니카를 바라보았지만 콘스탄틴 오플래허티는 그 말에 헤티가 주머니에서 펄쩍 뛰어나와 도망칠 정도로 껄껄 웃어댔다.

"그렇게까지 부탁하는데 거절한다면 내가 아주 막돼먹은 사람이 되겠는걸?"

"그런 걸 걱정하시는 분이셨어요?"

"당연히 아니지."

콘스탄틴이 다시 한번 웃었다.

"한번 찾아와주면 즐겁겠어, 모니카. 안 그래? 나중에 정식으로 초대장을 보내도록 하지. 그럼, 모두 고맙고, 또 헤티 때문에 불편을 겪게 해서 유감이야."

콘스탄틴이 집 옆길을 따라 슬슬 걸어가 우거진 털가시나무 숲속으로 사라지자 클레어가 입을 열었다.

"분명 개도 일부러 내보낸 거겠지."

"당연히 그렇겠지."

모니카가 키득키득 웃었다.

"정직하지도 않고 속임수도 쓰네."

"하지만 넌 저 사람이 맘에 든 거 아니야? 저 사람도 너한테 관심 있는 것 같고 말이야. 그레이트 미셴든의 생쥐 모니카가 웬일이야?"

*

클레어는 비어트리스의 조카가 운영한다는 레몬밭을 방문할 준비를 하면서도 이 모든 것이 말도 안 된다는 생각을 억누르려 애썼다. 애초에 타르트에 쓸 레몬 한두 개만 따다 쓰면 될 일이었다. 모니카가 폼페이 여행을 하자고 했을 때, 클레어도 차라리 폼페이에 가보고 싶었다. 레리니에 갔을 때 작은 골프 카트들에 루카의 레몬밭 광고판이 붙어 있는 걸 봤지만, 솔직히 말하면 전부 관광객에게 바가지를 씌우려는 술수로 보였다.

그럼에도 클레어는 버스 시간표를 살펴보았고, 그러면서 이런 자신이 마틴을 닮아가는 게 아니라고 생각하려 애썼다. 이곳에서는 택시 사고로 죽거나 조반니가 모는 차를 타는 신세를 피하려면 버스 시간표를 잘 확인해야 했다. 마틴을 떠올리자 죄책감이 들었다. 요 얼마간 마틴은 이상하리만큼 감감무소식이었다. 어쩌면 에반과 벨린더와 이야기를 잘 마친 덕에 마틴의 생활이 다시금 문제없이 흘러가고 있는 건지도 모른다. 클레어는 꼭 그랬으면 좋겠다고 생각했다.

루카의 레몬밭은 옆 골짜기 가파른 곳에 위치해 있어서, 레리니에서 또 한 번 버스를 타고 손잡이를 붙잡은 손마디가 새하얘질 정도로 아슬아슬한 여정을 거쳐 가야 했다. 그런데 클레어는 머리카락이 주뼛 서는 이 아찔한 버스가 상당히 재미있어졌다. 이 지역의 버스 기사들은 절벽의 지돌잇길이며 아찔한 급커브길을 기억 속에 문신으로 새겨놓은 것처럼 환히 아는 것만 같았다. 이제 앞이 전혀 보이지 않는 모퉁이를 돌기 전 어느 타이밍에 경적을 울릴지도 슬슬 감이 왔고 이제는 버스가 움직이는 내내 손잡이에 매달릴 필요도 없었다.

버스는 해변가 바로 옆 마을인 마조레의 해안에 정차했다. 비어트리스에게 받은 주소를 찾아 10분 정도 걷자 마을을 끝까지 가로

질러 간 곳에서 목적지가 나타났다.

커다란 나무 문을 열자 리몬첼로 가게가 나타났다. 강렬한 레몬술의 냄새가 풍기는 가운데 머리로 상상할 수 있는 온갖 모양의 병에 달린 리몬첼로가 눈에 들어왔다. 젊은 여자가 나타나 클레어를 맞았다.

"저는 루카의 사촌 파비엘라예요."

"여기서는 다들 누구의 사촌이거나 조카군요."

클레어는 그렇게 말하면서 무례하게 들리지 않았길 바라며 미소를 지었다.

"이탈리아는 영국에 비해 가족 중심 문화거든요. 사업에서도 마찬가지고요. 특히 우리 가문의 경우는 더 그렇답니다. 5대째 레몬을 키워왔거든요. 그런데 큰 문제가 생겼어요. 루카가 말해줄 거예요."

난 그냥 타르트 만들 레몬만 사면 되는데, 하고 클레어는 생각했지만 파비엘라는 어느새 클레어를 이끌고 오래된 사진이며 레몬 농사에 썼던 옛 유물들이 가득한 어두컴컴한 곁방으로 들어갔다.

아마 30년대에 찍힌 것 같은 빛바랜 사진 한 장이 클레어의 눈에 들어왔다. 레몬을 잔뜩 담은 커다란 바구니를 지고 배에 실으러 가는 한 여자의 사진이었다.

"바구니 하나당 57킬로그램의 레몬을 담았답니다."

파비엘라가 알려주었다.

"이 바구니를 등에 지고 나르는데, 그날 하루 몇 번 왕복했느냐에 따라 보수를 주었지요."

클레어는 사진에 나온 것과 똑같이 생긴 바구니들이 방 안에 쌓여 있는 모습을 보았다. 그중에서도 특히 조그만 한 칸이 더 달려 있는 바구니가 눈에 들어왔다.

"*밤비노*어린아이를 태우는 부분이랍니다."

파비엘라의 설명이었다.

클레어는 신기해서 그 바구니를 한참 쳐다보았다. 그런데도 요즘 젊은 여자들은 아이 키우기가 힘들다니!

"아침이면 레몬에 상처를 내지 않도록 손톱 검사를 했답니다. 레몬은 껍질이 아주 중요하거든요. 손톱에서 레몬 향기가 나면 크게 혼났어요. 자, 이제 레몬이 자라는 모습을 보러 갈까요?"

파비엘라가 문을 열자 찬란한 햇살과 함께 레몬꽃의 어마어마한 향기가 쏟아져 들어왔다. 그러나 그보다도 클레어를 놀라게 한 것은 거의 수직에 가까울 정도로 가파른 산 위로 가느다랗게 이어진 레몬밭의 모습이었다. 산양이 아니고서야 도저히 저기까지 어떻게 올라갈지 모를 지경이었다.

"모든 것은 수작업으로 이루어진답니다."

파비엘라는 레몬밭을 향해 손짓하더니 레몬꽃의 강렬한 향기를 흠뻑 들이마셨다.

"*라 자가라*, 즉 레몬꽃의 향기가 나면 곧 여름이 온다는 말이 있지요."

클레어는 레몬나무 아래 서서 레몬이 잔뜩 달린 이 나무에 레몬꽃도 함께 피어 있다는 사실을 신기해하며 바라보았다.

"꽃이 열매가 되는 거예요."

파비엘라가 레몬나무 쪽으로 몸을 기대며 작고 하얀 레몬꽃의 향기를 맡았다.

"저희는 유기농 농법을 쓴답니다. 농약을 쓰지 않고 천연 비료만 사용하지요. 하지만 농약 사용도 아랑곳하지 않는 생산자들과 경쟁하기가 참 어려워요. 저희한테는 힘든 문제예요."

"*챠오, 파비엘라. 시뇨라*는 레몬을 가지러 오신 거지 눈물 나는
사연을 들으러 온 것이 아니라고!"

그 목소리에 뒤를 돌아보자 두 남자가 다가오고 있었다. 한 사람
은 여든은 되어 보이는 노인이었는데 평생 바깥일을 한 덕에 피부
가 그을리고 거칠었고 눈빛에는 장난기가 감돌았다. 다른 한 명은
나이를 짐작하기가 어려웠다. 농사일을 할 때 입는 작업복 차림이
었음에도 의외의 매력과 품위를 풍겼는데, 그래도 아마 자신과 동
년배가 아닐까 하고 클레어는 짐작했다.

파비엘라에게 말을 건 것은 둘 중 더 젊은 사람이었다. 그가 손
을 내밀었다.

"저는 비어트리스의 조카 루카입니다. 우리 레몬 정원에 오신
것을 환영합니다. 여기서는 영국에서처럼 레몬밭이라고 하지 않
고 레몬 정원이라고 부르지요."

"*에 안케 파라디지.*그리고 낙원이라고도 부르지."

노인도 덧붙였다.

"처음 이곳에 레몬을 심은 아랍인들은 세상의 소음에서 떨어진
이곳을 낙원이라고 부르기도 했지요."

클레어는 여전히 레몬의 새큼한 향기를 들이마시며 주변을 둘
러보았다.

"왜 낙원인지 잘 알겠는걸요."

"잠시 차라도 한잔하시겠습니까?"

"감사해요, 정말 좋군요."

클레어는 루카를 따라 가파른 비탈을 내려오다가 발이 삐끗할
뻔했지만 루카가 손을 단단하게 잡아준 덕분에 넘어지지 않았다.

"이렇게 높은 곳에 레몬밭이 있다니 정말 신기하네요."

클레어는 창피한 걸 숨기려고 얼른 입을 열었다.

"한 뼘의 땅도 낭비하면 안 되니까요."

그렇게 대답하는 루카는 마치 심각한 이야기를 일부러 가벼운 어조로 내뱉는 것처럼 애써 미소를 지었다.

클레어는 레몬밭, 아니 레몬 정원이 내려다보이는, 등꽃과 레몬꽃 그늘 속 작은 부엌이 딸린 향기로운 테라스로 루카를 따라와 앉았다.

"요리 수업을 신청한 관광객들에게 수업을 해주는 장소입니다."

"하루에 투어는 몇 번이나 있지요?"

그렇게 질문하면서 혹시 클레어는 방금 한 질문이 주제넘은 것은 아니었을까 하는 생각이 들었다. 사실 레몬을 사러 왔을 뿐인 클레어였지만, 이상하게도 파비엘라의 솔직한 태도, 그리고 걱정을 숨기려는 듯한 루카의 정중한 말투로 미루어 짐작했을 때 이들이 자신의 질문을 무례하게 받아들이지는 않을 것 같았다.

"보통 한 번, 가끔은 두 번입니다."

투어 요금이 얼마인지는 물어보지 말고 나갈 때 전단지를 하나 챙겨가야겠다고 클레어는 생각했다.

곧 파비엘라가 커피, 그리고 클레어가 태어나서 먹어본 것 중 최고로 맛있는 레몬 케이크를 가지고 왔다. 오븐에서 갓 꺼낸 것 같은 진한 레몬 드리즐 케이크로, 빵 부분은 따뜻했고 레몬은 입에서 살살 녹았다.

"비어트리스 숙모가 요리사라고 말씀하시던데요."

클레어는 겸손하게 웃어 보였다.

"저는 출장요리사예요. 다른 사람들의 파티에 내는 음식을 만든

답니다."

"그 일이 마음에 드시나요?"

"대체로는 좋아요. 진상 손님을 만날 때만 아니라면요."

클레어는 지금까지 몇 주나 잊고 있었던 브룩 스트리트에서의 일, 그리고 사타구니에 커피를 쏟아버릴 정도로 짜증나던 애송이 녀석을 떠올렸다.

"당신은요?"

그렇게 묻고 나서야 클레어는 이 질문이 위험할 수도 있다는 생각을 했다.

"당신은 이 일이 좋은가요?"

"*에 라 미아 파시오네!* 이 일은 저의 열정입니다. 작년까지 저는 변호사 일을 하며 온 세상을 돌아다녔지요. 커다란 집에 살고, 휴가를 갈 때는 큰돈을 들였습니다. 그런데 아버지가 오셔서 이렇게 말씀하셨던 겁니다. '네가 물려받지 않으면 우리 가문의 가업이 죽어버릴 거야!'"

"힘든 결정이었겠네요."

루카는 그 말에 고개를 젓더니 한참 말이 없었다.

"제 아내는 힘들었을 겁니다. 제 자식들도요. 하지만 저는 아니었습니다."

루카의 입에서 아내라는 말이 나오니 이상하게도 살짝 실망스러웠다. 우습기 짝이 없는 일이었지만 말이다.

"어떻게 이런 마음을 먹으셨나요?"

"그 당시 저는 스스로가 더는 젊지 않다는 사실을 깨달았습니다. 늙지는 않았지만 지금까지 내가 이룬 것이 무엇인지, 인생의 가치는 무엇인지, 중요한 것이 돈인지, 아니면 그보다 더 큰 어떤 것인지 하는 의문이 들었던 때죠."

루카가 테이블 위, 클레어를 향해 상체를 기댔다.

"*키아라*, 당신도 이런 기분을 느껴본 적이 있나요?"

어느새 루카는 클레어의 이름을 이탈리아식으로 발음하고 있었는데, 클레어의 생각에는 아마 속마음을 털어놓는 시간이기 때문에 그렇다는 느낌이 들었다.

"당신만큼은 아닐 거예요. 당신같이 커다란 결정을 내릴 일은 아직 없었으니까요. 하지만, 물론 고리타분한 표현이겠지만, 인생의 의미는 고작 이것뿐일까 하는 실망감을 느껴본 적은 있답니다."

클레어는 마틴, 그리고 에반과 벨린더를 볼 때 느끼는 짜증스러운 심정을 생각하다가 루카가 이탈리아인에게 흔치 않은 새파란 눈으로 자신을 빤히 바라보고 있다는 사실을 깨닫고 눈길을 피했다.

"어쩌면 그런 생각 때문에 제가 여기 온 것인지도 몰라요."

"인생에서 탈출하신 거군요?"

사실 클레어는 그런 식으로는 생각해본 적이 없었다. 탈출이라니, 불편한 생각이었다.

"그러면 루카 씨는 레몬을 택하신 거군요."

클레어가 조용히 물었다.

"그렇습니다. 저는 레몬을 택했지요. 제 아내는 다른 부유한 사업가를 택했고요. 아이들도 아내를 따라갔습니다. 아이들을 탓할 일은 아니지요. 레몬 농부로 사는 새로운 인생에서는 더 이상 아이들을 비싼 사립학교에 보낼 수도 없고 아이들에게 익숙한 호화로운 휴가에 데려갈 수도 없으니까 말입니다. 그래도 딸은 계속 만난답니다."

간결하고 감정 없는 목소리를 들으니 루카의 상처가 얼마나 깊은지 느껴져서, 클레어는 조금이라도 그 상처를 덜어주고 싶었다.

"그럼 레몬 농장을 다시 일으키기 위해 앞으로 어떻게 하실 건가요? 아니, 혹시 너무 사적인 질문이려나요? 제가 너무 꼬치꼬치 캐묻는 건 아니죠?"

"관심을 가져주시다니 고마운걸요. 저희 수입원은 세 가지입니다. 하나는 레몬인데, 유기농으로 재배하기 때문에 품질은 뛰어나도 가격 측면에서는 경쟁력이 없습니다. 다른 하나는 레몬 투어, 그밖에는 리몬첼로 판매로 수익을 얻지요."

클레어는 냉철한 사업가는 아니었지만 그래도 이 루카의 계획은 가업을 일으키고 아버지의 생활 기반을 마련하는 동시에 앞으로 가문 전체에 보탬이 되기에는 너무 미약해 보였다.

다행히 그때 루카의 아버지가 눈부시게 아름다운 소녀의 어깨에 팔을 두르고 나타났기에 클레어가 더 이상 무슨 말을 덧붙일 겨를이 없었다.

"*에코 비앙카!*이 아이는 비앙카입니다"

루카의 아버지를 보니 정원에 세워 놓는 쾌활한 땅속 요정상이 떠올랐다.

루카가 벌떡 일어났다.

"비앙카! 카리씨마!사랑하는 딸아 소식도 없이 웬일이냐?"

딸이 나타나는 순간 루카의 태도가 완전히 바뀌었다. 그가 클레어를 향해 돌아섰다.

"제 딸 비앙카입니다. 이쪽은 *키아라*란다. 빌라 레 시레누세에 묵고 계시는데, 레몬에 관심이 많으시대."

비앙카가 클레어를 평가하듯 재빨리 위아래로 훑어보았다. 스타일리시한 것과는 거리가 먼 옷차림에 머리도 헝클어져 있는 클레어가 아버지의 관심을 끌 만한 여자가 아니라고 판단한 듯했다.

"이제 가봐야겠어요."

클레어가 그렇게 말한 뒤 루카를 향해 미소를 지었다. 나가는 길에 리몬첼로를 몇 병 산 뒤, 길가에 서서 버스 정류장까지 가는 가장 빠른 길을 찾아보고 있는데 갑자기 루카가 갈색 종이봉투를 들고 다시 나타났다.

"비어트리스 숙모 말씀으로는 레몬이 필요해서 오셨다고 들었는데 말입니다."

그러고 보니, 루카의 이야기에 홀딱 빠져 있느라 애초에 레몬 정원을 찾아온 목적을 잊고 있었다.

"아, 맞아요."

클레어는 간신히 작은 목소리로 대답했다.

"얼마를 드리면 될까요?"

"레몬 값 말씀이세요?"

루카를 쳐다보지 않고도 그가 얼마나 이 순간을 재미있어하는지 알 수 있었다. 두 사람은 레몬이 잔뜩 열린 커다란 나무 아래 서 있었다.

"사업이 썩 흥하는 건 아니지만 레몬 몇 개쯤 그냥 드릴 여유는 있지요. 대신 작은 부탁 하나 드리고 싶습니다. 골짜기 반대편 레몬 정원을 보러 한 번 더 오시지 않겠습니까? 그곳은 아주 특별하답니다. 구경한 다음에 점심 식사를 함께하고 싶습니다."

클레어는 넋이 나간 듯 레몬 봉지를 움켜쥐고 해안가의 버스 정류장을 향해 갔다. 현지인들은 쇼핑을 하고 카페에 앉아 에스프레소를 마셨고, 아이들은 이리저리 뛰어다니며 엄마에게 아이스

크림을 사달라고 졸라댔고, 검은 옷을 차려입은 할머니들은 한담을 나누거나 발코니에 빨래를 널고 있었으며, 젊은 남자들은 아침 햇살 속에서 음악을 크게 틀어놓고 차창을 내린 채 모른 척 지나가는 젊은 아가씨들의 관심을 끌겠다고 애를 쓰고 있었다. 그러나 버스를 기다리는 클레어의 눈에 이런 모습은 하나도 들어오지 않았다.

루카가 특별한 레몬 정원을 보여주고 함께 점심 식사를 하자고 했다. 마틴과 결혼한 이래 남편 없이 혼자 점심 식사 초대를 받는 것은 처음이었다. 그것도 눈부시게 매력적인 이탈리아 남자의 초대라니, 말할 것도 없었다.

그런데 그렇게 속 깊은 이야기를 주고받는 내내 루카는 클레어가 결혼했는지를 묻지 않았다는 생각이 들었다.

루카에게 끌리는 게 사실인 지금, 이 초대에 응해야 할까?

"세상에, 이게 무슨 짓이야, 클레어!"

클레어는 스스로를 엄하게 꾸짖었다. 이탈리아인들이 유혹에 능하다는 건 유명했다. 고작 점심 식사 초대를 그렇게 진지하게 생각할 필요는 없을 것이다.

8

노트 한 권과 아이폰으로 무장한 앤절라는 란짜렐라 호텔 투어를 시작했다. 놀랍게도 부킹닷컴에 등록된 란짜렐라의 호텔은 스무 곳 이상으로, 앤절라가 미로 같은 뒷골목 여기저기 숨겨져 있을 거라고 생각한 개수를 훌쩍 뛰어넘었다. 그러나 이 호텔들은 대체로 빌라 레 시레누세의 경쟁자가 될 만한 호화 호텔이 아닌 소규모 호텔들이었다.

처음으로 살펴본 곳은 옛 수녀원을 개조한 소박하지만 매력적인 호텔이었다. 해변 전망의 객실 몇 개를 포함해 총 열 개의 객실이 작은 분수를 가운데 두고 둥글게 배치되어 있었다. 적은 예산으로 여행하려는 알뜰한 여행자들이 머물 만한 호텔이었다. 앤절라는 자갈이 깔린 작은 길을 걸어 목록에 실린 두 번째 호텔로 갔다. 이번 호텔의 자랑거리는 수영장이 있다는 것이었다. 근사한 해안 전망이 내려다보이기는 해도 실제로 바닷가에 인접해 있지는 않은 란짜렐라에서는 손님을 끌 만한 요소임이 분명했다. 그러나 그 수영장이라는 곳을 직접 보니 다섯 번만 팔을 저어도 반대편 벽에 부딪힐 만큼 작았던 탓에 앤절라는 애써 웃음을 참아야 했다. 객실은 소박하고 깨끗했지만 첫 번째 호텔과 마찬가지로 저가 호텔이었다.

다음으로 찾아간 두 군데 호텔은 입구가 단순하게 생긴 탓에 내부의 웅장한 인테리어는 상상도 할 수 없었지만 호텔 안은 으리으리하다는 말이 딱 어울렸다. 꽃 장식이 화려했고, 바닥 전체는 물론 벽 일부까지도 마감한 새하얀 크림색 대리석은 여름에는 시원할지 몰라도 지금 같은 이른 봄에는 그리 매력적이지 않았다. 그뿐만 아니라 직원이 지나치게 많아 도리어 불편했다. 아마 이런 곳에선 레스토랑에 앉아 있으면 웨이터가 잔이 빌 새도 없이 자꾸만 와인을 채워주면서, 모든 것이 흡족한지를 2분에 한 번씩 물어댈 게 뻔했다. 앤절라는 '서비스'라는 강박에 사로잡혀 고객을 편하게 해주기는커녕 오히려 자꾸 귀찮게 하는 호텔이 많다고 생각했다.

그렇게 열 군데 호텔을 둘러봤지만 머물고 싶은 생각은 단 한 곳에서도 들지 않았다. 앤절라는 마지막으로 리스트 맨 끝에 있는 '그랜드 호텔 델리 데이'를 찾았다. '신들의 호텔'이라. 이 호텔은 부디 이름이 아깝지 않았으면 하는데.

그랜드 호텔 델리 데이는 해변을 내려다보는 높은 지대에 위치하고 있어서 위치 선정이 아주 좋았고 널찍한 정원과 눈부시게 아름다운 수영장도 있었다. 앤절라는 우선 호텔의 얼굴인 바를 향해 직행했다. 리셉션의 응대가 아무리 사무적이라 할지라도 바에서만은 환대받는 기분을 느낄 수 있어야 했다.

그러나 앤절라는 바에 앉자마자 비명이라도 지르고 싶었다. 바 역시 온 사방이 흰색이었다. 흰 소파, 흰 커튼, 흰 바닥. 붉은 와인을 소파 위에 쏟아버리고 싶은 충동이 들었다. 아니면 실비라도 이곳에 풀어놓고 인테리어를 마음껏 뜯어고치라고 하고 싶었다. 이제 와서 생각하니 실비가 고집하는 '오페라 하우스와 매음굴의 만남' 스타일은 비록 앤절라 취향은 아니지만 최소한 란짜렐라 호텔들이 추구하는 북극 같은 폐허와 대비된다는 점 하나만으로도 성공을 거둘 수 있을 것 같았다.

"음료 한 잔 권해드려도 되겠습니까, 마담?"

웨이터가 오성급 호텔에서 일하는 이들 특유의 소름끼치는 말투로 물었다. 앤절라는 '왜요, 한 잔 사시게요?' 하고 톡 쏘아붙이고 싶은 마음을 애써 억눌렀다.

"샴페인 한 잔 부탁해요."

웨이터가 샴페인을 가지고 돌아왔을 때, 앤절라는 그가 심지어 이탈리아인도 아니라는 사실을 흥미롭게 머리에 새겼다.

"혹시 샴페인을 마시면서 호텔 안을 좀 돌아봐도 될까요? 결혼식을 할 만한 장소를 찾고 있거든요."

"물론입니다, 마담. 저희 호텔의 결혼식 카탈로그를 살펴보시겠습니까?"

웨이터는 바 안쪽에서 방대하리만큼 두꺼운 결혼식 카탈로그를 꺼냈다.

"제가 직접 수영장 쪽으로 나가 살펴보는 게 낫겠네요."

찬란한 정오의 햇살 속으로 걸어 나오니 테라스와 수영장 주변에는 아무도 없었다. 앤절라는 테이블에 결혼식 카탈로그를 펼쳐 놓은 뒤 택시 기사가 한 말을 떠올렸다. 5월이 지나기 전에 이탈리아에서 일광욕을 즐기는 건 외국인뿐이라고 했었다. 하지만 이곳에는 외국인이 한 명도 없었다. 덕분에 앤절라가 호텔 내부의 사진은 물론 카탈로그에 실린 내용까지 마음껏 사진으로 찍을 수 있었다는 점은 좋았다.

이 호텔은 화려한 결혼식에 필요한 건 뭐든지 선보일 작정으로 안간힘을 쓴 게 틀림없었다. 어떤 사진에 등장한 결혼식은 정원 전체를 새하얀 수국이 꽂힌 커다란 화병들과 촛불, 하얀 꼬마전구로 장식했다. 수영장에다 디즈니 영화에나 나올 법한 조명을 밝혀놓은 사진도 있었다. 수많은 신부들이 꿈꾸는 그런 결혼식이라는 사실을 인정하지 않을 도리가 없었다. 잊지 말고 소요비용을 확인해야 할 것 같았다.

책자 맨 뒤에는 유용하게도 가격표가 실려 있었다. 그중에서도 맨 앞에 실린 가격은 본식 자체만으로도 정신이 아찔할 정도의 금액이었는데 여기다가 전야 파티에 다음 날 브런치 대금까지 추가하려면 도널드 트럼프쯤은 되어야 할 것 같았다.

빌라 레 시레누세까지 돌아가는 데는 걸어서 10분이 걸렸다. 날씨는 완벽 그 자체였다. 내리쬐는 햇볕은 따갑기보다는 따사롭게 느껴졌다. 절벽 아래로 내려다보이는 물안개 살짝 낀 바다가 찬란하게 빛나고 있었다.

사방에서 새들의 노랫소리가 들렸다.

그러다가 앤절라는 우연히, 두 남녀가 보랏빛 꽃이 핀 등나무 덩굴로 반쯤 가려진 벽에 기대 열정적으로 포옹하는 모습을 목격하고 말았다. 창피스러운 일이었지만 앤절라는 자신도 모르게 발걸음을 늦추고 여자의 치마 밑으로 남자가 손을 밀어넣는 모습을 넋놓고 바라보았다. 여자가 눈을 감더니 벽을 등진 채 남자에게 몸을 밀어붙였고, 등을 활처럼 휘며 비명을 질렀다. 두 사람이 떨어지고 나서야 앤절라는 남자가 다름 아닌 조반니라는 사실을 알아차렸다.

황급히 발걸음을 옮기는 앤절라는 민망했지만 동시에 흥분되기도 했다. 무척 놀라운 한편으로 강렬한 장면이었던 것이다. 문득 스티븐과 함께 섹스의 즐거움에 흠뻑 젖었던 아무것도 모르던 젊은 시절이 떠올랐다. 두 사람 중에서도 특히 앤절라가 섹스를 즐겼고 또 한편으로는 그 안에서 한없는 자유를 느꼈다. 스티븐과 헤어지면서 스티븐과의 섹스도 끝이 났고, 그것이 앤절라의 인생에서 가장 괴로운 일이었다.

물론 세월이 흐르면서 앤절라도 다른 사람들을 만났지만, 감정을 배제한 채 이어졌던 드루와의 관계에서처럼 섹스는 철저히 기능적인 행위에 지나지 않았다. 스티븐과 함께했던 나날을 떠올리니 앤절라는 어쩐지 무척 서글퍼졌다.

빌라 레 시레누세의 입구로 다가가며 앤절라는 언젠가 이런 일로 괴로워지지 않는 날이 오면 좋겠다고 생각했다. 아마 아직은 그럴 나이가 되지 않은 모양이었다.

방으로 가려고 부엌을 지나치는데, 부엌 안이 기분 좋게 떠들썩했다. 밀가루가 잔뜩 묻은 남색 앞치마 차림의 클레어가 이마쿨라타에게 특제 레몬 타르트 만드는 법을 알려주고 있었다. 키가 너무 작아서 벽돌을 밟고 올라서서 클레어의 요리법을 지켜보던 이마쿨라타는 레몬 타르트에 리코타 치즈도 마스카포네 치즈도 들어가지 않는다는 사실을 놀라워했다. 그뿐만 아니라 페이스트리를 초벌구이한다는 사실에도 당황한 듯했다. 그러나 그 무엇보다도 이마쿨라타가 깜짝 놀란 것은 클레어가 아이패드에 저장된 레시피를 열어 보였을 때였다.

"꼭 텔레비전을 보는 것 같네요!"

이마쿨라타는 어안이 벙벙해져 외쳤다.

클레어는 언제나 가지고 다니는 전자저울로 재료를 계량했다. 이마쿨라타는 마치 갈릴레오가 발명한 최초의 망원경이라도 본 것처럼 놀라워하며 클레어가 하는 양을 열심히 지켜보았다.

클레어의 특제 레몬 타르트

반죽

밀가루	250그램
아이싱용 설탕	75그램
버터	180그램
달걀노른자	3개

밀가루, 아이싱용 설탕, 잘게 자른 버터(냉장고에서 갓 나온 차가운 것을 쓸 것)를 볼에 넣은 다음 자잘한 빵가루 질감이 될 때까지 섞는다. (이마쿨라타는 푸드 프로세서를 불신했기에 반죽은 손으로 해야 했다.) 달걀노른자를 넣고 잘 섞는다. 손으로 반죽을 뭉친다. 랩에 싸서 45분간 냉장고에서 숙성시킨다.

반죽을 꺼내 밀대로 밀어서 24센티미터 지름으로 파이 밑바닥을 만든다. 손마디로 꾹꾹 눌러서 모양을 잡되 꼭 반듯한 모양이 나오지 않아도 된다. 반죽이 부풀지 않게끔 포크로 구멍을 뚫어 유산지를 올리고 누름돌로 누른 뒤 필링을 채우기 전에 150도 오븐에서 20분간 초벌로 구워서 페이스트리 쉘을 완성한다.

필링

버터	300그램
정제 설탕	300그램
달걀	6개
달걀노른자	9개
레몬즙	130밀리리터
갈아낸 레몬 껍질	6개 분량

레몬 껍질과 레몬즙, 설탕과 버터를 팬에 넣고 버터가 살짝 녹을 때까지 섞되 버터가 너무 뜨거워지면 나중에 달걀을 넣을 때 뭉치니 주의한다. 달걀을 섞은 뒤 팬에 넣는다. 혼합물이 커스터드 농도가 될 때까지 중불에서 가열한 다음에 살짝 저은 뒤(주의: 레몬 타르트의 왕 알베르 루의 조언에 따르면 커스터드를 지나치게 오래 저어서는 안 된다) 페이스트리 선 위에 붓는다. 먼저 절반을 채운 다음, 가능한 한 끝까지 채운다. 맨 윗면이 익을 때까지 150도 오븐에서 40분에서 50분간 굽는다. 식힌 뒤 아이싱용 설탕을 듬뿍 뿌린 다음 윗면을 토치로 그을려 마무리한다. 그릴 아래에 놓고 구워도 되지만 페이스트리가 탈 수도 있으니 되도록 토치를 사용할 것.

"좋아, 근데 토치는 어디서 구하지?"

루이지의 오두막에 토치가 있을 것 같다고 했다.

토치에 불을 붙이려던 순간 이마쿨라타는 *"아이!"* 하고 외치며 가로막았다.

*"에 페리콜로소!*위험하다고요*"*

그러나 클레어는 꿋꿋했다.

"조반니 옆에 있는 것보다 위험할 리가 있겠어요?"

"시뇨라 키아라, 왜 타르트를 두 개나 만들지요?"

이마쿨라타가 물었다.

클레어가 미소를 짓더니 타르트 하나를 이마쿨라타에게 건넸다.

"모두 함께 나눠 드시라고 하나 더 만들었답니다."

이마쿨라타는 성체라도 받들듯이 경건한 손짓으로 타르트를 받아들었다.

비어트리스가 이미 테라스에 저녁 식사를 차려놓은 뒤였다. 모니카는 새로 산 바지에 원래 가지고 있던 상의 중 제일 좋은 것을 갖춰 입고 먼저 내려왔다. 와인을 한 잔 마신 다음 바다를 바라보았다. 해가 막 저물어 테라스와 정원에 부드러운 분홍빛 석양이 비치고, 바다에는 낮의 단단한 지평선을 보이지 않는 손가락으로 부드럽게 문질러 지운 것처럼 은은한 물안개가 피어오르고 있는 아름다운 저녁이었다.

요리 시범을 보이느라 묻힌 밀가루를 깨끗이 닦은 클레어가 다음 차례로 모습을 드러냈다. 모니카는 클레어를 자세히 살펴보았다. 클레어도 어쩐지 저무는 햇살처럼 반짝이고 있었다. 흥미로운걸.

"부엌에서 요란 법석을 떨었다는 이야기는 들었어."

그 말에 클레어가 웃음을 터뜨렸다. 온 식구를 보살펴야 한다는 부담 때문에 찌들어 있던 예전과는 사뭇 다른 모습이었다.

"맞아. 21세기의 조리 기구를 선보이는 바람에 이마쿨라타가 엄청나게 충격을 받았지 뭐야? 그 결과물이 곧 등장할 예정이야."

"안녕, 친구들. 서구 문명을 몰락시키려는 음모라도 꾸미고 있는 거야?"

실비가 두 사람 옆을 휙 스쳐 지나가더니 테라스 쪽으로 가 드라마틱한 몸짓으로 밤공기를 한껏 머금었다.

클레어가 킥킥 웃었다.

"맞아, 내가 그 시작을 초래했네. 이마쿨라타도 전자저울을 갖고 싶어 하게 됐거든."

실비가 고개를 저었다.

"그 끝이 어디일지 궁금하군. 레몬밭은 어땠어?"

"레몬밭이 아니라 '레몬 정원'이라고 불러야 된대. 이 동네 사람들이 상당히 깐깐하더라고. 아니면 '낙원'이라고 부르기도 한대."

"그래, 온종일 낙원에 있었겠구나. 어땠어?"

"천국이 따로 없었지."

클레어가 웃었다.

"정말이야, 꼭 천국 같았어. 레몬과 레몬꽃이 어찌나 향기롭던지! 레몬 나무에는 꽃과 열매가 동시에 열린다는 사실을 알고 있었어?"

"맙소사, 클레어가 이탈리아인이 되어버릴 모양이야. 이스트침*의 출장요리사로 살던 삶은 포기하고 레몬 기르는 농부랑 같이 살 작정인가 봐."

"정확히 말하면 트위크넘이야. 아무튼 말도 안 되는 소린 그만해, 실비."

클레어는 갑자기 무뚝뚝해진 말투로 대답했다.

"그런데 앤절라는 도대체 어디 간 거야? 나보다는 앤절라가 우릴 버리고 오성급 호텔로 가버릴 가능성이 높은 것 같은걸. 룸서비스가 그리워서 어쩔 줄 모르잖아."

"그런 유혹에 빠졌을 리가."

바로 그 순간 앤절라가 테라스로 나와 합류했다.

"기분 좋게 목욕을 즐기다 온 것뿐이야. 날씨가 너무 좋아서 창문을 열어놨었지. 그래도 룸서비스 이야기는 일리가 있네. 샴페인을 한 잔 주문할 수 있었다면 목욕 시간이 한층 더 완벽했을 테

---

* 영국 코미디언 토니 행콕이 출연하던 코미디 드라마의 배경인 작고 목가적인 가상의 시골 마을.

니까."

"창밖에 대고 샴페인 갖다달라고 소리라도 질러보지 그랬어? 그럼 조반니라도 들었을지 누가 알아."

모니카의 말이었다.

그러자 앤절라가 갑자기 발코니로 다가가더니 절벽 아래 하나둘씩 켜지기 시작하는 불빛들을 내려다보았다.

"빌라 레 시레누세 말이야, 참 괜찮은 곳인 것 같아."

"호화 호텔들이 어땠길래?"

"놀라우리만큼 매력이 없더라. 그래도 맨 마지막으로 가본 한 군데는 잠재력이 있던걸. 실비, 혹시 내일 같이 한번 가볼래? 우리가 참고할 만한 요소들이 몇 가지 있긴 했거든."

비어트리스가 전채요리로 옷을 입혀 튀긴 오징어가 담긴 접시를 가지고 나타나자 테라스의 테이블 앞에 둥글게 모여 앉았다. 앤절라는 이제 테이블 상석에 앉겠다는 생각은 완전히 떨쳐버린 것 같았다.

"우리가 이곳에서 해야 할 일이 무엇인지 다시 한번 분명히 되새겨보자고."

실비가 와인을 홀짝이며 입을 열었다.

"일단 스티븐이 호텔 체인으로부터 이 별장을 매입하겠다는 제안을 받았다는 건 우리 모두 알지. 그런데 그들이 얼마만 한 거액을 제시한 걸까?"

이 별장이 삭막하기 그지없는 호텔 체인의 소유가 된다는 생각에 다들 사형선고라도 들은 것처럼 입을 다물었다.

모두가 하고 있던 똑같은 생각을 입 밖으로 낸 건 클레어였다.

"이렇게 사랑스러운 공간이 망쳐지는 모습은 보고 싶지 않아."

"스티븐이 직접 호텔로 개조하는 게 나을지도?"

실비의 말이었다.

"나도."

"하지만 정말 스티븐이 그렇게 할까?"

모니카가 물었다.

"다른 경영인이 필요하겠지."

앤절라가 지적했다.

"내 생각도 그래."

클레어의 결론이었다.

"그래, 다들 답해줘서 고마워."

앤절라가 대답했다.

"인생의 커다란 변화를 꾀하는 게 아닌 이상 그렇겠지."

"빌라 고용인들이 왜 그렇게 걱정하는지 알겠어."

모니카는 자신이 과일과 채소에 대해 품고 있던 의심을 입 밖으로 낼 시점이 지금인지 아닌지를 고민하며 잠시 머뭇거렸다.

"당연한 거 아니야? 평생 이 빌라에서 일했는데, 이곳이 팔리고 나면 실업자 신세가 되는 거잖아."

그 말에 모니카는 결단을 내렸다.

"뿐만 아니라 짭짤한 부수입도 있었겠지. 이곳의 고용인들은 꽃과 채소를 몰래 내다 팔고 있는 것 같아. 요전에 돌아다니다가 보니까 비닐하우스까지 갖춰놓은 판매용 농작물 밭이 있더라. 생울타리며 등꽃과 클레마티스로 뒤덮인 퍼걸러로 잘 가려뒀던걸. 이 빌라 사람들이 먹을 수 있는 양보다 훨씬 많았어. 채소뿐 아니라 꽃도 그렇게 기르고 있으면서 빌라를 장식하는 꽃은 나폴리에서 사다 나른다니, 수상한 냄새가 나지 않아?"

"바보 같은 소리 마, 모니카."

실비는 코웃음을 쳤다.

"비어트리스와 이마쿨라타가 암시장 모리배라고? 그 착한 할머니들한테 무슨 소리야."

"조반니가 주방장이랑 주키니 이야기로 말싸움하던 거 기억 안 나?"

모니카는 레리니에서의 일을 친구들에게 상기시켜주었다.

"그게 뭐가 어때서? 그 정도는 누구나 다 하는 일이야. 여긴 이탈리아잖아."

"그럼 이 빌라에 예쁜 장미가 이렇게 많은데도 굳이 나폴리에서 장미를 사다 나르는 이유가 대체 뭐겠어?"

"정원에서 꺾은 장미가 별로인가 보지. 줄기가 긴 고급 장미가 더 세련됐다고 여기는 거 아니겠어?"

"그래, 그러면."

모니카는 어깨를 으쓱했다.

"내가 틀렸나 보지 뭐."

그래도 모니카는 앤티크 소품 가게의 주인이 이곳을 '결혼식장'이라고 불렀던 이유에 대해서 알아볼 작정이었다.

그때, 마치 모니카가 품은 의심이 얼마나 미친 소리인지를 명명백백하게 보여주기라도 하려는 것처럼 클레어가 만든 레몬 타르트를 황금과 유향과 몰약보다도 더 소중한 듯 안은 이마쿨라타와 촛불을 든 비어트리스, 그 뒤에 루이지와 조반니까지 따라 들어오며 이탈리아어로 '해피 버스데이 투 유'를 부르며 테라스로 나왔다.

"조금 늦기는 했지만 생일 정말 축하해."

모니카가 속삭였다.

비어트리스는 실비가 불어 끌 수 있도록 촛불을 내밀었다.

"타르트에 초를 꽂고 싶지 않았거든요."

비어트리스의 설명이었다.

타르트를 자르는 영예는 실비의 몫이었다. 윗부분이 윤이 나는 설탕으로 뒤덮여 단단했기에 자르기 힘들었지만, 맛을 보는 순간 힘들었던 건 까맣게 잊을 수 있었다.

"클레어, 정말 너무너무 맛있다! 태어나서 먹어본 레몬 타르트 중 최고야. 비어트리스도 드셔보시겠어요?"

"*시뇨라 키아라*가 저희들 몫의 타르트까지 만들어주셨답니다. 주방에서 나눠먹을 거예요. *돌체*^{달콤한 디저트}와 곁들일 커피를 가져 다드릴까요?"

"늦은 시간이라 저는 생략할게요."

클레어가 그렇게 말했고 모니카도 함께 고개를 저었지만, '알파 우먼' 실비와 앤절라는 둘 다 에스프레소를 청했다.

"맛이 어떤지 알려주세요."

클레어가 비어트리스에게 말했다.

"물론 이탈리아 타르트보다 맛있지는 않겠죠. 그냥 조금 다를 뿐."

"아, 클레어."

실비는 고개를 절레절레 저었다.

"제발 그렇게 구제 불능일 정도로 겸손하게 굴지 말아줄래?"

"겸손한 게 좋은 거 아니야?"

클레어가 물었다.

"널 보고 있으면 좋은 일도 아닌 것 같아."

앤절라가 웃으며 대답했다.

"가보자."

실비가 자리에서 일어섰다.

"영국식 타르트에 대한 진짜 감상을 알아봐야지."

실비가 입술에 한 손가락을 대고 불 꺼진 복도를 걸어 부엌을 향하자 나머지도 모두 뒤따랐다.

부엌 식탁에 직원들이 모두 모여 앉아 있었다. 각자 리몬첼로를 한 잔씩, 접시에는 클레어가 만든 타르트를 한 조각씩 가지고 있었다. 뜻밖의 손님도 있었다. 비어트리스의 조카 루카였다. 그들은 차례로 타르트를 한 입씩 맛보더니 인정한다는 듯 고개를 끄덕였다. 레몬 맛 폭탄이 란짜렐라를 접수한 게 틀림없었다.

건배를 제의하려던 루카가 복도에서 이쪽을 구경하고 있는 클레어와 친구들을 발견했다. 루카는 그들에게 부엌으로 들어오라고 손짓하더니 클레어를 앞으로 불러세워 손을 잡았다.

"제 레몬으로 기적을 만들어주신 것에 감사드립니다."

그러면서 루카가 클레어의 손을 들어올려 입을 맞췄다.

그 장면을 홀린 듯 바라보던 실비는 앤절라에게 속삭였다.

"방금 클레어의 겸손함을 굉장히 위협하는 장면을 목격한 것 같지 않아?"

그들이 부엌을 나서려는 순간 루이지가 모니카에게 다가와서 말했다.

"*시뇨라* 모니카에게 전해드릴 메시지가 있습니다. 이웃에 사는 늙은 *오모세수알레*동성애자가 *도마니*내일 한 시에 안토넬라의 피자 가게에서 만나자고 청했습니다."

그 말을 들은 순간 모니카는 얼굴을 가리며 간신히 웃음을 참았다. 혹시 콘스탄틴이 평범한 수단으로 연락을 취하는 대신 루이지에게 메시지를 전하게 한 건 그를 약올리려는 속셈이 아니었을까?

"클레어는 루카와 레몬을 얻고 나는 늙은 '오모세수알레'를 얻었네."

모니카가 작게 속삭였다.

"루이지에게 좀더 정치적으로 올바른 태도를 취해달라고 설득해볼 수는 없을까?"

그 말에 앤절라가 격하게 고개를 끄덕였다.

"당연히 그래야지. 그럼 루이지한테 왜 '동성애자'가 아니라 '성소수자'라는 표현을 써야 하는지 간단히 설명해주는 게 좋겠다."

평소처럼 일찍 일어난 클레어는 햇살을 받으며 기지개를 편 뒤 별다른 이유도 없이 미소를 지었다. 어쩌면 이곳의 보석처럼 눈부신 아름다움과 만개한 꽃들, 압도적인 등꽃 향기 때문인지도 몰랐다. 빌라 레 시레누세의 어떤 부분이 이토록 특별한 걸까 생각해보았다. 아마 이곳이 가진 시간을 초월한 듯한 느낌 때문인 것 같았다.

님프상이 있는 샘에서 또 한 번 헤엄치고 싶은 충동이 느껴졌지만 이번에는 뻔한 노림수로 보일 것 같았다. 물론 내심 조반니의 관심을 끌고 싶은 마음이 있는 건 사실이었지만 말이다. 자꾸 조반니와 루카를 비교하게 되었다. 장터를 떠도는 불량소년 같은 매력을 가진 알기 쉬운 조반니, 그리고 섬세하고 세련된, 아무 여자들을 유혹하는 것이 아니라 아름다움과 의미로 가득한 인생을 향한 열정으로 가득한 루카.

클레어는 스스로에게 솔직해질 수밖에 없었다. 루카가 인생의 방식을 극적으로 바꾸었을 때 그의 아내는 힘들었겠지만, 그것 역시 결혼의 한 부분 아닐까? 문득 찌릿한 죄책감과 함께 그녀는 마틴을 생각했지만, 마틴이 정말로 열정을 가진 것은 영화 포스터 수집밖에 없었다. 만약 마틴이 갑자기 이스트본으로 이사해서 포스터 가게를 열겠다고 선언한다면, 그게 평생의 꿈이라고 한다면 클레어는 어떻게 했을까? 상상도 하고 싶지 않았다.

다른 사람들이 했던 말을 떠올렸다. 어쩌면 클레어는 사람들의 말대로 지나치게 겸손한 건지도 몰랐다. 그래서 그녀는 골짜기 건너편 레몬 정원을 구경하러 오라는 루카의 초대에 숨은 속뜻을 놓고 마음 졸이는 건 그만두고 제안을 받아들이기로 마음먹었다. 어차피 무슨 큰일이 나는 것도 아닐 테니까.

※

앤절라는 하얀 리넨 바지 정장에 멋지게 낡은 파나마 모자까지 말쑥하게 차려입고 테라스에 앉아 있었다.

"근사한걸."

자기 몫의 커피를 따르던 클레어가 한마디 했다.

"고마워."

앤절라도 마주 웃어주었다.

실비는 호화 호텔을 방문하려면 평소보다 화사한 차림이어야 한다고 생각한 듯했다. 마티스에게서 영감을 받은 듯한 오렌지색 실크 드레스는 스무 발자국 떨어진 곳에서도 접수원의 눈을 찔러댈 것 같았다. 아찔하게 높은 굽이 달린 샌들 사이로 드러난 발톱에도 같은 색을 칠했다.

"그런 거 신고 자갈길을 걸어도 괜찮겠어? 택시를 타고 가는 게 아니야."

앤절라의 말에 실비는 충격을 받았다.

"왜?"

"레리니까지 가려면 택시로 30분은 걸리지만, 란짜렐라는 딱 10분 거리라고!"

"괜찮을 거야. 난 보기보다 튼튼하거든."

앤절라는 미소를 지었다. 외롭게 보낸 어린 시절의 산물인지, 아니면 넘치는 에너지의 부작용인지 모르지만 실비에게는 웬만한 일은 견딜 줄 아는 회복력이 있는 것 같았다. 물론 10센티미터 높이의 하이힐에 의지해 자갈길을 걷는 일까지는 그 웬만한 일에 포함되지 않을지도 모르지만 말이다.

'델리 데이', 즉 신들의 호텔이라는 거창한 이름이 붙은 란짜렐라의 호텔은 오늘 한층 더 붐볐다. 그럼에도 앤절라와 실비는 이곳에 발을 들이는 순간 직원들과 다른 손님들의 이목을 사로잡았다. 실비가 들어서자마자 곧장 접수원에게 다가가 티눈 연고를 달라고 부탁했기 때문이었다.

물론 접수원은 영문 모르고 실비를 마주 보았을 뿐이었다.

실비는 빨갛게 부풀어오른 발가락을 손가락으로 가리켰다.

"아."

오늘의 바텐더는 이탈리아인으로, 그 역시 꽉 끼는 신발을 신고 오래 서 있는 일이 잦은 터라 티눈으로 고생한 경험이 있었다.

"*시뇨라*에게 *운 칼리푸고*가 필요하겠군요!"

"*운 칼리푸고*!"

실비는 애초부터 그 단어를 알고 있기라도 했던 것처럼 위엄 넘

261

치는 목소리로 외쳤다. 하지만 안타깝게도 접수원은 이탈리아인이 아니라 루마니아인이었다.

"티눈 연고 말이에요!"

실비가 닦달했다.

"빌어먹을 티눈 연고 좀 내놓으라고! 아이고, 도대체 티눈 연고도 없다니 이게 제대로 된 호텔이야?"

결국 앤절라는 조용히 호텔 안을 둘러보려던 계획을 접고 실비에게 일단 나가서 누군가 구급상자를 가져올 때까지 수영장 주위에 앉아 있자고 했다.

구급상자는 생각보다 금방 도착했다. 앤절라의 동년배로 보이는, 베이지색 치노 팬츠에 빳빳한 흰 셔츠 차림의 온화하게 잘생긴 남자가 가무잡잡하게 그을린 얼굴에 재미있다는 듯한 미소를 띤채 다가오더니 악수를 청했다.

"휴고 로버트슨이라고 합니다. 그랜드 호텔 델리 데이에 오신 것을 환영합니다. 델리 데이라는 이름이 이렇게 발음하기 힘들 줄 알았다면 좀더 간단한 이름으로 짓자고 할 걸 그랬다는 생각이 드는군요. 물론 그 이름을 지을 때 전 고작 열두 살이었지만 말입니다. 친구분께 이게 필요할 것 같아 가져왔습니다."

그러면서 휴고가 티눈 연고를 내미는 바람에 앤절라는 깜짝 놀랐다.

"어머니가 쓰시던 겁니다. 3월이면 내내 이곳에서 머무르시곤 했지요."

그렇게 말하는 휴고의 어조에는 그것이 순수한 기쁨만은 아니라는 기색을 느낄 수 있었다.

"고마워요. 저는 앤절라 윌리엄스예요. 이쪽은 친구 실비고요.

빌라 레 시레누세에 묵고 있답니다."

"그 빌라에 흥미로운 영국 숙녀분들이 머물고 계신다는 소식은 익히 들었습니다. 란짜렐라는 거칠게 비유하자면 리틀 스노어링* 같은 곳이라고 보시면 됩니다. 소문을 좋아하기로는 그 두 배쯤 되지만요."

"우리는 소문이 날 만한 일을 하지 않았는데요."

"깜짝 놀라실 겁니다. 비성수기에는 란짜렐라에 이야깃거리가 별로 없어서, 아무리 작은 드라마라도 금세 전해지곤 하거든요."

그 순간 마치 신호라도 받은 것처럼 수영장에서 한 여자가 째지는 소리로 비명을 질렀고, 곧 첨벙 소리가 크게 나더니 화를 내며 따지는 남자 목소리가 들렸다.

분명 실비와 관련된 일이라는 생각에 앤절라는 급히 바깥으로 달려 나갔다.

앤절라가 본 광경은 실비의 남편 토니가 허리까지 오는 수영장 물속에 서 있고 분노에 찬 얼굴에 검은 마스카라 자국이 두 줄로 흘러내린 킴벌리가 물에 젖은 채로 그에게 꼭 달라붙어 있는 모습이었다. 그러니까 이 두 사람은 결국 포지타노에 가지 않았던 모양이었다.

"이게 무슨 짓이야, 이 뚱뚱한 할망구가!"

킴벌리가 실비를 향해 으르렁댔다.

한편 토니는 휴가지에 와서까지 몸매 관리에 열을 올리는 손님들이 사용할 수 있도록 수영장 한편에 늘어서 있던, 그러나 지금은 물속에 풍덩 던져진 운동용 실내자전거로 보이는 것을 건져보려

* 잉글랜드 노포크의 오래된 마을로 인구가 극히 적다.

애쓰는 중이었다.

"난 신경 쓰지 말고 자전거나 꺼내라니까!"

킴벌리가 다그쳤다.

"오, 여보, 무슨 이런 바보 같은 짓을 다 했대?"

실비는 키득키득 웃음을 터뜨렸다.

"세상에서 가장 아름다운 동네의 수영장 옆에서 실내자전거나 타고 싶은 멍청이가 세상에 있단 말야?"

"당신 몸이 풍선처럼 빵빵해지도록 방치했다고 해서 다른 사람도 그러라는 법은 없거든요!"

킴벌리가 식식거리며 쏘아붙였다.

하얗게 질린 웨이터 두 명이 모퉁이를 돌아 나타나더니 이 사태를 어떻게 해결할지를 놓고 입씨름하기 시작했다.

"우선 제 남편을 도와 저 물건을 수영장에서 *끄*집어내는 게 좋겠네요."

실비가 그렇게 명령하더니 과장된 몸짓으로 획 돌아서서 여자 화장실 쪽을 향했고 운 나쁜 웨이터 두 사람은 실비가 말한 대로 자전거를 수영장에서 *끄*집어내기 시작했다.

앤절라가 실비에게 따라붙었다.

"참 잘하는 짓이다. 사람들 관심을 끌지 않고 조용히 호텔 안을 둘러보자는 계획은 이미 끝장난 거 같은데?"

실비가 뭐라 입을 열기도 전에 갑자기 토니가 나타났다.

"실비! 난 당신이 란짜렐라에 머무르는 건 고사하고 이탈리아에 있는 줄도 몰랐어!"

그 말에 실비의 표정이 풀어질락 말락했지만 곧 그녀는 얼굴을 굳혔다.

"뚱뚱한 할망구한테 시간 낭비하지 말고 짐 버니의 솜털이나 쓰다듬으러 가야 하지 않겠어?"

토니는 뭐라고 받아치고 싶은 표정이었지만 곧 고개를 절레절레 젓더니 여자 화장실에서 나갔다.

"짐 버니의 솜털이나 쓰다듬으라고?"

앤절라는 애써 웃음을 참으며 되물었으나 곧 다시 정신을 차렸다.

"미안해, 실비. 너한테는 괴로운 일일 텐데."

"솔직히 말하면."

실비의 표정이 밝아졌다.

"저 둘이 같이 있는 모습을 본 순간부터 뭐라도 하고 싶어서 근질근질했던 것 같아. 그건 그렇고 티눈 연고는 어디서 난 거야?"

"호텔 주인인 휴고 로버트슨 씨한테 감사하라고. 호텔을 소유한 사람 치고는 유머 감각이 상당하더라."

실비는 옷매무새를 가다듬고 발가락에 티눈 연고를 바른 다음 다시 위층 바로 올라갔다. 토니도, 킴벌리도, 휴고 로버트슨도 보이지 않았고, 대신 웨이터가 장난기 가득 담은 눈으로 샴페인이 담긴 잔 두 개를 가지고 다가왔다.

"저희 호텔에서 한 잔씩 대접하는 겁니다."

웨이터의 말이었다.

"다음에 또 방문해주셨으면 합니다."

"그래요?"

실비는 기분 좋게 샴페인으로 입술을 축였다.

"정말 마음이 넓기도 하지. 난 우리를 쫓아낼 줄 알았는데 말이야."

모니카는 절벽 꼭대기에 드라마틱하게 위치해 있는 또 하나의 레스토랑인 '안토넬라의 피제리아'에 12시 50분에 도착했다. 콘스탄틴은 이미 도착해서 이곳의 근사한 전망이 보이지 않는 유일한 자리를 찾아 앉아 있었다. 여전히 지난번에 본 러시아 모자와 트렌치코트 차림이었다.

"주머니 속에 스파게티가 들어 있나요?"

"쉿."

주머니 속에서 털이 북슬북슬한 머리가 쑥 나오자 콘스탄틴이 혀를 쯧쯧 찼다.

"이탈리아 사람들은 식당에 개를 들이는 걸 달가워하지 않아서 말이야."

콘스탄틴은 두 사람의 잔에 와인을 듬뿍 따랐다.

"와인을 주문했는데 괜찮을지 모르겠어. 이곳에는 제대로 된 와인이 단 한 가지뿐인데, 피자에는 레드 와인을 곁들여야 하거든."

콘스탄틴이 가리켜 보인 식당 안의 다른 손님들 역시 콜라를 주문한 미국인 일행 외엔 모두 레드 와인을 마시고 있었다.

"미국인들은 도저히 이해가 안 된단 말이야. 혹시 아는지 모르겠는데, 난 전 세계에서 가장 유명한 레스토랑 중 하나인 생폴드방스의 콜롱브 도르에도 가본 적이 있거든. 그런데 거기까지 가서도 미국인들은 콜라를 주문하더라고. 셰프가 나오더니 무릎을 꿇고 제발 자기 음식을 콜라와 곁들이지 말아달라고 싹싹 빌지 뭐야. 그건 음식을 모욕하는 처사라는 얘기였어. 물은 괜찮지만 콜라는 안 된대. 그런데 그 미국인들이 어떻게 했는지 알아? 눈 하나 깜박하지 않고 콜라를 마시더라고."

"은둔 생활로 유명하셔서 라 콜롱브라든지 안토넬라의 피제리아 같은 곳에 다니시는 분은 아닌 줄 알았어요."

"생폴드방스는 화가들의 마을이잖아. 게다가 안토넬라의 피제리아에 오는 손님들은 콘스탄틴 오라는 화가가 세상에 있다는 것조차 애초에 모르기 때문에, 난 이렇게 점심 외식을 즐기면서도 은둔자로 남을 수 있는 거지."

키득거리며 웃던 모니카는 메뉴를 보자마자 갑자기 메뉴에 나온 마르게리타 피자도, 카프리초사 피자도 아닌, 테이블 위의 꽃장식에 사로잡혔다. 독특하기 그지없는 보라색의 향기로운 장미로 된 장식이었는데, 분명 모니카가 전에 본 적이 있는 꽃이었다. 빌라 레 시레누세의 정원에서였다.

"예민한 모니카, 왜 그러나?"

콘스탄틴이 작은 새처럼 반짝거리는 눈으로 그녀를 지켜보는 중이었다.

"꽃 때문이에요."

"무슨 유별난 꽃이라도 돼?"

"일단 주문부터 하고 나중에 설명해드릴게요."

모니카는 포 시즌스 피자, 콘스탄틴은 칼조네를 골랐다. 주문을 마치자 콘스탄틴이 잔에 다시 와인을 채웠다.

"와인을 마시면 언제나 머리가 맑아지더군."

모니카가 낄낄 웃었다.

"의학적으로 증명된 바와는 정반대네요."

"의사들 따위가 뭘 알겠어? 난 한평생 의사를 피해 도망다니며 살았는걸. 자, 이제 아까 하려던 꽃 이야기를 해봐."

모니카는 와인을 홀짝 마셨다.

"친구들은 제 말을 믿지 않지만, 이 빌라에서 뭔가 뒤가 구린 일이 일어나고 있는 낌새가 느껴져요. 정원에 꽃이 그렇게나 가득 피었는데, 정작 침실에 꽂아둔 꽃은 전부 나폴리에서 사다놓은 것들이고요."

"빌라 고용인들 눈에 정원의 꽃은 그냥 잡초 나부랭이로 보여서 그런 건 아니고? 이탈리아 사람들은 꽃에 대한 생각이 특이하거든. 예를 들면, 이탈리아 사람한테는 국화를 선물해선 안 돼."

"어째서요?"

"국화는 죽음을 뜻한다고들 해서야. 이탈리아 사람들은 백합이나 글라디올러스같이 송이가 크고 휘황찬란한 꽃들만 꽃 취급을 한다지. 어쩌면 자기에게 좋은 인상을 주려고 나폴리에서 좋은 꽃을 사다놓은 건 아닐까?"

"그럴 수도 있겠지요. 하지만 여기 보이는 이 꽃은 제가 보기엔 빌라의 정원에서 기르던 그 꽃이 틀림없어요. 또, 레리니에서 어느 주방장이 빌라의 정원사 조반니에게 주키니의 품질이 어떻다느니 하면서 입씨름하는 장면도 보았고요. 아무리 봐도 무슨 암거래가 일어나고 있는 게 틀림없어요."

"그렇다 한들 별일이야?"

콘스탄틴은 모니카의 순진함에 놀란 듯했다.

"집주인은 아주 먼 곳에 살고, 이 집에서 무슨 일이 일어나든 개의치 않으니 고용인들이 자기들 나름으로 하고 싶은 일을 하는 거겠지. 이곳은 영국이 아니라 이탈리아니까."

"하지만 그 사람들은 종신 고용인이래요. 이마쿨라타는 스티븐이 빌라를 구입하기 전부터 있던 사람이래요."

"그렇다면 고용인들의 권리가 더 크지 않겠어? 게다가 지금쯤 이면 그 사람들도 존경하던 집주인과 언변 좋은 휴고 로버트슨 사이에 무슨 이야기가 오가는 중인지 알 텐데."

"글쎄요, 알고 있을는지 잘 모르겠네요. 그건 그렇고, 휴고 로버트슨이 누군가요?"

"란짜렐라 최고의 호텔 두 곳으로 꼽을 수 있는 호텔 카스텔로, 그리고 델리 데이의 소유주 말이야."

이제야 비어트리스가 갑자기 당황해서 접시를 떨어뜨렸던 일이 이해가 된다는 생각이 들었다.

"그래도 정확히 어떤 제안을 받았는지는 모를 테지."

"콘스탄틴 씨는 아세요?"

그가 고개를 끄덕였다.

"도대체 어떻게 아시는 거예요?"

"나에게 영향을 줄 수 있는 일이라면 뭐든 알아야 직성이 풀리거든."

"그래요, 그렇게 다 알고 있었다면야, 스티븐이 제시받은 액수가 얼마였나요?"

답으로 들은 금액이 너무 커서 모니카는 포크를 내려놓고 멍하니 앞만 쳐다보았다.

"와, 휴고 로버트슨 씨가 단단히 마음을 먹은 모양이네요."

모니카는 충격에 사로잡혀서 달리 뭐라고 해야 할지 알 수 없었다.

콘스탄틴은 자신이 식사비를 내겠다고 우겼다.

"테이블보에 사인을 하고 함께 쫓겨나볼까?"

"하지만 그러면 은둔자로 유명한 콘스탄틴 씨의 이미지가 깨질 텐데요."

"그렇겠지, 당연히 그럴 거야. 모니카. 그건 그렇고, 친구들한테는 방금 한 이야기는 전하지 말도록 해. 듣자하니 그렇게 입이 무거운 손님들은 아닌 것 같으니 말이야. 그럼, 내가 여기저기 그 주키니 암거래가 어떻게 된 일인지 슬쩍 물어보고 다녀주기를 바라는 거야?"

모니카는 잠시 망설였다. 별로 내키지 않는 일이었지만 그녀는 결국 고개를 끄덕였다.

"그리고 조만간 내 스튜디오에도 한번 다녀가지 않겠어?"

질문의 형식을 띠기는 했지만 질문이라기보다는 선언이었다.

"조심해야 하지 않나요?"

모니카가 콘스탄틴에게 농을 던졌다.

"은둔자로서의 명성이 위기에 처하지 않겠어요?"

"아무리 은둔자라 해도 사람들을 불러 모델이 되어달라고 할 수는 있지."

그 말에 모니카는 콘스탄틴을 쳐다보며 자신도 모르게 되물었다.

"제가 모델을요?"

"자기한테 뭐라 설명하기 어려운 매력이 있는 것 같아서 말이야."

머릿속에서 브라이언이 '도전해봐!' 하고 부추기는 소리가 들리는가 싶더니, 금세 엄마 마리엘라가 '잘못된 판단인 것 같은데?'라고 말하는 목소리에 묻혀버렸다.

"정말 재미있을 것 같아요."

모니카가 대답했다.

물론, 그때가 오기 전에 마음이 바뀔 것 같지만 말이다.

9

다들 분주히 자기 할 일을 하는 동안 클레어는 등꽃으로 덮인 퍼걸러 아래 그늘에 앉아 집 생각을 하고 있었다. 마틴도, 아들 에 반도 연락이 없는 걸 보니 별일 없나 보다. 어쩌면 무슨 기적이라 도 일어나 셋이 사이좋게 같이 요리도 하고 설거지도 하며 지내는 건지도 몰랐다. 하지만 역시 그럴 리는 없을 것 같아 얼른 그 생각 은 지워버렸다. 수영장에 아무도 없는 틈을 타 잠시 수영을 할 생 각이었다.

주변에 아무도 보이지 않기에 클레어는 수영복을 입은 채로 비 탈을 따라 층층이 이어진 계단식 정원 가장 아래층까지 내려갔다. 지중해의 태양빛을 받은 수영장 물이 꼭 호크니의 그림에서 남자 엉덩이만 지운 것처럼 사람을 설레게 하는 새파란 색이었다. 부채 꼴 계단 꼭대기에 걸터앉아 다리를 간질이는 차가운 물에 서서히 적응한 다음 천천히 몸을 담갔다.

클레어는 물 위에서 뒤로 누워 완벽하게 새파란 하늘을 올려다 보았다. 어째서 스티븐은 이렇게 아름다운 빌라를 가지고 있으면 서 발길이 뜸한 걸까? 꼴사나운 현대식 건축물로 돈 버는 게 그렇 게 재미있나? 그녀는 사탄이 스티븐을 런던의 고층 빌딩 옥상으로 데려가 '영혼을 팔면 이 모든 게 네 것이 된다'고 말하는 장면을 생각하며 혼자 웃었다. 스티븐은 이 빌라를 팔거나 호텔로 개조할 생각을 하는 중이라고 했다. 어쩐지 클레어는 갑자기 이 빌라가 무

271

척이나 소중하게 느껴졌다. 관광객으로 붐비는 해안가 한가운데서 외따로 존재하는, 극적으로 아름답고, 이상하리만치 시간의 흐름이 느껴지지 않는 곳, 심지어 모니카가 수상하다며 의심하고 있는 이곳의 개성 강한 고용인들마저도 소중하게 느껴졌다.

하지만 곧 그렇게 생각하는 자신이 우습다는 생각이 들었다. 이 빌라는 클레어와 아무 상관도 없고 스티븐과도 그리 잘 아는 사이가 아니니까. 아마도 스티븐은 클레어를 무도회에 데려갔던 기억조차 까맣게 잊은 지 오래겠지. 스티븐에게 조언할 수 있는 건 최소한 클레어보다는 그와 더 깊은 관계가 있는 다른 친구들이리라. 수영장에서 나온 클레어는 휴대폰에 한참 전에 도착해 있었던 루카의 메시지를 발견했다. 도대체 어떻게 내 번호를 알았을까? 아마 비어트리스가 알려주었을 거라고 짐작했다. 고용인들이 집에 없을 때도 클레어가 연락을 취할 수 있도록 모두 번호를 알려주었던 것이다.

레몬 정원을 구경하러 오라는 루카의 초대를 받은 클레어는 데이트 신청을 처음 받은 10대 소녀만큼이나 들떴다. 정말 웃기는 일이 아닐 수 없었다.

다시 테라스로 돌아갔더니 그곳에는 앤절라가 화이트 와인이 든 잔을 든 채 앉아 눈을 감고 와인을 음미하고 있었다. 앤절라를 한 번 놀려줄까 하는 생각이 들었다.

"날씨 정말 근사하지? 드디어 정장을 벗어던지다니 굉장한걸."

그러자 앤절라가 혼란스러운 얼굴을 했다.

"지금도 정장 입고 있는데?"

그녀는 입고 있는 하얀 리넨 정장을 가리켰다.

"은유적인 표현이었어."

앤절라가 웃음을 터뜨렸다.

"야, 대학 다닐 때 이후로 그런 말 처음 들어본다."

기왕 농담까지 할 정도로 대담해진 김에 클레어는 한 발짝 더 나가보기로 했다.

"옥스퍼드에 다니던 시절 스티븐과 잘 아는 사이였어?"

그러나 그 순간 셔터가 내려가듯 앤절라의 마음이 닫혀버렸다. 의자에 앉아 있던 앤절라가 눈에 띌 정도로 뻣뻣이 굳었던 것이었다.

"상당히 가까운 사이였지."

퉁명스러운 대답이었다.

고향에서였다면 클레어는 이쯤에서 입을 다물고 오늘이 저물 때까지 내내 사적인 일을 파고든 것에 대한 죄책감을 느꼈으리라. 하지만 이곳에서는 달랐다. 이곳에서는 분명 모두가 나름의 방식 대로 평소의 자신으로부터 벗어나 있는 것 같았다.

"두 사람 사이에 무슨 일이 있었던 거야?"

클레어가 재차 물었다.

앤절라는 어떻게 대답해야 할지 고민하는 듯했다. 앤절라는 원하든, 원치 않든 지나치게 친밀한 관계를 불편해했다. 그녀가 시선을 돌린 뒤 대답했다.

"사실 우린 서로 사랑하는 사이였어. 뭐, 적어도 난 스티븐을 사랑했지. 그러다가 어머니가 신경쇠약에 걸리는 바람에 학교를 그만둬야 했어. 스티븐은 다정하게 날 이해해줬지. 심지어 고향으로 돌아갈 때 차로 데려다주기까지 했어."

거기까지 말한 뒤 앤절라가 클레어의 눈을 똑바로 마주 보았다.

"그리고 그때부터 연락이 끊겼어."

"앤절라, 너무 힘들었겠다!"

"맞아. 하지만 그땐 스티븐도 스물한 살이었는걸. 나는 공영주택에서 자란 애였고. 스티븐이 옥스퍼드 생활에 흠뻑 빠진 것도 당연해. 파티, 무도회, 똑똑한 데다 스티븐과 맞먹을 만큼 집안까지 좋은 여자애들이 한둘이 아니었을 테니까."

"나도 비서 학교에 다니는 동안 집안 좋은 여자애들을 많이 만나봤어. 딱히 머리가 좋진 않던걸. 그럼, 그 뒤로 연애를 하긴 한 거야?"

클레어는 앤절라가 크게 화낼 거라고 각오하고 던진 질문이었다.

"일이랑 연애했지."

앤절라는 드루의 신랄한 비판을 떠올리며 힘없이 웃었다.

"물론 아무도 안 만난 건 아니야. 수녀는 아니니까. 아니, 물론 이 빌라에 살았던 그런 수녀도 아니고."

"하지만 넌 자유롭게 살았겠구나. 나한텐 한 번도 자유가 없었는데 말야."

"인생이란 참 우습고 고리타분하지."

앤절라가 자리에서 일어섰다.

"난 가서 이 은유적인 정장을 벗고 와야겠다."

"그건 그렇고."

클레어가 또다시 질문을 던졌다.

"실비랑 호텔에 갔던 건 어땠어? 실비는 진짜로 그 하이힐을 신고 거기까지 간 거야?"

"네가 그 장면을 못 본 게 아쉽다. 토니랑 킴벌리가 그 호텔에 묵고 있더라고. 벨베데레 그랜드에서 거기로 옮겼나 봐."

"세상에, 어떡해?"

"킴벌리가 수영장 옆에 놓인 실내자전거를 타고 있었어. 그걸 수영장에 집어던져버리고 싶은 충동을 참을 사람이 어디 있겠어?"

"설마, 실비가 그런 건 아니지?"

"아니긴. 진짜 웃겼던 건, 토니가 그 순간 그 짐 버니를 물에서 끄집어내기는커녕 실비가 여기에 묵는 줄 몰랐다고 변명하는 데 급급하더라."

"흥미로운걸."

"내 생각도 그래."

마침 그때 실비가 다가오는 바람에 두 사람은 급히 대화를 중단했다. 하지만 실비에게는 얕은수가 통하지 않았다.

"내 얘기 하고 있었지?"

"이 드라마를 클레어에게 말해주고 싶어서 입이 근질거려 어쩔 수 없었어."

앤절라가 인정했다.

"놓치기 아까운 이야기 아니야?"

"멍청한 년. 킴벌리가 아직도 그 호텔 수영장 밑바닥에서 허우적거리고 있으면 좋겠다."

"토니는 킴벌리가 안중에도 없어 보이더라."

실비가 기분 좋게 씩 웃었다.

"맞아, 하지만 불쌍하기도 하지. 토니 살 빠진 거 봤잖아? 분명 킴벌리가 억지로 다이어트를 시켰을 거야."

그 말에 앤절라와 클레어는 서로 시선을 교환하지 않을 도리가 없었다.

그때 비어트리스가 나타나 테라스에 점심 식사가 준비되었다고 알렸다.

"그리고 제 조카 루카가 내일 *시뇨라 키아라*에게 다른 정원들을 구경시켜 드리기로 했다더군요."

그러면서 비어트리스는 진심이라고는 전혀 느껴지지 않는 가식적인 미소를 지어 보였다.

빌라 레 시레누세에 비밀 따위는 없는 게 분명했다.

루카가 픽업트럭을 몰고 클레어를 데리러 오자 잡초를 뽑던 조반니가 하던 일을 멈추고 무례하리만치 빤히 지켜보는 바람에 비어트리스가 혹시 성인 축일이라서 아예 일을 놓기로 한 거냐고 잔소리를 했다.

또다시 해발고도 300미터가 넘는 골짜기 위로 이어진 구불구불하고 아찔한 길을 달려야 했지만 클레어는 이제 뱃속이 조여올 정도로 긴장되는 이 여정이 오히려 재미있다는 생각을 했다. 기적 같은 일이었다.

그들은 작은 빵집 앞에 차를 세운 뒤 멜팅 레몬 케이크와 에스프레소를 즐겼다.

"이탈리아 사람들은 카푸치노를 마시지 않는답니다."

그러면서 루카는 커피 잔의 우유 거품을 열심히 숟가락으로 떠먹는 독일인, 영국인, 미국인 관광객들을 향해 손짓해 보였다.

"진정한 이탈리아인이 되려면 블랙커피에 익숙해져야 할 걸요!"

별 의미 없는 말 같기는 했지만 이에 따라온 루카의 표정이 너무 진지해서 클레어는 그 시선을 외면해야 했다. 루카는 내가 이탈리아인이 되길 바라는 걸까?

"그럼, 이 동네는 모든 것이 레몬과 연관되어 있나요?"

한참이 지나서야 클레어는 물을 수 있었다.

"모든 게 그렇지요."

루카가 웃으며 단언했다.

다시 트럭에 탄 두 사람은 종탑을 둥글게 둘러싸고 계단식 과수원이 이어져 있는 반대편 비탈을 올랐다.

"전부, 저 종탑까지도 우리 것입니다."

루카는 허물어져가고 있지만 여전히 아름다운 종탑을 가리켰다.

머리 위로 종달새 한 마리가 날아갔고, 소란스러운 해안가에서 고작 10분 떨어진 곳일 뿐이었는데도 모든 것이 고요하고 평화로웠다. 일하며 살아가기에 딱 좋은 곳이었다.

루카가 고용한 수확인들이 각자에 맞게 재단된 다양한 종류의 베개를 머리에 받친 채 등에는 레몬이 담긴 거대한 플라스틱 통을 지고 움직이는 모습을 보았다.

루카가 서글프게 고개를 저었다.

"하지만 수익을 내기가 참 어렵습니다. 시칠리아산 레몬은 값은 싸지만 우리 레몬처럼 유기농은 아니거든요. 그들에게 레몬이란 돈벌이 수단일 뿐입니다. 하지만 우리한테는 단순한 작물이 아니라 삶의 방식 그 자체랍니다. 이 레몬 정원은 1,000년 전부터 이곳에 있었으니까요."

클레어는 경이에 차서 주변을 둘러보았다.

"그래서 어떻게든 가업을 살려보려 하는 겁니다."

루카의 목소리에 담긴 열정과 결의가 느껴졌다. 루카는 잠시 말을 멎었다가 이었다.

"절 도와주시겠습니까?"

"저는 사업 경험이 없는데요."

클레어는 어째서 나에게 이런 걸 묻는 걸까 하고 당황해하면서 대답했다.

"하지만 현명한 분이시니까요."

그때 한 직원이 에스프레소를 두 잔 가지고 나타났다. 받침접시에 얇게 썬 레몬이 한 쪽씩 담겨 있었다.

"자, 이쪽으로 와 앉으십시오."

루카는 종탑 그늘 속 테이블과 의자가 놓인 곳으로 클레어를 이끌었다. 고요한 골짜기에 종소리가 울려 퍼지기 시작했다. 과거에 사람들은 레몬을 따다가 이 종소리를 들으면 레몬나무 그늘에서 낮잠 잘 시간임을 알았을 것이다.

"다 무너져가는 종탑이지만 종소리는 여전하답니다!"

클레어는 루카가 시키는 대로 커피에 레몬을 짜 넣었다. 그 맛이 끝내줬다!

"그럼, 사업이 어떻게 돌아가는지 말씀해주시겠어요? 수익은 대부분 어디에서 나오나요?"

"레몬 생산, 투어, 리몬첼로 판매에서 수익이 납니다. 머지않아 리몬첼로에서 나오는 소득이 가장 높아지겠지요."

그러고 보니 연한 노란색 술이 빵집이며 카페라면 어디든 있는 것으로 모자라 리몬첼로만 파는 가게까지 있었던 게 떠올랐다.

"하지만 문제는 리몬첼로는 다른 데서도 만든다는 것 아닐까요?"

루카의 기분을 상하게 하고 싶지는 않았지만 현실적으로 한 이야기였다.

"심지어 지난번에 식당에 갔더니 웨이터가 직접 만들었다는 리몬첼로를 내놓더라고요. 리몬첼로를 만드는 건 너무 쉽지 않나요?"

그러자 루카는 근심어린 표정을 했다.

"최고의 리몬첼로만이 병에 특별한 표식을 붙일 수 있습니다.

하지만 말씀하신 대로입니다. 심지어 시칠리아 놈들도 싸구려 레몬으로 리몬첼로를 만들어내지요. 빌어먹을 놈들!"

클레어는 애써 웃음을 참았다. 수천 년 전의 라이벌 의식이 아직도 생생하게 살아 있는 거구나.

"루카, 당신의 가족 이야기가 정말 흥미로워요. 영국에는 대저택을 관광지로 삼아 사람들이 즐겨 방문한답니다. 대저택 사업에 성공하려면 세 가지가 필요하다는 이야기가 있어요. 사람들에게 볼거리, 먹을거리, 살거리를 줘야 한다는 거예요. 당신도 레몬 정원으로 이런 사업을 해보는 게 어떨까요? 가족의 역사를 박물관으로 만들고 멋진 카페도 하나 만들고요. 손님들은 기념품 삼아 리몬첼로를 사갈 거예요."

루카가 손을 뻗더니 클레어의 얼굴에 손을 댔다. 클레어는 이럴 때마다 얼굴이 토마토처럼 새빨개지는 걸 참으려고 애썼다.

"역시 현명하신 분인 걸 알았습니다. 문제는 딱 하나입니다. 변호사 일을 그만두는 바람에 돈이 쪼들린다는 사실이지요. 사업에 쓰는 돈에다가 아버지와 형제들의 생활비로 돈이 들어가고, 자식들이 다 컸는데도 전처에게 양육비도 보내야 합니다. 그래서 투자할 형편이 아닙니다."

"은행에서 대출은 안 되나요?"

"레몬 키우는 사람에게 돈을 빌려줄 리가 없지요."

"지원금이 있지 않을까요?"

"맞아요, 지원금이 있지요. 하지만 그 지원금은 국회의원 집에 수영장을 만드는 데 다 들어갑니다."

"그런데도 억울하지 않으세요?"

"억울하기는요. 저는 변호사 시절보다 천 배는 더 행복합니다.

변호사들은 행복하지 않거든요. 레몬꽃이나 아름다운 영국 여성을 바라볼 겨를이 없지요. 뭐, 아름다운 영국 여성을 바라볼 기회가 있다 해도 지금 제가 바라보는, 봄날 아침 동이 트듯 새벽을 밝히는 미소를 지닌 이 여성만큼은 아닐 겁니다."

클레어는 과장된 칭찬 세례에 웃음을 터뜨렸다. 트위크넘에서는 자신을 봄날 아침에 비유한 사람이 아무도 없었다. 놀라운 건, 루카의 칭찬이 진심임이 분명하다는 점이었다. 오래전부터 품었던, 이탈리아에서 손님을 치를 수 있는 식당을 운영하는 꿈, 결코 이루어질 리 없다고 생각했던 꿈을 떠올렸다. 그런데 루카의 레몬 사업은 현실적이고 탄탄했다. 만약 클레어도 런던의 진상 고객을 위해 코로네이션 치킨을 끝없이 만드는 대신 이런 일에 에너지를 쏟고 헌신할 수 있다면 인생이 얼마나 만족스럽게 느껴질까?

✳

킴벌리를 수영장에 집어던져서 대단히 뿌듯하긴 했지만 그러는 바람에 실비는 호텔 이름들이 때로 그렇듯 약간 과장스러운 '신들의 호텔', 그랜드 호텔 델리 데이를 제대로 둘러볼 기회를 놓치고 말았다. 나중에 변장하고 다시 가볼 게 아니라면 온라인으로 살펴보는 것으로 만족해야 할 것 같았다. 다행히 호텔의 웹사이트는 실제 호텔만큼이나 허세가 넘쳤다. 호텔의 손님이 될지도 모르는 사람들에게 정원이며 수영장, 내부 공간은 물론 주요 객실도 360도로 자세히 보여주고 있었다. 심지어 배경음악은 비발디의 「사계」였다. 휴고 로버트슨 씨의 호텔 장식 취향과 실비의 취향은 오페라와 이지 리스닝 음악만큼이나 간극이 컸다.

그러나 실비를 정말로 숨 막히게 한 것은 이 호텔의 숙박비였다. 꽃값을 아끼려고 대충 하얀 난초나 갖다 놓은 베이지색 상자 속에서 하룻밤 묵는 값이 1,000유로라니. 만약 실비가 호텔을 장식했다면 다발이 작을지언정 방마다 갓 꺾어온 꽃을 갖다놓을 것이고 공짜 생수는 물론 침대 밖으로 나오기 싫을 만큼 푹신한 침구도 갖추어 놓을 것이다. 그럼 베개 위에 초콜릿 따위는 올려놓지 않아도 상관없을 것이다.

저녁을 먹으려고 아래층으로 내려온 앤절라는 비어트리스가 거대한 흰 장미 다발을 품에 안고 있다가 전해주며 휴고 로버트슨 씨가 포지타노에서 함께 점심 식사를 하고 호텔 이름의 유래가 된 유명한 절벽 길 '센티에리 델리 데이', 즉 '신의 오솔길'을 함께 걷자고 했다는 초대를 전하자 살짝 부끄러워졌다. 심지어 걷기 편한 신발을 신고 오라고 했다는 것이다.

그가 자신이 당연히 초대를 받아들이리라 생각했다는 게 언짢은 데다 친구들이 놀려대는 걸 참고 싶지도 않았던 앤절라는 슬쩍 뒤쪽 계단으로 올라가 장미 다발을 방에 안전하게 숨겨놓았다. 어디를 가볼까 생각했다. 이탈리아의 생트로페라며 명성이 자자한 포지타노를 구경하고 싶은 생각도 있고, 또 휴고 로버트슨의 꿍꿍이가 무엇인지 알아보는 것도 좋겠다고 생각했다. 물론 앤절라 자신이 아니라, 빌라 매입에 대한 꿍꿍이 말이다. 휴고라는 남자에 대해서도 흥미가 당겼다. 티눈 연고를 건네주고 공짜 샴페인까지 준 사람이 아주 나쁜 사람일 리는 없었다. 장미 꽃다발은 말할 것도 없고 말이다.

그녀는 테라스로 연결되는 창문을 열고 빌라 레 시레누세에서

만 느낄 수 있는 신선하고 서늘한 바람을 즐겼다. 빌라를 팔겠다는 계획이 확고한데다 우리들의 의견을 알고 싶어 했다면서, 스티븐은 어째서 자세한 것까지는 이야기해주지 않았던 걸까.

모니카는 빌라 안이 시끌시끌해진 틈을 타 언덕길로 레리니까지 걸어가서 앤티크 소품 가게의 여주인과 이야기를 나눠보기로 했다. 눈이 부시게 아름다운 아침이었다. 모니카는 버스를 타지도, 빌라 손님들을 차로 데려다주는 일이 땅을 파고 잡초를 뽑는 일에서 농땡이를 부리려는 수작이라고 믿는 루이지에게 혼이 나고 있는 조반니의 차를 타지도 않기로 했다.

모니카는 천 개의 계단을 걸어서 내려갈 작정이었다. 어디에나 넘치는 레몬은 물론 벌써 오렌지며 복숭아, 아몬드 꽃이 비탈에 가득해 향기를 뿜는 깊숙한 골짜기를 내려다보았다. 도금양과 금작화, 털가시나무가 쨍한 연둣빛 등대풀과 서로 견주듯 발돋움하고 있었다. 꽃송이 안에서는 꿀벌이 웅웅 맴돌고 비탈 한쪽에서는 새들의 노랫소리가 반대편 비탈까지 메아리쳤다.

"새들이 사랑을 나누는 계절이랍니다."

전날 밤 모니카와 앤절라가 빌라 바깥에 앉아 있을 때 조반니가 외설적인 의미를 담아 한 말이었다. 앤절라는 고개를 젓더니 목소리를 높여 물었다.

"도대체 저런 말은 대본이라도 있는 거야? 태어날 때 대본을 쥐어줬나?"

"어떻게 보면 조반니 말이 맞아."

그때 모니카는 이렇게 답했었다.

"새들이 우리 좋으라고 노래하는 건 아니야. 결국 짝짓기 상대를 유혹하기 위해서인걸."

계단을 내려가기 시작한 뒤 15분이 지난 지금 경치가 잘 보이는 곳에서 버베나와 허브의 향기를 들이마시며 야생 아네모네와 제비꽃을 꺾어 가고 싶은 유혹을 애써 참던 모니카는 별안간 깨달았다.

지금의 모니카는 비에 흠뻑 젖은 채 낙심해서 이탈리아에 오기로 한 게 어리석었다고 생각하며 이 계단을 오르던 그때의 모니카가 아니었다. 완전히 다른 사람이었다. 헤어스타일이 근사하고, 시프트 드레스를 입고, 유명 화가 앞에서 모델 포즈를 잡게 될 사람이었다.

그리고 그 가운데 무엇보다 굉장한 건 이 모든 기쁨을 나눌 친구들이 있다는 것이었다.

한 시간 뒤 모니카는 노란 치장벽토를 바른 대성당 옆길로 나와 광장의 커피숍에 자리 잡고 커피를 주문했다. 레리니는 꾸밈없고 부산스러운 아름다운 마을, 여름에는 관광객으로 북적이지만 그들이 짐을 싸서 다시 추운 나라, 세련된 생활방식으로 돌아가고 난 뒤에도 여전히 참다운 마을이었다.

모니카는 '카페'를 주문하고 편안하게 앉아 아기들과 할머니들, 테이블 사이사이를 돌아다니며 먹이를 찾는 살찐 비둘기들의 모습을 구경했다.

그러다 한 남자가 모니카의 눈에 들어왔다. 그녀를 등지고 혼자 앉아 있었는데, 주변에 있는 사람들이 휴대폰을 만지작거리고 있는 것과는 달리 그는 조용히 앉아서 용감하게 그의 의자 아래까지 날아온 작은 새에게 크루아상 부스러기를 주고 있었다. 그러다 싸움꾼 비둘기가 끼어들자 남자는 비둘기를 당장 쫓아보내더니 다시금 아까의 작은 새가 용기를 내서 크루아상을 쪼아 먹기를 기다렸다. 작은 새를 지켜주는 든든한 모습에 어쩐지 마음이 따뜻해진 모니카는 자기도 모르게 미소를 지었다.

그때 남자가 몸을 돌려 대성당 맞은편 시청에 걸린 시계를 확인했다. 그 남자는 전체적으로 구깃구깃한 분위기를 풍겼다. 구겨진 리넨 바지, 구겨진 셔츠에 심지어 얼굴까지도 옅은 주름이 잡혀 구깃구깃해 보였다.

그제야 모니카는 그 남자가 실비의 남편 토니임을 알아보고 깜짝 놀랐다. 토니가 혼자 있다니, 심지어 누굴 기다리고 있는 것 같지도 않았다.

모니카는 이 흥미로운 정보를 머릿속에 일단 집어넣은 다음 커피값을 계산하고 성당 지하 카타콤 속 앤티크 소품 가게로 갔다.

미용사가 나오더니 마치 오래된 친구를 만난 것처럼 반갑게 인사한 다음 모니카를 미용실 안으로 데리고 들어가 이 멋진 머리가 최상의 상태로 유지되도록 공짜로 빗질까지 해주었다.

"*벨라, 벨라!*예뻐요"

미용실을 나서는 모니카를 향해 미용사가 한참이나 종알거렸다. 이탈리아인들은 상대방의 자존감을 높여주는 기술이라도 가진 걸까. 혹시 이탈리아인의 특징일까. 이곳에는 행복의 그물을 그대로 통과해버리는, 자기혐오에 빠진 우울증 환자들이 없는 걸까.

앤티크 소품 가게의 여주인은 지난번과 마찬가지로 진심이라고는 느껴지지 않는 태도로 모니카의 유창한 이탈리아어 실력에 찬사를 퍼부으며 낡아빠진 천 한 필에 이르기까지 실비가 사간 물건 하나하나가 어떻게 되었는지를 물었다. 마치 그립지만 좋은 집을 찾아가서 기쁜 오랜 친구의 안부를 묻는 듯한 태도였다.

주인이 흡족해할 때까지 이 이야기를 하고 나서야 모니카는 빌라 레 시레누세에 관해 물어볼 수 있었다.

"*시뇨라*, 왜 그 집을 '결혼식장'이라고 부르세요?"

그러자 주인은 당연하다는 양 대답했다.

"그곳에서 근사한 결혼식을 치르니까요. 제 조카딸도 지난 *프리마베라*^봄에 그곳에서 결혼식 피로연을 했답니다."

그녀가 다시금 떠오른 기억을 되새기며 기쁨에 빠진 모양이었다.

"*글리치네*^{등나무} 아래 서 있는 모습이 얼마나 예쁘던지. 영어로는 뭔지 모르겠네요."

"'위스테리어'예요."

"온통 촛불 장식을 해놓고 정원에 테이블을 늘어놓았답니다."

"하지만 너무 비싸지 않나요? 몰토 카로."

모니카가 슬쩍 떠보았다.

"아니요, 비싸지 않답니다. 집주인이 오게 되는 때에는 결혼식이 취소되니까 아주 저렴해요."

그러니까 스티븐의 허락을 받고 하는 일이 아니라는 소리였다. 스티븐 모르게 빌라에서 결혼식이 열리고 있다니.

그때 모니카에게 번뜩 영감이 떠올랐다.

"혹시 결혼식 사진도 있으세요?"

늙은 여주인은 전화번호부며 영수증 무더기 사이를 한참이나 뒤적거리더니 마침내 "찾았어요!" 하고 외쳤다.

사진 속 미소를 띤 젊은 신혼부부는 등꽃이 활짝 핀 퍼걸러 아래 서 있었다. 그곳은 빌라 레 시레누세가 분명했다. 이곳에서 무슨 꿍꿍이가 이루어지고 있건 간에 모니카는 확고한 물증을 손에 넣은 셈이었다.

10

앤절라는 포지타노로 떠나기 전 신경 써서 옷을 차려입었다. 쉬운 일은 아니었다. 근사한 리조트를 찾아가는 상황인데 가는 길에 튼튼한 신발을 신고 오래 걸어야 한다니 신발뿐 아니라 약간의 변화가 필요했다. 앤절라는 테라스로 나가 날씨를 확인했다. 이제는 혼자만의 테라스를 가진다는 호사가 더는 즐겁지 않고 오히려 약간 죄책감마저 느껴졌다. 그런 기분이 처음 들었을 때 앤절라는 혼자 생각했다. '앤절라, 이러지 마. 갑자기 왜 이래?' 그 기억을 떠올리며 앤절라는 킥킥 웃었다. 아마 은유적인 정장을 벗어던진 탓일지도 몰라.

하늘이 구름 한 점 없이 새파랬다. 그래도 페리나 하이드로포일을 타야 할 텐데 그 안은 더 서늘하겠지.

결국 앤절라는 '패브릭' 제품인 회색 리넨 반바지에 역시 '패브릭'에서 나온 어두운 분홍색 민소매 상의를 입기로 했다. 다리가 너무 하얘서 선탠이라도 할 걸 그랬다는 생각이 들었지만, 그래도 긴바지를 입으면 걷기 불편할 것 같았다.

그런데 머리 위로 상의를 뒤집어써 입다가 '패브릭'의 상표를 보았을 때 앤절라는 스스로도 놀랄 만한 감정을 느꼈다.

이곳에 온 뒤로 앤절라는 사업에 대한 생각은 완전히 머릿속에서 지우고 지냈다. 스티븐이 이런 의도로 마음을 써서 초대한 것이라면 성공적이었던 셈이다. 그런데 이제 와서 문득 사업은 어떻게 진행되고 있을까 하는 생각이 머릿속을 떠나지 않았다. 물론 꼭 필요한 상황이라면 드루가 연락을 했을 테고, 그렇지 않다면 앤절라를 보호하고 자기 선에서 다 처리했으리란 것은 알고 있었다.

두 남자가 각기 다른 방식으로 앤절라의 방패가 되어 지켜주고 있다는 생각이 들자 앤절라는 우습다거나 화가 나기는커녕 이상하게 마음이 따뜻해졌다. 이제야 앤절라에게 있던 여성적인 면이 수면 위로 떠오른 건지도 모르겠다. 너무나 놀라운 일이었다. 이러다가 핸드백 안에 복슬강아지라도 넣어서 데리고 다니게 되는 건 아니겠지?

레리니 시장에서 사온 바구니에 운동화와 양말을 한 켤레씩 넣은 뒤 앤절라는 친구들을 만나러 아래층으로 내려갔다. 앤절라가 알기로 친구들은 오늘 자신이 휴고와 만나기로 한 것도, 이 외출이 호텔 취재와는 아무런 관련이 없다는 것도 모르고 있으니 오늘 하루 외출하는 것에 대한 핑계를 짜내야 할 것 같았다. 역시 쉬운 일은 아니었다. 지금까지 란짜렐라 여성 조합은 서로가 무엇을 하고 있는지 언제나 알고 있었다. 클레어가 별말 없이 루카를 만나고 온 적은 있었지만 아마 비어트리스와의 친분으로 빠져나갔겠지.

앤절라는 결국 휴고를 만나러 간다는 사실을 떳떳하게 밝히기로 마음먹었다. 어차피 휴고와 만나는 동안 그가 호텔 매입을 얼마나 적극적으로 추진하고 있는지 쓸 만한 정보를 채집해올 수도 있을 테니까.

나머지 세 친구는 테라스에서 햇볕을 듬뿍 받으며 이마쿨라타가 준비해준 먹음직스러운 과일 샐러드를 먹고 있었다.

"이거 좀 먹어봐, 앤절라."

실비가 샐러드를 적극적으로 권했다.

"이건 신들이 먹는 음식이라고."

"재미있네. 마침 '신들의 오솔길'에 산책 가는 길이거든. 과일 샐러드로 신들을 위무할 수 있겠어. 제삿술을 바친다고나 할까."

"제삿술은 마시는 거잖아. 그렇지, 모니카?"

클레어가 묻자 모니카가 고개를 끄덕였다.

"신에게 바치는 샐러드를 가리키는 말은 따로 없는 것 같아."

화제가 신화 이야기로 흐르는 바람에 곤란한 질문을 받지 않아 잘됐다고 생각하며 앤절라는 자리에 앉았다.

그러나 그건 앤절라의 착각이었다.

"그럼 네 환심을 사려는 휴고는 언제 데리러 온대?"

실비가 생긋 웃으며 물었다.

앤절라는 그 말은 무시하기로 했다.

"사실 레리니까지 버스 타고 가서 거기서 페리를 탈 생각이야."

단호한 말투였다.

"아, 잘됐다."

실비가 미소를 지었다.

"나도 같이 가자. 시장을 좀 둘러보고 싶거든. 비어트리스 말로는 화요일마다 벼룩시장이 열린대. 내가 딱 좋아할 만하지? 다른 방을 꾸밀 만한 것들을 찾아볼까 싶어. 뭐라도 할 일이 있으면 좋잖아."

"넌 정말 가만히 앉아 있는 법이 없구나."

모니카가 존경스럽다는 듯 말했다. 태어나서 실비처럼 힘이 넘치는 사람은 처음 보았다.

"할 수 있는 일이 있는 한 절대로. 휴가 가서 일광욕이라니, 나한텐 관타나모 수용소에 갇힌 거랑 똑같아."

"실비."

모니카는 충격을 받은 표정이었다.

"그런 말은 좀 심하잖아."

"나한테서 정치적 올바름 같은 건 찾지 말아줬으면 좋겠다."

실비는 입고 있던 오렌지색과 보라색이 섞인 원피스를 탁탁 털었다.

"난 태어날 때부터 그런 눈치가 없어서 말이야. 시장에 같이 갈 사람 있어?"

앤절라는 숨이 턱 막혔다. 자신이 휴고를 만나러 가는 모습을 나머지 조합원들이 다 함께 지켜보는 광경이 생생하게 그려져서였다.

"나도 갈래."

모니카가 자원했다.

"잘됐다. 네가 이탈리아어로 흥정하는 걸 도와주면 상인들도 내가 우스꽝스러운 드레스를 입은 멍청한 관광객이라고 생각하지 않을 거 아냐."

모니카는 단호하게 대답했다.

"나는 중고 책 파는 데가 있는지 찾아볼 생각이야."

"읽을 책이 다 떨어졌어? 내가 재키 콜린스 책 빌려줄 수 있는데. 중간중간 야한 부분도 있고 그래."

모니카는 멋지게 스타일링한 머리카락 아래로 표정을 숨기며 브라이언을 생각했다. 두 사람은 그런 야한 소설 같은 것이 없어도 얼마든지 성생활을 즐겼다. 그러고 보니 브라이언의 유해! 갑자기 그걸 가져왔다는 것이 기억났다. 정말 말도 안 되는 일이었다. 어서 재를 흩뿌리기에 딱 좋은 장소를 찾아야겠다는 생각이 들었다. 자연히 우리 모두가 언제까지 이곳에 머무르게 될지 궁금해졌지만, 그 순간 그 답을 알고 싶지 않다는 생각이 들었다.

그런 질문을 하면 이곳을 감도는 마법이 깨지고 말 것 같았다. 햇볕 때문일까, 풍경이 아름다워서일까, 이탈리아 사람들이 친근한 태도로 그들을 받아주어서일까, 아니면 고작 네 명으로 이루어진 예기치 못한 란짜렐라 여성 조합에 속한 덕분일까. 답은 알 수 없었지만 모니카는 행복했고 이제는 자신이 실패자라는 느낌도 들지 않았다. 어떻게 이런 일이 일어날 수 있담?

"옛날 책을 살 생각이야."

"야, 모니카, 정말 멋지다."

실비가 다정한 어조로 외쳤다.

"지중해에 휴가 와서 옛날 책을 읽고 싶어 하는 사람은 세상에 너밖에 없을 거야! 게다가 우릴 폼페이에 데려가고 싶어서 좀이 쑤시지?"

10센티미터 굽이 달린 샌들을 신고 세상에서 가장 역사적인 명소를 돌아다니는 실비를 상상하니 우스워서 웃음이 나왔다.

"우리가 경박한 사람이라고 생각하겠지?"

실비는 구슬프게 말했다.

"됐어, 이제 지적 수준을 재어보는 짓은 그만하자고. 어서 출발하지 않으면 버스를 놓쳐서 조반니가 모는 차를 타는 신세가 된다고. 심지어 조반니의 님프가 레몬 농부랑 눈이 맞았으니 질투심에 눈이 멀어 평소보다도 더 아찔한 드라이브가 될 거야!"

클레어는 창피해서 고개만 절레절레 저었다.

버스가 지붕이 뚫린 무개차인 걸 보고 신이 난 세 사람은 중년의 수학여행이라도 떠나는 것처럼 버스 뒷좌석을 차지하고 앉았다.

"실비가 노래하려고 하면 못 하게 해줘."

앤절라가 모니카에게 속삭였다.

"난 그런 고역은 못 견딜 것 같아."

그러나 더 큰 고역이 레리니에서 앤절라를 기다리고 있었다.

버스에서 내리자 실비가 앤절라를 배웅하겠다며 부둣가로 질질 끌고 갔지만 페리 줄에도 하이드로포일 줄에도 휴고의 모습은 보이지 않았다.

"조금 늦나 봐. 너희 둘은 먼저 시장으로 가는 게 어때?"

앤절라가 제안했다.

그러자 실비는 순진무구한 표정으로 대답했다.

"내 착각일지도 모르는데, 저 쾌속정 위에서 누가 자기한테 손 흔드는 것 같은데?"

정말이었다. 부둣가에서 물가로 내려가는 계단 아래쪽에 휴고가 소형 모터보트 위에 서서 앤절라의 관심을, 아니 부둣가에 있는 모든 사람의 관심을 끌 만큼 우렁차게 앤절라를 부르고 있었다. 사람들의 흥미진진한 시선 속에서 앤절라는 미끄러운 계단을 밟고 보트 쪽으로 내려갔다.

"초콜릿 광고인 줄 알았네."

모니카가 딱 앤절라에게만 들릴 만한 소리로 덧붙인 말이었다.

모니카도 실비도 시장에서 즐거운 시간을 보냈다. 실비가 바라는 대로 벼룩시장보다는 골동품 시장을 더 열심히 둘러보았기 때문이다. 실비는 벌레를 찾아다니는 울새처럼 행복하게, 그리고 그보다 두 배로 발랄하게 좌판과 좌판 사이를 쏘다녔다. 모니카는 실비가 새로운 방을 장식하기 딱 걸맞다며 금색 아기천사상을 두고 열심히 흥정하는 모습을 지켜보았다. 실비에게 모니카의 도움은 필요 없었다. 실비의 DNA 속에 장사꾼의 기질이 흐르고 있는 게 분명했다. 골동품상이 가엾게 느껴질 정도였다.

죽 늘어선 좌판 저쪽에는 책을 파는 상인들이 있었다. 주로 책장 모서리가 접힌 문고판, 오래된 지도, 그리고 엘레나 페란테의 책도 여러 권 있었는데 나폴리 시절을 다룬 1권은 모니카도 이미 읽은 후였다. 모니카는 다음 좌판으로 발걸음을 옮겼다. 골프를 소재로 한 만화책이 있었는데 모니카의 엄마 마리엘라라면 재미있어할 것 같았다. 모니카는 엄마가 선물받을 자격은 없다고 생각했지만 그래도 속 좁게 굴고 싶지는 않았기에 그 만화책을 샀다. 그러다 모니카는 드디어 밝은 오렌지색 표지에 꼭 중세의 그림 같은 야수 가 멋지게 그려진 양장본을 한 권 발견했다. 주세페 디 람페두사라 는 저자가 쓴 『표범』이라는 책으로 이탈리아에서 가장 널리 읽히 는 책 중 하나였다. 대담하지만 단순한 표지의 그림체를 콘스탄틴 이 좋아하리라는 생각이 본능적으로 들었다. 만약 정말로 콘스탄 틴의 스튜디오에 가게 된다면 이 책을 선물로 가져가야겠다고 모 니카는 속으로 생각했다.

주변을 돌아보니 실비가 물건을 잔뜩 들고 이쪽으로 다가오고 있었다. 낡아빠진 벨벳 쿠션이며 앤티크 천, 그리고 1920년대 신 여성을 묘사한 조그만 상 따위였는데 가까이에서 자세히 보니 램 프였다.

"모니카, 정말 실망이야."

실비가 모니카의 손에서 책을 빼앗으며 입을 열었다.

293

"심지어 이탈리아어로 된 책도 아니잖아."

그런데 바로 그 순간 말을 멈춘 실비의 얼굴에 고통스러운 표정이 스쳐 지나갔다. 그러나 곧 실비는 다시 평소의 빈정대는 말투로 툭 내뱉었다.

"뭐, 그 짐 버니가 문맹은 아닌 모양이네."

모니카가 고개를 들자 반대쪽 좌판 앞에 실비의 남편 토니가 한 손에 낡은 애거서 크리스티의 추리소설 한 권을 들고 서 있는 게 보였다. 햇볕에 그을린 탓인지 늙고 지쳐 보였다.

"걔한텐 너무 어려운 책 아니야?"

토니는 그 날선 비아냥이 마치 자기가 감수할 몫이라도 된다는 듯 묵묵히 서 있었다.

"킴은 돌아갔어. 딱 하나만 빼면 내가 전적으로 실망스럽대."

토니가 잠시 입을 다물었다가 덧붙였다.

"마사지는 잘한다더군."

"잘됐네. 그럼 마사지사로 제2의 인생을 살면 되겠네. 그럼 여기서 뭐 하는 거야?"

토니가 실비의 눈을 마주 보았다.

"혹시 당신을 우연히 만날지도 몰라서."

"그래, 이제 만났으니까 다음 비행기를 타고 나폴리를 떠나줘."

"실비, 이러지 마… 당신에게 모욕을 당해도 할 말은 없어. 어차피 이미 웃음거리로 전락하기도 했고. 내가 당신한테 상처를 준 건 맞아. 그러니까 그걸 보상할 기회를 줄 수 없겠어?"

모니카는 속으로 실비가 토니를 용서했으면 했다. 광장에서 토니가 작은 새에게 모이 주는 모습을 보아서인지도 모르지만, 토니의 심성은 다정했고 다정함이라는 것은 허투루 보아 넘겨서는 안 되는 성정이었다.

"절대 안 되지. 우리 어머니라면 당신이 제 무덤 팠다고 말씀하실 거야."

"당신이 먼저 말해서 하는 말인데, 장모님은 성격이 괴팍해서. 당신도 같이 살기 쉬운 사람은 아니야."

모니카는 방금 토니가 자기를 방어하려고 한 말은 실수였다고 생각했다. '닥쳐요, 토니! 그냥 실비가 그리웠다고 말하라고요!' 하고 고함이라도 지르고 싶었다.

"당신은 어딜 가든 남을 지배하려고 하고,"

토니는 말을 멈추지 않았다.

"절대 다른 사람의 의견은 받아들이지 않지. 항상 자기가 옳다고 믿어 의심치 않아."

실비는 카프탄을 걸친 스핑크스처럼 딱딱한 얼굴로 그 말을 감정 없이 듣고 있었다. 모니카는 토니가 당장이라도 돌아서서 가버릴 줄 알았다.

"그런데 그런 당신이 미치도록 보고 싶었어."

토니가 실비를 향해 다가섰지만 실비는 신여성이 조각된 램프를 공격용 무기처럼 치켜들었다.

토니가 웃음을 터뜨리더니 고개를 저었다.

"이런 물건은 어디서 구했어?"

"시장에서."

"당신이 발견한 거라면 남들이 모르는 걸작이 분명하겠지. 난이 책을 사려던 참이었어."

그는 한 손에 들고 있던 애거서 크리스티의 책을 흔들어 보였다.

"저녁에 할 일이 없거든. 당신이 친절하게 제안해준 대로 다음 비행기로 나폴리를 떠나는 일은 없을 거야. 난 아직 그 호텔에 묵고 있으니까, 연락하고 싶으면 해도 돼."

"진짜 이상한 호텔이더라."

"숙박비를 선불로 내서 어쩔 수 없었어."

"당신 정말 짠돌이다."

"그리고 당신은 돈 아까운 줄을 모르지."

모니카는 한숨을 쉬었다. 두 사람이 화해할 여지가 사라지고 있었던 것이다.

토니는 그제야 모니카가 들고 있던 책을 알아보고 입을 열었다.

"저도 그 책을 읽어보려고 세 번이나 도전했어요. 저한테는 너무 심오하더라고요. 그래도 표지는 아주 멋있죠. 그럼 실비, 이만 안녕."

토니는 책값을 지불한 뒤 다시 광장을 향해 돌아갔다.

"저 책을 읽어봤단 건 처음 알았네."

실비가 말했다.

"아마 네가 남편에 대해 모르는 게 아주 많을걸. 작은 새한테 크루아상을 나눠주고 큰 새는 쫓아 보낸 것도 모르지?"

그러자 실비는 미친 사람을 보는 표정으로 모니카를 바라보았다. 모니카는 토니가 작은 골목으로 들어서서 보이지 않을 때까지 실비가 남편의 뒷모습에서 눈을 떼지 않았다는 사실을 알아차렸다.

"좀 과하지 않나요?"

모터보트의 가죽 시트가 덮인 좌석에 자리를 잡으며 앤절라가 말했다.

"사실 호텔에서 호이 폴로이^{어리석은 군중}에게서 벗어나 당일치기 여행을 하려는 손님들에게 빌려주는 보트입니다. 물론 꼭 상대가 어리석은 군중, 특히 흔히 쓰이는 의미의 대중일 필요는 없지요. 제가 보기에 당신은 옥스브리지 출신 같은 타입입니다."

휴고는 그녀를 자극하려는 듯 그렇게 말했다.

앤절라는 그를 찬찬히 뜯어보았다. 그냥 우연히 들어맞은 걸까, 아니면 숙제처럼 나에 대해 알아본 걸까? 물론 런던 사람들은 상대방에 대해 항상 구글로 검색해보지만, 경쟁과 상호 비교의 세계에서 멀리 도망쳤다고 생각한 이곳에서 또다시 이런 말을 들으니 기분이 이상했고 살짝 불쾌하기도 했다.

"맞아요, 옥스퍼드에 다녔죠. 딱 일 년이었지만요."

"어째서지요?"

그 말에 앤절라는 어깨만 으쓱했다.

"경치나 즐기죠. 이곳의 해안선은 지구상에서 가장 아름답다고들 하던데."

"그렇습니다. 아쉽네요. 이제 당신도 그걸 당연하게 받아들이게 되어버렸으니까요."

두 사람이 탄 보트는 해안에서 커다란 만곡선을 그리며 하이드로포일을 추월했다. 하이드로포일에 타고 있던 승객 두엇이 손을 흔들어 보였다. 앤절라는 마주 손을 흔들어주면서 자신이 바보 같다고 생각했지만 곧 지금을 즐겨야겠다고 결심했다. 엔진의 소음, 선체에 철썩철썩 부딪히는 파도 소리가 너무 커서 대화를 하려면 고함을 질러야 할 정도였기에 휴고와 더는 말을 나누지 않아도 되어 다행이었다.

풍경은 기대만큼이나 근사했다. 바다는 짙은 청록색이었고 가장자리만 선염한 실크처럼 옅은 푸른색이었다. 이 와중에도 패션과의 공통점을 찾는 스스로가 우스워서 앤절라는 살짝 미소를 지었다. 등 뒤로는 연한 파스텔 색조의 집들과 노랗게 칠한 대성당이 해안선을 따라 늘어서 있고 그 위로 솟은 절벽에는 보석 같은 란짜렐라가 자리하고 있었다. 앤절라는 빌라 레 시레누세의 계단식 정원 맨 아래층에 서 있는 조각상을 알아볼 수 있었다. 보트가 향하는 방향에는 역사를 사랑하는 이들도, 쇼핑을 사랑하는 이들도 유혹하는 카프리섬이 보였다.

"비수기라서 다행이지요."

엔진 소리를 낮추며 휴고가 소리쳤다. 목적지를 향해 갈수록 바다는 잔잔해졌다.

"다행히도 멋쟁이들이 찾아오기 전에 왔으니까요. 요전엔 8월에 왔더니 가죽 비키니를 입은 여자가 해변에서 보르조이 한 마리를 끌고 다니고 있었답니다. 자, 여기가 당신만을 위한 포지타노입니다."

보트를 정박시킨 뒤 두 사람은 활기 넘치는 예쁘장한 해변가 바와 카페들을 지나 마을로 향하는 계단을 올라갔다. 아주 짧은 흰 원피스에 무릎까지 오는 부츠, 밀짚으로 만든 카우보이 모자를 쓴 눈부시게 아름다운 젊은 여인이 두 사람을 스쳐갔다.

"당신이 아까 한 말이 이해가 되네요."

"잠시 둘러보고 쇼핑이라도 하겠습니까? 포지타노 스타일이 당신 취향일지는 모르겠지만 그래도 재미있을 테니까요."

"무슨 뜻으로 하시는 말씀이지요?"

혹시 젊은 사람들만 좋아하는 스타일이라는 걸까?

"보시면 알게 될 겁니다."

298

두 사람은 작은 골목으로 들어섰다. 양옆에는 빅토리아식 잠옷을 잘라 만든 것 같은, 아까 부둣가에서 스쳐간 여자가 입고 있었던 것과 똑같이 생긴 론 소재 원피스를 파는 옷가게가 늘어서 있었다.

"우리 할머니가 보셨다면 저런 옷을 입는 여자들은 알 만하다고 하셨겠는데요."

"우리 할머니라면 의견이 달랐을 겁니다. 물랭루즈의 스트립 댄서셨거든요."

그 말에 앤절라는 깜짝 놀랐다.

"정말 다채로운 인생을 사셨네요."

"산책하는 동안 말씀드리겠습니다. 산책을 하다 보면 결국은 자기 이야기를 털어놓게 되더군요."

앤절라는 호기심 어린 얼굴로 그를 바라보았다. 휴고를 불신하고 미워할 마음의 준비를 단단히 했는데, 그러기가 생각보다 더 어려울 것 같았다.

"저건 어떠십니까?"

휴고가 조화를 잔뜩 장식해놓은 가게를 가리키며 물었다. 모자에도, 가방에도, 원피스 끝단에도 조화가 잔뜩 달려 있었다.

"딱 당신 스타일인데요."

"글래스턴베리 페스티벌에 간 일라이자 둘리틀이라면 그랬겠죠."

다음 골목에는 샌들 파는 가게가 많았다. 앤절라의 눈에 우아한 은색 샌들 한 켤레가 들어왔다. 런던에서 사면 더 쌀 걸 알면서도 그녀는 이 샌들을 사기로 마음먹었다. 여행 중에 마음에 드는 걸 발견하면 즐거워진다. 여행에서 입고 신고 다닐 수도 있고, 여행의 기분 좋은 추억도 하나 더 늘어나니까.

"정말 당신 취향에 딱 맞네요."

휴고도 그렇게 말했다.

"제 취향이 어떤데요?"

"단순하고, 세련되고, 우아한 취향이시죠. 저것처럼요."

휴고는 옆 가게 진열장에 있는 목걸이를 가리켰다. 도자기로 만든 펜던트 목걸이였다. 반들거리는 짙은 녹색 펜던트가 매력적인 은빛으로 빛나고 가운데에는 아주 작은 은색 원반이 붙어 있었다. 앤절라 자신이라 해도 이 목걸이를 골랐으리라는 생각에 조금 짜증이 났다.

"마음에 드십니까?"

앤절라가 고개를 끄덕이자 휴고는 그녀가 말릴 새도 없이 가게 안으로 들어가더니 곧 라벤더색 리본으로 포장한 작은 상자를 가지고 나타났다.

"세상에, 이러지 않으셔도 되는데."

휴고가 씩 웃었다.

"이름난 스트립 댄서였던 저희 할머니가 계셨다면 신사에게서 선물을 받았을 때 어떻게 대처하면 좋은지 알려주셨을 텐데요."

"그러셨겠죠. 심지어 '잔소리하지 말고 그냥 받으라고!' 하셨을 목소리가 귀에 선하네요."

"사실 저희 할머니라면 '무슨 이따위 도자기를 선물로 줘? 다이아몬드나 내놔' 하셨을 겁니다. 자, 이제 중요한 결정을 할 때가 되었네요. 산책 먼저 하고 점심을 먹을까요, 아니면 점심 먼저?"

"아, 먼저 산책을 하는 게 좋지 않을까요? 돌아오는 길에 배가 고파질 테니 식당으로 가면 되지요."

"탁월한 선택입니다. 그렇게 하지요. '신들의 오솔길'로 가는 가장 쉬운 수단은 버스입니다."

"실망이네요. 여기까지 쾌속정을 타고 왔으니 헬리콥터라도 태워주실 줄 알았는데."

"헬리콥터는 개인 섬을 소유한 검은 손들 때문에 예약이 다 차버렸습니다."

"여기 개인 소유의 섬들이 있을 리가요!"

"정말 있습니다. 누레예프*도 하나 소유하고 있었죠."

버스표를 담배 가게에서 산다는 사실이 재미있었다. 어쩐지 이탈리아다운 일이라는 생각이 들어서였다.

버스는 10분간 산길을 올라갔다.

"휴고 씨는 저에 대해 어떻게 생각하시는지 굉장히 솔직히 말씀하시네요."

앤절라가 말했다.

"그러니까 저도 똑같이 할게요. 당신이 버스를 타는 모습이 상상이 안 돼요."

"제임스 본드처럼 정중하게 당신을 쾌속정으로 여기까지 모셨기 때문에요?"

앤절라는 휴고가 입고 있는 다림질로 칼같이 각을 세운 치노 팬츠와 빳빳하기 그지없는 푸른 셔츠를 바라보았다. 험한 길을 걷기에 편한 복장은 아니었다.

"오래 걸을 때 필요한 옷이나 신발을 갖추려 스노우앤드록이나 노스페이스에서 쇼핑하는 모습도 상상이 안 되고요."

"당연히 그렇지요. 하지만 저는 가벼운 산책을 할 생각입니다.

* 프랑스의 무용수이자 각본가.

진지하게 하이킹하는 사람들이야 우리를 추월해 가라고 하지요."

"정말인가요? 제가 가진 경쟁심을 과소평가하시네요."

"물론 당신은 경쟁심리가 굉장히 강하시겠지요. 탁월하게 유능한 여성이라는 점에 저도 놀랐습니다."

버스가 종점으로 보이는 곳에 도착하자 모든 승객이 내렸다. 다른 사람들은 전부 앤절라와 휴고에 비해 걷기 편한 복장을 갖추고 있었기에 앤절라도 어깨에 메고 있던 큼직한 가방에서 운동화를 꺼냈다.

"정말 그 신발을 신고 걸을 생각이세요?"

앤절라가 휴고의 맵시 있게 생긴 갈색 로퍼를 가리키며 물었다.

"당연하지요. 팀버랜드 제품인걸요. 광고 문구대로라면 신발을 신고는 1,000킬로미터도 거뜬히 걸을 수 있을걸요."

"그 정도 걸을 일은 없기를 바라요. 저는 멀어야 5킬로미터쯤 될 줄 알았거든요."

산책로가 놀랄 만큼 아름답다는 사실을 앤절라도 인정할 수밖에 없었다. 좁다란 길에서는 300미터 아래의 담녹청색 바다가 똑바로 내려다보였고, 공기는 맑아서 바다의 맛이 입안에 느껴지는 듯했으며, 온 사방에 타임과 야생 프리지어 향이 감도는 곳이었다.

"이제 이곳을 왜 '신들의 오솔길'이라고 부르는지 알겠지요?"

휴고의 말이었다.

"신이 있는지 찾아봐야겠는데요."

앤절라는 뒤를 슬쩍 흘겨보는 척했다.

"판 아니면 님프가 있을 것 같은데요. 제우스의 관심을 끈 죄로 항상 헤라에게 저주받아 무언가 흉측한 걸로 변하곤 하잖아요."

두 사람은 님프나 여신이 아니라 배낭을 메고 '나는 진지하게 산책을 하고 있으니까 내 앞에서 비켜'라고 외치는 듯한 우스꽝스러운 스키 폴 같은 것들을 들고 있는 사람들에게 에워싸여서 조용히 길을 걸었다.

그중에서는 휴고를 재미있다는 듯 쳐다보는 이들도 있었다. 앤절라의 생각에는 아마 이 산책로에는 치노 팬츠에 로퍼 차림으로 나타나는 사람이 흔치 않은 데다가, 그 와중에 지친 기색도 내비치지 않는 이는 드물기 때문인 것 같았다.

놀랍게도 앤절라도 휴고도 둘 다 산책로를 걷는 내내 쉬지 않고 대화를 나눌 필요성은 느끼지 못했다. 대신 두 사람은 고요함과 새가 지저귀는 소리에 귀를 기울였다.

"정말 놀라워요."

앤절라가 중얼거리며 눈을 감았다.

"배는 안 고프십니까?"

"솔직히 말하면 고파요."

"잘됐습니다. 왜냐하면, 맞은편에서 이쪽을 향해 걸어오는 엄청난 인파가 방금 보였거든요. 다행히 이곳에서 멀지 않은 곳에 작은 레스토랑을 하나 알고 있습니다."

그 말에 앤절라가 키득키득 웃었다.

"왜 웃으시지요?"

"당신이 어디에서나 '작은 레스토랑'을 알고 있을 것만 같아서요."

"나쁠 건 없지 않습니까? 당신을 저 파카 입은 사람들 무리에 내동댕이치지 않을 수 있어 얼마나 다행입니까. 저들에게 자비라고는 없다고 들었습니다만."

그가 경쾌하게 덧붙였다.

"특히 여성분께는 말입니다."

"그럼 그냥 이대로 쭉 가자고요."

앤절라는 그렇게 대답하자마자 시선을 피했다. 앤절라 윌리엄스, 적을 상대로 추파를 던지다니!

휴고가 알고 있다는 레스토랑은 반쯤은 여행객들이고, 산책하는 사람 한 명에 지역 주민이 두 가족 자리 잡은, 쾌적하고 수수한 곳이었다. 굳게 결심한 듯 물만 마시고 있는, 비교적 술에 취하지 않은 듯 멀쩡해 보이는 미국인 여섯 명이 앉은 테이블 옆에는 프랑스인 부부가 로제 와인을 두 병째 마시고 있었다.

식당 주인은 휴고에게 고개를 숙여 인사했지만 두 사람을 자리로 안내해줄 때는 이상하리만치 달갑지 않아 한다는 느낌이 들었다.

손님인데 왜 그럴까? 아마 휴고를 닮고 닮은 도회지 사람이나 방금 요트에서 내린 까다로운 손님이라고 생각한 건지도 모르겠다.

휴고가 무엇을 주문할지 앤절라는 궁금해졌다. 그녀에게 깊은 인상을 남길 고급 와인일까.

그러나 그가 선택한 것이 카라페에 담긴 이 지역 포도주 반 병이라는 사실에 앤절라는 상당히 놀랐다.

"이곳에서 직접 만드는 와인입니다. 아주 훌륭하지요. 식사는 뭘로 하시겠습니까?"

앤절라는 메뉴를 훑어보았다. 특색 없는 메뉴였다. 이 동네에선 피할 수 없는 선택인 토마토와 모짜렐라 치즈가 들어간 카프레제 샐러드, 여러 가지 파스타, 생선 스튜 한 가지, 그리고 송아지 갈비 정도가 있었다.

"사과드리지요. 때로는 메뉴에 올라오지 않은 요리가 있느냐고 물어볼 가치가 있습니다."

휴고가 웨이터를 불렀다.

준비되어 있는 음식은 튀긴 주키니에 파마산 치즈를 뿌린 것과 오징어 먹물 리소토였다. 앤절라는 두 가지 모두 주문했고 휴고도 같은 메뉴를 골랐다.

"자, 그러면."

앤절라는 더 이상 기다릴 수 없었다.

"스트립 댄서였다는 할머니 이야기를 어서 들려주세요."

"물론 할머니께서는 고급 스트립 댄서셨습니다. 돌고래와 함께 수영하는 수중 연기가 유명했지요."

"멋진데요."

"그렇습니다. 돌고래들이 브라와 속바지를 벗겼거든요."

와인을 마시는 중이 아니어서 다행이었다. 사레가 들렸을지도 모르니까.

"덕분에 아주 유명하셨죠."

"왜 안 그러셨겠어요."

"그러다가 할머니는 제 할아버지를 만났습니다. 할아버지는 이류 귀족이셨는데, 상당한 괴짜셨죠. 환경운동도 하셨고요."

"그래서 그분이 당신 할머니께 끌렸던 건지도 모르겠네요."

"왜죠?"

"돌고래를 구해야 하니까요. 돌고래로서는 얼마나 잔혹한 일이었겠어요."

그러자 휴고가 껄껄 웃음을 터뜨렸다.

"정말 영국인 같은 발상이네요. 아마 돌고래 때문은 아니었을 겁니다. 그렇게 두 분은 이탈리아로 이주해서 빌라 레 시레누세에서 지내셨답니다."

앤절라는 그 말을 듣고 와인을 쏟을 뻔했다.

"그분들이 빌라에서 사셨던 줄은 몰랐네요."

"그러셨답니다. 하지만 그러다가 할아버지께서는 환경운동은 그만두고 도박에 빠지셨지요."

"세상에, 그냥 돌고래나 돌보시지."

"그렇게 두 분은 레 시레누세를 파시게 되었습니다. 새 주인이 빌라를 방치해둔 바람에 당신 친구 스티븐 부부가 그 빌라를 찾아냈을 땐 폐가가 따로 없었습니다."

주키니 요리가 도착했다. 앤절라가 태어나서 먹어본 주키니 중 가장 맛있었다.

"그러면 당신 가족은 어떻게 호텔 사업에 뛰어들게 되었지요?"

"할아버지가 도박으로 전 재산을 날린 탓에 제 아버지는 맨몸으로 자수성가해야 했습니다. 은수저를 물고 시작할 수는 없었지요. 그래서 아버지는 수녀들이 운영하던 란짜렐라의 한 수녀원을 빌려서 작은 호텔로 탈바꿈시킨 겁니다."

"란짜렐라에는 수녀원이 아주 많은 것 같던걸요."

"중세에는 많은 여성들이 수녀가 되었으니까요. 남편을 찾지 못하면 가난한 신세가 되느니 수녀가 되는 것이 훨씬 나았죠. 특히 가족이 수도원에 기부를 하면 말입니다."

그때 리소토가 등장했다. 리소토 역시 맛이 기가 막혔다.

"그렇다면 호텔에서 자라나셨겠네요."

그녀가 묻자 그는 고개를 끄덕였다.

"브라질, 부에노스아이레스, 피에솔레를 거쳐 여기까지 왔지요."

"호텔에서 보낸 어린 시절은 어땠나요?"

"이상했지요. 학교 친구들이 항상 집에 놀러 와서 자고 가고 싶어 했습니다. 특히 10대 청소년일 때는요. 그게 제가 좋아서인지, 호텔에 미니바가 있어서인지는 알 수 없었지만요."

그가 와인 잔을 들었다.

"아무튼, 이탈리아에 오신 것을 환영합니다. 즐거운 시간 보내시기를."

"정말 즐거워요. 기대 이상이에요."

두 사람이 잔을 짤랑 부딪쳤다.

"그럼, 이제는 당신에게 100만 유로짜리 질문을 던져야겠군요. 저를 왜 초대하셨나요? 호텔을 팔라고 스티븐을 설득하게 만들려고요?"

"그건 좀 진부하지 않습니까? 당신은 경력 있는 사업가, 그것도 텔레비전에 나오는 터프한 금발 여성 사업가인데, 그런 당신을 시들어가는 저의 매력으로 이길 수 있을 거라고 생각했다면 좀 어리석은 일 아닐까요?"

앤절라는 와인 잔 테두리 너머로 그를 빤히 바라보았다.

휴고에게서는 철 지난 한량 같은 분위기가 풍겼다. 긴 머리 때문인지, 또 그가 그 머리카락을 자꾸만 귀 뒤로 넘기는 습관 때문인지, 아니면 향수를 조금 과하게 뿌렸기 때문인지 몰랐다. 그러나 그 모든 것을 조합해보면 그 결과물은 확실히 매력적이었다.

앤절라는 고개를 저었다.

"글쎄요, 시들어간다니, 잘 모르겠는걸요. 그럼 저를 왜 부르셨죠?"

"솔직히 말씀드리면, 당신이 마음에 들어서 만나고 싶었습니다. 이탈리아 여자들은 아름답지만 까다롭지요. 반면 당신은 솔직해

보여서 신선하게 느껴졌습니다."

앤절라는 의심에 찬 눈으로 휴고를 바라보았다.

"정말이지 사람을 금방 판단하시는군요."

휴고가 잠시 앤절라와 눈을 마주쳤다.

"그래요, 맞습니다."

웨이터가 디저트 메뉴를 가지고 나타나자, 앤절라는 이번만큼
은 평소처럼 '전 디저트는 안 먹어요' 하고 뿌리치지 않기로 했다.

"치즈케이크가 아주 훌륭합니다. 패션프루트가 들어가지요."

두 사람은 함께 웃었다.

"그럼 치즈케이크 하나, 스푼은 두 개, 에스프레소 두 잔으로 하
겠습니다. *그라치에.*"

"제가 에스프레소를 좋아하는 건 어떻게 아셨어요?"

앤절라가 물었다.

"제가 마키아토 아니면 카푸치노를 골랐을지도 모르잖아요."

그러자 휴고는 미소를 띠며 고개를 저었다.

"당신은 카푸치노는 아침 식사라는 걸 알 만큼은 세련된 사람일
테니까요."

그가 손목시계에 눈길을 주었다.

"버스 시간이 가까우니 커피는 얼른 마셔야겠습니다."

앤절라가 지갑을 향해 손을 뻗자 휴고가 그녀의 손목을 꽉 쥐
었다.

"아닙니다, 여기는 이탈리아니까요. 제 땅이니, 제가 내야지요."

말다툼을 하는 건 품위 없는 일이기도 했고, 한편으로는 좋았다.
과거의 앤절라라면 화가 나서 길길이 날뛰었겠으나 은유적인 슈
트를 벗은 지금의 앤절라는 너무나도 기분이 좋았다. 이 포근한 이

탈리아의 봄날, 앤절라에겐 무슨 일이 일어나고 있는 걸까.

휴고가 다시 입을 열었다.

"그건 그렇고,"

그렇게 말하는 어조가 아까와는 약간 다르게 느껴졌다.

"친구분이신 클레어는 루카 만지아니와 함께 다니시더군요."

"레몬을 키우는 루카요? 클레어가 그분의 레몬 정원을 둘러보러 가긴 했어요."

앤절라의 말투는 신중했다.

"우리가 묵는 빌라의 가정부 비어트리스의 조카예요."

"친구분에게 루카가 땅을 향한 열정으로 가득한 보통의 레몬 농부는 아니라고 전해주시지요. 루카는 과거에 여러 가지 일이 있었습니다. 루카가 어째서 갑자기 변호사 일을 그만두었는지, 그게 정말 레몬이 너무나 소중해서였는지 알아보라고 전해주십시오."

"저기, 휴고, 솔직히 우리가 관여할 바는 아니잖아요?"

앤절라가 휴고의 말을 잘랐다.

"당신 말대로이길 바랄 뿐입니다, 앤절라."

휴고가 어깨를 으쓱하며 대답했다.

*

"정말 콘스탄틴의 스튜디오에 갈 거야?"

클레어가 모니카에게 물었다.

"조반니 말로는 이 동네 사람은 절대 그곳에 안 간다던데."

"왜, 푸른 수염처럼 여러 명의 아내라도 숨겨놓았을까 봐?"

"아내가 아니라 여러 명의 남자친구들이겠지."

"그렇다면야 난 무사하지 않겠어?"

모니카는 철쭉 덤불 사이로 난 길을 따라 산비탈을 향했다. 잠시 후 맹렬하게 짖는 소리와 함께 스파게티가 나타났다. 조그만 털북숭이 짐승치고는 상당히 매서운 모습이었다.

풀이 무성한 길을 나와 집 뒤쪽 해가 잘 드는 테라스에 도착하자 나이를 짐작할 수 없는 젊은 남자가 웃으며 한 발짝 나와 그녀를 맞았다.

"*시뇨라* 모니카, *일 카포*^{주인}는 안에 계십니다."

그가 모니카와 아직도 캉캉 짖어대는 스파게티를 하얗게 칠한 집 안으로 데리고 들어갔다.

그사이에 더 낡은 것 같은 트렌치코트를 입고 앉아 있던 콘스탄틴이 모니카를 보고 일어섰다.

"고맙군, 귀도. 내 둥지에 온 걸 환영해. 우선 집 구경을 좀 해보겠어?"

콘스탄틴은 내내 은근한 자랑을 섞어 투덜거리면서 특별하게 생긴 집 안과 스튜디오를 보여주었다. 콘스탄틴의 집은 커다란 현대식 건물로 말 그대로 절벽 사면을 깎아 만든 곳이라서 모니카가 지금까지 살면서 본 다른 집들보다는 동굴이나 새 둥지와 비슷한 모습이었다.

"도대체 어떻게 이런 집을 지었을까?"

콘스탄틴은 모니카의 생각을 읽은 듯했다.

"정말 놀랍지? 이 모든 걸 밧줄에 매달린 인부들이 곡괭이로 만들었다나 봐. 인부의 건강이며 안전을 철저히 외면한 결과물이지."

집의 내부는 눈이 부실 만큼 새하얀 색으로 칠해진, 하나로 탁 트인 공간이었다. 벽 한 면 전체를 차지하는 커다란 모자이크 작품은 날개와 긴 발톱까지 달려 악마의 모습에 더 가까운 고래에게 삼켜지는 요나의 모습을 담고 있었다.

"라벨로 대성당에 있는 모자이크화의 복제화야. 요나가 작별 인사를 하고 있는 것 같아서 좋지."

콘스탄틴은 한 손을 작별 인사를 건네는 모양으로 치켜들고 있는, 대머리에 벌거벗은 요나를 가리켰다.

"속으로 요나가 '사흘 뒤에 보자고, 자기들' 하는 것 같지 않아? 집 밖은 안보다 더 근사해."

콘스탄틴은 모니카를 데리고 신발을 신고 밟아도 뜨거울 정도로 달아오른 타일이 붙은 테라스를 용감하게 지나쳐서 한적하고 그늘진 오솔길로 향했다. 이곳은 군데군데 돌로 조각한 사자상이나 선명한 색의 꽃이 가득 꽂힌 커다란 항아리들이 장식되어 있는 것만 제외하고는 영국의 산림지대와 다를 것이 없었다.

"요즘은 햇볕을 쬐는 것보다 이렇게 그늘에 있는 게 좋은 것 같아. 나이를 먹었다는 증거겠지. 인생을 하루라고 보았을 때 이제는 슬슬 밤에 접어든 시기니까 말이야. 그뿐 아니라 요즘에는 존 던도 자주 읽거든. 아마 존 던은 인생보다 죽음을 더 사랑하지 않았나 하는 생각이 들어."

두 사람이 도착한 곳은 갓 돋아난 고사리만큼이나 초록색을 띤 물이 넘실거리는 작은 수영장이 있는 그늘진 플랫폼이었다.

"잠시 몸이라도 담그겠어? 쳐다보지 않을 테니까."

"물색이 좀 신경쓰이네요."

모니카가 의심스럽다는 듯 대답했다.

"호크니라면 별로 안 좋아할 것 같은 색이지? 하긴, 호크니도 과대평가된 친구니까. 귀도가 매일 아침 수영장 물을 확인하는데, 물은 아무 문제 없어. 귀도는 아까 만나봤겠지. 바깥세상에서 내 눈과 귀 역할을 해주는 친구야. 아주 착한 젊은 청년인데, 일반적으로 말하는 대로라면 정신이 온전치 않아. 이탈리아에는 집안마다 귀도 같은 친구가 하나씩 있거든. 귀도는 자기 가족을 싫어해. 그에게 혹독하게 굴면서 쓸모없는 녀석이라고 비난을 일삼는 바람에 결국 귀도는 자기 집을 떠나 우리 집 일을 도맡아 하게 됐어. 누구도 귀도 앞에서는 말조심을 하지 않기 때문에 그 친구는 무슨 얘기든지 다 알고 있어. 흔히들 저지르는 큰 실수지. 마침 귀도가 마실 걸 가져오네."

귀도가 선명한 오렌지색 액체가 담긴 잔 두 개를 쟁반에 들고 나타났다.

"아페롤이야. 난 이 술을 혐오하지만, 그건 내가 한 병을 다 마시지 않는다는 뜻일 뿐이야. 은둔자로 살아가려면 술에 취하면 곤란하니까. 저 기둥 위에 새겨진 성인만 해도, 금주를 하려고 40년째 저 위에 올라가 있다 해도 놀랄 일은 아닐 거야. 10미터 높이에서 진토닉을 주문하기는 힘들지 않겠어?"

두 사람은 아페롤을 마셨다. 생각보다는 맛이 나쁘지 않았다. 둘은 다시 집 안으로 들어갔다.

"자, 여기가 내 스튜디오야. 준비됐어?"

모니카는 고개를 끄덕였다. 사실 꽤 들떠 있었다.

콘스탄틴의 스튜디오는 특별하기 그지없는 곳이었다. 거대한 스튜디오에는 예술가들이 선호하는 북향의 독특한 빛이 감돌았다. 집 안에 이런 공간이 존재한다는 사실 자체가 놀라웠다. 벽마다 이젤이 여러 개 늘어서 있었는데, 모니카는 그 위에 초상화나 인물화, 풍경화를 비롯해 커다란 푸른색 모로코 양식 문들이 윤곽선만으로 큼직큼직하게 그려져 있는 그림을 넋을 잃고 구경했다.

"마티스 흉내를 내본 거야."

콘스탄틴이 털어놓았다.

"하지만 왜 전부 윤곽선뿐인가요? 혹시 영혼의 공허함을 표현한 건가요?"

그 말에 콘스탄틴이 웃음을 터뜨렸다.

"모니카, 귀엽기도 하지! 윤곽선을 그려놨다가 나중에 시장이 콘스탄틴 오가의 신작을 원할 때 색칠할 거야. 아니면 돈이 필요할 때라든지. 이것이 나이듦에 대한 내 나름의 대처거든. 나중에 예술적 영감이나 능력이 사라지면 이것들 중에서 밑그림을 하나 골라 내 트레이드마크인 일렉트릭 컬러로 칠할 거야. 그러면 비평가도, 수집가도 바닥에 몸을 던지면서 콘스탄틴 오가 가진 시선의 진정성이며 디자인의 단순성을 찬양하겠지. 그럼 모두가 행복해지지 않겠어?"

"그 말을 듣고 보니 21세기의 비범한 천재라기보다는 늙은 사기꾼처럼 느껴지는데요."

"어차피 그 둘은 똑같은 거야. 내가 불쌍한 말년의 마티스처럼 유치원 아이처럼 종이나 자르면서 늙어가면 사람도 아니지! 노망이 날 때까지 이렇게 버틸 거야."

그러더니 콘스탄틴이 손뼉을 짝 쳤다.

"자. 이제는 옷을 벗을 시간이 왔어. 혹시 꺼림칙한 기분이 든다면, 여긴 그레이트 미센든이 아니라는 사실을 잊지 마. 내가 관심을 가지는 건 오로지 윤곽선이라는 것도. 때마침 자기가 무척 흥미로운 윤곽선을 가지고 있네."

"그거 아세요, 콘스탄틴?"

모니카가 셔츠 단추를 풀기 시작했다.

"정말 오랜만에 듣는 멋진 말이에요."

정말 이상한 것은, 한평생 남의 눈에 띄지 않으려 전전긍긍하며 살아왔던 대학교 사서 모니카가 지금은 조금도 부끄러워하고 있지 않다는 사실이었다. 어쩌면 『섹스의 기쁨』을 열렬히 탐독한 덕분인지도 모르겠으나, 그녀는 이상하게 자신의 몸이 조금도 부끄럽지 않았다. 지금 하려는 건 모델이 되어 캣워크를 걷겠다는 것이 아니고, 무슨 대회에 나가려는 것도 아니며, 예술이다. 모니카는 콘스탄틴이 좋았고, 이상하게도 그에게 믿음이 갔다.

콘스탄틴은 오렌지색 담요가 덮여 있는 의자를 가리켰다.

"저기 앉아서 이걸 입어주겠어?"

진한 푸른색 꽃무늬가 있는 기모노 스타일의 회색 옷이었다. 모니카는 의자에 앉았다.

"이제 앞섶을 풀어서 몸을 드러내."

모니카는 한 점 부끄러움도 없이 시키는 대로 했다.

"뒤로 누워서, 한쪽 다리를 의자 팔걸이에 올려봐."

시키는 대로 포즈를 취하자 빈약한 체모가 드러났다. 그녀는 예전에는 벌거벗은 몸을 부끄러워했고, 지금까지 살면서 벗은 몸을 브라이언 외에 그 누구에게도 보여주지 않았는데 지금은 하나도 부끄럽지 않았다.

"바로 그거야!"

콘스탄틴이 외쳤다.

"그 미소를 잃지 마! 달콤하고도 냉소적인, 바로 내가 원하는 그 표정이야!"

모니카는 미소를 유지하려고 애쓰면서 학창 시절 친구들이 모니카처럼 수줍음이 많거나 남들과는 조금 다른, 똑똑한 책벌레들에게 얼마나 지독하게 굴었는지를 떠올렸다. 그러나 실비가 만들어준 새로운 모습이 모니카 안에 숨겨져 있던 무언가를 끄집어냈고, 그녀는 지금 편안했다. 그 순간 모니카는 갑작스런 충격과 함께 깨달았다. 나이와는 상관없이, 지금 이 순간 모니카는 스스로 섹시하다고 느끼고 있었다.

"모니카, 모니카."

세 시간 뒤 작업이 끝나자 콘스탄틴이 고개를 저었다.

"도대체 누가 알았겠어? 자기는 타고난 모델이야! 포즈를 잘 취한 게 문제가 아니야. 자기는 자기 내면에서 본질적인 동시에 영원한 무언가를 끌어낼 줄 안다고!"

"그 말을 들으니 기쁘네요."

모니카는 다시 사무적인 사서의 모습으로 돌아와 있었다.

"이렇게 발가벗고 하루 종일 누워 있을 순 없을 것 같아요. 도대체 앞으로 얼마나 더 걸리는 거예요?"

"와서 한번 봐."

콘스탄틴이 미소를 지었다.

이젤 앞으로 다가와 그림을 본 모니카는 헉 하고 숨을 몰아쉬었다. 콘스탄틴의 그림은 이미 거의 완성되어 있었던 것이다.

"이렇게 빨리 그렸다고요?"

"말했잖아, 사랑스런 모니카. 배경은 전부 미리 그려두었으니 윤곽선을 수정하고 자기의 표정만 잡아내면 된다니까. 나머지는 내가 혼자서 마무리할 수 있어."

모니카는 눈앞의 그림을 다시 한번 바라보았다. 새하얀 몸은 검은 음모의 그림자에 대비되어 진주처럼 빛났다. 하지만 무엇보다도 이 그림이 눈을 사로잡은 것은 그림 속 그녀의 표정 때문이었다. 그 표정은 이렇게 말하고 있었다.

'나는 당신에게 내 몸을 열어 보이는 중이야. 하지만 당신을 받아들이지는 않을래. 이 몸은 오로지 나만의 것이니까.'

그림은 아직 미완성이었지만 그림의 본질은 이미 그려져 있었다.

"어때?"

콘스탄틴이 물었다.

"휘트먼의 시가 떠오르네요. '나는 몸의 전율을 노래하네'라는 3절이요."

"그렇게 이지적인 표현은 그만둬. 예술은 느끼는 거야."

모니카는 그림을 다시 한번 바라보았다.

"정말 멋진 그림 같아요."

"나도 그렇게 생각해, 모니카. 내 생각도 그래."

모니카는 마지막으로 그림을 한 번 더 빤히 바라보았다. 이 그림을 보니 남편이 세상을 떠난 이래 그 언제보다도 강렬하게 남편의 기억이 떠올랐다. 두 사람 다 아름다운 육체를 가진 사람은 아니었지만 이 그림 속에는 브라이언이 빠져들었던, 그리고 부드럽게, 때로는 놀랄 만큼 강렬한 열정으로 대했던 그 몸이 그려져 있었다.

"아직도 당신이 그리워."

모니카는 혼자 중얼거렸다.

콘스탄틴도 모니카의 마음을 이해한 것 같았다.

"고마워, 모니카. 이 그림에 그려진 몸은 사랑을 아는 몸이니까, 이제 온 세상에 그 이야기를 하게 될 거야."

"세상도 그 이야기를 재미있어했으면 좋겠네요. 저는 이제 어서 가봐야겠어요."

"그건 그렇고."

콘스탄틴이 도깨비처럼 장난스러운 미소를 지으며 덧붙였다.

"귀도가 귀를 쫑긋 세우고 돌아다니다가 그 뒷거래의 진상을 알아버렸다지 뭐야? 알고 보니 너무나도 사랑스럽고, 또 좋은 의미로 이탈리아인답지는 않은 일이었어. 빌라 레 시레누세의 고용인들은 몰래 부수입을 만들어 그 절반을 빌라 유지비에 보태고 있다고 하네! 스티븐이 자주 방문하지도 않으니, 유지비가 너무 비싸다고 생각할까 봐 걱정했다는군. 너무 귀엽지 않아? 고용인들은 그걸 비밀로 하려고 애쓰고 있어. 만약 이 사실이 새어나가면 동네가 들썩일 테니까. 고용주가 부재중인데도 모든 사람이 이렇게 떳떳하게 행동해버린다면 지하경제, 아니 이탈리아 전체가 제자리에 멈춰버릴지도 몰라."

모니카는 콘스탄틴에게 고맙다고 말한 뒤 빌라로 돌아오는 내내 방금 들은 이야기를 흐뭇하게 되새겼다. 이 사실을 알게 되면 모두가 마음을 놓을 것이다.

클레어는 노란색 플라스틱 바구니를 들고 루카가 이 지역 특산물인 크고 향기로운 레몬을 따서 담는 것을 도왔다. 사방에 레몬꽃 향기가 진동했고 비탈 아래를 졸졸 흐르는 물소리, 루카의 레몬 정원에서 일하는 일꾼들이 농담을 주고받는 소리와 드문드문 지나가는 차의 경적 소리 말고는 아무 소리 없이 고요했다. 시내 중심부에서 1킬로미터도 떨어지지 않은 곳에 낙원의 한 조각이 펼쳐져 있다는 사실이 믿기지 않았다. 레몬이 담긴 바구니들이 더 커다란 컨테이너에 차곡차곡 들어간 뒤 꼭 중세 시대의 유물이 아닐까 싶게 신기하게 생긴 청동 저울에 달아서 정확히 57킬로그램이 되도록 맞추었다. 무게를 단 컨테이너는 일꾼들이 등에 지고 비탈을 내려갔다.

"한번 해보시겠습니까, *키아라*?"

루카가 웃으며 물었다.

"고맙지만 됐어요. 점심 준비를 도와드릴까요? 제가 요리사잖아요."

"휴가 중이신데."

맞는 말이었다.

"다들 열심히 일하는데 저만 가만히 앉아 있는 것도 좀 그래요. 뭘 만들 수 있을지 좀 살펴볼게요."

레몬 정원 한가운데 있는 테라스에 클레어의 집 부엌에 있는 것보다도 더 큰 야외 부엌이 달려 있다는 사실이 그녀를 사로잡았다. 부엌 안에는 프로슈토, 이 과수원에서 키운 올리브, 부라타 치즈, 토마토, 그리고 이름은 알 수 없지만 냄새로 보아 맛있을 것 같은 경성 치즈에다가 오래된 딱딱한 빵이 있었다. 학생 때 배운 팁대로 그녀는 빵을 물에 적신 다음 고온으로 맞춘 오븐 안에 집어넣었다. 빵이 구워지는 동안에는 토마토와 마늘을 섞어 부르스케타를 만들었다.

루카와 그의 아버지를 비롯한 일꾼들이 점심을 먹으러 왔을 때는 이미 커다란 테이블 위에 물과 직접 키운 포도로 빚은 와인을 곁들인 브루스케타가 먹음직스럽게 펼쳐져 있었다. 다들 기쁘게 웃으며 브루스케타를 열심히 먹다가 클레어가 따끈한 빵을 가지고 나타나자 마치 오병이어의 기적이라도 일어났다는 듯 그녀를 바라보았다.

그녀는 이 기술은 오래전부터 요리책에 나왔다고 털어놓지 않고 칭찬을 즐겼다.

　루카가 설거지를 하고 그의 아버지가 나무 그늘에서 낮잠을 자는 동안, 클레어는 자신이 루카를, 그리고 그의 생활이 무사할지를 진심으로 걱정한다는 사실을 다시금 깨달았다. 아무리 진실된 기적이 일어난들 레몬 사업은 지속될 수 있을 것 같지 않았다. 수익이 너무 적었고, 사업을 확장하겠다는 계획은 투자를 받지 못하면 불가능할 것 같았다. 앤절라가 한번 살펴보면 어떨까? 어쨌든 앤절라는 매각과 매수의 최첨단에서 실제로 일했던 성공한 사업가니까 말이다.

　"무슨 생각을 하고 계십니까?"

　부드러운 목소리가 물었다. 루카가 에스프레소가 담긴 조그만 잔을 들고 클레어 뒤에 다가와 서 있었다. 그가 잔을 내려놓더니 문득 손을 뻗어 클레어의 걱정 어린 이마 주름을 쓸어냈다.

　"저를 걱정하고 계시는군요."

　그는 그렇게 말하더니 클레어가 뭐라고 대답하기도 전에 그녀를 감싸 안고 부드럽고 건조한 입술을 그녀의 입술에 가져다 댔다.

　"걱정하지 마세요, *키아라 미아*나의 키아라. 우린 어떻게든 버텨낼 겁니다. 이 역사가 이대로 사라지게 내버려두진 않을 거예요."

　클레어도 마주 웃어 보였지만, 문득 죄책감이 밀려오는 바람에 자신이 결혼했다는 사실을 털어놓아야 한다는 생각에 휩싸였다.

　루카는 클레어의 반발을 알아차린 듯 그녀의 입술에 한 손가락을 댔다.

　"한 가지 말씀드릴 게 있습니다."

　걱정스러운 듯 루카의 이마에 주름이 갔다.

　"제 밑에서 일하는 알프레도라는 친구가 당신 친구인 앤절라가 휴고 로버트슨과 함께 보트에 오르는 모습을 보았다더군요."

클레어는 고개를 끄덕였다.

"그는 좋은 사람이 아닙니다. 친구분께 그가 그 궁궐 같은 호텔을 매입하면서 원 소유주였던 가족을 어떤 식으로 속였는지 알아보라고 전해주십시오. 이 동네 사람들은 대개 아는 이야기입니다. 그를 믿지 않는 게 좋겠다고 전하십시오."

클레어는 입술을 깨물었다. 아마 앤절라의 사생활에 끼어들긴 쉽지 않을 것 같았다. 레몬 정원에 대해 조언을 구하겠다는 생각도 잊어버려야 할 것 같았다.

좋은 징조가 아니라는 생각이 들었다.

＊

날씨가 너무 더워서 모니카와 실비는 수영장 주위에 누워 있는 것 말고는 답이 없다는 생각이 들었다. 이 빌라의 다른 수많은 것들이 그렇듯 당장 뛰어들고 싶은 녹색 빛이 감도는 특별하게 아름다운 수영장이었다.

"물이 초록색인데 나쁜 이유가 있는 건 아니겠지?"

실비가 수영장의 깊은 곳을 들여다보며 말했다.

"녹조가 끼었다든지 말이야."

"그냥 타일 때문이야."

모니카가 실비를 안심시켰다.

"타일 색깔이 비친 거지. 마치 바다가 하늘색을 띠는 것처럼 말이야. 타일이 정말 예쁘지? 가장자리를 빙 둘러서 물결 무늬로 칠해놨네."

"정말 예쁘다."

모니카는 구름처럼 피어난 나팔꽃 무더기를 배경으로 분홍빛 장미가 무성하게 자라 있는 눈부신 정원을 둘러보았다.

"세상에, 정말 아름다워. 스티븐은 왜 이곳에 자주 오지 않는 걸까?"

"너무 바빠서겠지."

"그런데 이곳을 팔거나 호텔로 개조할 생각이라니."

"서운해?"

"그런 것 같아. 여기가 호텔이 된다면 잘 될까?"

"당연하지."

실비의 말투가 열의에 차 있었다.

"별관을 개방하고 홀을 리셉션으로 바꾸면 말야. 얼음 궁전 같은 곳이 아니라 사랑스러운 부티크 호텔이 되어야 할 텐데."

"그건 그렇고, 콘스탄틴이 사라진 주키니의 비밀을 밝혀줬어. 여기 고용인들이 주키니를 팔아서 그 값 절반을 빌라 유지비로 쓴다나 봐. 다들 이런 일이 일어날지도 모른다고 남몰래 걱정하고 있었던 것 같아."

"그래, 참 안됐지. 다들 여기서 정말 오래 일했으니 엄청난 충격일 거야. 그런 일이 일어나지 않기만을 바라자."

모니카는 옷을 벗으며 안에 입고 있던 토스트에서 산 세련된 수영복을 드러냈다. 실비는 고개를 한쪽으로 기울인 채 그녀가 옷 벗는 모습을 보고 있었다.

"모니카, 너 정말 사람을 여러 번 놀라게 한다. 난 내 마법의 손길로 널 탈바꿈시켜준 거라고 생각했지만, 나조차도 그렇게 멋있는 수영복은 못 찾았을 것 같은데?"

모니카가 웃었다.

"고마워."

조금 전 옷을 남김없이 벗고 누드모델이 되었다는 것을 알면 실비는 어떤 생각을 할까. 아무리 충격을 잘 받지 않는 실비라 해도 상당히 놀랄 것이다. 물론 모니카는 그 사실을 실비에게 털어놓을 생각이 없었다.

"안녕, 두 사람."

클레어가 부르는 소리가 들렸다.

"나 지금 부엌에서 레시피 실험을 하는 중이야. 멋진 레몬 술을 개발해서 루카의 레몬 농장을 살려보려고. 기억해? 아무도 몰랐던 아페롤이라는 술이 어느 순간 갑자기 유행했잖아. 루카에게도 그런 게 필요해."

"잘되고 있어?"

"방금 만든 거 맛 좀 볼래?"

실비도, 모니카도 고개를 끄덕였다. 고작 오후 네 시지만, 그게 무슨 상관이겠어? 실비는 모니카가 누워 있는 선베드 쪽으로 몸을 내밀었다.

"클레어가 루카와 레몬에 관심이 많네, 그치?"

잠시 후 클레어가 긴 유리잔을 두 개 들고 나타나서 두 사람에게 하나씩 쥐여주었다.

두 사람은 술을 맛보았다.

"와, 맛있는데? 뭐가 들었어?"

"리몬첼로에다가 프로세코를 섞고, 스피리츠를 조금 넣었지. 하지만 리몬첼로로 만든 다른 술과는 차별화될 수 있는 마법의 재료가 필요해."

실비가 칵테일을 홀짝이며 말했다.

"아페롤이 유행한 건 알코올 도수가 낮아서였어. 11도거든. 루카가 만든 리몬첼로는 몇 도야?"

클레어는 비어 있는 선베드에 주저앉았다.

"32도! 크레마 디 리몬첼로는 도수가 더 낮지만 말야."

"루카한테 도수를 더 낮게 만들라고 해봐. 칵테일에 대해 잘 아는 사람 좀 있으려나? 알레산드로한테 물어봐야겠다. 걔 친구들은 전부 파티 좋아하거든. 또 유튜브 세대한테 꽂힐 만한 이름도 붙여 줘야지."

"아페롤도 그렇게 딱 꽂히는 이름은 아닌걸."

클레어가 반박했다.

"란짜렐라 여성 조합이 모두 모여서 머리를 굴려보는 게 어때?"

실비가 제안했다.

"실비, 그거 좋은 생각이야. 근데, 그건 그렇고."

클레어가 미안한 듯한 표정을 지으며 말을 이었다.

"루카가 그러는데, 휴고 로버트슨을 믿지 말래."

"앤절라를 쾌속정에 싣고 간 그 남자 말이야?"

세 사람은 서로를 쳐다보았다.

"그 말을 앤절라한테 누가 전하지?"

그때 실비의 휴대폰에서 알림음이 울렸다. 여태까지 누구의 휴대폰에도 신호가 잡히지 않았기에 낯설게 느껴지는 소리였다.

실비는 발신자를 확인했다. 조수인 아멜리아였다. 비상사태가 아닌 한 연락하지 말라고 직원들에게 말해두었는데. 피곤하군. 그래도 받을 수밖에 없었다.

"안녕, 아멜리아. 무슨 일이야?"

그렇게 물으면서도 마음을 가다듬어야 했다. 란짜렐라와 런던은 같은 대륙에 있음에도, 마치 다른 행성에서 온 전화를 받는 것처럼 느껴졌다.

"왜, 리스코프 씨가 마음을 바꾸기라도 했어?"

실비는 괜히 심술을 부렸다.

"아하, 여왕님이 우리한테 버킹엄궁을 리모델링하라고 하셨구나?"

"그런 건 아니에요. 업무는 아주 원활하게 흘러가고 있어요. 토니 때문에 전화를 드렸어요."

그 말에 하마터면 실비는 마시던 술에 사레가 들릴 뻔했다.

"토니가 왜?"

"며칠 내로 복귀하시겠대요. 그런데, 실비도 괜찮으세요?"

"아니, 절대 안 되지! 들여보내지 마!"

"저희 생각도 그래요. 걱정 마세요, 실비. 회사로 들어오려면 우리 시체를 밟고 들어와야 할걸요."

"그렇게까지 오버하진 말고."

실비는 미소를 지었다.

"그냥 잠금장치만 바꿔."

"그렇게 할게요. 그럼, 안녕히 계세요, 실비. 여긴 아무 문제 없으니 걱정하지 마시고요."

"새로운 전개네."

전화를 끊은 실비가 친구들에게 말했다.

"토니가 회사로 돌아오려고 한대. 그래서 잠금장치를 바꾸라고 했어."

모니카는 칵테일을 홀짝이며 생각에 잠겼다. 정말 어리석은 남자다. 차라리 여기 남아서 실비한테 싹싹 빌었어야지.

모니카는 토니가 좋은 사람이라고 생각했고, 다른 사람들에 대한 그녀의 판단은 거의 항상 옳았다. 그녀의 민첩한 뇌는 이 상황을 개선할 또 다른 방향을 찾아 돌아가기 시작했다.

11

휴고는 레리니 항구에 앤절라를 내려준 다음 보트를 계류장으로 몰고 가면서 그녀를 향해 허공에 손 키스를 날렸다.

앤절라는 빌라로 돌아가서 친구들의 질문 공세를 받을 생각을 하니 몸서리가 쳐졌다. 앤절라는 사적인 이야기를 다른 사람과 나누는 성격이 아니었기에 휴고 이야기도 하고 싶지 않았다.

앤절라는 광장의 카페에 앉아 커피를 주문하고, 휴고에 대한 자신의 마음이 무엇인지 생각에 잠겼다.

솔직히 말하면, 그녀는 휴고가 실비에게 티눈 연고를 찾아다 준 바로 그 순간부터 휴고가 상당히 마음에 들었다. 티눈 연고라니 로맨틱하지는 않지만 그 현실적인 행동이 그녀의 마음에 와닿았던 것이다. 좀 뺀질거리는 타입이기는 해도 휴고의 말 속에 어느 정도의 자기 비하가 묻어 있다는 점에서 앤절라는 결정적으로 마음이 약해졌다. 그는 자신의 모습을 스스로 비웃을 줄 알았다. 이렇게 즐거운 시간을 보낸 게 앤절라로서는 아주 오랜만이었다.

사업을 인생의 중심에 놓고 살다 보면 그녀가 직면하고 싶지 않은 공허함은 가려진다. 드루가 그 공허함을 건드렸을 때 그녀는 그의 말이 맞는다는 걸 인정하지 않고 화를 냈었다.

이제 사업을 잃게 되었으니 무엇을 인생의 중심으로 삼아야 할까.

앤절라는 에스프레소를 한 모금에 들이키면서 머릿속에서 휴고에 대한 생각을 깨끗이 지워버렸다. 고작 하루 데이트했다고 어린 여학생처럼 환상에 빠지다니, 이게 무슨 짓이람?

그녀는 줄지어 서 있던 택시 중 한 대를 잡아타고 언덕을 올라 란짜렐라를 향하는 15분 내내 꼬박꼬박 졸았다. 친구들이 우르르 몰려나올 줄 알았는데 살롱에는 실비 혼자만 앉아 있어 안심이 되었다.

"그 잘나신 로버트슨 씨와의 만남은 어땠어?"

실비가 물었다.

"놀랄 만큼 세상 물정에 밝은 사람이던데."

실비는 앤절라를 가만히 바라보았다. 앤절라의 사전에서 '세상 물정에 밝다'는 말은 크나큰 찬사였다. 휴고가 그랜드 호텔 델리데이의 원 소유주를 속였다는 루카의 비난을 전해주기에 알맞은 때가 아닌지도 몰라.

"나머지는 다 어디 있어?"

앤절라가 물었다.

"클레어는 아마 그 레몬 농부 만나러 갔을걸. 요즘 눈만 뜨면 그 사람한테 가더라."

앤절라가 잠시 입을 다물었다가 말을 이었다.

"그런데 휴고 말로는 클레어가 조심하는 게 좋겠다더라. 루카는 겉보기처럼 가족 사업을 살리러 온 게 아니래. 갑자기 변호사 일을 그만둔 다른 이유가 있으니 알아보라던데."

그 말에 실비는 헛웃음을 터뜨리고 싶었다. 루카가 휴고를 조심하라더니, 이제는 휴고도 루카를 조심하라고 한다.

"그럼, 클레어한테 그 말 전할 거야?"

"잘 모르겠네."

그렇게 말해놓고 앤절라는 망설이는 자신에게 놀랐다. 클레어에게 상처를 주고 싶지 않았던 것이다.

"일단 방으로 올라가서 좀 씻어야겠다."

"앤절라… 클레어한테는 내가 전할까?"

"그게 좋을 것 같으면 그렇게 해."

"그럴게. 근데… "

이번에는 실비가 머뭇거릴 차례였다.

"이 상황 좀 아이러니한 걸 아는데, 루카가 클레어한테 휴고 얘기 했나 봐."

"뭐라고?"

앤절라가 대번에 화가 나서 얼굴을 붉혔다.

"그 호텔을 매수할 때 떳떳하지 못한 일을 했다나. 루카 말로는 동네 사람들이 다 안대."

"무슨 그런 말도 안 되는 헛소릴 해!"

앤절라가 벌컥 화를 냈다.

"그렇지. 아무튼 루카 말론 그래."

"나는 저녁 먹으러 안 내려온다고 다른 사람들한테 전해주겠어? 내일 보자."

실비는 한숨을 쉬었다. 이제는 휴고가 루카에 대해 한 이야기를 클레어에게 전하는 숙제가 남았다. 애초에 여기 온 이유가 정신적 트라우마에서 벗어나기 위해서였는데 말이다.

"난 휴고가 했다는 말 안 믿겨."

클레어도 화가 나서 받아쳤다. 클레어는 모니카와 함께 집 옆쪽 화단에서 저녁 식탁에 장식할 크림슨글로리 장미를 꺾는 중이었다.

새빨간 색에다가 촉감은 벨벳 같은 멋진 장미는 모니카로서는 거부할 수 없는 황홀한 향기를 풍겼다. 루이지에게서 이 장미를 꺾어도 된다는 특별 허가까지 받아온 참이었다.

"비어트리스에게 물어보는 건 어때? 루카는 비어트리스의 조카니 당연히 나쁘게 말할 리 없지만, 뭐라도 알아낼 수 있지 않겠어?"

클레어는 생각에 잠겨 고개를 끄덕이며 장미를 꺾으려다가 하필이면 유독 뾰족한 가시에 손을 찔리고 말았다. 엄지손가락에서 흘러내린 피가 클레어의 청바지와 상의를 적셨다.

"차라리 지금 당장 가서 물어봐. 그렇게 피투성이로 물어보면 비어트리스도 정신이 없어서 온갖 이야기를 다 해줄걸."

부엌에 들어가니 비어트리스는 찬장에서 접시를 꺼내고 있었다.

"*시뇨라 키아라!*"

비어트리스는 마치 클레어가 심각한 부상을 입기라도 한 것처럼 외쳤다.

"손가락! 어쩌다가 그렇게 된 겁니까?"

"장미 가시에 찔렸어요."

그렇게 고백하면서 클레어는 고작 장미 가시에 찔린 걸로 코피를 세 번 흘린 것만큼이나 피를 흘렸다는 사실이 조금 바보 같다고 생각했다.

"붕대를 감아드릴 테니까 따라오세요. *케 브루테!*^{끔찍해라} 장미라니, 도대체 영국인들은 어째서 장미를 그렇게 좋아하는 걸까요? 위험하기만 한데!"

"아름답잖아요."

비어트리스는 문득 위험함과 아름다움의 치명적인 조합에 충격이라도 받은 듯, 클레어의 손가락에서 솟는 피가 바닥에 뚝뚝 떨어지는데도 제자리에 서서 고개를 끄덕였다.

"깨끗한 천 있으세요?"

비어트리스는 은식기에 광을 내는 용도로 사용하는 반짝거리는 사각형 모슬린 천을 하나 꺼냈다.

다행히 흐르는 물 아래 5분쯤 대고 있었더니 생사가 오락가락 할 만한 클레어의 상처에서도 피가 멎었다.

"비어트리스, 여쭤볼 게 있어요."

클레어는 휴고가 했다는 말을 신중하게 그대로 옮겼다.

"루카는 왜 갑자기 변호사를 그만둔 건가요?"

그 말은 마치 부엌에 작은 폭발이 일어난 듯한 효과를 일으켰다. 하얀 머리에 늘 웃는 표정인, 만화 속 할머니 그 자체였던 비어트리스는 순식간에 분노를 참을 수 없는 살쾡이로 변해버렸다.

"*메르다!*"

침을 탁 뱉는 것처럼 외친 그 말은 유엔 통역사 없이도 충분히 무슨 뜻인지 짐작이 갔다.

"*시뇨라 키아라*, 도대체 누구에게 그따위 거짓말을 들은 겁니까? 도대체 어째서 세상 사람들은 착한 마음으로 한 일을 곧이곧 대로 받아들일 줄을 모르지요? 루카가 부유한 삶도, 고급 차도 포기하고…"

클레어는 '사치스러운 아내도 포기했죠' 하고 덧붙이려다 참았다.

"큰 집도 포기했다고 해서 어째서 다들 다른 이유가 있다고들 생각하는 걸까요? 아버지의 부탁으로 한 일이라는 사실을 왜 믿지 못하는 겁니까? 루카의 도움이 없으면 가족 사업이 이대로 끝나버 린다는 부탁이었는데."

비어트리스가 갑자기 벽에 걸려 있는 십자가를 끌어내리고는 바닥에 무릎을 꿇었다.

"예수 그리스도의 육신에 대고 진실이라고 맹세할 수 있답니다!"

클레어는 허둥지둥 비어트리스를 일으켜 세웠다.

"걱정하지 마세요, 비어트리스. 그 말 믿을게요."

✳

"오늘 밤에 새로운 술 이름을 정하는 브레인스토밍 시간을 가지는 게 어떨까?"

실비가 제안했다.

"소용돌이치는 온갖 감정을 잠시 내려놓을 수 있지 않겠어? 저녁 먹을 때 해보자. 술 이름 기억하기 게임을 해도 좋겠다. 그럼 아이패드도 가져올게. 난 기억력이 안 좋거든. 아마 샴페인을 너무 마셔서 그럴 거야."

모두가 동의했지만, 저녁 식탁에 마주 앉았을 때 앤절라는 보이지 않았다.

"위층에 틀어박혀 있을 거야."

실비가 아이패드 커버를 여는 순간 비어트리스가 전채요리로 입에 침이 고일 만큼 먹음직스러운 조개 파스타를 내왔다.

"일단 내가 읽어볼게."

실비는 스크린 위에 나열된 술 이름들을 읽어 내리기 시작했다.

"아페롤—루바브, 퀴닌, 도대체 뭔지는 모르겠지만 젠치아나, 그리고 비밀 재료가 들어가는 식전주. 캄파리—향기로운 허브와 스피릿을 이용한 비밀 레시피로 만든 쓴맛 나는 식전주. 친자노—비밀 조합으로 만든 베르무트. 마티니—저기, 지금까지 나온 술들의 공통점 알겠어?"

"전부 비밀 재료가 들어간다?"

클레어가 말했다.

"전부 이탈리아 술이고!"

모니카의 지적이었다.

"혹시 그 웃긴 친자노 광고 기억나는 사람? 레너드 로시터가 꼴 보기 싫게 뺀질거리는 남자로 나와서 존 콜린스한테 술을 쏟아버리는 그 시리즈 있잖아."

실비가 낄낄 웃었다.

"난 그 광고 진짜 좋아했는데."

클레어가 말하더니 갑자기 얼굴이 환해졌다.

"알겠다! 이탈리아 사람들은 식전주를 좋아하는구나!"

클레어는 가방에서 선명한 오렌지색 병을 꺼냈다.

"자, 아페롤 마셔본 사람?"

"우린 너무 늙지 않았어?"

실비가 탄식했다.

"이건 요즘 젊은 사람들이나 마시는 거지."

"난 마셔봤어."

모니카가 말하자 실비와 클레어가 놀랐다.

"두 번. 한 번은 콘스탄틴의 스튜디오에서, 또 한 번은 광장에서 버스를 기다리는 동안에 마셔봤어. 심지어 바텐더에게 어떻게 마시는지도 물어봤다니까. 아페롤 50밀리리터에 프로세코 100밀리리터, 그 위에 소다수를 살짝 부으래."

클레어가 가방에서 모니카가 말한 나머지 재료를 꺼내 잔에다 부었다. 연주황색으로 완성된 술을 모두 맛보았다.

"탱고 맛인데."

실비의 평가였다.

"아니야, 아니야. 탱고 색깔이지만 타이저 맛이야. 물론 알코올이 들어가긴 했지만 말야."

모니카가 반박했다.

"모니카 말이 맞아!"

실비가 말했다.

"클레어, 루카의 레몬으로 만든 새로운 술은 아페롤만큼이나 인기를 끌 거야!"

"그렇겠지."

클레어가 확신을 담아 고개를 끄덕였다.

"하지만 이름은 뭐라고 붙이지?"

"'레몬 헤븐' 어때?"

실비가 제안했다가 곧 고개를 저었다.

"너무 전형적인 칵테일 같은 이름이야."

"저기, 이 지역에서 제일 유명한 게 뭘까?"

모니카가 신이 나서 말했다.

"레몬 빼고 말이지?"

클레어가 덧붙였다.

"오래된 성당?"

"그런 거 말고."

실비가 말했다.

"음… 바다? '블루'가 들어가야 할까?"

클레어가 밀어붙였다.

"'블루'라니 큐라소가 떠오르네…"

모니카도 곱씹어보는 듯했다.

"햇살?"

클레어가 제안했다.

"해안선? '코스타라' 어때?"

모니카가 끼어들었다.

"나쁘지 않네."

실비가 인정했다.

"그런데 딱 꽂히는 이름은 아니야."

"'첼로노!'"

머리 위에서 누군가가 외쳤다.

"리몬첼로의 '첼로'를 따왔지만 너무 뻔하지는 않지."

고개를 들자 2층 자기 방 테라스에서 몸을 내밀고 내려다보는 앤절라가 보였다.

"듣고 보니 괜찮네, 첼로노라니."

실비가 천천히 그 이름을 읊어보더니 갑자기 엉터리 이탈리아어 억양으로 외쳤다.

"첼로노, 페르 파보르! 음, 설득력 있는데? 첼로노로 하자. 고마워, 앤절라."

실비가 눈을 가늘게 뜨고 위를 올려다보았다가, 앤절라가 웃고 있는 걸 보고 안심했다.

"남자들은 찾아왔다 떠나지만 우정은 영원하다니 참 놀라워."

아래를 내려다보느라 거꾸로 뒤집힌 얼굴로 앤절라가 말했다.

그 말에 모니카와 앤절라가 서로를 쳐다보았다.

"방금 앤절라가 '우정'이라고 말한 거야?"

모니카가 속삭이자 클레어가 고개를 끄덕였다.

"맞아, 클레어."

실비가 낄낄 웃었다.

"자, 이제 남은 건 루카에게 리몬첼로 도수를 낮추라고 하고, 비밀의 재료를 찾아내는 거야."

클레어는 루카를 만나서 아직 발명되지 않은 술에 그들이 붙인 이름을 그가 어떻게 생각하는지 물어볼 다음 날 아침이 기대되어 어쩔 줄 몰랐다.

루카가 들뜬 말투로 클레어에게 알려준 기쁜 소식은, 그들이 알코올 도수가 절반인 새로운 리몬첼로를 개발했다는 것이었다. 또 술에 들어갈 비밀 재료로 어울릴지 시험해볼 다양한 허브와 향신료도 모아두었다고 했다.

테라스 테이블 위에 허브와 향신료를 작은 무더기로 쌓아놓고 루카와 그의 조카 파비엘라, 딸 비앙카가 둘러앉아 있는 가운데 루카의 아버지는 이것이 자신의 리몬첼로에 대한 모독일 뿐 아니라 가족 모두가 웃음거리로 전락하고 말 일이라며 길길이 뛰었다.

새로운 술이 담긴 작은 잔들이 죽 늘어서서 맛을 내어줄 재료들을 기다리고 있었다. 카다몸, 주니퍼, 타임, 고수, 레몬그라스, 그리고 루카가 절대 알려주지 않으려 하는 비밀 재료도 있었다.

어떤 것은 맛이 너무 강했고 역하거나 괴상한 재료도 있었지만 한 시간 뒤 네 사람은 만장일치로 두 가지 재료가 괜찮다고 꼽았다.

"자, 그럼 프로세코를 섞고, 탄산수를 조금 부은 다음 이걸 넣어 보겠습니다."

루카가 고운 가루를 아주 조금씩 술에 섞은 다음 모두에게 잔을 돌렸다.

"세상에, 루카, 너무 맛있어요!"

완성된 술을 맛본 클레어가 순수하게 감탄했다. 나머지도 술을 맛보자마자 전부 열심히 고개를 끄덕였다.

"마지막에 뭘 넣은 거예요?"

"저희 집안에 대대로 내려온 비밀 재료랍니다."

루카는 어느새 다가와서 잔을 집어든 아버지를 향해 눈을 찡긋했다.

그들은 루카의 아버지가 술을 맛보자마자 역겹다며 바닥에 잔을 집어던지지 않을까 하고 조마조마한 마음으로 지켜보았다.

루카의 아버지가 미심쩍다는 듯 술을 한 모금 마시더니, 나머지를 단번에 훌쩍 들이켜는 것을 보고 모두가 기뻐했다.

"첼로노라고."

그는 방금 흥미로운 노란 술을 음미했던 것처럼 한참이나 그 이름을 곱씹는 듯했다.

"첼로노. 내 취향은 아니지만 이 술을 먹겠다고 상당한 돈을 낼 바보들도 있을 테지."

그러자 루카는 클레어에게 속삭였다.

"한 달만 지나면 아버지는 어린 시절 할머니께서 첼로노를 젖병에 넣어서 잠을 재웠다고 우길 겁니다."

"그런데 그 비밀 재료는 대체 뭐예요?"

클레어도 속삭였다.

루카가 클레어를 한쪽으로 데리고 나왔다.

"*키아라 미아*, 당신 마음에 꼭 들 겁니다. 그래도 꼭 우리 둘만의 비밀로 간직해야 합니다. 이 재료는 바로 '천국의 낱알'이에요."

"설마, 마약은 아니죠?"

학생 시절에 들었던 마약의 이름과 흡사했다.

루카는 웃으며 고개를 저었다.

"아프리카산 생강의 일종입니다. 후추 맛이 약간 나지요. 이제 웃어도 좋아요, *키아라*. 이 재료는 당신 나라에서 수백 년간 코디얼*을 만들 때 쓰였다가 조지왕이 금지한 재료랍니다."

"루카, 너무 멋져요."

루카의 모험에 자신 또한 일부가 되었다는 생각으로 클레어는 행복해졌다. 집에 있을 땐 결혼 생활과 일을 반복하는 단조로운 일상 속에서 쓸모 있는 존재가 되었다는 기분을 느낄 일이 거의 없었다. 하지만 이곳에서는 많은 것이 일상과 달랐다.

루카는 갑자기 진지한 얼굴이 되어 부드러운 갈색 눈으로 그녀의 눈을 한참 바라보았다.

"*키아라*, 우리의 작은 레몬 정원에 이토록 마음을 써주고, 우리 가족을 도와주어서 고마워요. 첼로노를 개발해준 것도요."

그때 클레어는 루카가 또 한 번 자신에게 키스할 거라고 생각했지만 루카의 딸 블랑카가 두 사람 사이의 애정 행각을 감지했는지 갑자기 끼어들었다.

"*파파! 안디아모!*^{가요} 학교까지 태워주시기로 했잖아요."

루카가 클레어를 향해 미소를 지었다.

"안녕, *키아라. 밀레 그라치에.* 물론 천 번을 감사해도 모자라지만 말입니다."

클레어도 기쁨이 가득한 미소를 지었다. 이것이 두 사람이 아무 마음의 그늘도 없이 만나는 마지막이 되리라는 것은 조금도 예감하지 못했다.

* 과일이나 꽃 향을 첨가한 농축 음료.

모니카는 자신이 란짜렐라에서 레리니로 가는 버스 시간표를 완전히 외우고 있다는 사실에 이곳 사람이 된 것만 같은 짜릿한 기분이 들었다. 이 지역 주민들과 마찬가지로 항상 고장이 나 있는 티켓 판매기가 아니라 길모퉁이 *타바키*담뱃가게에서 버스표를 사야 한다는 것을 알고 있다는 사실도 기분이 좋았다.

평소처럼 버스 안은 키득키득 웃어대는 어린 학생들과 뚱한 10대 청소년들, 불만이 많은 듯한 할머니들과 사랑에 빠진 보아뱀처럼 서로를 잡아먹을 기세인 젊은 연인들로 붐비고 있었다.

모니카는 차창 밖을 내다보며 이제 란짜렐라가 그레이트 미센든보다 더 현실처럼 느껴진다고 생각했다. 그웬이 아니었다면 부모님이 키우는 사나운 복서 세 마리를 돌보고 있었겠지. 그렇게 생각하며 흡족한 마음에 옅은 미소를 지었다. 하지만 이 변화가 란짜렐라의 마법에서 벗어난 뒤에도 계속 이어질 수 있을까?

버스가 항구 근처의 정류장에 도착했다. 오늘도 장날이어서 모니카는 30분 정도 좌판들을 신나게 둘러보았다. 금색 단추가 달려 군복 같은 분위기를 풍기는 검은 드레스가 눈길을 끌었다. 모니카로서는 평생 단 한 번도 엄두를 내보지 못한, 섹시하면서도 시크한 드레스였다. 모니카는 그 드레스를 사면서 혼자 웃었다.

시장을 떠날 때쯤 대성당의 종소리가 울리기에, 안에 들어가보기로 했다. 모니카의 부모님은 종교에 있어 철저히 영국인다운 태도로 임했다. 시민의 의무라고는 생각해도 실제로 종교적 믿음을 드러내는 것은 부끄러워했던 것이다. 10대 시절 모니카는 한동안 남자친구를 사귀는 대신 신앙에 빠져 살았다. 그때 엄마는 모니카가 뚱뚱하고 매력이 없기 때문에 하느님의 안전한 사랑에 매달리는 것뿐이라고 했다.

성당 안은 어두웠다. 소리 죽여 다니거나 낮은 제단 앞에 무릎을 꿇는 몇 사람의 인기척 그리고 고해성사실에서 들리는 나직한 중얼거림 외에는 고요했다.

모니카는 문득 촛불을 밝히고 싶었다. 무엇 때문인지는 모르지만, 어쩌면 이렇듯 예기치 못한 사건들이 계속되었으면 하는 바람 때문인 것 같았다. 하지만 이탈리아의 성당에서 사용하는 촛불이 진짜 초가 아니라 전자 초인 것을 알고 약간 언짢아졌다. 이쪽이 건강에도 좋고 안전할지는 모르지만 전자 초가 과연 영혼을 달래줄 수 있을까?

그녀는 옆에 서 있는, 너무나 슬프고도 다정한 얼굴을 한 갈색 수사복 차림의 성인상 앞에 걸음을 멈추었다. 누군가가 성인의 손에 물망초 생화 한 다발을 쥐어준 덕에 마치 살아 있는 사람 같았다. 잃어버린 물건을 돌보는 성인 성 안토니오였다.

무엇을 기도할지 정하지 않고 무릎을 꿇던 모니카의 눈에 몇 발짝 떨어진 바닥에서 빛나는 물체가 들어왔다. 몸을 숙여 집어 보니 은으로 만든 작은 하트였다. 로켓 목걸이에서 떨어진 것일까? 하지만 금속 하트는 너무 가볍고 얇아서 목걸이로는 적합하지 않을 것 같았다.

왼편을 바라보았다. 기도하는 사람이 서 있는 벽 쪽에 커다란 검은 칠판이 붙어 있었고 그 위에는 은으로 만든 작은 상징물이 가득 붙어 있었다. 손, 발, 얼굴, 그리고 모니카가 손에 들고 있는 것과 똑같이 생긴 하트. 칠판 앞에서 기도하던 노인이 발걸음을 옮기자마자 모니카는 바닥에서 주운 하트를 칠판에 붙였다.

그 순간 모니카는 무엇이 중요한지를 알았다. 실비와 토니가 화해할 수 있도록 기도하고 싶었다.

그녀는 잠시 그 자리에 서 있다가 성당을 나와 햇볕이 내리쬐는 광장으로 향했다. 지난번에 작은 새에게 모이를 주는 토니를 만났던 그 카페로 들어갔다. 토니를 다시 만날 가능성은 아주 적었지만, 그래도 도전해보고 싶었다.

커피와 코르네토를 주문했다. 크루아상의 이탈리아식 이름인 코르네토라는 단어를 들으면 항상 웃음이 났다.

"실례합니다."

옆 테이블에 앉아 있던 사람의 목소리였다. 놀랍게도 토니였다.

"모니카, 맞지요? 제 아내 실비와 함께 빌라에서 지내고 계시는 분 아니십니까?"

모니카는 맞다고 대답했다.

"저는 토니입니다."

지난번보다 더 추레해진 모습이었는데, 옷차림 때문만은 아니었다. 파티가 끝난 뒤 남겨진 풍선처럼 슬프고 지쳐 보였다. 느긋하고 태평해 보이던 매력은 온데간데없었다.

"실비가 아직도 저에게 화가 많이 나 있을까요?"

"어떨 것 같으세요?"

"아직도 제가 이 세상 최고의 나쁜 놈이라고 생각하고 있겠죠."

"실비의 조수에게 회사로 복귀해도 되느냐고 물으셨다면서요, 그 일 때문에 상황이 악화되었어요."

"실비가 저랑 말도 섞으려 하지 않는데 무슨 수가 있었겠습니까? 거긴 제 회사기도 합니다. 저도 실비의 동업자일 뿐 아니라, 제 물건 절반은 그곳에 있다고요."

"제 생각일 뿐이지만, 그때 실비를 탓하는 대신 그냥 그리웠다고 말하는 게 나았을 거예요."

"실비가 제 말을 믿을 리가 없잖습니까?"

"짐 버니가 떠났다는 사실을 실비도 알아요."

그 말에 토니가 미소를 짓더니 한 손으로 머리카락을 매만졌다. 모니카가 평소에 보기 좋다고 생각하는, 탄력 있으면서도 매만지기 쉽지 않은 머리였다. 아무리 가다듬으려 해도 말을 잘 듣지 않는 그런 머리 말이다. 잠깐이었지만 토니는 모니카가 예전에 언뜻 보았던 그 매력적인 남자의 모습을 내비쳤다.

"여러분은 정말 킴을 '짐 버니'라고 부르는 건가요? 어울리긴 하네요. 아, 모니카, 제가 다 망쳐버렸어요. 킴에 대해서 잘 처신하지도 못하고, 실비를 배신하고 말았습니다. 대체 제가 왜 그랬을까요? 아마 킴이 저에게 끌린다는 사실에 의기양양해졌던 모양입니다."

모니카는 잠시 생각한 끝에 입을 열었다.

"같이 한잔할까요?"

토니가 놀랍다는 표정으로 그녀를 바라보았다.

"'이 시간에요?'라든지, '당신은 책만 파고드는 타입인 줄 알았는데요'라는 말은 참아주세요. 안 그랬다간 제가 이 꽃병의 물을 당신한테 쏟아버릴지도 몰라요."

토니가 웃더니 웨이터를 불렀다.

"운 비끼에레 디 프란치아코르타, 페르 파보레."

모니카가 주문했다.

"그게 뭔지는 모르겠지만 '두에'로 하지요."

"마음에 드실 거예요."

"이탈리아어를 참 잘하시는군요."

토니의 어두운 얼굴에서 다시금 매력적인 미소가 피어나기 시작했다.

"네, 그런데 제 얘기는 거기까지 하고 실비에게 집중하는 게 좋겠어요."

주문한 술이 나오자 모니카가 잔을 들었다.

"아픈 마음을 위하여!"

"실비는 제 마음이 아프다는 것도 모를걸요."

"자, 자기 연민은 그만둬요. 실비를 잘 설득해보자고요. 꽃을 보내는 건 좀 고리타분해요. 아마 실비라면 받자마자 쓰레기통에 처넣을걸요. 당신이 실비와의 관계를 깊이 생각해보았으면 좋겠어요. 어떻게 하면 두 사람 모두 행복할 수 있을지, 아무리 사소한 거라도 상관없어요."

놀랍게도 그 말에 토니는 얼굴을 붉혔다.

"자, 괜찮아요. 만약 말하기엔 낯부끄러운 거라면 두 사람 사이의 비밀로 해도 돼요."

"조금 부끄럽긴 해도 그렇게 이상한 건 아닌데…"

옆 테이블에 앉아 있던 늙은 독일인 둘이 갑자기 이쪽 테이블에 호기심을 느낀 듯 몸을 기울였다.

모니카는 그들을 향해 돌아서더니 잔을 치켜들고 말했다.

"엿듣고 싶으면 돈을 내세요."

그러자 두 독일인은 얼른 마시던 맥주로 돌아갔다.

"실비는 제가 발톱에 매니큐어를 발라주는 걸 좋아해요. 실비는 공작부인, 저는 순종적인 집사 역할을 하는 거죠."

그러면서 토니가 추억에 잠겨 미소를 지었다.

"그러고 나서는… "

"그래요. 좋아요. 그다음은 충분히 상상이 가네요. 자, 이제 토니가 해야 할 일이 바로 그거예요."

"집사 복장으로 차려입으라고요?"

"아니요, 실비에게 매니큐어를 보내세요. 색깔은?"

"솔직히 말하면 보라색이에요."

"그래요, 보라색으로 해요."

모니카는 남은 술을 들이켰다.

"자, 당신도 어서 마셔요! 약국이 문 닫기 전에 가봐야죠."

그러자 토니가 순종적으로 자리에서 일어났다.

"몸이 안 좋으세요?"

남자라는 동물은 어쩌면 이렇게 둔감한지 모니카는 설레설레 고개를 저었다.

"그게 아니라, 약국에 가서 보라색 매니큐어를 사야죠."

약국은 버스 정류장 바로 옆에 있었는데, 볼품없는 곳이었다. 선반엔 먼지가 쌓여 있었고 직원은 아마도 자외선 차단 지수가 이상하리만큼 높은 선크림이나 지사제, 숙취 해소제를 사러 왔음직한 두 관광객을 시큰둥하게 맞이했다.

하지만 모니카가 고급 매니큐어에 선물 포장을 해달라고 하자 직원은 갑자기 활기를 띠었다. 능숙하게 리본을 묶고 포장지에 주름을 잡는 솜씨를 평소에 선보일 일이 별로 없었던 게 분명했다.

토니가 매니큐어를 고르자 줄을 길게 늘어선 할머니들이 외국인 침입자가 사치스럽기 짝이 없다고 헐뜯으며 작게 욕지거리를 중얼거렸다. 직원은 모두 무시하고 무한한 인내력을 발휘해 포장을 마쳤다.

모니카가 돌아서더니 기다리고 있는 손님들에게 유창한 이탈리아어로 이 선물은 옆에 있는 이 남자가 한참 어린 여자 때문에 아내를 배신한 뒤 아내에게 용서를 비는 선물이니, 정성스럽게 열심히 포장해야 한다는 점을 양해해달라고 말했다.

지팡이를 짚고 서 있던 검은 옷차림의 과부가 토니가 진심으로 뉘우치고 있는 것이 맞느냐고 물었다. 모니카가 그렇다고 대답했더니, 과부는 고개를 주억거리며 남자들이란 다 똑같으니 그 여자가 자신처럼 외로운 노년을 보내지 않고 얼른 남편을 용서하길 바란다고 말했다.

그 말 때문에 모여 있던 손님들 사이에서 실비가 남편을 용서해야 하는지 아닌지에 대한 열띤 토론이 벌어졌다. 용서해야 한다는 사람도 있었고 절대 용서하지 말라는 사람도 있었고, 하느님의 뜻에 맡기자는 사람도 있었다.

토니는 이들 사이에 오가는 말을 한마디도 알아듣지 못하고 미소만 짓고 서 있다가 직원에게 신용카드를 내밀었다.

"자, 이제는 택시를 잡으세요."

모니카가 웃으며 길가에 늘어선 택시들을 가리켰다.

"같이 가는 게 아닙니까?"

토니가 당황한 듯 물었다.

"당연히 혼자 가셔야죠! 이건 실비와 토니 단둘이 해결할 문제예요. 제가 이 일을 알고 있다는 사실도 실비한테 알리지 마세요. 그 나이쯤 됐으면 여자 마음을 알 때도 되지 않았나요?"

토니가 미소를 짓자 예전의 매력적인 모습이 언뜻 내비쳤다.

"남자 마음에 조예가 깊으신가 봅니다. 모니카… "

"매티슨이에요."

그렇게 대답하면서 모니카는 자신이 브라이언 말고는 남자를 전혀 모르는 거나 다름없다는 사실을 알면 토니가 놀라 자빠질지도 모른다는 데 생각이 미쳤다.

"정말 멋진 이름입니다. 매티슨이라니, 유명인사 같은 이름인데요. 실제로는 무슨 일을 하십니까?"

다행히 택시가 총알처럼 달려오는 바람에 모니카는 실제로는 자기가 그레이트 미센든에 사는 은퇴한 사서라는 고백을 하지 않을 수 있었다.

＊

"오늘 밤 저녁 식사 어떠십니까?"

알고 보니 휴고 로버트슨은 끈질기게 구애하는 사람이었다. 메시지를 수도 없이 남겼지만 앤절라의 답이 없어도, 그의 남성적 자아는 조금도 흔들리지 않는 듯했다.

아마 여자와 남자의 차이겠지? 여자는 곧바로 답장이 오지 않으면―특히 상대방이 메시지를 확인한 다음에도 답이 없으면―거절당했다고 생각하고, 못생기고 매력 없는 자신은 수녀원에나 들어가야겠다는 생각에 빠져버린다. 반면에 남자들은 여자가 메시지를 못 받은 것 같다고 단순하게 결론지어버린다.

"제가 작은 레스토랑을 하나 알고 있는데… "

앤절라가 거절하기도 전에 휴고가 밀어붙였다.

"휴고, 지난번에도 말했지만 당신은 작은 레스토랑을 정말 많이 아는 것 같아요."

그러다가 앤절라는 생각했다. 안될 건 또 뭐야? 루카가 휴고를 헐뜯은 내용 중 단 한 건도 사실로 밝혀지지 않았다. 단순히 성공하지 못한 사업가가 성공한 사업가를 시기해서 한 말인지도 몰랐다.

"좋아요."

결국 앤절라도 제안을 받아들였다.

"언제, 어디서 만날까요?"

"결단력 있는 여성은 멋지군요. '발코니'에서 8시에 뵙지요."

앤절라는 자신이 갖고 있는 옷을 훑어보니 취향 한번 끝내준다는 생각이 들어서 헛웃음이 났다. 아주 잠깐이지만 실비가 부럽기까지 했다. 실비도 앤절라와 마찬가지로 옷가지 하나하나가 철저히 자기만의 스타일이었지만, 실비의 옷이 경쾌하고 컬러풀한 것에 비해 앤절라의 옷은 무채색에 화려함과는 거리가 멀고 인정하기 싫지만 조금 칙칙하다는 생각이 들었다.

어쩔 수 없지, 실비에게 옷을 빌려 입어야겠다. 앤절라가 찾아갔을 때 실비는 또 다른 방에서 스테이플 건을 들고 수녀원을 매음굴로 탈바꿈시키는 중이었다. 바닥에는 온통 천이 흩어져 있고, 실비가 낙타에 싣고 사막을 건너간 적 있다는 재봉틀로 만들어놓은 보석처럼 반짝거리는 색상의 쿠션 커버들도 널브러져 있었다. 용감무쌍한 실비는 결국 사하라 사막의 작은 부족 족장 텐트를 '디자이너스 길드'에서 제작한 천으로 완전히 새로 꾸며놓고 왔다고 했다.

"실비, 나 좀 도와줘."

앤절라가 웃었다.

세상에, 앤절라가 수줍어하다니. 실비는 그 사실이 믿기지 않왔다.

"오늘 밤 외출하기로 했는데 늘 똑같은 모습이 좀 지겨워. 혹시 옷 좀 빌릴 수 있을까?"

실비는 잠시 생각한 뒤 입을 열었다.

"완전히 내 스타일로 변신시켜줄까, 아니면 반만?"

실비는 거대한 옷장으로 앤절라를 데려갔다. 옷장 안의 옷은 색 조에 따라 짙은 가지색에서 오렌지색, 누드 핑크에 이르기까지 어 마어마하게 실용적으로 분류되어 있었다.

"이 실크 블라우스에 네가 가지고 있는 바지를 입으면 잘 어울 리고 평소의 네 스타일에서 크게 벗어나지도 않을 것 같은데."

하지만 앤절라는 벌써 흑백의 얼룩말 무늬 실크 드레스를 향해 손을 뻗고 있었다.

"난 이게 마음에 드는데."

"신발 사이즈가 어떻게 돼?"

"7사이즈."

"그럼 이것도 가져가."

실비가 옷장 속에서 검은 에나멜 토 포스트 샌들을 한 켤레 꺼 냈다.

"그 드레스에는 이 샌들이 딱이야. 우아한 동시에 섹시한 샌들 을 만드는 건 이탈리아 사람들뿐이지. 그런데 문제가 딱 하나 있 어. 이러고 나가면 상대방이 널 못 알아볼지도 몰라. 그게 누군지 는 굳이 말할 필요 없겠지?"

앤절라는 그 말에는 대답하지 않았다.

"고마워, 실비. 레드 와인을 쏟지 않게 조심할게."

실비가 저녁 식사 전 와인을 마시러 테라스에 내려가보니 앤절라는 이미 외출한 뒤였다.

"오늘 해 지는 거 봤어?"

클레어는 청바지 차림으로 테라스 벽에 기대앉아 무릎을 세워 끌어안고 있었는데, 빛의 장난으로 말도 안 되게 어려 보였다. 아니, 어쩌면 지는 햇빛 때문만은 아닐지도 몰랐다. 실비는 갑자기 더럭 겁이 났다. 루카에게 어두운 과거가 있건 말건 상관없이, 클레어는 복잡한 상황에 놓여 있었다. 언젠가는 클레어도 자신에게 남편이 있다는 점을 되새겨야 할 텐데. 하지만 루카와의 관계가 한순간의 열병에 불과하다는 것을 클레어도 분명 알고 있을 것이다. 어쩌면 일상과는 너무 다른 시간을 보내는 지금 이 순간, 클레어는 루카가 아니라 이탈리아와 짧은 사랑의 열병을 앓는 건지도 모른다.

"정말 근사했지?"

실비가 미소를 지었다.

"만약 우리가 도착한 날 비가 쏟아지지만 않았더라도, 이탈리아의 날씨가 이 빌라만큼이나 매혹적이라고 착각했을지도 몰라."

두 사람은 잠시 침묵했고, 실비는 누구도 입 밖에 내고 싶어 하지 않는 화제가 두 사람 사이를 떠도는 것을 느꼈다. 이탈리아에서의 이 한가로운 나날이 언제까지 계속될 수 있을까?

비어트리스가 평소처럼 스파클링 와인을 내오면서 실비에게 작은 꾸러미를 건넸다.

"*시뇨라* 실비, 방금 택시에 실려 당신에게 도착한 물건입니다."

그렇게 말하는 비어트리스의 말투에는 이렇게 조그만 물건 하나 때문에 사치스럽게 택시까지 보낸 것이 놀랍다는 기색이 역력

했다.

"세상에."

실비가 꾸러미를 집어드는데 새로 산 검은 드레스를 입은 모니카가 내려왔다.

"와, 모니카."

클레어가 감동한 듯 물었다.

"어디서 난 거야?"

"레리니 시장에 또 갔었어. 이게 고작 15유로라니, 말도 안 되지?"

뒤에서 실비가 꺅 비명을 질렀다. 그녀는 방금 꾸러미에서 꺼낸 보라색 매니큐어 병을 빤히 바라보고 있었다.

그러더니 실비가 울음을 터뜨리며 매니큐어 병을 리츠 호텔만 한 다이아몬드라도 되듯이 꼭 쥐고 식탁 앞에 주저앉는 바람에 클레어는 깜짝 놀랐고, 모니카는 그보다는 덜 놀랐다.

"실비."

벽에 기대앉아 있던 클레어가 실비를 향해 달려왔다.

"왜 그래?"

"토니가 보낸 거야."

실비가 흐느끼며 말했다.

"지난번에 말했잖아. 가끔 내가 공작부인인 것처럼, 또 토니는 시종이 된 것처럼 내 발에 매니큐어를 발라주는 바보 같은 놀이를 하곤 했다고."

클레어는 그 장면을 상상하며 웃음을 참았다. 분명 실비에게는 큰 의미가 있는 일이었으리라.

"아직 런던으로 돌아가지 않았나 봐?"

모니카는 짐짓 아무것도 모르는 척 물었다.

"아직 이곳에 있나 봐."

누구도 부정할 수 없는 논리였다.

"정말 크게 반성하고 있나 보다."

모니카가 말했다.

"매니큐어 값으로 10유로를 썼으니 반성했다고 생각하는 거야?"

클레어는 모니카의 말에 놀라 물었다.

"돈이 문제가 아니잖아, 안 그래? 분명 아주 큰 의미가 담겨 있는 게 아닐까?"

"집사 흉내를 내며 발톱에 매니큐어를 발라주고 싶다는 의미 말이야?"

클레어가 빈정대는 말투로 물었지만, 그 말에 실비는 다시 울음을 터뜨렸다.

그때 비어트리스가 허둥지둥 나타났다.

"어느 신사분이 찾아오셨습니다. 자리를 하나 더 준비할까요?"

그 말에 실비는 가슴이 터질 것만 같았다. 토니가 직접 와서 사과를 하려는 모양이었다. 그래, 토니는 어리석은 행동을 했다. 하지만 사실 그녀는 아직도 토니를 사랑했다. 그녀는 당장 풍만한 가슴으로 토니를 안을 기세로 자리에서 일어났다.

"고마워요, 비어트리스."

실비는 머리를 가다듬은 다음 배를 집어넣었다. 아주 오래전부터 여자들이 자신감이 필요한 순간이면 하는 행동이었다.

"들어오라고 전해주세요."

모니카는 자기 잔에 와인을 따랐다. 토니가 이렇게 빨리 빌라에 찾아올 줄은 예상치 못했는데, 아마 쇠뿔도 단김에 빼려는 생각이겠지? 잘 되었으면.

비어트리스가 와인 안주인 견과류와 올리브가 담긴 쟁반을 들고 다시 나타났다.

"*시뇨리네*를 찾아온 손님이십니다."

비어트리스가 환하게 웃었다. 이렇게 여자밖에 없는 집에 남자 손님이 찾아온 것은 특별한 사건이었다.

"안녕, 클레어."

키가 크고 피곤해 보이는 남자가 열차 시간표를 든 손을 흔들었다.

"별로 먼 길이 아니던걸. 오늘 아침 여덟 시에 출발했는데 열두 시간 만에 도착했어. 비행기 한 번, 기차 한 번, 버스 두 번."

그 순간 클레어의 얼굴이 눈앞의 테이블보처럼 새하얗게 질렸다.

"마틴! 도대체 여기는 어쩐 일이야?"

"아이고, 클레어."

마틴이 애써 쾌활한 척 대답했다.

"내가 왔는데 반갑지 않아?"

클레어가 돌아서서 두 친구에게 남편을 소개했다.

"마틴이야. 내 남편."

그 순간 비어트리스가 바닥에 쟁반을 떨어뜨리면서 값비싼 카펫 위에 올리브가 온통 흩어지고 말았다.

모두가 허리를 굽혀 올리브를 치우기 시작했다.

"비어트리스는 자꾸 뭘 떨어뜨리네."

실비가 낮은 목소리로 모니카를 향해 투덜거렸다.

"비어트리스한테는 엄청난 충격 아니겠어?"

테이블 아래로 데굴데굴 굴러간 올리브 알을 주우면서 모니카도 작은 소리로 대답했다.

"사랑스러운 루카가 저분 조카니까."

클레어는 남편이 마치 제이콥 말리*의 유령이라도 되듯이 남편을 멍하니 쳐다보고 있었다.

"안녕하세요, 마틴."

모니카가 다정하게 웃으며 마틴의 손을 잡고 악수했다.

"빌라 레 시레누세에 온 것을 환영해요."

드디어 클레어도 정신을 차린 듯했다.

"그래, 집에선 어쩌고 있어? 아무 일 없지?"

"나름대로 잘 지내고 있어. 쓰레기봉투가 어디 있는지 찾아낸 다음부터는."

모니카는 마틴이 애써 던진 시시한 농담에 미소를 지었지만 클레어는 충격이 채 가시지 않은 듯했다.

"한잔하시겠어요?"

모니카가 마틴에게 와인을 권했다.

"스파클링 와인이 아주 훌륭해요."

"저는 스파클링 와인은 안 마셔서요."

마틴이 싫다는 듯 얼굴을 찌푸렸다.

"맥주는 없습니까?"

"비어트리스에게 물어보고 올게."

클레어가 그렇게 말하더니 쌩하고 부엌으로 달려가버렸다.

부엌에서는 비어트리스가 이마쿨라타의 다독임을 받으며 소리

---

*『크리스마스 캐럴』에서 스크루지 앞에 유령이 되어 나타나는 옛 동업자.

죽여 흐느끼고 있었고 그 뒤에서는 원망의 눈빛이 이글이글 타오르는 조반니가 서성이고 있었다.

"*키아라*, 당신 참 나쁜 여자군요."

조반니가 성난 목소리로 외쳤다.

클레어는 불안한 표정으로 문밖을 살폈다. 다행히 마틴은 *키아라*와 클레어가 같은 사람인 걸 모르는 듯했다.

"루카를 왜 흔들었어요? 항상 우울하던 루카가 당신이 온 뒤로 행복해했어요. 사랑에 빠진 줄 알았었는데, 왜 남편이 있다는 말을 하지 않았나요?"

루카가 한 번도 물은 적이 없다고 대답해도 소용없을 것 같았다.

"정말, 정말 미안해요."

클레어가 입을 여는 순간 부엌문이 열리더니 마틴이 나타났다.

"잠깐만."

마틴이 끼어들었다.

"그건 중요한 게 아니에요. 클레어, 야단법석은 떨지 말자고."

그 말에 비어트리스와 조반니는 믿기지 않는다는 듯이 그를 쳐다보았다. 아내가 바람을 피웠는데 그게 중요한 게 아니라고 말하는 남자라니, 도대체 어떻게 된 일일까? 위기에도 흔들리지 않는 사람들이 있다고는 들었지만, 막상 눈앞에 나타나니 아연실색할 일이었다.

다행히 모니카가 곧바로 들어와 유창한 이탈리아어로 단호하게 말했다.

"비어트리스, *에 오라 디 만자레*. 식사 시간이에요."

그 말 한마디가 기적 같은 효과를 불러일으켰다. 열정, 배신, 질투, 이 모든 것이 식사 시간 앞에서 하나도 중요하지 않은 것이 되어버렸다.

비어트리스가 이마쿨라타를 재촉해 파스타를 준비하라고 시키더니 조반니를 부엌에서 쫓아냈다. 모니카가 클레어와 마틴을 끌고 살롱으로 나왔다.

"마틴,"

모니카가 애써 평범한 대화를 시도했다.

"영국 날씨는 어때요?"

"지독하지요. 아마 그래서 이곳에 깜짝 등장해야겠다는 생각이 들었나 봅니다."

이 드라마가 펼쳐지는 내내 실비는 혼자 한쪽에 앉아 보라색 매니큐어 병을 들여다보면서 토니를 생각하는 한편으로, 뜻밖의 방문객이 바람을 피운 걸 사과하러 온 토니가 아니라 클레어가 꼴도 보기 싫어하던 볼품없고 시시한 남자였다는 사실이 실망스러워서 속이 상했다.

벌써 머릿속으로는 토니를 아량 넓게 용서하는 말을 연습한 데다가, 매니큐어를 사용한 섹시한 화해 장면까지도 머릿속에 환히 그려놓은 이후였던 것이다. 잠깐이지만 실비는 매니큐어 병을 테라스 바깥으로 던져버리고 산산이 박살난 병에서 거절을 뜻하는 보라색 액체가 철철 흘러내려 웅덩이를 이루는 모습을 지켜보고 싶은 생각이 들었다. 하지만 그러기에는 매니큐어 색상이 꽤 마음에 들었다. 결국 그녀는 다른 사람들이 대화 나누는 틈을 타 매니큐어를 핸드백 안에 집어넣고 잔에 와인을 듬뿍 따랐다.

"여기 계시는 동안 하고 싶은 일이라도 있으신가요?"

모니카는 어떻게든 대화를 이어가려고 애썼다.

그 말에 마틴은 반색하며 나폴리와 폼페이 그리고 아말피 해

변을 소개한, 포스트잇을 붙여 두툼해진 『론리플래닛』 책자를 꺼
냈다.

"당연히 하루 날을 잡아서 폼페이와 헤르쿨라네움을 종일 둘러
볼 겁니다. 또 하루는 베수비오산, 특히 분화구를 보고 올 생각이
고요. 로버트 해리스가 쓴 책 읽어보셨습니까?"

마틴은 배낭에서 책을 꺼냈다. 방금 꺼낸 책 말고는 아무것도 들
어갈 수 없을 만큼 말도 안 되게 작은 가방이었다.

"혹시 원하시면 빌려드리겠습니다."

그는 모니카에게 억지로 책을 떠안겼다.

"또 해변가 트래킹 코스도 걸어야지요."

마틴이 또다시 가방을 들쑤시더니 해안 산책로 가이드북을 꺼
냈다.

"파에스툼에 있는 그리스 신전들도 놓치고 싶지 않고요."

"세상에."

마틴이 가고 싶어 하는 장소들은 모니카가 원하는 장소들과 완
전히 일치했다.

"맙소사."

와인을 들이켜던 실비가 투덜거렸다.

"대체 며칠이나 있을 거래?"

"집사람이 얼마나 견뎌주느냐에 달렸지요."

마틴이 애써 의기양양한 듯 웃으며 농담을 던졌지만, 그 처량한
말투에 모니카는 마음이 어지러웠다. 그러나 루카에게 뭐라고 말
해야 할지를 고민하느라 넋이 빠진 클레어는 조금도 알아차리지
못한 듯했다.

다행히 그때 첫 번째 코스인 해물과 사프란이 들어간 파스타가

나오는 바람에 대화는 거기서 멈췄다.

"이야, 굉장한데요."

마틴이 파스타와 곁들일 빵을 집으며 말했다.

"제가 또 스파게티 킬러 아닙니까."

식사가 끝나자마자 클레어는 너무 피곤하니 먼저 잠자리에 들겠다고 했다. 모니카는 그녀가 마틴에게 자기 방으로 오라는 말을 하지 않았다는 사실을 알아차렸다. 소파에서 재우거나, 실비가 꾸며놓은 세트장 같은 방에서 자게 할 셈은 아니겠지?

마틴은 레드 와인과 여행 계획으로 들떠 다시금 활력을 얻은 터라 클레어의 이상한 태도를 알아차리지 못한 것 같았다.

하지만 클레어는 방으로 들어가는 대신 살롱 문 앞에 서서 모니카를 향해 이리 와달라는 손짓을 미친 듯이 했고, 모니카는 최대한 기척을 내지 않고 자리에서 일어났다.

"모니카, 제발 부탁 하나만 들어줄 수 있겠어?"

클레어가 속삭였다.

"내일 마틴을 폼페이든, 어디든 좋으니 좀 데려가. 비어트리스가 날 양다리 걸친 여자로 낙인찍기 전에 루카를 만나러 가야겠어."

모니카는 고개를 끄덕였다.

"하지만 루카는 어쩔 셈이야?"

그러자 클레어가 온 영혼이 고통을 받기라도 하는 것처럼 깊은 한숨을 쉬었다.

"모르겠어. 난 루카를 사랑하게 된 것 같아."

"세상에, 클레어."

모니카는 살롱 안쪽을 돌아보았다. 마틴이 레드 와인을 꿀꺽꿀

격 들이켜며 버스 시간표를 베껴 쓰느라 가이드북을 넘겨대는 가운데 실비는 마틴의 존재조차 눈치채지 못한 듯 울적하게 허공만 응시하고 있었다.

"불쌍한 마틴."

＊

앤절라는 반투명한 실크 드레스가 저녁 바람에 살랑거리는 기분 좋은 감촉을 느끼며 빌라에서 란짜렐라 중앙 광장으로 이어지는 자갈길을 걸었다.

'발코니'는 마을 맨 아래쪽, 버스 정류장보다 더 먼 빌라의 반대쪽 해안을 내려다보는 위치에 있었다. 생각지 못했던 프렌치 레스토랑이었다.

휴고는 벌써 평소처럼 흠잡을 데 없이 깔끔한 차림으로 테이블에 앉아 바다를 바라보고 있었다.

"란짜렐라 한가운데에 프렌치 비스트로가 있을 줄은 몰랐네요."

앤절라가 미소를 지었다.

"놀랐어요."

"늘 파스타만 먹었으니 변화를 주고 싶었습니다. 런던에서는 중국, 인도, 이탈리아는 물론 세계 각국의 음식을 즐기셨을 테니까요."

"맞아요."

앤절라가 웃으며 동의했다. 메뉴를 살펴본 뒤 그녀는 오리고기 파테와 아귀를 골랐다.

휴고는 찐 홍합과 살레르노만에서 잡은 모둠 생선 요리를 주문했다.

"음, 또 한 번 저를 놀라게 하시네요."

앤절라가 놀리듯 말했다.

"당신은 붉은 육류만 좋아하실 줄 알았는데요."

"편견을 깨실 필요가 있겠는걸요."

휴고는 한쪽 눈썹을 치켜올리며 대답했다. 정말이지 매력적인 남자였다.

지금이 바로 솔직해져야 할 순간이라고 앤절라는 마음먹었다.

"편견이라는 말이 나왔으니 말인데요. 당신이 델리 데이의 원소유주에게 매입 가격을 속였다는 소문을 들었어요."

앤절라가 느끼기에 직설적으로 말하지 못할 이유가 없었다.

"속이는 것과 비즈니스를 잘하는 것 사이에 차이가 있습니까?"

휴고는 차분하게 대답했다.

"그건 그렇고, 그 소문은 분명 루카 만지아니의 입에서 나왔겠군요. 그 사람 자꾸 저한테 집착한다니까요."

"란짜렐라에서는 그 이야기를 모르는 사람이 없다던데요. 모르는 사람이 없다고 했어요."

"앤절라, 사람들은 변화를 싫어해요. 당신도 사업을 하면서 그런 경우를 많이 보셨을 겁니다. 특히 이렇게 작은 동네에서는요. 이곳 사람들은 지역 사람들이 직접 운영하는 소규모 사업체를 좋아하지만, 세상은 바뀌고 있어요. 더 큰 글로벌 세계로 말입니다."

"우습네요."

앤절라가 또 놀려댔다.

"세계를 '글로벌'이라는 말로 표현하다니요."

"옥스퍼드 학부 출신다운 지적이군요."

그렇게 말하는 휴고의 말투에는 분명한 비아냥의 기색이 묻어 있었다.

"제가 지적 능력을 과시한다는 뜻인가요? 파일리의 은행원으로 일하느라 학교는 그만뒀는걸요."

두 사람 모두 식사를 마친 뒤였다. 어색한 침묵이 이어졌다.

"자, 모카 에스프레소를 곁들여서 타르트 타탱을 하나 나눠 먹지요. 그다음에는 집까지 모셔다드리겠습니다."

"신사적이시네요."

그렇게 대답했지만 10시도 안 된 시각이었기에 앤절라는 속으로 놀랐다. 휴고는 진심으로 기분이 상한 것 같았다.

"그런데,"

함께 다시 마을 안으로 들어가다가 휴고가 물었다.

"부재중인 집주인에게서는 아무 소식도 없습니까? 찾아온다는 소식은요?"

"스티븐이요? 아뇨, 소식은 없어요. 런던에서 글로벌 사업을 하느라 바쁘거든요."

빌라 정문에 도착하자 그는 몸을 기울여 앤절라에게 키스하는 대신 알 수 없는 미소를 지었다.

"즐거운 시간이었습니다. 함께 있어서 좋았어요, 앤절라."

그 말에 앤절라도 마주 미소를 지을 수밖에 없었다.

"저도요."

그녀는 휴고가 비탈을 내려가 호텔로 돌아가는 뒷모습을 바라보았다.

화가 난 걸까? 그런데 난 왜 이렇게까지 그의 기분에 신경이 쓰이는 걸까?

12

토니는 그랜드 호텔 델리 데이의 바에 울적하게 앉아 바보가 된 기분으로 마가리타를 홀짝이고 있었다.

내가 왜 그 여자의 말을 듣고 실비에게 커다란 꽃다발이 아니라 받자마자 쓰레기통에 던져버렸을 게 분명한 매니큐어를 보냈을까?

토니의 신경을 한층 더 거스른 것은, 호텔 안에서 예비 신부 파티가 열리고 있다는 점이었다. 예비 신부들과 그 어머니, 그리고 사형수 호송차를 기다리는 것 같은 표정으로 쭈뼛거리며 따라다니는 신랑들이 호텔 안을 가득 메우고 있었다.

"한 잔 더 하시겠습니까? 호텔에서 내는 것으로요."

목소리의 주인공은 어느새 토니의 옆자리에 나타난, 흠 하나 없는 카멜색 정장을 잘 차려입은 남자였다.

"휴고 로버트슨입니다. 이 호텔 소유주지요."

남자는 그렇게 자신을 소개하며 악수를 청했다.

남자의 손을 잡은 토니는 이렇게 멋지게 생긴 남자의 손이 당황스러울 정도로 축축하다는 사실에 깜짝 놀랐다.

"토니 서튼입니다."

"실비 서튼의 남편분 되십니까?"

토니는 고개를 끄덕이며, 킴벌리와 자신이 찍힌 그놈의 휴대폰 사진을 본 사람들의 얼굴에 늘 떠오르곤 하는 조롱의 기색이 있는지를 살폈지만, 남자의 표정은 아무렇지도 않았다.

그들의 뒤에서 짧은 튀튀에 가릴 데만 겨우 가린 브라 톱, 티아라가 달린 면사포에 아찔한 하이힐 차림을 한 예비 신부들이 괴성을 지르며 값비싼 샴페인을 병째로 들이켠 뒤 온통 소란을 일으키며 뛰어다니고 있었다.

"요즘은 저런 게 유행인가 봅니다."

휴고가 말했다.

"포르노에 등장하는 신부처럼 차려입더라고요. 나이트브리지 출신이건, 바즐던 출신이건 상관없이 다 똑같이 행동하지요."

휴고가 바즐던 이야기를 하는 바람에 토니는 또 욱하는 마음이 들었다. 킴이 바즐던 출신이었기 때문이다.

엄청나게 예쁘면서도 엄청나게 술에 취한 여자가 두 사람 옆을 쏜살같이 달려가더니 그대로 열린 문밖 수영장으로 뛰어들었다.

"저건 좀 위험하지 않을까요?"

그렇게 말하던 토니는 문득 자신도 모르는 사이에 새 마가리타가 한 잔 나와 있다는 사실을 깨달았다.

휴고가 웃었다.

"웨이터들에게 잘 지켜보라고 당부해두었습니다."

그러면서 그는 눈을 찡긋했다. 아까 악수할 때 축축한 손에 놀랐던 것과 마찬가지로, 휴고의 얼굴에는 희미하게 음흉한 기색이 감돌고 있었기에 세련된 인상이 반감된다는 생각이 들었다.

"걱정 마십시오. 다들 자발적으로 지켜보니까요. 그런데 이곳에서 혼자 뭐 하고 계십니까?"

"난처한 상황에 빠져 있거든요. 직장 동료와 바람을 피우는 현장을 아내한테 발각당해서요."

"운이 나쁘네요. 그래도 여기 있으면 잠시 눈 돌릴 만한 여자들이 많답니다. 저쪽에 당신을 향해 손짓하는 젊은 여자가 있네요."

이렇게 추레하고 매력 없는 몰골을 하고 있는데, 놀랍게도 사타구니만 간신히 가릴 정도로 짧은 신데렐라 의상 같은 것을 입은 젊은 여자가 정말로 저쪽에서 토니를 향해 손짓하고 있었다.

토니는 미소를 지으며 고개를 저었다.

"너무 어리잖습니까. 실수는 벌써 한 번 했습니다. 이제는 핑크 플로이드가 누군지 아는 여자들만 만날 생각입니다."

그러면서 토니는 휴고를 향해 천진난만하게 웃어 보였다.

"그중에서도 핑크 플로이드 멤버 이름을 전부 댈 수 있는 사람으로요."

"그럼 여기서는 진전이 없겠군요."

"그게 핵심이지요."

토니가 맞장구쳤다.

휴고가 토니 옆 스툴에 걸터앉았다.

"사실은 말입니다."

휴고는 저쪽에 있는 염색한 금발의 두 여자를 향해 눈짓했다. 둘은 똑같이 생긴 것 같았지만 자세히 보면 한쪽이 다른 쪽보다 나이가 훨씬 많았다.

"보통 엄마 쪽이 잘 넘어옵니다."

그가 바에 기대 두 금발 여자를 유심히 훑어보았다.

"때로는 딸들이 그러는 경우도 있고요. 기억할 만한 이야기니 잘 새겨두세요."

바텐더가 토니의 잔에 마가리타를 다시 채워주었다.

"나중에 저 둘을 노려볼 생각입니다. 신혼부부용 스위트룸이 비어 있고, 볼링거 한 병이면 분위기가 잡히겠지요."

토니는 경악에 사로잡혀 휴고를 바라보았다.

"하지만 둘 다 만취 상태잖습니까?"

"그게 신의 한 수지요. 아침이 오면 아무것도 기억 못 할 테니까요."

"하지만 당신이 이 호텔 주인이라면서요. 고객을 보호할 의무 같은 게 있지 않습니까?"

휴고가 고개를 설레설레 젓더니 그를 보고 웃음을 터뜨렸다.

"다들 이것도 한 가지 재미라고 생각하고 즐깁니다. 당신 문제가 뭔지 알겠군요. 낭만주의자인가 봅니다."

"자기가 소유한 호텔에 돈을 내고 묵는 술에 취한 두 여자를 따먹지 않는 게 낭만주의라면 그런 걸로 하죠."

토니는 그렇게 대답하면서 얼른 이 남자에게서 빠져나가기로 마음먹었다.

"뭐, 아쉬운 건 그쪽일 테니."

휴고가 어깨를 으쓱했다.

"어쨌든 시도는 해볼 생각입니다. 물론 저 여자들이 의식이 있다면요."

"세상에, 그 와중에도 기준은 있군요."

"고상해 빠진 척은."

휴고가 토니를 보더니 다시 세련되고 매력적인 원래의 모습으로 돌아왔다.

"그건 그렇고, 그 여자 넷은 빌라에 모여서 뭘 한답니까?"

토니는 손목시계를 본 뒤 바 스툴에서 내려왔다.

"솔직히 말하면 저도 모릅니다."

실비에게 따로 들은 이야기가 없기도 했지만, 본능적으로 이 휴고라는 남자를 믿어선 안 되겠다는 생각이 들었다.

"스티븐 찰스워스에게 빌라의 매입 조건으로 상당히 후한 가격을 제시했는데 아직 받아들이지를 않는군요."

"빌라를 사서 뭐 하시려고요? 그곳도 술에 취한 모녀들로 가득 채울 생각입니까? 아마 찰스워스는 거래 상대를 신중하게 선택하는 모양이지요."

"당신이 저한테 설교할 처지는 아닐 텐데요."

휴고가 갑자기 기분 나쁘게 웃었다.

"인턴과 찍은 사진은 잘 보았습니다. 런던 사람이 전부 보고 비웃었다더군요."

"고맙군요. 나중에 그 스위트룸에 한번 들르지요."

토니가 상냥하게 미소를 지었다.

"당신 추억의 순간을 찍어서 인스타그램에라도 남겨드려야겠습니다."

"클레어는 잠자리에 들었나 봅니다."

마틴은 이제야 알았다는 듯이 그렇게 말했다.

"네, 맞아요."

모니카가 하품을 하며 대답했다. 실비가 시계를 향해 손짓하고 방으로 올라간 다음에도 졸음을 참으며 마틴과 레드 와인을 한 병 더 비운 뒤였다.

"클레어의 방을 알려드릴까요?"

자리에서 일어나는 마틴의 얼굴에 의심의 빛이 감도는 것을 보고 모니카는 마음이 아파왔다. 모니카가 생각하기에 마틴은 평소에 의심 같은 것을 하는 사람이 아닐 것 같았다.

"혹시 오늘 밤 제가 다른 곳에서 자야 할까요? 아내가 피곤한데

귀찮을지도 모르니까요."

문제는 이 거대한 빌라 안에 쓸 수 있는 방이 단 네 개뿐이라는 사실이었다. 실비가 꾸며놓은 방은 보기에는 멋졌지만 그 방이 가진 가능성을 보여주려 만들어놓은 것일 뿐 잠자리로 쓸 수 있는 방은 아니었다.

"걱정 마세요."

모니카는 마틴을 안심시켰다.

"침대가 크거든요. 살짝 들어가면 클레어가 깨지 않을 거예요. 그럼 지금 안내해드릴까요?"

"고맙습니다."

마틴이 그렇게 대답하며 살짝 비틀거렸다. 이대로 5분만 지나면 푹 잠들어서 몽유병 환자처럼 트라팔가 광장까지도 갈 수 있을 것만 같은 상태였다.

모니카는 마틴의 조그만 배낭을 들고 앞질러 널찍한 계단을 올라간 뒤 클레어의 방문을 손가락으로 가리켜 보였다. '행운을 빌어요'라고 덧붙이고 싶은 것을 참았다.

5분 뒤, 모니카가 채 옷을 갈아입기도 전 마치 유령이라도 본 것 같은 찢어지는 비명이 빌라 안에 울려퍼졌다. 잠이 덜 깬 세 여자가 전부 층계참으로 달려나왔다.

"무슨 일이야?"

그렇게 묻는 실비의 얼굴에는 하얀 것이 꾸덕꾸덕 말라붙어 있었다.

"달걀흰자야. 피부를 맑게 해주지."

그녀가 얼굴을 닦아내며 설명했다.

세 사람은 클레어의 방문을 열어젖혔다.

벌거벗은 마틴이 취침등의 불빛으로 아래에서부터 환하게 밝혀진 실제 크기의 둠 페인팅 앞에 서 있었다. 짐승 얼굴과 원숭이 꼬리를 가진 히죽대는 악마에게 쿡쿡 찔리고 있는, 뜨거운 꼬챙이에 꿰여 고통의 비명을 지르고 있는 벌거벗은 여자를 빤히 바라보고 있었다.

모니카와 앤절라가 남사스러워하고, 실비는 너무나도 재미있어 했던 것은, 그 와중에 마틴의 성기가 벌떡 일어서 있었다는 사실이었다.

클레어는 아무것도 모른 채로 자고 있었다.

뒤늦게 자신의 상태를 알아차린 마틴은 황급히 티셔츠를 집어 몸을 가렸지만 록 페스티벌의 텐트처럼 보일 뿐이었다.

"도대체 이게 뭡니까?"

마틴이 벽화를 가리켰다.

다들 웃음을 참지 못하고 있는데 앤절라가 온 힘을 다해 평정심을 유지하며 대답했다.

"제가 보기엔, 과오를 범하기 쉬운 인류에게 육체의 쾌락을 경고할 목적으로 그려진 중세화 같네요."

그녀는 이 그림이 마틴에게는 정반대 효과를 발휘하고 있는 것 같다는 지적은 애써 참았다.

결국 자고 있던 클레어까지 몸을 벌떡 일으켜서 벌거벗은 남편을 포함해 네 사람이 자기 방에 들어와 있는 걸 알게 되었다.

"이게 도대체 무슨 일이야?"

"마틴이 중세의 도덕적 가르침을 발견하는 바람에 말이야."

앤절라가 설명을 이어갔다.

"네 방에 속죄를 위해서 산 채로 익어가는 실물 크기의 벌거벗은 여자 네 명이 더 있다고 미리 마틴한테 언질을 주지 그랬어."

그렇게 말하는 앤절라는 클레어 자신과 그 도덕적 가르침 사이에 관련이 있다는 것을 알아차릴지 궁금했다.

"아, 저 그림 때문이었어?"

클레어가 아무렇지도 않다는 듯 어깨를 으쓱하는 것을 보니 그림의 의미에는 개의치 않는 게 분명했다.

"난 이제 저 그림이 있는 것도 잊고 지내. 마틴, 그렇게 서 있지 말고 어서 뭐라도 좀 걸치고 침대에 올라와!"

"정말 고마워, 모니카."

다음 날 아침 클레어가 모니카를 붙들고 말했다.

"어젯밤 일은 정말 미안해. 전부 내 잘못이야. 마틴이 허락도 없이 갑자기 찾아온 게 화가 나서 내가 직접 방으로 데려오지도 않았어."

"뭐, 우린 재밌었지."

모니카가 씩 웃었다.

클레어가 혼란스럽다는 듯 그녀를 바라보았다.

"오늘 정말 마틴을 데리고 나가줄 거야?"

"가보고 싶은 곳이 정말 많은 모양이던데."

"너는 마틴이랑 잘 맞겠다."

그렇게 말하는 클레어의 말투에 쓸쓸한 응어리가 묻어 있는 것 같아 모니카는 깜짝 놀랐다.

"클레어…"

"응?"

클레어는 크루아상을 집어 수제 잼을 바르는 중이었다.

"이런 말 안 하는 게 좋을 것 같지만…"

그 말에 클레어도 모니카의 말에 집중했다.

"루카에 대한 거야. 환상이 아니라 사람한테 끌리는 게 확실해? 트위크넘과 일상의 지루한 책임에서 벗어나 레리니의 아름다운 햇살 속에서 레몬을 키운다는 환상 말이야."

"네 말은 이게 전부 우울한 중년이 품는 환상이라는 뜻이야?"

"생각해봐, 이 멋진 집에서 머무르는 거, 시중들어주는 사람도 있지, 식사도 차려주지, 햇빛이 찬란하고 풍경은 또 얼마나 아름다워? 가고 싶은 곳은 어디든지 가고, 하고 싶은 건 뭐든지 하고, 귀찮은 연락은 받지 않아도 되는 이곳이 좀 비현실적이라는 생각이 들지 않아?"

"하지만 내가 사랑하는 건 이곳이 아니라 루카야."

클레어의 목소리가 누그러졌다.

"루카와 함께 있으면 내가 어딘가에 속해 있다는 생각이 들어. 루카도 나와 함께하기를 바라는 것 같은걸."

"고작 몇 번 만난 게 전부잖아. 물론 루카가 매력적인 건 사실이지만, 감정에 휩쓸린 게 아닌지 잘 생각해봐. 게다가 마틴도 왔는데, 같이 시간을 보내야 하지 않겠어?"

클레어는 대답 없이 커피를 한 잔 더 따랐다. 루카를 잘 알지 못하는 건 사실이었다. 어쩌면 그냥 한순간의 강렬한 이끌림인지도 모르겠다. 그러나 루카 대신 마틴과 오늘 하루를 보낼 생각은 추호도 없었다.

"알았어. 행운을 빌게. 오늘은 내가 마틴을 돌봐줄 테니까."

10분 뒤, 클레어는 레리니로 가는 버스 맨 뒷자리에 앉아 창밖의 아름다운 풍경도, 롤러코스터를 타는 것 같은 버스의 움직임도 알아채지 못한 듯 생각에 잠겨 있었다. 모니카에게는 그렇게 말했지만 그녀도 괴로움과 죄책감을 느끼고 있었다. 그러나 진짜 문제는 그 죄책감의 대상이 마틴이 아니라 루카라는 점이었다.

비어트리스가 분명 조카에게 마틴의 존재에 대한 언질을 주었을 것이고, 비록 클레어와 루카 사이에서 결혼 여부를 놓고 무슨 말이 오간 적은 없었지만 그녀는 루카가 자신에게 감정을 품기 시작했다는 사실을 알고 있었다.

버스가 항구 근처 작은 광장에 도착해 승객들을 쏟아내자 클레어는 우울과 상실감에 젖어서 즐거워하는 여행객들이며 키득키득 웃어대는 어린 학생들을 따라 걸었다.

그녀는 처음 이곳에 찾아왔을 때 농장을 안내해주었던 루카의 조카 파비엘라와 인사를 나눈 뒤 느릿느릿 루카의 레몬 정원을 향해 걸었다. 파비엘라의 인사가 좀 쌀쌀맞게 느껴진 것은 착각일까? 초인종을 누르자 일꾼이 그녀를 정원으로 들여보내주었다. 루카의 가족들이 모이던 지붕 있는 테라스를 향해 올라가는 길에 클레어는 루카의 여든 살 아버지를 마주쳤다. 그는 평소와 다름없이 살갑게 웃어주었지만, 그의 이해력이 예전 같지 않은 탓이 아니었을까?

드디어 클레어는 볼 때마다 항상 웃음이 나왔던 재미있게 생긴 작은 이탈리아식 커피 주전자로 커피를 만들고 있는 루카를 마주했다.

그런데 루카의 얼굴에는 웃음기가 없었다.

그가 돌아섰다. 마치 지금까지 그녀를 기다리고 있었던 듯, 어떤 변명을 할지 들어나 보겠다는 듯한 태도였다.

"루카… 정말 유감이에요."

"저도 그렇습니다."

루카가 씁쓸한 말투로 말을 받았다.

"정말 안타깝습니다. 남편이 있다는 사실을 언제 고백할 생각이 었습니까? 다음 주? 다음 달? 아니면, 영영 비밀로 할 생각이었던 겁니까?"

커피 주전자가 루카의 분노처럼 부글부글 끓어오르자 그가 주 전자를 집어들더니 바닥에 던져버렸고 그 와중에 손을 데기까지 했다.

클레어가 달려가서 그의 다친 손을 꼭 붙들었다.

"남편이 있다고 말하면 우리 사이가 끝이 나거나 변할까 봐 겁 이 났어요."

"당연히 변하고 말고요! 전 당신이 이곳에서 내가 하고자 하는 일을 이해하려 노력한다 생각했습니다. 내가 이 레몬 정원을 사랑 하는 만큼 당신도 그렇다고 생각했어요. 당신은 레몬 정원에 흥미 를 보이다가도 금방 떠나버리는 사람들과는 다를 줄 알았습니다."

"달랐어요. 당신이 하는 일에 진심으로 관심이 생겼고, 저도 함 께하고 싶었어요."

그렇게 말하는 클레어조차도 방금 한 말이 정확히 무슨 뜻인지 확신할 수 없었지만, 그 말을 듣는 순간 루카는 화가 사르르 녹은 듯 두 팔을 벌려 그녀를 안았다.

"*키아라 미아.* 이제 우리는 어떻게 하면 좋을까요?"

그때 뒤에서 손뼉 소리가 들렸다. 루카의 아버지였다.

"행복하구나, 아들아. 이렇게 마음씨 따뜻한 여성과 사랑에 빠지다니.”

“가엾은 아버지.”

루카의 얼굴이 처음으로 수심에 가득했다.

“이제 아버지의 이해력이 예전 같지 않으십니다.”

클레어는 루카의 아버지가 신이 나서 그녀를 껴안는 대로 가만히 있었다.

“아버지가 부러울 지경이군요.”

루카가 한숨을 쉬더니 볕가리개 아래 테이블에 앉아 두 손에 고개를 파묻었다.

✳

앤절라가 수영장에 뛰어들자 초록빛 물이 그녀를 부드럽게 감쌌다. 물속은 소리가 죽고 침묵만이 두드러지는 또 다른 세계였다. 어쩌면 이것은 란짜렐라에 머무르는 시간 자체의 은유가 아닐까?

앤절라는 수면 위로 나와 머리를 흔들어 털고 수영장 가장자리에 기대 해안가를 내려다보았다. 사파이어빛 바다 위로 햇살이 부서지고 등꽃의 황홀한 향기가 압도하듯 풍겨왔다. 하지만 이곳이 좋은 건 아름다운 풍경 때문만은 아니었다. 그녀는 비어트리스와 이마쿨라타가 좋았다. 심지어 말이 없는 루이지와 능글맞은 조반니까지도 가깝게 느껴졌다. 예전 같았으면 신경조차 쓰지 않고 지나쳤을 클레어와 실비, 모니카—음, 물론 실비는 예외다. 실비 같은 사람을 그냥 지나칠 수 있는 사람은 없으니까—는 자신도 모르게 그녀의 정서적 풍경의 일부가 되어 있었다.

문득 죄책감이 밀려왔다. 스티븐이 이곳을 은신처로 쓰라고 내주기는 했지만, 휴고가 제시한 액수는 만만치 않았다. 이 빌라가 멋진 호텔이 될 수 있을까. 의심의 여지가 없었다. 풍경도 장관이었지만 비밀처럼 꽁꽁 숨겨진 위치라는 사실만으로도 고객들은 이곳을 선호할 것이었다. 낡은 천과 스테이플 건 하나만 가지고도 실비는 이 빌라의 방들이 가진 가능성을 훌륭히 보여주었다. 수영장은 더 크게 만들어야 할 테고, 정원을 넓히려면 모니카가 몰두하던 비밀스러운 채소밭이 숨겨져 있는 기묘하게 높은 생울타리도 잘라내야 할 테지. 그런 생각을 하면서 앤절라는 미소를 지었다. 분명 통신 장치는 조치를 취해야겠지만, 묘하게도 다른 사람들의 연락이 닿지 않는 곳이라는 점이 앤절라가 이곳에 가지는 애착의 아주 큰 부분이었다. 또 휴고, 그리고 앤절라가 그에게 품게 된 감정도 있었다. 문득 가슴이 아파와 앤절라는 수영장 가장자리 너머로 몸을 내밀고 젖은 팔에 얼굴을 묻었다. 위험해. 어쩌다가 이렇게 된 거지?

앤절라는 수영장에서 나와 몸을 말리면서 평소답지 않은 자기 회의를 잊으려 애썼다. 그녀는 항상 긍정적인 면을 바라보는 사람이었으니까. 앤절라는 스트레칭을 했다. 신체적인 컨디션은 더할 나위 없이 좋았다.

아스파라거스를 심은 화단 근처 벤치를 지나치다가 앤절라는 참지 못하고 휴대폰을 확인했다. 고민 끝에 드루가 보낸 메시지를 열었지만, '패브릭' 이야기는 전혀 없었다. 앤절라가 잘 지내고 있기를 바란다, 방금 스티븐을 만났는데 다들 잘 지내는지를 물었다, 그런 내용이었다.

앤절라는 퍼걸러에 앉아 등꽃 내음을 들이마시며 스티븐을 생각했다. 정말 이상하고도 흥미로운 남자였다. 관대한 건 맞지만,

동기가 무엇인진 감을 잡을 수 없었다. 조언을 얻겠다는 이유만으로 알지 못하는 사람까지 섞여 있는 네 명의 여자에게 멋진 빌라를 내어주는 이타적인 사람이 또 있을까? 하지만 어차피 알 바 없으니 깊이 생각하지는 않기로 했다.

대신 앤절라는 휴고에게서 온 새로운 메시지를 확인했다. 카프리섬에 가서 점심을 먹지 않겠느냐는 제안이었다.

앤절라는 자신도 모르게 미소를 지었다. 어서 방으로 돌아가서 옷을 갈아입어야 할 것 같았다.

"행복해 보이네."

모터사이클용 가죽옷을 입고 테라스에 앉아 있던 실비가 한마디 했다.

"넌 섹시해 보이고."

"뭘 그렇게 씩이나."

실비가 웃었다.

"난 알레산드로와 함께 전시회에 다녀오려고."

"다른 사람들은?"

"클레어는 남편의 존재를 알아차린 루카를 만나러 레리니에 갔고, 모니카는 그동안 클레어 남편을 돌봐주는 중이지. 너는?"

앤절라의 얼굴이 살짝 달아올랐다. 이상하기 짝이 없는 일이었다.

"카프리섬에 가서 점심 먹을 생각이야."

"차려입어야겠는걸. 상대가 누군지는 말 안 해도 알겠다."

잠에서 깬 토니는 룸서비스로 아침 식사를 주문했다. 혹시라도 휴고 로버트슨을 만나서 남자들끼리의 불쾌한 잡담을 나누고 싶지도, 간밤에 정말로 그 모녀 중 하나, 어쩌면 둘 다를 유혹했는지를 알고 싶지도 않았다. 휴고 같은 놈이라면 떠벌리고 다닐 게 분명하지만.

웨이터가 붉은 장미와 새하얀 테이블보까지 담긴 커다란 쟁반을 들고 들어오더니 발코니에 스탠드를 놓고 차려놓았다. 토니는 터키석처럼 새파란 바다를 내려다보면서 브리오슈를 먹는 내내 이제 무엇을 해야 할지 생각했다. 차라리 이쯤에서 손을 떼고 런던으로 돌아가고 싶다는 생각마저 들었다. 그의 선물을 받고 메시지조차 없는 이상 토니도 두 손 들지 않을 도리가 없었다.

하지만 과오를 저지른 뒤 단 하나 알게 된 게 있다면, 그가 실비를 사랑하고 있다는 사실이었다. 그렇게 생각하며 토니는 혼자 미소를 지었다. 사실 화가 누그러진 뒤에는 실비가 사람들에게 휴대폰으로 찍은 사진을 퍼뜨린 전술이 대단하다는 생각까지 들었다. 수치스럽기는 했지만 그런 방법을 생각하고 실제로 실천까지 하는 여자가 몇이나 있겠는가? 그 뒤 실비는 남편에게 버림받은 몇몇 유명한 아내들이 했던 것처럼 토니의 양복 소매를 잘라버리거나 아끼던 와인을 이웃집 문간에 쏟아버리거나 하지도 않았다. 물론 토니에게 고급 와인이 있었던 것은 아니지만 말이다. 실비는 불같은 성격이기는 해도 뒤끝은 없었다.

모니카라는 여자는 독창적인 방법을 써야 한다고 우겼지만 그 여자 말을 들어서 얻은 게 없었다. 이제 마지막 수단을 써야 할 때가 온 것 같았다. 바로 꽃이었다. 꽃을 보내는 것이 쉽지는 않을 터였다. 실비는 인테리어를 늘 꽃으로 완성했는데, 수선화나 카네이션은 절대 쓰지 않았다. 심지어 딱 원하는 상태의 꽃이 아니면 쓰지 않았기에 절대 같은 꽃배달 업체에서 꽃을 주문하는 법이 없었다. 실비가 꾸민 집들에는 디기탈리스나 작은 벚나무가 숲을 이루고 있었다.

그러나 꽃이 아니라면 도대체 무엇을 주어야 할지 알 수 없었다. 액세서리는 취향을 타는 데다가 실비는 남들보다 더 까다로웠고, 대놓고 말해 실비가 모델처럼 비쩍 마른 몸매가 아닌 이상 옷을 선물하는 건 지뢰밭을 건너는 것과 다름없었다. L사이즈는 보통 실비에게 작았지만, 그렇다고 XL사이즈를 사주면 실비는 그와 다시는 말도 섞지 않을 테니, 옷은 제외하기로 했다. 스카프도 괜찮을 것 같았지만, 이미 실비는 다음 생과 다다음 생에도 모자라지 않을 만큼 스카프가 많았다.

그러니까 꽃을 선물하는 수밖에 없었다.

토니는 호텔 로비로 내려가서 근처에 꽃집이 있는지 물었다. 호텔 직원이 결혼식 카탈로그를 꺼내며 대신 주문해주겠다고 우겼지만 토니는 정중하게 거절했다. 마지막 기회이니만큼 직접 골라야 했다.

마침내 직원은 이 동네에 딱 하나 있는 괜찮은 꽃집은 해안가를 따라가면 나오는 옆 마을인 마지오레에 있다고 알려주었다.

30분 뒤, 택시비로 40유로를 지불한 뒤에야 토니는 작은 마을의 우중충한 뒷골목 막다른 길에 도착했다. 그의 눈앞에 나타난 것은 털이 북슬북슬한 인형과 우스꽝스러운 국화 화환이며 십자가로 가득한 굉장히 미심쩍어 보이는 꽃가게였다.

토니가 걸음을 돌리려는데 빨간 머리를 짧게 자르고 꽃 그림 타투를 한 젊은 여자가 가게 안에서 아몬드 꽃가지 하나를 들고나왔다.

"바로 이거야!"

토니가 신이 나서 아몬드 꽃가지를 가리켰다.

"혹시 영어를 하십니까?"

"시, 조금은 할 줄 알지만, 팝송 가사를 듣고 배운 게 전부예요."

토니는 솔직하게 털어놓는 게 낫다고 생각했다.

"아내의 마음을 사로잡을 멋진 꽃다발이 필요합니다."

"「러브 윌 파인드 어 웨이」."

점원이 맞장구쳤다.

"예스! 아, 밴드 이름 '예스' 아시지요?"

토니가 기분 좋게 고개를 끄덕였다.

꽃집 점원이 웃었다.

"시, 시. 밴드 예스 알아요. 어떤 꽃을 좋아하시죠?"

"제 아내가 굉장히 세련된 사람이라서 드라마틱한 꽃 장식을 좋아합니다."

토니는 실비가 큰 꽃다발을 선호한다는 의미로 양팔을 펼쳐 보였다.

점원은 고개를 끄덕이더니 "「홀 라터 러브」" 하면서 또다시 고개를 끄덕였다.

"레드 제플린!"

점원이 가게 뒤편으로 들어가 있는 동안 토니는 기다렸다. 아마 이 꽃다발은 우스꽝스러울 테고, 값은 팔 하나, 다리 하나 값에다 택시비 40유로, 돌아가는 택시비로 40유로를 더 내야 할 게 분명했지만, 확실히 색다른 쇼핑 경험이었다.

놀랍게도 점원은 금세 다시 돌아왔지만, 손에 든 것은 꽃다발이 아니라 나무 스툴 하나와 탁한 액체가 든 유리잔 하나였다.

"아마레토 디 사론노예요."

점원이 자랑스레 선언하더니 토니의 어깨를 다독여주었다.

"「러브 허츠」."

동정심이 담긴 말투였다.

"에벌린 브라더스."

기분이 한껏 좋아진 토니가 대답했다. 다시 가게 뒤편으로 들어간 점원은 영영 나오지 않을 것만 같았다. 마침내 그녀가 완성된 꽃다발을 들고 나오는 순간 토니는 충격에 사로잡혀 입을 다물었다. 태어나서 본 것 중 가장 멋진 꽃다발이었다. 연분홍색 작약, 이슬이 맺힌 크림색 붓꽃에다가 보랏빛 줄무늬가 있는 튤립이 우아하게 고개를 떨구고 있고 탁한 분홍색의 라넌큘러스에 아이비, 고사리, 그리고 방 안에 향기를 진동시키는 큼직한 연분홍 장미가 어우러져 있었다.

"달콤한 그대여."

점원이 꽃다발을 토니에게 안겨주며 유쾌한 말투로 노래 가사를 읊었다.

"최고의 사랑을 받아가기를!"

"이글스!"

점원이 고개 숙여 인사하더니, 토니의 예상보다 훨씬 적은 값을 불렀다.

꽃집을 나온 토니는 택시를 불러 세운 뒤 자신의 옷매무새도, 꽃다발의 모양새도 망가지지 않게 온 신경을 바짝 기울여 조심스레 올라탔다. 꽃집 점원이 손뼉을 치면서 잘 가라고 손을 흔들었다.

란짜렐라까지 30분간의 여정이 끝날 때까지도 토니는 미소를 거두지 않았다. 실비가 이 꽃을 마음에 들어 하지 않는다면 포기하고 집으로 돌아가는 수밖에 없을 것이다.

하지만 문간에서 토니를 맞이한 비어트리스는 너무나 안타깝지만 *시뇨라* 실비는 오늘 아침 일찍 외출했다고 알려주었다.

토니는 비어트리스에게 꽃다발을 전해달라고 부탁하려다가, 실비가 알았다면 깜짝 놀랄 정도로 굳은 마음을 먹었다.

"이 꽃을 물에 꽂아주시겠습니까? 실비가 돌아올 때까지 기다리겠습니다. 언제 돌아온다고 했습니까?"

"모르겠습니다, *시뇨레*. 오토바이 탄 젊은 남자와 함께 나가던걸요."

"정말입니까?"

그 말에 낙심한 토니의 얼굴에 못마땅한 듯한 주름이 새겨졌다.

"어디서 기다리면 되겠습니까?"

고작 오전 11시였으니, 상당히 오랜 시간이 걸릴 것 같았다.

"테라스에서 기다리시는 게 좋겠습니다. 영국식 홍차를 가져다드릴까요?"

비어트리스가 자랑스레 물었다.

토니는 홍차를 싫어했지만, 거절한다면 비어트리스가 실망할 게 불 보듯 뻔했다.

"그러면 정말 감사하겠습니다."

테라스에 앉은 지 5분도 지나기 전에 부루퉁해 보이는 젊은 남자가 삽을 들고 계단식 정원 맨 아래층을 열의 없이 파헤치기 시작했다. 토니가 인사를 건네자 남자는 흙에다가 삽을 박아 넣은 뒤 삽자루에 울적한 표정으로 기댔다. 엄청나게 잘생긴 남자였다.

"*시뇨레*, 당신네 나라에서는 여자 네 명이 남자 없이 지내기도 합니까? 그러니까 *오모세수알리*와 *트라디멘터*가 판을 치겠죠."

토니의 이탈리아어 실력은 형편없었음에도 그 두 단어가 각각

'동성애'와 '불륜'을 의미한다는 것은 어렵잖게 짐작할 수 있었다. 오늘 아침부터 지금까지 별난 일이 한둘이 아니었기에, 이제 무슨 일이 일어나도 놀라지 않을 것 같았다. 킹스 로드에서의 삶이 보헤미안 스타일이라면 지금까지의 경험으로 이탈리아는 장편 오페라나 다를 바 없었다.

차가 나오자 토니는 격식에 맞게 차를 마셨다. 정원에 있는 저 남자 말고는 아무도 없는 것 같았기에, 빌라 안을 좀 둘러보고 싶었다. 이 얼마나 특별한 빌라인지! 언덕 꼭대기 절벽 위에서 바다를 내려다보는 위치에 지어져서 완전한 사생활을 보장한다는 것만으로도 특이했다. 게다가 장미며 튤립, 등꽃과 그밖에 이름 모를 꽃들이 무성하게 핀 정원은 또 얼마나 근사한가. 꽃에 대해서는 실비에게 일임한 토니로서는 꽃들의 이름을 다 알 수는 없었다. 어쨌든 이 꽃들은 정말 향기로웠으니, 어쩐지 이 꽃들을 표현하는 단어는 '영국적'이라는 생각이 들었다.

토니는 테라스 계단을 올라서 집 안으로 들어갔다. 시곗바늘이 째깍대는 소리에 아마 부엌 쪽에서 들려옴직한 두런거리는 목소리 말고는 집 안에 침묵이 감돌았다. 라벤더 향기와 밀랍 냄새가 감돌아 대번에 어린 시절이 떠올랐다. 파리 한 마리가 창턱에서 붕붕 소리를 내며 날고 있었다. 모퉁이를 돌자마자 토니는 걸음을 멈추고 소리 없이 기둥 뒤에 몸을 숨겼다. 「수태고지」 프레스코화 앞에 서서 휴대폰으로 사진을 찍고 있는 휴고 로버트슨이 보였던 것이다. 어쩌면 그림이 너무 아름다워서 찍기로 한 건지도 몰랐다. 사람들은 뭔가 흥미롭다 싶으면 휴대폰으로 찍어대니까. 그래도 휴고가 그림에 완전히 집중해서 그림의 세부적인 부분들을 찍고 있는 것을 보자니 토니는 의심스러웠다. 도대체 뭐 하는 짓이지?

"그림에 관심이 많으신가 봅니다."

토니가 기둥 뒤에서 나와 휴고에게 말을 걸었다.

"뭐가 그렇게 특별합니까?"

휴고는 놀라 펄쩍 뛰며 뒤를 돌아보았다. 처음에는 몹시 성가셔하는 것이 분명했던 그의 표정이 순식간에 평소처럼 매력적인 미소로 바뀌는 모습을 토니는 지켜보았다.

"토니, 세상에, 이런 데서 또 만나다니요."

그러나 토니도 그 말에 진심이 조금도 섞여 있지 않다는 사실을 알 수 있었다. 어젯밤 있었던 일을 꺼내들어 조금 자극해볼까 하고 생각했지만, 그러지 않기로 마음먹었다.

"실비를 찾으러 오셨습니까? 앤절라 말로는 외출 중이라던데."

그때 앤절라가 계단을 총총 내려왔다.

"안녕하세요, 토니. 우리는 카프리섬으로 가려고요. 실비는 알레산드로와 함께 외출했는데."

"아, 그래서 그 정원사가 동성애가 어쩌고 하는 이야기를 했나보군요."

그 말에 앤절라가 웃음을 터뜨렸다. 10년은 젊어 보이는 모습이었다. 토니는 앤절라의 활기가 휴고 로버트슨이 여기 있다는 사실과는 아무런 관련이 없기만을 바랐다.

"아마 이웃에 사는 콘스탄틴 이야기일 거예요. 세계적으로 유명한 화가지만, 조반니의 눈에는 늙은 동성애자일 뿐이거든요."

혹시라도 자신과 관련 있는 이야기일지 모르니 토니는 정원사가 했던 불륜 이야기는 굳이 알아보지 않기로 마음먹었다.

"실비가 몇 시쯤 돌아온다는 이야기를 했었습니까?"

"안 했어요. 혹시 여기서 기다리실 작정이라면 아마 비어트리스가 점심 식사를 준비해줄 거예요."

"아니, 아닙니다."

실비가 돌아왔을 때 밥이라도 먹고 있다면 그녀가 무슨 반응을 보일지 불 보듯 뻔했다.

"그러면 술이라도 한잔하세요. 스파클링 와인 괜찮으세요?"

그 말에 토니는 씩 웃었다.

"실비와 30년간 결혼 생활을 했던 게 헛일은 아니군요. 스파클링 와인이라니, 정말 좋은데요."

앤절라가 자루 부분이 긴 와인 잔을 두 개 들고 돌아왔다.

"일단 테라스 쪽으로 나갈까요?"

앤절라는 휴고에게 들리지 않을 낮은 목소리로 말했다.

"매니큐어를 보내다니, 대박이었어요. 물론 실비는 당신이 직접 가지고 찾아오지 않은 데 조금 실망한 것 같았지만요."

"실비가 저를 용서할까요?"

토니도 목소리를 낮추어 물었다.

"그럴 것 같아요. 하지만 부디 납작 엎드리길 바라요. 실비가 정말 멋지다고 추켜올리고, 비판은 절대 하지 마세요. 그런 건 집에 돌아가서도 얼마든지 할 수 있잖아요."

그러면서 앤절라가 한 눈을 찡긋했다.

"고마워요. 앤절라."

"전 토니에게 좀 약한 것 같아요."

휴고의 차에 타고 집을 반 바퀴 돌아 떠나면서 앤절라가 털어놓았다.

"온 세상이 다 알도록 친구분을 배신했는데도 말입니까?"

"제가 알기로 그 사건을 온 세상에 알린 건 실비 자신인걸요."

앤절라가 지적했다.

"제가 보기에 그 작자는 쓰레깁니다. 어젯밤 호텔로 돌아가보니 호텔에서 열리는 예비 신부 파티에 온 에섹스 출신 여자들에게 수작을 부리고 있던데요."

휴고는 극적인 효과를 자아내려 뜸을 들였다가 다시 입을 열었다.

"뿐만 아니라, 그 여자들의 어머니들에게도 말입니다."

"세상에, 정말이에요?"

앤절라는 어마어마하게 큰 충격을 받은 것 같았다.

"단단히 뉘우친 줄 알았는데. 스파클링 와인 같은 건 주지 말 걸 그랬어요. 실비가 돌아와서 사과를 받아주지 않아야 할 텐데."

"당신이 실비에게 귀띔해주어도 되지 않겠습니까?"

휴고가 미소를 지었다.

"아니에요, 휴고. 전 고자질 같은 건 하지 않아요. 학창 시절부터 그런 건 혐오했거든요. 앞으로 무슨 일이 일어날는지 지켜보는 수밖에요."

"내키는 대로 하십시오."

휴고는 어깨를 으쓱 추어올렸을 뿐이었지만, 앤절라는 휴고의 옅은 짜증을 눈치챘다. 왜 그러지?

토니는 테라스에서 와인을 마시며 경치가 근사하기 짝이 없다고 생각했다. 그뿐만 아니라 이곳은 어쩐지 비현실적이라는 생각이 들었다. 그야말로 호사 속에 틀어박혀 있는 셈이었다. 하지만 실비랄 초대한 이유가 무엇일까. 스티븐은 실비의 어린 시절 친구였으니, 힘든 상황에 빠진 그녀에게 한숨 돌릴 만한 곳을 마련해주고 싶었으리라. 또 실비의 말대로라면 이 빌라를 호텔로 개조하는 데 조언을 한다고도 했다. 휴고 로버트슨의 제안 때문일까.

토니는 자신이 묵고 있는 휴고의 호텔을 생각했다. 어마어마하게 비쌌고, 기분 나쁠 정도로 과시적이었지만 간밤에 본 바로는 추잡한 곳이었다. 토니는 자기도 모르게 두 가지 바람을 갖게 되었다. 하나는 이 빌라가 지금 모습 그대로 머물러 있었으면 하는 바람, 둘째는 휴고가 다른 목적을 가지고 앤절라에게 접근한 것이 아니었으면 하는 바람이었다. 그건 그렇고, 휴고는 프레스코화 사진을 왜 찍었던 걸까.

그때 진입로에 오토바이 소음이 울려 퍼졌고, 그 소리를 듣자마자 실비가 걱정되어 화가 치밀어 올랐다. 이렇게 위험천만한 도로에서 속도를 내며 달리는 녀석 뒤에 실비가 타고 다닌단 말이야? 의사들이 오토바이 운전자들을 예비 장기기증자라고 부르는 데도 다 이유가 있는데 말이다. 그러나 다음 순간, 토니는 자신이 실비에게 한마디 할 자격이 없다는 사실을 깨달았다. 그 자격은 벨그라비아의 아파트에서 어리석은 짓을 저지른 대가로 잃어버렸다.

실비가 탄 오토바이가 요란하게 집 앞으로 가는 소리가 들렸고, 아까의 가정부가 뭐라고 야단법석을 떠는 목소리가 들렸기에 토니는 실비에게 꽃이 전달되었다는 사실을 알 수 있었다.

잠시 후 실비가 오토바이를 타고 바람을 맞느라 흐트러진 긴 빨간 머리를 휘날리며 꽃다발을 들고 나타났다. 그 모습이 디바를 방불케 하는 바람에 토니는 잠시 말을 잃었다.

"안녕, 토니."

실비가 아름답기 그지없는 꽃다발을 한참이나 들여다보았다.

"꽃 고마워."

"꽃집에 가서 내가 직접 고른 거야. 뻔한 꽃은 싫었거든."

"정말 멋져. 알레산드로 기억하지?"

그제야 토니는 실비 옆에 서 있는 이국적인 젊은 남자의 존재를 알아차렸다. 알레산드로는 잠시 토니와 함께 일한 적이 있었는데, 다행히 어떻게 봐도 게이였다. 하지만 토니의 망상은 온갖 방향으로 날뛰고 있었다. 스스로가 바보같이 느껴졌다. 실비는 단 한 번도 혼자였던 적이 없었던 것이다.

"향기가 좋아. 당신은 예전부터 향기 나는 장미를 좋아했잖아."

실비가 장미의 짙은 향을 들이마셨다.

"황홀하다. 게다가 정말 영국적이야."

그녀는 잠시 동안 장미를 찬찬히 뜯어보았다.

"신기한 우연이네. 여기 정원에도 똑같은 장미가 있거든. 너무 예뻐서 눈여겨봤지. 이름이 '볼 붉힌 소녀'래."

실비는 전혀 소녀다운 데가 없는 특유의 발랄한 웃음을 터뜨렸다.

"참, 매니큐어 고마워."

그녀가 자기 발가락을 가리키자 그 자리에 있던 세 사람 모두 매니큐어가 칠해진 발톱을 빤히 들여다보았다.

"그 드레스랑은 완전 안 어울리는데요."

알레산드로가 잔소리를 했다.

"보라색과 초록색의 색 조화가 너무 강렬하다고요."

"말도 안 돼. 로마에서 내가 작업한 오스트리아 귀족의 방 기억 안 나? 그 방이 온통 초록색과 보라색이었는데!"

토니가 준비한 사과의 말은 먼지처럼 산산이 흩어져버렸다. 이 자신만만한 젊은이 앞에서는 도저히 그 말을 할 수 없었다.

"꽃이 마음에 든다니 다행이야."

실비는 잠시 토니의 눈을 바라보았다. 알레산드로를 보내버릴까? 하지만 토니는 이미 떠날 준비를 하고 있었다.

"그럼, 이만 안녕."

"잠깐만, 토니?"

토니는 실낱같은 희망을 담은 표정으로 되돌아보았다.

"회사 일은 미안해. 그래도 그렇게 마음대로 들어가면 안 되지."

"거긴 내 집이야. 내 회사기도 하고."

"변호사가 정리해주겠지."

"변호사라고?"

이렇게 사과를 하면서 망가진 관계를 수습해보려는 노력 앞에서도 실비가 요지부동이라는 사실에 토니는 화가 났다.

"정말 이럴 거야?"

토니는 그 순간 마음을 굳혔다.

"그럼, 난 런던으로 돌아갈게. 어디에 묵는지는 따로 알려주겠어."

토니는 상처와 분노로 뻣뻣해진 몸을 이끌고 말없이 나가버렸다.

실비는 토니의 떠나는 뒷모습을 바라보다가 그가 보이지 않게 되자 조용히 흐느끼기 시작했다.

알레산드로는 어리둥절한 표정으로 실비를 바라보았다.

"실비, 당신 정말 이상한 거 알아요? 남편분과 재결합하고 싶어 하신다는 데 100만 유로라도 걸 수 있는데요."

실비는 살롱에 놓인 벨벳 쉐즈롱 위로 쓰러져 마스카라가 번지면 늙어 보이는데도 아랑곳하지 않고 엉엉 울었다.

"맞아. 하지만 토니가 나한테 준 상처가 너무 커. 자꾸만 스스로를 다그치게 돼. 내 몸, 얼굴, 가슴을 그 스무 살짜리 여자애랑 비교하지 않을까? 이제 거울을 보면 늙어빠진 할머니가 보여. 한때는 내가 나이에 비해 젊다고 생각했는데, 이제는 주름이며 검버섯이 자꾸 눈에 들어온단 말이야!"

"실비, 실비."

알레산드로가 옆에 무릎을 꿇고 앉아 실비의 머리를 쓰다듬어 주었다.

"남자들의 마음은 그런 게 아니에요. 그건 게이든 아니든 다 똑같다고요. 남자들은 기회주의자예요. 그 여자가 나타나서 토니를 유혹했겠죠. 어쩌면 유혹한 게 아닐 수도 있겠지만 어쨌든 토니는 그렇게 생각했고 그 앞에서 참지 못했던 것뿐이에요. 아마 토니도 거울을 볼 때마다 당신과 마찬가지로 늙어버린 자기 모습을 볼 거라고요."

"맞아, 하지만 이젠 어떡하지?"

"가정부에게 맛있는 프란치아코르타를 한 잔 갖다달라고 해요."

실비는 웃음을 터뜨릴 수밖에 없었다.

"만병통치약이네. 영국에서는 차를 한 잔 마시는데 말이야."

알레산드로는 얼굴을 찌푸렸다.

"정말 영국인이셔라. 그러니까 이렇게 따분하고 재미없는 생각을 하시겠죠. 자, 이제 정신 차려요. 만약 당신이 이탈리아인이었다면 아마 3킬로그램을 감량한 다음 새 옷을 살 거예요. 토니의 신용카드로요."

"난 쇼핑이 싫어. 게다가 다이어트라니, 좋아하는 걸 다 포기해야 하잖아."

실비가 한숨을 쉬었다.

"그럼 평생 거울 속의 그 한심한 모습으로 사시든가요. 이제 일어나세요."

실비는 힘겹게 일어나 앉았다.

"자 따라 해요. 나는 실비 서른, 어딜 봐도 아름답다."

실비가 깔깔 웃음을 터뜨렸다.

"알레산드로, 정말 사랑해."

그러자 알레산드로는 짓궂은 미소를 띠었다.

"사태가 한층 더 흥미로운 국면으로 접어드는 건가요?"

*

모니카와 마틴은 가이드북을 사이에 놓고 햇살이 쨍쨍한 광장의 한 카페에 앉아 있었다. 마틴이 가이드북에 집착하는 바람에 모니카로서는 딱히 무엇을 해야 할지 신경 쓰지 않아도 되어서 편했지만, 그의 말로는 클레어는 자신의 이런 습관을 도저히 견디지 못한다고 했다.

마틴이 하고 싶은 일 목록 맨 위에 있는 것은 그 유명한 「요나와 고래」 모자이크화를 보는 것이었다. 마틴이 매표소에서 한참 입씨름을 했지만 신분증이 없어 고령자 할인을 받을 수가 없었고, 그 말싸움이 국제분쟁으로 번지기 직전 모니카가 끼어들어 돈을 내버리는 바람에 두 사람의 모험은 다시금 평화를 찾았다.

지금 두 사람은 거대한 모자이크화 앞에 서서 그림을 빤히 쳐다보고 있었다. 콘스탄틴이 가진 복제화와 완전히 똑같았다. 불안한 표정에 벗겨져가는 머리, 힙스터에 가까운 수염을 가진 현실적인 50대 남자의 모습으로 그려진 요나는 누군가가 자신을 붙잡고 끌어내주기를 바라는 듯 한 손을 내밀고 있었다.

"마치 '안녕, 잔혹한 세상아. 열흘 뒤에 보자' 하고 있는 것 같네요."

마틴이 말했다.

모니카가 반대쪽에 붙은 모자이크화를 보았더니, 이쪽에서는 요나가 삼켜지는 것이 아니라 다시 고래의 입 밖으로 빠져나오는 모습을 묘사하고 있다는 사실을 알 수 있었다.

"고래가 참 근사해요."

모니카가 그림을 자세히 바라보며 말했다.

"날개도 있고, 발은 꼭 사탄의 발 같네요."

그러자 마틴이 갑자기 웃음을 터뜨렸다.

"간밤에 본 그 악마가 떠오르는군요."

모니카는 미소를 지었다가 어젯밤 마틴이 발기했던 게 떠올라 시선을 딴 데로 돌렸다.

"신앙이라는 건 참 곧이곧대로인 것 같지 않나요?"

마틴은 다시금 요나를 쳐다보았다.

"나쁜 짓을 하면 악마가 찾아와서 꼬챙이에 꽂아 지옥 불에 활활 태워버리잖아요."

"그것도 심판의 날이 와야 말이죠."

모니카가 지적했다.

"그때까지는 실컷 즐기면서 살아도 되고."

그 말에 두 사람은 처음으로 함께 킬킬 웃었고 결국은 성당 관리인이 화가 나서 두 사람을 야단쳤다.

"이곳은 하느님의 성전입니다. 이만 나가주시지요."

두 사람은 웃음을 멈추지 못하고 슬슬 걸어나왔다.

광장으로 내려가는 계단 꼭대기에 서자 마틴이 모니카를 돌아보았다.

"꼭 에덴동산에서 쫓겨난 아담이 된 기분입니다."

"저는 이브가 된 느낌은 안 드네요."

모니카는 웃으면서 말했다.

"일단 점심을 먹으러 가요."

성당을 찾아온 인파를 피해 뒷골목의 식당을 찾은 두 사람은 모니카가 이곳에서 먹은 첫 음식이나 다름없었던, 레몬잎 사이에 끼워서 구운 부라타 치즈를 주문했다. 실제로는 불과 얼마 전의 일인데도 아주 오래전의 일 같았다.

"이 동네에선 온갖 음식에 레몬을 넣는 것 같아요."

모니카가 지적했다.

그 말을 하고 나니 클레어가 떠올랐고, 그녀와 마틴이 놓여 있는 난감하기 짝이 없는 상황에도 생각이 미쳤다. 만약 내가 클레어라면 어떻게 할까, 하고 생각해보려 했지만 도무지 상상이 되지 않았다. 모니카는 인생에서 브라이언 말고는 단 한 번도 누구와 깊은 관계를 맺어본 적이 없었던 데다가, 함께 꾸린 작고 행복한 삶이 만족스러웠던 두 사람은 다른 사람에게 눈을 돌린 적이 단 한 번도 없었던 것이다. 하지만 이제 브라이언은 죽고 없었다.

마틴이 열심히 와인 메뉴를 훑어보며 가이드북에 실린 추천 와인 목록과 비교해보고 있는 동안 모니카는 물을 마시다가 하마터면 사레가 들릴 뻔했다.

저쪽, 두 사람이 있는 식당에서 불과 50미터 떨어진 곳에서 클레어와 루카가 행복한 얼굴로 손을 잡고 이쪽으로 걸어오고 있었다.

13

"마틴, 잠시만 실례할게요!"

모니카가 자리에서 벌떡 일어났다.

"성당에 뭘 좀 두고 온 것 같아서요. 얼마 안 걸릴 거예요. 와인은 주문해서 마시고 계세요."

"알았어요."

마틴이 대답하고 나서 다시 크게 소리를 질렀다.

"잠깐만요, 모니카!"

그 소리에 식당 안의 손님들이 짜증내며 이쪽을 돌아보았다.

"그쪽은 반대쪽인데요!"

하지만 모니카가 이미 달려가버린 뒤여서, 마틴은 어깨를 으쓱했다. 와인이 나오자 그는 시험 삼아 한 모금 맛을 보았다. 가격에 비해 맛이 썩 괜찮았다.

그는 배낭 안에서 작은 검은색 수첩을 꺼내서 와인의 이름과 생산연도, 마신 장소를 열심히 기록했다.

5분 뒤 모니카가 뛰느라 벌겋게 달아오른 얼굴로 나타났다. 방금 간신히 클레어를 다른 쪽으로 보내고 온 참이었다.

"알려드리려고 했는데, 성당 반대쪽으로 가시더라고요."

마틴이 걱정스럽다는 듯 설명했다.

"제가 원래 방향치 기질이 있어서요."

거짓말이었다. 사실 모니카는 오리엔티어링*의 명수였는데, 물론 엄마는 그 사실에도 치를 떨었다.

"다행히도 지름길이 있더라고요."

"찾던 물건은 찾으셨습니까?"

모니카는 무엇을 잃어버렸다고 해야 할지 열심히 머리를 굴린 끝에 대답했다.

"지갑이요. 그런데 알고 보니 가방 안에 잘 있더라고요."

"저는 배낭 안에 특수 주머니를 만들어놔서, 손으로 살짝 만져보기만 해도 지갑이 잘 있는지 금방 확인할 수가 있답니다. 모니카도 그렇게 하세요."

"누가 배낭을 훔쳐가면 어쩌고요?"

"안 될걸요."

마틴은 의자 밑에 넣어놓은 배낭을 가리켰다.

"배낭을 의자에 묶어놓는 똑똑한 장치를 쓴답니다."

모니카는 자신도 모르게 웃음이 나왔다.

"제가 우스꽝스러우시지요?"

그러면서 마틴이 서글픈 미소를 짓는 바람에 모니카는 곧바로 죄책감에 사로잡혔다.

"아마 클레어도 저를 그렇게 생각할 겁니다. 늙고 우스꽝스러운 마틴이라고요. 클레어가 이탈리아에 온다는 말을 들었을 때 저는 화가 났거든요."

부라타 치즈가 도착하자 두 사람은 바삭바삭한 빵을 테이블마다 하나씩 나온 토마토즙이 가미된 올리브유에 찍어 먹었다.

---

 * 지도와 나침반만 가지고 목적지에 도착하는 스포츠.

"가족을 내버려두고 떠나다니 정말 이기적이라고 생각했습니다. 솔직히 말하면, 빌라를 호텔로 개조할 수 있는지 살펴보러 간다는 게 말도 안 되는 소리라고 생각했지요. 아무리 이탈리아를 동경했어도 클레어는 유명 호텔 요리사가 아니라 고작 동네 출장 요리사였으니까요."

마틴은 생각에 잠긴 듯 와인을 홀짝였다.

"그런데 그제서야 클레어는 나에게서 잠시 떠나 있고 싶은 것이 아니었을까 하는 생각이 들더군요."

마틴이 고개를 들더니 미소를 지었다.

"저도 처음부터 이렇게 둔한 사람은 아니었습니다. 처음 클레어를 만날 때만 해도 저는 차세대 밥 딜런을 꿈꾸는 사람이었답니다. 물론 당신은 그 꿈도 우습다고 생각하시겠지만요."

하지만 모니카도 자신이 사서라고 밝힐 때마다 사람들의 비웃음을 들었고, 그것도 버킹엄 대학 도서관 사서라고 이야기하면 또다시 비웃음을 샀던 터라 마틴의 말이 조금도 우스꽝스럽게 느껴지지 않았다.

"멋진데요, 마틴."

그녀는 잔을 들어 마틴의 잔에 짤랑 부딪혔다.

"「탱글드 업 인 블루」?"

그러자 마틴이 놀란 표정으로 잔을 들었다.

"아니, 제가 밥 딜런 노래 중에서도 가장 좋아하는 곡인 걸 어떻게 아셨습니까?"

"저도 마찬가지거든요."

모니카는 그렇게 생각하며 클레어와 마틴, 실비와 토니, 그리고 이들의 꼬여버린 사랑을 떠올렸다.

"연주를 계속해보시지 그래요."

한참 뒤에야 모니카가 다시 입을 열었다.

"마지막으로 기타를 만져본 게 언젠지도 가물가물한걸요."

이제 식당에는 두 사람만이 남아 있었다.

"자, 이제 어디에 가보고 싶으세요?"

"꼭 가보고 싶은 산책로가 있습니다. 바로 란짜렐라까지 이어지는 언덕에 난 계단이지요."

모니카가 참지 못하고 웃음을 터뜨리는 바람에 마틴은 자신이 무슨 말을 잘못했나 하고 어리둥절해져서 그녀를 바라보았다. 마틴이 말한 길은 바로 모니카가 이곳에 도착한 첫날, 지갑을 잃어버려 배낭을 메고 비를 흠뻑 맞으며 오른 그 계단이었다.

모니카는 자리에서 일어나 유창한 이탈리아어로 웨이터를 불러 계산을 청했다.

"세상에."

마틴은 감동받은 표정이었다.

"당신 정말 여러모로 놀라운 사람이군요."

두 사람은 란짜렐라를 향하는 언덕길에 올랐다. 마틴은 미안한 표정으로 모니카의 발을 쳐다보았다.

"그 신발로 괜찮으시겠습니까?"

"저는 항상 이 신발을 신어서 괜찮아요."

"좀 아쉬워하시는 것처럼 들립니다. 하이힐을 좋아하십니까?"

"그건 절대로 아니에요. 사실, 튼튼한 것과는 거리가 먼 검은 에나멜 샌들도 한 켤레 있답니다."

"다행이네요. 그러고 보니, 클레어와 발 사이즈가 같으실 것 같은데요."

"제 발이 더 커요."

모니카가 솔직히 털어놓았다.

"무려 7사이즈거든요. 일전에 클레어가 샌들을 빌리러 왔는데 너무 크더라고요."

"다들 함께 재미있게 지냈나 봅니다."

맞다, 그들은 모두 즐거운 시간을 보냈다. 그러면서 모니카는 여자들끼리 우정을 나누는 일만큼 인생을 좋아할 수 있게 만드는 건 없다는 사실을 깨닫게 되었다.

두 사람은 한때는 레리니의 항구와 산꼭대기 란짜렐라 사이의 유일한 운송수단이던 나귀들이 다니던 길을 따라 걸었다. 눈이 부신 오후였고 흙을 밟고 걸어가는 내내 들에 핀 타임과 보라색 세이지의 향이 코를 간지럽혔다.

"장관이네요."

마틴은 잠시 제자리에 서서 매혹된 얼굴로 주위를 둘러보았다.

"산은 이렇게 높고, 또 골짜기는 깎아지른 듯 깊은데다 바다도 이렇게 가까이 있다니 말입니다."

모니카도 고개를 끄덕이면서, 자신도 이곳을 너무나 사랑하게 되었다고 생각했다.

"이야, 벌매가 있군요!"

마틴이 바위 뒤를 가리키더니 이것 좀 보라는 듯 모니카를 끌어당겼다.

"이 친구들이 이동할 때 이곳 사람들이 새를 대량 학살했답니다. 종달새, 노래지빠귀며 오색방울새마저도 1년에 1,700만 마리씩 잡아 죽였다고 하는군요. 요즘은 그런 일은 그만두는 추세라고 하더라고요."

말문이 막힐 만큼 끔찍한 일이었다. 조반니나 루이지처럼 평범하기 짝이 없는 이탈리아 사람들이 노래하는 새들을 마구잡이로 잡아 죽이는 상상을 하니 소름이 끼쳤다.

"우리 영국인들만 해도 수많은 세월 동안 여우 사냥을 해오지 않았습니까?"

마틴이 상기시켜 주었다.

"인간이란 사실 그렇게 문명적인 존재가 아닌 겁니다."

그러나 모니카가 가진 사서의 정신이 깨어나 그 말에 반박하기 시작하는 바람에, 두 사람은 이끼 덮인 구석을 찾아 앉아 한 시간 동안이나 지나가는 벌매를 바라보면서, 인간이 인간을 비롯한 동물에게 자행하는 비인간적인 행위며 잔혹성이란 인간의 본성인지 아닌지에 관해 열띤 토론을 나누었다.

그사이 주변을 지나쳐가던 이탈리아 일꾼들은 두 사람이 미친 사람이 아닐까 하고 바라보다가 두 사람의 영국 억양을 알아차리고서야 그럼 그렇지 하는 표정으로 떠나갔다.

한참 뒤에야 두 사람은 다시 길을 걷기 시작했다. 마침내 계단 꼭대기에 올라 빌라로 향하는 좁은 길을 걷던 두 사람은 벌써 돌아와 테라스에서 책을 읽고 있는 앤절라를 발견했다.

"오래 나가 있었네?"

"레리니부터 걸어왔어."

모니카가 명랑한 목소리로 대답했다.

"오는 내내 토론을 했지 뭐야."

"신났겠네."

앤절라는 등나무로 된 라운지 의자에 등을 기댔다.

"카프리섬은 어땠어?"

"언제나처럼 아름답고도 괴상했지 뭐. 그건 그렇고, 토니가 지구상에 존재하는 제일 커다란 꽃다발을 가져와서 실비의 마음을 돌리려고 노력하는 모습을 네가 못 본 게 아쉽다."

"효과가 있었어?"

"딱히 없었어. 런던으로 돌아갈 모양이야."

마틴이 집 쪽으로 걷기 시작하자 앤절라가 모니카를 붙들고 멈춰세웠다.

"넌 알고 있어야 할 것 같아서 하는 말이야. 휴고 말로는 토니가 자기 호텔에 머무는 동안에 신부 파티에 온 여자들에게 수작을 걸고 다녔대. 심지어 그 여자 엄마들한테도."

모니카는 저 먼 수평선 위에 내려앉은 물안개를 내다보았다.

"말도 안 되는 소리. 너희들보다 토니와 더 많은 시간을 보낸 나로서는 전혀 믿을 수 없어. 그 여자들이 토니에게 들이댄 걸 수도 있지. 신부 파티라는 게 원래 그런 식이잖아. 순전히 재미를 위해 남자들을 산 채로 잡아먹기도 하는걸. 게다가 토니가 똑같은 실수를 또다시 반복할 리가 없어."

모니카는 책을 6주나 연체한 학생에게 보내는 따가운 시선으로 앤절라를 빤히 쳐다보았다.

"내가 너라면, 도대체 휴고 로버트슨이 어째서 너한테 그런 말을 하는지를 먼저 의심해봤을 텐데."

그렇게 모니카는 앤절라에게 생각거리를 던져준 뒤 정원으로 나섰다. 모니카로서는 휴고 로버트슨이 토니를 험담하고 다닐 만한 이유가 떠오르진 않았지만, 그래도 그의 말은 믿기지 않았다. 휴고를 생각하면 겉은 달콤하고 부드럽지만 속은 딱딱해서 함부로 깨물면 이가 부러지는 초콜릿이 떠올랐다. 이가 부러지는 일만은 없으면 좋으련만.

계단을 내려가 정원으로 사라지는 모니카의 뒷모습을 보는 앤절라의 마음에 짜증이 솟아오르고 있었다. 다른 사람들이 휴고를 좋아하든 말든 내가 무슨 상관이라고? 그런데 이상하게도 신경이 쓰였다. 친구들이 휴고를 좋아했으면 하는 마음이 들었다.

그러고 보니, 새삼 우리 네 사람이 참 이상한 조합이라는 생각이 들었다. 히피처럼 실크로 온몸을 휘감은 실비, 아무래도 아줌마 같은 구석을 버리지 못하는 클레어, 이제는 이상하게 똑똑하게 굴면서도 내면에는 여전히 도서관 사서 특유의 깐깐함이 남아 있는 모니카, 거기에 앤절라라니. 하지만 네 사람은 그럭저럭 잘 지내고 있었다. 지난번에는 모니카가 스티븐이 우리를 초대한 건 안쓰러워서일 거라는 얘기를 하는 바람에 모두 놀랐었지.

하지만 그 누구도 앤절라 윌리엄스를 동정하지 않아도 된다. 그녀는 자기 스스로를 돌볼 수 있으니까. 그렇지 않나?

*

테라스식 정원 맨 아래층에 서 있던 모니카는 클레어가 버스 정류장에서부터 진입로를 따라 들어오는 모습을 보고 그쪽으로 달려갔다.

"도대체 왜 그랬어, 클레어. 벌건 대낮에 그 사람과 손을 잡고 돌아다니다니 제정신이야?"

하지만 클레어는 선택의 여지가 없었다는 듯 어깨만 으쓱했다. 그러더니 옅은 미소까지 짓는 바람에 모니카는 진심으로 기분이 나빠졌다.

"내가 핑계 대고 뛰쳐나가서 널 막지 않았다면 그대로 마틴과 마주쳤을 거라니까?"

"어쩌면 그게 더 나았을지도 몰라."

"아냐, 절대 아니야. 네가 루카와 사랑에 빠졌든, 수백 년을 내려온 빌어먹을 그 레몬이 그렇게 좋든 다 상관없지만 최소한 30년간 너와 결혼 생활을 한 남자의 감정을 조금이라도 배려해야 하는 것 아니야?"

모니카가 이렇게 화난 모습은 처음이었다.

"그래, 알겠어. 네 말이 맞겠지. 마틴이 최대한 충격을 덜 받을 수 있는 방식으로 이야기를 해야 할 것 같아. 하지만 그렇다고 네가 왜 그렇게 길길이 날뛰면서 화를 내는지는 모르겠어."

"왜냐고? 난 지구상에서 가장 이기적인 우리 엄마와 같이 살아봤으니까! 다른 사람에게도 감정이라는 게 있다는 걸 상상조차 못하는 사람 말이야!"

"알았어, 모니카. 오늘 마틴과 함께 있어줘서 고마워. 며칠만 더 그렇게 해주면 그동안 나도 앞으로 어떻게 하면 좋을지 생각해볼게."

"마음을 정했단 소리야? 네 아들이랑 며느리가 어떻게 생각하겠어?"

"그애들도 다 컸으니 알아서 해결해야지. 어쩌면 이참에 분가하기로 마음먹을지도 모르고."

"불쌍한 마틴."

"그렇지. 그래도 마틴은 어차피 평소에 집에 식구가 있건 말건 크게 신경 쓰지 않고 지내니까 괜찮을 거야. 곧 비어트리스가 저녁 식사를 하라고 부를 텐데, 그전에 어서 가서 옷 좀 갈아입어야겠어. 고마워, 모니카. 네가 없었다면 어쩔 뻔했어."

모니카는 한숨을 쉬었다. 다른 사람의 인생에 간섭해서는 안 된다고 생각해왔던 자신이 토니와 실비, 클레어와 마틴의 재결합을 도우려고 애쓴다는 사실이 스스로도 놀라웠다. 어쩌다가 이렇게 되었을까. 모니카는 아름다운 저녁의 정원을 둘러보았다. 이 정원은 오로지 자신만의 마법 같은 날씨 속에서 자라나고 있는 것 같았다. 밤이 가까워오자 나팔꽃의 꽃봉오리가 서서히 오므라드는 한편으로 꽃무와 꽃담배는 이제 막 묵직한 밤의 향내를 피워내기 시작했다. 연분홍빛 향기로운 서향나무꽃—루이지가 알려준 대로라면 이 꽃은 놀랍게도 2월에 피기 시작해서 6월까지 지지 않는다고 했다—사이로 뱅크셔 장미가 고개를 내밀고 있고 풀숲 속에는 금방이라도 살아 숨 쉴 것만 같은 조각상들이 군데군데 솟아 있었다. 이곳에는 현실주의자인 모니카조차도 감히 부정할 수 없는 묘한 마법이 감돌고 있었다.

하지만 우린 로잘린드나 페르디타*가 되기에는 너무 늦지 않았나?

문득 앤절라가 티타니아,** 휴고가 상류층 버전의 보텀이라는 생각이 들어 절로 낄낄 웃음이 났다.

"기분이 좋으신가 봅니다."

뒤에서 목소리가 들려왔다. 저녁 식사를 하려고 줄무늬 있는 흰 셔츠에 다림질한 것 같은 청바지로 갈아입고 나온 마틴이었다.

"맞아요. 하지만 왜 좋은지 묻지는 마세요."

* 셰익스피어 희곡 「뜻대로 하세요」와 「겨울 이야기」의 주인공.
** 셰익스피어 희곡 「한여름 밤의 꿈」에서 마법에 의해 광대 보텀에게 반하는 요정 왕비.

400

모니카는 그렇게 대답한 뒤 계단을 한 번에 여러 개씩 뛰어올라 테라스로 올라가서 마틴이 내미는 잔을 받아 들었다. 그러면서 역시 클레어가 틀렸다고 생각했다. 마틴은 다른 사람의 기분을 헤아릴 줄 아는 사람이었다.

"내일은 뭘 하실 계획이세요?"

마틴이 지도 든 손을 팔락거렸다.

"폼페이에 가보실 생각이 있으십니까?"

모니카는 고개를 끄덕인 뒤 물었다.

"클레어도 같이 가려나요?"

"그럴 리가요."

마틴은 클레어와 루카의 사이를 조금도 의심하지 않고 있는 게 분명했다.

"레몬 농장에 가서 레몬 공부를 하겠지요. 아마 요리사라니 하는 일일 겁니다. 클레어는 애초부터 역사에는 관심이 없거든요."

"그럼 폼페이에 가요."

"알았습니다. 예약은 제가 미리 해두죠."

모니카는 미소를 지었다. 마틴의 이런 꼼꼼함에 클레어는 진저리를 쳤겠지만, 사실 모니카의 눈에는 사랑스러웠다. 하지만 도서관에서 일할 때 동료들이 서로 배우자 험담을 하는 걸 엿들은 경험을 통해 결혼할 땐 그토록 사랑스럽던 연인의 습관이 20년 뒤에는 사람을 미치게 하기도 한다는 것도 잘 알고 있었다.

저녁 식사는 늘 그렇듯 기가 막히게 훌륭했다. 호박꽃에 리코타 치즈를 채운 것이 전채요리로 나왔고, 뒤이어 구운 메추라기에다가 단맛이 적은 플린티 와인이 나왔다.

마틴은 조그만 메추라기를 보자마자 모니카를 팔꿈치로 쿡 찌르더니 손짓을 했다.

"이 메추라기는 이동 중에 총에 맞은 게 아니라 농장에서 사육한 걸 거예요."

모니카가 마틴을 안심시켜주었다.

"둘이서 뭘 그렇게 속삭이는 거야?"

앤절라는 심기가 불편한 듯했다.

"마틴이 이탈리아에서는 이동 중 총에 맞아 죽는 철새가 많다고 알려줬거든. 1,700만 마리나 된대."

"밤에도 카나리아가 노래하도록 눈을 멀게 만들기도 한다는 걸 알고 계셨습니까?"

마틴이 한술 더 떴다.

앤절라가 포크와 나이프를 내려놓았다.

"그런 얘기 식사 자리에선 좀 참아주실 수 없을까요?"

마틴은 포도주를 홀짝 마셨다.

"매일 저녁 이런 만찬을 드십니까? 아침도, 점심도요, 심지어 이렇게 좋은 와인까지요?"

그가 와인 라벨을 보다가 믿음직한 가이드북을 꺼내 살펴보았다.

"와, 이 와인은 한 병에 40파운드나 하는데요."

그 순간 식탁에 낯부끄러운 침묵이 감돌았다. 모두 서로를 쳐다보았다.

"스티븐은 부자니까요."

실비가 단호한 말투로 알려주었다.

"이 빌라를 유지하면서 손님들을 머물게 하고 싶은 것 같더군요."

"여태까진 그랬지."

클레어가 상기시켜 주었다.

"매입 제안을 받았잖아."

"휴고에게서 말이야."

모니카도 덧붙였다.

실비가 앤절라를 슬쩍 넘겨보자 앤절라는 입을 꾹 다물어버렸다. 그러다가 갑자기 앤절라는 짜증스러운 말투로 입을 열었다.

"팔면 왜 안 돼? 고용인들 말로는 스티븐은 어차피 여기 자주 오지도 않는다며. 아내가 이 빌라를 좋아했다고는 하지만 그건 벌써 25년 전 일이잖아. 차라리 파는 게 낫지."

앤절라의 말 뒤에 이어진 불편한 침묵을 가장 먼저 깬 사람은 현실적인 모니카였다.

"이곳의 아름다움과 평화, 그리고 우리 모두를 빠뜨린 이 마법을 돈으로 살 수 있을까?"

모두가 놀라 모니카를 바라보았다.

"무슨 소리야?"

"우리 모두 여기 온 뒤로 예전과는 사뭇 다른 모습으로 변해가고 있잖아. 우리에게 무슨 일인가가 일어나고 있다고."

"무슨 말도 안 되는 헛소리람."

앤절라였다.

"난 오늘따라 일찍부터 피곤하니 먼저 들어갈게. 다들 내일 보자."

모두들 앤절라가 방으로 들어가는 모습을 그저 바라만 볼 뿐이었다.

실비가 입을 열었다.

"그냥 혼자 있게 두자. 그건 그렇고 내가 받은 꽃다발 봤어?"

다들 일어서서 화병에 꽂힌 꽃을 감상했다.

"너무 근사하다."

모니카가 감탄했다. 원래도 꽃 장식을 좋아했지만 실비가 받은 꽃은 정말 특별했다.

"나도 알아."

실비의 대답이었다.

"혹시 그 우쭐한 미소는 토니를 용서했다는 뜻이야?"

모니카가 기대를 품고 물었다.

"그냥 꽃이 마음에 든 것뿐이야."

"그런데 토니가 준 매니큐어도 발랐잖아."

모니카는 포기하지 않았다.

"모니카."

클레어가 모니카를 한쪽으로 비켜세웠다.

"그만해."

코를 킁킁대며 꽃향기를 맡던 마틴이 말했다.

"이 장미는 이 빌라 정원에 있던 장미랑 같은 품종이군요."

그때 갑자기 비어트리스가 뒤에서 나타나더니 모두에게 테라스로 나가라는 손짓을 해 보였다.

"*시뇨리,** *테라짜*에 커피를 준비해두었습니다. 이마쿨라타가 아마레토를 넣은 특별한 비스킷도 만들었답니다."

"고마워."

다음 날 아침, 테라스에서 아침을 먹던 중 클레어가 모니카에게 나지막한 목소리로 말했다.

* '시뇨르'의 복수형.

"별거 아니야. 어차피 폼페이에 가볼 생각이었는걸."

"적어도 가는 길은 마틴이 미리 다 조사해놨을 거야."

그렇게 말하는 클레어의 목소리에 씁쓸함이 묻어 있었다.

클레어의 말대로였다. 사실, 마틴은 레리니에서 폼페이로 가는 직행버스 운행이 중단된 바람에 소렌토까지 간 뒤 키르쿰베수비아나 열차를 타야 한다는 사실에 굉장히 불쾌해했다. 모니카는 잠시 이 기차가 이탈리아에서 가장 소매치기 범죄가 많이 일어나는 곳이라는 점에 대한 언질을 주어야 할까 생각했지만, 기차에서 무사히 내리고도 페리 위에서 잘생긴 청년에게 지갑을 털렸던 걸 생각하니 그다지 도움되는 조언은 아닐 것 같다고 결론내렸다.

다행히도 열차는 근사한 해안도로를 따라 달렸다. 버스 승객들이 도로에서 얼마 떨어지지도 않은 아찔한 파도 속에 빠져 죽을까 겁에 질려 난간에 꽉 매달린 모습을 보니 웃음이 났다. 모니카에게도 어느새 경험이 쌓였던 것이다.

폼페이에 도착한 두 사람은 우선 장엄하게 우뚝 솟은 돌기둥들로 보아 주 광장이 분명한 잡초투성이 포럼부터 둘러보기 시작했다.

"옛날에 이 광장에 커피숍 같은 것도 있었을까요?"

모니카가 골똘히 생각하며 혼잣말을 했다.

"왜, 노예를 사면 카푸치노 한 잔과 머핀 하나를 주는, 그 시절의 '카페 네로' 같은 곳 말이에요."

두 사람은 아폴론 신전을 거쳐 제우스 신전을 향했다.

"그리스 신들은 필요할 때 별 도움이 되진 못했을 거라는 생각이 드는군요."

마틴이 중얼거렸다. 그들이 다음으로 찾은 곳은 생선과 정육을 파는 시장이었다. 그러다가 한때 폼페이의 악명 높은 매음굴이었던 작은 삼각형 건물이 눈앞에 나타났다.

"이곳 프레스코화가 그렇게 화끈하다는데요."

마틴이 가이드북을 가리키며 말했다.

"지나치게 음란해서 이 책에는 실을 수도 없다고 적혀 있어요. 매음굴을 찾은 손님을 흥분시키고 메뉴를 선보여주기 위해 그런 거라나요. 보고 싶으십니까?"

"그러죠."

지난날의 환희를 떠올린 모니카가 대답했다.

"전 21세가 넘었으니까요."

프레스코화는 과연 그 명성대로였다. 큼지막한 엉덩이를 가진 여자 한 명이 풍만한 몸에 얼마든지 달려들라는 듯 침대 발치에 축 늘어져 있는 그림도 있었다.

"킴 카다시안보다 엉덩이가 더 크네요."

모니카는 그렇게 말하면서 최신 문화에 밝은 자신을 뿌듯해했다.

또 다른 그림엔 여자가 토가 차림을 한 남자의 성기를 입으로 애무하는 장면이 그려져 있었다.

마틴은 2미터 60센티미터는 될 것 같은 성기를 드러낸 군인 그림에서 눈을 떼지 못했고, 모니카가 특별히 마음에 들었던 그림은 페럿을 닮은 털북숭이 짐승의 애무를 받는 여자 그림이었다.

"아이고, 보기만 해도 아프네요."

그녀가 마틴에게 말했다.

"세상에, 저 뾰족한 이빨 좀 봐요."

바깥을 바라보자 어느새 더운 시간이 되었는지 역사 속 폐허 위로 아지랑이가 감돌고 있었다.

이제 내 인생에서는 사랑도 섹스도 더 이상 없으려나? 그녀와 같은 입장에 놓인 여성에겐 이것이 현실일지도 몰랐으나, 그럼에도 그 사실은 서글프게 느껴졌다.

두 사람은 그늘에서 더위를 식히면서 가져온 물을 나눠마시기로 했다.

"막상 보니까, 옛날이나 지금이나 별다를 게 없는 것 같죠?"

모니카가 입을 열었다.

"글쎄요, 아마 모니카의 경험은 제 경험과는 상당히 다르지 않을까요? 클레어는 빨리 달아오르려고 조급증을 내는 편이었거든요. 죄송합니다."

마틴이 곧바로 사과했다.

"아내의 사적인 이야기를 함부로 하다니 제가 선을 넘었군요."

두 사람은 일어나서 폼페이에서 가장 유명한 유적지인 '도망자들의 정원'을 향했다. 폼페이를 뒤덮었던 이글이글 끓는 용암을 피해 은신처에 숨었으나 무거운 용암이 지붕을 무너뜨리는 바람에 그대로 질식해 죽은 열세 명의 남자와 여자, 어린이들의 흔적을 본뜬 그 유명한 석고상들이 있는 곳이었다.

모니카는 회색 석고상을 가만히 바라보았다. 그 순간이 얼마나 급박했으며, 이들이 얼마나 속수무책이었는지를 그대로 보여준다는 점이 이 석고상이 가진 힘이었다. 마치 이들이 용암에 질식해 죽은 것이 기원전 79년이 아니라 바로 조금 전인 것만 같았다.

어떤 이들은 머리를 두 손으로 감싼 태아 자세를 취했고, 아이들은 잠을 자다 죽은 것처럼 똑바로 누워 있었으며, 한 남자는 마치 쏟아지는 재앙을 막으려는 듯 한 손을 들어올린 채였다. 심지어는 고통으로 몸이 뒤틀린 개도 한 마리 있었다. 그중 제일 슬픈 것은 어느 가족이었는데 아버지는 옆에 누운 어린 아이들과 아내를 보호하려는 듯 일어나 앉은 자세로 영원히 굳어버렸다.

마틴이 고개를 돌리는 모습이 눈에 띄었다.

놀랍게도 마틴은 소리 죽여 울고 있었다.

"우리는 재난에서 스스로를 지킬 수 있다고 믿고 살겠지만,"

그가 낮은 목소리로 중얼거렸다.

"이들과 마찬가지로 우리의 노력도 허사로 돌아가겠지요."

모니카는 자기도 모르게 마틴을 위로하려고 그의 어깨에 한 팔을 둘렀다. 이 사람이 정말 클레어가 이야기했던 퉁명스럽고 이기적인, 공감 능력이라고는 없는 그 남자가 맞을까?

마틴이 그녀를 향해 구슬프게 웃어 보였다.

"클레어가 이곳에 온 건 집이 지긋지긋해서였단 걸 알고 있습니다. 클레어를 원망하지 않아요. 하지만 아내가 떠나고 나서야 여태 그 사람이 얼마나 많은 일을 해주었는지, 그걸 얼마나 당연하게 받아들였는지 깨달았던 겁니다. 착한 우리 아들 에반은 달랐지만, 저와 제 며느리는 고맙다는 말조차 하지 않았답니다. 그래서 클레어를 찾아 이곳에 온 겁니다. 하지만 막상 찾아왔더니 아내가 저를 달가워하지 않는다는 생각이 듭니다."

모니카는 마틴을 위로해주고 싶은 마음이 간절했지만, 할 수 있는 말이 하나도 없었다. 마틴이 생각하는 것보다 더 심각한 문제가 있다는 것을 알리는 건 그녀가 아닌 클레어의 몫이었다.

"무신경하다고 생각하실 것 같지만요."

모니카는 가벼운 어조를 택했다.

"섹스와 죽음을 차례로 목도하고 나니, 이제는 점심을 먹는 게 좋겠다는 생각이 들어요."

마틴이 그녀를 빤히 쳐다보다가 웃기 시작했다.

"기가 막힌 생각입니다."

*

다들 각자 할 일을 찾아 빌라를 떠나자 드디어 앤절라는 수영장 가에 누워서 평화로운 시간을 누릴 수 있었다. 하지만 진입로를 따라 차가 들어오는 소리가 들리자 대번에 짜증이 솟구쳤다. 비어트리스가 알아서 하겠지, 그렇게 생각하고 그녀는 다시 눈을 감았다.

그때 햇볕에 따뜻하게 익은 몸에 차가운 물방울이 튀는 바람에 깜짝 놀라 몸을 일으키니 휴고가 웃으며 그녀를 내려다보고 있었다.

"전설적인 워커홀릭 앤절라 윌리엄스는 어디로 가고?"

"그 사람은 런던에 있을걸요."

"훌륭합니다. 이 빌라를 호텔로 바꾼 뒤 손님들께 제공하고 싶은 휴식이 바로 그런 것이니까요. 오로지 최고의 워커홀릭만이 찾을 수 있는 곳이 될 겁니다."

휴고가 앤절라를 일으키려 한 손을 내밀었다.

"따라오시지요, 어린 시절 추억들을 보여드릴 테니까요. 아마 당신이 지금까지 존재하는 줄도 몰랐을 장소들이 잔뜩 있습니다."

"우선 옷 좀 입을게요."

그러자 휴고가 작품이라도 감상하듯 그녀를 위아래로 훑어보았다.

"저는 이대로도 좋습니다만."

그 말이 뭐라고 앤절라의 얼굴이 달아오를락 말락 했다.

"잠깐만 기다려요."

그녀는 자기 방으로 뛰어올라가 얼른 시프트 드레스로 갈아입고 샌들을 신은 뒤 머리를 빗었다. 그러다가 그녀는 유혹을 뿌리치지 못하고 창 너머 휴고의 모습을 내려다보았다.

휴고는 클레어가 벌거벗고 수영하다가 조반니에게 들키고 말았던 분수대의 님프상을 바라보며 서 있었다.

앤절라가 바깥으로 나갔을 때도 휴고는 그 자리에 서서 님프상을 휴대폰 카메라로 찍고 있었다.

"클레어 전용 수영장이에요."

그녀가 미소를 지으며 그에게 알려주었다.

"처음 이곳에 왔을 때 클레어가 실오라기 하나 걸치지 않고 여기 들어갔다가 정원사에게 들키고 말았지 뭐예요?"

"미친 노인네라고 생각했겠군요."

"그럴 리가요."

앤절라가 항변했다.

"정말 낭만적이었어요. 정원사는 님프가 하나가 아니라 둘이었다고 말했어요. 클레어가 늙었다는 식으로 말하지도 않았다고요."

"방금 그렇게 말한 건 이탈리아 사람들은 6월이 되기 전까지는 절대 물에 들어가는 법이 없다는 뜻이었습니다."

휴고가 솜씨 좋게 말을 고쳤다.

"그게 당신이 아니었다니, 아쉽네요."

앤절라는 고개를 숙였다. 휴고가 던지는 추파가 한 단계 더 올라간 것 같다는 건 나만의 생각일까?

두 사람은 투명한 물속을 바라보았다. 연두색 수초가 길게 자라났고, 분수를 장식한 아름다운 님프상은 대리석이 햇빛을 받아 윤이 나는 바람에 꼭 살아 숨 쉬는 사람 같았다.

"이 님프상은 마치 제 할아버지가 할머니를 위해 세운 것만 같군요."

"할머니의 옛 직업을 추억하기 위해서요?"

"거기, 두 사람!"

테라스 위에서 모니카가 외치는 소리를 듣자 두 사람은 그녀가 언제부터 그곳에 서서 이쪽을 보고 있었을까 하는 데 생각이 미쳤다.

"두 사람 사진을 한 장 찍어줄게!"

모니카가 계단을 껑충껑충 뛰어내려왔다.

"당신이 님프상 사진을 찍는 걸 봤답니다."

그녀가 휴고에게 말했다.

"정말 근사하죠? 클레어는 이 님프가 정말 살아 있는 것 같다며, 어느 유명한 조각가의 작품인지 궁금해하더라고요. 자, 님프, 그리고 사티로스, 스마일!"

모니카가 두 사람의 모습을 님프상과 함께 사진으로 찰칵 남겼다.

"우리 나이엔 셀카를 찍는 것보다 남이 찍어주는 사진이 낫죠. 쉰이 넘으면 고화질은 부담스럽다니까."

"갑시다."

휴고가 앤절라를 향해 손짓했다.

"정원을 탐색하러 가보자고요."

두 사람은 오솔길 양쪽으로 늘어선 돌기둥에 그늘막을 씌워둔 정원의 맨 꼭대기를 향해 올라가기 시작했다.

모니카는 흥미진진한 얼굴로 두 사람의 뒷모습을 지켜보며 생

411

각했다.

'저 남자, 이 빌라 내부를 이상하리만큼 잘 알고 있단 말이야.'

앤절라의 눈에는 그야말로 이탈리아다워 보이는 주목나무로 이루어진 작은 숲을 지나 모퉁이를 돌자 탁 트인 곳이 눈앞에 펼쳐졌다.

"정말 넓네요!"

앤절라는 흥미가 동한 듯 주변을 둘러보았다.

"여기까지 올라온 건 처음이에요."

"이 해안에서 가장 넓은 땅일 겁니다."

휴고가 일부러 앤절라의 눈을 빤히 들여다보며 덧붙였다.

"뿐만 아니라 가장 아름다운 풍경이 보이는 곳이기도 하지요."

앤절라가 웃음을 터뜨렸다. 휴고가 그녀의 손을 잡더니 그늘막 아래 숨겨진 장소로 그녀를 데리고 갔다.

"어린 시절에 친구들과 찾던 은신처였습니다. 누구의 눈에도 띄지 않게 이곳에 꽁꽁 숨어버리곤 했었지요. 저 멀리서 식사 시간이라고 부르는 소리를 들으면서도 꼼짝 않고 있었답니다. 정원사는 우리가 여기 숨어 있는 걸 알면서도 아무 소리도 못 들은 척했지요."

"당신은 정말… "

앤절라가 입을 열었지만 그 순간 휴고가 그녀를 품에 안고 키스하는 바람에 다음 말은 이어지지 않았다.

모니카는 자기 방 안에 서서 마음을 가다듬고 옷장을 열었다. 브라이언의 유해는 뚜껑에 고양이 그림이 새겨진 나무 상자에 들어 있었다. 브라이언은 고양이보다 개를 좋아했기에 아쉬운 선택이었지만 크기가 맞는 상자가 이것뿐이었다.

그녀는 유골함을 꺼내 탁자 위에 올려놓았다. 오래전부터 생각해온 일이었는데, 마틴도 관심을 보여준 지금 드디어 결심이 섰다. 언젠가 둘이서 함께 가자고 약속했던 베수비오산으로 브라이언의 유해를 가져가 분화구 속에 뿌릴 것이다. 자신도 모르게 웃음이 났다. '재는 재로'라는 관용어를 이보다 더 잘 실현할 수 있을까.

이 모든 과정을 브라이언도 좋아할 만한 의식으로 만들고 싶었다. 아직은 어떻게 해야 할지 알 수 없었지만, 레리니에 작은 여행사가 있었던 기억이 났다. 양초도 사야겠다. 처음에는 혼자 할 생각이었지만 이런 그녀의 생각을 마틴이 비웃지 않을 거라는, 또 아무에게도 말하지 말아달라고 한다면 마틴은 비밀을 지켜줄 거라는 생각이 들었다. 다른 사람들이 비웃거나 조롱하지 않을 거라고 믿지 못해서가 아니라, 오로지 혼자만의 의식으로 간직하고 싶어서였다.

모니카는 상자에 입을 맞추고 속삭였다.

"아직도 당신이 그리워. 이제 얼마 안 남았어."

그녀는 브라이언을 향해 약속했다.

"곧 당신은 바람에 실려 날아갈 거야."

그 말을 하고 나니 차세대 밥 딜런을 꿈꿨다던 마틴의 말이 떠올랐다. 지금 마틴의 모습을 보면 그 말은 터무니없게 느껴진다. 하지만 세월이 흐르면 변하는 건 누구나 마찬가지다. 특히 세월은 우리의 꿈을 앗아가버린다.

모니카는 레리니행 버스에 탔다. 여행사는 예전에 갔던 앤티크 소품 가게 근처였기에 그녀는 가는 길에 진열장 안에 슬쩍 눈길을 주었다. 박제된 새들, 레이스 숄과 그리스 신을 본뜬 조각상들 사이에 악기 하나가 놓여 있었다. 모니카를 발견한 가게 주인이 나와서 인사를 건넸다.

"*부온조르노,* 모니카, 만돌린을 배워보실 생각이 있으실까요?"

언제나처럼 속사포 같은 이탈리아어였다.

모니카는 웃음을 터뜨렸다.

"저게 만돌린인가요? 뭔지 궁금해하고 있었거든요."

그녀는 잠시 말을 멈췄다가 다시 입을 열었다.

"혹시 가게에 기타도 있을까요?"

"난 그런 현대적인 악기는 없는데, 우리 조카나 육촌 아이가 구해볼 수 있는지 한번 물어볼게요."

모니카는 소품 가게를 나와 여행사로 들어갔다. 무엇을 원하는지 말하자 여행사 직원들은 신기하다는 듯이 그녀를 쳐다보았다. 만약 모니카가 이탈리아 사람이었다면 그들은 고개를 저으며 거절했을 것이다. 하지만 상대는 영국인이니 또 다른 문제였다.

빌라로 돌아오자 클레어와 마틴이 열띤 말싸움을 하는 중이었다.

"클레어, 난 단지 그곳에 가보고 싶은 것뿐이야. 당신이 하루 종일 거기에 있으니 나도 어떤 곳인지 궁금하다고. 레몬밭을 한번 구경하고 싶어."

"레몬 정원이야."

클레어가 반사적으로 마틴의 말을 고쳤다.

"여기서는 레몬밭이 아니라 레몬 정원이라고 한다고."

"그래, 그럼 레몬 정원이라고 해. 여기까지 왔는데 레몬 정원도 못 보고 갈 수는 없잖아? 레리니는 전 세계적으로 유명한 레몬 생산지라고."

"한번 알아는 볼게. 그래도 이 동네에는 다른 레몬 투어도 많다니까. 이 동네에서 루카만 레몬을 키우는 건 아니라고."

모니카는 지금까지 온갖 수단으로 클레어를 도와주었다. 그래도 이제는 다들 마틴한테 너무한 것 같아 슬슬 화가 나기 시작했다.

"그 말도 맞지만, 다른 곳이랑은 다르죠."

모니카가 끼어들었다.

"루카의 레몬 정원은 최고거든요. 게다가 레리니 인근에 있으니 찾아가기도 쉽고. 마틴, 정중하게 부탁하면 루카가 레몬 정원을 구경시켜주면서 레몬 생산 과정도 설명해줄 거예요."

클레어가 노여운 표정으로 모니카를 쏘아보았다.

"클레어, 내가 마틴이랑 같이 가도 되겠지? 알다시피 요즘 우리 둘이 자주 여기저기 돌아다니곤 했잖아."

모니카가 비꼬듯 덧붙였다.

"우리 두 사람의 관광지 리스트에 레몬 정원도 넣지 뭐."

"그래, 모니카. 정말 고맙네."

그렇게 말하는 클레어의 말투가 하도 매서워서 마틴도 당황한 듯했다. 레몬 정원에 가보고 싶어 했을 뿐인데 클레어는 왜 이렇게까지 과민반응을 하는 거지?

모니카는 어서 이 자리를 빠져나가 수영이나 하기로 했다. 복도의 테이블 위에 놓인 중국식 항아리 앞에 작은 새가 그려진 엽서가 기대 세워져 있었다.

모니카는 엽서를 뒤집어보았다.

토니가 모니카에게 보낸 엽서였다.

도와주어서 고맙습니다. 안타깝게도 수포로 돌아갔지만요.
저는 이제 런던으로 돌아가렵니다.
토니가.

추신. 휴고 로버트슨에게 왜 「수태고지」 사진을
그렇게 열심히 찍었는지 물어보십시오.

모니카는 엽서를 가방에 넣고 한참 동안 복도에 서서 생각에 잠겼다. 휴고가 휴대폰으로 님프상 사진도 찍었었지. 님프상 옆에 앤절라가 서 있지 않았을 때도 말이다.

14

마틴이 온다는 소식에 택시를 빌라까지 보내주고 직접 맞이하 겠다며 정원 앞에 나와 있는 수고까지 한 걸 보니 루카의 죄책감이 엄청났던 모양이다.

레몬 정원에 간다고 했을 때 클레어가 불편한 반응을 보였던 데 다가 루카도 지나치게 격식을 차려 친근하게 대하자 마틴은 뭔가 이상하다 생각하는 것 같았다. 하지만 루카의 아버지가 손님들을 너무나도 반가워하며 레프라혼*처럼 명랑하게 악수를 청하는 바 람에 다들 웃었고, 자연스레 마틴의 의심도 수그러진 듯했다.

루카는 먼저 가족 박물관으로 일행을 데려갔는데, 그곳에 들어 가자마자 마틴은 넋을 잃었다. 무엇보다도 생생한 기억으로 빚어 낸 역사의 시대만큼 매혹적인 것도 없다는 게 마틴의 주장이었다.

"오래전부터 입에서 입으로 전해지는 기억의 은행을 만들고 싶 다는 꿈을 품고 살았답니다."

마틴은 그렇게 설명하더니 19세기의 작업 방식에 대해 이것저 것 질문했다.

"지금이라도 만들지 그래."

클레어는 필요 이상으로 까칠하게 받아쳤다.

"이제 은퇴도 했겠다, 시간도 넘칠 텐데."

* 키 작은 노인 모습을 한 아일랜드 요정.

"레몬나무에 열매가 맺히지 않으면 어떻게 하시죠?"

모니카가 얼른 끼어들었다.

루카는 병충해를 앓는 나무에 비터오렌지를 접목시키면 신기하게도 오렌지가 아니라 레몬이 열린다는 내용을 아주 자세히 설명해주었다. 그러더니 웃으며 덧붙였다.

"하지만 어쩌다가 같은 나무에 오렌지와 레몬이 동시에 열리기라도 하면 다들 신나게 웃음을 터뜨리지요."

이제 뜨거운 태양 아래 높다란 계단식으로 촘촘하게 조성해놓은, 그늘막을 쳐서 서늘하고 향기로운 레몬 정원을 보여줄 차례였다. 루카가 나무에서 레몬을 따서 한 입 깨물었다.

"레리니에서 생산되는 레몬은 달콤해서 하나를 통으로 씹어 먹을 수도 있습니다."

"레몬은 시큼한 맛으로 먹는 줄 알았는데."

마틴이 중얼거렸다.

루카는 레몬의 무게를 감당할 수 있도록 머리 위 그늘막 역할을 하는 퍼걸러에 레몬 가지를 동여매 고정하는 방법을 모니카에게는 좀 장황하다고 느껴질 정도로 한참이나 설명했다. 그럼에도 마틴은 눈을 빛내며 열심히 들었다.

이상하게도, 루카에게는 마틴한테 없는 세련된 품위가 있기는 하지만 두 사람이 그리 딴판으로 다르다는 생각은 들지 않았다. 물론 클레어라면 말도 안 되는 소리라고 할 테지만 말이다.

클레어는 눈에 띄게 풀이 죽어 있었다. 아마 이 공간을 지배하는 보이지 않는 긴장 때문일 테지. 루카와 마틴이 레몬 정원 맨 꼭대기 층으로 사라지고 나자 그녀는 모니카에게 우리는 지붕 있는 테라스에 가서 커피나 한잔하자고 했다.

"대체 마틴에게는 언제 말할 생각이야?"

단둘이 되자마자 모니카가 물었다.

"어서 말해야 하는 거 알잖아. 이런 식으로 마틴을 기만하는 건 부당하다고."

"알아."

갑자기 클레어는 죄책감에 사로잡혀 약한 표정이 되었다.

"아들에게는 뭐라고 말하게?"

"충격이야 받겠지만 에반도 어른이잖아. 이해할 거야."

"운이 좋네."

"비아냥거리지 마, 모니카."

클레어가 발끈했다.

"나도 가족들에게 상처를 주고 싶지는 않아."

"미안해. 하지만 마틴이 그러더라. 네가 이곳에 온 건 자신에게서 벗어나고 싶어서라고, 또 네가 행복했으면 좋겠다고."

"마틴이 그랬다고?"

클레어가 믿기지 않는다는 듯 반문했다.

"마틴은 네 생각보다 이해심이 깊은지도 몰라."

모니카가 상냥한 목소리로 말했다.

"이제 와서?"

"마틴도 그 점은 후회하고 있을 거야."

"둘이 대화 많이 하나 보다."

클레어의 말에 담긴 이 감정은 질투심일까.

"주야장천으로 가이드북만 보고 있을 순 없잖아."

모니카의 지적이었다.

"고마워, 모니카. 날 도와줘서."

두 남자가 비탈을 내려오며 이야기 나누는 소리가 들렸다. 이제 루카도 아까의 어색함은 잊은 듯 열심히 레몬 생산에 대해 가진 애정을 설파하고 있는 모양이었다.

클레어는 테라스에 있는 냉장고에서 점심거리로 찬 음식을 내오면서 잠시 여기가 늘 꿈에 그리던 레스토랑이라고 상상하기로 했다. 프로슈토, 살라미, 치즈, 올리브와 빵. 루카의 아버지 브루노가 이곳에서 직접 만든 와인 한 병과 와인 잔을 높이 들고 혼자 노래를 흥얼거리며 이쪽으로 다가오더니 루카와 마틴이 도착하자 잔에 와인을 따랐다.

브루노가 먼저 잔을 들더니 눈곱으로 얼룩진 눈을 반짝이며 발랄한 표정을 지었다.

"아 키아라! 라 누오바 피단짜타 디 루카^{루카의 새로운 약혼자 키아라를 위해!}"

마틴은 고개를 끄덕이더니 와인을 마시기 시작했다. 마틴이 이탈리아어를 단 한마디도 모른다는 점이 천만다행이라고 모니카는 생각했다. 자기 아내를 루카의 약혼자라고 칭하며 건배한 셈이니까.

"바보 같은 늙은이!"

그때 화난 여자 목소리가 날카롭게 외쳤다.

"또 무슨 말도 안 되는 꿈을 꾸고 있는 건지!"

"그라지엘라!"

꾸짖는 듯한 목소리였다. 루카가 바라보고 있는 사람은 완벽히 이탈리아식으로 다듬은 머리에 화장이 진하고 잘 재단된 리넨 슈트에 말도 안 되게 높은 하이힐을 신은 여자였다.

"당신 도대체 여긴 왜 온 거야?"

"고향으로 돌아온 거야, 루카. 도시 생활은 나랑 안 맞아. 단순하게 살아갈래. 그런데 이 사람들은 누구야?"

여자가 관심 없다는 눈으로 일행을 둘러보았다.

클레어가 당장 여자와 맞짱이라도 뜨려는 듯 자리에서 일어섰지만 모니카가 얼른 그녀의 팔을 붙잡고 도로 앉혔다.

"레몬 투어를 온 거예요."

모니카가 융통성 있게 설명했다.

"고작 손님 세 명에 공짜 점심까지 주면 우린 망해."

그라지엘라라는 여자가 쏘아붙였다.

"심지어 당신 아버지가 거의 다 먹어버리기까지 한다면 말야."

그녀가 프라다 핸드백과 막스마라 트렌치코트를 집어들었다.

"학교에 가서 비앙카 보고 올게. 가방은 집에 가져다놨는데, 집 열쇠가 없어서 일단 정원에다 뒀어."

그녀가 한 손을 내밀자 루카는 순순히 자기 열쇠를 건네주었다.

그라지엘라가 떠나자마자 모니카는 충격으로 어쩔 줄 모르는 루카를 그 자리에 두고 마틴과 클레어를 데리고 나왔다.

"왜 말렸어? 그 암소 같은 여자랑 한판 뜰 작정이었는데."

클레어가 사나운 목소리로 속삭였다.

"저런 여자들 뻔하잖아. 5분만 지나도 떠나버릴걸. 하지만 라이벌이 있다고 생각하면 절대 물러나지 않을 거란 말이야."

광장으로 걸어서 돌아가는 동안 클레어는 그 말을 한참 생각하는 듯했다.

"방금 그건 대체 무슨 일이었던 거야?"

마틴이 물었다. 클레어는 난감한 표정으로 모니카만 바라보았다.

"이탈리아 사람들이 다 그렇죠. 다혈질이라니까요. 트위크넘 사람들은 안 그렇지요?"

"아냐."

마틴이 그렇게 말하는 바람에 두 사람은 놀랐다.

"상당히 재미있었어. 특히 그 할아버지. 브루노라고 했지? 내 눈엔 멍청한 늙은이가 아니던걸. 장미를 접목시킬 때 어떻게 하면 좋다는 이야기까지 알려주던걸."

마틴은 클레어를 빤히 바라보며 말을 이었다.

"그분은 당신이 그분 아들 루카와 아주 가까운 사이인 줄 알고 있던데. 조만간 당신한테서 자세한 사정을 들어봐야겠지만, 한 가지만 기억했으면 해. 나는 바보 멍청이가 아니야."

세 사람은 어색한 침묵 속에서 빌라로 돌아왔다. 이제는 모니카조차도 어떻게 이 무거운 분위기를 누그러뜨려야 할지 알 수 없었다.

빌라로 돌아오자마자 클레어는 방으로 올라가 침대에 뛰어들었다. 마틴이 곧장 따라들어왔다.

"당신, 괜찮아?"

부드러운 목소리였다.

"모르겠어, 마틴."

클레어는 벽만 바라보고 있었다.

"정말 모르겠어."

"당신도 루카의 아내가 돌아올 줄은 몰랐겠지."

마틴의 말은 단도직입적이었다.

"언제쯤 솔직하게 말할 셈이었어?"

대답 대신 클레어는 베개에 얼굴을 묻고 흐느꼈다.

"여보,"

감정을 애써 억누른 허허로운 목소리였다.

"날 떠나고 싶어 했다고 해서 당신을 탓하고 싶진 않아."

그가 침대에 풀썩 주저앉았다.

"여기 와보니, 나와 같이 사는 삶이 감옥처럼 느껴졌을 만하다
는 생각이 들더라고. 당신은 밝고 용감한 성격인데 나는 계획을 빈
틈없이 세워놓지 않으면 하늘이 무너지는 줄 아는 헤니 페니*처럼
굴잖아."

클레어에게 그 말은 지금 느끼는 괴로운 감정을 잠깐 잊을 정도
로 놀라운 것이었다.

"당신은 너무 깐깐해."

그러자 마틴이 웃었다.

"에반과 툭 털어놓고 대화를 좀 해봤어. 자기 눈에는 엄마가 행
복하지 않아 보인다고 하더라. 그렇다고 해서… "

이번에는 마틴이 클레어의 시선을 외면했다.

"루카라는 남자가 나타날 줄은 몰랐지."

"이제 루카와도 끝난 거야."

"안타깝다고 말할 정도로 관대하지는 못하지만, 당신도 괴롭
겠어."

그 말에 클레어는 씁쓸한 미소를 지었다.

"둘 중 하나를 선택해야 하는 괴로움보다야 낫겠지."

"그건 고맙네."

"당신도 화가 날 텐데 이해하려 애써줘서 고마워."

두 사람은 더 무슨 말을 해야 할지 몰라 가만히 앉아 있었다.

* 유럽 민화에 등장하는, 하늘이 곧 무너진다고 믿는 병아리의 이름.

클레어가 몸을 일으켰다.

"저녁 먹으러 내려갈 준비를 해야겠다. 최대한 평소처럼 행동하는 게 지금 할 수 있는 최선인 것 같아."

마틴도 자리에서 일어섰다.

"그럼, 옷 갈아입어."

평소처럼 서로가 보는 앞에서 옷을 갈아입고 욕실을 사용하는 게 갑자기 지나치게 친밀한 행위처럼 느껴졌던 것이다.

마틴이 방을 나서자 클레어는 소리내어 엉엉 울었다. 모든 게 너무 불공평했다. 그라지엘라가 걸친 비싼 옷이며 그녀가 갖춘 도회적인 세련미는 루카가 절박하게 지키고자 했던 8대째 이어온 가업 앞에서 신성모독에 가깝게 느껴졌다. 심지어 그 가업은 사치스럽고 무관심한 아내 없이도 파산하기 직전인데 말이다.

✳

"이탈리아 전선에 위기가 닥친 모양이야."

그웬 찰스워스가 아들 스티븐에게 영상통화를 걸어 한 말이었다.

스티븐은 미소를 지었다. 그는 고층 빌딩 꼭대기에 서 있는 것처럼 보였다.

"어머니, 저 더 샤드 25층에 와 있어요. 새로운 건축 프로젝트를 여기서 발표하기로 했거든요. 무슨 문제라도 있어요?"

"망할 마리엘라 매티슨이 문제야. 성자가 따로 없는 그 여자 남편 네빌을 어쩌다가 만났거든. 그런데 마리엘라가 갑자기 이탈리아의 정원들을 둘러보러 갈 계획을 세웠다고, 가는 길에 빌라에 깜짝 방문할 거라지 뭐냐. 네빌 말로는 모니카를 못 보는 시간이 길어지자 안달을 낸다나 봐."

"아이고, 불쌍한 모니카."

"네빌이 설득해봤는데 소용이 없대. 네빌은 참 마음씨도 좋아. 집에 남아서 침을 흘려대는 복서 세 마리를 돌본다지 뭐야. 솔직히 말하면 마음이 놓인 것 같더라. 마리엘라와 같이 지내는 것보다야 당연히 좋겠지."

"어머니, 어차피 어떻게 하면 좋을지 알고 계시는 거 아니에요?"

"마리엘라를 따라가라는 거지?"

"어머니만큼 재난을 막는 데 소질이 있는 사람도 없잖아요."

"그렇지. 그런데 내가 마리엘라를 참을 수 있으려나?"

"가서 다들 어떻게 지내고 있는지 보면 어머니도 흐뭇하실 거예요. 비어트리스가 다들 평화롭고 조화롭게 잘 지내고 있다고 메시지도 보냈던데요."

"오래지 않을걸, 곧 그 평화도 다 끝이야."

"경비는 제가 댈게요. 비즈니스석으로 끊어드릴게요."

그웬이 웃음을 터뜨렸다.

"마리엘라가 지을 표정을 상상하니 돈이 아깝지 않겠어. 분명 그 여자는 이코노미석을 탈걸."

스티븐이 장난기 넘치는 미소를 지었다.

"VIP 라운지에도 데려가세요. 가서 자꾸 염장을 질러버리시는 게 어때요? 어쩌면 거만한 라운지 직원한테 쫓겨날지도 모르죠."

"솔직히 말하면 네 제안을 들으니까 좀 구미가 당기는구나."

그웬은 벌써부터 고소해하는 듯했다.

"어머니가 그곳에 가서 하게 될 좋은 일을 생각하세요."

"그런데, 너는 왜 안 가니?"

"제가 거기 가면 모든 게 달라지고 말 거예요. 갑자기 주인이 나타나면 다들 손님이 되어버릴걸요. 다들 집처럼 편안하게 지냈으면 해요."

"스티븐, 넌 참 마음씨도 후하구나."

"고맙습니다. 후한 어머니 덕분이지요."

"자, 그럼 이제 끊고 런던의 지평선이나 마저 망치러 가거라."

스티븐은 전화를 끊은 뒤 눈앞에 펼쳐진 드라마틱한 런던의 풍경을 잠시 바라보았다. 도시의 불빛이 하나둘씩 켜지기 시작하면서 란짜렐라와는 다르지만 그만큼이나 강렬하고 황홀한 런던만의 마술적 매력을 자아내고 있었다. 앤절라는 어떻게 지내고 있는지 드루에게 전화해서 물어볼까? 지금까지 그는 앤절라가 출연하는 TV 프로그램을 비롯해 그녀의 행보를 쭉 지켜봐오면서 단 한 번도 직접 연락하지는 않았었다.

솔직해지자. 그건 스티븐이 앤절라에게 죄책감을 느껴서였다. 오래전 그가 상류 계층의 친구들과 어울리며 대학 생활을 만끽하는 내내 앤절라는 버림받은 기분이었으리라는 것을 그 역시 알고 있었다. 그 당시에 스티븐은 그저 놀기 좋아하는 젊은이일 뿐이었다.

그런데 이제는 혼자라니 그것도 참 아이러니한 일이었다. 앤절라와 마찬가지로 개 한 마리도 없는 신세였다. 그렇게 인생은 기대와는 상당히 다른 방향으로 흘러가는 법이다.

*

모니카는 맛 좋은 이탈리아산 스파클링 와인을 마시며 앤절라에게 눈길을 주었다. 앤절라는 테라스에 앉아 분홍빛 석양을 얼굴에 받으며 바다를 바라보고 있었다. 그러나 얼굴에 비친 석양빛보다도 더 빛나는 것은 앤절라의 안에서부터 뿜어져 나오는 광채였다. 이 빌라가 부르는 세이렌의 노래에 가장 큰 영향을 받은 것이 바로 앤절라였으니까. 하지만 세이렌의 노래는 선원들을 유혹해 죽음에 이르게 했으니, 지금 가장 큰 위험에 처한 것도 앤절라일 것이다. 죽음의 위험이 아니라, 실연의 위험이었다.

모니카는 처음으로 이 찬란하도록 아름다운 치유의 공간에 온 것을 살짝 후회했다. 모니카도 예전의 자신과는 달라졌지만, 이제는 너무 많은 비밀을 품게 되었던 것이다. 클레어가 루카를 사랑한다는 것, 토니가 휴고를 의심한다는 것. 루이지와 조반니를 비롯한 고용인들의 뒷거래까지는 생각지 않더라도 말이다.

이 세이렌의 빌라에는 무언가 이상하고 위험한 것이 있는 게 아닐까? 너무 많은 사람이 이 빌라의 보호를 받으려 몰려드는 바람에 어쩌면 암초에 충돌해버리는 건 아닐까?

문득 다시금 땅에 발을 디디려면 콘스탄틴의 현실적이면서도 냉소적인 위로가 필요하다는 생각이 들어 그녀는 털가시나무 숲을 헤치고 그의 집으로 향했다.

날이 한층 더워졌는데도 콘스탄틴의 옷차림은 그대로였다. 여전히 트렌치코트에 러시아 모자를 쓰고 있었지만 다행히 이번에는 주머니 속에 스파게티가 들어 있지 않았다. 스파게티는 그의 두 다리 사이에서 맹렬하게 캉캉 짖고 있었던 것이다.

"작지만 방범견 역할을 톡톡히 해."

콘스탄틴이 눈을 찡긋했다.

"기자, 특히 미술 평론가들이 오면 짖으라고 가르쳤지. 쫓아낸

427

대가로 간식을 얻어먹거든."

그가 모니카를 스튜디오로 데려가자 눈에 잘 띄는 자리에 실물 크기로 그려진 모니카의 누드화가 놓여 있는 것이 보였다.

"아이고, 남사스러워라!"

모니카는 두 손으로 눈을 가렸다.

"어디 은밀한 곳에 두실 수는 없었어요?"

그는 고개를 젓더니 스튜디오 안을 마구 뒤진 끝에 도저히 이곳에 있음 직하지 않은 런던 프라이드 두 병을 꺼내왔다.

"내가 특별히 수입해온 거야. 이거야말로 진정한 런던의 맛이지. 라거라는 이름을 붙인 오줌 맛이 나는 맥주는 참아줄 수가 없으니 말이야. 자, 이리 와서 한잔해."

콘스탄틴은 그림을 바라보았다.

"내가 그렸지만 참 자랑스러워. 사실 전시회를 하나 구상하는 중이야."

"설마 이 그림을 전시회에 걸 생각은 아니죠?"

"왜 그렇게 내숭을 떨지? 피카소, 프랑수아즈 질로, 리지 시달, 그리고 라파엘전파前派를 생각해보라고. 발가벗은 모습이 부끄럽다는 이유로 올랭피아가 마네에게 세상을 놀라게 한 그림을 못 걸게 했더라면 어떻게 되었겠어?"

모니카가 맥주를 한 모금 마셔보니 그녀의 취향은 아니었다.

"그 말은 맞아요. 하지만 사전트가 그린 「마담 엑스의 초상」을 생각해보라고요. 그림 모델은 어깨끈 한쪽이 흘러내렸다고 헤픈 여자라고 욕을 먹고 신세를 망쳤잖아요."

"자기를 헤픈 여자라고 생각할 사람은 없어."

콘스탄틴이 모니카를 안심시켰다.

"그렇게 말하니 그건 또 기분이 나쁜데요."

모니카가 농을 던졌다.

"최소한 자기는 도서관 사서처럼 보이지는 않아."

콘스탄틴은 짓궂은 미소를 지었다.

"그건 인정하죠."

"자, 이제 테라스로 나가자고. 파리지옥한테 밥 줄 시간이야."

콘스탄틴은 바다가 곧바로 내려다보이도록 불쑥 솟은 멋진 테라스로 그녀를 데리고 나갔다. 눈이 아플 정도로 햇빛이 쏟아지는 가운데 하얀 테이블 위에 괴상하게 생긴 초록색 식물이 하나 놓여 있었다. 콘스탄틴이 파리를 잡아서 갖다주자 쩍 벌어진 새빨간 입이 포악하게 생긴 빨간 가시를 순식간에 오므렸다.

"너무 징그러운데요."

모니카가 투덜거렸다.

"현대인의 삶에 대한 은유지. 파리지옥은 탐욕에 찬 자본주의자, 파리는 자기와 나 같은 보통 사람인 거야. 다음 전시회에는 이 파리지옥을 그려서 내볼까 생각 중이야."

"콘스탄틴, 이 지구상에 당신을 평범한 사람이라고 생각하는 사람은 아무도 없어요."

"그것 참 고마운 말이군."

콘스탄틴이 유엔 대사라도 되듯 품위 있게 절을 했다.

"자, 이제 무슨 일로 찾아왔는지 용건이나 들어볼까?"

"어떤 일이 있는데 콘스탄틴은 어떻게 생각하려나 궁금해서 묻고 싶었어요."

"물어봐. 파리지옥에게 먹이도 줬으니 이제 귀도가 식사를 차려 줄 거야."

두 사람이 자리에 앉자마자 귀도가 기분 좋게 미소를 띠고 나타나더니 소금과 후추를 버무린 오징어, 토마토와 올리브유를 버무린 브루스케타, 푸성귀 샐러드와 집에서 만든 빵으로 만찬을 차려놓았다.

"숙녀분을 위해서는 지역 특산 와인을 준비했습니다."

귀도가 쾌활한 목소리로 말했다.

"그 역겨운 맥주는 마시고 싶어 하지 않을 것 같아서요."

모니카는 감사한 심정으로 와인 잔을 받아 들었다.

"자기도 이제는 완연한 이탈리아인이 다 됐는걸."

그 순간 갑자기 먹구름이 몰려오는 것처럼 모니카의 머릿속에 집, 그리고 직업도 없고 돈도 다 떨어진 현실이 엄습해왔다.

"원래 모습이 어땠는지를 생각하면 놀랄 일도 아니죠."

"그렇지, 칙칙한 그레이트 미센든보다는 나을 테니까."

"제 엄마가 어떤 사람인지 아시면 깜짝 놀라실걸요. 엄마가 키우는 복서도요."

"그런데 꼭 엄마랑 같이 살아야 해? 이런 말 실례겠지만 그러기에는 나이가 한참 많잖아."

"연금으로 투자했던 게 잘못되어서요. 정확히 어떻게 잘못된 건지는 모르겠지만 정부 보조금을 빼면 이제 아주 조금 남은 돈으로 살아야 해요. 심지어 아직 보조금을 신청하지도 못했고요."

모니카가 입을 다물었다. 떠올리기도 싫을 정도로 우울한 생각이었다.

"그러면 이 늙어빠진 노인네는 2,000만 유로나 하는 이 집에 무슨 수로 살 수 있는지가 궁금하겠군?"

"맙소사, 진짜예요?"

모니카는 새삼 경건한 것을 보듯 주위를 둘러보았다.

"그 정도인 줄은 몰랐어요."

"그리고 또 자기들이 머물고 있는 옆집은 얼마나 할지 궁금할 테고."

"음, 사실은 제가 찾아온 이유 중 하나이긴 해요. 물론 콘스탄틴과 즐거운 시간을 보내고 싶기도 했지만 말예요."

"날 띄워주느라 시간 낭비는 안 해도 돼. 남들이 날 어떻게 생각하는지는 관심 없으니까."

"콘스탄틴을 좋아하는 사람들의 생각조차도 궁금하지 않나요?"

모니카는 용감하게도 그렇게 물었다.

"뭐, 그쪽은 조금은 더 관심이 있지. 자, 뭐가 알고 싶어?"

"휴고 로버트슨이 「수태고지」와 정원의 님프상을 사진으로 찍는 모습을 우연히 봤어요. 클레어가 늘 유명한 조각가가 만들었을 거라고 주장하던 조각상이었어요."

"한밤중에 몰래 숨어들어가서 한번 봐야겠는걸. 듣자 하니 그 빌라 안에 탁월한 작품들이 여럿 있다지."

"사실 제 휴대폰에도 사진이 있어요."

모니카가 님프상을 배경으로 앤절라와 휴고를 찍은 사진을 보여주었다.

"물론 실물은 못 따라가요. 정말 뛰어난 작품이에요. 꼭 살아 숨쉬는 것 같거든요."

"이럴 수가!"

콘스탄틴이 사진을 보는 순간 평소 같은 무신경한 어조는 달아나버렸다.

"정말 대단한걸. 베르니니의 작품일지도 몰라! 베르니니의 작품은 꼭 흘러가는 시간을 제자리에 붙들어놓은 것만 같거든. 무릎을 꿇고 마치 무엇을 발견하기라도 한 양 물속 깊은 곳을 들여다보는 이 님프를 봐. 이 집중한 표정을 보라고! 마치 다음 순간 사라져버릴 무언가를 보고 있는 것만 같지."

모니카도 콘스탄틴의 흥분을 알아차렸다.

"고가의 작품일 수도 있을까요?"

"베르니니의 작품이라면 그래. 어마어마한 가치가 있는 작품이겠지. 전문가의 조언을 구해야겠어."

"하지만 스티븐이 이미 알고 있지 않을까요?"

"자기는 그렇게 생각하겠지만 스티븐은 집주인치고는 조금 묘해. 귀도가 말하길 골동품상에 갔다가 아내가 마음에 들어서 사온 거라고 하더군. 정원사는 이 조각상이 쉽게 더러워진다고 불평을 해대고 말이야."

"또 「수태고지」도 있어요. 제 생각엔 그 그림도 동네 화가가 아무렇게나 그린 평범한 프레스코화가 아니고 특별한 작품일 것 같아요."

"결국 그 모든 게 휴고 로버트슨이 이 빌라를 손에 넣으려는 이유가 되겠군."

"문제는 앤절라는 휴고가 손에 넣고 싶어 하는 게 자기인 줄 알고 있다는 사실이에요."

"문제가 까다로워지는군. 하지만 앤절라에게 진실을 알려주면 자기는 앤절라에게 영영 미움받게 될 거야. 일단 휴고의 행적을 주의 깊게 살펴보자고."

빌라로 돌아오는 길에 모니카는 잠시 걸음을 멈추고 귀를 기울였다.

누군가가 기타를 치면서 「레이 레이디 레이」를 부르고 있었다. 그 순간 모니카는 대학 기숙사의 좁은 침대에 누워 손은 더럽지만 마음은 깨끗한 한 남자가 한 여자를 향해 그녀야말로 태어나서 본 가장 아름다운 존재라고 노래하는 이 곡을 듣고 있었던, 그러면서 언젠가 누군가 이 노래에 나오는 남자처럼 자신을 바라봐주었으면 하고 바라던 외로운 열아홉 살 대학생으로 돌아가기라도 한 것처럼 이 노래에 완전히 사로잡히고 말았다. 그녀를 사랑하게 된 사람은 낭만주의자가 아니었다. 키는 작고 뚱뚱한 몸매에 안경을 쓴 그 남자는 웃을 때 밝고 사랑스러웠고 침대에서는 상당히 놀라운 재능을 보여주었다.

물론 지금 이 노래를 부르는 사람은 브라이언이 아니라 마틴이었다. 열정적이고 즐겁게 기타를 치며 노래를 부르고 있는 마틴의 모습을 가까이에서 본 모니카는 놀랐고 또 감동했다.

괜히 끼어들어 노래에 몰입한 마틴을 방해하고 싶지 않았던 그녀는 집 옆쪽으로 빙 둘러갔고, 방에 들어가면 창문을 열어놓고 노래를 좀더 감상해야겠다고 마음먹었다. 집 안으로 들어가니 비어트리스가 환한 미소로 그녀를 맞았다.

"레리니에서 가게를 하는 *시뇨라* 로사의 조카가 기타를 가져와서 빌려주었습니다."

그러면서 비어트리스는 앤티크 소품 가게 주인이 쓴 쪽지를 건네주었다. 우선 사용해보고 마음에 들면 추후에 가격을 상의해보자는 내용이었다.

살롱으로 들어가니 클레어가 테라스로 통하는 문을 굳게 걸어 잠그고 책을 읽고 있는 모습이 보였다. 마음이 좁기도 하지.

모니카가 들어오자 그녀는 펄쩍 뛰었다.

"모니카, 도대체 뭐 하러 마틴한테 기타를 사준 거야? 우리 중 누구도 기타를 연주할 줄 모르니 마틴을 위한 기타가 맞겠지?"

"앤티크 소품 가게 주인이 조카를 시켜서 가져다줬어. 이 정도로 재빠른 사람일 줄은 정말 몰랐네. 걱정 마, 마음에 들면 산다는 조건이었으니까."

"이렇게 말하면 기분 나쁠지도 모르겠지만, 너 참 이상하다."

모니카는 그 말에 상당히 기분이 나빠졌다.

"이러지 마, 클레어."

어느새 살롱 안으로 들어와 있던 실비는 모니카만큼이나 마틴의 노랫소리에 마음이 동한 듯했다.

"너 질투하는 거야? 하지만 넌 내내 루카에게 정신을 팔고 있었잖아."

"아, 너희 둘 다 좀 닥쳐!"

클레어가 책을 덮더니 2층으로 올라가버렸다.

"너무 모질게 말한 거 아니야?"

모니카는 금세 평소의 다정다감한 모습으로 돌아와 있었다.

"무슨 소리야? 클레어가 루카랑 오렌지와 레몬 놀이나 하는 동안 문전박대당한 마틴을 모니카 네가 얼마나 열심히 챙겨줬는데. 상황이 이렇게 질척질척해진 이상 클레어도 사춘기 아이처럼 문이나 쾅 닫고 들어가는 대신 우리한테 잘하는 게 좋을걸."

저녁 식사 시간쯤에는 클레어도 마음을 다스렸는지 원래의 모습으로 돌아와 있었다.

"짜증내서 미안."

클레어가 마틴에게 들리도록 중얼거렸다.

식사를 마친 뒤 모두 테라스로 나갔다. 짙은 푸른색 벨벳 같은 밤하늘에는 별들이 가득 박혀 유혹하듯 반짝이고 있어서 팽팽한 긴장을 평화롭게 누그러뜨렸기에, 다들 마틴이 향기로운 등나무에 반쯤 가려진 벽 그늘 속에 앉아 연주하는 기타 소리를 듣고 있었다.

"기타를 치니까 이미지가 확 다르지 않아?"

실비가 속삭였다.

"마틴이 갑자기 섹시해 보여."

"베수비오산에 갈 생각이 아직 있으세요?"

다음 날 아침, 커피와 크루아상으로 아침 식사를 하던 중 모니카가 마틴에게 물었다.

"그러니까 이젠 클레어도 매일 레리니로 가버리는 게 아니니까요."

"빌라에 붙박여서 아내가 저를 받아들여줄 때까지 기다리고 있으라는 소립니까?"

마틴이 쓸쓸하게 물었다.

"베수비오산에는 꼭 가고 싶습니다. 제 버킷리스트 중 하나거든요."

"오후 늦게 출발하면 될 테니 그 전에 수영 좀 해야겠어요."

"먼 길이 될 텐데 왜 그렇게 늦게 출발하지요?"

"마틴, 받아들이기 어렵겠지만 그래도 오늘은 제가 책임자예요."

"알겠습니다, 보스."

마틴이 씩 웃었다.

앤절라는 이스키아섬으로 당일치기 여행을 떠났기에 남은 사람은 클레어와 실비였다.

"나도 베수비오산에 같이 갈까?"

클레어가 제안했다.

그러자 잠시 불길한 침묵이 감돌았다.

"클레어, 사실 좀 개인적인 일로 가는 거야."

남편의 유해를 뿌리러 간다면 분명 이상하다고 생각할 것이 분명했기에, 모니카는 다른 사람들에게는 그 이야기를 하고 싶지 않았다.

"하지만 밥 딜런이랑은 같이 가잖아."

"당신도 기억하겠지만, 당신이 너무 바빠서 날 못 만나주던 시간에 모니카랑 미리 약속했거든."

마틴이 그렇게 말했지만 덕분에 클레어는 기분이 더 나빠지고 말았다.

"그럼 하루 종일 나 혼자서 뭐 해?"

"아침에 같이 수영하자. 그다음에는 이마쿨라타와 함께 새로운 레시피로 레몬 디저트라도 만들어보는 게 어때?"

"그걸 농담이라고 해, 모니카?"

결국 실비가 클레어를 끌고 레리니에 쇼핑하러 가기로 했다.

모니카는 자신이 왜 이렇게까지 신경이 곤두서는지 알 수 없었다. 오늘은 모든 것이 완벽해야 했다. 심지어 베수비오산까지 타고 갈 택시를 부르는 사치까지 부렸다.

빌라 뒤쪽 계단에 택시가 도착할 무렵엔 모니카는 초조해서 어쩔 줄 모르는 상태였다.

"베수비오산까지 택시를 타고 간다고요?"

마틴이 휘파람을 불었다.

"말도 안 되게 비싸지 않습니까?"

"그렇죠. 하지만 그만큼 중요한 날이니까요. 게다가 조반니가 운전하는 차를 타고 가다가 오토바이 탄 이탈리아 사람을 들이받는 것보다는 쌀걸요."

"하긴 그렇죠."

마틴도 동의했다.

"그렇지만 아직도 왜 이렇게 늦게 출발하는지는 이해가 안 됩니다."

계획 세우기의 달인 마틴의 눈에는 하루의 절반을 날리는 일일 따름이었다.

"점심은 어쩌고요? 베수비오산에 가면 카페가 있을까요?"

"이마쿨라타가 도시락을 싸줬어요."

모니카가 커다란 쇼핑백을 가리켰다.

"이마쿨라타는 우리가 로마 군단이라도 된다고 생각하는 게 틀림없어요. 햄, 치즈, 올리브, 조각 피자, 카프레제 샐러드에 레드 와인과 물까지 챙겨줬어요."

"그 정도면 충분하겠네요. 어디 가서 먹을까요?"

"그만 끼어들어요. 오늘은 제가 알아서 한다고 말했잖아요? 나중에 알려줄게요."

"도서관 사서의 모습은 간데없군요. 교장 선생님이 되면 잘하실 겁니다."

"고맙네요, 마틴."

알고 보니 택시 운전사가 비어트리스의 또 다른 육촌인 체사레여서 부엌에 있던 고용인들이 전부 나와서 요란하게 그들을 배웅했다.

베수비오산의 낮은 언덕에 도착하기까지는 한 시간이 걸렸다. 뜨거운 봄 날씨였고, 온통 파릇파릇해서 산꼭대기 헐벗은 분화구가 마치 초록 머리를 가진 수도승의 삭발한 정수리 같았다.

체사레가 두 사람을 분화구에서 가장 가까운 주차장에 내려주었다.

"분화구 아주 위험합니다."

그의 경고였다.

"가장자리로 다가가면 안 돼요."

체사레는 세 시간 뒤 다시 데리러 오기로 하고 떠났다.

"여기서 세 시간씩이나 할 일이 뭡니까?"

마틴이 물었다.

"기다려봐요. 일단, 늦은 점심 겸 이른 저녁을 먹도록 해요."

모니카는 마틴을 데리고 다른 관광객들에게서 떨어진 장소를 찾아 분화구와는 반대편으로 언덕을 내려왔다.

"모니카, 방향이 잘못된 것 아닙니까?"

마틴이 물었다.

"입 다물고 따라오기만 해요."

"우리가 이교도 희생 제물이 되어 분화구에 던져지는 것만은 아니라고 약속해주신다면요."

"알았어요, 마틴. 그건 약속할 수 있어요."

두 사람은 놀라우리만큼 나무가 무성한 오솔길로 내려와 덤불과 머리 위로 드리워진 가지를 헤쳐가며 진흙투성이 좁은 길을 걸었다.

"깜깜한 숲에선 무서운 일들이 일어나는 법인데."

마틴이 히죽 웃으며 입을 열었다.

"마틴, 입 다물고 그냥 즐겨요."

모니카가 홱 쏘아붙였다.

그들은 한참이나 말없이 걷다가 드디어 탁 트인 공간에 도착했다. 모니카는 마틴이 가지 아래를 통과해 공터로 나올 수 있도록 한 발짝 물러서주었다.

"자, 여기가 우리의 식탁이랍니다."

모니카가 풀이 잔뜩 난 둔덕을 가리켰다.

두 사람은 비어트리스가 챙겨준 깔개 위에 음식을 펼쳐 놓기 시작했다. 바삭바삭한 빵과 맛있게 잘 익은 복숭아도 있었다.

두 사람은 와인을 따고 가만히 앉아 새가 지저귀는 소리를 들으며 평화롭기 그지없는 순간을 음미했다.

"좋군요."

먹은 음식을 정리하는 동안 만약 모니카가 아니라면 수작을 부리는 것이라고 착각했을 만한 목소리로 마틴이 입을 열었다.

"전 이제 당신 손아귀에 있는 몸이지요. 교장 선생님, 이제는 뭘 할 겁니까?"

모니카가 웃더니 마틴을 이끌고 분화구가 아니라 또 다른 오솔길로 향하는 바람에 그는 놀랐다.

"꼭 동화 속 같은데요. 혹시 숲속에 갇혀 있는 공주라도 풀어주러 가는 겁니까?"

"정확히 말하면 공주라기보다는 왕자에 가깝죠."

모니카의 대답은 알쏭달쏭했다.

그렇게 20분을 더 걸어가니 뜻밖에도 나무로 된 오두막 같은 것들이 늘어서 있는 고원이 나타났다.

얼굴이 짙게 그을리고 청바지에 빛바랜 조끼를 입은 머리가 긴 남자가 이쪽으로 다가왔다.

"안녕하세요, 저는 닉이라고 합니다. 오늘 특별한 여정을 예약하셨지요?"

"최대한 멀리까지 타고 가기로 했지요."

모니카가 대답했다.

그러자 닉이 고개를 끄덕였다.

"하지만 내려서 조금은 걸어가셔야 합니다. 딱 20분만 걸으면 되고, 다행히 길도 있습니다."

"잘됐네요."

모니카가 대답했다.

"억양이 버킹엄셔 출신 같은데요?"

닉은 씩 웃었다.

"비콘스필드 출신입니다."

"저희 집도 그쪽이랍니다. 버킹엄 대학에서 일했거든요."

당연히 남자가 웃을 거라고 생각했지만, 그는 웃지 않았다.

"신기하네요."

닉은 따뜻하게 미소를 지을 뿐이었다.

"버킹엄셔에서 온 두 사람이 베수비오산 꼭대기에서 만나다니요."

"문제가 하나 있는데요."

마틴이 황급히 끼어들었다.

"전 말을 탈 줄 모릅니다."

닉은 고개를 저었다.

"걱정 마십시오. 어린아이를 데리고 온 가족들도 얼마든지 탄답니다. 말들은 눈을 가리고도 갈 수 있을 정도로 길을 환히 알고 있는 데다가 성격도 어찌나 온순한지 모릅니다."

마틴은 작은 오두막을 향해 가는 길에도 반신반의하는 듯했다. 오두막은 전체가 나무였고 안에는 안락해 보이는 장작 난로가 있었으며 베수비오산보다는 미국 서부에 더 어울릴 것 같은 화려한 장식으로 꾸며져 있었다.

"손님들이 좋아해서 말이지요."

"여기서 손님들이 묵기도 합니까?"

"아닙니다. 그래도 저녁 식사나 밸런타인 파티를 하는 공간으로 제공하고 있지요. 자, 출발하실 준비 됐습니까? 이제 안장을 얹겠습니다."

갈기가 길고 가지런한 조랑말 중에는 흰 털과 검은 털이 섞인 녀석과 갈색인 녀석이 있었는데 모두 온순해 보여 마음이 놓였다.

"헬멧은 없습니까?"

충격을 받은 마틴이 물었다.

"이 동네에선 그런 건 잘 안 씁니다."

"마틴, 마음 편하게 먹어요. 모험을 떠나는 거잖아요!"

모니카가 낄낄 웃었다.

마틴은 마지못해 미소를 지었다.

"그건 또 몰랐군요."

"분화구로 올라가는 길 입구까지 데려다드릴 테니 거기서부터는 각자 올라가십시오. 특별히 하실 일이 있으신 것 같으니까요."

"맞아요."

모니카는 더 이상 설명을 덧붙이지 않았다.

세 사람은 마구간을 떠나 잡초투성이 오솔길로 말을 몰았다.

"잘 타시는데요."

닉이 모니카를 보고 말했다.

"어릴 때 승마 클럽에 다녔거든요. 결국 엄마의 가혹한 기대에는 못 미쳤지만 말이에요."

이곳으로 와서 마침내 엄마에게서 벗어나고, 또 완전히 다른 사람이 되다니 정말로 멋진 일이었다. 이 또한 란짜렐라의 마법이겠지?

조랑말은 진흙탕을 만나 잠시 비틀거렸지만 금세 균형을 잡았다. 마틴을 쳐다보니 그는 목숨이라도 달려 있는 것처럼 온 힘을 다해 고삐를 붙잡고 있었다. 실망스러운 장면이었다. 모니카는 해 질 녘 베수비오산에서 말을 타고 달리는 게 인내심 테스트가 아니라 멋진 경험이기를 바랐던 것이다. 하지만 그건 전적으로 모니카가 말을 잘 타기 때문이었다. 다행스럽게 마지막 얼마간은 말에서 내려 걸어가기로 했다.

20분 정도 달리자 땅거미가 내리며 부드러운 분홍색 빛이 감돌기 시작했다. 닉이 구령을 외쳐 말을 멈춰 세웠다.

"여기서 기다릴까요, 아니면 알아서 돌아오시겠습니까?"

"알아서 할 수 있을 것 같아요. 고마워요, 닉."

"그럼 말은 말뚝에 묶어두고 가겠습니다. 나중에 뵙지요. 다시 한번 말씀드리지만 해가 지기 전에 길이 폐쇄된다는 점은 잊지 마십시오."

"금방 돌아올 거예요."

두 사람은 오솔길을 걷기 시작했는데, 이상하게도 길에 사람이 아무도 없었다.

"다들 벌써 호텔로 돌아간 모양이에요."

모니카가 말했다.

마틴은 자신도 생각만은 그들과 같다는 듯 아무 말도 하지 않았다.

10분 뒤, 두 사람은 분화구 가장자리에 서서 그토록 많은 희생자를 내고 폼페이를 폐허로 만들었던 용암 구덩이를 들여다보고 있었다.

"이 화산의 힘이 느껴지시죠?"

모니카가 몸서리를 쳤다.

"전 어린 시절 형과 함께 놀았던 보그너 외곽에 있는 자갈 채굴장을 생각했는데요. 아니에요, 농담입니다."

모니카는 배낭에서 유골함을 꺼냈다.

"조금 묘한 부탁을 하나 하려고 해요. 절대 비웃지 않겠다고 약속해줘요."

"알았어요."

"절 위해 「블로잉 인 더 윈드」를 불러주시겠어요?"

마틴은 웃음을 터뜨렸지만 곧 뚝 그쳤다.

"알겠습니다. 기타는 없지만 근사하게 한 곡조 해보지요."

마틴이 노래를 부르기 시작하자 모니카는 분화구 가장자리에 가능한 한 바짝 다가선 다음 브라이언의 유해를 분화구 속으로 뿌리기 시작했다.

"재는 재로, 먼지는 먼지로. 잘 가요, 내 사랑."

그녀가 나직하게 속삭였다.

자신도 모르게 눈물이 흐르면서 재가 조금 묻은 얼굴에 기다란 자국을 남겼다.

"제가 당신을 안아주면 브라이언에게 실례일까요?"

마틴이 물었다.

"이 특별한 순간에 초대해주셔서 고맙습니다."

"노래 고마워요. 브라이언이 정말 좋아하던 노래였어요."

"취향이 훌륭하셨군요."

"이제 돌아가요. 아니면 제가 실수로 당신을 이교도 희생 제물로 분화구에 빠뜨려버릴지도 모르니까요."

두 사람은 화산 위로 고요하게 반투명한 안개가 잔잔히 내리는 아름다운 저녁 풍경을 만끽하며 말을 매둔 곳까지 걸었다. 돌아가는 길에 화산을 배경으로 성모 마리아가 아기 예수를 안고 있는 작은 성화가 놓여 있는 것이 보였다.

"말이 도망이라도 가버려서 걸어갈 수 있으면 좋으련만."

마틴이 입속으로 중얼거렸다.

하지만 말은 말뚝에 단단히 묶여서 조용히 풀을 우물거리고 있었다.

마틴이 말에 탄 뒤 나름대로 살짝 말의 옆구리를 찼다. 드디어 줄에서 풀려난 조랑말은 신이 나서 마구간을 향해 비탈을 달려 내려가기 시작했고 마틴은 행여 말이 엉킨 풀이나 토끼 굴에 발이 걸려 자빠지기라도 할세라 공포에 질려 갈기를 붙잡고 매달렸다. 비탈을 반이나 내려온 뒤에야 겨우 말의 움직임에 적응한 마틴은 한숨 돌리고 몸을 앞으로 기울였다. 조금도 예상치 못한 일이었지만 어느새 말타기가 재미있게 느껴진 참이었다.

모니카는 바로 뒤를 따라갔다. 마구간에 도착할 즈음에는 마틴이 웃고 있었다.

"모니카."

말에서 내리면서 마틴이 말했다.

"모험을 함께해줘서, 또 그토록 개인적인 순간에 함께하게 해

쥐서 고마워요."

"돌아오셨군요!"

어스름을 뚫고 닉이 성큼성큼 다가왔다.

"이 순간을 기념하게 한 잔씩 하실까요? 그다음에 제가 주차장까지 차로 모셔다드리겠습니다."

"아쉽군요."

마틴이 웃었다.

"말을 타고 칠흑 같은 어둠 속을 달려보고 싶었는데 말입니다."

따뜻하고 안락한 오두막 안에는 장작 난로가 타고 있었고 나무테이블 위에 코르크를 열어둔 와인 한 병과 잔 세 개가 놓여 있었다. 닉이 해 질 녘에 분화구를 찾아간 이유를 묻지 않기에 모니카는 안심했다.

"그런데 성모 마리아 그림은 왜 있는 거예요?"

모니카가 와인을 홀짝이며 물었다.

"화산의 그늘 속에 살아가는 모든 이를 성모 마리아가 굽어살펴주시기를 기원하는 그림입니다."

모니카는 남편이 예고 없이 맞이했던 남편의 죽음을 떠올리다가 난롯불을 향해 잔을 들었다.

"어떻게 생각하면 우리 모두 화산의 그늘 속에 살아가고 있는 셈이겠죠."

닉은 두 사람을 주차장까지 데려다주겠다고 했다.

"어둠 속에서는 발을 헛디딜 수도 있으니까요. 물론, 솔직히 그래봤자 분화구에 빠지는 것도 아니고 발목이나 삐끗하는 정도겠지만 말입니다."

"이런 데서 혼자 지내면 외롭지는 않으세요?"

모니카가 물었다.

"바로 그 외로움을 즐기려 이곳을 택했지요. 사실 관광 시즌에만 이곳에 있지 다른 계절에는 비콘스필드로 돌아가서 임시교사 일을 합니다."

"의외네요. 마틴 당신도 그렇게 생각하지 않나요?"

"그걸로 생활이 가능합니까?"

언제나 현실적인 마틴의 질문이었다.

"그럭저럭 살 만은 합니다. 야생동물 사진도 찍는데, 어느 정도 벌이가 되거든요."

"굉장히 흥미롭군요. 어떤 것들을 주로 찍으십니까?"

"호저, 가끔씩 살쾡이도 찍지요. 올해는 검독수리도 한 쌍 찍었습니다."

모니카는 홀린 듯 그 이야기를 들으며 세상 사람들은 정말 다양한 방식으로 살아간다고 생각했다. 집으로 돌아가면 나도 좀더 창의적인 직업을 찾아보아야겠다. 그러나 그 순간 갑자기 오한이 드는 바람에 이 생각은 그만두기로 했다. 닉이 이렇게 낭만적으로 보이는 삶을 살 수 있는 건 남자이기 때문일까? 생각해보면, 닉이 모니카보다 그리 젊지도 않은 것 같았다. 그녀는 닉을 쳐다보았다.

닉은 상대를 꿰뚫는 듯한 푸른 눈을 가지고 있었고, 홀로 있는 일에 익숙한 듯 독립적인 분위기를 풍겼다. 그러나 때때로 유머를 구사하는 걸 보니 임시교사 일도 잘할 것 같다. 학생들을 잘 이끌면서도 어떤 순간에 아이들을 혼자 두어야 하는지 알 테니까.

주차장에서는 비어트리스의 육촌이 엄청난 소식을 품고 기다리고 있었다.

"레 시레누세 사람들은 두 분이 분화구에 빠진 게 아닌가 하고 걱정했답니다. 경찰을 부르자고들 했지만 비어트리스 아주머니께서 그럴 필요 없다고, 저 체사레가 두 분을 안전히 모셔올 거라고 했지요."

그가 자랑스러운 듯 덧붙였다.

"이런 젠장!"

모니카는 남의 돈에 의지해 지내는 단점은 사생활이 없다는 것임을 깨달았다. 그녀는 오늘 저녁의 의식이 오롯이 혼자만의 것이기를 바랐다. 그제야 문득 더워서 땀을 많이 흘렸다는 사실에 생각이 미친 그녀는 주차장 화장실로 들어갔다. 미친 짓 같았지만 사실 모니카는 유해를 뿌릴 때 입을 수 있을까 하는 마음으로 시프트 드레스를 챙겨온 참이었다. 탐탁지 않은 기분으로 그들을 기다리고 있을 사람들 앞에 최대한 멀쩡한 모습으로 나타나고 싶었다.

빌라로 돌아오자 한밤중이었는데도 건물 안의 불이란 불은 전부 환하게 켜져 있었다. 해 질 무렵 베수비오산에 몇 시간 다녀왔을 뿐인데 비어트리스는 마치 그녀가 폼페이 지진에서 살아남은 생존자라도 되는 양 꽉 끌어안았다.

살롱으로 들어가자 기다리고 있던 클레어와 실비가 달려들었다.

"이 시간에 베수비오산에 올라가다니, 미쳤어? 생각 없는 어린애도 아니고! 둘 다 죽을 뻔했잖아. 대체 뭐에 홀려서 그런 거야?"

"솔직히 말하면,"

모니카는 위엄을 있는 대로 끌어내 고백했다.

"남편 브라이언의 유해를 분화구에 뿌리고 왔어. 재는 재로 돌려보낸 거지. 내가 유해를 뿌리는 동안 마틴이 고맙게도 남편이 가장 좋아하던 노래를 불러줬어."

"설마 「블로잉 인 더 윈드」는 아니겠지?"

클레어가 중얼거렸다.

"사실은 맞아."

모니카는 조롱당하는 기분을 느끼지 않으려 애썼다.

"그만해, 클레어."

실비가 모니카의 편을 들어주었다.

"얼마나 감동적인 일이야. 설마 너만 빼놓고 갔다고 삐친 거야?"

클레어는 넌더리가 난다는 듯 고개를 돌렸다. 무슨 그런 말도 안
되는 소리를 해!

"모니카, 도대체 무슨 짓이야?"

방 안쪽에서 누군가의 크고 고압적인 목소리가 끼어들었다.

"어쩌면 그렇게 위험한 짓을 할 수 있어? 한밤중에 베수비오산
분화구를 찾아가다니! 게다가 남의 남편까지 끌어들이다니 이기
적이기 짝이 없구나. 브라이언이 죽은 지 1년이 넘었는데, 그사이
에 어디 다른 데 뿌리고 올 수도 있었잖아!"

모니카가 몸을 돌리자 수백 마일 떨어진 그레이트 미센든에 있
는 줄로만 알았던 엄마 마리엘라가 그 자리에 서 있었다.

15

"엄마! 대체 여기서 뭐 하시는 거예요?"

모니카는 낙담한 마음이 목소리에 묻어나지 않게 하려 애썼다. 이 빌라에서 친구들을 만난 뒤로 완전히 새로운 사람이 된 줄 알았는데.

"게다가 그 옷은 대체 뭐냐?"

마리엘라가 송곳처럼 날카로운 눈으로 모니카가 입고 있는 시프트 드레스를 훑었다.

"새끼 양의 가죽을 뒤집어쓴 늙은 양*이 따로 없구나. 예순이 넘어서 그게 무슨 꼴이냐?"

모니카에게 이제 막 생겨났던 자신감이 엄마 앞에서 구멍난 타이어처럼 납작해지는 모습을 모두가 지켜보고 있었다.

"설명을 드리자면,"

실비가 오렌지색과 보라색 실크 드레스로 온몸을 감싼 암사자같이 위풍당당한 걸음걸이로 앞으로 나섰다.

"제 조언을 받아 고른 옷이에요. 우리 모두 이 옷이 근사하다고 생각했거든요."

하지만 마리엘라는 한쪽 눈썹을 치켜올리며 실비의 보헤미안

---

* 젊게 꾸미려고 애를 쓰는 나이든 여자를 가리키는 속어, 매춘부를 뜻하기도 한다.

스타일 옷차림을 위아래로 훑어볼 뿐이었다.

"여기서 뭐 하긴."

드디어 모니카의 질문에 대해 마리엘라가 답을 했다.

"그웬 찰스워스와 함께 왔다. 비행기가 연착되었어. 원래라면 요 근처 그웬이 특별히 좋아하던 호텔에 묵을 계획이었는데, 막상 가보니 예전과는 분위기가 사뭇 달라져서 도저히 그곳에 묵을 엄두가 안 난다고 결국 여기로 오기로 한 거야."

이 사람들이 빌라에 묵게 되리라는 생각에 모두 경악한 표정을 지었다.

"걱정 마. 며칠뿐이니까."

마리엘라가 쏘아붙였다.

"어차피 더 오래 머무르고 싶지도 않을 것 같구나. 먹을 건 좀 있니?"

"비어트리스에게 물어보고 올게요."

실비가 대답했다.

"몇 인분이나 준비할까요?"

"두 사람 몫이면 충분해. 모니카야 산에서 뭐라도 먹고 왔겠지."

모니카는 여전히 기가 질린 채로 고개를 끄덕였다.

"목장 주인한테서 와인과 음식을 대접받고 왔으니 우리는 괜찮아요."

"설마 베수비오 분화구에서 말까지 탔다는 소리냐? 제정신이니?"

마리엘라가 몰아붙였다.

"마틴이 그랬을 리가. 마틴은 말이라면 질색인걸."

클레어도 가차 없이 쏘아붙였다.

"솔직히 말하면 나도 말을 탔어."

마틴이 받아쳤다.

"심지어 말에 올라 질주까지 했지."

클레어는 어안이 벙벙한 듯 고개를 설레설레 저었다.

"그러면 태어나서 한 번도 말을 타본 적이 없는 사람을 데리고 목숨이 오락가락하는 분화구 앞에서 말을 탔다는 거냐?"

마리엘라는 자칫하면 일급 살인이라도 저지를 뻔했다는 듯 모니카를 꾸짖었다.

"헬멧도 없이 탔지요."

마틴이 한술 더 떠서 마리엘라의 부아를 돋우었다. 그는 첫눈에 이 고압적인 노인네를 싫어하게 되었던 것이다.

그 순간 마리엘라의 침묵이 얼마나 서늘했던지 애리조나의 사막도 북극의 빙하가 되어버릴 것만 같았다.

"그런 게 아니에요."

모니카가 항변했다.

"전혀 위험하지 않았다고요."

그때 차 한 대가 진입로로 쌩하니 달려 들어오는 소리에 이 드라마는 잠시 중단되었다. 잠시 후 상기된 얼굴의 앤절라가 살롱 안으로 들어왔다.

"다들 아직 안 자고 뭐 해?"

놀란 목소리였다.

"노래 가사에 나오는 것처럼 밤새도록이라도 춤출 수 있을 것 같은 모습인데?"

실비가 미소를 지었다.

그 말에 앤절라가 웃음을 터뜨렸다.

"거의 그런 기분이야."

그때 부엌에서 그웬이 나타났고, 그 뒤로 비어트리스와 이마쿨라타가 냉육과 치즈가 담긴 접시를 들고 따라 나오는 바람에 전부 그쪽을 향해 고개를 돌렸다.

"어머나, 이쪽이 앤절라구나."

그웬이 앤절라에게 악수를 청했다. 앤절라는 자신이 그 사람이 맞다고 대답했다.

"그웬이시겠군요. 실비와 모니카에게 귀가 닳도록 들었답니다."

"그럼 벌써 지긋지긋하겠군. 그런데 세상에, 그 '젊은 친구'가 내가 사랑하던 호텔에 대체 무슨 짓을 한 거니?"

앤절라는 화가 난 채 누군가가 그 '젊은 친구'의 사업에 대해 어서 설명을 덧붙여주기를 바랐지만 전부 앤절라에게 그 숙제를 떠맡기고 있는 듯했다.

"정말이지 멋진 호텔이었는데, 내가 세상에서 가장 좋아하는 호텔이었어. 궁전 그 자체였지. 조금 낡았지만 그래서 더 사랑스러웠어. 개성이 철철 넘쳐흐르는 데다가 어찌나 친절했던지. 호텔을 찾아가면 주인이 직접 나와 인사하고 바로 아래 포도밭에서 길러 만든 와인을 한 잔씩 주었단다. 게다가 직원들도 너무나 성실했고 말이야."

앤절라는 끼어들어 휴고의 역성을 들고 싶었지만, 그웬이 늘어놓는 말은 갈수록 빨라지기만 할 뿐 멎을 줄 몰랐다.

"그런데 싹 사라지고 없더라! 세상에서 가장 아름답던 그 호텔이 이제는 싱가포르에도 호주에도 있는 뻔하기 그지없는 곳으로 바뀌고 말았어! 범죄가 따로 없지! 그것도 극악무도하기 짝이 없는 범죄야! 이렇게까지 솔직하게 말해서 미안하지만 말이야."

드디어 그웬의 말이 끝이 났다. 당연히 그웬 같은 사람이라면 19세기에나 존재했을 법한 그런 호텔이 좋겠지. 욕실도 없고, 객실에는 온통 유별난 영국인만 묵고 있는 그런 호텔 말이다, 하고 앤절라는 생각했다.

"세월이 가면 호텔도 변하는 게 당연하지요."

앤절라는 자신도 모르게 가르치는 듯한 어조를 띠고 말했다.

"이제 사람들이 원하는 것도 달라졌으니까요."

그웬은 눈앞에 있는 키 크고 당당한데다 화장이 좀 진해 보이는 여자를 바라보았다. 앤절라는 텔레비전에 나온다는 이유만으로 자기가 우월한 존재라고 생각하는 것이 뻔했는데, 그 모습이 그웬이 싫어하는 세상에서 몇 안 되는 사람과 똑 닮아 있었다.

"그래? 아무튼 우린 그 호텔에는 도저히 묵을 수가 없어서, 아들이 이곳으로 보내더구나. 비어트리스에게 메시지를 남긴 걸로 아는데."

비어트리스가 열심히 고개를 끄덕였다.

"비어트리스가 좀 정신이 없었는지 테라스 달린 방에 있던 네 물건을 치우고 나더러 그 방을 쓰라고 하더라."

그 말에 뒤에 있던 실비와 클레어가 소리 죽여 낄낄 웃었다.

앤절라는 잠시 말을 잃고 멍하니 앞만 바라보았다.

"그리고 마리엘라에게는 두 번째로 좋은 방을 주더구나. 최후의 심판을 그린 그림이 걸려 있어서 우스갯소리로 '심판의 방'이라고 부르는 그 방 말이다."

"하느님 감사합니다."

마틴이 내뱉었다.

"드디어 그 징글징글한 그림에서 벗어날 수 있게 됐어."

"그럼 우리는 어디로 가라고요?"

그렇게 말하는 순간 앤절라는 자신이 한층 더 불리해지고 말았다는 사실을 깨달았다. 그웬이 가장 좋은 방을 써야 한다는 데 곧장 맞장구칠 걸 그랬다.

"스티븐은 그 호텔에 우리 이름으로 예약해놓은 방들을 쓰는 게 어떠냐고 하더라. 아니면, 비어트리스 말로는 별관에 있는 방 두 개를 실비가 잘 꾸며놓았다고 하더구나. 미안하구나, 내일 아침에는 정리를 해보자고."

"앤지, 너 예전에도 방을 바꾸자는 말에 동의했잖아."

실비가 짓궂은 말투로 상기시켜주었다.

"하지만 그 방에는 침대도 없는데!"

"비어트리스의 사촌이 방금 픽업트럭에다가 야전침대를 싣고 왔어."

"그래."

클레어가 말했다.

"그럼 난 새로운 방에나 가봐야겠다."

"나도 같이 가. 물론 그 방이 메이크오버 프로그램에 나오는, 손만 대면 무너져내리는 세트장이 아니라면 말이야."

마틴이 능글거렸다.

"마틴."

실비는 상처받은 말투였다.

"난 괜찮아."

앤절라는 이 사태를 긍정적으로 받아들이는 것처럼 보이려고 애를 썼다. 다른 누구도 아니고 스티븐의 어머니인 이상 집주인의 대리인이나 마찬가지였다.

"어차피 그웬의 집인 셈이니까요. 아드님께서 이렇게까지 친절하게 대해주셨는데, 제가 손님 노릇을 썩 흡족하게 해내지 못했네요."

"다행이구나."

그웬이 눈을 반짝였다.

"사실 이미 비어트리스가 네 옷을 실비 서튼의 세랄리오*로 가져가서 걸어뒀거든."

"그 궁전에 제 지끈지끈한 관자놀이를 마사지해줄 환관도 딸려 있을까요?"

앤절라는 아까의 불손했던 태도를 어떻게든 벌충하려고 애를 썼다.

"환관은 추가 요금을 내야 할걸."

그웬의 말투도 누그러졌다. 앤절라도 알고 보면 그렇게 나쁜 사람은 아닌지도 몰랐다.

"아마 그 젊은 친구네 호텔에 가면 룸서비스로 주문할 수도 있을걸."

지금까지 말없이 가만히 있던 모니카의 머릿속에 갑자기 토니, 그리고 신부 파티 이야기가 생각났다. 휴고가 그 호텔의 주인인 이상 아마 그곳에서는 무엇이든지, 심지어 환관보다도 더 별난 것까지도 주문할 수 있으리라.

토니는 어떻게 지내고 있을까? 실비를 완전히 포기한 건 아니겠지?

그웬은 늘 그렇듯 푹 잘 잤다. 다음 날 아침 그녀는 다른 사람들

* 후궁들이 머무르는 궁전, 매음굴을 뜻하기도 한다.

455

이 일어나기 전부터 테라스에 앉아 평소처럼 뜨거운 레몬차를 마시면서 아이패드로 그날의 계획을 세웠다. 그러다 첨벙 소리가 들리는 바람에 그웬은 수영장 쪽을 쳐다보았다. 누구인지는 알 수 없지만 머리를 물속에 담근 채 크롤 영법으로 수영장 끝에서 끝까지 서른 번이나 쭉쭉 오가는 걸 보니 수영을 엄청나게 잘하는 사람이 분명했다. 그웬은 수영하는 사람을 내려다보며 구간을 오가는 숫자를 세어보는 게 재미있었다. 그러다 그 사람이 물 밖으로 나오더니 수영모를 벗고 머리카락을 털어냈다.

수영하던 사람은 모니카였다. 마리엘라의 해로운 영향력에서 벗어난 모니카가 이 지역을 수놓은 레몬꽃만큼이나 활짝 피어난 모습을 보자니 그웬은 자신들이 호텔이 아니라 이곳에 온 게 미안하게 느껴졌다. 드디어 모니카에게도 봄이 왔는데, 나비가 되려는 모니카에게 마리엘라가 살충제를 뿌리지 못 하게 무슨 수를 써서라도 막아야 했다.

몸매의 굴곡을 근사하게 드러내는 와인색 수영복 차림으로 이쪽을 향해 걸어오는 모니카를 그웬이 손짓해 불렀다. 몸매가 저렇게 좋을 줄 누가 알았겠어? 그레이트 미센든에 있을 때 모니카는 항상 베이지색 쓰레기봉투 같은 옷만 입고 다녔는데, 이곳에 와서 입는 옷들은 눈에 띄게 나아졌다.

"모니카, 나는 널 도와주려고 네 엄마를 따라온 거야. 절대 엄마 말 듣지 마라. 그리고 그 수영복 정말 잘 어울리는구나."

모니카는 무거운 짐을 덜어낸 기분으로 그웬을 껴안은 뒤 기분 좋게 손을 흔들며 옷을 갈아입으러 방으로 올라갔다. 그웬의 말이 맞았다. 절대 엄마에게 흔들리지 말아야겠다. 조그만 쥐처럼 수줍기만 하던 예전의 모니카는 사라지고 없으니까.

오늘 아침 그웬의 다음 계획은 그녀가 사랑하던, 이제는 '신들의 호텔'로 이름이 바뀌어버린 호텔 벨라비스타의 옛 주인을 만나러 가는 것이었다. 신들의 호텔이라니, 허영이 넘치는 그 호텔에 딱 어울릴 만큼 허세로 가득한 이름이 아닐 수 없었다.

아침 식탁에는 한때 앤절라가 앉았던 상석에 마리엘라가 버티고 앉아 있었는데 그때와 마찬가지로 참 별꼴이라는 생각이 들었다.

굳이 누군가가 상석에 앉아야 한다면 그건 스티븐의 어머니 그웬이라는 생각에 실비는 불퉁해졌다.

"이런 대저택을 유지하는 데 비용이 얼마나 드는지 비어트리스에게 물어보았지 뭐니."

마리엘라가 선언했다.

솔직히 말하면 여기 앉아 있는 모두가 궁금해하던 문제이기는 했다.

"그런데 말도 안 되는 일이 뭔지 아니? 정원이 이렇게 넓고 정원사도 둘이나 있는데, 과일을 수확하지도 않고 썩게 내버려둔다니, 그웬이 무슨 조치를 취해야 하지 않겠어?"

모니카는 초조하게 엄마를 바라보며 어떻게 하면 입을 다물게 할 수 있을까 생각했지만, 마리엘라는 개의치 않고 말을 이어갔다.

"그웬은 호화 호텔이 싫다고 했지만 최소한 거기 가면 과일 샐러드는 근사하게 내놓는다고. 그런데 여기서는 이 쥐콩만 한 복숭아 하나를 내놓네."

그녀는 직접 만든 크루아상과 함께 나온 죄 없는 복숭아를 노려보았다.

"하지만 잘 보세요."

모니카가 열심히 설득했다.

"영국에서는 심지어 집에서 숙성시켜 먹으라고 채 익지도 않은 과일을 팔잖아요. 이 복숭아가 얼마나 귀한 거라고요."

"나한테 네 조언이 필요하다면야 조언은 내가 하마."*

그렇게 말하면서 마리엘라는 자신이 한 농담이 우습다는 듯 싸늘하게 웃었지만 식탁 앞에 앉아 있는 사람들은 방금 마리엘라가 한 말은 그녀의 행태를 정확하게 표현한 말에 지나지 않는다는 사실을 알았기에 아무도 웃지 않았다.

아침 식사가 끝나자 마틴이 모니카의 팔을 잡고 테라스로 데려갔다.

"모니카, 왜 그래요? 당신 멋진 사람이잖아요. 그런데 왜 어머니한테 그런 취급을 당하고 있는 겁니까?"

두 사람이 테라스로 들어가는 모습을 본 클레어는 곧장 둘을 따라갔다.

"모니카, 널 숭배하는 사람의 말 잘 새겨들어."

그녀가 쏘아붙였다.

"마틴은 다른 사람의 감정을 읽는 덴 지그문트 프로이트급이니까!"

마틴은 말싸움이라도 할 것 같은 표정을 지었지만 고개만 설레설레 젓고 정원으로 나가버렸다.

그제야 모니카는 클레어를 똑바로 바라보았다.

"네가 마틴을 대하는 태도가 우리 엄마가 나한테 하는 취급이랑

* 미국의 영화제작자 새뮤얼 골드윈의 유명한 농담.

똑같단 거 모르겠어? 상대가 달라지려 노력하면 기를 꺾잖아. 아니면 혹시 변화를 못 견디는 성격이라서 그래? 아마 사랑스러운 루카 문제로 죄책감을 느끼기 싫어서겠지! 넌 예전의 마틴만 생각하고, 전부 마틴의 탓으로 돌리고 싶은 거야. 마틴은 나한테 관심이 있는 게 아니야. 내가 너보다 마틴에게 공감을 잘할 뿐이야. 너도 좀 노력했으면 좋겠어. 내 생각에 네가 관심이나 있을진 모르겠지만, 난 마틴이 변하려고 노력한다고 생각해. 아마 너도 곧 알게 될 거야."

클레어는 아무 대답 없이 집 안으로 들어가버렸고 테라스에 홀로 남은 모니카는 방금 한 말은 엄마에게도 똑같이 적용된다고 생각했다. 딸이 독립을 꾀하는 걸 본 엄마는 평소보다도 더 지독하게 굴고 있었던 것이다.

사실 모니카의 말은 그녀가 생각한 것보다 클레어에게 더 큰 충격을 주었다. 실제로 이곳에 온 뒤로 마틴은 달라 보였다. 융통성이 생긴 데다가 더 친절해졌다. 한편으로 클레어도 마틴과의 관계를 회복해야 한다는 사실을 알고 있었다. 그렇지만 너무 늦은 건 아닐까?

루카는 불편하게 굴면서 문자메시지에도, 음성메시지에도 아무 답이 없었다. 클레어는 루카가 잘 있는지 확인하고 싶어 사람들을 모아 레몬 정원 투어라도 가볼까 생각했지만 결국은 포기했다. 아직도 루카의 아내가 거기 있을지 몰라서였다.

그러고 보니 주중 하루는 루카가 비앙카를 학교에 데리러 갔다가 케이크와 핫 초콜릿을 먹는다는 게 기억났다. 비앙카가 아주 어릴 때부터 시작한 습관인데 둘 다 좋아해서 아직도 지키고 있다고 했다. 그게 무슨 요일이라더라?

그날이 바로 오늘인 것 같았다.

클레어는 샌들을 사러 시장에 간다는 핑계를 대고 시내로 가는 무개 버스에 올랐다. 아무리 머릿속이 복잡해도 아름다운 풍경은 항상 가슴에 와닿았다. 오늘은 해변에 사람이 많았다. 당연히 전부 외국인이겠지.

클레어는 좌석에 등을 기댄 채로 바람에 머리카락이 얼굴에 마구 흩날리는 가운데 내리쬐는 따뜻한 햇볕을 흠뻑 받아들이며 이곳에서 보낸 시간을 생각했다. 그녀는 이곳에 아주 정착할 생각까지 했었다. 내가 미쳤던 걸까? 무언가에 홀렸던 걸까, 아니면 꿈이었을까? 그때는 현실적이라 믿어 의심치 않았다. 루카도, 루카의 레몬에 대한 열정을 함께 나누는 것도, 누군가가 그녀를 알아보고 필요로 하는 곳에 머무는 것도. 아직 60대니 앞으로 20년은 더 일해야 할 것이었다. 영국에서라면 미친 짓이겠지만 이곳에서는 달랐다. 브루노만 보아도 알 수 있었다. 아직도 가업을 도와 일을 하거나 아니면 자식들이 일에 전념할 수 있도록 온종일 아기를 봐주는 이탈리아 할머니들은 또 어떻고?

'난 아직 젊고 건강해.' 클레어는 혼자 생각했다. '나이라는 건 그저 숫자에 불과하다고.'

버스에서 내려 시장을 향해 갈 때까지도 그녀는 계속 그 생각을 되뇌고 있었다.

샌들을 파는 좌판은 길게 늘어진 줄 끝, 화사한 줄무늬 파라솔 아래 있었다. 샌들이 정말로 필요하기는 했다. 가져온 샌들은 작년에 산 데다가 줄이 끊어지기 직전이었으니까. 클레어는 잠시 제자리에 서서 주변을 둘러보다가 손주를 셋이나 데리고 좌판을 지키는 한 할머니를 보았다. 가장 어린 아이는 미아 방지 끈으로 테이블 다리에 묶여 있었다. 영국에서라면 천인공노할 일이었겠지만 여기서는 합리적인 미아 예방책인 것 같았다. 호호 할아버지 두 명이 바닥에 주사위를 던지며 알 수 없는 게임을 하고 있었다. 만약 영국이었다면 도박장에나 갔겠지. 한 소년이 낯부끄러우리만큼 진부한 말로 어느 소녀에게 수작을 걸고 있었다. 그리고 이 모든 광경이 클레어의 눈에는 더없이 사랑스러워 보였다. 어쩌면 나는 이탈리아라는 나라의 진정한 뿌리는 외면하고 낭만에 젖어 눈에 보이는 모습만을 좇는 전형적인 관광객에 불과한 걸까?

클레어는 샌들을 여러 켤레 신어보았다. 하나는 검은 가죽 샌들이었는데 말쑥하기는 했지만 발목 스트랩이 두꺼운 게 마음에 들지 않았다. 두 번째 샌들은 세련된 절제미를 풍기는 것이었고, 마지막에 신어본 것은 코르크 소재의 높은 웨지 힐이 달린 파격적인 샌들이었다. 그녀는 각각의 가격을 물어본 뒤 샌들을 한층 더 자세히 들여다보았다. 이탈리아 가죽이 그렇게 질이 좋다는데, 세 켤레 중 두 켤레는 아예 가죽도 아닌 데다가 중국산이었다. 이탈리아에서 이런 수법은 흔하디흔했다. 셋째 샌들은 진짜 가죽이었지만 가격은 다른 두 켤레의 세 배에 가까웠다.

"저라면 이걸 고르겠습니다."

누군가의 목소리가 들렸다. 이 목소리는 바로 옆에 있는 카페 안에서 들려오고 있었기에 클레어로서는 목소리의 주인이 누구인지 알 도리가 없었다.

"고급품은 언제나 진가를 드러내는 법이니까요."

"토니!"

클레어가 깜짝 놀라 숨을 몰아쉬었다.

"벌써 런던으로 돌아간 줄 알았어요. 실비도 그런 줄 알고 있는데."

"생각을 바꿨습니다. 제 자신이 마음에 드는지 확신할 수 없어서 잠시 자아를 내려놓고 휴식을 취하기로 했어요. 그리고 저도 레리니가 마음에 들었습니다. 가식 없는 생기가 가득한 게 매력적이라서요. 그래서 작은 방을 하나 빌렸습니다."

"실비도 알아요?"

"당신 말고는 아무도 모릅니다. 사실 마음의 준비가 될 때까진 실비에게 알리지 않았으면 하는 생각이 듭니다."

클레어는 그 말을 곰곰이 생각해보았다.

"하지만 실비가 당신이 여기 있는 건 알지만 정확히 어디 있는지는 모른다면 그쪽이 더 흥미진진하고 또 신경 쓰이지 않겠어요?"

"게임이라면 그랬겠지요."

"지금은 아닌가요?"

토니가 수평선을 향해 시선을 돌렸다.

"모르겠습니다. 이게 게임인지 아닌지도요. 결별이라는 현실을 직면하기 전 배터리를 충전하듯 짧은 휴식을 취하는 것에 불과한지도 모르고요."

클레어는 토니를 가만히 들여다보았다. 그사이 살이 좀 빠졌고, 피부도 한층 더 그을려 있었다. 지나치게 윤택한 생활을 하느라 살이 올랐던 모습은 간데없었다.

"많이 달라진 것 같아요."

클레어는 그렇게만 말했다.

"더 좋은 쪽으로요."

"요즘 달리기를 하고 있습니다. 진부한 중년 그 자체지요? 하지만 이곳의 아침은 정말 특별합니다. 어둠이 걷히고 바다에 아지랑이가 피어오르기 전이면 마치 다가올 하루를 미리 보는 것만 같은 기분이 들지요."

"비밀은 지켜드릴게요."

클레어가 약속했다.

"당신 샌들 취향도 믿어보겠어요."

"좋은 생각이십니다. 전 여자 옷 보는 눈이 높거든요."

"수도승 생활을 하기로 했다면서 그런 자랑을 해도 되는지 모르겠네요."

그때 예쁘장한 아가씨가 지나가자 토니의 눈길이 곧장 그쪽으로 이끌렸다.

"수도승이라니, 제가요?"

"토니, 실망이에요."

그러자 그가 클레어를 향해 애교스러운 미소를 지어 보였다.

"전 결백합니다. 아무튼 이런 볼거리라도 없으면 어떻게 여기 하루 종일 앉아 있겠습니까? 이탈리아 사람들도 제가 별나다고 생각할 겁니다. 사실 전 한 여자만 바라보는 사람입니다. 어느 여자를 바라봐야 하는지 잠시 헷갈린 것뿐이지요."

"실비에게 안부라도 전해줄까요?"

"때가 올 때까지 기다리렵니다."

수수께끼 같은 말이었다.

"회사에서 저를 받아주지 않기에 휴가를 내겠다고 통보했습니다. 혹시 제가 없어진 걸 알면 실비가 절 그리워하게 될지도 모르지요."

"빌라로 돌아가자마자 실비한테 토니 소식 들은 게 있는지 물어봐줄게요."

"고마워요."

토니가 미소를 지었다.

"그리고 그 샌들, 정말 잘 골랐습니다."

비앙카의 학교를 향해 걷던 클레어는 어느 매혹적인 여성이 토니에게 관심이 있다는 듯 눈길을 주고 있다는 사실을 알아차렸다. 토니가 한눈팔지 않으려면 무진 애를 써야 할 것 같았다.

학교는 널찍한 거리에 있었다. 가로등이란 가로등에는 전부 등나무 줄기가 휘감겨 황홀한 향기를 뿜어냈다. 역시 이탈리아는 이래서 문제다. 이제 공기까지도 사람을 유혹하니 말이다!

어린아이들이 맨 먼저 교문을 달려 나와 엄마나 유모의 품에 뛰어들었다. 그다음은 열한 살, 열두 살쯤 되는 아이들이었고, 좀더 큰 10대 아이들은 전 세계 어디서나 그렇듯 한참 뒤에서 꾸물거리며 걸어 나오고 있었다. 루카는 보이지 않았다. 약속 날짜를 바꾼 걸까? 클레어는 딱 5분 더 기다린 다음 이 어리석은 행동을 그만두기로 했다. 그렇게 막 돌아서려는 순간 클레어의 눈에 휴대폰을 들고 이쪽으로 다가오는 루카가 보였다.

갑자기 클레어는 자신이 무슨 짓을 하고 있는지를 자각하고 민망해졌다. 루카의 딸이 다니는 학교를 어슬렁거리고 있다니! 이러다 자칫하면 스토커가 되겠어!

하지만 눈앞에 나타난 루카의 모습을 보자 그런 생각은 간데없이 사라지고 그녀는 그토록 매혹적으로 보였던 그의 세련되면서도 실용적인 모습을 다시 한번 마주하게 되었다. 루카의 이런 성격은 입고 있는 옷에서도 드러났다. 평범한 감색 바지에 소매가 닳은 스웨터. 하지만 그 스웨터는 보통 스웨터가 아니었다. 아르마니 같은 명품 브랜드가 틀림없을 그 스웨터를 루카는 이탈리아 버전의 옥스팸에서 산 것처럼 아무렇게나 입고 다녔다.

루카는 클레어를 보자마자 무작정 이쪽으로 달려오더니 옷매무새를 가다듬으며 주변을 둘러보았다. 그라지엘라가 따라올지도 모른다고 생각하는 걸까?

"*키아라!* 세상에, 너무 보고 싶었어요!"

만약 주변을 둘러싼 어린 학생들이 흥미진진한 눈으로 지켜보고 있지만 않았더라면 당장이라도 그녀를 품에 안았을 것 같았다.

"연락하고 싶었는데, 못 했어요."

그가 극적인 효과를 자아내려는 듯 말을 잠시 멈췄다.

"그라지엘라가 저에게 고해성사를 시켰습니다."

그녀가 머릿속으로 상상한 온갖 시나리오를 뛰어넘는 일이었다.

"그라지엘라에게 우리 관계를 털어놓았나요?"

"아니요, 안 했습니다. 하지만 그라지엘라도 뭔가 있다는 걸 알아차렸어요. 아버지가 한 이야기 때문만은 아니었어요. 레몬 따는 일꾼들에게도, 당신에게 레몬 정원을 안내해준 아이한테도 묻고 다녔답니다. 제가 부리는 직원이란 직원들은 전부 다그쳤어요! 그렇다고 저를 대놓고 채근하기는 싫었는지 고해성사를 하라고 보내더군요. 정말 영악하기도 하지요."

"하지만 당신이 정말로…?"

클레어는 그렇게 내뱉을 뻔했다. 그러나 루카의 태도만 보아도 그 답은 불 보듯 뻔했다.

클레어는 처음으로 손쓸 수 없는 무력감을 느꼈다. 그녀는 여태 이탈리아의 마법 같은 힘을 사색하고 있었는데, 이곳에는 클레어로서는 상상조차 할 수 없는 강력한 신앙이라는 문화가 존재했다.

감히 하느님에게 맞설 수는 없는 노릇 아닌가?

비앙카가 교문을 나오더니 두 사람을 향해 달려왔다.

"*키아라! 챠오!* 집에 같이 갈 거예요?"

클레어는 고개를 저었다. 그라지엘라의 엄중한 심문을 피해갈 수 있었던 단 한 사람이 비앙카였던 게 분명했다.

그녀는 루카와 작별한 뒤 아직 토니가 그곳에 있을까 하며 왔던 길을 돌아갔지만, 아까까지 토니가 앉아 있던 자리엔 아무도 없었다. 평소엔 늘 닫혀 있던 노란색 대성당 문이 웬일인지 활짝 열려 있었다. 그녀는 전장에서 적군을 향해 다가가는 병사라도 되는 듯이 살그머니 성당 안에 들어가보았다. 성당 안은 깜깜했지만 뜻밖에도 시원하고 상쾌했다. 멀리서 오르간으로 바흐를 연주하는 소리가 들렸고, 희미한 향냄새가 났다. 확고한 무신론자 부모 밑에서 자란 클레어는 여태 결혼식이나 장례식이 아니면 교회 안에 들어가본 적이 없었다.

그럼에도 성당 안에는 이 불확실한 세상에서 그 무엇도 믿을 수 없어 신에게 믿음을 바치기로 한 신자들이 수백 년간 쌓아올린 희망과 고통이 감도는 것만 같았다. 현실주의자인 클레어조차도 이를 느낄 수 있을 정도였다.

클레어는 신도석에 앉아 지금 자신이 처해 있는 괴로운 상황을 생각했다. 마틴에게는 단 한 번도 느껴본 적 없는 감정을 루카에게 품기 시작했다고 생각했다. 하지만 그게 무슨 의미가 있나? 사랑이란 거대한 파도처럼 사람을 휘감아서 익사시키거나 아니면 앞으로 완전히 새로운 삶을 살도록 수면 위로 돌려보내는 저항할 수 없는 재난인 걸까?

콘월에 살던 어린 시절 클레어는 실제로 그런 큰 파도에 휩쓸려

본 적이 있었다. 그녀는 힘겹게 숨을 참은 채로 파도 속을 힘없이 헤엄치며, 잠시 후면 다 괜찮아질 거라고 속으로 끝없이 되뇌었다. 실제로 그랬다.

어쩌면 나는 나에게 선택권이 있다는 사실을 무시하고 있는 게 아닐까? 클레어는 마틴에게서, 과중한 책임을 지우는 일상에서 벗어나고 싶어서 이탈리아로 왔다. 루카도 클레어의 친구 중 누군가가 '인생 마지막 로맨스'라는 조잡한 이름을 붙인 그런 존재에 불과한 것 아닐까?

그러다 처음으로 클레어의 머릿속에 마틴, 그리고 모니카가 했던 말이 떠올랐다. 남편의 변화를 인정하지 않는 것은 그를 함부로 대하는 것을 합리화하기 위해서라고 했었지.

실비도 그렇게 말했다. 클레어는 자신이 얕보고 있었던 남편의 내면에 숨어 있던 반항심을 끌어낸 모니카를 질투하는 거라고 했다. 모니카가 구해다준 기타를 연주하던 마틴의 모습이 새삼 떠올랐다. 실비의 말이 맞았다. 남편의 이런 모습을 발견한 게 자신이 아니라 모니카라는 사실에 화가 났다.

'하느님.' 클레어는 어느새 무릎을 꿇고 있었다. '신이 존재하는지는 의심스럽지만 만약 있다면 이 난장판과 고통 속에서 빠져나가는 길을 알려주세요.'

자리에서 일어서는데 자신이 한 짓이 어처구니없어서 웃음이 났다. 하느님은 벌써 그라지엘라의 원을 받아들여 가톨릭의 죄의식이라는 튼튼한 팔로 루카를 에워싼 뒤니까.

빌라로 돌아가니 비상사태라도 일어난 듯 분위기가 이상했다.
"무슨 일 있어?"

클레어가 모니카에게 물었다.

"우리 엄마가 빌라 안과 정원을 둘러보겠다고 우기더니 온갖 지적을 하기 시작했어."

"그만두라고 할 수 없어? 그분 집도 아니잖아. 그웬은 어디 갔어?"

"탐정 노릇을 하러 나갔어. 다행히 이마쿨라타는 영어를 한마디도 못 하는 데다가 비어트리스도 요령껏 어딘가로 숨어버렸어."

알고 보니 마리엘라는 당황한 이마쿨라타에게 주방 일을 어떻게 해야 한다는 둥, 리넨을 넣어둔 장을 정리하고 정원 일에 쓰는 연장도 정돈하라는 둥 잔소리를 하고 있었다. 이마쿨라타는 무슨 소리인지 한마디도 알아듣지 못하고 웃으며 고개만 끄덕이고 있을 뿐이었다.

"네 어머니 어디로 좀 데려갈 수는 없어?"

클레어가 물었다.

"아말피 해변에 가보시라고도 했고, 포지타노, 심지어 카프리섬으로 당일치기 여행을 다녀오라고 말씀드렸는데 여기 일에 간섭하는 게 더 즐거우신가 봐."

"실비를 파견하면 되겠다!"

클레어는 마치 실비가 이 상황을 타개해줄 데저트 래츠*라도 된다는 듯 해결책을 말했다.

"클레어, 정말 좋은 생각이야."

모니카가 클레어를 추켜세웠다.

"누가 이런 묘수를 짜낼까 봐 실비가 한발 앞서 숨어버리지 않았다면 말이지."

* 제2차 세계대전에서 크게 활약한 영국의 전설적인 제7기갑부대의 별명.

"무슨 소리야."

클레어도 웃음을 터뜨렸다.

"가서 실비를 끌어내자고."

하지만 실비가 평소 시장에서 산 낡은 목제 가구를 루이 14세 시대의 물건처럼 색칠하며 틀어박히곤 했던 별관의 방에 그녀는 보이지 않았다. 살롱에 놓인 소파에 드러누워 노트북 컴퓨터로 무언가를 하고 있지도 않았다.

마침내 두 사람은 수영장 가에 놓인 선베드에 누워 허공을 바라보고 있는 실비를 찾아냈다.

"실비!"

실비가 시험관 시술을 해서 아기를 가졌다고 선언했더라도 클레어가 이토록 충격받은 목소리로 외치지는 못했을 것이다.

"민낯이잖아!"

사태는 그걸로 끝이 아니었다.

"매니큐어도 다 벗겨졌고!"

"그게 다 무슨 소용이야."

실비는 고개를 돌려버렸다.

"토니가 보고 싶어. 아무리 개자식이라도 내 곁에 있는 개자식이 낫지."

그녀가 코를 훌쩍이며 말을 이었다.

"적어도 난 그렇게 생각했어. 회사에서 전화가 왔는데 토니가 잠시 떠나 있겠다고 했대."

그녀가 비극 배우처럼 잠시 말을 멈췄다가 부르짖었다.

"분명 그 여자랑 다시 만나는 거야."

클레어는 토니가 1) 혼자인 데다가 2) 고작 5킬로미터 떨어진 곳에 있다고 말해주고 싶어 안달이 났지만, 토니와의 약속을 어길 수는 없었다.

"그럴 리가 없어. 그 여자가 수영장에 빠졌는데도 토니가 뒤도 안 돌아봤던 거 기억 안 나?"

"거칠게 다뤄지는 걸 좋아하는 여자들도 있잖아."

자신도 그런 대우를 받는 것이 나쁘지는 않다는 듯 실비가 한숨을 내쉬었다. 클레어와 모니카는 눈빛을 주고받았다. 실비는 아마 '정치적 올바름'이라는 건 웨스트민스터 지역의 도미나트릭스*가 사용하는 무슨 기술인 줄 아는 모양이었다.

"토니도 네가 이러고 있는 걸 알면 마음이 안 좋지 않겠어?"

클레어는 방금 실비가 내뱉은 반페미니즘적 언사에 대한 모니카의 반응은 애써 모른 척하면서 나름대로 실비를 달랬다.

"네 말이 맞아, 클레어."

실비가 일어나 앉더니 다시 기운이 난 듯 선베드에서 내려왔다.

"방에 올라가서 머리나 감아야겠다."

실비가 사라지고 나자 클레어는 생각에 잠겼다.

"모니카,"

한참이 지나서야 그녀가 입을 열었다.

"사과해야 할 것 같아서. 날 도와주려고 마틴이랑 시간을 보내 줬는데, 내가 고마운 줄도 모르고 두 사람을 의심했네. 그리고 마틴이 노력하고 있다는 걸 알려줘서 고마워."

"고맙단 말은 넣어둬. 난 마틴이 좋거든. 물론 마틴은 루카처럼 세련되지도 않고…"

---

* 지배적인 입장에서 성행위를 주도하는 여성.

"복잡하지도 않지."

"루카가 복잡하다는 건 무슨 뜻이야?"

클레어는 잠시 말을 멈추고 모니카를 믿어도 될지 재보았다. 두 사람 사이에 오가는 긴장 관계를 생각하면 적절한 상대는 아닐지 몰라도 클레어는 누구에게라도 자신의 감정을 털어놓아야 할 것 같았다.

"오늘 루카를 만났어. 나에게 연락하고 싶었는데, 그라지엘라가 고해성사를 하라고 시켰대."

"그럼 만약 너에게 연락한다면 그라지엘라뿐 아니라 하느님까지 배반하는 셈이 되네."

클레어가 고개를 끄덕였다.

"그게 무슨 상관이야? 이탈리아 남자들은 신앙심과 불륜을 상당히 잘 병행하며 사는 것 같던데."

불륜이라는 단어를 듣자 클레어는 따귀라도 맞은 것처럼 움찔했다.

"우린 잠자리는 안 했어. 키스만 했지."

"세상에, 클레어. 고작 키스 몇 번 한 것 치고는 대가가 너무 과한데? 혹시 루카가 이전에도 바람을 피운 적이 있대?"

"그걸 내가 어떻게 알아?"

그렇게 쏘아붙이면서 클레어는 이 이야기를 시작하지 말 걸 그랬다고 후회했다.

"만약 지금까지 바람을 피운 적이 없다면, 그건 루카가 좋은 사람이라는 뜻이니까 어떻게 보면 잘된 일이야. 하지만 한편으로는 네가 처음이라면 루카가 양심, 그러니까 신앙심과 타협하기 더 힘들 테니 그렇게 보면 안된 일이지. 뭐 하나 물어봐도 되겠니?"

클레어는 고개를 끄덕였지만 무슨 질문을 하려는지 겁이 났다.

"그라지엘라가 사라져버린다면 너한테나 하느님한테나 잘된 일일 거야. 하지만 그때까지 마틴을 기다리게 하면서 쭉 버틸 생각 인 거야?"

그 말에 클레어는 울음을 터뜨리더니 곧장 자기 방으로 뛰어올 라가 버렸다.

좋아, 하고 모니카는 생각했다. 클레어에게도 마틴에게도 돌직 구를 던졌어. 그럼 엄마에게도 그럴 수 있지 않을까? 이제 고민해 야 할 것은 딸이 마침내 자신감을 찾아 함부로 대할 수 없는 존재 로 변했다는 사실을 한 번에 깨닫게 할 방법이었다.

이마쿨라타가 엄마의 맹공에서 살아남았는지를 확인하러 가는 길에 모니카는 부엌에서 자행되고 있는 공격을 어떻게든 막아 보 려 작정한 듯 여왕처럼 우아한 미소를 띠고 있는 그웬과 마주쳤다.

"얘, 모니카. 이마쿨라타가 그러는데 네 엄마가 자기 요리가 촌 스럽다고 잔소리를 했다는구나. 도대체 어쩌다가 그런 생각을 했 을까?"

그웬이 모니카에게 눈을 찡긋해 보였다.

"분명 영어와 이탈리어가 충돌하는 바람에 나온 오해일 거라고 달랬단다. 네가 풍랑이 이는 이 바다에 기름 한 방울 부어주지 않 겠니? 내일 작은 오찬 파티를 하려고 하는데 이마쿨라타의 도움이 절실해서 말이다."

모니카가 다른 사람이라 착각할 수도 없을 만큼 뚜렷한 엄마의 목소리를 따라 부엌으로 들어가자 마리엘라의 언어폭력 앞에서 온몸을 움츠린 이마쿨라타가 눈에 들어왔다.

"*부온조르노, 이마쿨라타.*"

모니카가 완벽한 이탈리아어로 뭐라고 한참 길게 이야기하자 이마쿨라타의 얼굴에 화색이 돌았다.

마리엘라는 미심쩍다는 듯 모니카의 말에 귀를 기울였지만 어차피 한마디도 알아들을 수 없었다.

"이 여자에게 정확히 뭐라고 말했는지 낱낱이 말해봐라, 모니카."

마리엘라의 명령이었다.

모니카가 엄마를 향해 돌아섰다.

"지금까지 엄마가 하신 말을 듣느라 고생 많으셨다고, 또 우리 엄마는 요리라고는 문외한이라 다른 사람이 요리를 잘하면 헐뜯고 싶어 하는 것뿐이니 엄마가 무슨 말을 하건 귓등으로 흘려넘기라고 전했어요."

마리엘라는 할 말을 잊고 멍하니 자기 딸을 바라보았다.

"잘했다!"

그웬이 곧바로 끼어들었다.

"드디어 해결됐네. 좋아, 이마쿨라타, 내일 메뉴는 소박해요. 파마산 치즈를 갈아서 뿌린 아스파라거스, 이마쿨라타의 특제 호박 라비올리, 강낭콩을 곁들인 살팀보카, 그리고 디저트는 오렌지 폴렌타 케이크로 하지요. 완벽하기도 하지!"

말을 마친 그웬이 모니카를 돌아보았다.

"비어트리스에게 음료와 테이블 세팅을 준비해달라고 부탁해주겠니? 실내에서 하는 게 좋겠어. 흰색 테이블보와 싱싱한 꽃을 준비해야겠다. 스티븐을 당황하게 하지 말자꾸나. 전해줄 수 있겠지?"

"잘했다, 우리 모니카."

모두가 부엌을 떠나는 길에 그웬이 모니카에게 속삭였다.

"난 솔직히 네 엄마는 당해도 싸다고 생각해."

베일에 싸인 손님의 정체는 카스텔리니라는 이름의 노부부였는데, 여태 빌라를 찾은 그 어떤 손님보다도 인기 있는 사람인 것 같았다. 이마쿨라타부터 루이지, 조반니에 이르기까지 모두가 카스텔리니 부부를 기다리고 있다가 들어와서 존경을 표하는 인사를 했다. 건강은 좀 어떠신지, 새로 이사한 집은 어떤지, 따님은 잘 지내는지 끝이 없을 것 같은 질문 공세를 펼친 끝에 드디어 비어트리스가 병을 들고 돌아다니며 모두의 잔에 와인을 따라주었다.

모니카가 보기에 카스텔리니 부부는 60대 중반쯤일 것 같았다. 둘 다 머리가 세었고 특별히 말쑥하거나 고급스러운 옷으로 차려입지는 않았지만 자기 자신들보다는 실비, 앤절라, 클레어와 모니카 이야기에 더 관심을 보이는 다정하고 매력적인 사람들이었다.

그들은 우선 네 사람이 서로 너무나 다른 직업을 가지고 있다는 사실에 흥미를 보였고, 모두의 이야기에 똑같이 깊은 감명을 받은 듯 반응했다. 카스텔리니 부부는 모니카가 대학교 사서로 일했다니 정말 대단하다고, 마치 사서가 세상 그 어떤 직업보다도 매혹적이면서도 실용적인 일이기라도 한 듯 추어올렸고 모니카도 금세 그들에게 호감을 갖게 되었다. 카스텔리니 부부의 입을 거치자 실비가 하는 인테리어 디자인 회사는 어마어마하게 창의적인 곳으로 느껴졌고, 클레어의 요리도, 앤절라의 패션 브랜드도 거의 완벽에 가까운 곳으로 탈바꿈했다! 맨손으로 시작한 브랜드를 좋은 값에 매각하다니 정말 대단하군요! 미우치아 프라다만큼이나 굉장해요!

이 같은 따뜻한 관심 앞에서 서로의 긴장이 누그러지는 모습을 보는 것도 또 하나의 재미였다. 실비는 모니카가 한 번도 들은 적 없는, 러시아 고객을 상대할 때 있었던 우스우면서도 엄청나게 외설적인 에피소드를 풀어놓았고, 또 어떤 고객은 샤워하면서 섹스를 즐길 수 있도록 욕실에 특수한 손잡이를 달아달라고 요청했다는 이야기도 해주었다. 클레어는 진상 고객들 이야기를 끄집어냈고 앤절라는 홍콩의 한 조그만 재단사를 통해 알게 된 부드러운 소재의 천에서 '패브릭'이 시작되었다며 자신이 입고 있는 바로 그 소재로 된 옷을 손으로 쓸어 감촉을 느껴보라고 우겼다.

점심 식사가 거의 다 끝나갈 무렵 앤절라가 카스텔리니 부부의 직업을 물었다.

그 순간 카스텔리니 부부가 입을 다무는 바람에 모두 그웬을 쳐다보았다.

"*시뇨르* 카스텔리니와 *시뇨라* 카스텔리니는 란짜렐라에서 내가 가장 좋아하는 호텔이었던 벨라비스타의 주인이었단다. 너희들이 '신들의 호텔'이라는 이름으로 알고 있는 그 호텔 말이야."

그웬의 의미심장한 이야기에 방 안에 정적이 흘렀다.

"앤절라."

그웬은 방금 들은 이야기 때문에 앤절라가 민망해졌으리라는 사실을 예리하게 알아차렸다.

"카스텔리니 부부와 따로 이야기 나눌 자리를 만들겠니?"

"그럴 필요는 없어요."

앤절라는 그웬의 눈을 피하지 않았다.

"실비와 클레어, 모니카는 제 친구니까요."

그러더니 앤절라는 특유의 직설적인 말투로 카스텔리니 부부에게 물었다.

"어떻게 해서 호텔을 파시게 되었는지 말씀해주시겠어요?"

"우리는 그 호텔을 팔 생각이 전혀 없었어요."

시뇨라 카스텔리니가 불쑥 내뱉은 말이었다.

"우린 벨라비스타를 사랑했답니다. 결혼하고부터 40년을 그곳에서 살면서 호텔을 운영했지요. 호텔을 팔자고 한 건 우리 딸 카테리나였어요. 카테리나는 눈이 높았답니다. 자기가 좋다고 따라다니는 남자들에게는 눈길도 주지 않았고요. 그렇게 마흔다섯이 되었는데도 혼자였답니다. 친구들은 다 결혼하고 아이도 있었는데 말이에요. 그러다가 우리 딸도 사랑에 빠졌지요. 카테리나보다 나이가 조금 많았던 그 남자도 호텔 사업을 하는 집안 사람이었습니다."

이 이야기가 어디로 흘러가는지 감을 잡은 네 사람은 애써 서로의 눈을 피했다.

"우리 딸이 그러더군요. 엄마, 아빠, 이 결혼은 하느님이 맺어주신 게 틀림없어요. 우리처럼 딸 내외도 함께 호텔을 운영하며 나이를 먹어가고, 그러다 보면 손주도 생길 줄 알았지요. 그래서 우리는 그 남자 집안에다 호텔을 팔았던 거예요."

시뇨라 카스텔리니가 말을 멈추더니 더 이상은 도저히 말하지 못하겠다는 듯 한숨을 쉬었다.

이야기를 이어간 건 남편인 *시뇨르* 카스텔리니였다.

"하지만 그 집안은 호텔을 손에 넣자마자 완전히 뜯어고치려 했지요. 그들은 이 호텔을 호화로운 인터내셔널 호텔로 만들 계획이었던 겁니다. 그자와 카테리나의 싸움이 잦아지더니 결국 사이가 손쓸 수 없이 나빠졌고, 어느 날 딸아이가 찾아와서는 이제는 이 남자와 함께 호텔을 운영할 엄두가 안 난다며 로마로 가겠다고 했습니다. 하지만 둘은 아직 결혼한 사이가 아니었기에 제 딸에게는 아무런 권리가 없었지요. 그렇게 우리는 호텔을 빼앗기고 말았습니다."

그러더니 그가 아내를 다독거려주었다.

"이게 현대인의 삶인지도 모르겠습니다. 아마 우리 호텔이 시대에 한참 뒤떨어졌던 것이겠지요."

다들 뭐라고 말을 보태야 할지 몰라 조용히 듣기만 했다.

"호텔을 파는 대가로 돈은 얼마나 받으셨습니까?"

앤절라가 감정이 실리지 않은 목소리로 물었다.

"터무니없이 적은 돈이었습니다."

시뇨르 카스텔리니가 어깨를 으쓱하며 한 대답에서 씁쓸함이 배어나왔다.

"호화 호텔로 꾸미느라 돈이 많이 들 테니 더 이상은 지불이 어렵다고 하더군요. 그땐 어차피 우리 딸이 이득을 볼 거라고 생각했습니다. 문제는 돈이 아닙니다. 우리 카테리나 때문에 마음이 아파요. 이제 딸아이는 로마로 가버려서 자주 만나지도 못합니다. 모욕도 이런 모욕이 없지요. 딸아이는 란짜렐라 사람들이 자기가 사기를 당했다고 수군거린다고 했습니다. 그 남자는 카테리나가 아니라 호텔을 손에 넣으려 했다고요. 딸은 영영 이곳으로 돌아오지 않을 겁니다."

앤절라가 테이블에서 일어나더니 그웬을 향해 고개를 숙였다.

"하시려는 말씀은 잘 알아들었습니다. 전 방으로 가볼게요. 사실 런던으로 돌아갈까 생각하던 참이었어요. 벌써 여기 너무 오래 있었다는 생각이 들어서요."

기압이 뚝 떨어진 것처럼 방 안의 공기가 순식간에 불편해졌다.

카스텔리니 부부도 당황한 듯 일어서더니 이제 가야겠다고, 자신들이 무슨 갈등을 불러일으킨 게 아니었으면 좋겠다고 말했다.

그웬이 부부에게 와주셔서 감사하다는 인사를 한 다음 집 뒤에 세워둔 차까지 배웅하러 나갔다.

클레어와 모니카, 실비는 아직도 충격에 사로잡혀 있었다.

"우리가 앤절라에게 잘못하고 있는 건지도 몰라."

결국 클레어가 루카를 생각하며 입을 열었다.

"스티븐에게 빌라를 팔라고 바람을 넣게 하려는 이유만으로 앤절라에게 접근한 건 아닐 거야."

"빌라 안에 있는 미술품까지도 손에 넣으려는 거겠지."

모니카도 본심을 숨길 수가 없었다.

"미안, 그래도 난 그 사람 못 믿겠어."

"사랑이라고, 순수하게 좋아하는 마음도 있을 거라고 생각했는데."

클레어의 대답이었다.

그들은 보기 좋게 장식한 모둠 치즈를 아무 생각 없이 관찰하고 있는 마틴을 잠시 쳐다보았다.

"어차피 넌 미술에 대해서는 아무것도 모르잖니?"

마리엘라가 모니카에게 시비를 거는 바람에 오랜만에 그녀의 존재감이 되살아났다.

"잘은 모르죠."

모니카가 그렇게 대답하는 바람에 실비는 짜증이 났다.

"하지만 다행히도 예술에 조예 깊은 친구가 하나 있어서요."

"자, 다들 이만 일어나자."

클레어가 별안간 외쳤다.

"정원 산책이나 하자고. 마리엘라와 마틴이 있으니 그웬에게 양해를 구해주겠지. 아마 그웬도 이해해줄 거야."

"무례하기 짝이 없구나."

마리엘라였다.

"그렇긴 하죠. 마틴,"

그러더니 클레어가 뜻밖에 마틴을 향해 웃어 보였다.

"마리엘라에게 포스터 수집품 이야기를 해드려."

그 말에 마틴이 클레어를 쏘아보았지만, 그녀의 표정은 진심이었다. 치즈 관찰을 포기한 마틴이 마리엘라에게 자신의 수집품을 연대순으로 차근차근 설명하기 시작하자 세 여자는 테라스로 나왔다.

"아이고, 세상에."

모니카가 나지막이 속삭였다.

"앤절라 기분이 어떻겠어? 게다가 하필 그 부부를 초대한 사람이 스티븐의 어머니이기까지 하니 더 속이 상하겠지."

"앤절라는 자존심이 강하니까."

실비의 지적이었다.

"사실은 외로움도 많이 타."

클레어가 부드럽게 덧붙였다.

"정말 그렇게 생각해?"

실비는 겉보기만으로 사람을 판단하는 경향이 있었다.

"앤절라는 항상 당당하고 단정한걸."

"어느 정도는 속마음을 숨기기 위해서일걸."

"세상에, 그럼 휴고에 대한 마음이 진심이었겠구나."

"앤절라는 부자잖아. 만약 휴고가 빌라를 호텔로 바꾼다면 앤절라도 운영을 함께하겠지. 투자도 할 테고. 그랬다면 완전히 새로운 인생을 살게 될 거라고 생각했을 거야."

그러더니 클레어가 별안간 열띤 어조로 선언했다.

"앤절라가 떠나지 못 하게 막아야 해. 더 이상 서로 불행해지는 걸 못 참겠어. 게다가,"

그렇게 클레어는 지금까지 누구도 입 밖에 내지 않았던 그 말을 꺼냈다.

"만약 앤절라가 런던으로 돌아가고 나면 남아 있는 우리도 도대체 여기서 뭘 하고 있는 건지 스스로를 다그치게 될 테니까."

16

세 사람은 퍼걸러 아래 앉아 그리 길지 않은 나날 동안 각자의 집보다도 더 생생한 현실이 된 이 빌라를 바라보았다. 어떤 장소에 마법이 깃들 수 있을까? 란짜렐라의 햇빛이, 아름다움이, 외떨어진 위치가 서로 얽혀 빚어낸 마법일까? 이 빌라는 그 자체로 동화 속에 나오는 성 같았다.

그럼에도 이 동화에 나오는 왕자들에게는 자잘한 문제가 있다는 생각에 실비는 속이 쓰렸다. 일단 실비의 바람둥이 남편은 어딘가로 사라졌다. 루카는 유부남인데다가 휴고는 공주를 아내로 맞이하기보다는 성으로 들어갈 수 있는 열쇠만을 원했던 가짜 왕자였다.

하지만 실비는 아직은 집으로 돌아가기 싫었다. 텅 빈 집을 마주하고 다시금 힘을 끌어모아 고삐를 잡고 회사를 이끌고 싶지 않았다. 이렇게 아름다운 곳에 와 있자니 온갖 요구를 일삼는 러시아 고객들은 마치 기이한 생물종이라도 되는 것만 같았다.

모니카는 이곳에 온 뒤로 활력이 생겼고, 변화했고, 가치 있는 사람이 된 것 같았다.

"난 이제 수동적인 사람이 아니야. 이곳에서는 눈에 띄지 않는 옷만 골라 입으면서 생쥐처럼 소심하게 지내지도 않았어. 심지어 엄마에게 대들기도 했는걸!"

클레어는 이곳을 떠나는 순간 이탈리아에 대한 열정도, 이곳에서 발견한 그 어떤 것도 포기해야 한다는 것을 알았다.

"난 진심으로 앤절라가 떠나지 않으면 좋겠어."

실비가 갑자기 열을 내며 외쳤다.

"나도 그래."

클레어도 거들었다.

"난 정말 앤절라가 좋거든. 우리 나이쯤 되면 좋은 친구를 사귀기가 쉽지 않은데, 여기 와서 그 어려운 일을 해냈잖아."

"서로 이렇게 다른데도 말이지!"

모니카도 말을 얹었다.

"그렇지, 정말 굉장하지 않아?"

실비가 씩 웃었다.

"클레어 말대로, 만약 앤절라가 떠나면 우리가 여기에 계속 머무를 이유도 없지."

현실주의자인 모니카도 맞장구를 칠 수밖에 없었다.

"맞아."

실비가 인정했다.

"하지만 문제는 그게 전부가 아냐. 처음에 이곳에 왔을 때 앤절라는 통제광에 지나지 않았지만 지금은… "

"우리와 비슷한 사람이 됐지."

클레어의 말이었다.

"하지만 무슨 수로 앤절라를 떠나지 못 하게 막는담?"

실비가 물었다.

"앤절라는 한번 결심하면 좀처럼 마음을 바꾸지 않잖아."

"사실은 말이야."

모니카가 입을 열자 모두가 놀랐다.

"아이디어가 하나 생각났는데, 가능할지 아닐지 좀더 생각해봐야 할 것 같아."

"서두르는 게 좋을 거야."

클레어는 어깨를 으쓱했다.

"앤절라라면 벌써 비행기표를 예약하고도 남았을 테니까."

하지만 알고 보니 클레어의 말은 틀렸다.

앤절라는 세 사람의 머리 위, 밑에서는 보이지 않는 납작한 지붕 위에 앉아서 바다를 바라보고 있었다. 혼자만의 비밀스런 공간에 앉아 있던 앤절라는 밑에서 세 사람이 자기 이야기를 하고 있다는 사실을 알아차렸다. 당연히 날 헐뜯고 있겠지. 내가 항상 무리의 중심이 되고자 한다면서, 내가 떠난다니 다행이라고, 불쌍하다고, 어쩌면 날 비웃고 있는 건지도 몰라.

귀를 쫑긋 기울이며 당장이라도 비행기표를 예약할 기세로 한 손에 휴대폰을 들고 있던 앤절라는 세 사람이 그녀를 빨리 런던으로 보내버릴 궁리를 하는 게 아니라, 어떻게 하면 그녀를 설득해서 머무르게 할까를 논의하고 있다는 사실을 알고 깜짝 놀랐다. 그녀는 굴뚝 뒤에서 몸을 숙이고 눈물을 훔쳤다. 여자 친구들은 필요 없다고 선언했던 앤절라에게 기적이 일어나서 이제 친구가 셋이나 생긴 셈이었다.

심지어 모니카는 앤절라를 머무르게 할 만한 계획까지 세우고 있는 모양이었다. 대체 무엇일까 생각하며 앤절라는 미소를 지었다.

저 멀리서 누군가가 털가시나무 숲 사이로 난 좁은 길을 따라 이쪽으로 걸어오는 것이 보였다. 아직도 러시아 모자를 쓰고 있는 콘스탄틴이 퍼걸러에 앉은 세 사람 앞에 극적인 모습으로 등장했다.

"숙녀분들께 초대장을 가지고 왔지. 전시회를 할 거야."

콘스탄틴은 뒷면에 장소와 날짜가 적혀 있는 조그만 그림 한 장을 세 사람 앞의 돌로 만든 테이블에 내려놓았다.

"이건 직접 그린 원화잖아요!"

실비였다.

"이 그림만으로도 값이 꽤 나갈 텐데요."

"레리니까지 내려가서 초대장을 주문하는 것보다는 이쪽이 빠르니까."

"혹시 이메일이라는 게 있다는 건 모르나요, 콘스탄틴?"

"난 그딴 건 취급 안 해. 아무튼 사람들을 불러 모으려면 이메일을 보내느니 공짜 그림을 나눠주는 게 낫지 않겠어?"

모니카가 콘스탄틴을 그웬에게 소개해주려고 집 안으로 데리고 들어가자 실비가 입을 열었다.

"정말 자기 홍보 하나는 타고난 사람이라니까."

"귀여운데."

실비가 씩 웃었다.

"냄새가 좀 나긴 하지만 말야."

"아마 저 털모자에서 나는 냄새 아닐까? 설마 잘 때도 쓰고 자는 건 아니겠지?"

그웬은 콘스탄틴에게서 풍기는 냄새도, 이상한 옷차림도 개의치 않는 모양이었다. 두 사람은 금세 친해지더니 서로가 함께 아는 인맥들을 주워섬기기 시작했는데 대개는 둘 다 싫어하는 사람들의 이야기가 오갔다. 모니카는 공통으로 혐오하는 사람들의 시체 위에서 두 사람 사이의 행복한 우정과 건강한 존중이 솟아나는 광경을 바라보고 있었다.

이야기가 잘 통했는지 콘스탄틴은 차를 대접하고 귀도와 스파게티를 소개해주겠다며 그웬을 자기 은신처로 데리고 갔다. 모니카는 콘스탄틴이 엄마 마리엘라를 초대하지 않았다는 것을 알아차렸다.

"도대체 그웬이랑 같이 나간 볼썽사나운 허수아비는 누구냐?"

마리엘라가 따져 물었다.

"콘스탄틴 오플래허티예요. 콘스탄틴 오라는 이름으로 더 잘 알려져 있지만요."

모니카가 대답했다.

"세계에서 가장 유명한 화가 중 하나예요."

"아하, 화가란 말이지."

마리엘라는 알 만하다는 듯 한마디로 간단히 일축했다.

"친절하게도 우리 모두를 전시회에 초대해주셨어요. 정말 근사한 집에 사는 분이세요."

"글쎄다. 예술이 어쩌고를 논하며 서성거리는 게 뭐 그리 유쾌하겠어?"

"같이 안 가면 나중에 크게 후회하실걸요."

모니카는 터져나오려는 웃음을 애써 참았다. 전시회에 가면 엄마가 대경실색할 일이 기다리고 있을 테니까.

"너무 힘드시면 앉을 의자를 갖다드릴게요."

"내가 나이가 아흔이기는 해도 건강하기로는 내 나이 반밖에 안먹은 여자들과 똑같으니 걱정 마라! 어쩌면 드러누워서 아무것도 않고 빈둥거리는 너보다도 내가 더 에너지가 넘칠 거다."

마리엘라는 모니카의 말투가 마음에 들지 않았다.

"그건 그렇고, 도대체 여기서 내내 뭘 하면서 빈둥거리는 거냐? 개 봐주는 사람을 부르느라 500파운드나 썼단 말이다. 이제는 돌아와서 뭐라도 쓸모 있는 일을 해야지."

그때 살롱 저편에서 그녀를 향해 손짓하는 마틴이 보였기에 모니카는 무슨 일인가 싶어 얼른 그쪽으로 갔다.

"저따위 잔소리를 듣고 있는 걸 도저히 두고 볼 수가 없어서 불렀습니다."

침이라도 탁 뱉는 것처럼 거친 말투였다.

"당신 참 대단한 사람이에요. 저 늙다리 할머니한테 악담을 들은 만큼 복 받을 겁니다."

"제 걱정은 마세요."

마틴의 배려에 감동한 모니카가 낮게 속삭였다.

"사실 엄마에게 저도 그렇게 만만한 딸이 아니라는 걸 보여줄 계획을 짜고 있답니다."

그웬이 없어 심심한 엄마가 분명 또 무슨 심술을 부리기 시작하리라는 생각에 모니카는 다시 엄마에게로 다가갔다.

"엄마, 저 버스 타고 레리니에 내려갔다 오려고 하는데, 혹시 같이 가서 유명한 대성당이라도 구경하시겠어요?"

"나는 외국 성당은 딱 질색이다. 깜깜한데다가 향냄새가 코를 찌르잖니."

"멋진 가게도 꽤 있어요."

거짓말이었다.

레리니의 상점에서 본 수공예품이며 주문 제작 액세서리들은 엄마의 깐깐한 취향과는 거리가 멀어도 한참 멀었다. 그러나 엄마는 그것들을 애머셤의 데번햄스 백화점에서 파는 물건들과 비교하면서 즐거운 시간을 보낼 터였다.

처음으로 도착한 버스가 무개 버스인 덕분에 절벽을 내려가는
동안 엄마에게 풍경을 더 잘 보여줄 수 있으리라는 생각에 모니카
는 기분이 좋았다.

그러나 그런 모니카의 생각이 어찌나 짧았던지. 오히려 지붕이
없었기에 엄마는 바깥의 시골 풍경이 '야만적이다', 또 세 줄 앞에
앉아 있는 미국인들은 '거칠다'고 투덜거리는 한편으로 정신없이
몰아치는 외국의 바람에 머리를 망치게 한 모니카가 이기적이라
고 비난할 기회가 생긴 셈이었다.

레리니에 도착했을 즈음에는 모니카도 너무 지쳐서 잠시 광장
에서 커피를 한잔 마시자고 제안했다.

커피를 주문하고 나서 화장실(아마 다녀오면 또 불평을 늘어놓겠
지)을 찾아간 엄마를 기다리는데, 누군가 모니카의 팔을 붙들었다.

"토니! 여기서 뭐 하고 계세요?"

"제가 여기 있다는 말 클레어에게 못 들었습니까? 제가 비밀로
해달라고 부탁했나 봅니다."

"그렇다면야 말이 되네요. 어디서 지내세요? 아직 델리 데이에
묵고 있어요?"

"아니요, 그럴 리가. 에어비앤비에서 아파트를 한 칸 빌렸습니다."

그러면서 토니가 묵는 곳의 주소를 적어주었다.

"하지만 어째서 비밀로 한 거죠? 실비는 토니가 사라진 줄로만
알고 있어요. 사실 당신을 그리워하는 것 같기도 해요."

"조만간 그리움도 사라질 겁니다."

그제야 토니의 고뇌에 찬 표정이 눈에 들어왔다.

"무슨 일 있어요?"

"킴벌리 때문입니다. 저를 성추행으로 고소하겠다고 협박하고 있어요."

모니카는 토니가 처한 상황을 측은히 여기려다가 문득 새로운 아이디어를 떠올렸다.

"토니, 정말 잘됐어요."

토니의 얼굴이 파리해졌다.

"방금 한 말 못 들으셨습니까? 법원으로 끌려가 늙은 변태 딱지가 붙기 직전이라니까요?"

"그렇죠. 하지만 이게 바로 실비를 당신 편으로 끌어들일 기회예요. 당신이 지위를 이용해 킴벌리를 추행한 게 아니란 걸 실비도 알잖아요."

토니가 공허한 웃음을 터뜨렸다.

"솔직히 이용당해도 제가 당했죠. 자랑하고 다닐 일은 아니지만 말입니다. 실비의 러시아 고객의 침대에서 섹스하자고 제안할 배짱이 저한테 있었겠습니까? 실비는 우리 집 깨끗한 시트 위에서도 못 하게 하는데!"

"으음… 일단 생각 좀 해볼게요. 일단 이 냅킨에 전화번호 하나 적어주세요. 아이고, 저기 우리 엄마가 오고 있네요. 엄마 앞에서는 절대 한 마디도 흘리면 안 돼요."

토니는 머리부터 발끝까지 캐러멜색으로 차려입은 위압적인 노부인을 흘깃 보더니 얼른 자리를 피하기로 결심한 듯했다.

"생각이 끝나면 전화 주세요!"

"모니카."

마리엘라가 따져 물었다.

"방금 너랑 이야기하던 이상한 남자는 누구냐?"

"아, 그냥 친구예요. 엄마는 모르는 사람이에요."

"당연히 모르는 사람이겠지. 너 여기서 얄궂은 사람들을 사귄 모양이구나. 어서 그레이트 미센든으로 돌아가서 현실을 마주 봐야겠다. 네 나이가 도로 젊어질 리는 없지 않니? 여기서 더 미적거리고 있다가는 영영 일자리도 없이 손가락만 빨게 될 거다."

"엄마는 제가 집에 꼭 붙어서 개나 돌봐주길 바라시는 거 아니었어요?"

모니카가 웃음기 하나 없는 얼굴로 물었다.

"제가 종일 일하는 직장을 구하고 나면 개를 돌볼 시간은 없을 텐데요."

마리엘라는 딸을 노려보았다. 도대체 얘가 왜 이러지? 방금 한 말에는 심지어 희미한 비아냥까지 묻어 있는 듯했다.

모니카는 실비가 솜씨를 있는 대로 부려 꾸민 새로운 방에 앉아 생각에 잠겼다. 얼마 전까지만 해도 실비는 토니의 상황을 알게 되었다면 응당 받아야 할 벌을 받는 거라고 했을 테지. 하지만 그건 토니가 수영장에 처박힌 킴벌리와 실내자전거를 외면하기 전 일이었다. 그리고 만약 실제로 토니가 고소당한다면 그의 명예뿐 아니라 실비의 사업에 대한 평판도 땅에 떨어질 것이다.

모니카가 아는 한 실비는 새끼를 지키려는 암사자처럼 반응할 게 뻔했다. 이 경우에는 새끼가 아니라 짝을 지키는 게 되겠지만 말이다. 암사자가 수사자를 보호하기도 하나? 토니에게 그녀의 보호가 필요하다는 사실을 보여주면 더 좋을 것이다. 우선 좀더 생각해봐야 할 것 같았다.

＊

　　마틴과 클레어는 오랜 결혼 생활 덕분에 상대방이 언제 샤워를 하거나 볼일을 보거나 이를 닦으려 할지 본능적으로 알 수 있었다. 꼭 훈련된 무용수들처럼 두 사람은 서로를 방해하지 않고 교대로 욕실을 사용했다. 그러나 마틴이 도착하고 루카와의 관계가 일파만파로 치달은 뒤부터 두 사람의 발레는 어색한 판토마임으로 변해버렸다.

　　오늘 밤만 해도 마틴은 클레어와 세 번이나 부딪쳤다. 마틴은 침대에 앉았다. 더 이상은 참을 수가 없었다. 마틴은 아내의 손목을 붙잡고 끌어당겨 침대 옆자리에 앉혔다.

　　"클레어, 날 좀 봐. 당신은 내가 여기 올 줄 예상 못 했을 테고, 어쩌면 애초에 내가 와선 안 됐던 건지도 모르지. 간단한 질문 하나만 할 테니 대답해줘. 내가 이만 돌아갔으면 좋겠어?"

　　클레어는 도저히 남편을 똑바로 바라볼 수가 없었다. 마틴이 변하려고 애썼다는 것도, 그녀의 감정을 더 잘 살피려 노력했다는 것도 알았고, 모니카와 가까워지는 게 질투가 나기도 했다.

　　"클레어, 난 루카와는 달라. 포기할 만한 대단한 직업도 없었던 사람이야. 하지만 내 생각엔 아내와 가족과 상의하지도 않고 변호사라는 직업을 버린 건 굉장히 이기적인 선택으로 느껴져. 이 와중에 그 사람 아내가 다시 잘 해보기로 마음먹고 돌아왔다는 것도 대단한 거야. 그라지엘라에게도 쉬운 결정이었겠어? 당신이나 루카 같은 사람들은 흙이나 레몬 따위와 가까이 지내며 열정적으로 살아가려는 믿음은 있을지 몰라도 주변 사람들에 대한 배려는 없는 거야. 날 보라고, 클레어!"

남편이 열변을 토해내는 모습에 놀란 클레어가 고개를 들었다.

"클레어, 난 당신을 사랑해. 예전의 내가 이기적이었다는 거 알아. 당신에게 살림을 다 맡겨버렸지. 어쩌면 스스로를 패배자라고 생각해서였던 건지도 모르겠어. 하지만 이곳에 온 뒤로 나도 예전과는 달라졌다고."

"모니카한테서 좋은 영향이라도 받았나 보네."

"그만해, 클레어!"

다음 순간, 놀랍게도 마틴은 클레어에게 키스했다.

※

앤절라는 느릿느릿 옷을 갈아입었다. 저녁 식사 시간까지는 아직 한 시간은 더 남은 데다가 아직 다른 사람들을 마주할 자신이 없었다.

그보다도 더 어려운 문제는 휴고를 어떻게 해야 하는가 하는 문제였다. 카스텔리니 부부가 다녀간 뒤로 앤절라는 휴고가 보낸 메시지를 줄곧 무시해왔다. 하지만 이곳에 계속 머무르는 이상 언제까지나 이렇게 회피하고 있을 수만은 없었다.

그녀는 실비가 금색으로 칠하고 사포로 문질러 마치 베르사유 궁전에서 빌려다 놓은 것처럼 보이는 화장대 앞에 앉았다. 카스텔리니 부부가 해준 이야기가 나에게도 그대로 적용될까? 카테리나는 호텔 주인의 딸이었다. 반면 앤절라는 빌라를 호텔로 바꿀 만한 전망이 있는지 살펴봐달라고 부탁받은 것 외에는 스티븐에게 직접적인 영향력을 행사할 위치가 아니었다. 그나마도 어느 정도는 힘든 상황에 처한 앤절라를 보호해주기 위한 핑계였을 것이다. 그런데, 어째서 이토록 오랜 세월이 지난 뒤 스티븐 찰스위스가 새삼스레 날 보호하려 하는 걸까? 마음씨가 관대해서겠지. 좌우간 드루는 그렇게 생각하는 것 같았다.

앤절라가 부유하다는 것 역시 또 하나의 문제였다. 구글에 검색만 해도 앤절라가 자선단체에 내는 기금이 얼마인지 알 수 있는 세상이니 휴고는 그녀의 재력을 어렵잖게 알아냈을 것이다.

우습게도 앤절라는 자신이 부자라고 생각하지 않았다. '패브릭'을 만든 것은, 자신이 만든 옷에 꼭 끌어안기는 것만 같은 그 느낌을 다른 여자들에게도 전해주고 싶다는 거의 선교사에 가까운 열정 때문이었다. 게다가 앤절라가 사업에 열중하는 동안에는 말하자면 '보통 여자들의 관심사'로부터 벗어날 수 있었다. 다른 여자들에게는 남편이 있었으나 그녀에겐 사업체가 남편 대신이었다. 가족 대신이기도 했다. 필요한 건 '패브릭'을 통해 모두 얻을 수 있다고 드루에게 큰소리치기도 했다. 하지만 휴고가 나타난 다음부터 앤절라도 새로운 미래를 꿈꾸기 시작했던 것이다.

카스텔리니 부부의 이야기를 듣고 나서 처음으로 앤절라는 진실을 마주하게 되었다. 그녀는 휴고를 사랑한다고 생각했고, 심지어는—인정하기 싫었지만—그가 빌라를 매입한다면 둘이 함께 호텔을 경영할 수 있기를 꿈꾸었던 것이다.

앤절라는 침대에 엎드려 울기 시작했다. 얼마 뒤, 누군가가 문을 똑똑 두드렸다. 방에 없는 척 무시할까 했지만 노크 소리는 끈질기게 이어졌다.

문을 열자 비어트리스가 샴페인 한 잔과 장미 꽃잎이 담긴 그릇을 올린 쟁반을 들고 서 있었다.

"친구분들이 꽃잎을 띄운 물에 들어가 샴페인을 마시며 목욕하라고 권하셨어요."

비어트리스는 쟁반을 욕실에 가지고 가서 욕조 옆에 샴페인 잔을 올려놓고는 욕조에 목욕물을 채우고 배스 오일을 듬뿍 부었다.

"*잉길테라*^{잉글랜드}의 관습인가 보지요?"

비어트리스는 향기로운 목욕물에 장미 꽃잎을 뿌리며 물었다.

"그럼요."

앤절라는 어느새 미소 짓고 있었다.

"오후에 홍차와 스콘을 먹기 전 매일 이렇게 목욕을 한답니다."

비어트리스는 방을 나가자마자 이마쿨라타를 찾아가서 영국이란 장미 꽃잎을 띄운 물에 목욕하고 스콘을 먹는 참으로 괴상한 나라라고 전해줄 게 분명했다.

"행사 날에 뭘 입을까?"

"무슨 행사?"

클레어가 물었다.

"클레어! 당연히 콘스탄틴의 전시회 얘기지! 란짜렐라의 사교계에서 가장 큰 행사라고!"

모니카가 혀를 찼다.

"그 전시회가 그렇게 대단한 거야?"

"콘스탄틴은 세계적으로 유명한 화가야. 세계 각국의 미술 평론가들이 모여들 테니 이 동네에서 한자리하는 사람들이 인산인해를 이룰걸."

"시시한 그림을 걸어놓은 걸 보려고 사람들이 몰린단 말이냐?"

마리엘라가 따져 물었다.

"그레이트 미센든에 있는 갤러리에 오는 사람이라고는 스무 명이나 간신히 될까. 그나마도 사마리탄*에서 온 사람들이 다인데."

"콘스탄틴을 그 사람들한테 연결해주면 되겠네, 모니카. 좋은 기회를 놓치면 안 되지."

실비의 지적이었다.

"그런데 제가 갖고 온 옷이라고는 반바지나 사파리 슈트가 다인데요."

마틴이 반발했다.

"레드 카펫에 오를 일이 있을 줄은 미처 몰랐으니 말입니다."

"난 새 옷을 사야겠어."

모니카의 선언이었다.

"이번에는 시장에서 사면 안 되겠다."

"여기서 산 다른 옷들보다는 나잇값을 하는 옷이기를 바란다."

마리엘라가 코웃음을 쳤다.

"새끼 양 가죽을 뒤집어쓴 늙은 양 같다고 말했던 거 기억나지?"

"이보세요, 매티슨 여사님."

마틴은 폭발하고 말았다.

"문제는 늙은 양이 아니라 늙은 암소인 것 같은데요."

모두 깜짝 놀라 마틴을 쳐다보았다.

마리엘라는 못 알아들은 척하기로 한 모양이었다.

그때 노트북 컴퓨터를 들고 테라스에 앉아 있던 실비가 갑자기 새된 비명을 질렀다.

"망할 년! 약삭빠르기 짝이 없는 년 같으니!"

"아이고,"

* 자선단체의 이름.

앤절라가 중얼거렸다.

"또 페이스북으로 그 여자 스토킹 중이구만."

다들 도대체 이번에는 킴벌리가 뭘 어쨌기에 화가 난 건지 궁금해 실비 쪽으로 몰려갔다.

"실비, 킴벌리가 네 페이스북 친구 신청을 수락한 건 오직 열 받게 하려는 심산인 걸 좀 알았으면 좋겠다."

앤절라는 오래전부터 실비에게 킴벌리를 팔로우하는 건 제 살 깎아먹기일 뿐이라고 타일렀었다.

"이것 좀 봐! 민낯에다가 베이비돌 드레스라니! '브라우니스'* 오디션이라도 볼 모양이지!"

그들은 사진 속에서 애써 순진해 보이는 포즈를 취한 킴벌리를 바라보았다.

"바즐던의 롤리타 아가씨가 말하길, 토니를 성추행으로 고소하겠대! 토니가 섹스에 대해 아는 것 절반을 저 여자가 가르쳐준 거나 다름없는데. 아이고, 우리 불쌍한 토니. 그냥 큰소리쳐본 거겠지? 진짜 고소할 생각이라면 사람들에게 떠벌리고 다니지 않을 거 아니야? 당장 런던으로 돌아가서 토니를 도와야겠어!"

"하지만 토니는 런던을 떠났다고 하지 않았어?"

모니카가 물었다.

그 말에 실비는 다시 제자리에 주저앉았다.

"맞아. 어쩌면 토니가 런던을 떠난 건 이 일 때문인지도 모르겠어. 토니를 찾아서 함께 맞서자고 전해줘야겠어."

"솔직히 말하면,"

---

* 2012년 만들어진 웹 시트콤.

실비의 반응이 자신이 생각한 그대로라는 사실에 모니카는 애써 웃음을 참았다.

"토니는 이탈리아에 있어."

"어디에?"

실비는 당장이라도 토니를 찾으러 달려갈 기세로 핸드백을 향해 손을 뻗으며 물었다.

"사실 레리니에 있어."

"레리니? 요 앞에 있는 그 레리니?"

"이탈리아에 레리니라는 곳은 하나뿐일걸."

"도대체 거기서 뭐 한대?"

모니카는 이젠 자신이 손을 떼도 괜찮겠다는 생각이 들었다.

"만나서 직접 물어보는 게 어때?"

실비가 어찌나 놀랐던지, 모니카와 함께 탄 미니 노크를 조반니가 전속력으로 몰아가는데도 조금도 겁을 내지 않았다. 차를 광장 근처에 세우자 클레어는 토니가 묵는 집을 향해 성큼성큼 걸어갔다.

이미 모니카에게서 연락을 받은 토니는 집 앞에 나와 서 있었다. 심지어 실연당한 연인의 표정을 하고 있으라는 모니카의 조언도 대단히 잘 실천하고 있었다. 사실 모니카가 보기에는 험프리 보가트가 「카사블랑카」에서 보여준 금욕적인 영웅주의보다는 기괴한 벨라 루고시*에 가까울 정도로 좀 멀리 간 것 같았다.

하지만 실비의 눈에는 그 표정이 완벽해 보였나 보다.

* 영화 「드라큘라」에서 드라큘라 백작 역을 맡은 배우.

496

"토니!"

실비가 꽥 소리를 지르더니 봄바람에 날리는 엉겅퀴 꽃씨라도 된 듯 커다란 몸을 토니의 품속에 던졌다.

"얼굴이 너무 상했어! 도대체 그 여자가 당신에게 무슨 짓을 한 거야!"

그러나 두 사람 다 대답이 필요하진 않은 듯했고, 토니는 떡 벌어진 가슴에 실비를 품어 안고 중간중간 그녀를 안심시키듯 다독일 뿐이었다.

"그런데 어째서 여기 있는 거야?"

한참 뒤에야 실비가 토니를 놓아준 뒤 물었다.

"당신 곁에 있고 싶었어."

토니는 그렇게 대답했다.

"내가 바보였어. 맞아, 남자들은 항상 이렇게 변명하지. 진부하기 짝이 없는 클리셰인 것도 알아. 하지만 난 진심이야."

완전한 용서를 위해 필요한 단 한마디가 있다면, 방금 토니가 토로한 그 말이었으리라.

"맞아, 전부 바보 같은 실수였을 뿐이야."

실비의 얼굴이 환해졌다.

"짐을 챙겨서 빌라로 가자. 조반니가 광장에서 기다리고 있어. 짐 싸는 건 내가 도와줄게."

한 시간 뒤 토니는 여행가방을 들고 빌라 레 시레누세의 뒷계단을 오르고 있었다.

"문득 떠오른 생각인데 말야,"

그리 바람직한 상황이 아니었는데도 일단 토니를 되찾았다는 사실만으로 기분이 좋아진 실비가 농담을 던졌다.

"여긴 '세이렌의 별장'이잖아. 킴벌리가 세이렌처럼 당신을 꾀어 냈다고 주장하는 게 어때? 방금 한 비유, 변호사도 받아들이려나?"

"그러지 않는 게 좋겠어."

토니가 씩 웃었다.

"킴벌리가 나를 자기 손아귀 속에서 주무른 건 사실이니 당신 말대로 하고 싶긴 하지만 그래도 현실성은 없는 것 같아. 그때 당신이 했던 말대로 인턴과 놀아난 내가 잘못이지."

부부의 대화를 듣고 있자니 모니카는 사랑이란 얼마나 복잡한 것인가 하는 생각이 들었다. 토니가 정직해지려고 최선을 다하는 이때 실비는 토니의 매력이기도 했던 방종함을 변호하고 싶어 하는 것이다.

수많은 부부가 파경을 맞는 이유를 알 것 같았다.

이렇게 당혹스러운 상황이긴 했지만 토니가 나타나자 빌라에도 활기가 돌았다. 저녁 시간이 기분 좋은 분위기로 흘러갔고, 저녁 식사가 끝나자 모두 테라스로 나가서 보름달이 되어가는 달을 올려다보았다.

"아드님은 왜 이곳에 자주 오지 않는 겁니까?"

와인과 달빛에 젖어 화기애애해진 분위기를 틈타 토니가 그웬에게 물었다.

"아마 슬픈 기억 때문이겠지. 게다가 혼자 지내기엔 집도 너무 크니까."

"친구들이라도 데려오면 좋을 텐데요."

"나도 그 얘기를 해봤지만 스티븐은 일하느라 바쁜가 봐. 내가 스티븐을 더없이 사랑하고 그애는 어느 누구보다도 착한 아들이지만, 그래도 스티븐의 인생이 온통 일뿐이라서 걱정이야."

앤절라는 달을 바라보며 생각에 잠겨서 와인을 홀짝였다. 그웬이 스티븐에 대해 한 말은 앤절라를 묘사하는 말이라 해도 과언이 아니었다.

*

스티븐은 식탁에 앉아 아침 식사를 하면서 사람들이 강둑을 걸어 각자의 일터로 향하는 모습을 지켜보았다. 조금 전 우편물이 도착했는데 평소보다 이른 시간이었다. 청구서와 독촉장을 살펴보다가—업무에 관련된 우편물은 회사에서 받아보고 있었다—모교인 옥스퍼드 대학교에서 보낸 우편물을 발견했다. 가을에 스티븐과 같은 학번 졸업생들을 위한 동창회가 열린다는 소식이었다.

당연히 이 편지의 목적은 발전기금, 즉 새 건물 따위를 짓겠다며 졸업생들에게서 돈을 끌어내보겠다는 것일 테지.

그 순간 스티븐은 앤절라가 떠올랐고, 혹시 그녀가 동창회에 함께 가주려나 하는 생각이 들었다. 어쩌면 앤절라의 눈에는 스티븐이 인생의 전성기였던 대학 생활을 그리워하는 가련한 인간으로 보이려나? 스티븐도 그런 유의 사람들을 알았다.

란짜렐라에 간 어머니는 괴팍한 마리엘라와 잘 지내고 있을까? 스카이프 영상통화를 걸어봐야겠다. 마침 일주일에 한 번씩 하는 통화를 할 때도 되었으니까.

그런데 예상외로 어머니는 깔깔 웃으며 전화를 받았다. 어머니는 실비, 클레어, 모니카, 그리고 앤절라와 함께 인생의 전성기를 보내고 있는 게 분명했다.

"어머니, 그곳 생활이 재미있으신가 봅니다!"

"그럼, 정말 신난단다!"

어머니가 미소를 지었다.

"물론 이 빌라에서 여자 여섯 명이 지내고 있다고 온 동네 사람들이 신기해하지만 말이야! 내일은 동네 화가의 전시회에 갈 계획이란다. 1년 중에서도 아주 특별한 행사라지!"

"재미있게 지내신다니 참 좋네요. 마리엘라가 괴롭히지는 않고요?"

"쉿."

그러면서 그웬은 또 킬킬 웃었다.

"그런데 그밖에도 새로운 소식이 있단다. 우리 모두 앤절라를 런던으로 돌아가지 못 하게 하려고 머리를 굴리는 중이거든."

그 말에 스티븐이 허리를 꼿꼿이 폈다.

"무슨 일이지요? 설마 너무 빌라에 오래 머물러서 제가 눈치를 줄까 걱정하는 건 아니겠죠?"

"전화로 설명하기엔 좀 복잡한 일이란다."

수수께끼 같은 대답이었다.

"사실 옥스퍼드 동창회에 앤절라를 초대할까 했어요."

"정말 좋은 생각이구나. 하필 앤절라가 지금 빌라에 없네. 아, 비어트리스가 커피와 크루아상을 가지고 오는구나. 이만 끊어야겠다, 애야. 자, 다들 스티븐에게 작별 인사 하자고!"

스크린에 웃는 얼굴들이 가득 차더니 다들 손을 흔들며 고함을 지르기 시작했다.

"고마워요, 스티븐! 우리 모두 너무 재밌게 지내고 있어요!"

노트북 컴퓨터를 덮으면서 스티븐은 갑자기 심심하고 외롭다는 생각이 들었다.

어머니 말씀대로 개라도 한 마리 키워야겠다.

＊

엄마를 모시고 레리니에 갔을 때 모니카는 카타콤 안에 있는 미용실에서 얼마 떨어지지 않은 한 가게에서 디자인이 단순한 검은 드레스를 눈여겨 보아두었다. 모니카는 아침 식사가 끝난 뒤 빌라 안이 상대적으로 조용해진 틈을 타 슬쩍 버스 정류장으로 향했다. 광장 뒤 채소 가게 앞에서 가게 주인이 손님과 함께 춤을 추고 있었다. 어찌나 신이 났는지 둘 다 머리를 뒤로 젖히고 웃고 있었다. 이탈리아 사람들의 자연스러운 흥이 모니카를 사로잡았다.

옷가게는 10시가 되어야 연다기에 모니카는 다음 날의 머리 손질을 예약하러 미용실로 들어갔다.

미용실 안에서는 레리니에서 곧 열릴 '올해의 결혼식'을 놓고 심각한 토론이 벌어지는 중이었다. 결혼식의 주인공은 둘 다 이 지역 유지들의 자제인데, 미용사의 손녀가 그날 들러리 중 한 사람의 머리 손질을 맡게 되었다는 것이었다.

당연하게도 이 결혼식의 무대는 그랜드 호텔 델리 데이라고 했다.

단 한 가지 문제라면, 예비 신부가 속상해한다는 점이었다.

"호텔 측에서 같은 날 오후에 또 다른 결혼식을 잡아버리는 바람에 신부인 다니엘라는 자기 결혼식을 망치게 될까 봐 걱정이 태산이라는군요. 결혼 사진에 모르는 사람들까지 나올 테니까요."

미용사가 모니카에게 설명해주었다.

"이탈리아에서는 *레 포토 디 노체*결혼식 사진가 정말 중요하거든요."

"영국에서도 마찬가지예요. 결혼식 자체보다 결혼식 사진을 중히 여기죠."

"계약금을 그렇게 많이 내지만 않았어도 다른 결혼식장을 잡았을 텐데."

그러면서 미용사는 의미심장한 얼굴로 모니카를 바라보았다.

"빌라에서 결혼식을 할 수 있었더라면 참 좋았을 텐데 말이에요."

그 말에 모니카는 그저 어깨만 으쓱한 뒤 미용실 예약 장부를 넘겨보았다.

"내일 전시회에 가실 거지요?"

미용사가 그렇게 묻자 모니카는 레리니에 있는 사람들 중 콘스탄틴의 전시회 소식을 모르는 사람이 없다는 사실에 놀랐다.

"*바가본도* 행색으로 다니기는 하지만, 우리는 우리 동네의 유명 화가를 정말 좋아한답니다. 영어로는 뭐라고 하더라, '부랑자'였던가요?"

미용사는 다음 날 모니카의 예약 내용을 장부에 적다가 그녀에게 물었다.

"그런데 빌라에 숙녀분이 네 분이나 계시지 않나요?"

"여섯 명이에요! 저희 엄마와 빌라 주인의 어머니도 오셨거든요."

"그럼 특급 할인을 해드릴게요. 제가 빌라에 가서 모두의 머리를 손질해드리는 건 어떨까요? 내일 있을 파티는 정말 중요하잖아요! 로마에서 사진사도 온다던데!"

갑자기 모니카는 속이 울렁거렸다. 이렇게까지 거창한 행사일 줄이야. 모니카의 누드화를 전시장에 걸겠다는 콘스탄틴의 생각은 아직 변함없을까? 처음에는 장난 같았는데 이제는 겁이 났다.

콘스탄틴을 설득해서 못 하게 해야겠다는 생각이 들었다. 하지만 논란을 일으키길 좋아하는 콘스탄틴의 성격상 쉽지는 않을 것이었다.

"다른 분들한테도 머리 손질을 원하는지 물어볼게요."

모니카가 대답했다.

이제 옷가게도 문을 열었다. 모니카가 봐둔 검은 드레스는 완벽했다. 발목까지 오는 검은 실크 소재에, 한쪽 어깨에서 허리까지 이어지는 단순한 러플 장식 말고는 꾸밈이 없어 우아했다. 모니카의 생각보다 조금 더 길고, 생각보다 두 배는 비쌌지만, 알 게 뭐야. 내일 행사에서 최대한의 자신감을 가져다줄 멋진 옷이 필요했다.

"좋아, 그러자!"

앤절라가 웃었다.

"다 같이 머리 손질을 받는 것도 재밌을 것 같아."

"나도 좋아."

클레어가 말했다.

"미용실에서 머리를 하고 나면 사람이 달라 보이더라고."

그러나 실비는 고개를 저었다.

"난 그냥 평소대로 자연 바람에 머리를 말리는 게 좋아."

실비는 카르멘이라도 된 것처럼 머리를 홱 젖혀 보였다.

"나도 좋구나."

그웬도 기분 좋게 동의했다.

"그런데 내일 뭘 입으면 좋을지 모르겠네."

"이런 돈 낭비를 봤나!"

마리엘라는 그 말로 그웬의 제안을 묵살했다.

"고작 그림 몇 장 보자고 다들 왜 이렇게 요란법석을 떠는 건지 원."

"휴고 일은 어떻게 됐을까?"

클레어가 모니카에게 속삭였다.

"그날 점심 식사 이후로 앤절라가 휴고에 대해선 한마디도 안 했잖아."

"우리가 뭐라도 할 수 있으면 좋을 텐데."

"앤절라가 어떤 사람인지 알잖아. 우리가 끼어들지 않는 걸 제일 고마워할걸."

"그렇겠지."

네 사람 몫의 머리 손질을 예약한 뒤 모니카는 정원을 가로질러 콘스탄틴의 은신처로 가는 오솔길을 걸었다.

막 덤불에서 나오려는데 스파게티가 이를 드러내고 으르렁거리더니 펄쩍 뛰어 모니카의 품에 안겼다.

그토록 비밀스럽던 콘스탄틴의 집이 오늘은 딴판으로 달라져 있었다. 홍보 담당자들, 사진사들, 기자들이며 출장요리사들이 정원에 모여 내일 있을 큰 행사를 준비하는 중이었다.

귀도가 판지로 만든 실물 크기의 콘스탄틴 등신대에 반쯤 몸을 숨기고 서 있는 모습이 보였다.

"콘스탄틴은 언제 오나요?"

한 기자가 짜증 섞인 목소리로 물었다.

"이 괴상한 집까지 불러놓고, 이 등신대가 본인 대신 손님을 맞는 겁니까?"

"아닙니다."

불평에 시달리고 있던 홍보 담당자의 대답이었다.

"당연히 직접 오실 겁니다."

"정말이에요?"

모니카가 귀도에게 작게 물었다.

"당연하지요."

귀도가 고개를 끄덕였다.

"등신대는 장난으로 세워놓은 거예요."

"지금 콘스탄틴을 만날 수 있을까요?"

모니카가 스파게티를 귀도의 품에 떠안기며 물었다.

"가서 여쭤보고 오겠습니다."

5분 뒤 귀도가 돌아오더니 모니카를 데리고 계단을 올라 오솔길을 걸었다. 조그만 일광욕실 안에서 콘스탄틴이 모자를 쓴 채 담요를 한 장 덮고 햇볕을 쬐며 누워 있는 모습이 보였다.

"모니카, 반가워라. 오늘 정말 날씨가 좋지? 무슨 일이야?"

"허접한 아일랜드 억양은 그만 넣어두시고 저를 그린 그림을 전시회에 걸지 않을 거라고 약속해주세요."

"어떤 그림을 전시할지는 당일 아침에 결정하는데."

"어째서죠? 미리 걸어두어야 하지 않나요?"

"모니카, 미술사 지식이 부족하군. 내일은 베르니사주, 즉 나처럼 위대한 화가들이 정식 오프닝 전날 엄선된 몇몇 관람객들에게만 걸작을 선보이는 날이라고."

"벌써 다 선보이신 것 아니에요? 게다가 '엄선된 관람객'이라기에는 레리니 사람들 중 안 오는 사람이 없던데요."

"나만의 특별한 방식으로 그림을 걸 거야. 가만히 지켜보라고."

"콘스탄틴, 제발…"

"자, 모니카, 용기를 내라고."

"전 우리가 친구라고 생각했어요."

"모니카, 난 자기 친구야. 자기가 생각하는 것보다도 자기를 더 아끼는 친구지. 이제 핌스나 한 잔씩 마시자고. 귀도!"

하지만 주인의 취향을 너무나도 잘 아는 귀도는 이미 핌스가 든 병을 들고 대기하고 있었다.

"아페롤은요?"

"오렌지색 술은 금세 질려."

"이런 서커스가 질색이라 란짜렐라로 숨어드신 줄 알았는데요."

"맞아. 하지만 가끔 서커스도 해야 돈이 돌지. 이럴 때 별난 예술가 노릇도 해봐야 하지 않겠어? 자기도 알겠지만 평소에는 내가 워낙 재미없게 살잖아."

그 말이 하도 우스워서 모니카는 웃다가 콧구멍으로 핌스를 뿜고 말았다.

"고상하기 짝이 없구먼. 자, 이제 돌아가서 내일 친구들을 모조리 데리고 오라고."

"친구들이 문제가 아니에요. 엄마 때문에 불안한 거죠."

"걱정 마, 원래 어머니는 자식을 자랑스러워하는 법이야. DNA에 새겨진 본능이지."

"제 엄마의 DNA에는 그런 게 없나 봐요."

"그렇다면야 될 대로 되라지. 가는 길에 귀도에게 스파게티를 데려오라고 전해줘. 어정거리는 사람들한테 밟혀 죽으면 큰일이니까."

모니카는 돌아서려다가 용기를 짜내어 입을 열었다.

"콘스탄틴…"

"응?"

"귀도에게 모자를 좀 빨아달라고 하셔야 할 것 같아요."

다음 날 빌라는 잔치 분위기였다. 루이지가 아침 식탁에 꽃을 꽂았고, 이마쿨라타는 특제 스폴리아텔라 빵을 내놓은 데다가 저 멀리 정원에서 조반니가 나폴리 민요를 부르는 노랫소리까지 들려왔다.

"꼭 결혼식 날 아침 분위기네."

클레어가 웃었다.

요거트를 한술 떠서 입으로 가져가던 모니카가 갑자기 머릿속에 떠오른 어떤 생각에 그대로 멈췄다.

"모니카, 손에 숟가락 든 채로 바보처럼 뭐 하는 거냐?"

마리엘라가 매섭게 야단쳤다.

하지만 모니카의 귀에 엄마의 말은 들리지도 않았다.

실비와 토니가 발갛게 달아오른 얼굴로 함께 나타나자 두 사람이 방금 전까지 뭘 하다 왔는지 모두가 어렵잖게 짐작할 수 있었다.

"마리엘라, 언제까지 여기 머무르실 작정이세요?"

실비가 뾰족한 말투로 쏘아붙였다.

다행히 그때 비어트리스가 나타나 미용사가 도착했다고 알렸기에 모니카는 얼른 일어서서 문간으로 나갔다.

클레어가 어깨를 두드리는 기척에 돌아보니 남편 마틴이었다.

"다 같이 머리하는 동안 내가 저 늙은이를 데리고 나갈까?"

남편의 제안이 반가워 클레어는 미소를 지었다.

"최선을 다해서 녹초로 만들어놓을게. 수도원 정원에 갔다가 광장에서 점심을 먹고 돌아오면 지쳐 나가떨어질 테니 친구들과 몇 시간은 평화롭게 보낼 수 있을 거야."

그렇게 마리엘라라는 험상궂은 존재가 사라지고 나니 빌라 안의 분위기가 달라졌고, 이마쿨라타가 스파클링 와인까지 점심 식탁에 가져다 놓자 분위기는 한층 더 밝아졌다.

오후 5시가 되어서 모두가 전시회를 보러 갈 준비를 거의 끝냈는데도 마리엘라와 마틴은 돌아오지 않았다.

"둘이 눈이 맞아서 도망갔나 보지."

실비의 말이었다.

마침내 나타난 두 사람은 피곤하지만 기분이 좋아 보였다.

"집으로 돌아오려던 찰나 마리엘라가 성당 계단에서 사람들에게 축복을 전해주는 추기경을 발견했지 뭡니까."

"중세 시대가 따로 없네. 혹시 면죄부는 안 팔던가요?"

토니가 웃으며 대꾸했다.

"우스웠던 건 마리엘라가 일회용 카메라를 사자고 하더라고요."

"아직도 일회용 카메라 같은 게 나오는지 몰랐네."

앤절라의 말이었다.

"그런데 카메라를 사서 돌아오니 추기경은 떠나고 없었죠."

"구름을 타고 천국으로 갔나 보죠."

토니가 내린 결론이었다.

"그 자리에 신부님이 서서 불경하게 추기경 흉내를 낸 자가 누구냐고 고함을 지르고 있었답니다."

"분명 콘스탄틴이었을 거야."

모니카가 낮게 속삭였다.

"전시회 직전에 콘스탄틴이 할 법한 딱 그런 행동이잖아. 어찌나 짓궂은 사람인지."

전시회는 6시부터 시작이었기에 5시 45분이 되자 아직 옷을 갈아입는 중인 마틴과 마리엘라를 제외한 모두가 테라스에 모였다.

실비는 세 친구를 한참 바라보았다.

"늙은이 일행치고는 그리 나쁘지 않은 모양새인걸."

그러자 토니가 제안했다.

"지금 사진 한 장 남겨야겠네요. 제가 찍어드리겠습니다. 실비, 휴대폰 이리 줘. 자, 모두 모여서 '란짜렐라!' 하세요."

네 여자는 카메라를 보고 미소를 지은 뒤, 차례로 자기 휴대폰을 토니에게 건네주어 각자의 휴대폰에도 사진을 남겼다.

고상하게 차려입은 그웬이 도착해 모두 막 출발하려는 찰나 마틴이 나타나 일행 속에 끼었다.

마틴은 새로 산 아주 말쑥한 슈트 차림이었다. 평소와는 너무나도 다른 남편의 모습에 놀란 클레어는 몇 번이나 마틴의 모습을 재차 확인했다.

"사파리 복장으로 나타날 줄 알았는데 의외네. 이런 옷은 도대체 어디서 산 거야?"

"성당 뒤편에 숨겨진 가게들이 많더라고. 들어가서 입어 보자마자 샀지. 10분밖에 안 걸렸어. 살면서 한 최고의 쇼핑이었지!"

"그렇게 입으니 정말 근사하다."

그 말에 마틴이 한쪽 눈썹을 치켜올렸다.

"당신이 그런 말을 한 건 처음인걸, 여태까지는 내가 근사해 보인 적이 단 한 번도 없었던 모양이지?"

"여보, 내가 그렇게 못된 암소 같은 여자인 줄 알아?"

"만약 당신이 암소라면 말이야,"

마틴은 앤절라에게서 빌린 하늘색 '패브릭' 드레스를 입은 클레어를 바라보았다.

"태어나서 내가 본 가장 아름다운 암소일 거야."

카사노바에 비견할 정도는 아니었지만 꽤나 괜찮은 시도였다.

콘스탄틴의 파티에 참석한 사람들 중에서도 그들은 운이 좋았다. 털가시나무 숲속으로 딱 5분만 걸으면 그의 집이 나왔기 때문이다. 콘스탄틴의 집은 말도 안 되게 외진 곳에 있어서 평소엔 롤스로이스나 벤틀리까지 걸어가는 수고조차 하지 않는 갑부들까지도 란짜렐라 깊숙한 곳까지 들어온 다음에는 높고 가파른 길을 걸어서 오르는 수밖에 없었다.

전시회를 찾은 손님들은 젊고 아름다운 이들부터 어딘가 수상한 노인들에 이르기까지 이상한 조합을 이루고 있었는데, 모니카의 눈에는 페데리코 펠리니의 영화에 나오는 사람들이 따로 없었다.

"오늘 밤엔 로마와 포지타노가 텅텅 비었겠는데."

실비의 말이었다.

콘스탄틴이 말한 그림을 거는 방식이라는 게 무엇인지 모니카도 금세 알 수 있었다. 애초에 그림은 벽에 걸려 있지도 않았다. 그 대신 중정 안에 거대한 캔버스들이 특이한 각도로 온통 세워져 있었고 계단에도 그림들이 다양한 모습으로 놓여 있었다. 이유는 모르지만 수영장 물은 오렌지색으로 물들어 있었다.

웨이터가 군중 속을 돌아다니며 밝은 오렌지색 음료가 담긴 잔을 나눠주기 시작하자 사람들이 웅성거리기 시작했다.

"그레나딘 시럽이잖아!"

라텍스 소재의 착 붙는 드레스를 입어서 제시카 래빗조차도 옆에 세워놓으면 수녀처럼 보이게 할 것 같은, 허리까지 금발을 기른 여자가 화가 나서 외쳤다.

술이 아니었다. 이 또한 콘스탄틴의 장난이었으나, 사람들은 그 장난을 그리 유쾌하게 받아들이지 않는 것 같았다.

"클레어!"

앤절라가 급하게 클레어에게 다가왔다.

"루카에게 전화해서 첼로노를 가져오라고 해. 잔도 많이 챙기고! 지금이야말로 첼로노를 선보이기 딱 좋은 순간이야! 다들 술을 마시고 싶어 안달을 내고 있다고!"

클레어는 대답 대신 엄지를 치켜들고는 루카에게 곧바로 전화를 걸었다.

"콘스탄틴이 기분 나빠하지 않을까?"

실비가 물었다.

"상관하지 않을걸. 오히려 좋아할 거야. 사람들이 폭동을 일으키고 떠나버리기 전에 루카가 도착해야 할 텐데."

"귀도!"

모니카가 지나가던 귀도를 불러세웠다.

"정말 술은 하나도 없는 거야?"

"콘스탄틴 씨께서 사람들이 지나치게 술에 의존하는 문화가 문제라고 하셔서요."

"사돈 남 말 하네!"

지나가던 사람이 투덜거렸다.

"그건 그렇고 콘스탄틴은 대체 어디 있는 거야?"

모니카는 초조해서 발을 동동 구르고 싶은 심정이었다.

"그분은 드라마틱한 상황을 빚어내길 좋아하시잖아요."

"그건 성공이네. 폭동이 일어나지만 않는다면 말이야."

30분이 지나서야 초인종이 울렸다. 루카가 뒤에 그라지엘라, 비앙카, 심지어 브루노까지 달고 연한 레몬색 술이 담긴 쟁반을 줄줄이 들고 들어오더니 잔마다 프로세코와 탄산수를 살짝 부어 음료를 완성했다.

굶주린 이스라엘인에게 만나가 내려지기라도 한 것처럼 사람들이 달려들었다.

"아니, 이건 무슨 술입니까? 정말 괜찮은데요?"

"와, 이런 건 처음 마셔봅니다. 이름이 뭡니까?"

"첼로노입니다."

루카가 거창한 손짓과 함께 대답했다.

"새로 개발한 식전주랍니다."

그러면서 루카는 고맙다는 듯 클레어에게 눈을 찡긋해 보였고, 심지어 그라지엘라까지도 미소를 지었다.

"사진을 찍어서 소셜 미디어에 퍼뜨려."

앤절라의 조언이었다.

"'새로운 식전주가 예술계를 장악한 밤', 뭐 이런 제목을 붙이라고. 비앙카한테 맡기면 잘할 거야. 저기 봐, 피아트 집안의 상속자가 있네. 어서 가서 첼로노를 권해."

클레어는 한참이나 첼로노를 놓고 수선을 떨다가 간신히 조용해진 군중들을 바라보았다. 마실 술이라고는 첼로노밖에 없어서 더 신이 나서 마셔대는 것 같았다. 앤절라는 어떻게 이런 번뜩이는 아이디어를 낸 걸까?

그때, 이제 막 도착한 휴고가 수영장 옆에서 앤절라와 이야기 나누는 모습이 보였다. 혹시라도 자신의 도움이 필요할 경우를 대비해 클레어는 두 사람을 향해 살그머니 다가갔다.

"왜 전화도 안 받고, 문자메시지에 답장도 안 했습니까?"

그렇게 묻는 휴고는 무척 기분이 상한 듯했다.

"스티븐의 어머니가 작은 점심 파티를 열었어요. 아주 편안한 자리였죠. 저희 모두, 그리고 카스텔리니라는 이름의 부부가 참석한 파티였어요. 그분들이 당신이 어떻게 호텔을 손에 넣었는지 이야기해주었는데, 솔직히 말하면 상당히 놀랍더군요."

"저보다 그 늙은이들 말을 믿겠다는 겁니까? 분명 제가 그 사람들의 딸을 엇나가게 했다는 소리를 했을 테지요. 하지만 그 여자가 사람 미치게 하는 성격이었다는 이야기는 안 했겠지요? 제가 얼마나 노력했는지도 말하지 않았을 테고요."

앤절라는 가만히 휴고를 바라보았다.

"저는 본능에 의지해서 사람을 판단하곤 한답니다."

"그러니까 당신의 그 대단한 본능이 판단하기에 제가 나쁜 놈이라는 소리겠지요?"

그때 여전히 추기경 차림을 한 콘스탄틴이 모습을 드러내자 첼로노를 마신 덕에 한층 더 들뜬 군중들이 환호를 보냈다. 콘스탄틴은 온 세상에 축복을 내려주는 양 두 팔을 뻗고 걸어나왔다. 앤절라와 휴고 옆을 지나치는 순간 그는 발에 걸리는 것이 아무것도 없는데도 갑자기 미끄러지다가 휴고에게 부딪히며 간신히 넘어지는 신세를 피했고, 콘스탄틴에게 부딪힌 휴고는 포물선을 그리며 넘어지면서 수영장에 풍덩 빠졌다.

이 또한 콘스탄틴이 미리 계획한 장난이라고 여긴 군중들은 요란한 환호를 보냈다.

귀도가 수건을 들고 뛰어오더니 단단히 망신당한 휴고를 수영장 밖으로 끌어올렸다.

"당신 친구들이 날 뭐라고 생각하건 상관없어!"

휴고가 길길이 뛰었다.

"갱년기에 시달리는 할 짓 없는 할망구들 같으니!"

휴고가 폭발한 바로 그 순간 실비와 모니카도 그 자리에 도착했고, 실비는 참지 못하고 웃음을 터뜨렸다.

"뭐가 그렇게 우스워서 웃습니까?"

물을 뚝뚝 흘리며 휴고가 물었다.

"그게, 휴고, 당신 정말… 오렌지색이네요."

키득키득 웃어대는 사람들 사이로 성큼성큼 걸어가는 휴고 뒤로 기다랗게 오렌지색 물자국이 남았다.

"한동안은 저 친구 볼 일 없겠군."

콘스탄틴이 중얼거렸다.

"일부러 밀었군요!"

실비는 그렇게 빈정댔지만 신이 난 말투였다.

그러자 콘스탄틴은 짐짓 경건한 척 두 손을 모았다.

"하느님의 뜻은 다양하고도 다채로운 법입니다."

콘스탄틴이 손뼉을 쳐서 군중의 이목을 끌었다.

"자, 이제 오늘 밤의 하이라이트를 선보이겠습니다. 지극히 자랑스러운 새 그림이지요."

그가 한 발짝 물러서더니, 커튼에 가려진 채 머리 위 벽에 걸려 있던 그림을 드러냈다.

"아이고, 안 돼."

패닉에 사로잡힌 모니카가 콘스탄틴을 향해 속삭였다.

"설마 제가 생각하는 그 그림은 아니겠죠?"

17

"괜찮아, 모니카."

콘스탄틴이 응원의 말을 속삭였다.

"네게 필요한 게 바로 이거거든. 이제 그레이트 뭐라더라 하는 동네 사서라는 가면은 벗어버리자고."

콘스탄틴이 귀도에게 손짓으로 신호를 보내자 그가 줄을 잡아 당겼다. 높이 180센티미터짜리 캔버스를 가득 채운 모니카의 누드가 사람들의 눈앞에 펼쳐졌다.

예술계에서 굴러먹을 대로 굴러먹은 베테랑들조차도 이 그림의 모델이 콘스탄틴 바로 옆에 서 있는 여자임을 알아보고 깊은 인상을 받은 것 같았다.

모니카는 손으로 얼굴을 가리려 했지만 앤절라가 그러지 못하도록 모니카를 일으켜 세웠다.

"괜찮아, 그림을 봐. 너 너무 근사하다!"

그때 사람들 뒤쪽에 서 있던 마리엘라가 그림을 발견하고 충격에 사로잡혔다.

"모니카!"

마리엘라의 목소리가 울려퍼졌다.

"무슨 이런 짓을! 예순다섯 살이나 먹어서는 품위는 어디다 팔아먹은 게냐?"

모니카가 고개를 들어 그림을 바라보니 마리엘라의 눈에 비친 바로 그 모습이 있었다. 젊음도 아름다움도 잃어버린, 아니 처음부터 그런 것이 존재하지도 않았던 것만 같은 몸. 수치심이 밀려왔다. 이곳에 있는 사람들이 죄다 그녀를 비웃을 것만 같았다. 그때 누군가의 손이 모니카의 손을 꼭 쥐었다. 앤절라였다.

"넌 란짜렐라 여성 조합의 일원이잖아, 기억하지?"

그녀가 속삭였다.

"갱년기에 시달리는 자랑스러운 할망구들이라고. 우릴 실망시키지 않을 거지?"

모니카는 엄마를 등지고 앞으로 나섰다.

"고마워요, 콘스탄틴.「옷을 벗은 마하」,「잠자는 국가연금 관리자」, 그리고 스탠리 스펜서의「두 번째 아내」의 영광스러운 전통에 함께하게 되어서 무척 기쁩니다. 게다가 그림 속의 저는 엄청나게 근사하네요!"

사람들이 우레와 같은 박수를 보내자 모니카는 고개를 살짝 숙여 응답했다. 예술계 사람들은 어느 정도의 아이러니를 좋아하는 법이었다.

그런데 콘스탄틴은 아직 할 말이 남아 있었다.

"신사 숙녀 여러분, 잠시만 귀를 기울여주십시오. 술이라는 못된 악마로부터 여러분을 구하려던 저의 실험은 실패로 돌아갔지만, 이 새롭고도 신비로운 술이 구세주 노릇을 했군요."

그는 옆에 쟁반을 들고 서 있던 루카에게서 잔을 받아들었다.

"으음, 나쁘지 않군. 여기 있는 모니카는 내 뮤즈이자 친구가 되어주었습니다. 감사와 존경의 표시로 이 그림을 선물하고자 합니다. 모니카! 이제 이 그림은 진짜로 자기 거야!"

사람들이 충격을 받은 듯 숨을 몰아쉬었다. 콘스탄틴 오의 그림이라는 점에서도 가치는 충분했지만, 이런 대형 작품인 데다가 진품이라는 점이 이보다 확실할 수 없으니 그림의 가치는 어마어마할 것이었다.

"여기 있는 딜러와 상의한 다음에 최대한 빨리 시장에 내놓으라고."

콘스탄틴은 그렇게 조언한 뒤 목소리를 낮추어 덧붙였다.

"나만의 기술이 있다고 했던 거, 기억나지? 벽난로 위에 걸어둘 그림이야 언제든 또 그려줄 수 있으니까. 이제 엄마한테 가서 자기 인생에서 꺼져달라고 얘기해. 자기는 앞으로 평생 놀고먹어도 충분한 재산을 갖게 될 거야."

군중들이 모니카를 에워싸고 모여들자 실비가 모두에게 들릴 만한 큰 목소리로 속삭였다.

"그거 알아, 모니카? 너 정말 몸매 근사하다. 점심시간마다 수영을 해서 그렇겠지. 나는 몸매가 이렇게 엉망이라 어떡하니."

다음으로 모니카에게 축하를 전하러 온 것은 그웬이었다.

"정말 잘했다, 모니카. 그리고 네 엄마 마리엘라는 신경 쓰지 말렴. 이제 우리도 떠날 때가 됐어. 마리엘라에게 보여주었으면 하는 멋진 정원들이 시칠리아에 잔뜩 있어서 말이야."

모니카는 그런 그웬이 고마워서 미소를 지었다.

맨 마지막으로 다가온 사람은 엄마 마리엘라였다.

"네가 네 자신을 구경거리로 전락시켰다는 건 잘 알고 있겠지? 네 아버지가 안다면 도대체 뭐라고 할지 모르겠구나."

"아버지가 아신다면 아마 절 자랑스러워하시겠죠. 절 사랑하는 다른 모든 사람들과 마찬가지로요. 그리고 구경거리가 되었다니, 오히려 즐거운걸요. 애초 예술이라는 것의 의미가 바로 그것 아닌가요? 그리고 오늘 밤 사람들이 안타까워하는 상대가 있다면 그건 제가 아니라 엄마예요."

모니카의 대답이었다.

돌아서자 앤절라가 첼로노를 한 잔 들고 기다리고 있었다.

"잘됐어. 사실, 그리 나쁘지 않아. 마케팅을 잘하고 또 이탈리아 사람들이 다 따라 하지는 못 하게 비밀 재료가 있다는 점을 강조하면 어쩌면 대성공할지도 모르겠어."

저편에서 루카와 그라지엘라가 말끔하게 슈트를 차려입은 마틴과 함께 있는 클레어를 향해 다가가는 모습이 보였다.

"오늘 밤 이런 기회를 주셔서 고마워요."

먼저 말을 건 것은 그라지엘라였다.

"우리에게 필요했던 돌파구가 될 것 같아요."

열의가 담긴 그라지엘라의 목소리를 듣자 클레어는 그녀가 루카와 루카의 레몬을 진지하게 마주하고 있음을 알 수 있었다.

"잘됐으면 좋겠네요."

클레어는 목소리에 감정이 배어나오지 않게 하려 애썼다.

"이탈리아어로 행운을 빈다는 말은 어떻게 하죠?"

"*부오나 포르투나.* 하지만 이탈리아 사람이라면, 아마 *인 보카 알 루뽀*라고 할 거예요. 늑대의 입으로 들어가라는 뜻이지요!"

"그럼, *인 보카 알 루뽀!*"

"감사합니다."

그라지엘라는 필요 이상으로 오랫동안 클레어의 눈을 바라보았다.

클레어는 루카의 시선을 외면했다.

두 사람이 자리를 뜨자 마틴이 슬쩍 클레어를 팔로 감쌌다.

"당신, 괜찮아?"

클레어는 고개를 끄덕였다.

"괜찮아. 지난번 봤을 때보다 친절하게 구네."

"어쩌면 느리게 산다는 것의 의미를 깨닫고 있는 건지도 모르지."

클레어는 한숨을 쉬었다.

"그런가 봐."

"자, 이제 친구들한테로 가자고. 당신 지금 너무 기분이 처져 있어."

모니카는 콘스탄틴의 딜러와 대화를 나누고 있었다. 그림이 얼마에 팔릴지 물어본다면 궁상맞아 보일 거라 생각했지만, 의외로 그 화제를 먼저 꺼낸 것은 딜러였다.

"굉장히 참신한 일이 아닙니까? 콘스탄틴에게 이렇게 따뜻한 마음이 숨겨져 있을 줄 그 누가 알았겠습니까? 생각해봤는데, 콘스탄틴의 작품에 눈독 들이는 수집가들에게 당신을 소개해주면 흥미를 끌 수 있을 것 같습니다. 그 사람들은 새로운 것이라면 사족을 못 쓰니까요."

"제가 또다시 옷을 벗어야 할 필요가 없다면 좋아요."

"축하합니다!"

뒤에서 들린 목소리에 돌아보니 마구간 관리인 닉이 서 있었다.

"이제 그레이트 미센든은 잊고 사시겠군요. 어쩌면 비콘스필드도 보이콧하실 수 있겠어요."

모니카가 웃었다.

"당신도 콘스탄틴과 친분이 있을 줄은 몰랐네요."

"우리 같은 특이한 부랑아들을 진공청소기처럼 빨아들이고 다닐 사람이 콘스탄틴 말고 또 있겠습니까?"

519

모니카는 닉을 위아래로 훑어보며 물었다.

"오늘은 슈트를 입으셨네요?"

"시비 거는 건 아니시지요?"

닉이 씩 웃었다.

"때때로 와일드 번치*처럼 되려고 애쓰기는 하지만 일단 저도 영국인이잖습니까?"

"미안해요, 무례한 말이었어요."

"무례하긴요. 정말입니다. 남들처럼 14년이나 회색 교복을 입고 학교에 다녔으니 저도 남들만큼이나 양복은 지긋지긋합니다. 어쩌면 남들보다도 더 치를 떨지도 모르겠습니다. 하지만 콘스탄틴은 예측불허니까요. 부랑자 몰골로 나올 수도 있고, 추기경 복장으로 차려입고 올지도 모르니까 정장을 입는 게 안전하다고 생각했습니다."

"사립학교 출신이라는 뜻이군요?"

"이런, 제 가장 깊은 비밀을 이렇게 들켜버리고 말다니요."

닉은 저쪽에서 실비와 토니가 모니카를 향해 손짓하고 있다는 걸 알아차렸다.

"친구분들이 저쪽에서 부르고 계시는데요."

"아, 그렇군요."

잠깐이었지만 그녀는 아쉬움을 느꼈다.

"이제 가봐야겠어요. 다시 만나서 반가웠어요."

"저도 마찬가지입니다."

저쪽에서 콘스탄틴이 흥미진진하다는 표정으로 이쪽을 바라보

---

* 서부 개척 시대의 강도단.

고 있음을 안 모니카는 그가 이번엔 또 무슨 생각을 하고 있는지
궁금해졌다.

＊

그웬은 약속을 지켰다. 다음 날 아침 그웬은 택시를 불러놓았으
니 마리엘라와 함께 나폴리에 가서 야간 페리를 타고 시칠리아로
갈 거라고 선언했다.

"너무 재미있었단다, 애들아! 너희들이 스티븐을 위해 이렇게
열심히 애쓰고 있다는 사실을 알면 그애도 감동할 거야."

"무슨 소리세요, 그웬."

앤절라가 놀리듯이 말했다.

"빌라를 손에 넣겠다는 휴고의 음모에 우리를 눈뜨게 해준 건
그웬이시잖아요. 그러면 이제는 스티븐에게 확신을 주실 차례겠
군요?"

"스티븐은 네 조언을 들을 거다. 확실해."

그렇게 말한 뒤 그웬은 크루아상을 하나 더 먹었다.

"시칠리아에 가면 여기만큼 파란만장한 일은 없겠지. 그래도 나
이가 나이인 만큼 아무 탈 없이 잔잔해서 나쁠 건 없지. 그런데 모
니카, 네 엄마는 왜 여태 안 내려오고 있을까? 네가 가서 한 번 살펴
보고 오겠니? 평소에는 나보다 일찍 준비해 나오던데 말이다."

모니카는 '종말의 방' 문을 두드렸다. 대답이 없자 그녀는 조심
스레 문을 열어보았다.

엄마는 아직도 잠옷 차림으로 무릎에 아이패드를 놓고 침대에

걸터앉아 있었다.

"네 아버지도 그 그림을 보았다는구나. 누가 트위터에서 보고 보내주었대."

거기까지 말한 마리엘라가 고개를 들어 모니카를 보았다.

"네 말대로구나. 자랑스러워하네."

모니카는 엄마 옆에 앉았다. 화장기도 없고 평소처럼 머리를 단정하게 손질하지도 않아 어쩐지 무방비해 보이는 엄마는 문득 한층 늙고 우울해 보였다.

"네 그림이 아주 큰돈이 될 거라는구나. 미술품 투자자들에게 자문해주는 브로커에게 물어보았더니 네가 그 돈으로 멀쩡한 집도 구할 수 있을 거라고 하더라."

"콘스탄틴이 염두에 둔 게 그 점이었을 거예요."

"하지만 난 그 사람이 왜 너를 모델로 쓴 건지 도통 모르겠구나."

엄마는 진심으로 혼란스러워하는 것 같았다.

"저에게서 무언가 평범치 않은 것이 보였다고 했어요."

그 말을 떠올리며 모니카는 미소를 지었다. 아주 오래전의 일처럼 느껴졌지만, 실은 얼마 지나지도 않은 일이었다.

"어쩌면 저에게 뭐라 규정하기 힘든 요소가 있나 보죠."

마리엘라는 모니카를 가만히 바라보았다.

"그런 것 같구나. 사실, 난 네가 남의 눈에 띄기 싫다던 게 이해가 안 됐어. 그렇게 말해놓고선 이런 짓을 하다니."

마리엘라는 도무지 갈피가 잡히지 않는다는 듯 고개를 설레설레 저었다.

"네가 안쓰러워 그런 모양이다."

모니카는 포기에 가까운 심정이 되었다. 아무리 노력한들 엄마의 눈에 자신은 어차피 실패자이자 동정의 대상에 지나지 않을 것이다. 하지만 콘스탄틴의 눈에, 그리고 란짜렐라 여성 조합의 눈에는 그렇지 않았다.

엄마가 모든 걸 망쳐버리게 두지는 않을 것이다.

"전 콘스탄틴이 좋아요. 그분은 저에게 마음을 써줬거든요. 더 자신감을 가지고 용기를 내라고 했어요. 그래서 그 말대로 했죠."

"내가 보기에 여기서의 넌 자신감이 넘치는 것 같구나. 이곳에서 네가 어떻게 지내는지를 내 눈으로 봤잖니. 너는 왠지 사람들의 중심에 서 있는 것 같아."

"제가요?"

모니카는 깜짝 놀랐다. 사람들의 중심을 차지하는 건 개성이 강한 실비, 아니면 유능한 앤절라의 몫이 아닌가? 엄마가 왜 이런 말씀을 하시지?

"나도 항상 중심이 되고 싶었지만, 사람들은 그 때문에 나를 싫어하더라."

마리엘라가 시선을 돌렸다.

"그런데 너는 사람들의 중심에 있으면서도 사람들의 호감을 얻고 있구나."

그러더니 그녀는 딸의 손을 잡았다.

"모니카, 넌 달라졌어. 전시회 때는 미안했다. 나도 널 자랑스러워했어야 하는데 말이야. 물론, 어젯밤이 아니더라도 말이다."

어느새 눈물이 차올라 눈앞이 흐려지는 바람에 모니카는 급히 고개를 돌렸다. 엄마가 미안하다고 말한 건 처음이었다.

"너무 늦은 건 아니었으면 좋겠구나."

거의 들리지 않을 정도로 가느다란 목소리로 마리엘라가 덧붙였다.

"아래층으로 내려오세요."

모니카가 아주 잠깐 엄마를 끌어안았다가 놓았다.

"그렇지 않으면 그웬이 크루아상을 다 잡수실지도 몰라요."

＊

앤절라는 보는 즉시 전화 달라는 드루의 문자메시지를 바라보
았다.

분명 중요한 일이겠지. 지금까지 드루는 그녀의 도움 없이 런던
의 일을 전부 맡아 처리하고 있었으니 말이다.

앤절라는 세인트 크리스토퍼 플레이스에 있는 '패브릭' 본사에
전화를 걸었다.

드루가 전화를 받았다. 엄청나게 시끄러운 음악 소리가 들렸는
데, 그녀가 좋아하는 노래인 템테이션의 「겟 레디」였다.

"안녕, 드루. 나 앤절라야. 사기를 끌어올리려고 사무실 안에 탐
라 모타운 노래를 크게 틀어놓은 거야?"

그 말에 드루는 웃었다.

"사실 길 건너 버거 바에서 틀어놓은 음악입니다. 충격과 공포
로 느껴지시겠지만 요즘 사무실 창문을 열어두거든요. 드디어 런
던에도 봄이 왔으니까요. 이제는 당신만 화창한 날씨를 즐기는 게
아니라고요."

앤절라는 햇살 속 세인트 크리스토퍼 플레이스를 머릿속에 떠
올렸다. 노천 카페들에 사람들이 들어차고, '직소' 매장 앞에 놓인
여러 가지 색깔의 코끼리상을 사람들이 카메라에 담고 있을 모습

을 상상하자 갑자기 그곳이 그리워서 가슴이 찌릿하게 아파왔다.

"그래, 중요한 소식은 뭐야?"

"그쪽에서 계약서를 준비해왔습니다. 오셔서 직접 서명하려 하실 것 같아서요."

"계약서를 항공우편으로 보내주면 내가 여기 증인들 앞에서 서명해도 되지 않겠어?"

순간적으로 런던이 그립긴 했지만, 이상하게 돌아가기가 망설여졌다.

"와, 평소답지 않으시네요. 강박에 사로잡혀 있던 앤절라는 어디로 사라진 겁니까? 제가 기뻐할 일이겠죠? 이제 '패브릭'만큼 중요한 다른 것도 생기셨나 봅니다."

앤절라는 혼자 미소를 지었다. 우정이란 '패브릭'만큼이나 소중한 것이었다. 그런데 바로 그 순간, 만약 이 빌라를 호텔로 바꿀 필요가 없다면 언제까지 이곳에 머무를 수 있을까 하는 생각이 들었다. 어쩌면 난 현실을 외면하고 있는 걸까? 그것도 외로움 때문에?

드루는 그녀의 마음을 읽은 듯했다.

"언제쯤 돌아오실지 생각해두셨습니까? 지금쯤이면 버클리 스퀘어의 나이팅게일도 노래하기 시작했을 텐데요."

"생각 좀 해볼게."

"거금이 생겼으니 무엇을 할지도 생각해보세요. 일찍 은퇴해서 몬테카를로에서 여생을 즐기는 타입은 아니잖아요."

그 말에 앤절라는 몸서리를 쳤다. 그녀도 몬테카를로에 가본 적이 있었다. 쪼글쪼글한 늙은이들이 탈세하려고 우글우글 모여들어 햇볕에 익어가는 곳이었다. 금 목걸이는 살 수 있어도 빵 한 조각 사기는 어려운 그런 곳이었다. 그래도 너무 늦기 전에 앞으로의 계획을 생각해두어야 하겠지.

"연락할게. 일단은 항공우편 받을 주소를 이메일로 보내두겠어."

"알았습니다. 목소리가 좋네요, 앤절라. 여유롭고 행복하신가 봅니다."

앤절라는 웃었다.

"사람 착각한 건 아니고?"

전화를 끊고 아래층으로 내려오자 택시를 타고 떠나는 그웬과 마리엘라를 배웅하려고 모두 모여 있었다.

"잘 있으려무나, 앤절라. 휴고 일은 미안하게 됐어."

"미안해하실 것 없어요. 일찍 알게 되어서 오히려 다행이죠."

그 말이 거짓말임을 서로가 모를 리 없었으나, 그럼에도 상처받은 자존심을 숨기려면 필요한 거짓말이었다.

그웬이 앤절라의 손을 꼭 잡았다.

"있고 싶은 만큼 지내다 가려무나. 모두들 여기서 너무나 잘해주고 있으니까."

"시칠리아에서 좋은 시간 보내세요!"

모두가 그웬과 마리엘라를 향해 이구동성으로 말했다.

"잘 있으려무나, 모니카."

엄마 마리엘라는 아직도 평소의 거만한 모습을 완전히 되찾지 못한 상태였다. 어쩌면 그녀에게 찾아온 이 새로운 겸손이 한동안 사라지지 않는지도 모르겠다. 하지만 모니카는 엄마가 의기소침한 모습을 보자니 타이어에 구멍이 뚫린 벤틀리라도 보는 것처럼 불편한 감정이 들었다. 자신만만한 엄마에게 어울리지 않았다.

그웬 일행이 떠나고 나자 어쩐지 빌라에 작은 먹구름이 드리운 듯 분위기가 가라앉았다. 마틴은 이 분위기를 금세 알아차렸다.

"오늘 저녁 식사는 파티인 셈 치고 다들 차려입고 모이는 게 어떨까요?"

"좋은 생각입니다."

토니가 거들었다.

"뭐, 가장무도회 복장이라도 하라는 건가요?"

앤절라가 몸서리를 치며 물었다.

"아니, 그런 것 말고 고요하면서도 세련된 시간을 보내보자고요."

다들 신나게 웃음을 터뜨렸다.

"아니면 어디 외출이라도 하든지요."

그러나 아무도 외출을 원하지는 않는 듯했다.

"해 질 녘에 수영장 옆에서 술이라도 한잔씩 할까요?"

"그러면 이마쿨라타가 저녁 준비를 하는 시간이 너무 늦어지지 않겠어요?"

모니카가 물었다.

"여덟 시 반이나 되어야 해가 지잖아요."

"그럼 오늘 저녁엔 고용인들을 쉬게 하고 우리끼리 요리를 해 먹는 건 어떨까요?"

클레어가 제안했다.

"정말 좋은 생각입니다!"

그렇게 그들은 이곳에 도착한 이래 처음으로 빌라에 고용인들 없이 자신들끼리만 남게 되었다. 고용인들이 떠나기 전 비어트리스가 수줍은 듯 클레어에게 다가왔다.

"*키아라*, 첼로노 사업이 얼마나 잘 되고 있는지 몰라요. 루카와 그라지엘라가 당신에게 아주 고마워하고 있어요."

클레어는 애써 미소짓고는 요리를 계속했다. 클레어는 화단에 있는 아스파라거스를 따서 녹인 버터와 직접 만든 빵을 곁들인 전채요리를 만들었고, 메인 코스로는 냉장고에 있는 송아지 고기로 송아지 파르미지아나, 마지막으로 특제 레몬 타르트까지 내왔다.

그들이 테라스에서 저녁 식사를 하는 동안 사람대접에 능한 토니가 고용인들을 택시에 태워서 자신이 제일 좋아하는 레스토랑으로 보냈다. 식사비는 토니가 지불할 예정이었다.

막 저녁 식사를 시작할 무렵 실비가 하늘을 가리키며 외쳤다.

"저것 좀 봐! 해가 지는 동시에 달이 뜨네!"

모두들 머리 위에 펼쳐진 마법 같은 장면을 바라보았다.

"여긴 세상에서 가장 아름다운 곳일 거야."

클레어가 중얼거렸다.

다들 이 경이로운 빌라와 멋진 위치를 생각하며 입을 다물었다.

그때 클레어가 내키지 않는 질문을 억지로 끌어내기라도 하는 듯 물었다.

"그럼, 우린 언제까지 여기 머물게 되는 걸까?"

누군가 신성모독이라도 저지른 듯 다들 숨을 죽였다.

한참이 지나 먼저 입을 연 건 앤절라였다.

"사실 우리가 스티븐에게 그리 큰 도움이 된 건지 잘 모르겠어. 물론, 휴고 로버트슨에게 빌라를 팔지 못 하게 하는 데까지는 성공했지만, 아직 답하지 못한 질문이 있잖아. 스티븐이 직접 호텔을 여는 것에 대해서 말야."

"호텔을 만든다니, 솔직히 아깝지."

실비가 한숨을 쉬었다.

"내가 인테리어 계약을 딸 수 있다 치더라도 말이야."

"어차피 돈도 많은데 그냥 빌라는 이대로 두면 안 되는 걸까요?"

마틴이 물었다.

"아마 이렇게 아름다운 곳을 독차지하고 그저 놀려두기가 신경 쓰여서겠지."

"별장으로 빌려줄 수도 있겠지?"

"하지만 그만한 재력을 가진 사람이 많겠어? 토할 만큼 돈이 많은 부자가 아니라면야."

클레어가 얼굴을 찌푸렸다.

모니카는 용기를 끌어모았다. 엄마도 내가 사람들의 중심에 있다고 했어. 이제 용감해질 때야.

"우리가 할 수 있는 일이 하나 있어."

모두가 모니카에게 시선을 집중했다.

"말해 봐."

앤절라가 격려하듯 웃어 보였다.

"우리가 오기 전까지, 고용인들이 이 빌라를 결혼식장으로 대여했었대."

모니카가 흐릿하게 인쇄된 전단지를 꺼내놓았다. 전단지에는 등꽃으로 뒤덮인 퍼걸러 아래에서 결혼식이 진행되는 장면이 담겨 있었다.

"상당히 좋은 가격에 빌려주긴 했지만, 위험 요소가 있었어. 스티븐이 오기라도 하면 결혼식을 취소했거든."

"그런 상황에서도 여기를 쓰려는 사람들이 있었대?"

"장소가 너무 아름다운데다 가격도 비싸지 않아서 결혼식이 취소될 경우를 대비해 두 번째 계획까지 준비할 만도 했나 봐."

"말도 안 돼!"

실비는 고개를 설레설레 저었다.

"비어트리스와 이마쿨라타 같은 사람들이 뒤에서 그런 짓을 하고 있었단 말이야?"

"콘스탄틴이 말해준 걸 잊지 마. 그렇게 번 돈의 절반은 빌라 유지비로 사용했다잖아? 그리고 여긴 이탈리아라고."

모니카가 고개를 끄덕였다.

"사실, 곧 결혼식이 열린대. 레리니의 미용사가 얘기해줬어. 원래는 그랜드 호텔 델리 데이에서 열릴 예정이었지만 호텔 측에서 같은 날 오후에 다른 결혼식을 잡아버렸다지 뭐야. 신부가 너무 화가 나서 어마어마한 계약금을 이미 지불했는데도 식장 대여를 취소할 생각인가 봐."

"그런데 그게 우리랑 무슨 상관이 있어?"

실비가 물었다.

"스티븐이 이 근사한 빌라와 다정한 고용인들을 유지하는 동시에 양심의 가책도 느끼지 않을 방법을 쭉 생각해봤어. 여길 지역민들을 위한 결혼식장으로 만드는 거야. 텍사스에서 온 여자들이 신부 파티를 벌이는 리츠 호텔처럼 호화로운 곳 말고, 지역의 자원을 활용하는 거지."

"우아한 마을 회관 같은 느낌으로?"

클레어가 물었다.

"바로 그거야. 멀리 보면 결국 스티븐도 허락해줄 거고, 그럼 그 역시 늘 출타 중인 집주인이 아니라 란짜렐라에 기여하는 사람이라는 느낌을 받겠지. 곧 있을 결혼식이 그 시작이 되는 거야. 양쪽 집안 모두 이 지역 사람들이거든."

"하지만 우린 결혼식을 꾸려본 경험이 없잖아."

앤절라가 반기를 들었다.

"아직까지는 그렇지."

실비도 인정했다.

"그래도 난 한번 시도해보고 싶네."

"우리 모두 힘을 합치면 정말 멋지게 해낼 수 있을 거야."

모니키는 어느새 열띤 어조가 되어 있었다.

"특출난 비즈니스 감각을 가진 앤절라가 총 지휘를 맡고, 실비가 장식을 도맡고, 클레어는 음식 담당, 나는 꽃을 맡을게."

모두 아무 말 없이 침묵했다.

한참 만에야 클레어가 입을 열었다.

"솔직히 말하자면, 난 이 아이디어 마음에 들어."

"그런데 결혼식이 정확히 언제야?"

실비가 물었다.

"오는 토요일로부터 2주 뒤."

모두가 헉 하고 숨을 들이마셨다.

"저기, 혹시나 남성의 의견이 필요하실까봐 하는 말인데, 물론 필요 없으시겠지만요. 그래도 제 생각엔 여기 모인 여성분들은 마음만 먹는다면 못 해낼 일이 없을 겁니다."

마틴이 끼어들었다.

"맞아요, 마틴과 제가 바텐더를 맡겠습니다."

토니도 마틴의 의견에 힘을 보탰다.

"다들 정신 좀 차려!"

언제나처럼 현실적인 앤절라였다.

"술에 취한 건지, 달빛에 취한 건지, 다들 머리가 어떻게 된 것 같아! 식탁이나 치우자고."

"앤절라 말이 맞는 것 같아."

모두가 식탁을 정리하는 사이 클레어도 인정했다.

"다들 좋은 밤 보내요."

모니카는 다들 침실로 돌아간 뒤에도 한동안 그 자리에 남아 달을 바라보았다. 조만간 앞으로의 일들을 결정해야 하는 때가 올 것이다. 지금의 모니카에게 확실한 건, 만약 자신이 제안한 결혼식이 성사되지 않는다면 이 특별한 장소, 그리고 그보다 더 특별한 사람들을 너무나도 그리워하게 될 거라는 사실뿐이었다.

다음 날 아침, 앤절라는 그날따라 보아디케아처럼 맹렬한 기운을 풍기며 아침식사 자리에 나타났다. 그녀는 종이 다발이 잔뜩 든 봉투 하나를 들고 있었다. 앤절라가 선언했다.

"자, 다시 한번 생각해봤어. 방금 휴고의 호텔에서 엄청난 금액의 청구서가 도착했어. 그웬과 마리엘라가 묵기로 한 숙박일수에 대한 비용인데, 취소 수수료가 천문학적이야. 보통은 취소 비용으로 하루 숙박비를 지불하는데, 두 분이 사흘짜리 패키지를 예약했다 이거지. 자, 휴고가 나한테 이 청구서를 보낸 게 무슨 뜻이겠어? 전쟁 선포야! 일단, 스티븐이 이곳에 별안간 나타나지 않을지 한 번 더 확인해야 해. 안 온다는 게 확실하면 그 다니엘라라는 아가씨 결혼식을 승낙하자고. 한 팀으로서 열심히 해야 하는 데다가 지금 당장 시작해야 돼. 하지만 우리가 괜히 란짜렐라 여성 협동조합이 된 게 아니잖아? 그러니까 모니카, 그 미용사를 찾아가서 예비 신부가 진심인지 알아봐. 진심으로 결혼식장을 바꿀 거라면, 자, 모두들 *안디아모*! 우리가 결혼식을 여는 거야!"

18

"뭘 부탁했다고?"

이번에는 쉽게 놀라지 않는 실비조차도 충격을 받았다.

"다니엘라는 빌라에서 결혼식을 하는 데 적극 찬성이래."

모니카가 설명했다.

"신부 가족과 신랑도 마찬가지고. 물론 신부 육촌도 그렇겠지. 그런데 신부가 그날 빌라에 조반니도 있을지를 특히 궁금해하더라. 알고 보니 우리 조반니가 이 동네에서 꽤나 이름을 날리나 봐."

"세상에."

앤절라는 입술을 깨물며 킥킥 웃을 수밖에 없었다.

"전혀 신부답지 않은 일인데?"

"그래. 조반니와 마술 지팡이는 잊어버리고 이제 현실적으로 해야 할 일을 생각하자고."

앤절라의 손에 의사봉이라도 있었다면 아마 그녀는 그것을 쾅쾅 두들겼을 것이다.

"너희 중에 자녀가 있는 사람도 있잖아. 혹시, 예전에 결혼식을 치러본 사람 있어?"

실비가 한숨을 쉬었다.

"내 딸은 결혼식을 직접 꾸렸어. 어쩌나 소박했는지 혼인신고를 하고 식당에서 점심 먹고 끝났어. 나도 가서 축하해주는 거 말고는 아무것도 못 하게 하더라. 심지어 돈을 준다는데도 받지 않아서 마음이 좀 상했어."

사실 실비의 딸은 어머니의 옛날 히피 스타일을 싫어했기에 어머니에게 결혼식을 맡겼다간 향을 피우고 「튜블러 벨」*을 틀기라도 할까 봐 겁을 냈던 것이다.

"제발 카프탄**은 입고 오지 마세요."

딸이 한 말은 그게 전부였다. 신혼집을 꾸며주겠다는 실비의 제안도 거절했다. 실비는 상처를 받고 의기소침해졌지만 토니가 요즘 젊은이들은 다 그런다며 위로해주었다. 자기들끼리 결혼식을 직접 계획하고, 결혼 선물은 존 루이스 백화점에서 현금으로 바꾼 다음 쇼어디치***의 디자이너가 만든 제품을 딱 하나만 산다는 것이었다.

며느리 벨린더를 생각하니 클레어는 죄책감이 느껴졌다. 만약 그녀가 벨린더를 마음에 들어 했다면 아들과 벨린더도 결혼식을 치렀을 것이고, 어쩌면 클레어에게 결혼식 출장요리를 부탁했을는지도 모른다.

앤절라는 자신이 감정의 벌레가 그득 들어 있는 깡통을 열어버렸다는 사실을 알아채고 능숙하게 화제를 전환했다.

"먼저 결혼할 두 사람을 불러다가 어떤 결혼식을 원하는지 물어보자."

"물론 우리가 아주 약간만 설득하면 될 거야."

실비가 참지 못하고 덧붙였다.

"이탈리아의 결혼식은 상당히 격식을 갖추겠지? 영국에서 유행

* 영화 「엑소시스트」 배경음악.
** 소매가 길고 양 옆이 길게 트여 있는 형태의 치렁치렁한 드레스.
*** 런던에 위치한 예술가의 마을.

하는 것처럼 시들시들한 야생화로 장식하고 스물다섯 명의 신부 들러리가 카우 파슬리를 한 다발씩 드는 그런 결혼식은 아닐 거 아니야. 이 빌라는 바로크풍 근사한 결혼식에 어울릴 거야. 진짜 메디치 가문 결혼식처럼 꾸밀 수 있을 텐데!"

"메디치 가문에서는 손님을 독살하지 않았어?"

클레어가 물었다.

"그건 보르자 가문일걸."

모니카가 낄낄 웃으며 대답했다.

그렇게 신부가 될 다니엘라와 그 어머니를 초대해서 빌라를 보여주고 어떤 결혼식을 원하는지—실비가 옆에서 약간 부추기면서—결정하기로 했다.

"그리고 절대 조반니 이야기는 입 밖에 내지 마!"

앤절라의 주장이었다.

"하지만 그 전에 고용인들을 전부 불러서 대화를 나누고, 그 은밀한 거래를 확실하게 넘겨받아야겠어."

*

클레어가 참석해본 회의 중 가장 기묘한 직원회의였다. 회의 장소는 테라스였고, 등꽃과 라벤더, 야생 세이지 향이 풍기고 벌들이 붕붕 소리를 내며 날아다니는데 앤절라의 노트북 컴퓨터에는 나비가 한 마리 내려와 앉았다.

비어트리스와 이마쿨라타, 루이지와 조반니는 마치 총살형이라도 당하러 끌려온 것 같은 표정이었다. 두 여자와 루이지는 언젠가 이런 날이 올 줄 알고 있었다는 듯이 고개를 푹 숙이고 앉아 있었다. 조반니는 평소처럼 고개를 바짝 곧추세워 완벽한 옆얼굴을 드러낸 채, 셔츠의 단추를 풀어 겉으로 드러나 보이는 것보다 숨겨진 부분이 한층 더 섹시할 몸매를 은근히 드러내며 그리스 남신같이 빼어난 외모를 자랑하고 있었다.

앤절라는 까다로운 말을 통역해줄 모니카를 오른편에 앉히고 상석에 앉았다. 권위적인 습관을 가진 앤절라가 상황을 주도하려 해도 아무도 개의치 않는 몇 안 되는 상황이었다.

"먼저, 우리가 이곳에서 영영 잊히지 않을 멋진 시간을 보내고 있고, 또 여러분의 마음 씀씀이가 너무나 고맙다는 이야기부터 하고 싶어요."

이마쿨라타가 애써 미소를 지었지만 사형수 독방 같은 분위기는 사라지지 않았다.

"여러분도 우리가 왜 이곳에 왔는지, 스티븐이 무슨 생각일지 여러 가지로 상의를 해보았겠지요. 제 생각에 스티븐 자신도 확신은 없는 것 같아요. 스티븐은 이곳을 좋아하지만, 이곳을 혼자만 즐기는 일에 죄책감을 느끼고 있는 것 같아요. 그리고 이제는 여러분도 그랜드 호텔 델리 데이의 소유주가 했던 제안이 무엇인지 다 알고 계실 거라고 생각합니다."

그 말에 이마쿨라타와 비어트리스가 불안한 표정을 주고받았다.

"우리가 마땅히 해야 할 조언은 그렇다 치고, 우리는 이 빌라가 너무나 소중하고 특별해서 호텔 체인에게 팔리면 망쳐지기만 할 거라고 생각해요."

그 순간 모두가 환호성을 지르는 바람에 모니카의 다음 말이 잠시 묻혀서 들리지 않았다.

"물론 스티븐이 꼭 우리 말을 들어야 할 이유는 없어요. 우리는

536

전문가가 아니라 단지 스티븐의 친구이자 레 시레누세와 사랑에
빠진, 그래서 이곳이 영원하기를 바라는 사람들일 뿐이니까요. 하
지만 우리에게도 계획이 있습니다."

"저희가 보기엔 스티븐은 정말 이 빌라를 아끼고 계속 유지하
고 싶지만, 자주 찾아오지 못해 걱정하는 것 같아요. 하지만 이 빌
라를 때때로 지역 사람들을 위해 쓴다면 어떨까요? 예를 들어, 결
혼식 장소로 활용한다면요? 스티븐이 허락해주기만 한다면 말이
에요."

앤절라는 이 말속에 앞으로는 벌어들인 돈의 절반을 돌려준다
해도 개인적인 이익을 얻지 못 하게 될 거라는 뜻을 모두가 알아
들었는지 확인하려고 고용인들 하나하나를 반짝이는 눈으로 둘러
보았다.

"결혼식을 열어보고, 이 아이디어가 성공적인지 확인해볼 것을
제안합니다. 만약 성공한다면 앞으로도 이 빌라를 결혼식장으로
쓰자고 스티븐을 설득할 겁니다. 그러니 앞으로 2주일이라는 시간
동안, 여러분의 도움을 얻어서… 물론 여러분이 이전에도 이런 일
을 해보았다는 건 알고 있어요."

예전에 자신들이 한 일을 직접 지적하는 그 말에 고용인들은 불
안한 눈빛으로 서로를 바라보았다.

"다니엘라 디 아고스티와 마르코 모레티의 결혼식은 이곳 빌라
레 시레누세에서 열릴 겁니다. 다니엘라와 그 가족들은 결혼식 날
밤에 이곳에서 묵고 싶다는군요."

조반니의 잘생긴 얼굴에 섹시한 미소가 느릿하게 번졌다. 앤절
라가 그를 똑바로 바라보았다.

"또, 우리는 예비 신부에게 어울리는 최고의 예우로서 다니엘라

를 대할 것이고요. 분명히 알아들었지요?"

조반니는 또 다른 선택지 같은 건 전혀 모른다는 듯이 순진한 눈으로 두리번거렸다.

"그러니까, 모두 행운을 빌어요. 아주 열심히 해야 할 거예요."

"인 보카 디 루뽀!"

모니카는 그렇게 말하면서, 루카에게 똑같은 말로 행운을 빌어 준 지 얼마 되지 않았다는 생각을 했다.

그들은 이 계획을 시작한 이래 처음으로 웃음을 터뜨렸다.

"인 보카 디 루뽀!"

"행운이 많이 필요할 텐데요."

나중에 토니에게 이 회의 내용을 설명해주자 그가 한 말이었다. 그가 제기한 의문은 두 가지였다.

"그 계획을 실현하려면, 여기 언제까지 머물러야 하는 걸까요? 그리고 갑자기 스티븐이 이곳에 나타나면 어쩔 셈입니까?"

"첫 번째 질문은 패스, 두 번째 질문도 패스!"

앤절라는 자지러지게 웃어댔다.

"솔직히 그 점에 대해선 아무 계획도 없어요. 어른이 된 이래 처음으로 즉흥에 몸을 맡기고 있는 거랍니다. 정말 무섭네요. 하지만 분명한 건, 스티븐이 허락하건 말건 내일 이곳에 광대역 기지국을 설치할 거란 사실이에요!"

모니카의 머리를 해주었던 미용사가 다음 날 11시 다니엘라와 그녀의 어머니와의 약속을 잡아주었다.

"실비가 결혼식을 도맡아 꾸릴 테니, 실비가 결혼식 총책임자가 되는 게 좋겠어."

앤절라가 제안했다.

실비가 고개를 끄덕였다.

"어젯밤엔 너무 초조하더라고…"

"그 유명한 실비 서튼이 초조해했다고?"

아연실색한 클레어가 끼어들었다.

"나도 초조할 때가 있어. 아무튼 어제는 유튜브에 들어가서 거만한 텍사스 엄마들이 만든 '딸 결혼식 치르는 법' 영상을 수도 없이 찾아봤지 뭐야. 덕분에 지금은 좀더 자신감이 생겼지."

다니엘라 모녀가 도착하자 빌라 고용인들의 흥분이 고스란히 읽혔다. 란짜렐라 최고의 미인 다니엘라와 지역 공장주가 결혼하는데, 결혼식 장소가 란짜렐라의 특급호텔이 아니라 이곳 빌라 레시레누세라니 대단한 성공이 아닐 수 없었다.

"휴고가 알면 무슨 반응을 보일지 꼭 보고 싶네."

흡족해진 앤절라가 털어놓았다.

"결혼식이 완벽했으면 좋겠어!"

"퍽도 마음에 안심이 되는 응원이다."

실비가 그렇게 말하더니 예비 신부에게 다가가 인사를 건넸다.

"챠오, 다니엘라."

실비는 뒷문 계단에 서서 악수를 청했다.

"부온조르노, 시뇨라."

그렇게 다니엘라의 어머니에게도 인사를 건넸다.

"우선 살롱으로 모시겠습니다."

다니엘라는 이탈리아 여성 특유의 풍만한 몸매에 젖가슴은 크고 부드러워 보였으며 갈색 머리는 숱이 많고 윤기가 흘렀다. 그녀는 지나치게 타이트해 보이는 짙은 오렌지색 시프트 드레스 차림이었다. 그녀는 확신이 없는 듯 주변을 두리번거리고 있었다. 수수한 빌라의 입구를 그랜드 호텔 델리 데이의 주랑 현관과 비교하고 있는 게 분명했다.

"결혼식 날에는 차양을 달고 레드 카펫을 깔 거예요."

실비가 다니엘라의 마음을 읽은 듯 얼른 덧붙였다.

"이 빌라의 매력은 오래 보아야 아름다운 여자와 같거든요."

"왜 저래?"

앤절라가 모니카에게 속삭였다.

"점점 조반니 말투를 닮아가네."

"우선 저희들을 소개해드려야겠네요."

오래 보아야 아름답다는 빌라 이야기에서 화제를 바꾸려는 듯 모니카가 앞으로 나섰다.

"이쪽은 런던에서 이름난 디자이너 실비 서튼이에요. 여기 유명한 여성 사업가 앤절라 윌리엄스 씨가 비용 문제를 관리할 거고요. 이쪽은 출장요리를 담당할 클레어 램버트 씨입니다. 저는 통역, 그리고 꽃 장식을 담당할 모니카 매티슨이랍니다. 다양한 스타일을 보여드리려고 정원의 꽃으로 꽃꽂이를 몇 가지 해보았어요."

모니카는 격식을 갖춘 스타일에서부터 코티지 가든 스타일까지 그날 아침 일찍 다양하게 만들어둔 꽃 장식을 가리켰다.

"우리는 이 빌라 주인의 친구들로, 지금부터 이곳 빌라 레 시레누세를 소개해드릴게요. 우선 살롱부터 식당까지 돌아보실까요? 그건 그렇고, 이건 이 빌라의 가장 자랑스러운 소장품이랍니다."

모니카가 「수태고지」 프레스코화를 가리켰지만 다니엘라가 흘끗 보고 곧 눈길을 돌리는 것을 보니, 살면서 종교화는 질리도록 본 게 분명했다.

비어트리스가 살롱에 작은 커피 잔들이며 그만큼 작은 비스킷들을 차려놓은 뒤였다. 다들 살롱에 모여 앉았다. 실비가 상담 절차를 진행했다.

"다니엘라, 가장 중요한 질문은 혼인 서약을 란짜렐라 성당에서 할지, 아니면 이곳 빌라에서 할지예요."

다니엘라는 자신의 주관이 뚜렷한 젊은 여성이었다. 반면 다니엘라의 어머니는 자신이 이제 결혼을 하는, 이렇게 여성스러운 동시에 거침없는 딸을 낳았다는 사실에 아직도 적응하지 못한 것만 같은 개성 없는 여성인 것 같았다.

"당연히 빌라에서 해야죠."

그렇게 말하는 다니엘라의 말투는 마치 성당에서 결혼한다는 게 미친 생각이라도 된다는 듯했다.

"저 동상 옆 테라스에서 바다를 등지고 말이에요. 바로 저 풍경을 보면 다들 알겠죠. '와, 다니엘라가 그 유명한 빌라 레 시레누세에서 결혼식을 하는구나!' 하고 말이에요."

"결혼식이 어떤 모습이었으면 좋겠다고 생각해보셨나요?"

실비는 그렇게 물었지만, 이브 이래 모든 신부들은 약혼하는 순간 잠자는 시간을 빼면 결혼식 이외에 다른 생각은 전혀 하지 않는다는 걸 잘 알았다.

"이렇게 멋진 예술과 역사로 가득한 공간이니, 중세 테마의 결혼식은 어떨까요? 아이디어 스케치를 몇 가지 해보았답니다."

그러면서 실비는 필리포 리피가 그린 성모 마리아를 연상시키는, 자수 드레스를 입은 아름다운 젊은 여자를 그린 수채화를 다니엘라에게 건네주었다.

"*아쏠루타멘테 노!*절대로 싫어요"

다니엘라가 놀라서 외쳤다. 그러더니 별처럼 반짝이는 동시에 강철처럼 단호한 눈길을 모니카에게 돌렸다.

"이 네 분의 도움을 받아서 영국식 결혼을 하고 싶어요."

다니엘라는 커다란 핸드백에서 패션 잡지 한 권과 컬러 복사본이 가득 든 두툼한 서류철을 꺼냈다.

"아이고, 세상에."

클레어는 실비와 눈을 마주치지 않으려 애쓰며 중얼거렸다.

"케이트 모스의 결혼식 청사진을 그대로 가져왔네."

다니엘라가 케이트 모스를 위해 비단과 시폰, 튤과 수천 개의 스팽글을 꿰어 수작업으로 만든 '위대한 개츠비'풍 웨딩드레스에 대한 존 갈리아노*의 인터뷰 기사를 건네주는 순간 실비의 심장이 바닥으로 내려앉는 소리가 들리는 것만 같았다.

다니엘라가 모니카에게 물었다.

"당신이 꽃 담당인가요?"

모니카가 고개를 끄덕였다.

"부케는 살구색과 라일락색 장미로만 만들어주세요. 화관은 아이비, 그리고 정원의 꽃으로만 만들어주시고요."

이번에는 클레어 차례였다.

"당신이 요리 담당이시겠죠? 자, 여기 메뉴예요. 인터넷에서 케이트 모스의 결혼식 메뉴를 찾았거든요!"

다니엘라가 당당하게 읊기 시작했다.

"캐비어를 곁들인 토로 타르타르… "

"토로 타르타르가 뭔데? 황소^{토로}랑 관련 있는 거야?"

---

* 영국의 패션 디자이너.

앤절라가 속삭였다.

"스시 비슷한 걸 거야."

클레어도 속삭임으로 대답했다.

"구운 복숭아를 곁들인 롱혼 송아지 구이, 금박을 뿌린 딸기 그라니타, 세스티 와인과 샴페인. 아, 그리고 각 층마다 다른 맛이 나는 케이크요!"

다니엘라가 말을 마치더니 흡족한 미소를 지으며 뒤로 기대앉았다.

"정말이지 주관이 뚜렷하기도 하지!"

실비가 두 사람을 데리고 집과 정원을 보여주러 떠난 뒤 앤절라가 말했다.

"저걸로 끝이 아닐걸. 기다려봐. 개당 17달러 하는 딥티크 향초도 필요하다고 할걸."

모니카가 웃었다.

"새장에 든 모란앵무 한 쌍, 하얀 나비… "

"케이트 모스의 결혼식에 등장했다는데 어떡하겠어!"

앤절라가 낄낄 웃었다.

"케이트 모스의 결혼이 해피엔딩이었다고 보기엔 어렵단 건 상관 없대?"

"다니엘라는 한번 꽂히면 남들 생각엔 신경 안 쓰는 그런 아가씨더라."

모니카가 어깨를 으쓱했다.

"그냥 동화 속에 나올 것 같은 결혼식이며 장식만 있으면 된다는 거지. 행운을 빌어주는 수밖에."

한참 뒤 드디어 다니엘라 모녀가 떠나자 기진맥진한 실비가 돌아와 합류했다.

"저 아가씨는 다국적기업 CEO를 하는 게 좋겠어! 어쩌면 저렇게 자잘한 것 하나까지도 놓치지 않는지. 시간이 얼마 없는 게 오히려 다행이야. 하지만 확실한 건, 케이트 모스의 웨딩드레스만은 안 된다고 설득해야겠어. 그건 비쩍 마른 여자들에게나 어울리는데 다니엘라는 소파처럼 폭신하게 생겼잖아."

"꿈꾸던 웨딩드레스를 포기시키겠다고?"

나머지 세 사람은 눈물이 줄줄 흘러내릴 때까지 웃어댔다.

"존 갈리아노라도 그건 못할걸!"

"하지만 단순하고 우아한 드레스를 입었을 때 다니엘라가 훨씬 돋보일 거야. 최소한 6킬로그램은 덜 나가 보일걸. 만약 케이트 모스가 입었던 걸 따라 입으면 뚱뚱한 고모가 조카 옷을 빼앗아 입은 것처럼 보일 거야."

"내가 다니엘라가 원하는 살구색과 라일락색 장미로 몸매의 단점을 가릴 만큼 커다란 부케를 만들어볼까?"

모니카가 제안했다.

"아무튼 난 다니엘라가 마음에 들어. 하지만 신랑도 이 상황을 알고 있을까?"

"결혼식 당일까지는 모르기를 바라는 수밖에."

"뭐, 내 일은 쉽네… 토로 타르타르가 뭔지는 모르지만 그거랑, 롱혼 송아지며 금박이라니! 아스파라거스와 살짝 익힌 쇠고기에 딸기로 해결되면 얼마나 좋을까!"

클레어는 다니엘라가 두고 간 사진 중 한 장을 집어 들었다.

"하지만 이 베일을 좀 봐. 이걸로 몸매의 굴곡을 좀 숨길 수 있을 것 같아. 정말 똑똑하게 만들었다. 만티야*처럼 얼굴을 덮는 짧은 부분은 키스할 때 뒤에서 장미가 달린 클립으로 고정시킬 수 있지만, 긴 부분은 거의 3미터는 돼! 다니엘라가 세 명이라도 숨겨지겠다."

그 순간 인생이 지루해질까 걱정하기라도 한 듯이 이제는 추기경 복장을 입고 있지 않은 콘스탄틴이 스파게티를 데리고 수풀 속에서 나타났다.

"또 무슨 꿍꿍이를 꾸민 거야, 숙녀분들?"

"콘스탄틴."

앤절라의 항의였다.

"숙녀분들이라는 표현은 그만두면 안 될까요? 꼭 길퍼드의 골프 클럽에 모여 있는 여자들 같잖아요."

"그럼 '아가씨들'로 할까?"

"그게 낫네요."

"'골든 걸스'는 어때?"

"절대 안 돼요!"

"아무튼, 꿍꿍이라니 무슨 소리예요?"

"예비 신부가 트윗을 남겼어. 귀도가 가져와서 보여줬지. 영국식 결혼식이 열릴 장소를 실컷 자랑하더라고. 델리 데이 호텔 측이 무례하고 촌스러운데다 눈이 튀어나오게 비싸다고 썼는데, 휴고가 그걸 보면 약 좀 오르겠더라. 그 호텔의 수익을 책임지는 첫째가 결혼식이거든. 사실 떠도는 소문대로라면 유일한 수익이지만 말이야."

"뭐, 우리가 신경 쓸 문제는 아니죠."

* 스페인식 망토.

앤절라가 지적했다. 휴고에 대해서는 생각하기 싫었다. 아직도 감정이 완전히 정리되지 않았던 것이다.

"하지만 호텔도 잘 안되는데 어째서 이 빌라를 매입하려 했을까요?"

모니카는 혼란스러웠다.

"그게 바로 자본주의의 작동방식이야."

콘스탄틴이 어깨를 으쓱했다.

"사업이 맥을 못 추면 다른 업체를 사서 기사회생을 노려보는 거야. 그것도 남의 돈으로 말이야. 휴고 로버트슨이 아마 좋은 말로 구슬렸겠지."

앤절라는 얼른 자리에서 일어섰다.

"난 수영이나 하고 올게."

"앤절라…"

실비가 입을 열었다.

"만약 스티븐이 다니엘라의 트윗을 보면 어떡하지?"

"내가 알기로 스티븐은 트위터 안 해. 그웬은 우리가 하고 싶은 대로 해도 된댔잖아. 어떤 시도든 스티븐은 좋아할 거라고 했어."

"맞아. 그래."

실비는 문득 결의에 찬 듯 일어섰다.

"그럼 난 이제 가서 70킬로그램짜리 예비 신부를 라파엘전파가 그린 나무 요정으로 변신시킬 방법을 고민해봐야겠다. 식은 죽 먹기가 따로 없겠지."

앤절라는 수영장의 초록색 물속으로 다이빙한 뒤 온몸을 감싸는 물의 촉감과 머리 위 수면에 부서지는 아름다운 햇살에만 집중하려 애썼다. 어린 시절 앤절라는 동네 수영장에서 몇 시간씩이나 수영 연습을 해서 아버지를 놀라게 했다. 다른 아이들이 물장구나 찰방거리는 동안 그녀는 자신과의 싸움을 했던 것이다.

위험한 감정인 줄 알았기에 억누르려 했지만 사실은 휴고가 안타까웠다. 그는 그녀를 그리 좋아하지도, 어쩌면 한 번도 좋아한 적이 없었을지도 모른다. 하지만, 휴고는 아주 오랜만에 앤절라의 단단한 벽을 무너뜨린 사람이었고 그녀는 이 아름다운 곳에서 그와 함께하는 삶을 상상했었다. 하지만 아마도 그 꿈은 마틴을 떠나 루카와 함께 레몬 정원을 가꾸겠다는 클레어의 꿈만큼이나 허황된 것이었으리라.

앤절라는 마틴이 꽤 마음에 들었다. 마틴은 클레어가 묘사한 모습과는 사뭇 달랐다. 이 나이에 말도 안 되는 선택을 할 수 있으리라고 생각했다니 우리는 다 미쳤던 걸까? 부모님 세대에서는 상상조차 못했을 일이리라. 예순이 넘어서 모든 걸 버리고 처음부터 다시 시작한다니 말이다. 맨스 셰드*나 볼링 클럽 따위에서 행복한 노년을 보내는 대신 새로운 인생을 시작할 수 있다고 생각했다.

말도 안 되는 생각이었다. 한심하기까지 했다. 속았으니까.

앤절라는 수영장 밖으로 나와서 젖은 몸을 털었다. 대충 몸을 말리면서 다시 눈앞의 실제적인 일들을 생각하기 시작했다. 예산안을 짜야 할 테고, 다니엘라와 그 어머니에게 계약서에 서명을 받아야 했다.

빌라 레 시레누세의 부엌에서는 클레어가 이마쿨라타와 비어트리스의 도움을 받아 부산을 떨며 식기와 잔, 큰 접시며 촛대를 살

---

* 공용 목공소를 제공하는 비영리단체.

펴보고 있었다. 다니엘라가 초대한 손님은 140명이었기에(케이트 모스보다 두 명 많다는 것이 그녀의 자랑스러운 설명이었다) 모자란 식기를 상당히 많이 주문해야 할 것 같았다. 그래도 빌라에는 장식용으로 좋은 섬세한 공예품들이 여럿 있었다.

신부가 원하는 살구색과 라일락색 장미를 담으면 어울릴 것 같은 은으로 된 꽃꽂이 화병을 닦던 이마쿨라타가 조용히 흐느끼는 모습이 보였다.

"이마쿨라타, 왜 우세요?"

클레어가 나직이 물었다. 이곳에 머무르는 동안 그녀는 비어트리스와 이마쿨라타 두 사람에게 깊이 정이 들었던 것이다.

"마지막으로 이 화병을 썼던 것이 스티븐과 카를라의 결혼식 날이었답니다."

"그랬군요, 슬픈 일이네요."

클레어는 이마쿨라타를 자리에 앉히고 물을 한 잔 따라왔다.

"스티븐을 정말 좋아하시는군요."

이마쿨라타가 고개를 끄덕였다.

"아주 착한 사람이에요. 우리에게 이곳에서 영원히 일해도 된다고 했지요. 설마 스티븐이 이 빌라를 팔지는 않겠죠?"

인생의 대부분을 이곳에서 일해온 사람들에게 그 소식이 얼마나 충격적이었을지 클레어는 새삼 깨달았다.

"그러지 않을 거라고 생각해요. 결혼식을 성공적으로 치러내서 스티븐에게 이 빌라를 팔지 않아도 돈이 된다는 것을 보여주자고요!"

"결혼식을 빨리할수록 좋을 거예요."

이마쿨라타가 살롱에 앉아 있는 다니엘라와 그 어머니를 보면서 불길하게 고개를 끄덕였다.

이마쿨라타의 말이 무슨 뜻인지 생각하지 않으려고 클레어는 어서 식사 예산을 짜기로 했다. '토로'인지 '오토로'인지 하는 것은 알고 보니 안타깝게도 참다랑어의 지방질이 풍부한 부위로 가장 귀하고도 비싼 부위였다. 게다가 캐비어까지, 이 모든 것을 나폴리의 어시장에서 구해야 했다. 클레어는 빌라의 정원에서 얼마든지 공짜로 가져다 쓸 수 있는 아스파라거스를 간절한 마음으로 떠올리며, 어떻게 다니엘라를 한 번 더 설득해볼 수 있을지 생각했다. 다행히 송아지 고기 쪽은 한층 간단할 것 같았다. 다니엘라가 롱혼 송아지가 무엇인지 어차피 알 리가 없어서였다. 그냥 인터넷에서 찾아본 게 다겠지. 어차피 정확한 정보도 아니었을 테고. 클레어는 최선을 다해서 그녀를 설득할 작정이었고 다니엘라도 받아들이는 수밖에 없을 것이다.

딸기 그라니타야 만들 수 있지만 무슨 수로 금박을 구한담? 요리사의 친구, 유튜브를 검색해보니 금박을 살 수 있는 곳을 알 수 있었고 놀랍게도 그리 비싸지도 않았다. 그러면 참다랑어 값은 나올 것 같기도 했다.

결혼식 케이크도 만들 수는 있었지만 제일 어려운 것은 일곱 가지의 각각 다른 맛을 구상하는 것, 그리고 케이트 모스의 결혼식에 썼던 케이크와 똑같이 장식할 은방울꽃을 구하는 문제였다.

이마쿨라타와 비어트리스가 노래를 부르며 은 식기를 닦는 동안 클레어는 에반과 벨린더가 자신에게 결혼식을 도와달라고 부탁하지 않아서 섭섭했던 생각이 났다. 에반이라면 부탁하고도 남았겠으나 벨린더는 시어머니가 자신을 탐탁지 않게 여긴다는 사실을 알고 시어머니 따위는 필요 없다고 생각했는지 모른다. 지금 클레어가 준비하는 결혼식은 전혀 모르는 사람의 것인데도, 함께하는 일이라는 이유만으로도 벌써부터 즐겁게 느껴졌다. 벨린더에게 조금만 더 잘해주었더라면 그애도 내게 결혼식 준비를 도와달라고 했으련만.

클레어는 한숨을 쉬었다. 이미 늦었다. 그것도 아주. 하지만 집으로 돌아가면 노력해볼 것이다. 이제부터는 벨린더를 까다로운 며느리라고 생각하는 것도 그만둬야겠다. 그러면서 클레어는 자신도 모르게 「블로잉 인 더 윈드」를 흥얼거리고 있었다.

"기분이 좋아 보이네."

테라스에서 볕을 쬐며 십자말풀이를 하고 있던 마틴이 말했다.

"날 알잖아. 난 움직이는 걸 좋아하니까."

그러자 마틴이 신문을 내려놓았다.

"당신 참 대단해. 얼마 없는 시간 동안 이런 걸 생각해냈다는 것 자체도 놀랍지만, 이만큼 멋지게 해냈다는 것도."

클레어는 남편이 보는 것만큼 스스로도 자신만만할 수 있다면 얼마나 좋을지 생각했다. 그녀는 해야 할 일들의 목록을 소리내 읊기 시작했다.

"가대식 탁자. 이탈리아어로는 뭐라고 말하는지 모르겠다. 아마 모니카가 알겠지. 그게 열두 개 필요하고, 의자가 백삼십 개 필요해. 당신이 모니카랑 같이 레리니에 가서 앤티크 가게 주인이랑 상의해서 서로 통일되지 않은 것들로 구해다 주면 정말 좋겠어. 보헤미안 스타일로 말이야. 물론 모니카가 꽃도 준비해야 하니 시간을 빼앗고 싶지 않지만, 마틴…"

"응?"

"돌아가면 앞으로 벨린더에게 잘해줄래."

그러자 마틴이 그녀의 손을 깜짝 놀랄 만큼 세게 쥐었다.

"당신, 집으로 돌아올 거야?"

"당연히 돌아가야지."

클레어가 놀라 대답했다.

"무슨 그런 소리를 해?"

마틴이 갑자기 성을 내는 바람에 클레어는 또 한 번 놀랐다.

"그게 뭐가 당연해? 그라지엘라가 돌아오지 않았다면 당신은 이곳에 영영 살았을지도 모르는데."

그러면서 마틴이 클레어를 부둥켜안는 바람에 그녀가 쥐고 있던 노트가 짓눌렸다.

"이유야 뭐가 됐건 다행이야."

마틴이 또 키스하지 않을까 생각했지만 그러지 않았다. 어쩌면 마틴은 당연하게 받아들여지고 싶지 않은 건지도 모르겠다.

실비는 케이트 모스가 입었던 빈티지 스타일 웨딩드레스를 열심히 탐구했다. 은과 스팽글로 도드라지는 무늬를 새긴 레이스 장식이 근사했다. 이탈리아의 패션 수도인 밀라노에 가지 않으면 비슷한 것을 찾을 길이 없었다. 하지만 외딴곳 란짜렐라에서 마법 같은 평화를 즐기다 보니 밀라노같이 부산스러운 대도시를 찾아갈 엄두가 도저히 나지 않았다. 내 결혼식도 아닌데.

그러다 보니 또다시 딸 살로메가 생각났다. 살로메는 어머니 실비의 외향성에 반기라도 들듯 극단적으로 보수적이었고 스스로를 샐이라는 애칭으로 부르고 머리부터 발끝까지 온라인 쇼핑몰에서 산 옷만 입었다. 애초에 실비가 딸에게 살로메라는 이름을 붙인 것부터가 실수였는지도 모른다. 그런 이름으로 사는 것도 부담이었을 테니까. 살로메는 결혼할 때 딸의 결혼식을 독특하고 다채롭게 꾸며주는 것을 세상 그 무엇보다 즐거워했을 어머니 실비가 아니라 예비 시어머니를 찾았고 결과적으로는 해러즈 백화점에서 사온 기성품마냥 칙칙하고 판에 박힌 결혼식을 하게 되었다.

어쩌면 샐은 화려한 어머니 실비가 부끄러웠을지도 모르겠다. 토니가 샐보다 어린 여자와 뒹구는 현장을 찍은 사진을 모두에게 전송한 어리석은 행동도 두 사람 사이를 개선하는 데는 도움 될 게 없었을 터였다. 딸은 요즘 서리* 촌구석에 사는 시부모와 점점 더 많은 시간을 보내고 있었다. 게다가 자기 아이들도 있으니 토니와 실비와는 거의 만날 일이 없었다.

그래도 신경 쓰지 말자고 실비는 마음을 가다듬었다. 다 떠나서 할머니가 되었단 사실만으로도 이미 늙어버린 기분이었으니까. 하지만 사실은 실비도 늙어가고 있었다. 그것도 아주 많이. 실비는 한숨을 쉬었다. 아버지 토니의 사진을 딸에게 보낸 게 관계에 도움이 되지 않은 것만은 확실했다. 집으로 돌아가면 샐의 비위를 맞추느라 예전보다 더욱더 노력해야 하리라.

실비는 애써 다시 드레스 생각으로 돌아갔다. 사진을 빤히 들여다보면서 어떻게 만든 옷인지, 어떻게 하면 엇비슷하게 만들 수 있을지를 생각했다.

그러다 보니 지난해의 컬렉션에서 슬립 드레스가 엄청나게 유행했었다는 데 생각이 미쳤다. 디올에서부터 마크 제이콥스까지 유명 디자이너들이 전부 슬립 드레스를 만들어댔다. 아마 카프리 섬에 가면 괜찮은 것을 구할 수 있을 듯싶었다.

* 런던 서남쪽 교외 지역.

배로 한 시간도 걸리지 않는 카프리섬은 이 섬의 풍요를 책임지는 돌체앤가바나, 루이 비통, 프라다 같은 명품 매장에서 몇천 유로쯤은 가뿐히 쓸 준비가 되어 있는 요트족이며 유럽 유람객들로 가득한 곳이었다.

"카프리섬에 갈 사람?"

실비가 친구들에게 물었다.

"보헤미안 스타일 웨딩드레스로 개조할 만한 옷을 찾아 카프리의 매장들을 뒤져보러 갈 생각이거든."

이미 평소처럼 능력을 발휘해 계약서를 꾸려서 다니엘라 모녀에게 보내놓은 앤절라는 실비를 따라가면 재미있을 거라고 생각했고, 그렇게 두 사람은 함께 바로 다음번 하이드로포일에 올랐다.

'패브릭'의 경영자인 앤절라로서도 이렇게 진지한 쇼핑의 기술을 목격한 것은 난생처음이었기에 그 모습 앞에 경건하게 무릎이라도 꿇어야 할 것 같은 기분이 들었다. 실비는 매장에 들어서자마자 한눈에 매장에 있는 모든 옷을 훑어본 뒤 창고에 있는 재고를 꺼내오라고 지시하고 만에 하나 놓친 것이 있는지 직접 살펴보러 창고에 들어가보기도 한 다음 15분 내로 매장을 나섰다.

실비는 휴대폰에 저장된 다니엘라의 신체 사이즈를 들고 카프리에 있는 모든 부티크를 돌았다. 알렉산더왕 매장의 창고에 있던 드레스를 찾아냈을 때 잠깐 희망적인 순간이 찾아왔으나 안타깝게도 그 드레스는 10사이즈였고, 캘빈 클라인이라는 이름을 들었을 때 심장박동이 빨라졌지만, 그곳의 드레스는 짧은 데다가 샴페인 색상이었다.

앤절라는 더는 참을 수 없어서 혼자 카페로 갔고 한 시간 뒤 기진맥진한 실비와 다시 만났다.

"없어. 다니엘라의 사이즈에 맞는 건 치즈나 쌀 법한 성긴 재질로 된 크고 흉물스러운 드레스가 전부인데 화장실 휴지 덮개 같아."

"그럴 수도 있지."

리넨 드레스에 은빛 샌들 차림의 앤절라는 평소처럼 침착하게 대답한 뒤 벨리니를 홀짝거렸다.

"이런 건 어때?"

앤절라가 가방에서 아이패드를 꺼내 웹사이트를 열었다. 자연스럽고 예쁘게 생긴 모델이 스파게티 스트랩이 달린 바닥에 끌리는 길이의 새틴 드레스를 입고 있었다.

"아까 본 알렉산더왕 드레스와 비슷하지만 더 길어. 100퍼센트 실크에 안감이 있어."

"그만 볼래."

실비는 눈을 반쯤 가리다시피 했다.

"어차피 다니엘라한테 맞는 사이즈는 없을 거야."

"찾아보니까 있더라고. 물론 드레스를 뜯어서 레이스와 비즈를 달고 빈티지해 보이게 개조해야겠지만 말이야. 그래도 네 재능으론 충분히 할 수 있을걸?"

"얼마야? 아까 본 드레스는 2,000유로였어."

"믿기지 않을걸. 257파운드에 배송비를 지불하면 24시간 내로 갖다준대."

"나 지금 기절할 것 같아."

"그럼 일단 벨리니부터 좀 마셔. 맛있거든."

놀랍게도 드레스는 약속대로 다음 날 도착했고, 실비는 레리니에서 사온 고풍스러운 장식들이며 레이스, 빛바랜 실크, 그리고 앤티크 소품 가게의 여주인이 준 오래된 이브닝 백에서 떼낸 비즈를 드레스에 잇대었다.

"이 이브닝 백은 어머니한테서 물려받은 것이랍니다."

소품 가게 여주인은 그렇게 말했었다.

"잊고 있었는데 제 딸이 언질을 해주더라고요. 아마 다니엘라가 입을 드레스를 만들 때 유용하게 쓰이지 않을까요?"

온 동네 사람들이 다니엘라의 결혼식에 어떤 식으로건 연관되어 있다고 생각하니 기분이 좋았다. 게다가 어디에서 오는지도 모를 다양한 모양과 크기의 의자들이 픽업트럭이며 피아트 500, 심지어 스쿠터에 실려 빌라로 속속 도착하고 있었다. 클레어가 의자를 구하고 있다는 말이 전해지자마자 의자들이 나타나기 시작하다니!

"결혼식이 끝나면 이것들을 다 어쩐담?"

클레어가 고개를 설레설레 저었다.

"애초에 다 어디서 온 건지도 모르는걸."

마틴은 가대식 탁자까지 구해왔다. 알고 보니 마틴이 루이지에게 탁자가 필요하다고 전하자, 루이지가 란짜렐라에 이 사명을 퍼트렸고, 란짜렐라의 카페 주인들이 머리를 맞댄 끝에 누군가가 헛간에다가 가대식 탁자를 보관하고 있었다는 사실을 떠올렸다는 것이다. 그 탁자들은 해마다 한 번, 예수 탄생 장면으로 유명한 이 지역 크리스마스 축제에서 쓰는 것이었다.

자신이 해낸 일이 흡족했던 마틴은 보랏빛 등꽃으로 덮인 퍼걸러 사이로 드넓은 바다를 바라보며 서 있었다.

"다니엘라는 취향이 참 괜찮네. 이렇게 낭만적인 결혼식은 처음이야."

"늙어서 마음이 약해진 거 아니고?"

클레어가 이죽거렸다.

"트위크넘 시청에서 한 우리 결혼식은 기억 안 나?"

"그래도 결혼은 어디에서 하느냐보다는 누구랑 하느냐가 더 중요하지."

마틴이 클레어를 뚫어지도록 바라보았다.

그러나 클레어가 입을 열기도 전에 앤절라가 살롱 밖으로 머리를 내밀었다.

"센티멘털해지는 건 나중으로 미뤄둬, 깜짝 손님이 와 있거든."

클레어는 앤절라를 바라보았다. 찾아온 상대가 루카라면 앤절라가 이렇게 알쏭달쏭하게 놀리는 듯한 말투를 쓸 리가 없을 것 같았다.

두 사람은 앤절라를 따라 어둡고 서늘한 복도를 걸어 「수태고지」 앞을 지나 뒷문 계단을 내려갔다. 털가시나무 그늘 속 렌트카로 보이는 것에 기대 있는 두 사람이 보였다.

"세상에."

클레어가 두 팔을 앞으로 뻗고 달려갔다.

"에반과 벨린더잖아!"

클레어는 새로이 결심한 바대로 며느리를 힘껏 껴안았다. 벨린더는 놀란 것 같았지만 그래도 마주 웃어주었다.

"엄마, 잘 계셨어요?"

에반이 클레어를 안더니 마틴을 향했다.

"아버지도요. 두 분께서 우릴 버린 것 같아서, 도대체 이 바다 위 샹그리라가 무슨 매력을 가진 곳인가 싶어 찾아왔어요. 막상 와보니 트위크넘 같은 곳은 머릿속에서 싹 잊어버릴 만도 하네요."

클레어는 이 결혼식 준비 대소동이 일어나는 동안 아들과 며느리를 어디에 재워야 할지 머리를 굴리느라 정신이 없었다.

언제나처럼 누구보다도 엄마 마음을 이해하는 아들 에반이 그녀의 마음을 읽은 듯했다.

"걱정 마세요. 우린 이 빌라에서 묵지 않을 거예요. 란짜렐라 반대편에 에어비앤비를 구해뒀어요."

"너희들이 묵을 만한 델 마련해줄 수도 있을 텐데."

"저희도 독립적인 게 좋아요."

에반이 밝게 웃었다.

"사실 집에 우리끼리만 있는 것도 꽤 괜찮더라고요."

그러면서 에반은 어머니를 마주 보며 덧붙였다.

"걱정 마세요. 집은 깔끔하게 쓰고 있거든요. 그렇지, 벨?"

"착즙기도요."

벨린더가 씩 웃었다.

"세상에, 내가 그 정도로 폭군이었니?"

"그럼요!"

두 사람이 입을 모아 대답했다.

"어머님이 일에 쓰시는 도구니까 당연히 그럴 만도 하지만요."

벨린더가 그렇게 말한 뒤 주변을 둘러보았다.

"빌라 안을 구경해도 될까요? 정말 근사한 곳 같아요."

"도대체 아버지가 왜 이렇게 오랫동안 안 돌아오시는지 궁금했지 뭐예요."

에반이 마틴을 향해 웃었다.

"세이렌의 유혹에 빠졌나 했어요."

"그럴지도 모르지."

마틴이 클레어를 바라보는 눈빛에 아들 에반은 흥미롭다는 듯 한쪽 눈썹을 치켜올렸다.

"좋아, 그럼 빌라 안을 구경해보자고."

클레어와 마틴은 아들 부부를 데리고 먼저 집 안으로 들어갔다. 계단 아래 있던 「수태고지」가 벨린더의 시선을 사로잡은 듯했다. 벨린더가 에반의 손을 붙들더니 성모 마리아를 바라보았다.

"성모 마리아가 수태 소식을 기뻐하는 것 같지? 지금까지 본 그림이랑은 달라. 보통은 꽝이라고 적힌 쪽지를 뽑은 사람 같은 표정으로 그려져 있는데 말이야."

에반도 아내의 손을 마주잡았다.

"맞아, 루 리드의 표현처럼 '커다란 모험의 시작'을 맞이하는 표정이 아니라 말이지."

"하긴, 미혼모가 될 예정이었으니 2,000년 전 갈릴리에서라면 좋은 소식일 리는 없었겠다."

에반 부부는 클레어의 방에 걸린 둠 페인팅을 보더니 쓰러질 듯 웃어댔다. 에반은 벌겋게 달아오른 부지깽이로 벌거벗은 남녀를 찔러대는 악마를 보며 말했다.

"이 그림이 피임에 그리 큰 도움이 되었을는지는 모르겠는데, 최소한 하려던 일을 멈추고 '이만한 가치가 있나' 생각할 만은 했을 것 같아."

"여자들은 태초부터 그런 고민을 해왔거든?"

벨린더가 이죽거렸다.

실비가 꾸며놓은 매음굴 같은 방은 두 사람을 사로잡은 듯했다.

"이걸 보니까 디자인 아이디어가 샘솟는걸요."

에반이 웃으며 말했다.

"그럼 이제 그 지긋지긋한 오프화이트에 대한 집착에선 벗어날 만도 하네."

벨린더가 끼어들었다.

"그러고 보니, 집 구하는 건 잘 되어가니?"

클레어는 그 말을 뱉자마자 후회하기 시작했다. 두 사람을 쫓아내고 싶어 한다고 생각하면 어쩌지?

"잘 되고 있어요. 사실 드디어 집을 찾았답니다. 이제 남는 방이 다시 비게 되겠네요."

에반의 말이었다.

그들은 다시 거실로 내려와 테라스로 나갔다.

벨린더가 그 자리에 붙박인 듯 걸음을 멈추고 완벽하게 푸른 하늘과 물안개 어린 바다를 배경으로 꽃을 피워대는 나무들을 바라보았다.

"세상에, 태어나서 이렇게 아름다운 곳은 처음이에요!"

"우리 모두 그렇게 생각한단다. 심지어 마틴도."

클레어가 대답했다.

뒤에서 비어트리스가 평소와 다름없이 웃는 얼굴로 쟁반에 프란치아코르타 한 병과 안줏거리를 쟁반에 담아 내왔다.

"손님들을 위해 가져왔습니다."

"그냥 손님이 아니랍니다."

클레어가 두 팔로 아들과 며느리를 각각 감싸 안았다.

"내 아들, 그리고 사랑스러운 며느리 벨린더랍니다."

네 사람이 등꽃이 휘감긴 퍼걸러 아래 앉자 비어트리스가 와인을 따라주었다.

"자기도 마실 거야?"

에반이 벨린더를 향해 부드럽게 물었다.

"음, 그럴까?"

벨린더가 미소를 지었다.

"자, 지금 얘기해."

두 사람을 바라보던 클레어는 자꾸만 지어지는 미소를 참을 수가 없었다.

"그래요, 엄마, 아빠. 저희 드릴 말씀이 있어요…"

19

"아이가 생겼어요."

에반이 아빠가 되었다는 자랑스러운 마음에 함박웃음을 지으며 소식을 알렸다.

클레어는 그 말을 듣자마자 벌떡 일어섰다.

"오, 에반, 벨린더, 정말 잘됐구나!"

사실 지금까지 클레어는 할머니가 된다는 생각을 진지하게 해 본 적이 없었지만, 문득 그 일이 너무나 기대되기 시작했다.

"잘했다, 아들아!"

마틴이 에반을 끌어안았다.

"벨린더도 아주 재주가 좋은걸."

클레어가 짓궂게 덧붙였다.

"당연하지! 축하한다, 정말 정말 잘했다!"

"그건 그렇고, EDD(출산예정일)는 언제니?"

잊고 살던 전문용어가 새록새록 떠올랐다.

"8월 말이에요."

"세상에, 초음파는 찍었고?"

에반이 지갑 안에서 회색과 흰색으로 찍힌 흐릿한 초음파 사진 을 꺼내 열심히 설명했다.

"보세요, 여기가 머리, 여기가 등이에요."

사진을 건네받은 클레어의 눈에 눈물이 고였다.

"할머니가 되겠네요!"

에반이 애정을 담아 놀렸다.

"엄마, 울지 말아요."

"자, 이건 이리 주고."

마틴이 조심스레 사진을 빼앗더니 클레어의 손을 잡았다.

"참 멋진 일이지? 완전히 새로운 인생이 시작된다니."

"반응이 아주 괜찮은데?"

에반이 벨린더를 보며 웃었다.

"아기 봐달라고 부탁드려도 되겠어."

갑자기 클레어가 여태 품었던 모든 희망들이 그녀의 가슴속으로 밀려들었다. 루카를 향한 감정, 이곳에서 살았으면 했던 마음들 모두, 이 같은 일이 일어날 줄은 꿈에도 모르고 품었던 것들이었다. 고개를 돌리자 마틴은 마치 그녀의 생각을 읽은 것만 같은 표정으로 이쪽을 바라보고 있었는데, 그 순간 클레어는 이런 생각을 품었다는 것 자체가 에반과 벨린더의 신뢰를 배신하고, 두 사람의 행복을 짓밟는 일인 것만 같다는 생각이 들었다.

"아들일까, 딸일까?"

한참 뒤에야 클레어가 겨우 입을 열었다.

"에반은 축구를 같이할 수 있는 아들이길 바라고요, 저는 쇼핑을 같이할 수 있는 딸이었으면 해요."

벨린더는 자기 농담이 재미있다는 듯 에반을 보며 다정하게 웃었다. 사실 벨린더는 쇼핑을 즐기지 않았다.

"사실은 딸이라도 아들이라도 좋아요."

"그래, 집은 구했다고?"

마틴이 물었다.

"네, 사실은 벌써 보증금도 냈어요. 물론 트위크넘에 집을 구할 정도의 여유는 없었지만, 그래도 역에서 멀지 않은 곳이에요."

"우리가 너희가 떠나길 바랐다고 생각하지 않았으면 좋겠구나!"

클레어가 갑자기 그렇게 내뱉었다.

다들 클레어를 바라보는 바람에 그녀는 방금 자신이 한 말이 남들에게는 이상하게 들릴 만큼 격한 어조였다는 사실을 깨달았다.

"걱정 마세요. 아기가 태어나면 지겹도록 볼 테니까요."

에반이 벨린더를 향해 미소를 지었다.

"저희는 이제 가볼게요. 여기 있는 동안 하고 싶은 일이 많거든요. 벨린더는 폼페이와 베수비오산에 가보고 싶대요."

"저녁 식사는 같이할 거지?"

"내일이 좋을 것 같아요. 금요일까지 여기 있을 생각이에요. 가정부 말로는 엄마가 결혼식 준비를 하고 계신다던데요. 설마 어머니 결혼식은 아니죠? 두 분은 혼인신고만 하셨으니 아직 파티는 안 하셨잖아요."

"당연히 우리 결혼식은 아니야."

클레어는 마틴의 눈빛을 애써 외면했다.

"어느 이탈리아 아가씨 결혼식이란다. 아주 성대한 결혼식이라서 우리 모두 매달리게 됐어."

"「대부」처럼 피로 물든 결혼식은 아니기를요."

완벽한 타이밍에 비어트리스가 나타나서 예비 신랑인 마르코가 가족과 함께 다음 날 빌라를 둘러보러 오기로 했다는 말을 전했다.

"설마, 신랑의 성이 '꼴레오네'는 아니기를."

에반이 농담을 했다.

농담을 전혀 알아듣지 못한 비어트리스는 미소를 지으며 열심히 대답해주었다.

"아마 모레티일 겁니다."

"적어도 맥주는 잘 만들겠군요."

"아니, 아닙니다. 세탁기 부품을 만드는 공장 주인이랍니다."

"에반, 농담은 그만해라."

마틴의 꾸지람이었다.

두 사람이 조그만 차를 타고 언덕을 내려가자 마틴이 클레어에게 말했다.

"행복해 보이지?"

"그렇네."

"게다가 벨린더에게 잘해주기 캠페인도 성공적이고 말이야."

"착즙기도 깨끗하게 관리하고 있다니, 벨린더가 먼저 화해의 올리브 가지를 내민 거지."

"그럼 이제 온 세상이 평화와 행복으로 물들겠구먼…"

사절단이라도 되는 듯 수많은 사람을 이끌고 빌라를 살펴보러 온 마르코 모레티가 다니엘라보다 훨씬 나이가 많다는 사실에 모두가 놀랐다.

"마흔다섯은 되겠는데."

마틴이 말했다.

"마흔일걸요."

토니의 말이었다.

"쉰이야."

여자들이 이구동성으로 말했다.

"어쨌든 우리보다는 젊단 소리네."

"그래도 다니엘라에 비해서는 너무 늦었어."

클레어가 말했다.

"다니엘라는 많게 보아야 스물다섯일 텐데."

"그게 뭐가 문젭니까?"

토니가 입을 열었다.

"말조심해요, 친구."

마틴이 토니를 팔꿈치로 쿡 찔렀다.

"지금 굉장히 위험한 상황입니다. 여자들은 어느 정도 나이를 먹으면 젊은 여자들을 믿지 못하는 데다가 당신 경우엔…"

"알아들었어요."

토니가 겸손하게 고개를 끄덕였지만 그래도 장난기가 완전히 사그라지지는 않았다.

"다니엘라에 비하면 나이가 너무너무 많기는 하지요."

그즈음 마르코의 사절단이 나타났고 약간 통통한 체격의 예비 신랑이 이쪽으로 다가왔다.

"다니엘라가 뭐라고 했는지는 모르겠습니다만, 어쨌든 성당에서 먼저 식을 올려야 한다는 게 저희 가족의 입장입니다. 저희 가문은 대대로 란짜렐라 성당에서 결혼식을 했으니까요. 이 점은 교구 신부와 개인적으로 이야기해두겠습니다. 결혼 공고 기간이 따로 필요하지 않다는 걸 신부님은 이해하실 겁니다."

"모레티 씨, 그건 신랑 신부가 결정할 일입니다."

앤절라가 외교적인 말투로 답했다.

"저희는 두 분의 결정을 따를 뿐이니까요. 그저 두 분이 평화롭고 행복하게 결혼식을 올릴 수 있기만을 바랍니다."

앤절라는 어디 한번 약혼녀를 잘 설득해보시라고 덧붙이고 싶은 마음을 참았다.

마르코는 고맙다는 의미로 고개를 주억거리더니 가족들에게로 돌아갔다. 그 순간 화가 머리끝까지 난 휴고가 나타났다. 비어트리스가 막아서려고 달려왔지만 역부족이었다.

마르코 모레티가 빌라에 와 있는 것을 보고 휴고는 더 화가 난 모양이었다.

"그래, 당신일 줄 알았어."

휴고가 앤절라에게 을러댔다.

"나를 어떻게 해보려다가, 잘 안될 것 같으니 코앞에서 내 고객을 빼앗아갔다는 거지?"

화가 난 휴고는 조금도 매력적으로 보이지 않는다는 사실을 앤절라는 깨달았다. 알고 보니 그의 매력은 독선적인 성정을 감추려는 겉치레에 불과했던 것이다.

"당신이 그토록 소중히 여기는 스티븐이 지금 이곳에서 당신이 그 사람 돈으로 먹고 마시며 하고 있는 짓거리를 보면 뭐라고 생각할까? 오성급 호텔에서 지내는 것처럼 스티븐의 돈을 물 쓰듯 쓰고 있잖아?"

이 장면을 보던 모레티 집안사람들은 교양 있어 보이는 사람이 저런 추태를 부린다는 사실에 충격을 받은 듯했다.

앤절라는 침착함을 잃지 않으려 안간힘을 썼다.

"스티븐이 생각하는 우정이란 당신이 생각하는 것과는 상당히 다를걸."

"당연히 다르겠지. 아마 스티븐은 당신이 얼마나 사치를 부리는지 감도 못 잡을 테니까. 저녁 식사 전에 와인을 마시고, 저녁 식사와 함께 와인을 마시고, 당연히 저녁 식사 후에도 와인을 마실 테지. 당신들 같은…"

휴고는 딱 맞는 모욕적인 말이 무엇일지 고민하듯 말을 멈췄다.

"지난번에는 갱년기 할망구들이라는 재미난 표현을 쓰더니?"

"그래."

그제야 휴고는 저쪽에서 모레티 가족이 이 모습을 지켜보고 있다는 것을 알아차렸다.

"모레티 씨."

휴고는 마치 수도꼭지라도 틀듯 다시 매력적인 태도를 장착했다.

"지금 모레티 씨께서는 인생에 단 하루뿐인 특별한 날을 순전한 아마추어들의 손에 맡기시는 셈입니다."

그러더니 그가 앤절라를 바라보았다.

"당신은, 아니 당신들 중에 누구라도, 결혼식을 열어본 사람이 있기는 한 거야?"

앤절라는 차가운 시선으로 휴고를 바라보았다.

"그게 그리 중요한 문제는 아닐 텐데."

그때 클레어가 입을 열었다.

"로버트슨 씨. 사실 저는 30년 이상 수십 번의 결혼식, 장례식, 기념일 연회를 꾸린 경력이 있답니다. 이 정도면 충분한 경력이 아닌가요?"

그러자 휴고가 클레어를 위아래로 훑어보았다.

"그쪽처럼 스타일도, 우아함도 없는 싸구려 출장요리 업체에나 대단한 경력이겠지."

마틴이 휴고에게 주먹을 날린 것은 바로 그 순간이었다.

"세상에."

상황이 진정되고 휴고를 돌려보낸 다음, 네 사람 중 유일하게 그 자리에 없었던 실비가 물었다.

"신랑 쪽에서는 뭐래? 결혼식을 취소한다는 건 아니지?"

"전혀 모르겠어."

앤절라는 아직도 충격이 가시지 않은 상태였다. 사업을 하면서 불쾌한 장면을 한두 번 본 것이 아니지만 휴고처럼 이성을 잃은 사람은 처음 보았던 것이다.

"휴고는 괜찮아?"

"얼굴보다는 체면이 더 심하게 망가지긴 했지만 오늘 밤엔 생고기를 얼굴에 대고 있어야 할걸. 파리 날리는 그 호텔 레스토랑에서 가져오면 되겠지."

"우리는 어떻게 해야 좋을까?"

"내일까지 기다렸다가 침착하게, 프로다운 태도로 모레티 씨를 찾아가서 아무 문제 없을 거라고 안심시켜야지. 그때까지는 그 사람이 결혼 서약은 성당에서 해야 한다고 다니엘라와 신부를 설득했기를 바랄 뿐이야."

"잠깐만."

실비가 드레스 본으로 쓰고 있던 『보그』 사진에서 환한 얼굴로 고개를 들었다.

"케이트 모스도 성당에서 결혼 서약을 하지 않았나?"

"실비, 너 천재다."

앤절라가 찬사를 쏟아냈다.

"맞아, 그랬어. 생각보다 어렵지 않겠는걸? 하지만 란짜렐라 성당이 내 기억대로라면, 거길 다 장식하려면 살구색과 라일락색 장미가 어마어마하게 많이 필요할 거야."

"그건 예산 초과라고 말해."

모니카의 주장이었다.

"우리는 정원에 있는 꽃을 쓸 거야. 우리는 영국 시골풍 이탈리아 성당 결혼식을 할 거라고 해. 문제없어, 전혀 아무런 문제도 없을 거야."

다음 날 에반과 벨린더가 저녁 식사를 하러 왔을 땐 많은 것이 정리된 뒤였다. 다니엘라는 케이트 모스가 결혼 서약을 한 코츠월드 성당에 홀딱 빠져 있었고, 신랑은 휴고가 그런 행동을 한 것은 사업이 악화일로를 걷고 있다는 스트레스 때문이라는 설득을 받아들였으며 교구 신부는 다니엘라의 형상을 한 길 잃은 양—정확히 말하면 상당히 풍만한 길 잃은 양—을 다시 양 떼 속으로 데리고 올 수 있어 기뻐했다. 운 좋게도 성당에서의 결혼식은 무료였고, 교구 신부는 교회법을 이탈리아식으로 적당히 응용할 준비가 되어 있었다.

모니카는 곧 부모가 될 에반과 벨린더와 함께 폼페이며 베수비오산 이야기를 나눌 수 있어 신이 났고, 에반 부부는 마틴과 모니카가 분화구에 브라이언의 유해를 흩뿌린 이야기에 깊은 감동을 받은 듯했다.

"말을 타고 베수비오산을 거닐다니, 정말 근사해요."

벨린더는 열광했다.

"자기야, 우리도 그렇게 해볼까?"

"그게 과연 좋은 생각일까?"

에반은 신중했다.

"내 몸 상태 때문에 그래? 자동차가 나오기 전엔 임산부들이 어떻게 돌아다녔겠어?"

"글쎄, 집에 있는 쉐즈롱에 누워서 남편이 먹여주는 포도나 먹고 있지 않았겠어?"

"살살 뛰지도 않고 걷기만 하겠다고 약속할게. 그래도 안 돼?"

모니카는 두 사람에게 닉의 마구간에 대해 자세히 알려주었고, 에반 부부는 이틀 뒤로 예약을 마쳤다.

＊

스티븐 찰스워스는 얼마 전 새로 지은 템스강 변의 유리로 된 고층 건물 바깥을 내다보았다. 불이 꺼지지 않는 세계도시 런던에도 봄이 올 모양이었다.

스티븐은 런던을 사랑했다. 어떤 사람들은 그와 같은 개발업자들이 생폴 성당의 전망이며 카날레토*가 18세기에 그려낸 도시의 경관을 망친다고 비난했음에도 런던의 지평선을 깊이 사랑했다. 런던을 사랑하는 것만큼 성장과 변화의 가치를 믿는 것뿐이었다. 런던이 템스강을 낀 두바이가 되고 있다는 배우 데미안 루이스의 말은 웃어넘겼지만, 그래도 크리스토퍼 렌**의 등장 이래로 런던은 계속해서 진화하고 있다는 입장을 견지했다. 그런데 올봄은 어쩐지 평소답지 않은 초조함과 함께 찾아왔다. 이런 느낌은 스티븐의 기억으로는 한 번도 느껴보지 못한 감정이었다.

이 감정은 지금 스티븐이 들고 있는 알 수 없는 편지 때문에 더

---

* 18세기 이탈리아의 화가.
** 17세기 영국의 건축가.

악화되고 있다는 것을 그로서도 인정할 수밖에 없었다. 편지가 도착한 건 어제였다. 서명은 없었고, 마치 외국어 번역 투를 재현하려는 듯 기묘하게 격식을 갖춘 어조로 쓰인 편지였다.

친애하는 친구에게(도대체 이 익명의 친구는 누구란 말인가?), 당신은 신뢰하던 이들에게 속고 있고, 당신의 명성이 위기에 처해 있다. 지금 당장 빌라 레 시레누세를 찾아가 그 비도덕적이며 폭력적인 행위를 멈추도록.

그 편지를 읽고 처음에 스티븐은 웃음을 터뜨렸고, 그다음에는 이 편지가 순전히 장난이라고 생각했다.

그러나 결국 그는 어머니에게 전화를 걸었다.

타오르미나의 그랜드 티치노 호텔 테라스에 앉아 있던 그웬은 이 이상한 편지를 보낸 사람의 정체는 물론 이 편지에 담긴 말의 의미도 모른다고 했다.

"터무니없는 소리로만 들리는구나. 아니면 코난 도일 소설을 너무 많이 읽은 사람이 보낸 거 아니겠니?"

그웬은 잠시 생각에 잠겼다. 빌라에 있는 네 사람을 곤란에 처하게 하려는 사람은 과연 누구일까?

그 순간 그웬은 빌라를 버리지도, 그렇다고 그곳에서 벗어나지도 못하는 스티븐이 빌라 레 시레누세와의 관계를 회복하는 것도 나쁘지 않겠다는 생각이 들었다. 애초에 어쩌다 그곳을 호텔로 팔아버리겠다는 생각까지 한 걸까? 이제는 다른 누구도 아닌 스티븐에게 란짜렐라의 마법이 필요할 때였다. 그 마법이 아들을 어디로 인도할지는 아무도 모를 노릇이었다.

"한번 가보려무나."

그웬이 조언했다.

"네가 가보는 것이 좋겠다. 비어트리스와 이마쿨라타도 반가워할 테니까."

"하지만 제가 가면 다른 사람들은요?"

스티븐은 망설였다.

"그들의 평화를 제가 방해하는 꼴이 되지 않을까요?"

"란짜렐라는 봄이잖니. 햇빛이 찬란하고 아몬드꽃이 만개했단다. 가서 영혼을 달래려무나."

스티븐은 마음을 결정했다.

"그럴까 봐요."

"좋은 생각이야."

그때 그웬의 머릿속에 더 좋은 생각이 떠올랐다.

앤절라가 있었지.

처음에는 앤절라가 마음에 들지 않았지만, 시간이 지날수록 그웬도 그녀가 좋아졌다. 친구들이 생기면서 앤절라는 온화해졌고 리더 노릇을 하고자 하던 고집도 내려놓게 되었다. 문제는 휴고와의 일이 있은 뒤로 앤절라가 런던으로 돌아가겠다고 소란을 떨어댔다는 것이다.

스티븐은 오래전 옥스퍼드에 다닐 때 앤절라와 사귀던 시절에 대해선 이야기해준 바가 별로 없었지만, 그웬은 아마 그 관계에 종지부를 찍은 것은 스티븐일 것이라고 짐작했다. 앤절라는 자존심이 강하니까.

휴고와의 일만으로도 자존심이 상할 대로 상했을 텐데, 아무리 오래전일지라도 자신을 차버린 스티븐까지 온다는 걸 알면 앤절라는 당장 런던행 비행기에 뛰어오르고도 남았다. 스티븐의 동정을 받기엔 자존심이 허락지 않을 것이다.

그웬의 생각에는 안타깝기 그지없는 일이었다. 스티븐은 이렇게 오랫동안 혼자였는데 말이다.

"얘야, 빌라에 간다는 이야긴 미리 하지 말아라. 네가 간다는 걸 알면 다들 너를 맞이하느라 하던 일에서 손을 놓고 부산을 떨어대지 않겠니?"

"그건 싫습니다."

"그래. 내가 만약 너라면 아무 연락 없이 나타날 거다. 그냥 어딜 가던 길에 잠시 들렀다며 깜짝 방문을 하는 거지."

"깜짝 방문을 하면 반가워할까요?"

"당연하지!"

그웬과의 통화가 끝나자 스티븐은 기분이 좀 나아졌다. 아까 느꼈던 초조함은 봄 햇살에 안개처럼 녹아버리고 없었다.

진행하던 계약을 마무리하는 대로 란짜렐라에 갈 생각이었다. 오늘은 목요일. 토요일 오전 비행기를 예약해야겠다.

노트북을 향해 손을 뻗는 스티븐은 자신도 모르게 휘파람을 불고 있었다. 원래는 아예 휘파람을 불 줄도 몰랐는데, 놀랍기 짝이 없는 일이었다.

*

성당에서 결혼식을 치르는 것으로 정리되고 나자 결혼 피로연 준비는 일사천리로 흘러갔다. 마르코는 자신이 단호한 태도를 취했기에 성마른 다니엘라와 결혼식을 잘 치를 수 있겠다고 생각했고, 그 덕분에 친척들도 안심을 했다. 또 결혼식 피로연이 열리는 장소가 다혈질 남자가 운영하는 망해가는 호텔이 아니라서 다행이라고 생각했다.

다니엘라는 웨딩드레스를 엄청나게 마음에 들어 했고 16사이즈의 몸으로 자기 덩치의 반밖에 안 되는 사람을 위해 디자인된 드레스를 입는 것에 전혀 개의치 않았다. 신부의 어머니는 드레스의 등이 말도 안 되게 파였다고 생각했지만 다니엘라가 우기는 대로 3미터짜리 베일로 가리기로 했다.

다랑어 뱃살, 송아지 고기, 금박도 모두 구해 주문해두었고, 어처구니없이 값비싼 살구색과 라일락색 장미도 마찬가지였다. 신부들러리 열두 명은 예산을 아끼기 위해 정원에서 꺾은 꽃을 들기로 했다. 그리고 실비는 인터넷을 뒤진 끝에 명품 매장에서 사는 것과는 비교할 수도 없이 저렴한 가격으로 들러리들이 입을 드레스를 구해 신부의 웨딩드레스와 어울리게 고쳐보기로 했다.

여기까지 왔는데 무슨 문제가 일어나겠어?

＊

에반과 벨린더의 여행은 이제 이틀밖에 남지 않았지만 두 사람은 아직 하고 싶은 일이 많았다. 에반은 소렌토에서 하루를 보내고 싶어 했고, 벨린더는 나폴리의 성탄 박물관에 가고 싶어 했다. 결국 두 사람은 베수비오산에서 말을 타는 것으로 합의했다. 이탈리아의 화산 비탈에 미국 서부 스타일의 마구간이 있다는 사실에 두 사람은 놀랐다. 조랑말이 작고 순해서 에반은 걱정을 덜 수 있었다. 사실 말이 너무 작아서 에반의 긴 다리가 거의 바닥에 닿을 지경이었다.

"모니카의 친구분이시겠군요."

마구간 주인 닉이 두 사람을 맞이했다.

"네, 여기서 남편분의 유해를 뿌렸다고 하시더라고요."

벨린더가 대답했다.

"너무 멋지다는 생각이 들어서, 우리도 말을 타고 베수비오산을 둘러보고 싶었어요. 물론 화산이 폭발하지 않는다는 전제하에 말이에요."

"그 점은 보장해드릴 수 있습니다."

닉이 씩 웃었다.

"과학자들이 폭발의 징조를 잘 정리해뒀습니다. 안타깝게도 서기 79년에는 그런 게 없었지만요. 만약 있었다면 역사는 상당히 달라졌겠지요."

닉이 두 사람을 도와 말에 태웠다.

"벨에게는 순한 말로 부탁드립니다."

에반은 참지 못하고 덧붙였다.

"임신 4개월밖에 안 됐거든요."

"알았습니다. 그렇다면 제가 따라가는 게 좋을 것 같습니다. 방해하지는 않겠습니다."

"가이드가 되어주신다면 더 좋죠. 안 그래, 에브?"

그들은 검은색과 흰색의 털을 가진 조랑말에 올라탔다. 닉은 나중에 날이 더워질 때를 대비해 물통을 자기가 탄 말 안장에 매었다. 그렇게 그들은 용암으로 이루어진 길을 따라 세상에서 가장 유명한 휴화산의 그늘 속 숲과 작은 포도밭, 기암괴석들을 지나갔다.

그들은 비탈을 반쯤 올라간 뒤 말을 멈추고 나폴리만^灣의 장관을 보며 감탄했다. 벨린더가 배낭에서 카메라를 꺼내려고 몸을 돌리려는데 갑작스러운 동작에 놀란 말이 앞으로 달려나가버렸다. 순간적으로 고삐가 아니라 카메라를 먼저 움켜쥔 벨린더가 안장에서 미끄러지며 발목을 접질리는 바람에 악 소리를 질렀다.

닉이 곧바로 말에서 뛰어내려 벨린더가 말에 끌려가지 않도록 등자에서 발을 내려주었다. 하지만 이미 벨린더는 걱정스러울 만큼 하얗게 질려 있었다.

"여기 제 외투 위에 가만히 누워 계시면 차를 가지고 돌아오겠습니다. 10분이면 충분합니다. 자, 물 좀 드시고요."

에반은 말에서 내려와 아내 곁에 무릎을 꿇었다.

"자기야, 괜찮아?"

벨린더는 마치 클레어처럼 날카롭게 쏘아붙였다.

"괜찮은지 아닌지 내가 어떻게 알아? 발목이 아파 죽겠어. 그게 다야."

영원처럼 느껴지던 10분이 지나자 차 소리가 들려왔다. 벨린더는 아직도 창백하게 질려 식은땀을 흘리고 있었다.

닉이 현명하게도 마구간까지 세 마리 조랑말을 몰고 갈 사람을 하나 데리고 나왔다.

"곧바로 나폴리의 병원에 모셔다드리겠습니다. 안 그러면 빌라에 계신 분들이 절 죽여버릴 테니까요! 물론 큰일은 아닐 테지만, 그래도 검사를 받아봐야 마음이 놓이겠지요."

벨린더와 에반은 닉이 대신 결단을 내려준 점에 감사하며 뒷좌석에 올라탔다. 에반은 벨린더를 부축하며 최대한 똑바로 누워 있게 했다.

"이탈리아 스타일로 운전하지는 않겠습니다."

닉은 가벼운 분위기를 유지하려 애써 농담을 했다.

"에반, 신호가 잡히는 대로 빌라에 전화를 걸어주세요. 부모님께서 상황을 아셔야 할 테니까요."

닉이 벨린더에게 담요를 덮어주어야 한다고 우겼기에 그들은 목장에 잠시 들러 담요를 챙겼다.

고속도로에 차가 별로 없어 다행이었다. 30분 만에 나폴리 중심부에 도착할 수 있었다.

에반은 벨린더에게 경련이 있는지 물었지만, 괜한 질문이었다. 만약 경련을 느꼈다면 벨린더가 먼저 말했을 테니까.

빌라에 소식이 전해지자마자 모니카는 자책했다.

"애초에 말 탔다는 이야기 따위를 하는 게 아니었는데!"

"에반 말대로라면 다친 건 발목뿐이야. 아무 문제 없을 거야."

클레어가 모니카를 달래려 애썼다.

"마틴이 지금 병원으로 간대. 진료받으려면 한 시간도 넘게 기다려야 하니 둘 다 올 필요는 없대."

그러면서 클레어는 생각하기도 싫다는 듯 말을 멈췄다.

"응급상황이 아닌 한 말이야."

아까 본 흐릿한 초음파 사진과 그때 나누었던 기쁨을 생각하지 않으려 애썼다.

사실, 클레어는 두 사람이 자신이 아닌 마틴을 불렀다는 사실에 조금 상처를 받았다. 물론 마틴이 더 침착한 성격인 것은 맞지만 말이다. 클레어는 자신이 그 벤처 금융업자라는 자식의 사타구니에 커피를 부었을 때처럼 오버하는 경향이 있다는 것을 잘 알고 있었다. 그래도 예전에 벨린더에게 자신보다 마틴이 더 잘해주었다는 이유로 마틴을 부른 건 아니기를 바랐다.

마틴이 탈 택시가 도착하자 클레어는 소식을 아는 대로 전화하겠다는 약속을 받아냈다. 다행히 해야 할 일이 많아 정신을 분산시킬 수 있어 다행이었다.

마틴이 떠난 지 10분도 지나지 않아 클레어가 웨딩케이크 맨 아래층을 만들 재료를 분류하고 있는데 루카가 도착했다. 집 안으로 들어오지 않고 클레어에게 나오라고 부탁할 정도의 판단력은 있었지만, 그래도 빌라 사람들에겐 이미 다 소문이 난 뒤였다.

"*키아라.*"

루카는 흥분한 듯했고 특유의 절제된 우아함은 온데간데없는 모습이었다.

"그라지엘라가 떠났어요. 이번엔 영영 돌아오지 않는다고 했어요."

그러면서 그가 클레어의 한 손을 잡았다.

"모든 게 잘되고 있었어요. 사업도 호조로 돌아섰고, 당신 덕에 만든 첼로노도 우리 경쟁자들의 리몬첼로보다 잘 팔리기 시작했어요. 당신 친구들의 파티가 끝난 뒤에 인터넷에 온통 도배되었답니다. 어느 잡지에서는 첼로노를 새로운 이탈리아 식전주로 소개하는 기사를 쓰려고 하고, 어제는 대형 유통업체가 저를 만나러 오겠다고 했어요! 하지만 그라지엘라는 제가 사랑하는 사람이 *키아라*라는 것을 안다고 했어요. *키아라 미아*, 레리니에서 앞으로의 인생을 저와 함께해주지 않겠습니까?"

클레어는 그의 말을 듣고 있었지만 루카의 말에 나오는 사람은 자신이 아니라 다른 사람 같았다. 불과 얼마 전만 해도 그토록 듣고 싶었던 그 말이 이제는 공허하고 비현실적으로 느껴졌다.

지금 클레어에게 현실이란 나폴리의 병원에 누워 있을 벨린더였다. 현실이란 유산이라는 우려를 입에 담지 않으려 애쓰는 아들

에반이었다. 두 사람 모두 의사가 벨린더를 검사한 뒤 아무 이상도 없다고 말해주기만을 간절히 기다리고 있었다.

"루카, 미안해요."

그녀는 루카가 이해하기를 바라는 마음으로 그의 눈을 마주보았다.

"저는 곧 영국으로 돌아갈 거예요. 남편과 함께. 제가 돌아가면 분명 그라지엘라도 돌아올 테고, 두 사람은 힘을 합쳐 사업을 일으킬 수 있을 거예요. 당신의 삶의 방식은 당신에겐 맞을지 몰라요. 당신은 가문의 일원이자 전통의 일부니까요. 하지만 제 가족과 전통은 영국에 있답니다."

그러면서 클레어는 루카에게 손을 내밀었다.

"안녕, 루카. 행운을 빌어요. 오래지 않아 신문에서 첼로노가 대박을 쳤다는 기사를 읽으면서, 자그마한 보탬이 되었다는 생각에 기뻐하게 될 거라고 믿어요. 특히 당신이 레리니 레몬이라는 전통을 지켜냈다는 사실에 말이에요."

그 말을 남기고 클레어는 돌아서서 집을 향해 걸었다.

계단 맨 위 칸에 올라서자마자 휴대폰이 울렸다. 마틴의 전화였다.

"클레리, 다 괜찮대."

30년 만에 듣는 애칭이었다.

"벨린더는 괜찮아. 1~2주는 발목을 절겠지만, 그래도 아기는 아무 이상 없대."

클레어는 너무 안심이 되어 차에 타는 루카의 모습조차도 보지 못했다.

"아, 마틴, 하느님 감사합니다. 이제야 다시 숨이 쉬어지네. 모니카도 안심할 거야. 베수비오산에서 말 탄 얘기를 하지 말 걸 그랬다고 어찌나 자책을 하던지."

"그 닉이라는 친구가 정말 현명하게 대처했다고 전해줘. 곧바로 병원까지 태워갔다지 뭐야? 사실 아직도 여기 있어. 빌라까지 태워주겠대. 벨린더가 말하길 그래도 말에서 떨어져서 잘된 게 있다나. 내일 비행기 안에서 휠체어 서비스를 받을 테니 히스로 공항에서 말도 안 되게 멀리 떨어진 게이트까지 걷지 않아도 된다고 말이야!"

집 안으로 들어온 클레어는 「수태고지」 앞을 지나치다가 잠시 걸음을 멈췄다. 중세에 그려진 성모 마리아의 그림은 벨린더가 무사하다는 사실과는 아무 관련도 없을 테지. 하지만 그럼에도 그녀는 그림 속 수태고지를 받는 성모에게 감사하는 마음을 느꼈다.

비어트리스와 이마쿨라타는 부엌에서 분주하게 일하고 있었지만, 이마쿨라타가 서빙용 큰 접시를 가지러 자리를 비우자마자 비어트리스가 클레어의 손을 잡았다. 루카가 그녀의 조카라는 사실을 클레어는 거의 잊고 있었다. 비어트리스가 나지막한 목소리로 말했다.

"잘하셨습니다. *그라치에.*"

비어트리스가 하는 말이 무엇을 뜻하는지는 두 사람 다 알고 있었다.

그러더니 비어트리스는 마치 아무 말도 한 적 없는 사람처럼 다시 빌려온 접시들이 깨끗한지 확인하는 일로 돌아갔다.

"병원에서는 소식 없어?"

모니카는 아까의 클레어만큼이나 초조해하고 있었다.

"괜찮대. 발목을 접질린 게 다야."

그 말에 모니카가 클레어의 품에 무너져내렸다.

"아, 정말 다행이야! 얼마나 걱정했다고."

"알아. 좋은 소식이 하나 있어. 네 친구 닉이 참 현명하더라. 다들 빌라로 데려다준대."

"닉한테 고맙다고 해야겠다."

"그러면 닉도 좋아할 거야."

클레어가 짓궂은 말투로 덧붙였다.

"그건 그렇고, 꽃은 잘 되어가고 있어?"

모니카는 꽃 생각은 거의 잊고 있었다.

"집 옆 원예 창고에 넣어두었어. 서늘하고 어두워서 꽃이 피기 딱 좋아. 야생화의 단점이 하나 있다면, 결혼식 당일 아침에 꺾지 않으면 발기부전처럼 축 늘어진다는 거지. 그래서 나랑 루이지와 조반니가 아침 일찍부터 준비해야 해. 사실 조금 전에 배달이 왔어. 지금 가져다 놔야겠다."

모니카가 꽃시장에서 온 커다란 상자 두 개를 집어 들었다.

원예 창고 문을 열자마자 꽃향기가 진동했다. 한쪽에는 테라코타 화분이 죽 늘어서 있었고, 그 뒤에는 손수레가 있었음 직한 공간이 있었다. 지금은 그 자리에 낡은 담요와 거미줄로 뒤덮인 천이 잔뜩 놓여 있었다. 루이지가 서리를 대비해 식물에게 덮어주려고 준비한 모양인데 이곳 기후를 생각할 때 사용할 일은 없을 것 같았다.

모니카는 표면에 광택 처리를 한 화훼용 양동이 열두 개를 사두었고, 리본으로 묶은 장미들은 몇 단씩이나 착착 쌓인 채로 부케와 테이블에 올릴 센터피스가 되기를 기다리고 있었다. 꽃은 타이밍이 전부였다. 야생화 부케라니 골치는 아팠지만, 한편으로 생각하면 정원에 핀 야생화는 옅은 색 아네모네에서 야생 붓꽃, 흰색 시클라멘부터 작고 푸른 히아신스까지 그 종류가 다채로웠다. 선택지가 아주 많은 셈이었다. 이 꽃들을 아이비와 함께 머리 장식에 엮으면 소탈하면서도 눈에 띌 것이다. 성당의 신도석 양 끝에는 재스민과 크림색 동백꽃, 오렌지꽃을 장식할 생각이었다.

크고 화려한 장식을 만들 용도로는 하얀 작약, 라일락, 그리고 모니카가 가장 좋아하는 수국인 마담 에밀 무예를 쓸 것이었다. 패랭이꽃과 라벤더를 조합해 인상주의 그림처럼 꾸며볼까 구상도 해보았지만, 영국 시골풍 결혼식이라면 반드시 희고, 희고, 흰 꽃으로 가득해야 한다는 것이 모니카의 최종 결론이었다.

✻

그웬은 마리엘라의 방과 붙어 있는 자기 방 발코니에 앉아 햇볕을 쬐는 중이었다. 마치 가만히 누워서 조용히 파리를 찾는 늙은 도마뱀이라도 된 기분이었다. 아주 편안한 기분이었다는 뜻이다.

마리엘라와의 여행이 끝나간다는 사실이 못 견디게 좋았다. 이렇게까지 감사한 기분이 드는 건 오랜만이었다. 마리엘라의 이기심은 어마어마했다. 그 나이를 먹고도 자기 인식이 현저히 떨어지는 듯했다. 아마 마리엘라의 남편 네빌은 그녀의 요구를 무시할 수 있으니 귀가 먹어서 다행이라고 생각할 것 같았다.

"그웬!"

마리엘라가 옆방에서 자기 연민이 묻어나는 목소리로 외쳤다.

"나 오늘 몸이 정말 안 좋아. 화장실에서 밤을 새우다시피 했지 뭐야. 솔직히 말하면 위도 아래도 난리야. 어젯밤 자기가 데려간 식당 탓이 분명해. 식당에서 이상한 냄새가 나는 것 같았어. 이탈리아의 위생 기준이 문제인 게 분명해. 잠시 들어와줄 수 있어?"

그웬이 문을 두드리자 마리엘라가 발을 질질 끌며 나와 문을 열어주었다. 그웬의 기억이 맞는다면 마리엘라는 어젯밤에도 사형수의 마지막 식사라고 해도 과언이 아닐 정도로 푸짐하게 식사했다. 문제는 과식일 것이다.

"내일 비행기를 탈 수 없을 것 같아."

마리엘라가 말했다.

"모니카를 불러줘. 여기서 하루 이틀 있다가 내가 회복되면 같이 영국으로 돌아가면 되니까. 그 친구들이랑 빌라에서 있을 만큼 있었지. 여자들끼리 오래 붙어 있으면 안 좋아. 서로 호르몬에 영향을 받으니까."

"수녀들이 다 똑같은 기간에 생리하는 것처럼?"

그 말에 마리엘라는 코웃음을 쳤다. 그녀는 그렇게 사적인 화제는 입에 올리길 좋아하지 않았다. 호르몬이나 섹스 같은 이야기는 안 할수록 좋았다.

"어쨌든 전부 여자만 있는 것도 아니잖아. 토니와 마틴도 같이 있으니까."

"그래도 이젠 집으로 돌아가야지."

"아니."

그웬은 그렇게 간단히 일축해버렸다.

"아니라니, 무슨 뜻이야?"

"그냥 아니라고, '아니, 마리엘라, 난 모니카에게 여기 와서 자기를 돌보라고 설득하지 않을 거야'라는 문장에서처럼 말이야. 그럴 필요가 없거든. 모니카에게도 자기 생활이 있잖아. 우리한테도 우리 인생이 있었듯 이제 우리 아이들이 자기 인생을 살아갈 때야. 게다가 자기는 내일이면 괜찮아질걸."

"하지만 자식한테는 부모를 돌봐야 하는 의무가 있어. 부모를 돌보는 건 의무라고."

"그 의무를 거저 얻는 건 줄 알아? 모니카에게 해준 게 뭐가 있어서?"

마리엘라는 어처구니없다는 표정으로 그녀를 쳐다보았다.

"여태 살 집을 주었잖아? 그러니까 이제는 그 보답을 해줘야지."

"맞아, 하지만 친구 콘스탄틴 덕분에 이제는 자기 집이 필요 없어. 자기도 돌봐줄 사람이 필요하면 다른 사람들처럼 간병인을 구하라고."

"집에 낯선 사람을 들이란 말이야?"

"자기가 늘 얘기했듯이 자기 집은 너무 넓어서 탈이잖아. 집에 낯선 사람이 있어도 웬만해선 마주칠 일 없을걸? 새로운 사람을 상대로 갑질하다 보면 자기도 금세 재미를 붙일 거야. 아무튼 오늘 저녁 식사엔 참석할 수 있겠어? 지배인이 오늘 밤 칵테일 파티가 있다고 한 거 잊지 않았지?"

그 소름끼치는 파티 생각을 하자 마리엘라는 금세 기분이 좋아진 듯했다.

"도움을 좀 받으면 갈 수 있을 것도 같아."

"좋은 소식이네. 프런트에 전화해서 사람을 불러달라고 할게. 개인적으로 난 출세에 목마른 사람으로 가득한 그런 장소는 가급적 피하고 싶어서, 테라스에서 책이나 읽으면서 그레이트 미센든으로 돌아가기 전 마지막 석양이나 감상할 생각이야."

그웬은 당황한 마리엘라가 붙잡기도 전에 얼른 일어나서 방을 나갔다.

방에 들어오자마자 그웬은 모니카에게 메시지를 보냈다.

'네 엄마 무사하다. 도와달라고 해도 무시하렴. 내일 집으로 돌아갈 거야. 앞으로도 빌라에서 좋은 시간 보내려무나. 그웬이.'

메시지를 보낸 그웬은 미니바에 있던 프로세코 와인을 마시며 혼자 웃었다.

곧 스티븐이 란짜렐라에 도착하겠지.

*

마틴과 클레어는 렌트카에 함께 타고 아들 부부를 공항까지 배웅해준 다음 택시로 돌아오기로 했다. 결혼식 준비가 막바지에 이른 지금 시간이 없었지만, 모르는 사람의 결혼식보다는 아들 부부의 배웅이 훨씬 더 중요하게 느껴졌다.

클레어가 벨린더와 뒷좌석에 탔고 에반이 운전을 하는데 마틴이 조수석에서 아들에게 말을 붙였다. 벨린더가 발에 붕대를 감고 있기는 했으나 차 안은 축제 분위기였다. 다들 상당히 마음이 놓인 상태였다.

"모니카도 나만큼이나 널 걱정했단다. 자기가 말을 탄 이야기를 해준 게 잘못이었다고 자책하면서 말이야."

"어머님도 아시잖아요."

벨린더가 놀리듯 대답했다.

"저는 한번 한다면 남이 뭐라고 하건 무조건 해버리잖아요. 저도 조심해야겠어요. 젊은 사람이라면 그저 멋지고 대담한 행동이었겠지만 나이가 들어서 하니 남부끄러운 추태가 되더라고요!"

클레어는 마리엘라를 떠올리며 그 말이 정말 맞다고 생각했다.

그때 벨린더가 손을 잡는 바람에 그녀는 깜짝 놀랐다.

"어머님, 여기서 훨씬 더 편안해 보이세요. 보통 사람들은 집에 있을 때 가장 편한데 참 이상하죠. 아마 두 분만의 집처럼 느껴지지 않아서 화를 많이 내셨나 봐요."

"내가 그렇게 화를 많이 냈니?"

"어머님! 당연히 그러셨죠. 하지만 저도 이기적이었잖아요."

클레어는 벨린더의 손을 꼭 잡았다.

"아기 소식이 너무나 반갑다."

벨린더는 자기 배를 가만히 토닥였다.

"맞아요. 아들인지 딸인지는 몰라도 의지가 보통이 아닌가 봐요."

"그건 그렇고,"

벨린더는 앞자리에서 즐겁게 떠드는 시아버지에게는 들리지 않도록 목소리를 낮추었다.

"어머님은 편안해 보이시는데, 아버님은 어떻게 된 거예요? 완전히 사람이 달라졌는데요?"

"때로는 일상을 떠날 필요가 있나 봐."

그러면서 클레어도 벨린더에게 몸을 바짝 가져가 속삭였다.

"지난번에는 마틴이 누굴 때리기까지 했단다!"

"설마, 어머님을 지켜주려고요?"

"상대는 내 친구 앤절라를 모욕하더니 나에게까지 시비를 건 나쁜 놈이었어. 마틴도 더는 참을 수가 없었던 거지."

"아버님이 10년은 젊어 보이세요. 다들 란짜렐라가 마법을 부린다고 얘기하던데, 그 마법을 병에 담을 수 없는 게 아쉽네요. 저도 집으로 가져가고 싶은데! 그건 그렇고, 언제쯤 돌아오세요?"

아무런 나쁜 의도도 없는 질문이었는데도 클레어는 전기에 감전된 것 같은 충격을 느꼈다. 빌라가 결혼식장으로 큰 수익을 올릴 수 있다는 것을 증명하고 나면 이제 클레어가 그곳에 남을 이유는 하나도 남지 않게 된다. 또, 루카에 대해서도 마음을 결정한 이상, 이제는 집으로 가서 애초 이곳으로 떠나온 이유였던 그 불만을 다시는 느끼지 않도록 몇 가지 변화를 꾀할 차례였다.

클레어는 루카가 아닌 마틴과 가족을 선택했다. 희생을 치른 만큼 앞으로는 함께할 삶을 위해 노력해야 할 것이다.

마틴은 클레어가 한 말을 들었는지 말았는지, 에반과의 이야기를 멈추지 않은 채 뒤로 손을 뻗어 그녀의 손을 꼭 잡았다.

그 모습을 본 벨린더는 한쪽 눈썹을 치켜올리며 씩 웃었다.

"제가 보기엔 두 분이 더없이 잘 지내고 계시는 것 같은걸요."

비행편은 정시에 도착할 예정이었고 벨린더를 태울 휠체어도 준비되어 있었다.

"여행할 때마다 다쳐야겠는데요."

체크인 카운터에 줄이 길게 늘어서 있는 것을 보며 벨린더가 웃었다.

"잘 가려무나!"

클레어가 에반을 향해 외쳤다.

"안녕히 계세요, 엄마, 아빠. 즐겁게 지내시고요."

클레어는 집으로 돌아가는 길에 마지막 준비를 마치기 위해 아이패드를 꺼냈다.

"전부 잘 진행되고 있어?"

마틴이 물었다.

"그랬으면 좋겠네."

클레어는 아이패드 커버를 닫으며 대답했다.

"자연스러운 보헤미안 스타일 결혼식은 형식적인 결혼식에 비해 손이 많이 가는 게 단점이야. 마지막 순간까지 모든 걸 다 살펴야 하거든."

클레어는 육촌이며 팔촌까지 모두 불러 접객을 시키겠다는 비어트리스의 제안을 물리치고 전문 인력을 고르기로 했다. 이 때문에 동네 처녀들은 실망했지만 클레어는 안심이 되었다. 클레어는 자신이 하는 일을 정확하게 이해하는 사람들이 필요했다. 결혼식 접객은 예술에 가까웠다. 남들이 식사를 다 마칠 때까지 음식을 받지 못하는 사람들도 생기고, 한쪽에선 빈 잔만 놓고 기다리고 있는데 다른 이들은 와인을 양껏 마시기도 했다. 그래서 이런 일들을 경력과 섬세함으로 관리할 사람이 필요했다. 더욱이 이탈리아 사람들은 성미가 불같았다. 신랑 쪽 가족이 더 특혜를 받고 있다고 신부의 가족이 앙심을 품어 대대로 이어지는 피비린내 나는 원한 관계가 시작되는 건 원치 않았다.

빌라로 돌아가니 실비와 모니카, 앤절라가 정원에 모여 있었다.

"클레어, 이상한 일이 벌어졌어."

모니카가 설명했다.

"님프상이 사라져버렸어."

세 사람은 란짜렐라에서의 첫날 클레어가 수영했던, 종려나무 잎으로 장식된 바위를 파서 만든 샘을 내려다보고 있었다.

"그럴 리가!"

클레어는 스웨덴 누아르 스릴러에 나오는 희생자처럼 물속에서 님프상이 마주 위를 올려다보고 있지 않을까 하는 마음으로 물속을 들여다보았다. 그러나 물속에는 아무것도 없었다.

"적어도 1톤은 나갈 텐데! 실물 크기인 데다가 전체가 대리석인 걸! 루이지와 조반니가 알지 않을까?"

"두 사람도 우리만큼이나 당황했어. 세척하려고 가져가거나 한 것도 아니래. 그냥 사라진 거야."

님프가 있던 빈자리를 바라보고 있자니 울음이 날 것 같았다. 어느새 그 님프상은 이곳에 있던 짧은 기간 동안 그녀에게 일어난 변화를 나타내는 상징물이 되어버렸던 것이다.

"설마 어느 집 정원에 서 있거나 이탈리아 폐품 처리장으로 가지 않았으면 좋겠어. 그렇게 생각하면 도저히 견딜 수가 없으니까. 그 님프상은 진짜 예술 작품이란 말야. 영국 귀족이 세워둔 그러 그런 장식물이 아니라고."

"다행히 휴대폰으로 찍어둔 사진이 있어."

클레어가 굉장히 속상해하는 것을 알아차린 모니카가 그녀에게 한 팔을 둘렀다.

"콘스탄틴에게 도와줄 수 있는지 물어볼게. 그분이 예술계를 잘 알잖아."

"좋은 생각이지만 일단 그건 나중에 하고, 우선 결혼식 문제부터 해결하자. 오늘 오후에 회의를 해야겠어. 다들 와서 시간표를 만들자고. 훌륭한 여흥의 첫째 규칙은 언제나 시간표가 있어야 한다는 거잖아."

클레어가 그렇게 말하자 모니카는 감동이라도 받은 듯 그녀를 쳐다보았다.

"맞아."

클레어가 씩 웃었다.

"내 안의 앤절라를 불러내본 거야. 이 자리에서 4시에 보자고.

그때까지 일할 사람들이랑 급사장도 다 불러놓을게. 실비, 앤절라, 회의 준비를 해주겠어? 루이지와 조반니가 곧 와서 탁자와 의자를 설치할 거야. 난 부엌에 있을 테니 필요하면 불러."

클레어는 모니카를 향해 웃어보였다.

"앞으로 서른여섯 시간은 쭉 거기 있겠지!"

그다음으로 클레어가 한 일은 일기예보 확인이었다. 휴대폰 속에서 완벽하게 샛노란 태양이 웃고 있는 것을 보자 너무나도 행복했다. 내일은 날씨가 맑을 게 분명했다.

20

"다들 조용히 하세요."

방 안에 가득 모인 들뜬 이탈리아 사람들을 조용하게 만드는 일은 클레어에게 새로운 도전 과제였지만, 그녀는 효율적인 방법을 찾아냈다. 말을 듣지 않는 사람을 나무 숟가락으로 가리키는 것이었다.

테라스에는 차양을 치고 가대식 탁자들을 놓았고 여기저기서 빌려온 다양한 종류의 의자에는 임페리얼 퍼플 색상의 벨벳에서부터 로열 스튜어트 타탄을 조잡하게 복제한 천에 이르기까지 온갖 종류의 천을 덮어두었다. 마르코 집안사람들이 느긋한 보헤미안 스타일이라는 콘셉트를 이해하기를 바랄 뿐이었다. 만약 그렇지 않다면 아마 그 집안사람들은 이 빌라가 고물상이라도 되어버린 줄 알 테니까.

"정말 멋지다."

앤절라가 칭찬했다.

"그야말로 케이트 모스풍인걸. 특히 하얀 테이블보에다 은 식기를 차려놓은 게 말이야."

클레어도 그 점을 인정할 수밖에 없었다. 흰 테이블보에 은 식기는 섀비 시크풍으로 서로 짝이 맞지 않는 접시들과 화려한 색 냅킨을 꺼내놓은 상차림과도 썩 어울렸다. 전체적인 모습이 새파란 하늘과 어우러지자 꼭 시골 축제 같은 분위기가 나서 신랑 신부 가족들도 좋아할 것 같았다. 이탈리아 결혼식에 대해 알아보느라 살펴보았던 결혼사진들 속에 나온 답답한 격식과는 확연히 달랐다.

"꽃은 어떻게 되고 있어, 모니카?"

앤절라가 물었다.

"잠깐만, 회의 책임자는 클레어 아닌가?"

모니카가 이죽거렸다.

앤절라는 조금도 기분이 상하지 않은 듯 미소를 지으며 다시 자리에 앉았다.

"꽃 이야기가 나왔으니 말인데, 정말 근사해. 특히 부케가 너무 아름다워. 루이지와 조반니, 그리고 내가 내일 아침 오전 여섯 시에 야생화를 꺾기로 했어."

그 말에 조반니가 히죽히죽 웃는 소리를 듣자 초등학교 시절 야한 농담을 주고받으며 키득대던 남자아이들이 떠올랐다.

클레어는 엄한 눈으로 그를 쳐다보았다. 조반니의 셔츠는 단추 하나만 더 풀었다가는 홀러덩 벗겨져버릴 지경이었다.

"조반니, 내일 최선을 다해 일찍 일어나야 해요. 내일 아침에 조반니를 깨우며 시간 낭비하고 싶진 않으니까."

"*키아라 미아*, 전 항상 최선을 다한답니다."

조반니가 그렇게 대답하며 섹시하게 몸을 앞으로 구부리는 것이 그야말로 동네 양아치 같은 행색이라 클레어는 하마터면 깔깔 웃음을 터뜨릴 뻔했다.

"좋아요. 루이지, 내일 아침 일찍 성당에 꽃 장식을 할 수 있도록 문을 열어둘 수 있는지 한 번 더 확인해주겠어요? 허가를 받았는지도 확인해주세요. 만약 문제가 생기면 모레티 씨가 해결해줄 거예요. 교구 신부와 잘 아는 사이 같았으니까."

클레어는 신랑 신부의 허락을 받은 식순표와 좌석표를 꺼냈다.

"자, 여기에 언제 무엇을 해야 할지가 다 적혀 있어요. 바깥에 하나 붙여놓을게요. 또 차를 세울 공간이 협소하니 빌라 뒤편에서 발레파킹을 하게 될 거예요. 실비, 다니엘라의 웨딩드레스와 들러리 드레스는 어떻게 되고 있어?"

"별관에 신부 대기실을 만들어뒀어. 그곳에서 신부와 들러리들이 옷을 갈아입을 수 있어. 옷을 갈아입은 뒤에는 차에 타고 성당에 가서 결혼식을 하겠지만, 돌아올 때는 모니카가 예약해둔 작은 이탈리아 밴드를 대동해서 손님들과 함께 빌라까지 걸어올 거야. 약간의 중세풍을 가미했지."

"결혼식이 지금처럼 형식적으로 변하기 전에는 그런 풍습이 있었거든."

모니카가 설명해주었다.

"그러면 온 마을 사람들이 함께 나와서 가는 길에 축복을 빌어주는 거야."

"정말 멋진 아이디어야!"

클레어가 칭찬했다.

"그럼… 다니엘라 말로는 남편을 위한 깜짝 선물을 준비해두었다고 하네."

"다니엘라는 참 깜짝 놀랄 만한 여자죠."

조반니가 중얼거렸다.

"케이크를 자른 다음에는 서로에 대한 순결한 사랑의 표식인 흰비둘기 열두 마리를 날려 보낸다나 봐."

뒤에서 조반니가 다 들릴 정도로 킬킬 웃었다.

"뭐, 귀여운 일이기는 한데."

실비가 조반니를 험악하게 노려보았다.

"대체 새를 어디다가 뒀다가 날려보낸대?"

"조련사들이 데리고 올 거라나 봐. 다행이지. 그 사람들은 자기 차례가 올 때까지 집 반대편에서 대기할 거라고 하지만, 그들이 눈에 띄지 않게 누구 한 사람이 지키고 서 있어야 할 것 같아. 조반니, 할 수 있겠어요? 아니면 그냥 거기서 라운지 리저드*처럼 하릴없이 서 있을 거예요?"

"라운지 리저드가 뭔데요?"

조반니가 또 히죽히죽 웃었다.

"됐어, 신경 쓰지 말아요. 마틴, 당신이 순결의 비둘기를 담당해 주겠어?"

마틴은 웃으며 고개를 끄덕였다.

"조반니는 대체 왜 저래?"

클레어가 목소리를 낮추어 친구들에게 투덜거렸다.

"물론 평소에도 태도가 엉망이긴 하지만 평소보다 열 배는 더 심하잖아? 똥 마려운 강아지처럼 정신을 못 차리는데?"

"아마 결혼식 때문에 흥분한 게 아닐까?"

실비의 추측이었다.

"결혼식 첫날밤을 상상하느라 테스토스테론이 날뛰는 건지도 모르겠다."

"조반니의 테스토스테론은 이미 건강에 해를 끼칠 수준이야. 누가 조반니를 잘 감시해야 할 것 같아."

* 돈 많은 여성을 노리는 한량.

클레어는 조반니를 못 미더운 눈으로 바라보았다.

"조반니가 이제 와서 신부를 데리고 도망치지도 못할 건데 뭐. 게다가 돈도 없잖아. 다니엘라가 조반니를 택하기엔 너무 돈을 밝히는걸."

"제발 그랬으면 좋겠다."

그러나 또 하나 커다란 걱정거리가 금세 생겨났다. 네 사람이 오늘 할 일을 다 마친 뒤 지쳤지만 행복한 기분으로 테라스에 앉아 있을 때였다.

"저거 어쩐지 불길한데."

난간에 기대 있던 앤절라가 문득 몸을 내밀며 입을 열었다. 수평선 위에 평소답지 않게 짙은 먹구름이 끼어 있었는데, 영국인의 눈에는 비 소식만큼이나 불길해 보였다.

"금세 사라지지 않겠어?"

클레어가 희망적으로 대답했다.

하지만 30분 뒤 먹구름은 결국 란짜렐라에 도달하고 말았다. 비가 내리지는 않았지만 먹구름은 짙은 황색 안개를 몰고 왔다.

"아이고, 어쩌면 좋아."

클레어의 낙관도 결국에는 바닥나고 말았다.

"40년대 런던이 따로 없네."

"이런 계절에는 상당히 흔하대."

앤절라도 나름대로 알아본 모양이었다.

"이 지역에선 흔한 현상인가 봐. 작년에 이 동네에서 대규모 할리우드 영화를 찍다가, 안개가 끼는 바람에 하루를 쉬었대."

"그 말을 들으니 더 불안하잖아."

"광장에서 만난 동네 사람들 말로는 결혼식엔 지장이 없을 거래. 다들 구경하러 나오려고 자리도 맡아두었다니까."

클레어는 두 손에 고개를 묻었다.

"드라마 「달링 버즈 오브 메이」 같은 결혼식을 바랐는데, 「해머 하우스 오브 호러」가 되고 말았어."

앤절라가 클레어를 안아주었다.

"안으로 들어가서 커튼 닫고 좋은 와인이나 한 병 따자."

"내일 아침에 커튼을 걷었는데도 날씨가 저 모양이면 어떡해?"

"아닐 거야. 그냥 기다려보자고. 자고 일어나면 화창한 아침이 기다리고 있을 거야."

✻

스티븐은 기분이 이상했다. 아주 가끔 빌라 레 시레누세를 방문할 때마다 기분이 착잡했었다. 그런데 어린아이처럼 들뜬 마음으로 빌라를 향하는 지금 왜 하필 이런 일이 일어난 걸까? 짙은 안개 때문에 그가 탄 비행편은 우회해 바리에 기착했다.

물론 바리에 호텔 방을 잡고 다음 날 차를 빌려 란짜렐라로 가는 것이 이성적인 판단이리라. 하지만 스티븐은 다른 무엇도 아닌 굳건한 의지로 유명한 사람이었고, 때로 그가 내리는 무모한 결정은 그만한 결실을 맺곤 했다.

그래서 스티븐은 호텔 대신 택시를 잡고 기사에게 세 시간 거리의 란짜렐라로 가자고 말한 다음 차에 탄 채 잠이 들었다.

빌라에 도착했을 때는 칠흑 같은 밤이었다. 오래된 수도원의 그림 같은 아치며 주실들이 위치한 사각의 탑은 으스스한 안개에 뒤덮여 있었다. 털가시나무 숲속에서 짝을 찾는 올빼미 울음소리 말고는 완벽하게 고요했다.

스티븐은 기사에게 팁을 주고 내린 다음 빌라의 커다란 뒷문을 여는 열쇠를 꺼냈다. 집 안도 바깥만큼 쥐죽은 듯 고요했다. 부엌에 들어가서야 배가 고프다는 걸 깨달은 스티븐은 냉장고에 있는 햄과 치즈를 꺼내고 누군가가 따둔 화이트 와인도 한 잔 따랐다.

요깃거리를 들고 거실로 나가자 테라스에 깜짝 놀랄 만한 장면이 기다리고 있었다. 테라스는 시골 잔치 장면을 촬영하기 위한 세트장처럼 꾸며져 있었다. 글래스턴베리 페스티벌과 토머스 하디의 만남이라 할 만했다. 패션에 별로 조예가 깊지 못한 스티븐의 눈에도 트렌디하고 빈티지해 보이는 모습이었다.

집으로 돌아왔다가 파티가 열리기 직전이라는 사실을 알면 어떤 사람들은 기분이 나쁠지도 모르겠다. 하지만 스티븐은 마음이 유달리 넓은 사람이었다. 모두가 파티를 열 정도로 편안하게 지낸다니 기분이 좋았다. 편히 쉬라고 했더니 정말로 마음이 편한 모양이었다. 스티븐도 파티를 좋아했다. 자신이 주최할 필요가 없는 파티라면 더 좋았다. 자신이 온 걸 알면 다들 놀라겠지만, 그래도 스티븐을 파티에 끼워줄 것 같았다.

그는 내일의 파티를 위해 안개가 걷혔으면 좋겠다고 생각하며 소파에 앉았다. 그때 은제 액자 속 자신의 결혼사진이 눈에 띄었다. 누군가 액자 옆에 빨간 장미 한 송이가 담긴 화병도 갖다 놓았다. 아마도 비어트리스겠지.

스티븐은 액자를 집어들었다.

'이 빌라를 다시금 사랑해보려 해, 카를라.'

그는 사진 속 카를라에게 고백한 다음 가볍게 사진에 입을 맞추었다.

'우리 두 사람의 아이가 있었다면 좋았을 텐데. 물론 그때 우리는 아주 어렸으니, 아이가 있었다면 이미 중년이 되었을 테지만 말이야.'

그런 생각을 하니 웃음이 났다.

'마흔 살짜리 아이를 갖는 상상을 하다니!'

그때 문득 쌓인 피로가 쏟아졌다. 오랜 세월 혼자 살며 집안일에 이골이 난 스티븐은 직접 설거지를 하고 나서 여행가방을 집어들었다. 그는 빌라에 올 때면 항상 제일 앞쪽의 방을 썼는데, 어머니도 빌라에 와서 그 방을 썼다고 하셨다. 어머니는 실비가 누구도 따라 할 수 없는 자신만의 솜씨로 방 세 개를 더 꾸며놓아서 묵을 수 있는 방이 더 많이 생겼다고도 했다. 어서 그 방을 구경해보고 싶었다.

방 안의 커튼이 약간 열려 있었고 바깥에서 들리는 올빼미 울음소리 덕분에 이 세상이 아닌 것만 같은 낯선 분위기가 한층 더 강렬하게 뿜어져나왔다. 그냥 평범한 울음소리일 뿐인데 어쩌면 저렇게 애절하담?

스티븐은 옷을 벗고 침대로 올라갔다.

그러나 침대 속에서 잠들어 있던 누군가의 따뜻한 몸이 느껴지는 바람에 그는 당황하고 말았다.

자고 있던 사람은 일어나 앉더니 말보다 주먹을 먼저 날렸다.

"조반니, 네놈이야? 당장 꺼져!"

스티븐은 주먹에 맞아 멍이라도 들까 봐 얼른 몸을 피했다.

"사실은,"

그가 미안해하며 설명했다.

"조반니가 아니라, 스티븐 찰스워스입니다."

"스티븐!"

앤절라는 불을 켜자마자 기절할 뻔했다.

"대체 여기서 뭐 하는 거야?"

벌거벗은 몸을 시트로 가까스로 가리고 있던 스티븐은 이 모든 사태가 너무 우스꽝스럽다 생각했다. 그러면서 경탄의 눈으로 앤절라를 눈여겨보았다.

"세상에, 앤절라. 하나도 안 변했어! 그런데 조반니는 누구지?"

"조반니는 이 빌라에서 일하는 정원사 보조야. 동네 양아치이기도 하고. 요 며칠 하도 이상하게 굴어서 무슨 사고 하나 칠 거라고 생각했었어. 때리려고 해서 미안해."

"숙녀분의 침대에 몰래 들어왔으니 당연한 벌이겠지. 그런데 작은 문제가 하나 있군. 우리 둘 다 걸친 것이 없다시피 하니 말이야."

"불 끄고 옷 입을게."

앤절라의 말이었다.

"당신은 옛날에도 이렇게 현실적이었지."

스티븐이 옛일을 떠올렸다.

"나도 티셔츠와 팬티를 입을게. 스물까지 세고 나서 다시 불을 켜자."

그러자 어둠 속에서 앤절라가 낄낄 웃기 시작했다.

"정말 황당한 상황이네!"

"다 내 잘못이야. 어쩌면 우리 어머니 잘못인지도. 어머니가 빌라에 미리 알리지 말고 깜짝 방문을 하라고 했지 뭐야."

"그렇다면 대성공이네. 당신이 침대에서 자. 나는 신부 대기실에 가서 잘게."

"신부 대기실이라니?"

스티븐이 놀라 물었다.

"누가 결혼하는 거야? 모니카는 아니겠고."

스티븐이 잠시 입을 다물었다가 물었다.

"혹시 당신이 결혼해?"

"다니엘라라는 아가씨야. 이 빌어먹을 안개가 걷힌다면 란짜렐라 '올해의 결혼식'이 될 텐데 말이야. 사연이 긴데, 요약하자면 빌라를 팔지 않아도 돈이 생긴다는 걸 당신에게 보여주고 싶었어."

"그 계획이 이뤄지면 좋겠는걸."

"잘 자, 스티븐. 나중에 옷을 챙기러 올 때 당신 깨지 않게 살짝 다녀갈게. 예상은 하겠지만 우리 내일 엄청 바쁠 것 같거든."

"혹시 내가 도와줄 게 있으면 말만 해. 이 빌라가 다시 행복으로 넘치는 것 같아서 기쁘네."

"정말 멋진 곳이야. 우리 전부 이곳을 사랑하게 된 것 같아."

"내일 날씨가 화창해지길 빌게."

앤절라는 실비가 쉐즈롱 위에 펼쳐놓은 웨딩드레스를 내일 아침 다니엘라에게 입힐 수 있도록 챙겼다.

그러면서 앤절라는 실비의 작품을 바라보았다. 진정한 예술 작품이었다. 정말이지 결혼식이란 요상한 일이었다. 앞으로의 인생과는 큰 관계가 없을 단 하루를 위해서 이토록 많은 돈을 쏟아붓고 요란한 계획을 세우다니 말이다. 하지만 마음 한편에서 앤절라는 자신은 영영 신부가 될 수 없으리라는 생각에 내심 슬프기도 했다. 결혼이라는 인생의 중대사를 그녀는 스스로 거부하고 말았다. 드루가 지적했듯 개 한 마리 없는 신세인 것이다.

"하지만 난 마음이 얼음장같이 차가운 노처녀는 아니라고."

앤절라는 다시금 마음을 다잡았다.

"나에겐 친구들이 있으니까!"

신부 대기실에 있는 것 중 그나마 덮을 만한, 여미지 않고 펼쳐 놓은 천 아래에 불편하게 기어 들어가면서 앤절라는 미소를 지었다. 빌라에 온 스티븐은 화가 나서 길길이 뛰는 대신 이 모든 사태가 재미있다고 생각하는 것 같았다. 눈을 감기 전 마지막으로 떠올린 모습은 훤칠한 몸을 침대 시트로 겨우 가리고 아주 오랜만에 그녀와 한 침대에 누운 게 재미있다는 듯 회색 눈을 빛내던 스티븐의 모습이었다.

어느새 아침이었다.

"앤절라, 도대체 왜 여기 있어? 웨딩드레스는 어디 있고?"

"문 뒤에 걸어뒀어. 실비, 진짜 이상한 일이 있었어. 한밤중에 스티븐이 나타났어. 내가 자는 침대에 들어오더라."

"진도가 너무 빠른데?"

"당연히 내가 자고 있는 줄 몰랐지. 사실 조반니인 줄 알고 한 대 쳤지 뭐야. 어제 조반니가 참 이상하게 굴었잖아."

"조반니는 잊어버려. 지금 더 큰 문제가 생겼어."

"안개가 안 걷힌 거야?"

실비가 커튼을 활짝 열자 햇살이 눈부시게 쏟아져 들어왔다.

"신부가 사라졌어."

"그게 무슨 소리야?"

"지금 신부 어머니가 아래층에 와서 히스테리로 길길이 뛰고 있어. 어젯밤에 딸이 여자 친구들이랑 놀러나간 이후로 소식이 없다나 봐."

"세상에!"

앤절라가 벌떡 일어섰다.

"설마 무슨 나쁜 일이라도 일어난 건 아니겠지?"

"오늘 아침 여덟 시에 신부 들러리에게 금색 스틸레토를 잊지 말고 가져오라고 메시지를 보냈다니 별일 없을 거야."

"그랬다면야 어디 있겠지. 설마 마음이 바뀐 건 아니겠지?"

"설마. 차라리 신랑의 마음이 바뀌었다는 쪽이 더 가능성이 있겠어."

"그러면 어서 신부를 찾아봐야겠네."

"앤절라…"

"실비…"

동시에 똑같은 생각을 떠올린 두 사람이 입을 모아 외쳤다.

"조반니!"

"설마, 다니엘라가 그 정도로 생각이 없을까?"

"딱 조반니가 할 법한 짓이잖아. 조반니는 대체 어디 있어? 해가 뜨자마자 일어나서 모니카와 야생화를 꺾기로 했는데."

"다니엘라도 거기에 같이 있는 게 아닐까?"

실비가 간절하게 물었다.

아래층으로 내려오니 부엌은 전쟁통이었다. 다니엘라의 아버지가 아내에게 다니엘라는 *푸타나*, 창녀라고, 그건 전부 당신의 잘못이라고 고함을 질러대고 있었고 클레어는 그 난리법석 속에서도 꿋꿋이 팔꿈치까지 밀가루 반죽 속에 파묻고 열심히 요리를 준비하고 있었다. 비어트리스는 한쪽 구석에서 조용히 울고 있었다.

"루이지."

모니카는 어떻게든 상황을 진정시켜 보려고 애를 쓰고 있었다.

"맨 위쪽 정원에서부터 시작해주겠어요? 아네모네, 야생 붓꽃, 아이비를 따주세요. 조반니는 어디에 있어요?"

루이지가 고개를 내저었다.

"꽃 따러 같이 왔어요. 그리고 없어졌어요."

모니카는 귀한 장미를 보관해둔 원예 창고로 들어갔다. 머리 장식과 신부 들러리가 들 부케를 만들기 위해 야생화를 담을 커다란 양동이들을 집어 들고 나가려는데 화분이 쌓여 있는 뒤에서 무슨 소리가 들렸다.

"다니엘라."

모니카가 차가운 목소리로 말했다.

"어머니가 히스테리 상태고, 아버지는 당신이 *푸타나*라고 고함을 지르고 있어요. 지금쯤이면 신랑 쪽에서도 신부가 사라졌다는 소식을 들었을 거예요. 우리의 노력을 수포로 만들고 싶지 않다면 지금이라도 어서 그럴싸한 변명거리를 생각해보는 게 좋을 겁니다."

"*케 카초!*"

다니엘라는 엄청난 속도로 조반니를 밀쳐냈다.

"뭐야. 씨발!"

여느 난잡한 남자들이 그렇듯 여자가 욕설을 한다는 사실에 충격을 받은 조반니는 고지식하게 고개를 돌려 외면했다.

"마르코는 제가 설득할 수 있어요."

다니엘라는 자신감 넘치게 선언했다. 하지만 모니카가 보기에는 그렇게 당당할 만할 상황이 아니었다.

모니카가 다니엘라를 데리고 부엌에 들어섰을 때는 마르코와 마르코의 어머니, 신랑 들러리가 클레어를 둘러싸고 서서 다니엘라의 부모님을 상대로 고함을 질러대고 있었다. 마르코는 결혼식은 취소라고 주장하는 중이었다.

"마르코,"

다니엘라가 여왕이라도 되는 듯 위엄 넘치는 목소리로 말했다.

"제정신이야? 화관에 어울리는 제일 예쁜 장미를 고르러 창고에 갔던 것뿐인데."

그러면서 그녀는 그 와중에 기지를 발휘해 챙겨온 몇 송이 장미를 얌전하게 내려다보았다.

모니카가 생각해도 뛰어난 연기였다.

"저 자식은 널 도와주러 갔다 이거고?"

마르코는 이글거리는 눈으로 조반니를 노려보며 말했지만, 조반니는 그 어느 때보다도 순진무구한 표정을 짓고 있었다.

토니가 그 아수라장 속으로 성큼성큼 걸어 들어갔다. 그는 조용히 실비는 테라스에서 커피를 한잔할 것이라고 알린 다음 마르코를 그 가족 싸움의 한가운데에서 데리고 나왔다.

"이봐요, 마르코, 신부의 말을 믿어줍시다. 조반니는 온 세상 여자들이 자기를 졸졸 따라다닌다고 뽐내는 친구 아닙니까? 다니엘라는 그런 값싼 수작에 넘어갈 여자가 아니잖아요. 당신처럼 괜찮은 남자를 신랑감으로 고른 세련된 여자잖습니까? 툭 까놓고 현실을 직시해보자고요. 조반니는 정원사고, 당신은 공장장입니다. 다니엘라는 당신을 사랑하고요. 여기서 결혼 서약을 하겠다는 꿈을 버리고 당신 소망대로 성당에서 식을 올린다는 것만 봐도 알 수 있잖아요."

스스로를 상당히 잘난 사람이라 생각하는 마르코는 그 말을 납득하는 것 같았다.

"*에 베로*, 그 말이 맞군요."

마르코의 결론이었다.

토니는 그 순간 마르코가 확신을 얻고 싶어 한다는 생각이 들었다.

별안간 마르코가 의심스럽다는 표정으로 토니를 바라봤다.

"꽃을 가지러 갔다는 다니엘라의 이야기를 그쪽은 믿습니까?"

"추호의 의심도 없지요."

토니는 거짓말을 했다.

"그쪽 말이 맞을지도 모르겠습니다. 정말 꽃을 찾으러 간 것인지도요."

이따위 변명에 속는다니 세상 살기 참 힘들겠다 싶었지만, 그게 바로 사랑이었다. 토니도 자신이 멋지다는 킴벌리의 말을 곧이곧대로 믿었으니까.

"제가 다니엘라와 이야기를 해보도록 하죠."

부엌으로 돌아온 토니는 곧장 다니엘라에게로 향했다.

"위층으로 올라가서 근사한 웨딩드레스로 갈아입어요. 10분 뒤 마르코를 올려보낼 테니까, 나머지는 알아서 하세요."

"하지만 결혼식 날 신랑이 신부를 미리 보면 불운이 닥친다던걸요."

다니엘라가 부루퉁해져서 내뱉었다.

"결혼식 날 신랑이 신부가 정원사 보조와 바람피우는 현장을 보는 것만 하겠습니까?"

토니는 매정하게 대답했다.

토니는 약속을 지켰다. 그는 신랑 신부의 부모를 호텔로 돌려보낸 다음 신랑을 다니엘라에게로 올려보냈던 것이다.

쥐죽은 듯한 침묵이 감돌았다. 언제 전쟁이 시작되고 물건이 날아다닐지 모두 숨을 죽이고 기다리고 있었다.

하지만 5분 뒤 위층에서 들려온 소리를 듣자 하니 다행히 두 사람은 몸으로 화해를 시작한 모양이었다. 게다가 어마어마하게 시끄럽기까지 했다.

"아이고, 저 드레스 어쩌면 좋아. 내가 저 드레스 고치느라 얼마나 오래 걸렸다고."

실비가 투덜거렸다.

"평화로운 결혼을 위해 찢어진 건 좀 때워줘야지."

토니가 아내를 위로하듯 한 팔로 감쌌다.

"저 어리석은 아가씨가 교훈을 얻었으면 좋으련만. 난 저 마르코란 친구가 꽤나 맘에 들거든."

"잘된 건지 아닌지는 모르지만 그래도 애써줘서 고마워."

실비가 토니에게 감사의 입맞춤을 선사했다.

"당신 덕에 위기를 모면했어."

"동시에 한 착한 사내의 인생을 바람둥이 여자의 굴레에 집어넣고 말았지. 아, 그게 바로 결혼인가 보다."

"설마 나를 비유하는 건 아니겠지?"

실비가 슬쩍 떠보았다.

"당신 얘기라기보다 내 얘기지."

"사실 이렇게 된 이상 결혼식을 하든 안 하든 오늘 하루는 재미있어질 것 같아."

앤절라의 눈에 실비와 토니는 썩 괜찮은 방식으로 화해를 향해 나아가는 듯했다.

"아, 까맣게 잊고 있었네!"

그제야 앤절라는 스티븐이 떠올랐다.

"어서 가서 스티븐을 깨워야겠어."

"무슨 소리야?"

"다른 날도 아닌 하필 오늘, 우리 베일에 싸인 집주인이 빌라로 돌아왔지 뭐야?"

"왜?"

클레어가 불안하게 외쳤다.

"결혼식 한다는 얘길 미리 하지 않았잖아! 우릴 뭐라고 생각하겠어?"

"신기한 건, 스티븐이 전혀 개의치 않는다는 거야."

"하필 이날 돌아오니 기분이 이상하겠다."

그러면서 그녀는 피로연을 위해 차려둔 식탁이며 꽃과 초를 가리켰다.

"이곳에서 있었던 마지막 결혼식은 스티븐의 결혼식이었잖아."

네 사람은 잠시 말을 아끼며 스티븐의 어린 아내, 그리고 그녀가 이 빌라에 불어넣었을 온갖 꿈과 희망을 생각했다.

그러다가 위층에서 들려오던 예비 신랑 신부의 요란한 화해 소리가 어느새 멎었음을 알아차렸다.

"설마 드레스를 다 망가뜨린 건 아니겠지? 내가 정말 얼마나…"

실비가 군소리를 했다.

"찢어진 레이스야말로 최신 보헤미안 스타일 아니야?"

앤절라가 웃음을 터뜨렸다.

"그야말로 케이트 모스라니까. 웨딩드레스 차림으로 침대에서

막 나온 것 같은 모습이 뭇사람들의 시선을 사로잡을걸. 그건 그렇고 모니카는 어디 있어?"

"야생화를 꺾으러 갔어."

그때 부엌문이 열리더니 모니카, 루이지와 그의 어린 손자가 아이비, 옅은 색 아네모네와 인동덩굴, 야생 클레마티스가 담긴 양동이를 들고 들어왔다.

"자, 머리 장식 만들 사람? 30분 내로 신부 들러리들이 도착할거야. 성당에 놓을 큰 꽃장식이며 신도석 양쪽에 할 장식을 어젯밤에 끝내두었기에 망정이지. 그건 그렇고 조반니는 집으로 보내버렸어. 오늘만 해도 이미 사고를 있는 대로 쳤는데, 아무리 열 살짜리 아이들이라도 신부 들러리랑 조반니를 같이 두고 싶지 않더라."

모두 열심히 아이비에 야생화를 엮어 머리 장식을 만들고 있는데 스티븐이 부엌으로 들어왔다. 스티븐이 왔다는 이야기를 미리듣지 못한 모니카는 하마터면 그 자리에서 기절할 뻔했다. 비어트리스와 이마쿨라타는 짝짓기를 하는 올빼미처럼 짹짹거리며 스티븐에게 달려들었다.

"*스테파노, 산타 마드레 디 디오!* 말씀도 없이 이렇게 갑자기 나타나시다니!"

이마쿨라타는 울음을 터뜨려야 할지 아니면 스티븐에게 입맞춤을 퍼부어야 할지 알 수 없는 듯했다.

"하지만 방이 없는데!"

비어트리스는 스티븐의 예기치 못한 방문에 패닉에 빠지기 직전이었다.

"*시뇨리나* 안젤라께서 스티븐의 방을 쓰고 계시는걸요."

"그래요."

스티븐이 미소를 지었다.

"어젯밤 잠자리에 들려다 정말 놀랐습니다."

"당신만 놀란 건 아니거든!"

앤절라도 거들었다.

실비와 모니카, 클레어가 서로를 바라보더니 동시에 앤절라를 바라보았다.

"조용히 해!"

앤절라의 명령이었다.

"우리 아무 말도 안 하지 않았어? 단 한마디도 안 했는데?"

실비가 물었다.

"말할 필요가 없지. 갱년기 할망구들이 무슨 생각 하는지 내가 모를 거 같아?"

스티븐은 신기하다는 듯 그들의 대화를 듣고 있었다.

"여성들이란 참 신기하군요. 만약 남자들이 서로 그런 식으로 이야기했다면 분명 누구 한 사람 크게 다쳤을 텐데."

"당신 덕에 함께 오랜 시간을 보낸 탓이지. 그건 그렇고, 방금 한 말은 휴고 로버트슨이 썼던 표현이었어."

"상당히 재미있는 표현인데."

"얼마나 재미있었던지, 당신이 절대 그 사람한테 빌라를 팔지 못 하게 하려고 다들 온갖 노력을 했던 거야. 그래서 이렇게 결혼식까지 열게 된 거고."

"맞아."

실비가 말했다.

"그럼 나는 올라가서 신부나 손봐야겠다."

그 말이 우스웠는지 다들 데굴데굴 구를 기세로 웃어댔다.

토니가 한 팔을 스티븐의 어깨에 둘렀다.

"우린 이만 떠나주도록 하지요. 그건 그렇고, 저는 토니라고 합니다. 실비의 남편이지요."

"그렇군요."

토니의 얼굴을 이메일로 받은 사진 속에서 보았던 스티븐은 그를 빤히 쳐다보지 않으려 무진 애를 썼다.

"저도 압니다."

토니는 회한이 가득한 목소리였다.

"제가 좀 유명하지요. 이 아름다운 집에 머물게 해주셔서 고맙습니다. 여러 가지 의미에서 근사한 모험이었답니다."

"그래 보입니다. 저도 함께였으면 좋았으리라는 생각이 드네요."

그때 신부 들러리를 맡은 열두 명의 꼬마 아이들이 찾아오면서 작은 소란이 일었다.

"안디아모!"

모니카는 어느새 도서관 사서의 자아를 되찾은 듯했다.

"위층으로 올라가렴! 가는 길에 이 머리 장식 하나씩 챙기고."

작은 아이들은 기쁘게 화관을 하나씩 들고 모니카를 따라 달려갔다.

"자, 이제 작은 글래스턴베리 페스티벌은 됐어! 깨끗한 부엌이 필요해! 결혼 서약을 하는 사이에 한 시간이나 짬이 있으니 다행이지! 마르코가 성당에서 식을 올리겠다고 결정한 게 얼마나 다행인지!"

실비가 2층으로 올라가자마자 신랑은 떠났는데, 신부의 부모님이 곧 나타났기에 너무나 다행이었다.

"정말 고전적인 결혼식이다. 벌써 양쪽 집안이 서로를 이렇게 미워하게 됐으니 말이야."

실비가 중얼거렸다.

하지만 신부 대기실에 있던 다니엘라가 기발하게 수선된 웨딩드레스에 아이비와 야생화를 엮어 만든 화관을 쓰고 열두 명의 어린 들러리를 뒤에 달고 내려오는 순간 모두가 경탄에 차 그녀를 바라볼 수밖에 없었다. 심지어 3미터나 되는 긴 베일, 그리고 풍만한 가슴을 작게 보이게 하려고 전략적으로 달아놓은 레이스 덕에 다니엘라는 정숙한 처녀 같은 분위기를 풍겼다.

"오늘 아침에 저지른 것을 생각하면 상당한 성과를 거뒀는걸."

실비가 작게 속삭였다.

바깥에서 신부 일행을 성당으로 실어갈 차가 기다리고 있었다.

그들이 떠나자마자 클레어는 시간표를 훑어보았다. 흰 상의에 아래는 검은 스커트나 바지를 입은 접객원들은 당장이라도 일에 뛰어들 준비가 되어 있었다. 한 명은 나중에 신랑 신부가 입장하게 될 뒷문 계단에 얼른 레드카펫을 깔고 솔질을 하도록 보냈고, 유리잔은 광이 났고, 샴페인의 상태도 확인한 뒤였다. 몬탈치노산 세스티 와인은 병이 예쁘기에 디캔팅을 따로 하지 않기로 했다. 물과 화이트 와인은 손님이 도착하기 직전에 준비될 것이었다. 카나페는 서빙용 접시에 준비되어 있었고 종업원들이 샴페인과 함께 내어줄 예정이었다. 캐비어와 참다랑어는 먹기 직전에 내올 것이었으나 곁들일 음식은 이미 준비되어 있었고 송아지 고기는 오븐 속에서 익어가고 있었다. 지금까지는 아무 문제 없었다.

"마틴은 다니엘라의 깜짝 이벤트를 치를 준비를 마쳤대?"

클레어가 모니카에게 물었다.

"다니엘라의 깜짝 이벤트는 이미 충분한 것 같은데요."

토니의 말이었다.

"서로에 대한 순결한 사랑을 상징하는 흰 비둘기 떼를 날려보낸 다나 봐요."

클레어는 웃음을 억지로 참으며 설명해주었다.

"다니엘라가 자기 입으로 순결이라는 말을 입에 담지 않아준다면 좋으련만. 아마 오늘 아침에 있었던 탈출 사건은 이미 란짜렐라 전역에 퍼졌을 겁니다. 조반니는 광장에 있는 바에 앉아서 그 이야기에 번지르르하게 살을 붙이고 있을 테고요."

"남자들이란."

앤절라가 쏘아붙이자 스티븐과 토니가 제 발 저리는 표정이 되었다.

"그건 그렇고 클레어, 우리가 뭘 하면 돼? 아니면 비켜주는 게 도와주는 걸까?"

"솔직히 말하면 이제 혼자 있고 싶어. 그래도 필요할 때 부를 테니까 멀리 가진 마. 오늘 아침 일만 봐도 무슨 일이 일어날지 도무지 예측할 수가 없으니까."

"나는 상차림을 마무리하고 좌석표를 확인할게."

모니카가 말했다.

"드레스를 다시 손봐야 할지도 모르니까 난 신부 대기실에서 기다려야겠다."

실비가 말했다.

"그럼 전 마틴이 비둘기를 잘 돌보고 있는지 살펴보러 가겠습니다."

토니가 말했다.

"이제 당신이랑 나, 둘만 남았네."

앤절라가 스티븐에게 놀리듯 말했다.

"여기가 당신 집이긴 하지만, 우리가 잠시 사라져주는 게 좋겠지? 정원 가운데 있는 작은 정자 기억나? 와인 한 병 들고 그 위에 올라가 숨어 있는 거 어때? 손님들이 거기까지 오지도 않을 테고, 만약 클레어가 부른다면 충분히 들릴 만한 거리니까."

"그래주면 딱 좋겠다."

클레어도 고마워했다.

"스티븐, 당신 집인데 쫓아내는 꼴이라 미안해요."

"앤절라가 마시자는 와인이 맛 좋은 세스티 와인이라면야 쫓겨나도 아깝지 않겠네요."

앤절라는 스티븐을 데리고 정자로 올라갔다. 피로연에 모인 사람들의 소리는 들리는 거리면서도 그들의 눈에서는 피할 수 있는 완벽한 은신처였다.

앤절라가 자리에 앉자 스티븐이 와인을 땄다.

"어머니께서 당신들이랑 아주 즐거운 시간을 보냈다시더군."

스티븐이 앤절라에게 와인 잔을 건넸다.

"당신들 중 하나가 된 것만 같아서 즐거우셨대. 그랜드 호텔 델리 데이에서 구해줘서 고맙다고 하셨어. 그 호텔이 너무나 변해버려서 실망이 크셨던 모양이야."

"이 빌라가 휴고 로버트슨의 손에 들어가 값비싼 무덤으로 탈바꿈되는 꼴을 못 보겠다고 마음먹은 이유가 바로 그거야."

스티븐이 미소를 지었다. 옥스퍼드에 다니던 시절로부터 그토

록 오랜 세월이 흘렀는데도 그 미소는 그대로였다. 소년 같으면서
도 열렬한 그 미소는 아마 스티븐이 여든이 되어도 변치 않을 것
같았다.

"당신과 우리 어머니가 그자를 쫓아버렸다니 다행이야. 듣자 하
니 질 나쁜 사람인 것 같던데."

"어머니가 그런 얘기까지 하셨어? 난 연애 운이라고는 지긋지
긋하게도 없지."

그러나 앤절라는 그 말을 뱉은 즉시 후회했다. 너무 사적인 이
야기였다. 20대 때 있었던 일을 입에 담으며 스티븐에게 죄책감을
심어주려는 것처럼 느껴지겠다는 생각이 들었다.

"그때의 내가 당신에게… "

"스티븐,"

앤절라가 말을 막았다.

"그때 우린 어렸잖아. 그땐 우리가 어떤 사람인지조차 몰랐어. 대
학교란 그런 거지. 우리가 어떤 사람인지를 알아가는 곳 말이야."

스티븐은 그녀를 강렬한 눈으로 바라보았다.

"오랫동안 당신 생각을 많이 했어. 텔레비전에 당신이 나올 때마
다 챙겨봤지."

스티븐은 겸연쩍어하며 고백했다.

"사실 이런저런 행사에서 당신을 본 적도 있었어. 다가가서 말
을 걸 뻔했지만, 당신이 유명해진 바람에 가까워지려는 것처럼 보
이기 싫었어."

"말 걸지 그랬어."

잠시 두 사람 사이에 침묵이 감돌았다.

"하지만 당신도 성공했잖아."

앤절라는 갑자기 수줍은 기분이 들었다.

"나도 당신이 잘나가는 거 쭉 지켜봤어."

"맞아, 잘 풀렸지만 요즘은 좀 지겨워. 그래서 여기 온 거야. 란짜렐라의 마법을 기대하면서 말이야. 나이 때문일지도 모르지. 자꾸만 무언가 다른 걸 하고 싶다는 생각이 들어. 그게 뭔지는 나도 도저히 모르겠지만."

"아내 이야기는 안타깝더라. 고용인들이 전부 그 사람을 많이 좋아했었나 봐."

그 말에 스티븐은 미소를 지었다.

"시칠리아 출신으로서는 상당한 위업이지."

"카를라를 잃은 것 때문에 이 빌라에 대해 그런 애증을 가지는 거야?"

어쩐지 이 같은 개인적인 질문을 해도 스티븐이 불편해하지 않을 것 같았다.

"맞아, 그래도 이 빌라를 아주 떠나보낼 수는 없었어. 물론 처음 이 빌라를 샀을 때는 정말 헐값이었어."

"지금은 값이 훨씬 뛰었겠지?"

"그래서 팔려고 했던 건 아니야. 이 빌라에 대한 내 감정을 도무지 정리할 수가 없어서였어."

스티븐은 주변을 둘러보았다.

"이곳에 오면 이 빌라가 정말 특별하고 보기 드문 곳이라는 생각이 들어. 하지만 이곳에 있으면 더 외로워. 친구를 데려오기도, 심지어 여자친구를 데려와보기도 했지만, 그래도 이곳은 아직 카를라의 자리처럼 느껴지거든."

그러면서 스티븐은 정원을 바라보았다.

"숨겨진 샘가에 석상이 하나 있는 거 알지? 목욕을 즐기는 비너스상인데…"

"우린 그냥 님프인 줄 알았는데."

그 순간 앤절라는 퍼뜩 죄책감을 느꼈다. 아, 석상이 사라졌다는 말을 해야 할 순간이 왔구나.

"비너스상은 카를라가 산 거야. 그걸 보면 항상 카를라가 떠올라. 밝은 성격이었지만 갑자기 다른 사람들의 눈엔 보이지 않는 무언가를 보는 것처럼 슬픔에 잠긴 표정을 할 때가 있었어. 꼭 자신에게 닥칠 미래를 예감하기라도 하는 것처럼. 물론 그냥 대리석으로 만든 석상일 뿐인데 이런 생각을 하다니 바보 같지."

"스티븐, 사실 나쁜 일이 있었어. 비너스상을 도둑맞았어."

스티븐의 얼굴에 충격이 스쳤다.

"도대체 왜?"

"갑자기 없어진 거야. 모니카가 이웃에 사는 콘스탄틴에게 혹시 뭐라도 알아냈는지 물어봐두긴 했어. 콘스탄틴은 발이 넓으니까. 그런데 그 석상이 당신한테 그만큼 의미가 큰 거라면, 경찰에 신고해야 할 것 같아."

피로연이 시작되었는지 저쪽에서 환호성 소리와 박수 소리가 들려왔다.

"*시뇨라 귈리엄스…* "

비어트리스가 불안한 표정으로 정원을 달려왔다.

"손님이 찾아오셨습니다."

"결혼식이 진행 중인데도요?"

앤절라를 찾아온 사람은 다름 아닌 휴고 로버트슨이었고, 그 뒤로 토니, 또 그 뒤로는 호텔 수위로 보이는 덩치 큰 두 남자가 하얀 시트로 감싼 커다란 물건을 날라오고 있었다.

그들이 물건을 내려놓자 휴고가 시트를 벗겼다.

"사라졌다던 석상이야."

"어머나, 다행이다. 스티븐, 비너스상이 돌아왔어. 하지만 대체 어디 있었지?"

"오늘 아침 레리니 시장에서 발견한 거야."

휴고가 부드러운 말투로 말했다.

"당신이 되돌려받고 싶어 하리라 생각했거든."

그러더니 휴고는 열기를 띠어가는 결혼식 피로연을, 한가로운 시골풍 결혼식 분위기를 풍기려 신경 써서 고른 가대식 탁자며 쌍이 맞지 않는 의자들을 살펴보았다.

"우리 호텔에서 준비한 고상한 결혼식보다 이따위 싸구려 결혼식이 좋았다니 믿기지가 않지만, 듣자 하니 신부도 결함이 있는 상품이라더군."

휴고는 얼마 되지 않는 시간차를 두고 두 번째로 흠씬 두들겨 맞고 말았다.

그 주먹의 주인공은 앤절라였다.

스티븐은 크게 감명받은 듯한 눈길로 앤절라를 바라보았다.

"레프트 훅이 상당히 강한데?"

그러면서 그는 그녀를 향해 놀리듯 미소를 지었다.

"언젠가 한 번은 꼭 두들겨 패고 싶었거든."

앤절라는 만족스러운 목소리로 휴고에게 말했다.

"사실 당신이 이 석상을 훔쳐갔을 거라고 생각했어."

휴고는 금세 부어오르기 시작한 턱을 어루만지며 웃음을 터뜨렸다.

"내가 훔쳐간 거라면 뭐 하러 도로 가져왔겠어?"

"당연히 앤절라의 환심을 사고 싶어서였겠지."

토니가 역겹다는 듯 끼어들었다.

"이유야 알 길 없지만 말이야."

"말도 안 되는 소리."

그때 드디어 순결을 상징하는 비둘기를 날려보낼 순간이 온 모양이었다. 마틴이 새장을 열면 다른 새장도 따라서 열리도록 새장을 배열해놓은 뒤였다. 우레와 같은 박수 소리 속에서 다니엘라가 첫 번째 새장을 열자 겁에 질린 비둘기 떼가 탑을 향해 날아왔다.

그러더니 우두머리 비둘기가 놀랍도록 정확하게 휴고의 머리와 어깨에 똥을 싸는 바람에 그가 입고 있던 아르마니 슈트는 그의 눈동자와 썩 잘 어울리는 근사한 초록색으로 뒤덮였다.

"이런 씨팔…"

휴고가 펄펄 날뛰었다.

"암컷인가 봐. 저 비둘기도 '결함이 있는 상품'인가 보지."

앤절라가 중얼거렸다.

"사실 머리에 새똥을 맞으면 행운이 온다는 말이 있습니다. 백만 분의 일 확률 아닙니까."

스티븐이 말했다.

저 멀리서 트렌치코트에 러시아 모자를 쓴 사람이 캉캉 짖는 작은 개를 품고 어슬렁거리며 다가왔다.

"모니카는 어디 있지?"

콘스탄틴은 신이 나서 어쩔 줄 모르는 표정이었다.

"결혼식 피로연 손님들이랑 같이 있을 거예요."

"모니카가 사라진 님프상 사진을 보여줬는데,"

그제야 콘스탄틴은 눈앞의 석상을 알아차린 듯했다.

"오, 돌아왔군. 내 친구 말이 베르니니의 작품이 분명하다는 거야. 하지만 그보다 더 중요한 건 바로 이 작품이지!"

콘스탄틴이 휴대폰을 꺼내 모니카가 찍은 「수태고지」 사진을 보여주었다.

"분명 필리포 리피의 진품일 거라고 하는데, 만약 그렇다면 그 가치는 어마어마할 거야!"

"콘스탄틴, 이쪽은 빌라의 주인 스티븐이에요."

"당신이 바로 천국의 한 조각을 가지고 있으면서 잘 나타나지도 않는다는 그 괴짜 신사로군. 만약 이 작품이 필리포 리피가 그린 진품이라면, 굉장히 부유한 괴짜일 테고."

"사실."

앤절라는 지금 돌아가는 상황이 너무 재미있어서 더는 참을 수가 없었다.

"스티븐은 이미 상당한 부자랍니다."

"난 이 미친 집에서 나가야겠어."

휴고는 조금이라도 존엄성을 되찾으려 했으나 소용없었다. 온몸이 시퍼런 새똥투성이니 말할 것도 없었다.

"좋은 생각이야."

토니도 이 상황을 즐기고 있었다.

"경찰을 불러서 이 석상이 정확히 어떤 경로로 사라졌다 돌아왔는지 수사하기 전에 빨리 떠나는 게 좋겠는걸."

그는 붉게 부어오르고 있는 휴고의 턱을 자세히 들여다보았다.

"물론 경찰이 오면 당신은 호의를 베풀어 이 석상을 돌려주러 왔다가 여자에게 맞았다는 이야기를 하고 싶겠지만 말이야."

"폭행으로 고발할 겁니다."

휴고는 비열하게 말했다.

"글쎄, 이 석상이 무슨 연유로 이곳을 벗어나 시장으로 갔는지 들은 바에 따르면 아마 그러긴 어렵겠는데."

콘스탄틴은 그렇게 뱉은 뒤 이제는 절정으로 달아오른 결혼식 피로연을 향해 발길을 돌렸다.

"사람들이 즐거운 시간을 보내나 보군. 당신, 우리 친구 미국인들의 표현대로 '루저'처럼 살지는 말라고."

"헤픈 신부며 멍청한 신랑을 잃었다고 해서 제가 루저라고요? 전 그보다는 급이 높은 고객을 선호합니다."

"내가 듣기로 어차피 네놈은 조만간 고객을 완전히 잃게 될걸."

휴고가 입을 열자 콘스탄틴이 낮게 중얼거렸다.

"이제 그만 떠나주시죠."

키가 훤칠한 스티븐이 콘스탄틴과 휴고 사이를 가로막고 섰다.

"사실, 애초에 초대한 적도 없는 것 같습니다만."

"큰돈을 물려받았다 뿐이지 자기 집의 가치도 제대로 모르는 돈만 많은 얼간이 같으니."

휴고가 그를 비난했다.

"사실을 말씀드리자면."

스티븐도 이 상황을 즐기기 시작했다.

"전 물려받은 돈이라곤 없고, 부동산 가치를 잘 평가하는 덕에 부자가 되었습니다. 다만 이 빌라의 가치를 돈으로만 평가하지 않았을 뿐입니다."

스티븐은 휴고에게 손수건을 건네주었다.

"자, 이거나 챙기시지요. 다음부터는 다른 사람들을 비난할 때 조금이라도 설득력을 가지도록 초록색 새똥이 묻지 않은 상태에서 하도록 하십시오. 이제 어서 떠나지 않으면 사람을 불러 쫓아내겠습니다."

휴고가 피로연이 열리는 쪽으로 걷다가 나중에야 생각을 고쳐먹고 창피하다는 듯 멀찍이 발길을 돌려 이미 그가 한 말을 전해 듣고 벼르고 있을 마르코를 피해 갔다. 그 뒷모습을 모두가 흡족하게 바라보았다.

"참 재미있는 사람이네."

스티븐이 씩 웃었다.

"어머니가 저 사람 호텔에 묵기 싫었던 것도 이해가 가."

잔디밭 저쪽에서 술에 취한 다니엘라가 환한 웃음을 띠고 비틀거리며 이쪽으로 다가오는 모습이 보였다.

"정말 근사한 결혼식이에요."

다니엘라가 앤절라를 꽉 끌어안았다.

"친구분들은 어디 계세요? 고맙다는 인사를 하고 싶은데."

"가서 데려올게요."

잠시 후 앤절라가 한 팔은 클레어, 다른 팔은 모니카와 팔짱을 끼고 돌아왔다. 토니가 피로연을 즐기는 사람들 틈에서 실비를 찾아왔고, 드디어 비둘기로부터 자유로워진 마틴도 따라왔다.

"정말 감사드려요."

그렇게 말하는 다니엘라의 풍만한 가슴이 실룩거렸다.

"제가 꿈꾸던 바로 그 결혼식이에요. 제 인생 최고의 날이라고요!"

"쟤 꼭 진심처럼 말한다?"

다니엘라가 신랑을 찾아 비틀거리며 돌아가는 뒷모습을 보면서 앤절라가 중얼거렸다.

"어쨌든 오늘은 그렇게 생각하나 보지."

모니카가 어깨를 으쓱했다.

"모니카, 왜 그렇게 냉소적으로 변했어?"

"원예 창고에서 나던 그 소리를 너희들도 들었어야 해."

"클레어도 잠시 조반니에게 눈독 들인 적 있지 않았어?"

"틀렸어."

실비가 마틴에게 장난기 섞인 미소를 지었다.

"사실 그 반대였어요. 조반니가 클레어에게 눈독을 들였던 거죠. 클레어를 님프라고 불렀다니까요?"

"어림도 없지."

그러면서 마틴이 아내를 팔로 감싸 안았다.

"클레어는 나만의 님프라고."

지금쯤 친구들끼리만 있을 수 있게 떠나주는 게 좋겠다는 생각이 들었던 스티븐은 남자들끼리 힘을 합쳐 대리석 비너스상을 원래 자리로 옮겨놓자고 제안했다.

"자."

네 사람만 남게 되자 모니카는 모두가 품고 있었던 질문을 입 밖에 냈다.

"스티븐도 왔으니, 이제는 어떻게 하는 게 좋을까?"

21

"내일 떠나는 비행기표를 예약했어."

실비는 폭탄선언을 한 뒤 친구들의 반응을 기다렸다.

피할 수 없는 일이라는 것을 알았지만 아직까지 아무도 하지 못한 결정이었다. 지금까지는.

"이제 한참 손 놓고 있었던 일을 하러 돌아가야지."

실비가 자리에서 일어나더니 화사한 스커트를 툭툭 털었다.

"사장이 왜 자리를 비웠느냐는 고객들 질문에 우리 직원들이 둘러대는 데도 한계가 있으니까."

실비는 테이블에 앉아 비너스상을 옮기느라 낑낑대는 세 남자를 흘깃 바라보았다.

"지금까지 생각해봤는데 말야, 딸과 관계를 회복하고 싶어. 내가 늘 창피한 엄마는 아니란 걸 보여줄래. 손주들이랑도 좀 친해지고. 앞으로는 토니를 애물단지 취급하지 않고 사업 운영에 좀더 많은 역할을 줄까 해. 아무튼 쓸 만한 구석이 많긴 하니까."

"매력 있지."

모니카가 맞장구쳤다.

"협상 능력도 있고."

앤절라도 한마디 했다.

"마르코에게 결혼식을 치르라고 설득한 것도 토니였으니까."

"부끄러움도 알지."

클레어가 지적했다.

"잘못한 게 있으면 바로 인정하잖아."

실비는 행복한 미소를 지으며 말했다.

"또 한 가지 배운 게 있어. 난 웨딩플래너 일은 영 아니더라. 또 다시 결혼식을 기획하느니 러시아 부자나 상대하고 말지. 너무 스트레스 받더라. 물론…"

실비는 의미심장한 미소를 지으며 앤절라와 모니카를 쳐다보았다.

"둘 중 한 사람의 결혼식이라면 얘기가 다르지."

둘 다 와르르 웃음을 터뜨렸다.

"절대 그럴 일은 없어!"

클레어와 실비는 서로 의미심장하게 눈빛을 교환했다.

"뭐, 그럴 리는 없겠지. 절대 없을 거야."

실비가 말을 이었다.

"클레어, 넌 어떡할 거야? 다시 결혼식이나 장례식 전문 출장요리사로 돌아갈 생각이야?"

"사실은 말야, 카페를 열까 해."

클레어의 선언이었다.

"점심시간에만 열고, 마틴한테 도와달라고 하려고. 마틴도 이제는 철이 든 것 같아."

그 말을 확인이라도 해주듯 마틴이 한 농담에 토니와 스티븐이 웃어대는 소리가 들려왔다.

"란짜렐라의 마법이네."

모니카도 동의했다.

"집으로 돌아갔을 때 마틴이 다시 불평불만을 늘어놓을지 아닐지가 관건이겠지. 그런데 안 그럴 거라는 생각이 들어."

"이제 루카와 레몬 농사 생각은 아예 접은 거야?"

앤절라가 부드럽게 물었다.

클레어는 고개를 끄덕였다.

"예반과 벨린더가 와서 유산할 뻔했을 때 깨달았어. 할머니가 되고 싶어서 안달이 나 있던 건 아니지만, 손주가 생긴 덕분에 현실로 돌아온 거지. 우리 나이에도 변화는 필요하다고 다들 말하지만 그 변화는 환상이 아니라 현실에 뿌리내리고 있어야 하는 것 같아. 그러니까 내 인생에서는 카페를 차리는 게 그 변화라고 할 수 있지."

실비가 지적했다.

"카페를 차리는 건 영국 사람들이 가장 많이 품는 환상인 데다가, 웨딩플래너보다도 카페 일이 더 힘든 건 알고 하는 말이지? 앤절라, 너는 어때?"

앤절라는 한숨을 쉬었다.

"잘 모르겠단 게 문제야. 새로운 사업을 시작할 생각이었는데, 여기 오고 나니까 생각이 바뀌었어."

"그것도 란짜렐라의 마법이지…"

"붕 떠 있는 것 같은 기분이 드는데, 평소의 나답지 않은 일이거든. 여행을 좀 할까 싶어. 집으로 돌아간다 해도 별게 없어서. 엄마 말고는 날 기다리는 사람도 없고 말야. 그런 생각을 하니까 조금 슬펐는데, 생각해보니 나한텐 너희들이 있는 거 있지!"

"맞아!"

모니카가 동조했다.

"란짜렐라 여성 조합은 언제나 함께일 거야! 어쩌면 같이 뭔가 해볼 수도 있겠다. 다행히 콘스탄틴이 준 그림이 있어. 이제 돈 걱정에만 매이지 않고 새로운 선택들을 할 수 있게 됐어. 그중 하나는 이제 엄마한테 얹혀살지 않아도 된다는 거야!"

"다시 그레이트 미센든으로 돌아갈 거야? 대도시로 갈 생각은 없어? 우린 다 가까이 살잖아. 나는 첼시에 살고, 앤절라는 메릴본에 살고. 물론 클레어는 트위크넘에 계속 살겠다는데 무슨 생각인진 본인만 알겠지."

"트위크넘도 살기 좋은 동네거든?"

클레어가 항의했다.

"난 대도시는 별로야. 널찍하고 공기 맑은 데가 좋아."

남자들이 이쪽으로 돌아오는 모습이 보였다.

"저녁은 외식할까? 란짜렐라에서 다 함께 보내는 마지막 밤이잖아."

실비가 제안했다. 지금까지 늘 함께였으니 헤어진다는 게 믿기지 않았다.

"내일이면 토니와 나는 현실로, 또 리스코프 씨한테로 돌아가겠지. 여보, 그거 알아? 당신이 바람을 피운 걸 알고 리스코프 씨가 나한테 사람을 써서 복수해줄까 물었던 거?"

토니는 그 말에 큰 충격을 받은 얼굴이 되었다.

"당연히 거절은 했지."

실비가 장난스럽게 웃었다.

"물론 다음번엔 어림도 없어."

"나도 한마디 해도 될까, 앤절라?"

스티븐이 물었다.

"자, 우린 짐 싸러 가자."

626

실비가 다 안다는 얼굴로 클레어와 모니카에게 눈길을 주며 갑자기 서두르기 시작했다.

"혹시, 더 머무를 생각은 없어?"

두 사람만 남게 되자 스티븐이 물었다.

"친구들이 다 떠나고 난 뒤엔 좀 어색할까?"

"사실 앞으로 어떻게 할지 아무 계획이 없어."

앤절라가 솔직하게 털어놓았다.

"그동안 못다 한 안부나 나누는 거 어때?"

스티븐이 수줍게 미소를 지어 보였다.

"정말 오랜만이잖아."

"그래, 좋아."

앤절라는 함박웃음을 지으며 지금까지 얼마나 그의 입에서 이 말이 나오길 기다렸는지 스스로 깨달았다.

"경치 구경을 다니려고 스포츠카를 빌려놨어."

"옛 생각 나네, 그 시절 오스틴 힐리 생각 나?"

스티븐이 웃었다.

"까맣게 잊고 있었네."

"그 차 당신이 정말 좋아했잖아."

"이번에 빌린 차는 좀더 튼튼해. 영국 정원을 보러 카세르타에 꼭 가보고 싶어. 카를라가 비너스상을 보고 사랑에 빠진 게 바로 거기서야."

앤절라는 그 말에 상처를 받아 잠시 머뭇거렸다. 혹시 죽은 아내에 대한 사랑을 되새기는 여행을 함께 떠나자는 소린가?

스티븐은 곧바로 앤절라의 생각을 읽었다.

"카를라와 함께하는 동안 행복했고, 영원히 카를라를 사랑하겠지만, 다 오래전 일이야. 그리고 솔직히 말하면 지금까지 나도 참 외롭게 살았어."

스티븐은 앤절라의 손을 잡았다.

"당신도 그랬겠지? 물론 당신은 눈에 흙이 들어가도 인정하지 않겠지만."

"왜 그렇게 생각해?"

"드루한테 다 들었어. 우리는 친하거든. 당신에 대해 꼬치꼬치 캐묻고 다닌 건 아니니까 너무 화내지는 마. 가끔 지나가는 말로 물어본 게 전부야. 그럼, 같이 여행가는 거야? 카세르타에 갔다가 그다음 행선지는 당신이 가고 싶은 곳으로 정하자."

"나폴리!"

앤절라가 곧바로 대답했다.

"도시의 생기를 느끼고 싶어. 길에서 피자를 먹고, 축구하는 아이들을 구경하고 싶어. 나폴리 할머니들이 건물과 건물 사이에 빨래 널어놓은 것도 보고 싶고. 소매치기도 당하고 싶어."

"노련한 사업가 앤절라 윌리엄스답지 않은 소린데."

"이제 노련한 사업가로 사는 건 진력이 나서 말이지."

"다음 질문이야. 이번에는 꽤 중요한 질문인데."

스티븐이 눈으로 앤절라를 탐색하듯 훑어 내렸다.

"방은 하나, 아니면 둘?"

앤절라는 웃으며 스티븐을 향해 한 걸음 다가갔다.

"아, 방은 두 개로 하자. 당신한테 또 한 번 주먹을 날릴 일은 없었으면 하니까. 물론 우리가 한 침대를 쓰는 일이 시작부터 꽤나 잘 풀리기는 했지만, 적어도 나한테 먼저 물어봐준 매너는 높이 사야겠어."

"하지만 집주인은 나라고."

"그런데 당신이 발길을 끊는 바람에 여태 공간을 속절없이 낭비했지."

키가 큰 데다가 하이힐까지 신은 앤절라였기에, 자신의 입술과 그의 입술이 엇비슷한 높이에 있는 건 흔치 않은 즐거운 일이었다.

"앞으로 같이 바로잡으면 되지."

스티븐이 너그럽게 제안했다.

"일단 매년 란짜렐라 여성 조합 모임을 여기서 여는 건 어때?"

"그것뿐이겠어? 아니면 이곳을 호텔로 만들어도 되겠군."

그 말에 앤절라는 충격을 받았으나, 스티븐은 말을 이었다.

"지중해에서 가장 잘나가는 부티크 호텔을 당신과 내가 같이 운영해보는 거지. 실비가 인테리어를 맡고, 내 어머니의 조언을 받아 고전적인 매력을 더해봐도 좋겠군."

스티븐은 앤절라를 꽉 끌어안았다.

이제 두 사람 사이에는 과거의 유령은 깨끗이 지워지고 미래의 행복이라는 약속만이 남아 있었다.

그녀가 잠깐 고개를 들었다.

"질문이 하나 더 있어. 혹시 나한테 미안한 마음 때문에 드루를 시켜 날 여기 오게 한 거야?"

"당연하지. 난 항상 큰 이득을 남기고 회사를 파는 무서운 금발 미녀들한테 미안한 마음이 있거든. 그게 내 가장 큰 약점이라고."

모니카는 방 창문으로 정자에서 이야기를 나누는 스티븐과 앤절라의 모습을 보며 미소를 지었다. 스티븐이 좋았고, 스티븐과 앤절라가 함께 행복해지면 좋겠다고 생각했다. 특히 란짜렐라 여성 조합을 통해 앤절라가 거만한 태도를 버린 지금에 와서는 말이다.

나는 집으로 돌아가면 뭘 하지? 인심 좋은 콘스탄틴 덕분에 이곳에 오기 전의 구차한 생활로 돌아갈 필요가 없어졌다. 10대 소녀처럼 부모님 집에 얹혀살면서 조그만 여유를 누리려 해도 얼마 없는 돈을 긁어 써야 했던 생활 말이다. 지금까지 그녀가 누린 가장 큰 사치가 바로 여기 온 것이었고, 그웬이 밀어붙이지 않았다면 애초에 거절했을 일이었다. 이제 그녀는 선택할 수 있는 게 많다. 새 옷, 어쩌면 그녀를 돋보이게 만드는 옷을 살 수도 있겠다. 정원을 가꿀 수도 있고, 클래식 공연에 갈 수도 있다. 브라이언을 두고 떠나야겠지만, 그래도 브라이언은 자신에게 꼭 맞는 편안한 곳에 있으니까.

문 두드리는 소리가 나더니 토니가 머리를 쑥 집어넣었다.

"짐 싸는데 방해해서 미안해요, 모니카. 고용인들이 전부 손님 시중을 드느라 바빠서 말이에요. 아래층에 어떤 남자가 와서 당신한테 이상한 메시지를 하나 전해주라고 하네요. 자기 이름은 닉인데, 혹시 비콘스필드로 돌아가면 만날 수 있냐고 묻네요."

인생에 또 다른 남자를 들이고 싶은지는 잘 모르겠다. 콘스탄틴의 그림 덕분에 눈앞에 펼쳐질 독립적인 삶이 너무나 유혹적이라서다. 그래도, 모르는 일이다. 모니카는 미소를 지었다.

아마도 란짜렐라를 떠나기가 그렇게 힘들지만은 않을 것 같았다.

지은이 메이브 하란 Maeve Haran

옥스퍼드대학 법학과를 졸업한
전 방송국 프로듀서이자 세 아이의 엄마다.
첫 소설『세상은 내게 모든 것을 가지라 한다』(1991)에서
직업과 모성 사이의 딜레마를 탐구했고,
지금까지 열일곱 권의 현대소설과 두 권의 역사소설
그리고 일상의 작은 행복을 다룬 논픽션을 한 권 썼다.
북런던과 서식스 바닷가의 오두막을 오가며 살고 있다.

옮긴이 송섬별

다른 사람들의 이야기를 더 잘 듣고,
읽고, 쓰고 싶어 번역을 시작했다.
여성, 성소수자, 노인과 청소년이 등장하는
책들을 더 많이 소개하고 싶다.
『페이지보이』『자미』『당신 엄마 맞아?』
『다크 챕터』『페미니즘들』등을 번역했다.

이탈리안 홀리데이

지은이 메이브 하란
옮긴이 송섬별
펴낸이 김언호

펴낸곳 (주)도서출판 한길사
등록 1976년 12월 24일 제74호
주소 10881 경기도 파주시 광인사길 37
홈페이지 www.hangilsa.co.kr
전자우편 hangilsa@hangilsa.co.kr
전화 031-955-2000 팩스 031-955-2005

부사장 박관순 총괄이사 김서영 관리이사 곽명호
영업이사 이경호 경영이사 김관영 편집주간 백은숙
편집 박홍민 박희진 노유연 이한민 배소현 임진영
관리 이주환 문주상 이희문 원선아 이진아 마케팅 정아린
디자인 창포 031-955-2097

제1판 제1쇄 2023년 12월 20일

값 19,000원
ISBN 978-89-356-7853-2 03840